을 유 세 계 문 학 전 집 · 8 0

쾌락

을유세계문학전집 · 80

쾌락

IL PIACERE

가브리엘레 단눈치오 지음 · 이현경 옮김

❀ 을유문화사

옮긴이 **이현경**

한국외국어대학교와 동대학원에서 이탈리아어를 공부하고 비교 문학으로 박사 학위를 받았다. 이탈리아 대사관에서 주관하는 제1회 '번역문학상'을 수상했으며, 이탈리아 정부가 주는 '국가번역상'을 받았다. 한국외국어대학교에서 이탈리아어 통번역학과의 교수로 재직했다. 이탈로 칼비노, 프리모 레비, 알베르토 모라비아, 움베르토 에코의 작품들을 번역했으며, 에드몬도 데 아미치스의 『사랑의 학교』, 카를로 콜로디의 『삐노끼오의 모험』과 잔니 로다리의 그림책들을 우리말로 옮겼다.

을유세계문학전집 80
쾌락

발행일·2016년 1월 15일 초판 1쇄 | 2019년 4월 5일 초판 2쇄
지은이·가브리엘레 단눈치오 | 옮긴이·이현경
펴낸이·정무영 | 펴낸곳·(주)을유문화사
창립일·1945년 12월 1일 | 주소·서울시 마포구 월드컵로16길 52-7
전화·02-733-8153 | FAX·02-732-9154 | 홈페이지·www.eulyoo.co.kr
ISBN 978-89-324-0462-2 04880 978-89-324-0330-4(세트)

- 값은 뒤표지에 표시되어 있습니다.
- 옮긴이와의 협의하에 인지를 붙이지 않습니다.

차례

프란체스코 파올로 미케티에게

자네 집에서 편안히 묵으며 쓴 이 책을 감사의 표시로, ex-voto[1] 자네에게 바치네.

길고 힘겨운 작업으로 피로에 지쳐 있을 때 자네의 존재는 바다처럼 내게 힘을 주고 위안이 되었다네. 까다롭고 힘들게 문제를 다듬은 뒤 혐오감에 빠질 때마다 자네의 투명하고 단순한 논리가 내게 본보기가 되어 곧바로 수정할 수 있었지. 애써 분석하고 난 뒤 의심이 찾아들 때면 자네의 깊이 있는 의견이 나에게 빛이 되어 준 적이 한두 번이 아니었네.

사물의 모든 형식과 그 변화를 연구하듯 정신의 형식과 변화를 빠짐없이 연구하는 자네 덕에, 그림의 구도와 색깔의 법칙을 이해하듯 인간의 내적인 삶이 펼쳐지는 법칙을 이해하는 자네 덕에, 위대한 화가이자 영혼의 예리한 전문가인 자네 덕에 나는 가장 고귀한 지적 능력을 훈련하고 발전시킬 수 있었시. 사네 딕에 관찰

---

1 '맹세한 대로'라는 뜻의 라틴어.

7

하는 습관을 갖게 되었고 특히 그 방법을 알게 되었다네. 이제 나는 자네처럼, 우리의 연구 대상은 단 하나, 인생밖에 없다고 확신하네.

사실 우리는 시아라 미술관에서 자네가 다빈치와 티치아노의 비밀을 알아내려고 골몰할 때, 내가 "기울 줄 모르는 이상에게, 고통을 모르는 아름다움에게" 탄식 어린 시로 인사를 건넸던 그때로부터 너무 멀리 와 있어.

그러나 그때의 서원은 완성되었다네. 우리는 따뜻한 고향으로, 자네의 '넓은 집으로' 함께 돌아왔지. 메디치 가문의 태피스트리가 벽에 걸린 것도, 우리의 이야기 모임에 귀부인들이 함께하는 것도, 파올로 베로네세* 그림에서처럼 술 따르는 사람과 사냥개가 식탁 주위를 맴도는 것도, 갈레아초 마리아 스포르차*가 마페오 디 클리바테에게 명령해서 만든 도자기 그릇에 신기한 과일들이 가득한 것도 아니야. 우리가 바라는 바는 훨씬 소박하다네. 우리의 삶은 훨씬 원초적이고 어쩌면 호메로스적이고 훨씬 영웅적일지도 몰라. 파도 소리가 들리는 바닷가에서 아이아스*에게 어울릴 만한 식사를, 노동으로 걸렀던 끼니를 때울 수 있다면 말이지.

슬픔도 담겨 있고 수많은 부패와 타락과 부질없는 예민함과 허위와 잔인함을 탐구했던 이 책이 소박하고 고요한 평화가 흐르는 자네의 집에서, 추수철의 노랫소리와 눈을 노래하는 전원의 노랫소리가 처음 들려올 때 쓰였다는 걸 생각하니 절로 미소가 지어지는군. 내 책의 페이지들과 함께 소중한 자네의 어린 아들도 하루하루 커 갔지.

내 소설에 인간적인 연민과 선의가 담겨 있다면 그건 당연히 자네 아들의 몫이라네. 이제 막 봉오리를 터뜨리는 생명의 모습만큼 마음을 부드럽게 하고 위안을 주는 건 아무것도 없지. 여명의 장관조차도 이 경이로움에는 무릎을 꿇는다네.

자, 여기 책이 있네. 이 책을 읽다가 자네가 책 너머로 시선을 돌렸을 때 자네에게 손을 내밀고 카툴루스*의 신성한 시에서처럼, semihiante labello² 동글동글한 얼굴로 미소 짓는 조르조가 보인다면 자네는 책을 덮어야 해. 그러면 자네 눈앞에서 장밋빛의 작은 발뒤꿈치가 '쾌락'의 초라함을 모두 표현한 페이지를 밟을 거야. 무의식적인 그 행동이 상징이자 축복이 될 거라네.

안녕, 조르조. 내 친구이자 스승, 고맙구나.

수도원에서, 1889년 수요일
가브리엘레 단눈치오

---

2 '입을 반쯤 벌리고'라는 뜻의 라틴어로. 카툴루스 시의 한 구절.

제1권

1

한 해가 평온하게 저물고 있었다. 산 실베스트로*의 태양은 베일에 싸인 듯, 금빛으로 부드럽게 빛나는 거의 봄날 같은 온기를 로마의 하늘에 퍼뜨렸다. 거리거리마다 5월의 일요일처럼 사람들로 북적였다. 몇 대의 마차가 바르베리니 광장과 스페인 광장을 가로질러 달렸다. 이 두 광장에서 들리는 어수선한 소음은 트리니타데이 몬티 성당과 시스티나 거리로 올라가면서 점차 약해져 팔라초 주카리*의 각 방에 당도했다.

싱싱하고 아름다운 꽃이 꽂힌 꽃병에서 흘러나온 향기가 방 안전체로 서서히 번져 나갔다. 금빛 줄기처럼 홀쭉하게 뻗은 몸통에 주둥이는 다이아몬드로 만든 백합처럼 벌어진 수정 꽃병에는 장미가 촘촘히, 풍성하게 꽂혀 있었다. 그 꽃병은 보르게세 미술관에 소장된 산드로 보티첼리의 성모자 상의 배경에 있는 것과 비슷했다. 이렇게 우아한 모양의 꽃병은 그 어디에도 없을 것이다. 그투명한 감옥에 갇힌 꽃들은 마치 영적인 의미를 가진 듯 보였다. 좀 더 정확히 말하자면 종교적인 혹은 사랑의 봉헌불의 이미지를보여 주었다.

안드레아 스페렐리는 방에서 연인을 기다리고 있었다. 사실 주변의 물건들은 전부 사랑하는 이를 위해 특별히 정성 들여 준비한 것임을 알 수 있었다. 벽난로에서는 향나무 장작이 타올랐고 차를 마시는 작은 탁자에는 카스텔 두란테*에서 만든 찻잔이 받침과 함께 놓여 있었다. 루치오 돌체는 흉내 낼 수 없는, 우아하고 고풍스러운 모양의 찻잔에 전설적인 이야기들을 그림으로 장식했는데, 그림 아래에는 짙은 감색의 유려한 글씨체로 오비디우스의 시구가 적혀 있었다. 은색 실로 석류와 이파리들, 그리고 글자무늬를 넣어 도드라지게 짠 붉은 비단 커튼 사이로 부드러운 햇살이 스며들어 왔다. 오후의 햇살이 창유리에 부딪히면, 레이스 속 커튼의 꽃무늬가 카펫 위에 그림을 그렸다.

트리니타 데이 몬티의 시계가 3시 반을 알렸다. 아직 30분을 더 기다려야 했다. 안드레아 스페렐리는 누워 있던 소파에서 일어나 창 쪽으로 가서 창문 하나를 열었다. 그리고 방 안을 서성거렸다. 책을 펼치고 몇 줄 읽다가 다시 덮었다. 그 후에는 무언가 찾는 듯 차분하지 못한 눈으로 주위를 두리번거렸다. 기다림이 너무 초조해서 몸을 움직이고 기계적인 동작을 하며 마음속의 괴로움을 달래야 했다. 벽난로 쪽으로 몸을 숙이고 불이 좀 더 활활 타오르게 하려고 불쏘시개를 들었다. 새빨간 장작 위에 새로운 향나무 장작을 올려놓았다. 난로 안의 장작더미가 무너져 내렸다. 카펫을 보호하기 위해 설치한 얇은 금속판 위로 숯들이 굴러 떨어지며 불꽃이 사방으로 튀었다. 불꽃들은 푸르스름한 여러 개의 작은 혀처럼 갈라져서 꺼지기도 하고 되살아나기도 했다. 불붙은 장작에서는 연기가 났다.

그러자 연인을 기다리는 안드레아 스페렐리의 머릿속에 어떤 기억 하나가 떠올랐다. 예전에 엘레나는 한 시간 동안 은밀한 시간을 가진 뒤, 옷을 입기 전 바로 이 벽난로 앞에 잠시 머무는 것을 좋아했다. 엘레나는 벽난로의 장작 받침쇠에 능숙하게 장작을 쌓아 올렸다. 그녀는 무거운 불쏘시개를 양손으로 들고 불똥을 피하기 위해 고개를 살짝 뒤로 젖혔다. 카펫 위에서 조금 힘든 동작을 하고 있는 그녀의 몸은, 근육의 움직임이나 흔들리는 그림자 때문에 관절뿐만 아니라 주름이 진 부분도, 움푹 들어간 곳들도 모두 미소를 짓는 것처럼 보였다. 창백한 호박빛에 물든 그 몸은 코레조*가 그린 다나에를 상기시켰다. 그녀의 팔과 다리는 약간 코레조풍(風)이었는데 작고 유연해서 흡사 신화에 나오는 나무로 변신을 시작한 직후의 다프네의 팔과 다리 같았다.

엘레나가 장작들을 만지면 곧 장작의 불꽃들이 확 타오르기 시작해 순식간에 환하게 빛났다. 그리고 그 붉고 따뜻한 빛과 유리창을 통해 들어온 황혼의 냉기가 잠깐 동안 방 안에서 싸움을 벌였다. 타는 향나무 향기에 가벼운 현기증이 일었다. 엘레나는 타오르는 불길을 보며 아이처럼 흥분한 것 같았다. 그녀는 사랑을 나눈 뒤에는 꽃병의 꽃에서 꽃잎을 모두 따서 카펫에 뿌려 버리는 약간 잔인한 습관이 있었다. 옷을 입은 뒤 장갑을 끼거나 목걸이를 걸면서 방으로 돌아올 때면 그 파괴적인 광경 속에 미소를 지었다. 그리고 아직 풀어져 있는 구두끈을 연인이 몸을 숙여 묶을 수 있도록, 치맛자락을 조금 들어 올려 한 쪽씩 발을 내미는 그 동작은 어디에도 견줄 수 없게 우아했다.

방은 예전과 거의 비슷했다. 엘레나의 시선과 손길이 닿았던 모든 물건들에서 온갖 추억이 미친 듯이 솟구쳐 나오고 예전의 이미지들이 맥락 없이 되살아났다. 그리고 2년여 만에 엘레나가 다시 그 분지방을 넘으려 하고 있었나. 앞으로 30분 뒤면 분명 그녀가 올 것이다. 그녀는 소파에 앉아서 이전처럼 약간 숨을 헐떡이며 얼굴의 베일을 벗을 것이다. 그리고 말하겠지. 이 방 안의 모든 것들이 2년 만에 다시 그녀의 목소리를, 그리고 어쩌면 웃음소리를 들으리라.

1885년 3월 25일 포르타 피아* 밖, 마차 안에서 두 사람은 완전히 헤어졌다. 안드레아는 그날의 기억을 지울 수가 없었다. 지금 엘레나를 기다리면서 그날의 일을 하나하나 또렷하게 떠올릴 수 있었다. 노멘타노 다리의 풍경이 지금 이상적인 빛에 둘러싸여 그의 눈앞에 펼쳐졌다. 모든 형체들에서 발산되는 빛 때문에 멀리서밖에 볼 수 없는 꿈속의 광경처럼.

마차는 단조로운 소리를 내면서 달리고 있었다. 계속되는 완만한 움직임 때문에 마차의 창밖으로 고대 로마 귀족 별장의 희끄무레한 담들이 흔들리듯 눈앞으로 지나갔다. 이따금 큰 철문이 나타났다. 그 문의 창살들 사이로 사각형으로 가꾼 키 큰 관목 울타리 사이의 오솔길이나 로마 시대 석상들이 서 있는 초록의 안뜰, 힘없는 햇빛이 여기저기 스며들던 풀에 뒤덮인 긴 회랑이 보였다.

베일을 쓴 엘레나는 폭이 넓은 수달피 망토로 몸을 감싸고 영양 가죽 장갑을 낀 손을 움켜쥔 채 말없이 앉아 있었다. 그는 값비싼 모피에서 흘러나오는 희미한 헬리오트로프 꽃향기에 넋을 잃고 있으면서도 한쪽 팔에 닿는 그녀 팔의 윤곽을 그려 보았다. 두 사람 모두 멀리 떨어져 있는 사람들처럼 외롭다고 생각했다. 갑자기 고위 성직자를 실은 검은 마차가 지나갔다. 소몰이꾼이 말을 타고 지나갔고, 자줏빛 옷을 입은 성직자들이 무리 지어 지나가거나 가축 떼가 지나가기도 했다. 다리를 5백 미터 정도 남겨 놓고 엘레나가 말했다.

"내리죠."

들판의 차갑고 맑은 빛이 솟아나는 샘물처럼 느껴졌다. 그리고 바람에 나무가 흔들릴 때마다 착시 현상 때문인지, 모든 게 흔들리는 듯했다.

엘레나는 그를 꼭 잡고 울퉁불퉁한 길을 비틀비틀 걸었다.

"오늘 밤 떠나요. 이게 마지막이에요……."

그러더니 입을 다물어 버렸다. 잠시 뒤 다시 띄엄띄엄 떠날 수밖에 없는 이유와 관계를 끊지 않으면 안 되는 이유 등을 슬픔이 가득 담긴 어조로 이야기했다. 엘레나의 입에서 나오는 말들이 심하게 부는 바람 소리에 섞여 들리지 않았다. 그녀는 계속 말했다. 안드레아는 그 말을 가로막으며 그녀의 손을 잡고 손가락으로 손목 단추 사이로 그녀의 살을 찾았다.

"더 이상은 안 돼요! 더 이상은 안 돼요!"

둘은 세차게 부는 바람을 거슬러 걸어갔다. 그는 엘레나 곁에서, 그 깊고 무거운 고독 속에서, 넘치는 힘이, 보다 자유로운 생활에 대한 자부심 같은 것이 갑자기 자신의 영혼 속으로 들어오는 듯한 기분을 느꼈다.

"떠나지 말아요! 떠나지 말아요! 아직 당신을 사랑해, 영원히……."

안드레아 때문에 그녀 손목의 맨살이 드러났다. 안드레아는 그녀의 소매 속에 손가락을 넣었고 그녀를 좀 더 소유하고 싶은 욕망이 담긴 불안한 손놀림으로 그녀의 살을 만졌다.

엘레나는 잔에 담긴 포도주처럼 그를 취하게 하는 눈길로 그를 보았다. 햇빛 속에서 불그스름하게 보이는 다리가 근처에 있었다. 강물은 잔물결 하나 없어 보였고 구불구불한 기다란 금속 같았다. 강둑의 갈대들이 상물 쪽으로 휘어졌다. 아마 그물을 묶기 위해서인 듯 강가 진흙에 꽂아 놓은 몇 개의 장대에 강물이 가볍게 부딪혔다.

안드레아는 그들의 추억으로 그녀를 자극하기 시작했다. 그들이 만났던 날들을 떠올렸다. 그러니까 팔라초 파르네세*에서 열린 무도회나 디비노 아모레 들판에서의 사냥, 혹은 오전에 그녀가 장미 바구니를 가져온 시골 여자들을 거느린 채 바르베리니 국립 미술관에서 나와 귀금속 상점 쇼윈도가 늘어선 스페인 광장이나 조용하고 세련된 시스티나 거리에서 오전에 만나곤 하던 이야기를 했다.

"기억나요? 기억나요?"

"네."

"그리고 그날 밤, 처음 꽃을 가지고 간 날. 내가 꽃을 한 다발 들고 갔을 때…… 당신은 창가에 혼자 있었지. 책을 읽고 있었어요. 기억나요?"

"네. 네."

"내가 들어갔어요. 당신은 살짝 몸을 돌려 나를 보았지. 그때 당신에게 무슨 일이 있었던 거요? 난 몰라. 난 작은 테이블에 꽃다발을 내려놓고 기다렸어요. 당신은 마지못해, 심드렁하게 별 중요하지도 않은 이야기들을 하기 시작했지. 나는 실망해서 이렇게 생각했다오. '그래, 이 여자는 날 사랑하지 않아!' 하지만 꽃향기가 아주 강렬해서 벌써 방 안에 가득 퍼져 있었지요. 두 손으로 꽃다발을 들고 그 안에 얼굴을 묻으며 냄새를 맡던 당신 모습이 지금 내 눈앞에 보이는구려. 얼굴을 다시 들었을 때는 핏기가 하나도 없었고 두 눈은 마치 뭔가에 취한 듯 이상했소……."

"계속해요, 계속해요!" 엘레나가 흐르는 강물에 매료되어 다리 난간에 기대 몸을 숙인 채 힘없는 목소리로 말했다.

"그리고 소파로 갔지. 기억나요? 내가 당신 가슴과 팔과 얼굴을 꽃으로 덮으며 당신을 눌렀지요. 당신은 계속 꽃 속에서 다시 일어나 입술을 내밀고 목을 내 쪽으로 내밀었어요. 눈을 반쯤 감은 채 말이오. 당신의 살과 내 입술 사이에서 차갑고 부드러운 꽃잎의 감촉이 느껴졌어. 내가 당신 목에 입을 맞추면 당신은 온몸을 떨었지요. 나를 멀리하려고 두 손을 뻗었어요. 오, 그러니까⋯⋯ 당신은 쿠션에 얼굴을 묻었어. 가슴은 장미 속으로 사라졌고, 두 팔은 팔꿈치까지 그대로 드러나 있었지. 내 관자놀이에서 미세하게 떨리던 창백한 당신의 손보다 더 사랑스럽고 부드러운 게 이 세상에 있을까요⋯⋯. 기억나요?"

"네. 계속해요!"

그는 계속 말을 했고 그러는 사이 사랑의 감정이 점점 더 커져갔다. 자기 말에 취한 그는 자신이 무슨 말을 하고 있는지도 알아차리지 못했다. 해를 등진 엘레나가 연인 쪽으로 몸을 숙이는 중이었다. 두 사람 모두 옷을 사이에 두고 서로의 몸이 닿는 것을 막연히 느꼈다. 그들 밑의 강물은 느릿느릿, 차갑게 흐르는 듯 보였다. 가늘고 키 큰 갈대들이 마치 풀어 헤친 머리카락처럼 바람이 불 때마다 강물 쪽으로 휘어졌다가 물속에서 넓게 퍼진 채 떠 있었다.

두 사람은 이제 아무 말도 하지 않았다. 하지만 서로를 바라보는 사이 귓가에 끝없이 맴도는 소리가 그들 존재의 일부분을 어디론가 데려갔다. 마치 그들 뇌의 은밀한 부분에서 빠져나온 무엇인가가 소리가 되어 주위로 퍼지며 들판을 가득 메우는 듯이.

엘레나가 몸을 세우며 말했다.

"가요. 목말라요. 어디 가서 물을 좀 마실 수 있을까요?"

그래서 그들은 다리를 건너 로마네스크 양식의 여관 쪽으로 갔다. 마부 몇 명이 큰 소리로 욕을 하며 마구들을 떼어 내고 있었다. 해 질 녘의 햇살이 모여 있는 사람들과 대화를 했다.

두 사람이 들어갔을 때 여관 사람들은 전혀 놀라지 않았다. 열에 들뜬 서너 명의 남자가 네모난 화로 주위에 아무 말 없이 모여 있었는데 혈색은 좋아 보이지 않았다. 불그레한 안색의 마부가 불 꺼진 파이프를 입에 문 채 한쪽 구석에서 *끄덕끄*덕 졸았다. 호리호리한 체격에 사팔눈의 젊은이 둘이 카드 게임을 했는데 잔인하게 이글거리는 눈빛으로 이따금 서로를 노려보았다. 여관 주인은 뚱뚱한 여자로, 품에 안은 아기를 천천히 흔들어 주었다.

엘레나가 유리컵에 물을 따라 마시는 동안 여관 주인이 엘레나에게 아기를 보여 주며 하소연을 했다.

"이것 좀 보세요, 부인! 이것 좀 보세요, 부인!"

그 가여운 생명체의 팔다리는 비참할 정도로 여위어 있었다. 보랏빛 입술은 희*끄*무레한 점들에 뒤덮였고 입안은 허옇게 백태가 끼어 있었다. 그 작은 몸에서 이미 생명이 달아나 버리고 육신만 남아 그 위에서 곰팡이가 자라는 듯했다.

"보세요, 부인, 손이 얼음장처럼 차가워요. 물도 못 마셔요. 아무것도 삼키지 못하죠. 잠도 자지 못하고……."

여자가 흐느껴 울었다. 열에 들뜬 남자들이 지칠 대로 지친 눈으로 바라보았다. 흐느끼는 소리에 두 젊은이가 짜증스러운 동작을 했다.

"갑시다, 갑시다!" 안드레아가 식탁에 동전 하나를 놓고 엘레나의 팔을 잡고 말했다. 그리고 그녀를 밖으로 데리고 나왔다.

두 사람은 다시 함께 다리로 돌아왔다. 아니에네 강물은 이제 지는 해의 햇살에 붉게 타올랐다. 반짝이는 선 하나가 다리의 아치를 가로질러 갔다. 멀리서 강물은 갈색이지만 밝게 빛났다. 기름이나 역청이 그 위에 점점이 떠다니기라도 하듯. 거대한 폐허 더미처럼 기복 있는 들판이 완전히 보랏빛으로 물들었다. 로마 쪽 하늘은 점점 더 붉게 변했다.

"아기가 너무 가여워요!" 엘레나가 동정심이 깊이 담긴 목소리로 중얼거리며 안드레아의 팔을 꽉 잡았다.

바람이 사나워졌다. 까마귀 떼들이 요란하게 울어 대며 붉게 물든 공기 중으로 높이 날아갔다.

그때 갑자기, 고독한 그 풍경 앞에서 두 사람은 감정적으로 흥분한 상태가 되었고 그러한 흥분이 두 사람의 정신을 사로잡았다. 비극적이면서도 에로틱한 무엇인가가 그들의 열정 속으로 들어오는 듯했다. 절정에 이른 감정들이 강렬한 석양 때문에 더 활활 타올랐다. 엘레나가 걸음을 멈췄다.

"더 갈 수 없어요." 그녀가 숨을 헐떡이며 말했다.

마차는 아직 멀리에, 두 사람이 내린 그 지점에 꼼짝 않고 서 있었다.

"조금만 더 가요, 엘레나! 조금만 더! 내가 당신을 데려가는 게 싫소?"

안드레아는 억누를 수 없는 격정에 사로잡힌 채 생각에 빠졌다.

'엘레나는 왜 떠나고 싶어 했지? 왜 마법을 깨 버리려 했지? 이미 우리의 운명이 영원히 연결된 게 아니었나? 내가 살아가는 데 그녀가, 그녀의 눈이, 그녀의 목소리가, 그녀에 대한 생각이 필요했지……. 그녀에 대한 사랑이 내 몸 구석구석에 스며들어 있었어. 그 사랑이 마치 치료할 수 없는 독약처럼 내 몸속의 모든 피를 대신했지. 그녀는 왜 달아나고 싶어 했지? 나는 그녀의 곁에 달라붙어 있었을 거고, 제일 먼저 가슴으로 그녀를 짓눌러 숨 막히게 했을 거야. 아니, 그럴 수 없어. 설대! 설대!'

엘레나는 바람에 시달리며 고개를 숙인 채 그의 말을 듣고 아무 대답도 하지 않았다. 잠시 후 그녀가 한 손을 들어 마부에게 가까이 오라는 신호를 보냈다. 말들이 발굽으로 땅을 긁었다.

"포르타 피아에 세워요." 엘레나가 연인과 함께 마차에 오르면서 크게 말했다.

그러더니 갑자기 몸을 움직여 그의 욕망에 자신을 맡겼다. 그는 그녀의 입, 이마, 머리, 눈, 목에 탐욕스럽게 재빨리, 숨도 쉬지 않고 입을 맞추었다.

"엘레나! 엘레나!"

저택들의 대리석 벽돌에 반사된 불그레한 빛이 생생하게 마차 안으로 들어왔다. 여러 마리의 말들이 소란하게 거리를 달리는 소리가 가까워졌다.

엘레나는 한없이 부드럽고 순종적인 몸짓으로 연인의 어깨에 몸을 기대며 말했다.

"잘 가요, 내 사랑! 잘 가요! 안녕!"

그녀가 일어서자 왼쪽 오른쪽에서 여우 사냥에서 돌아오는 진홍색 옷을 입은 기사 열두어 명이 말을 타고 전속력으로 질주했다. 그중 한 사람인 베피 공작이 마차 옆을 스치듯 지나며 마차 창문 안을 들여다보려고 말 위에서 몸을 숙였다.

안드레아는 아무 말도 하지 않았다. 이제 그는 끝없는 우울 속에서 완전히 무기력해지는 기분이었다. 초기의 흥분 때문에 나타나지 않았던, 그의 기질 속에 있는 어린아이 같은 허약함이 이제 눈물이 필요하다고 알렸다. 그는 몸을 숙이며 무릎을 꿇고 눈물로 여자의 연민을 불러일으키고 싶었다. 그는 현기증이 날 때처럼 어지러웠고 몸이 둔했다. 예리한 냉기가 그의 목을 타고 올라와 머리카락 뿌리 속으로 들어왔다.

"잘 가요." 엘레나가 다시 말했다.

마차가 그가 내릴 수 있도록 포르타 피아 아치 밑에서 멈췄다.

그러니까 안드레아는 엘레나를 기다리면서 오래전 그날을 기억 속에 되살려 냈다. 그날의 행동들을 모두 눈앞에서 다시 보았고 모든 말들을 다시 들었다. 엘레나의 마차가 콰트로 폰타네 쪽으로 사라지자마자 나는 어떻게 했지? 사실 별다른 행동은 하지 않았다. 언제나 그랬듯이, 그때도 그의 영혼에 일종의 어리석은 흥분을 불러일으킨 일시적인 대상이 멀어지자마자, 그는 갑작스레 평온함과 일상적인 삶에 대한 감각과 균형을 되찾았다. 그는 마차를 타고 집으로 돌아왔다. 집에서는 평상시처럼 검은 양복을 입었는데 사소한 것 하나 빼놓지 않고 세련되게 몸치장을 했다. 그리고 매주 수요일마다 그랬듯이 팔라초 로카조비네로 사촌과 점심을 먹으러 갔다. 외부에 존재하는 모든 것들이 그에게 거대한 망각의 힘을 행사하며 그를 차지하고 세상의 쾌락을 즐기도록 자극했다.

사실 깊은 생각에 빠진 것은 그날 밤 아주 늦게, 그러니까 그가 집으로 돌아와 테이블 위에서 반짝이는 작은 대모갑 빗 핀, 엘레나가 이틀 전 잊어버리고 놓고 간 그 핀을 보았을 때였다. 그래서 그는 그때까지 잊은 대가로, 그날 밤 내내 고통스러웠고 수많은 간교한 생각들로 그의 아픔은 더욱 배가되었다.

하지만 만남의 순간이 다가오고 있었다. 트리니타 데이 몬티의 시계가 3시 45분을 알렸다. 그는 이런 생각을 하며 몹시 초조해했다. '몇 분 후면 엘레나가 올 거야. 어떤 태도로 그녀를 맞아야 하지? 무슨 말을 해야 하지?'

그의 불안감은 진실했다. 그녀에 대한 사랑이 실제로 생생하게 마음속에 되살아났다. 하지만 그의 감정을 언어로 유연하게 표현하면 항상 지나치게 기교적이 되었고, 난순함이나 신실함과는 거리가 멀었다. 때문에 그의 영혼이 심하게 동요할 때에도 습관적으로 그러한 표현을 준비해 두어야 할 정도였다.

그는 장면을 상상해 보려고 애썼다. 몇 마디 문장도 만들어 두었다. 대화를 나누기에 가장 좋은 장소를 눈으로 골랐다. 그러다가 자신의 얼굴이 창백한지, 상황에 어울리는지를 거울에 비춰 보려 일어서기도 했다. 거울에 비친 자신을 보던 그의 시선이 관자놀이, 머리카락이 난 그 언저리에 머물렀다. 엘레나가 그 당시 부드럽게 키스해 주곤 하던 부분이었다. 입을 열어 완벽할 정도로 반짝이는 이와 깨끗한 잇몸을 보며 감탄하다가 예전에 엘레나가 특히 그의 입을 좋아했었다는 기억을 떠올렸다. 타락하고 유약한 그의 허영심은 사랑을 나눌 때에도 우아함이나 외형의 효과를 간과하는 일이 결코 없었다. 그는 사랑의 행위를 할 때 자신의 아름다움에서 최대한의 기쁨을 끌어낼 수 있다는 사실을 알았다. 육체에 관한 이런 태도와 예리하게 쾌락을 추구하는 면이 여인들의 마음을 사로잡았다. 그는 돈 후안 같은 면과 천사 같은 면모를 동시에 가지고 있었다. 그는 힘이 넘치는 밤의 남자, 수줍음 많고 순결한, 거의 동정에 가까운 애인이 될 수 있었다. 그의 힘은 바로 여기서 나왔다. 그러니까 그는 사랑의 기술에서 가식이나 허위나 거짓말을 전혀 꺼리지 않았다. 그가 지닌 힘의 대부분은 위선 속에 있었다.

'어떤 동작으로 그녀를 맞을까? 무슨 말을 할까?' 그는 당황스러웠고 그 와중에도 시간은 쏜살같이 흘렀다. 그는 엘레나가 어떤 분위기로 올지 아직 알지 못했다.

그는 전날 아침 콘도티 거리에서 쇼윈도를 구경하던 그녀를 만났다. 그녀는 이유 없이 오랜 기간 로마를 떠나 있다가 며칠 전에 다시 돌아왔다. 예상치 못한 갑작스러운 만남으로 두 사람은 모두 흥분할 정도로 감격했다. 하지만 거리의 많은 사람들 때문에 두 사람은 예의 바르고 신중한 태도를, 격식을 갖춘 거의 냉랭한 태도를 보여야만 했다. 그가 그녀에게 무거우면서도 약간 슬픈 분위기로 그녀의 눈을 보며 말했다. "당신에게 할 얘기가 아주 많습니다, 엘레나. 내일 나를 만나러 와 줄 수 있습니까? *buen retiro*[1]는 하나도 안 변했어요." 그녀가 짧게 대답했다. "좋아요, 갈게요. 4시경에 갈 테니 기다려요. 나도 당신에게 할 말이 좀 있어요. 이제 가 볼게요."

엘레나는 조금도 주저하지 않고, 어떤 조건을 내걸지도 않고, 대수롭지 않게 초대를 받아들였다. 그렇듯 선선한 태도 때문에 안드레아는 처음부터 왠지 걱정스러운 마음이 들었다. 그녀는 친구로 찾아오는 걸까, 아니면 연인으로? 사랑의 관계를 다시 맺으러 오는 걸까, 아니면 희망을 산산조각 내려 오는 걸까? 만나지 못한 2년 동안 그녀의 마음속에 어떤 일이 일어났을까? 안드레아는 알 수가 없었다. 하지만 거리에서 그가 인사하려고 고개를 숙였을 때 그녀의 눈길에서 받은 느낌은 아직도 생생했다. 긴 속눈썹 사이의 그 눈길은 여전히 예전과 다름없이, 너무나 부드럽고 깊고 매력적이었다.

2~3분만 지나면 4시였다. 기다리는 사람의 긴장감은 점점 더 커져서 그는 숨이 막힐 것 같았다. 다시 창가로 가서 트리니타의 계단 쪽을 보았다. 엘레나는 예전에 그들의 만남을 위해 한 계단 한 계단 올라오곤 했었다. 마지막 계단에 발을 올려놓으며 잠시 걸음을 멈추곤 했다. 그러다 카스텔델피노 저택 앞쪽의 광장을 빠른 걸음으로 건너왔다. 광장이 조용할 때면 포장도로 위에 울려 퍼지는, 약간 비틀거리듯 걷는 그녀의 발소리가 들리기도 했다.

시계가 4시를 알렸다. 스페인 광장과 핀치오 언덕에서 마차들

---

1 '멋진 은신처'라는 뜻.

소리가 들렸다. 많은 사람들이 빌라 메디치 앞쪽 나무 아래로 걷고 있었다. 두 여자가 첨탑 주위에서 뛰어노는 아이들을 지켜보기 위해 교회 앞 돌의자에 앉아 있었다. 지는 해의 햇살을 받은 첨탑은 온통 장밋빛이었다. 그리고 약간 짙은 청색의 첨탑 그림자가 비스듬히 길게 드리워졌다. 해가 차츰 기울듯이 공기도 차가워졌다. 아래쪽 도시는, 어느새 몬테 마리오 삼나무들의 시커먼 그림자가 드리워진 창백한 하늘을 배경 삼아 금빛으로 물들어 갔다.

안드레아는 흠칫했다. 카스텔델피노 저택 옆으로 난 좁은 계단 끝에 그림자 하나가 나타났다가 미냐넬리 광장으로 내려가는 것을 보았다. 엘레나가 아니라 어떤 부인이었는데 그녀는 느릿느릿 그레고리아나 거리 쪽으로 방향을 바꾸었다.

'엘레나가 올까?' 안드레아는 미심쩍어 하며 창가에서 물러났다. 차가운 공기가 들어오는 창가를 떠나자 방 안의 따스한 온기가 더욱 포근하게, 향나무와 장미 향기는 더욱 강렬하게, 커튼과 문에 드리워진 휘장의 그림자들은 더욱 신비하게 느껴졌다. 순간 안드레아가 있는 방은 그가 갈망하는 여인을 맞을 준비가 완벽하게 갖추어진 듯했다. 그는 엘레나가 이 방 안에 들어올 때 어떤 느낌일지 생각해 보았다. 물론 그녀는 추억으로 넘치는 이처럼 달콤한 분위기에 압도당할 게 틀림없다. 그녀는 갑자기 현실과 시간 감각을 모두 잃을 것이다. 예전의 그 익숙한 밀회 중 하나로 생각할 테고 그때의 정사가 결코 중단된 적이 없으며 자기 역시 예전의 엘레나라고 믿겠지. 사랑의 연극이 변했다고 해서 사랑마저 변할 이유가 있을까? 당연히 그녀는 한때 좋아했던 것들에 깊이 매료될 것이다.

이제 연인을 기다리는 남자에게 새로운 고문이 시작되었다. 습관적으로 사색에 잠겨 환상에 빠지거나 시적인 꿈에 빠지는 정신들은 사물도 인간의 영혼처럼 감수성이 풍부하고 변화무쌍한 영혼을 지니게 만든다. 그러한 정신들은 모든 것에서, 모든 형상에서, 색깔에서, 소리에서, 향기에서 투명한 상징, 감정이나 생각의 표식을 읽어 낸다. 그리고 모든 현상에서, 현상들의 조합에서 심리적인 상태, 도덕적인 의미를 추측할 수 있다고 생각한다. 그러한 정신들 속에 고통이 생겨날 정도로 시야가 너무 투명한 경우가 종종 있다. 그러면 그 정신들은 자기 앞에 드러난 삶의 충만함에 짓눌리는 듯한 기분을 느끼기도 하고 자신들의 환영에 놀라기도 한다.

안드레아는 주변 사물의 모습 속에 반사된 자신의 불안을 보았다. 그리고 기다림 속에서 자신의 욕망이 부질없이 흩어지고 신경이 쇠약해지듯 거의 에로틱하다고 말할 수 있을 사물의 본질 역시 무의미하게 증발하여 흩어지는 듯했다.

수없이 사랑하고 즐기고 고통스러워했던 모든 사물들이, 그가 보기에는 자신의 감수성의 어떤 부분을 획득하는 데 도움을 준 듯했다. 그런 사물들은 그의 사랑, 쾌락, 슬픔의 증인일 뿐 아니라 그것들과 함께했다. 그의 기억 속에서 각각의 형태들, 각각의 색깔은 여성적인 이미지와 조화를 이루었고 미(美)의 화음 속에 들어 있는 하나의 음표였으며, 황홀한 열정을 이루는 한 요소였다. 취향 때문에 그는 사랑 속에서 다양한 희열을 희구했다. 복잡하게 뒤얽힌 온갖 감각들이 주는 즐거움, 수준 높은 지적 감동, 자유분방한 감정, 잔인한 격정 같은 것들을 말이다. 그가 탐미주의자처럼 노련하게 그것을 찾았기 때문에 사물의 세계에서 자연스럽게 그의 희열의 대부분을 끌어낼 수 있었다. 이런 섬세한 배우는 배경이 없는 사랑의 희극을 이해하지 못했다.

그러므로 그의 집은 완벽한 극장이었고 그는 유능한 무대 장치가였다. 그리고 이런 장치 속에 그는 거의 언제나 자신을 집어넣었다. 거기서 그의 풍요로운 정신은 아낌없이 소모되었다. 자신이 만든 마법의 원에 걸려 빠져나오지 못하는 마법사처럼 그는 그 장치를 자신이 만들었다는 사실도 잊은 채 자신의 속임수에 걸리고 자신의 계략에 빠지고 자신의 무기에 상처를 입는 일이 드물지 않았다. 그에게는 주위의 모든 것이 말로 표현할 수 없는 삶의 외양을 가진 듯했다. 그러한 삶의 외양은, 예를 들어 성스러운 도구들, 종교의 휘장, 신앙의 도구들에 의해 인간의 명상이 축적된 모든 형상 혹은 고귀한 이상으로 향하는 인간의 상상력을 불러일으키는 형상을 갖게 된다. 향수를 병에 담아 놓고 오랜 세월이 흐르면 어느 날 그 병에서도 향기로운 냄새가 나듯, 어떤 물건들은 모호하기는 하지만 그 환상의 연인이 그 사물들에 비치면서 스며들게 했던 사랑의 일부분을 간직하고 있다. 그리고 그가 초자연적인 존재에 의해 동요하듯 이따금 동요할 정도로 강력한 자극이 그 사물들로부터 나오곤 했다.

사실 그는 그 사물들 각각에서 성적 흥분을 일으키는 잠재적인 가능성을 인지할 수 있고 어떤 순간에는 자신의 주위에서 그 가능성이 분출되어 퍼져 나가고 진동하는 게 느껴지는 듯했다. 그래서 그가 애인의 품에 있을 때면 자신과 애인의 육체와 영혼에 최고의 파티를 벌여 주었다. 그 기억만으로도 한평생 환히 빛날 수 있도록. 하지만 혼자 있을 때는 그 위대하고 희귀한 사랑이라는 장치가 불필요하게 사라져 버렸다는 생각에 깊은 고통과 말로 표현할 수 없는 후회가 그를 옥죄었다.

불필요하게! 키 큰 피렌체산 꽃병의 장미들 역시 기다림 속에서 은밀한 매력을 있는 대로 발산했다. 벽에 붙여 놓은 소파 위에 놓인, 여인과 포도주를 찬양하는 은빛 시구들이 16세기 페르시아

카펫의 형언할 수 없는 부드러운 색깔과 조화롭게 어우러져, 창문으로 스며들어 한 모퉁이를 비추는 석양빛에 반짝였다. 그리고 가까이에 있는 그림자를 더욱 투명하게 만들었고 의자 아래 쿠션들 위로 희미한 빛을 퍼뜨렸다. 그림자는 어디에서든 투명하고 풍요로워서, 신비한 보물이 숨겨진 어둠의 신전들에서 찾아볼 수 있는 모호하지만 눈부신 박동으로 생명력을 얻은 듯했다. 벽난로에서 장작이 후드득 소리를 내며 탔다. 그 불꽃 하나하나가 퍼시 셸리의 이미지에 따르면, 항상 움직이는 빛 속에서 흩어지는 보석 같은 것이었다. 그 순간 사랑에 빠진 남자에게는 온갖 형태, 온갖 색깔, 온갖 향기가 그 본질로 이루어진 가장 섬세한 꽃처럼 보였다. 그런데 그녀가 오지 않는다! 그녀가 오지 않는다!

그러자 그의 머릿속에서 처음으로 그녀의 남편이 떠올랐다.

엘레나는 이제 자유의 몸이 아니었다. 그녀는 갑작스레 로마를 떠난 뒤 몇 개월 만에 험프리 히스필드 경이라는 영국 귀족과 재혼함으로써, 미망인으로서 누릴 수 있는 멋진 자유를 포기했다. 사실 안드레아는 1885년 10월 사회면에서 결혼 소식을 본 기억이 났다. 그리고 그 가을 로마 휴가지에서 헬렌 히스필드 부인에 대한 소식을 끝도 없이 들은 기억도 떠올랐다. 또한 바로 그 전 겨울의 토요일에 주스티니아니 반디니 공작 부인의 저택과 공매(公賣)에서 그 험프리 경을 10여 차례 만났던 생각도 났다. 험프리 경은 40대로 잿빛을 띤 엷은 금발 머리에 머리가 벗어졌고 혈색이 좋지 않은 얼굴에 두 눈은 맑고 날카로웠으며 툭 튀어나온 이마 위로 혈관들이 가로질러 갔다. 히스필드는 지브롤터를 방어(1779~1783)한 영웅이었으며 조슈아 레이놀즈가 그린 초상화로 불멸을 얻은 중장과 같은 이름이었다.

엘레나의 인생에서 그 남자는 어떤 역할을 맡았을까? 결혼이라는 관계 말고 엘레나와 그를 연결해 주는 건 무엇일까? 남편과의 육체적·정신적 접촉이 그녀에게 어떤 변화를 가져왔을까?

한순간 안드레아의 머릿속에 궁금증이 어지럽게 소용돌이쳤다. 그런 혼란 속에서 그 두 남녀가 육체적으로 결합하는 이미지 하나가 선명하고 정확하게 눈앞에 살아나는 듯했다. 그 고통이 어찌나 크던지 생식기에 갑자기 상처를 입은 남자처럼 본능적으로 벌떡 일어나 방을 가로질러 현관홀로 나갔다. 그리고 자신이 반쯤 열어 둔 문에서 귀를 기울였다. 거의 5시 15분 전이었다.

잠시 후 계단을 올라오는 발소리, 옷자락 스치는 소리와 헐떡이는 숨소리가 들렸다. 분명 어떤 여자가 올라오는 중이었다. 온몸의 피가 격렬하게 솟구쳐, 오랜 기다림으로 지친 그는 힘이 빠져 자신이 정신을 잃었다고 생각할 정도였다. 하지만 마지막 계단을 오르는 발소리, 아주 긴 숨소리, 층계참과 문지방을 지나는 발소리도 들었다. 그리고 엘레나가 들어왔다.

"오, 엘레나, 드디어!"

이 말 속에는 그동안 지속된 고뇌가 고스란히 담겨 있어서 그녀의 입가에, 연민과 기쁨이 뒤섞인 형언할 수 없는 미소가 떠올랐다. 그가 장갑을 끼지 않은 그녀의 오른손을 잡아 방 안으로 이끌었다. 그녀는 아직도 숨을 헐떡였다. 하지만 검은 베일 밑의 얼굴은 살짝 상기되어 있었다.

"미안해요, 안드레아. 일찍 빠져나올 수가 없었어요. 방문할 곳이 어찌나 많던지…… 돌려줘야 할 명함은 왜 그리 많은지……. 힘든 나날이었어요. 이제 더는 못해요. 여긴 왜 이렇게 더워요! 향기 좋아요!"

그녀는 계속 방 한가운데 서 있었다. 빠르고 경쾌하게 말하기는 했지만 다소 망설이며 불안해했다. 소매 윗부분에 넓게 퍼프를 넣고 손목 부분은 주름 없이 단추를 채우고 장식만을 목적으로 파란색 여우 털로 큼직하게 옷깃을 단, 가르멜* 원단으로 만든 앙피르 스타일*의 망토로 온몸을 가렸으나 날씬하고 우아한 몸매는 그대로 드러났다. 그녀가 떨리는 눈빛으로 미소를 머금으며 안드레아를 보았는데 그 미소에 예리한 탐색의 눈빛이 가려졌다. 그녀가 말했다.

"당신, 조금 변했군요. 어디가 변한 건지 모르겠어요. 가령 예전에는 본 적 없던 쓸쓸함이 당신의 입가에 담겨 있어요."

그녀는 친근하면서도 다정한 어조로 이런 말을 했다. 그녀의 목소리가 방 안에 울려 퍼지자 안드레아는 너무 기쁜 나머지 이렇게 외치고 말았다.

"말해요, 엘레나. 다시 말해요!"

그녀가 웃었다. 그러더니 물었다.

"왜요?"

안드레아가 그녀의 손을 잡으며 대답했다.

"당신이 알 텐데."

그녀가 손을 뺐다. 그리고 젊은 남자의 눈을 뚫어지게 보았다.

"난 이제 아무것도 몰라요."

"그러면 당신도 변한 겁니까?"

"아주 많이요."

어느새 '감정'이 두 사람을 끌어당겼다. 엘레나의 대답으로 갑자기 문제가 선명해졌다. 안드레아는 이해했다. 그러니까 그는 순식간에 그러나 정확하게, 존재의 내면을 분석하는 훈련이 잘된 사람들에게 자주 나타나는 직관에 의한 힌싱으로, 자신을 방문한 여자의 도덕적 성향과 앞으로 전개될 장면을 직감했다. 하지만 이미 그는 예전처럼 여자의 마법에 푹 빠져들어 버렸다. 게다가 호기심이 더욱 그를 자극했다. 그가 말했다.

"앉겠소?"

"네, 잠깐만요."

"저기, 소파에."

'아, *내 소파!*'

소파를 알아보고 그녀가 자연스레 이렇게 말하려고 했지만 곧 자제했다.

그것은 팔라초 키지*의 벽을 뒤덮은 것과 똑같은 스타일로, 키메라들이 여기저기 흐릿하게 돋을새김된 오래된 가죽 소파인데, 넓고 푹신했다. 가죽의 색상은 따뜻하고 풍요로워 베네치아 초상화의 배경이나 도금의 흔적을 살짝 간직한 멋진 청동이나 금박이 내비치는 고급스러운 대모갑 조각을 상기시켰다. 달마티카*를 재단해서 만든 커다란 쿠션이 등받이를 푹신하게 만들어 주었다. 쿠션의 색은 빛이 많이 바랜 듯한, 피렌체 견직물업자들이 연어 살색이라고 부르는 바로 그 색이었다.

엘레나가 소파에 앉았다. 티 테이블 가장자리에 오른쪽 장갑과 명함 케이스를 내려놓았다. 은으로 만든 얇고 매끈한 명함 케이스 위에는 서로 연결된 가터벨트 두 개가 새겨져 있었고 그 안에는 격언이 들어 있었다. 엘레나가 두 팔을 들어 목뒤에 묶은 매듭을 풀어 베일을 벗었다. 그런 우아한 동작으로 인해 벨벳 일부분이, 그러니까 겨드랑이 쪽과 소매, 가슴을 따라 물결이 일듯 반짝였다. 벽난로의 열기가 너무 뜨거워서 그녀가 장갑을 끼지 않은 손으로 얼굴을 가리자 손이 장밋빛 석고상처럼 빛났다. 움직일 때 반지들이 반짝였다. 그녀가 말했다.

"불을 좀 죽여요. 너무 활활 타고 있어요."

"이젠 활활 타는 불길을 좋아하지 않나요? 예전에 당신은 불도 마법이었는데! 이 난로가 기억하고 있어요."

"기억들을 뒤흔들지 말아요." 그녀가 안드레아의 말을 가로막았다. "그러니 불을 꺼요. 전등을 켜요. 내가 차를 준비할게요."

"망토는 안 벗을 거요?"

"아니요, 금방 가야 해서요. 벌써 많이 늦었어요."

"하지만 숨이 막힐 텐데요."

그러자 그녀가 초조함을 살짝 드러내며 일어났다.

"그럼 좀 도와줘요."

안드레아는 망토를 벗기며 그녀의 향기를 맡았다. 예전에 사용하던 향수가 아니었다. 하지만 가슴 가장 깊숙한 곳에 닿을 정도로 감미로웠다.

"다른 향수를 쓰는군." 안드레아가 독특한 억양으로 말했다.

그녀가 짧게 답했다.

"그래요. 마음에 들어요?"

안드레아는 다시 두 손으로 망토를 잡고 깃을 장식한 모피에, 그러니까 그녀의 살과 머리칼이 닿아서 더욱 냄새가 좋은 부분에 얼굴을 묻었다.

"향수 이름이?"

"이름 없어요."

그녀가 다시 소파에 앉아 벽난로에서 비치는 환한 불빛 속으로 들어왔다. 그녀는 레이스로 뒤덮인 검은 옷을 입었는데 그 레이스들 한가운데에 수없이 박힌 검은색과 금속의 구슬들이 반짝였다.

창문에 비친 석양빛이 서서히 힘을 잃어 갔다. 안드레아가 철제 촛대에 꽂힌, 짙은 오렌지색의 丁무러신 초들에 불을 붙였다. 그리고 가리개를 벽난로 앞으로 끌어다 놓았다.

그 침묵의 순간에 두 사람 모두 내심 당황스러워했다. 엘레나는 그 순간에 대해 정확히 인식하지 못했고 자신감도 없었다. 노력을 해 보긴 했지만 자신의 목적을 파악하지 못했고 의도를 확인하지도 의지를 되찾을 수도 없었다. 한때 그토록 강렬한 열정으로 연결되어 있던 남자 앞에서, 그녀가 자신의 인생에서 가장 뜨거운 시간을 경험했던 이곳에서 그녀는 서서히 모든 생각들이 요동을 치다 흩어져 사라지는 기분이 들었다. 지금 그녀의 정신은 기분 좋은 상태로, 말하자면 감정이 유연하게 변하는 상태로 옮겨 가는 중이었다. 공기 중의 수증기가 대기의 변화를 수용하듯, 외부의 사건들에서 비롯된 모든 움직임, 모든 태도, 모든 형태를 수용하는 그런 상태였다. 그녀는 잠시 망설이다가 그러한 상태에 자신을 맡겼다.

안드레아가 천천히, 거의 황송한 듯이 말했다.

"다 괜찮아요?"

그 말들이 형언할 수 없게 기분 좋았고 거의 가슴 끝이 떨릴 정도로 달콤해서 그녀는 대답 없이 웃기만 했다. 그녀가 찬찬히 차를 준비하기 시작했다. 주전자 밑의 불을 켠 뒤 차를 보관한 칠기를 열어 도자기 주전자에 적당량의 차를 넣었다. 그리고 찻잔 두 개를 준비했다. 그녀의 동작은 느렸고, 일을 하면서 딴 데 정신이 가 있는 사람처럼 약간 산만했다. 티 하나 없이 깨끗한 그녀의 하얀 손이 움직일 때는 나비처럼 가벼워서 사물을 만지는 게 아니라 그저 살며시 건드리기만 하는 듯했다. 그녀의 몸짓, 손, 살짝 흔들리는 그녀의 몸에서 말로 표현할 수 없는 기쁨이 부드럽게 퍼져 나와 연인의 감각을 어루만져 주었다.

옆에 앉은 안드레아는 가느스름하게 눈을 뜨고 그녀를 바라보며 그녀에게서 탄생하는 관능적인 매력을 눈동자로 빨아들였다. 그녀의 움직임 하나하나를 관념적으로 만질 수 있기라도 하듯이.

그 어떤 연인이 이런 형언할 수 없는 환희를 맛보았을까? 접촉으로 인한 감각의 힘이 너무나 섬세해서 직접적인 물리적 접촉이 없어도 그 감각을 거의 느낄 수 있을 정도의 환희를.

두 사람 다 아무 말도 하지 않았다. 엘레나는 쿠션에 몸을 기대고 물이 끓기를 기다렸다. 그녀는 램프의 푸르스름한 빛을 바라보면서 반지들을 뺐다가 계속 다시 끼우곤 했는데 백일몽을 꾸듯 멍해 보였다. 그러나 꿈을 꾸는 게 아니라 희미하고 혼란스럽고 이리저리 흔들리며 손에 잡히지 않는 추억에 빠져 있었다. 지나간 사랑에 대한 기억들이 모두 머릿속에 되살아났지만 선명하지는 않았다. 그 추억들은 불확실한 인상만을 남겨서, 그녀는 자신이 행복했었는지 고통스러웠는지도 알지 못했다. 저마다의 독특한 색깔과 향기를 잃고 시들어 버린 여러 송이의 꽃들에서, 이제는 더 이상 어떤 꽃에서 나는 향기인지 구별하기 힘든 하나의 향기가 흘러나오는 것과 비슷한 현상 같았다. 그녀는 이미 흩어져 버린 기억의 마지막 숨결, 이미 사라져 버린 기쁨의 마지막 흔적, 이미 죽어 버린 행복의 마지막 느낌, 이름도 없고 윤곽도 없이 끊겨 버린 이미지들을 발산하는 수상한 수증기와 비슷한 무엇인가를 간직하고 있는 듯했다. 그러나 그 불가사의한 흥분과 뭐라 정의할 수 없는 불안감이 서서히 커졌고 달콤함과 씁쓸함이 그녀의 가슴을 부풀어 오르게 했다. 뚜렷하지 않은 예감, 드러나지 않은 동요, 유감스러운 비밀, 미신적인 두려움, 좌절된 열망, 숨 막히는 고통, 고통스러운 꿈, 충족되지 않는 욕망처럼, 그녀 내면의 삶을 구성하는 혼탁한 모든 요소들이 뒤섞여 회오리쳤다.

그녀는 자기 생각에 골똘해서 말이 없었다. 심상이 거의 터질 듯한 가운데 그녀는 조용히 감동이 쌓여 가는 것을 즐겼다. 말을 하면 그 감동이 흩어질 수 있었다.

주전자에서 서서히 김이 나기 시작했다. 낮은 의자에 앉은 안드레아는 무릎 위에 팔꿈치를 올려놓고 손바닥으로 턱을 괸 채 아름다운 여인을 뚫어져라 바라보았다. 그 눈빛이 어찌나 강렬한지 그녀는 돌아보지 않아도 고집스레 쏟아지는 그 집요한 눈길을 느낄 수 있을 정도였고 어딘지는 모르지만 몸의 어느 곳인가 불편할 지경이었다. 안드레아는 그녀를 바라보며 이런 생각을 했다. '한때 내가 이 여자를 소유했었지.' 그는 확신을 얻으려고 속으로 같은 말을 여러 차례 반복했다. 그리고 확신을 얻기 위해 정신적인 노력을 했고 쾌락이 지속되던 순간에 그녀가 취하던 자세 몇 가지를 떠올리며 자신의 품에 안긴 그녀의 모습을 되살려 내려고 애썼다. 그녀를 소유했었다는 확신이 손에 잡히지 않았다. 엘레나는 그와 한 번도 쾌락을 즐긴 적이 없는, 그가 한 번도 안아 보지 않은 새로운 여자처럼 보였다.

그녀는 사실 그 어느 때보다 훨씬 더 매력이 넘쳤다. 그녀의 아름다움이 지닌, 거의 조화롭다고 할 수 있는 수수께끼는 더욱 난해했고 더욱 사람을 끌어당겼다. 좁은 이마와 곧은 콧날, 너무나 완벽하고 안정감 있고 마치 시라쿠사의 둥근 메달에서 튀어나온 듯 고풍스러운 반달눈썹의 얼굴에서 두 눈과 입은 독특하게 대조되는 표정을 보여 주었다. 열정적이고 강렬하고 다의적이고 초인간적인 표정으로, 매우 퇴폐적인 예술에 흠뻑 젖은 현대적인 몇몇 사람만이 모나리자와 넬리 오브라이언* 같은 타입의 불멸의 여성으로 만들어 낼 수 있었다.

'지금은 다른 남자가 저 여자를 차지했어.' 안드레아는 그녀를 보면서 생각했다. '다른 남자의 손이 저 여자에게 닿고 다른 입술이 저 여자에게 입을 맞추고 있어.' 그리고 상상 속에서 그녀와 자신이 한 몸이 되는 이미지를 만들어 내는 데 실패한 반면 다른 이미지는 너무나 뚜렷하고 정확하게 눈앞에 그려 볼 수 있었다. 알고 싶고 밝혀내고 싶고 질문하고 싶은 격렬한 광기가 그를 공격했다.

끓고 있는 주전자 뚜껑 틈으로 뜨거운 김이 새어 나왔기 때문에 엘레나가 테이블 쪽으로 몸을 숙였다. 그녀는 찻잔에 물을 조금 따랐다. 그리고 잔 하나에 각설탕 두 개를 넣었다. 그러고는 찻잔에 물을 다시 따랐다. 그런 다음 푸르스름한 램프의 불을 껐다. 그녀는 부드러움이 느껴질 정도로 조심스럽게 그 일을 하면서 안드레아를 한 번도 돌아보지 않았다. 그녀의 내적 동요가 이제는 목이 잠기고 눈이 촉촉이 젖는 게 느껴질 정도로 그렇게 유약한 부드러움 속으로 흩어졌다. 상반되는 수많은 생각들, 모순되는 불안감과 동요가 하나가 되어 눈물로 흘러내렸다.

그녀가 움직이다가 은제 명함 케이스를 손으로 쳐서 케이스가 카펫 위에 떨어졌다. 안드레아가 케이스를 집었고 거기에 새겨진 두 개의 가터벨트를 보았다. 각각의 벨트 안에 감상적인 문구가 새겨져 있었다. *From Dreamland-A stranger hither,** 꿈의 나라에서 ── 이곳에서 당신은 이방인.

그가 눈을 들자 엘레나가 눈물을 글썽인 채 미소를 지으며 그에게 김이 모락모락 나는 찻잔을 내밀었다.

그는 그 뿌연 눈물의 막을 보았다. 뜻밖에 이런 사랑의 표시를 발견하자 그는 격정적인 사랑의 감정과 감사의 마음에 휩싸여 찻잔을 내려놓고 무릎을 꿇은 뒤, 엘레나의 손을 잡고 그 손에 입을 맞추지 않을 수 없었다.

"엘레나! 엘레나!"

그는 무릎을 꿇은 채, 그녀의 숨결을 다 들이마시고 싶은 듯, 그렇게 가까이에서 나지막이 불렀다. 열정은 진실한 반면 언어는 이따금 거짓을 말하기도 한다. '나는 그녀를 사랑했다. 항상 사랑했고, 절대 그녀를 잊을 수 없을 거야! 그녀를 다시 만나면서 나의 열정이 거의 공포스러울 정도로 격렬하게 되살아나는 것을 느꼈다. 일종의 고뇌 어린 공포로, 나는 혼란에 빠진 나 자신의 인생 전부를 얼핏 본 듯했다.'

"아무 말 하지 말아요! 아무 말 하지 말아요!" 엘레나가 고통스러운 표정으로 말했는데 얼굴이 백지장처럼 창백했다.

안드레아는 여전히 무릎을 꿇은 채 감정들을 상상하며 점점 더 몸이 달아올랐다. '나는 자신의 가장 크고 뛰어난 부분이 그렇게 갑작스레 달아난 그녀에게 끌려가는 것을 느꼈다. 그 후 나는 보잘것없는 나의 생활, 고통스러운 슬픔, 가라앉힐 수 없을 정도로 격렬히 지속되던 내면의 고뇌를 그녀에게 모두 털어놓을 수 없었다. 슬픔이 점점 커져 둑이 모두 무너져 내렸다. 나는 거기에 압도되었다. 내가 보기에는 모든 것들의 밑바닥에 슬픔이 자리 잡고 있었다. 달아나는 시간은 나에게는 참을 수 없는 고문이었다. 행복했던 나날들이 그리운 게 아니라 지금 부질없이 행복을 찾아 흘러가는 하루하루가 애석했다. 행복했던 나날들은 추억이라도 남겨 놓았다. 그러나 부질없이 흐른 나날들은 깊은 슬픔을, 거의 후회를 남겼다…… 나의 삶은 꺼지지 않는 불꽃 같은 단 하나의 욕망과 다른 즐거움에 대한 어찌할 수 없는 혐오감을 간직한 채 그대로 소모되어 갔다. 이따금 거의 분노에 가까운 탐욕스러운 격정, 쾌락을 향한 필사적인 열정이 나를 공격했다. 그것은 만족을 모르는 마음이 격렬하게 반항하는 것 같기도 했고, 죽으려 하지 않는 희망이 일렁이는 듯하기도 했다. 때로는 나 자신이 무(無)로 변해 버리는 듯했다. 그래서 존재의 텅 빈 심연, 거대한 그 심연 앞에서 전율하기도 했다. 내 젊음의 모든 불길이 한 줌 재로밖에 남지 않은 것이다. 또 어떤 때는 새벽이면 사라지는 그런 꿈과 비슷하게 나의 과거가, 나의 현재가 모두 사라지기도 했다. 얇은 껍질처럼, 속에 아무것도 없는 옷처럼 나의 의식에서 분리되어 떨어져 나갔다. 나는 오랫동안 병을 앓고 난 사람처럼, 매우 놀란 회복기 환자처럼 아무것도 기억나지 않았다. 나는 마침내 잊게 되었다. 나의 정신이 소리 없이 죽음 속으로 들어가는 기분이었다……. 그런데 갑자기 일종의 망각으로 인해 누리던 고요에서 새로운 고통이 솟구쳐 나왔고 뿌리 뽑을 수 없는 싹처럼 쓰러진 우상에서 더 큰 우상이 우뚝 솟아났다. 그녀, 그녀는 내 마음속에 있는 의지란 의지를 모두 유혹하고 지적인 힘을 무너뜨리고 영혼 속의 모든 비밀스러운 길들이 다른 사랑을 향해 가지 못하게, 다른 고통을 느끼지 못하게, 다른 꿈을 꾸지 못하게 영원히, 영원히…… 가로막는 우상이었다.'

안드레아는 거짓말을 했다. 하지만 능숙하고 막힘이 없는 그의 말은 따뜻했고 그 목소리는 마음속으로 파고들었고 그의 손길은 너무나 다정해서 엘레나는 그 끝없는 달콤함에 젖어 들지 않을 수 없었다.

"아무 말도 하지 말아요!" 엘레나가 말했다. "난 당신 말을 들어서는 안 돼요. 난 이제 당신 여자가 아니에요. 앞으로도 절대 당신 여자가 될 수 없어요. 아무 말도 말아요! 아무 말도 말아요!"

"아니, 내 말 들어요."

"듣고 싶지 않아요. 잘 있어요. 난 가야 해요. 잘 있어요, 안드레아. 벌써 늦었어요. 가게 해 줘요."

그녀가 안드레아에게 잡힌 손을 빼냈다. 그리고 나약해지는 마음을 누르면서 일어서려는 시늉을 했다.

"그럼 왜 온 거요?" 그가 일어서는 그녀를 막으며 약간 쉰 듯한 목소리로 물었다.

　물론 그렇게 거칠게 그녀를 막지는 않았지만 그녀는 양미간을 살짝 찡그렸다. 그리고 잠시 머뭇거리다가 대답했다.

　"내가 온 건……." 그녀가 연인의 눈을 똑바로 보며 일부러 자로 잰 듯 천천히 대답했다. "내가 온 건 당신이 연락했으니까요. 한때의 사랑 때문에, 그 사랑을 내가 그런 식으로 끝내 버려서, 오랫동안 멀리 떨어져서 모호한 침묵으로 일관했기 때문에 뻔뻔하게 초대를 거절할 수가 없었어요. 그리고 조금 전에 당신에게 했던 말을 꼭 하고 싶었어요. 난 이제 당신 여자가 아니고, 앞으로도 절대 당신 여자가 될 수 없다는 말을요. 나와 당신이 앞으로 어떤 고통스러운 속임수나 위험에 빠지지 않고, 씁쓸함을 경험하지 않기 위해 진심으로 이 말을 해 주고 싶었어요. 내 말 아시겠어요?"

　안드레아는 아무 말 없이, 거의 그녀의 무릎에 닿을 정도로 고개를 숙였다. 그녀가 예전처럼 친숙한 동작으로 그의 머리를 쓰다듬었다.

　"그리고……." 그녀가 계속 말을 이었는데 그 목소리에 그의 몸이 떨렸다. "그리고…… 당신을 사랑한다고, 예전과 다름없이 당신을 사랑한다고, 그래서 당신의 다정한 누나, 제일 사랑스러운 여자 친구가 되고 싶다고 말하고 싶었어요. 내 말 아시겠어요?"

　안드레아는 꼼짝하지 않았다. 그녀가 그의 관자놀이를 두 손으로 잡아 그가 고개를 들게 했다. 그는 어쩔 수 없이 그녀의 눈을 바라보아야 했다.

　"내 말 아시겠어요?" 그녀가 더 부드럽고 더 나직한 목소리로 다시 말했다.

　긴 속눈썹 그늘 밑의 두 눈은 너무나 깨끗하고, 부드러운 기름 몇 방울에 덮인 듯했다. 살짝 벌어진 그녀의 윗입술이 미세하게

40

떨렸다.

"아니, 당신은 나를 사랑한 적이 없어. 지금도 날 사랑하지 않아." 마침내 안드레아가 말을 쏟아 내며 관자놀이에서 그녀의 손을 떼어 내고 뒤로 물러섰다. 그녀의 눈동자가 본의 아니게 발산하는 불길이 이미 자신의 혈관 속으로 번져 나가는 게 느껴졌고, 한없이 아름다운 여인을 물리적으로 소유할 수 없게 되었다는 아픔이 찌를 듯 날카로웠기 때문이었다. "당신은 날 사랑하지 않았어! 그때, 당신은 갑자기, 거의 배신에 가깝게 당신의 사랑을 죽이려 했지. 그 사랑이 당신에게 얼마나 큰 행복을 줬는데⋯⋯. 당신은 내게서 달아났어. 날 버렸어. 날 외롭게, 경악하게, 세상천지에 더없이 고통스럽게 만들었어. 당신의 약속으로 여전히 눈이 멀어 있던 나를 말이야. 당신은 나를 사랑한 적이 없어. 지금도 날 사랑하지 않아! 수수께끼에 가려진 채 소식도 없이 냉혹하게 그렇게 멀리 떨어져 있더니. 당신에게서 시작되었기에 내게는 소중했던 슬픔을 키우며 내 인생의 꽃 같은 시간을 다 써 버릴 정도로 그토록 오래 그 많은 행복과 그 많은 불행을 겪고 나서 이제 당신은 우리의 추억이 생생히 살아 있는 곳에 다시 들어와서 부드럽게 말하는군. '난 이제 당신의 여자가 아니에요. 안녕.' 오, 당신은 나를 사랑하지 않아!"

"배은망덕한 사람! 배은망덕한 사람!" 거의 분노에 찬 듯한 안드레아의 목소리에 상처를 입은 엘레나가 소리쳤다. "무슨 일이 있었는지, 내가 얼마나 고통스러웠는지 알아요? 당신이 알아요?"

"난 아무것도 몰라요. 알고 싶지도 않소." 안드레아가 다소 당황한 눈으로 그녀를 보며 뚝뚝하게 대답했다. 그 눈길 밑에서 그의 분노한 욕망이 빛을 발했다. "난 당신이 예전에 완전히 내 여자였다는 건 아오. 망설임 없이 빠져들었고 한없이 관능적이었지. 다른 그 어떤 여자도 그렇지 못했소. 그리고 내 정신도 내 육체도 그 황홀함을 결코 잊지 못하리라는 걸 알아……."

"아무 말 하지 말아요!"

"누나로서의 연민을 내가 어떻게 받아들여야 하지? 당신은 당신 의지와 상관없이 연인의 눈으로 나를 보고, 자신 없는 손길로 나를 만지고 있어요. 당신이 환희로 눈을 감는 걸 난 너무 많이 봤소. 떨리는 당신의 손길을 너무 많이 느꼈지. 난 당신을 원해."

자신의 말에 흥분한 안드레아가 그녀의 손목을 힘껏 잡았고 그녀가 자신의 뜨거운 입김을 느낄 수 있을 정도로 자신의 얼굴을 그녀의 얼굴에 가까이 갖다 댔다.

"난 그 어느 때보다 당신을 원해."

키스로 그녀를 유혹하고 한 팔로 그녀의 가슴을 감싸려 하며 계속 말했다. "기억해 봐! 기억해 봐!"

엘레나가 그를 밀치며 자리에서 일어났다. 온몸을 부들부들 떨었다.

"그러고 싶지 않아요. 내 말 알겠어요?"

하지만 그는 알아듣지 못했다. 그녀를 잡기 위해 두 팔을 벌리고 다시 그녀에게 다가갔다. 얼굴이 백지장처럼 창백했고 행동은 단호했다.

"당신은." 그녀는 폭력을 견딜 수 없어 거의 숨이 막히는 것 같은 목소리로 소리를 질렀다. "내 육체를 다른 남자들과 함께 갖는 걸 견딜 수 있어요?"

그녀는 생각 없이 그런 잔인한 질문을 했다. 지금 그녀는 불안에 떨며, 거의 당황해서 눈을 크게 뜨고 연인을 쳐다보았다. 자신의 힘은 생각도 하지 않은 채 방어하기 위해 상대를 공격하고 상대에게 너무 깊은 상처를 줬을까 봐 걱정하는 사람처럼.

안드레아의 열정이 순식간에 사라져 버렸다. 안드레아의 얼굴이 너무나 고통스러워 보여 여자는 가슴이 찌를 듯 아팠다.

잠시 침묵을 지키던 안드레아가 입을 열었다.

"잘 가오."

그 한마디에 속으로 삼킨 온갖 말들의 씁쓸함이 담겨 있었다.

엘레나가 부드럽게 대답했다.

"잘 있어요. 날 용서해요."

두 사람 모두 그날 밤의 위험한 대화를 거기서 끝내야 할 필요를 느꼈다. 남자는 과장에 가까울 정도로 외형적인 예의를 지켰고, 여자는 더욱 부드러워져 거의 비굴할 정도였다. 여자가 계속 몸을 떨었다.

여자는 의자에서 망토를 집어 들었다. 안드레아가 조심스럽게 그녀를 도와주었다. 그녀가 소매에 팔을 잘 집어넣지 못하자 안드레아가 살짝 손을 대며 팔을 넣을 수 있게 해 주었다. 그리고 그녀에게 모자와 베일을 내밀었다.

"저쪽 방에 거울이 있는데 보려오?"

"아니, 고마워요."

그녀가 오래된 작은 거울이 걸린 벽난로 옆의 벽 쪽으로 갔다. 거울 가장자리에는 나무가 아니라 쉽게 모양을 만들 수 있는 금으로 조각한 듯 여러 형상들이 또렷하게 장식되어 있었다. 모나 아모로시스카인지 랄도미네*인지 하는 여인을 위해 15세기의 섬세한 예술가의 손에서 만들어진 아주 가벼운 거울이었다. 행복하던 시절에 엘레나는 약간 푸르스름한 탁한 물 같은, 얼룩이 진 뿌연 그 거울 앞에서 베일을 쓰고는 했었다. 지금 그 생각이 다시 떠올랐다.

거울에 나타난 자신의 얼굴을 보자 그녀는 기분이 이상해졌다.

강렬한 슬픔의 파도가 그녀의 정신을 쓸고 지나갔다. 하지만 아무 말도 하지 않았다.

안드레아가 주의 깊게 그녀를 보았다.

준비를 마치자 그녀가 말했다.

"많이 늦었을 거예요."

"그리 늦진 않았어요. 아마 6시쯤 됐을 거요."

"아까 타고 온 마차를 보냈어요." 그녀가 다시 말했다. "마차를 불러 주면 정말 감사하겠어요."

"잠깐만 여기 혼자 있을 수 있어요? 하인이 외출 중이어서."

그녀가 고개를 끄덕였다.

"당신이 마부에게 목적지를 말해 주시겠어요? 퀴리날레 호텔이에요."

그가 밖으로 나가며 방문을 닫았다. 그녀는 혼자 남았다.

그녀는 재빨리 주위로 눈을 돌렸고 뭐라 표현할 수 없는 눈길로 온 방을 훑었다. 그러다가 꽃들을 꽂아 놓은 화병에 눈길이 멈추었다. 벽이 훨씬 더 넓어 보였고 천장도 더 높아 보였다. 그것들을 보면서 그녀는 현기증이 시작될 때처럼 빙빙 도는 느낌이었다. 더 이상 향기를 맡을 수 없었다. 하지만 분명 온실 속처럼 공기가 뜨겁고 답답했다. 안드레아의 모습이 간헐적인 섬광처럼 나타났다. 그의 목소리가 가벼운 파도처럼 그녀의 귓가를 스치고 지나갔다. 지금 그녀가 정신을 잃고 있는 걸까? 그래도 눈을 감고 무력감에 몸을 맡기는 게 얼마나 달콤한지!

그녀는 흠칫 정신을 차리고 창 쪽으로 가서 창문을 열고 공기를 들이마셨다. 다시 정신을 차리고 방 안을 다시 살펴보았다. 창백한 촛불들이 이리저리 흔들리며 벽 위에 흐릿한 그림자들을 만들어 냈다. 벽난로의 장작들은 활활 타지는 않았지만 타고 남은 장작들이 성당 스테인드글라스 조각들로 만든 난로 가리개의 성스러운 형상들을 부분적으로 비춰 주었다. 손도 대지 않은 찻잔의 차는 차갑게 식은 채 테이블 가장자리에 놓여 있었다. 소파 쿠션에는 그곳에 앉아 있던 사람의 흔적이 고스란히 남아 있었다. 주위의 모든 사물에서 또렷하지 않은 우울한 기운이 발산되어 여자의 마음속으로 흘러들면서 켜켜이 쌓였다. 그 허약한 마음에서 그 무게는 점점 커져 그녀를 심하게 압박했고, 그녀는 숨도 쉬기 어려울 정도로 고통스러웠다.

"하느님! 하느님!"

그녀는 거기서 달아나고 싶었다. 한층 거센 바람에 커튼이 부풀어 올랐고 촛불이 일렁였으며 바스락 소리가 들렸다. 그녀는 흠칫 놀라 몸을 떨었다. 그러고는 자기도 모르게 이름을 불렀다.

"안드레아?"

그녀의 목소리, 그 이름이 고요한 방 안에 울리자 그녀는 흠칫했다. 마치 그 목소리의 주인이 자신이고 그 이름이 자신의 입에서 나오지 않기라도 한 듯. "안드레아가 왜 이리 늦는 거지?" 그녀는 귀를 기울였다. 한 해의 마지막 날이어서 도시 생활에서 발생하는 둔탁하고 음침하고 소란스러운 소음은 들리지 않았다. 트리니타 데이 몬티 광장으로 마차 한 대 지나가지 않았다. 이따금 강한 바람이 불어와 그녀는 창문을 닫았다. 별이 총총한 하늘로 우뚝 솟은 오벨리스크의 시커먼 끝부분을 흘깃 보았다.

안드레아가 바르베리니 광장에서 마차를 찾지 못하는 게 아닐까. 그녀는 소파에 앉아 미친 듯이 뛰는 가슴을 진정시키고 자신의 마음을 들여다보지 않으려 애쓰며, 또 외부의 사물들에 관심을 기울이려고 노력하며 안드레아를 기다렸다. 반쯤 꺼져 가는 장작불에 비친 벽난로 가리개 유리의 형상들이 그녀의 시선을 끌었다. 그 위, 벽난로 장식 위에 올려놓은 꽃병의 탐스러운 하얀 장미에서 꽃잎들이 하나둘 힘없이 부드럽게 뭔가 여성스럽게, 거의 육감적이라고 할 수 있게 밑으로 떨어졌다. 오목한 꽃잎들이 떨어지는 눈꽃송이처럼 살며시 대리석 바닥에 내려앉았다.

'향기로운 저 눈꽃을 손으로 만지면 얼마나 부드러울까!' 그녀는 생각했다. '떨어지는 장미 꽃잎들이 카펫에 소파에 의자에 흩어지고 있어. 그리고 나는 이런 쇠락 한가운데서 행복하게 웃는다. 그리고 내가 사랑하는 남자는 내 발치에서 행복해한다.'

하지만 거리 쪽으로 난 문 앞에 마차가 멈춰 서는 소리가 들렸다. 그녀는 자신을 에워싸는 일종의 침울함을 떨쳐 버리려는 듯 머리를 흔들며 일어섰다. 곧 안드레아가 숨을 헐떡이며 들어섰다.

"미안해요." 그가 말했다. "문지기를 찾을 수가 없어서 스페인광장까지 내려갔다 왔어요. 저 밑에서 마차가 기다리고 있어요."

"고마워요." 엘레나가 검은 베일 사이로 수줍게 말했다.

그의 표정은 심각했고 얼굴은 창백했지만 차분했다.

"멈프스가 아마 내일 올 거예요." 그녀가 부드러운 목소리로 덧붙였다. "언제 당신을 만날 수 있을지 편지로 알려 줄게요."

"고맙소!" 안드레아가 말했다.

"그럼 잘 있어요." 그녀가 다시 말하며 그의 손을 잡았다.

"저 아래 길까지 데려다줘도 되겠소? 아무도 없어요."

"예, 데려다줘요."

그녀가 잠깐 망설이다가 그를 보며 말했다.

"잊어버린 거 없습니까?" 안드레아가 물었다.

그녀가 꽃을 보았다. 하지만 대답했다.

"아, 있어요. 명함 케이스요."

안드레아가 테이블로 달려가서 케이스를 가져왔다. 그녀에게 케이스를 내밀며 말했다.

"*A stranger hither*(이곳에서 당신은 이방인)!"

"*No, my dear. A friend*(아니, 친구예요)."

엘레나는 몹시 흥분한 목소리로 쾌활하게 대답했다. 그러더니 갑자기 애원하는 듯도 하고 유혹하는 듯도 한, 두려움과 부드러움이 뒤섞인 미소를 지었다. 그 미소에 입을 전혀 가리지 않고 윗입술까지 닿은 베일이 미세하게 떨렸다.

"*Give me a rose*(장미 한 송이를 내게 줘요)."

안드레아가 꽃병 쪽으로 갔다. 꽃병마다 꽂혀 있던 장미들을 모두 꺼내 그가 양손으로 들기에도 버거울 정도로 큰 다발을 만들어 그녀에게 주었다. 장미 몇 송이가 바닥에 떨어졌고 꽃잎들이 떨어지기도 했다.

"모두 당신을 위한 거였습니다." 그가 연인을 보지 않은 채 말했다.

그러자 엘레나가 말없이 고개를 숙이고 돌아서서 밖으로 나갔고 그가 그 뒤를 따랐다.

두 사람은 아무 말 없이 계단을 내려갔다. 그는 깨끗하고 아름다운 그녀의 목을 바라보았다. 베일 끈 밑으로 솜털같이 몇 가닥의 검은 곱슬머리가 회색 모피와 뒤섞여 있었다.

"엘레나!" 가슴이 터질 듯 달아오른 고통스러운 열정을 더 이상 누를 수 없어 그가 조그맣게 그녀를 불렀다.

그녀가 돌아서서 아무 말 하지 말라는 뜻으로 둘째 손가락을 입술에 올려놓은 채 고통스러운 몸짓으로 애원했다. 그사이 두 눈이 촉촉이 젖어 빈짝였다. 그녀는 걸음을 재촉해 마차에 올랐다. 무릎 위에 장미꽃이 놓이는 게 느껴졌다.

"잘 있어요! 잘 있어요!"

마차가 움직이자마자 그녀는 한쪽 구석에 몸을 묻고 감정에 복받쳐 걷잡을 수 없이 쏟아지는 눈물을 흘리며 경련으로 떨리는 가여운 손으로 꽃잎을 뜯었다.

2

아름답고 희귀한 수많은 것들을 안타깝게도 익사시키는 민주주의라는 현대의 잿빛 물결 아래, 유서 깊은 이탈리아 귀족이라는 특별한 계급도 서서히 사라지는 중이었다. 이 계급은 대대로 전해 내려온 교양과 우아함과 예술을 애호하는 전통을 간직해 왔다.

18세기의 감미로운 삶에서 가장 눈부시게 빛났기에 나는 이 계급을 이상적인 계급이라 부르고 싶은데, 스페렐리 가문이 바로 이 계급에 속했다. 세련미, 우아한 작법(作法), 섬세한 것에 대한 사랑, 특이한 연구에 대한 편애, 미적 호기심, 고고학을 향한 정열, 세련되고 정중한 몸가짐이 대대로 스페렐리 가문의 가풍이었다. 알렉산드로 스페렐리라는 선조는 1466년에 나폴리 왕 페르디난도의 아들이며 칼라브리아 공작 알폰소의 형제인 아라곤의 페데리코에게 토스카나의 옛 시인들이 쓴 '거칠지 않은' 시 몇 편이 들어 있는 사본을 가져다주었다. 1465년 로렌초 데 메디치가 피사에서 약속했던 사본이었다. 그리고 바로 이 알렉산드로는 여신 같은 시모네타*가 죽었을 때 당시의 식학들과 함께 디불루스*를 모방해 쓸쓸하고 우수 어린 애가를 라틴어로 썼다. 같은 세기에 스페렐리 가문의 또 다른 선조 스테파노는 플랑드르로 가서 화려하고 정교하고 우아하며, 어디에서도 들어 본 적이 없을 정도로 호사스러운 부르고뉴 생활을 누렸다. 거기서 용담공 샤를*의 궁정에 머물다가 플랑드르의 한 일족과 혼인 관계를 맺었다. 그 아들 주스토는 얀 호사르트*에게 그림을 배웠다. 주스토는 1508년 황제 막시밀리안의 대사로 교황 율리우스 2세에게 파견된 부르고뉴 공작 필리프를 따라 스승과 함께 이탈리아에 왔다. 주스토는 피렌체에 정착했고 이 지역에서 가문의 주요 혈통이 계속 번창하게 되었다. 그리고 그는 피에로 디 코시모를 두 번째 스승으로 삼았다. 코시모는 활달하고 솜씨 좋은 화가로 색채 감각이 뛰어나 조화로운 색을 사용했는데 자신의 붓으로 이교의 신화들을 자유롭게 되살려 냈다. 이 주스토는 일반적이지 않은 화가였다. 그는 초기에 받은 고딕식 교육과 르네상스의 최신 정신을 조화시키는 데 온 힘을 쏟았으나 결과는 미미했다. 17세기 후반에 스페렐리 가문은 나폴리로 이주했다. 그리고 1679년 그 지역에서 바르톨로메오 스페렐리가 점성술에 관한 저작 『탄생 시의 천궁에 대해서(De Nativitatibus)』를 출간했다. 1720년에는 조반니 스페렐리가 '제비'라는 제목의 희가극을 상연했고 1756년에는 카를로 스페렐리가 사랑의 시들을 모아 시집을 출판했는데, 고전에서 나온 수많은 호색적인 문장들이, 당시 유행하던 호라티우스풍의 우아한 압운으로 마무리되었다. 뛰어난 시인 루이지 스페렐리는 무능왕으로 칭해지던 페르디난도 1세와 왕비 카롤리나의 궁정에서 탁월할 정도로 품위 있게 행동한 남자였다. 약간 우울하면서도 세련된 쾌락주의를 곁들여 아주 투명한 시를 썼다. 그는 섬세하고 품위 있는 연인처럼 사랑을 했고 수많은 정사를 경험했다. 그중 몇몇은 아주 유명했는데 질투에 눈이 멀어 음독자살을 한 부냐노 후작 부인과의 사랑이라든가, 결핵으로 죽은 체스터필드 백작 부인과의 사랑을 들 수 있다. 체스터필드 백작 부인이 죽었을 때 그는 감미롭기는 하지만 미사여구가 다소 지나치게 사용된 시와 소네트, 애가로 애도하고 있다.

안드레아 스페렐리피에스키 두젠타 백작은 유일한 상속인으로 가문의 전통을 계속 따르고 있었다. 사실 그는 19세기 이탈리아의 이상적인 청년 귀족이었고 신사들과 우아한 예술가들의 혈통을 지키는 정당한 수호자였으며 지적인 인종의 마지막 후예였다.

말하자면 예술이 그의 온몸에 흠뻑 스며들어 있었다. 다양하고 깊이 있는 학문에서 영양분을 취했던 청소년기에 그는 비범했다. 스무 살까지 그는 아버지와 함께 긴 여행을 하거나 오랜 시간 독서를 교대로 하곤 했다. 아버지의 가르침을 받으며 교육상의 강요나 억압이 없는 상태에서 그는 특별한 미적 교양을 완성시킬 수 있었다. 예술품에 대한 취향, 아름다움을 향한 열정적인 숭배, 편견에 대한 냉소적인 경멸과 쾌락에 대한 탐욕은 아버지로부터 물려받은 것이었다.

부르봉 왕가의 궁정이 가장 눈부시게 빛나던 시기에 성장했던 아버지는 폭넓게 살아갈 줄 알았다. 쾌락적인 삶에 대한 깊은 지식을 가진 동시에 바이런처럼 환상적인 낭만주의로 기울어지기도 했다. 아버지의 결혼 자체가 격정적인 사랑이 지나간 후, 거의 비극적이라 할 만한 상황에서 이루어졌다. 그래서 아버지는 수단과 방법을 가리지 않고 부부간의 평화를 깨뜨리고 뒤흔들었다. 결국 아내와 헤어졌는데 어린 아들을 항상 곁에 두고 전 유럽을 여행했다.

그로 인해 안드레아는 책을 통해서가 아니라 인간의 현실을 직접 대면하며 산 교육을 받았다. 그 결과, 그의 정신은 고급문화만이 아니라 경험에 의해서도 타락하게 되었다. 지식의 폭이 넓어짐에 따라 그의 호기심도 한층 커졌다. 그는 처음부터 스스로 절제할 줄 몰랐다. 타고난 감수성이 그의 무절제한 성격에 수많은 보물들을 지치지 않고 제공했기 때문이었다. 하지만 그런 힘이 팽창하면서 다른 힘, 그러니까 윤리적인 힘을 파괴해 버렸다. 그의 부친 스스로가 주저 없이 억누른 힘이기도 했다. 그리고 그는 자신의 삶이 서서히 자신의 능력과 희망과 쾌락이 감소하여 거의 포기해야 할 과정이라는 사실을 알아차리지 못했다. 그러한 삶의 고리가 자신의 주변에서 서서히, 그렇지만 사정없이 죄어 온다는 것을 깨닫지 못했다.

부친은 그에게 특히 다음과 같은 기본적인 좌우명을 전해 주었다. "예술 작품을 만들듯 자신의 인생을 만들어 가야 한다. 지적인 인간은 자신의 인생을 스스로 만들어야 한다. 진정한 우월함은 모두 여기 있다."

부친은 이렇게도 충고했다. "어떻게 해서라도, 가령 쾌락의 순간에도 자유를 완전히 지켜야 한다. 지적인 인간의 규범은 이러하다. *Habere, non haberi.*[2]

또 이렇게도 말했다. "회한은 나태한 정신이 뛰어노는 쓸모없는 목장이다. 무엇보다 정신을 늘 새로운 감각과 새로운 상상력에 쏟아부어 회한을 피하는 게 중요하다."

하지만 이러한 자발적인 원칙은, 그 애매함 때문에 고도의 윤리적 기준으로 해석될 수도 있었지만 바로 무의식적인 성질에 의해, 한없이 의지가 약한 한 인간에게서 훼손되고 말았다.

부친에게 물려받은 또 다른 씨앗, 그러니까 궤변의 씨앗이 안드레아의 영혼 속에서 사악하게 열매를 맺었다. 부주의한 교육자였

---

2 '소유하되, 소유당하지 말라'라는 뜻의 라틴어.

던 부친은 이렇게 말했다. "궤변은 인간의 모든 쾌락과 고통의 밑바닥에 있다. 궤변을 연마하고 다양화하는 것은 자신의 쾌락 또는 자신의 고통을 연마하고 다양화하는 것과 같다. 어쩌면 삶에 대한 지식은 가려진 진실 속에서 찾아야 하는지도 모른다. 말은 깊이 있는 것으로 지적인 인간을 위해 무한한 보물을 숨기고 있다. 사실 언변이 뛰어났던 그리스인들은 고대의 가장 세련된 향락가들이었다. 궤변가들 대부분이 황금시대였던 페리클레스의 세기에 활약했다."

그 씨앗은 이 젊은이의 불건전한 자질 안에서 알맞은 토양을 찾아냈다. 점차 안드레아의 내면에서, 타인뿐만 아니라 자신에 대한 거짓말이 의식과 너무나 밀착되어 가면서, 그는 완벽하게 성실해질 수도 없었고 자유롭게 스스로를 지배할 수도 없는 상태가 되고 말았다.

그가 스물한 살 되던 해, 아버지가 일찍 세상을 떠나는 바람에 그는 상당한 재산을 가진 귀족으로 혼자 남게 되었다. 어머니와 떨어져 살며 자신의 열정과 취미에 따라 마음 가는 대로 살았다. 영국에 15개월 머물기도 했다. 어머니는 옛 애인과 재혼했다. 그래서 그는 자신이 특히 좋아하던 로마로 왔다.

로마는 그가 매우 사랑하던 도시였다. 하지만 그가 사랑한 로마는 황제들의 로마가 아니라 교황들의 로마였고, 아치들과 고대 대중목욕탕이나 포로 로마노의 로마가 아니라 빌라와 분수와 교회의 로마였다. 그는 빌라 메디치를 위해서라면 콜로세움을 다 줄 수 있었고 스페인 광장을 위해 캄포 바치노, 거북이들의 분수를 위해 티투스의 개선문을 내줄 수 있었다. 그는 폐허로 남은 고대 황제들의 장대함보다 콜론나 가문과 도리아 가문, 바르베리니 가문의 귀족적인 화려함에 매료되었다. 그래서 그의 가장 큰 꿈은 미켈란젤로가 장식하고 카라치 형제*가 프레스코 벽화를 그린 팔라초 파르네세 같은 저택을 갖는 것이었다. 빌라 보르게세처럼 라파엘로와 티치아노와 도메니키니의 그림들로 넘치는 화랑이 있는 저택. 알레산드로 알바니*의 빌라처럼, 회양목 울타리와 동양의 붉은 화강암과 루니*의 하얀 대리석과 고대 그리스의 조각상과 르네상스의 그림들, 그리고 그 장소에 대한 추억 자체가 그의 오만한 사랑에 마법처럼 작용할 그런 저택을 갖고 싶었다. 예전에 사촌 누나 아텔레타 후작 부인의 저택에서 일상의 일을 고백하는 목록의 '뭐가 되고 싶은가'라는 질문 옆에 그는 '로마의 군주'라고 써넣은 적이 있었다.

1884년 9월 말경 로마에 온 그는 팔라초 주카리에 거처(home)를 마련했다. 팔라초 주카리는 피우스 6세의 오벨리스크 그림자가 달아나는 시간을 표시해 주는, 그 사랑스러운 가톨릭의 테피다리움*이 자리한 트리니타 데이 몬티 광장에 있었다. 집을 꾸미며 10월 한 달을 다 보냈다. 방들이 모두 정리되고 장식이 끝난 뒤 며칠 동안 어찌해 볼 도리가 없는 슬픔이 그를 엄습했다. 산 마르티노의 여름,* 무겁고도 감미로운 죽은 자들의 봄이었다. 그 속에서 로마는 남쪽 바다에 반사된 하늘처럼 청명한 하늘 아래 극동의 어느 도시처럼 금빛으로 물들었다.

나른한 대기와 빛으로 인해 모든 것이 실재성을 잃고 비물질적으로 보였는데, 그 대기와 빛은 안드레아의 내면을 끝없는 나른함 속으로, 불만, 실망, 고독, 공허함과 향수가 뒤섞인 형언할 수 없는 감각 속으로 떨어뜨렸다. 이 막연한 불쾌감은 기후와 풍습, 습관의 변화 때문인지도 몰랐다. 꿈이 수면 중의 사건들을 그 꿈의 성질에 따라 변형시키듯, 마음은 제대로 표현되지 않은 오르가슴의 느낌들을 심리적인 현상으로 전환시킨다.

이제 그는 새로운 단계에 들어선 게 틀림없었다. 드디어 그의 마음을 사로잡아 그의 목적이 될 수 있는 여성과 일을 찾아낼 수 있지 않을까? 그는 그러한 힘에 대한 확신도, 명예와 행복에 대한 예감도 품을 수 없었다. 예술에 흠뻑 빠져 있으면서도 그는 아직 이렇다 할 작품 하나 완성하지 못했다. 사랑과 쾌락을 갈망하면서도 지금까지도 진정으로 사랑을 한 것도, 순수하게 쾌락을 누린 것도 아니었다. 하나의 이상으로 괴로워하던 그는 아직 생각의 끄트머리에서 그 이미지를 뚜렷하게 만들어 내지 못했다. 성격상, 그리고 그가 받은 교육 때문에 고통을 몹시 싫어하면서도 모든 면에서 쉽게 고통의 공격을 받았고 모든 면에서 쉽게 고통에 사로잡혔다.

　온갖 모순된 성향의 회오리 속에서 그는 의지란 의지를, 도덕성이란 도덕성을 모두 상실해 버렸다. 의지가 물러나면서 그 자리를 본능에게 물려주었다. 미적 감각이 윤리적 감각의 자리를 차지했다. 하지만 너무나 예리하고 강력하며 항상 활기 넘치는 이 미적 감각이 그의 정신에서 어떤 균형을 유지하고 있었다. 때문에 그의 생활은 어떤 일정한 균형의 경계 안에 갇힌 모순된 힘들 간의 끊임없는 투쟁이라고 말할 수 있었다. 미를 숭배하도록 교육받은 지적인 인간은 퇴폐와 타락의 끝에서도, 늘 일종의 질서를 유지한다. 미에 대한 관념이 그들 내면의 축으로, 그 주위에서 그들의 모든 정념이 작동한다고 말할 수 있으리라.

　코스탄티아 랜드브룩과의 추억이 잔향처럼 그의 쓸쓸한 마음에 아직도 희미하게 맴돌고 있었다. 코니의 사랑은 꽤 순수한 것이었고 그녀는 대단히 사랑스러운 여자였다. 토머스 로런스*의 창조물 같았다. 주름 장식과 레이스, 벨벳, 반짝이는 눈과 반쯤 벌어진 입을 좋아하는 그 화가가 그린 섬세하고 우아한 여인의 모습을 모두 갖추고 있었다. 그녀는 샤프츠베리 백작 영애*의 분신이었다.

쾌활하고 떠들기 좋아하고 변덕스럽고 아이처럼 지소사(指小辭)를 자주 사용하고 새되게 웃기도 하고, 갑자기 상냥해졌다고 생각하면 갑자기 우울해지고 돌연 화를 내기도 하는 그녀는 다양한 움직임과 변화와 갖가지 변덕스러움을 사랑에 담아냈다. 그녀의 가장 매력적인 특징은 신선함이었는데 그 신선함은 하루 종일 변함 없이 지속되었다. 쾌락의 밤을 보낸 뒤 잠에서 깨어나도 그녀는 금방 목욕을 마치고 나온 사람처럼 향기롭고 맑고 깨끗했다. 실제로 그녀의 몇 가지 자태가 안드레아의 기억 속에 특히 자주 떠오르곤 했다. 그중 하나가 머리카락 일부는 목 위로 흘러내리게 내버려 두고 일부는 그리스풍의 금빛 빗으로 머리 위에 올려 고정시키고 있는 모습이었다. 또 우유 안에 떠 있는 연한 색 제비꽃처럼 하얀 눈동자 안에는 홍채도 있었다. 반쯤 벌어진 촉촉한 입술 사이로 보이던, 붉은 잇몸 아래에서 환히 빛나는 하얀 치아도. 바다 동굴 속에 빛이 비치듯, 침대 위로 번지던 캐노피 너울의 그림자 사이로 비치던 푸르스름하기도 하고 은빛이기도 한 여명 속에 있던 그녀의 모습도 마찬가지였다.

그러나 듣기 좋은 코니 랜드브룩의 재잘거림은 머릿속에서 잠시 되살아나는 경쾌한 음악처럼 안드레아의 마음속에 떠올랐다가 사라져 버렸다. 그녀는 저녁 무렵이면 우울해져서 눈물을 글썽이며 여러 차례 그에게 말했다. "*I know you love me not……*." 사실 그는 코니를 사랑하지 않았고, 그녀에게 만족하지도 않았다. 북유럽 여성은 그의 이상적인 여성상이 아니었다. 그는 이상적으로는 마법의 베일이랄까, 매혹적인 투명한 가면이랄까, 거의 밤의 어두운 매력, 밤의 신성한 공포라고 말할 수도 있을 그런 베일로 얼굴을 가린 것처럼 보이는 16세기 궁정 여인들에게 매력을 느꼈다.

셰르니 공작 부인 엘레나 무티를 만났을 때 그는 이렇게 생각했다. '여기 있는 이 여인이 바로 *내* 여자야.' 그녀를 자신의 여자로 만들 수 있으리라는 예감에 그의 존재 자체가 기쁨으로 들떴다.

첫 만남은 아텔레타 후작 부인의 저택에서였다. 안드레아의 사촌 누나인 후작 부인이 자신의 팔라초 로카조비네에서 여는 살롱에는 많은 손님이 얼굴을 내밀었다. 그녀의 재치 있고 쾌활한 성격과 자유로이 움직이는 감정, 지칠 줄 모르는 미소가 손님들을 매료시켰다. 그 화려한 이목구비는 젊은 시절 모로의 데생과 그라블로*의 삽화에 등장하는 여성들의 얼굴을 떠오르게 했다. 그녀의 태도나 취향, 옷을 입는 방식에는 어딘가 마담 퐁파두르 같은 면이 있었고 루이 15세의 애첩인 그 여인과 특이하게 닮아서 적잖이 젠체하기도 했다.

안드레아 스페렐리는 매주 수요일마다 열리는 후작 부인의 만찬에 항상 초대되었다. 어느 수요일 밤, 발레 극장의 관람석에서 후작 부인이 웃으며 말했다.

"내일은 빠지지 마, 안드레아. 손님 중에 흥미로운, 아니 치명적인 분이 있어. 그러니 마법에 대한 방비를 하고 오렴……. 지금 네 마음이 약해져 있으니까."

그가 웃으면서 대답했다.

"무방비 상태로 갈게요, 누님. 아니 차라리 살아 있는 제물로 차려입을게요. 요즘 거의 매일 밤마다 입는 미끼용 옷차림이거든요. 쓸모없이 말이죠, 흠."

"살아 있는 제물이 되는 건 금방이야, 동생."

"제물 준비됐습니다."

다음 날 저녁, 그는 재킷의 단춧구멍에 근사한 치자꽃을 꽂고 마음속으로 막연한 불안감을 느끼며 평소보다 몇 분 일찍 팔라초 로카조비네에 도착했다. 다른 마차 한 대가 현관으로 이어지는 통로를 차지하고 있었기 때문에 그는 사륜마차(coupé)를 문 앞에 세웠다. 제복을 입은 마부들과 말 그리고 부인이 마차에서 내릴 때의 격식 있는 대접에서 그녀가 명문가의 부인이라는 것을 한눈에 알았다. 그는 늘씬한 모습, 여러 개의 다이아몬드로 장식한 머리, 계단을 밟는 작은 발을 슬며시 보았다. 그리고 그도 계단을 오르면서 부인의 뒷모습을 바라보았다.

그녀는 그의 앞에서 천천히 부드럽게 일정한 속도로 계단을 올랐다. 백조의 깃털처럼 하얀 모피를 안에 댄 망토는 브로치로 앞을 고정시키지 않아 상체 부근에서 느슨하게 늘어져 어깨가 노출되었다. 매끈한 상아처럼 하얀 등이 드러났고 등 한가운데가 살짝 파여 등이 둘로 나뉘었고, 어깨뼈는 부드러운 곡선의 날개 같은 짧은 곡선을 그리며 상체의 레이스들 사이로 사라졌다. 어깨 한가운데의 목은 둥글고 날씬했다. 그 목덜미에서 머리를 똬리 틀 듯 모아 올려 머리 꼭대기에서 매듭을 만든 뒤 보석을 박은 핀으로 고정시켰다.

자신의 눈앞에서 우아하게 계단을 올라가는 낯선 부인의 모습에 안드레아는 생생한 기쁨을 느끼며 첫 번째 층계참에서 걸음을 멈추고 그 부인을 넋을 잃고 바라보았다. 긴 옷자락이 계단을 스치는 소리가 크게 들렸다. 부인 뒤로 하인 하나가 따라 걸었는데, 부인처럼 붉은 카펫 위로 걷는 게 아니라 벽 쪽에 붙어서 더할 나위 없이 차분하게 걸었다. 눈부시게 아름다운 여인과 뻣뻣하게 움직이는 자동인형 같은 하인이 묘한 대조를 이루었다. 안드레아는 슬그머니 미소를 지었다.

안드레아가 대기실로 들어서자 하인에게 망토를 건네던 부인이 재빨리 홀깃 보았다. 그는 이렇게 알리는 소리를 들었다.

"셰르니 공작 부인 도착하셨습니다!"

곧이어 이런 소리도 들렸다.

"스페렐리피에스키 두젠타 백작님 도착하셨습니다!"

그는 자기 이름이 그 여성의 이름과 나란히 불려서 기뻤다.

살롱에는 벌써 아텔레타 후작 부부, 이솔라 남작 부부, 돈 필리포 델 몬테가 와 있었다. 벽난로에서는 장작불이 활활 타올랐다. 벽난로의 열기가 퍼지는 부분에 소파 몇 개가 놓여 있었다. 네 그루의 파초에 달린 잎맥이 붉은 넓은 이파리가 낮은 의자 등받이 위까지 뻗어 있었다.

후작 부인이 방금 도착한 두 사람에게 와서 언제나 사라지지 않는 아름다운 미소를 지으며 말했다.

"다행스럽게 두 분을 소개할 것도 없네요. 스페렐리, 아름다운 엘레나 부인에게 정중히 인사드리렴."

안드레아는 고개를 깊이 숙였다. 공작 부인이 안드레아의 눈을 보며 우아하게 손을 내밀었다.

"만나 뵙게 돼서 정말 기뻐요, 백작님. 지난여름 루체른에서 백작님 친구분이신 줄리오 무젤라로께 말씀 많이 들었답니다. 솔직히 말씀드리면 약간 호기심이 생겼었어요…… 무젤라로가 정말 귀하디귀한 당신의 작품 『자웅동체 이야기』를 빌려 주셔서 읽었답니다. 그리고 '꿈'이라는 제목의 당신의 에칭 작품을 제게 선물했어요. 제 보물이지요. 저는 당신의 열렬한 찬미자예요. 기억해 주세요."

그녀는 조금씩 사이를 두고 이야기했다. 그 목소리는 부드럽게 스며늘어 마지 애부를 받는 듯한 느낌을 주었다. 무의식적으로 사랑스러움과 관능성을 드러내는 그 눈빛은 뭇 남자들의 마음을 뒤흔들었고 당장 욕망에 불을 붙였다.

하인이 알렸다.

"사쿠미 기사님 도착하셨습니다!"

그러자 여덟 번째이자 마지막 초대 손님이 나타났다.

그 손님은 일본 사절단의 간사로, 몸집이 작고 노르스름한 피부에 광대뼈가 나왔고 핏발 선 두 눈은 옆으로 길쭉하고 쭉 째졌는데 쉴 새 없이 깜빡였다. 살찐 상체에 비해 다리는 극히 가늘었다. 허리를 벨트로 꽉 죈 탓인지 안짱다리같이 걸었다. 상의 옷자락은 지나치게 넓었고 바지는 주름이 너무 많았다. 넥타이는 익숙하지 않은 손놀림으로 맨 흔적이 뚜렷했다. 그는 기괴한 갑각류 껍질처럼 보이는, 옻칠한 철갑 옷에서 꺼낸 뒤 서양의 웨이터 옷을 입혀 놓은 다이묘* 같았다. 하지만 차림은 그렇게 어색했어도 표정은 날카로웠고 입꼬리 모양이 미세하게 빈정거리는 듯한 인상을 주었다.

그가 살롱 한가운데에서 인사를 했다. 실크 모자가 손에서 떨어졌다.

금발의 곱슬머리로 이마를 모두 가린, 몸집이 자그마한 이솔라 남작 부인이 날카로운 목소리로 말했다. 그녀는 사랑스러웠고 바버리마카크 원숭이처럼 애교스러웠다.

"사쿠미, 이쪽으로 와요, 제 옆으로 오세요."

일본 기사는 연신 미소를 짓고 인사를 하며 앞으로 나갔다.

"오늘 밤 이세 공작 부인을 만나게 되는 건가요?" 아텔레타 후작 부인인 프란체스카가 물었다. 그녀는 로마에 있는 이국풍 식민지의 희한한 표본들을 자기 살롱에 불러들이길 좋아했는데 그것은 생생한 다양성에 대한 사랑 때문이었다.

동양인은 영어와 프랑스어, 이탈리아가 섞인 조악한 언어를 사용해서 그의 말을 알아듣기가 쉽지 않았다.

이제 모두 일제히 말을 했다. 마치 합창하는 듯했는데, 그 가운데에서 가끔 후작 부인의 상쾌한 웃음소리가 은빛 분수처럼 튀어나왔다.

"예전에 부인을 본 적이 있습니다. 어디에서인지, 언제인지는 모르지만 분명 부인을 본 적이 있어요." 공작 부인 앞에 똑바로 서 있던 안드레아 스페렐리가 말했다. "계단을 올라가는 당신을 보며, 제 기억의 밑바닥에서 어렴풋한 기억 하나가 생각났습니다. 당신이 계단을 오르는 리듬에 따라 뭔가가 모양을 갖춰 나갔어요. 음악의 선율에서 생기는 이미지처럼 말이죠…… 확실한 기억을 떠올리지는 못했지만 뒤돌아봤을 때 당신의 얼굴이 그 이미지에 딱 부합된다는 것을 느꼈습니다. 예시가 아니었어요. 그러니까 기억의 이상한 현상입니다. 전 예전에 분명 부인을 본 적이 있습니다. 누가 알겠어요! 어쩌면 꿈에서 만났을 수도 있고, 예술 작품에서, 아니면 다른 세상이나 전생에서일 수도 있겠지요……"

마지막 문장을 지나치게 감상적으로, 그리고 비현실적으로 말하면서 마치 귀부인이 미심쩍어 하거나 빈정거리듯 웃을까 봐 선수를 치듯 활짝 웃었다. 그러나 엘레나는 계속 진지한 얼굴이었다. '듣고 있었을까, 아니면 다른 생각을 하고 있었나? 이런 종류의 이야기를 진심으로 받아들인 것일까, 아니면 진지한 얼굴을 한 채 나를 놀리는 걸까? 내가 시작한 유혹 작업에 호의를 보일 생각일까? 아니면 무관심하게, 차가운 침묵으로 대화를 끝내 버릴 참인가? 간단히 말해 그녀는 내가 공략할 수 있는 여자가 아니었나?' 안드레아는 당황스러워하며 그 의문을 파고들었다. 유혹하는 데 익숙한, 특히 뻔뻔한 남자는 누구든지, 감자고 있는 여성들이 자아낸 그러한 당혹감을 잘 알고 있었다.

하인이 식당으로 통하는 커다란 문을 열었다.

후작 부인이 돈 필리포 델 몬테의 팔짱을 끼며 모범을 보였다. 다른 사람도 부인을 따라 했다.

"가죠." 엘레나가 말했다.

안드레아는 그녀가 살짝 몸을 맡길 듯이 자신에게 기대는 것 같은 느낌이 들었다. '욕망으로 인한 착각 아니었나? 아마도.' 그는 의심에 사로잡혔다. 하지만 매 순간 감미로운 마법에 걸린 기분이었고 여인의 마음속으로 들어가고 싶은 갈망이 순간순간 커져만 갔다.

"안드레아, 넌 여기야." 돈나* 프란체스카가 그에게 자리를 가리키며 말했다.

그는 타원형의 테이블에서 사쿠미 기사와 마주 보고 이솔라 남작과 셰르니 공작 부인 사이에 앉았다. 사쿠미 기사는 이솔라 남작 부인과 돈 필리포 델 몬테 사이에 앉아 있었다. 후작 부부는 각자 테이블 양쪽 상석에 앉았다. 테이블 위에 놓인 자기와 은그릇과 크리스털 식기와 꽃이 반짝반짝 빛났다.

손님 접대에서는 아텔레타 후작 부인을 따를 귀부인이 거의 없다 해도 좋을 정도로 후작 부인의 솜씨가 뛰어났다. 그녀는 옷차림보다도 식탁 준비에 더 마음을 썼다. 그녀의 세련된 취향이 도처에서 드러났다. 사실 그녀는 연회의 우아함을 좌지우지하는 사람이었다. 그녀의 상상력과 세련된 취향은 로마 귀족들의 모든 연회로 널리 퍼졌다. 바로 그 겨울에 그녀는 커다란 촛대들을 사이에 두고 테이블 끝에서 끝까지 꽃 줄을 매다는 방식을 선보였다. 그리고 유백색에 오팔처럼 색이 변하는, 가늘디가는 무라노* 유리 꽃병에 단단한 난초 한 송이를 꽂아 연회에 참석한 사람 앞에 놓인 다양한 유리컵 사이에 놓아두는 방식도 사용했다.

"악마의 꽃이에요." 돈나 엘레나 무티가 유리 꽃병을 들어 기묘한 모양의 핏빛 난초를 보며 말했다.

그 목소리는 울림이 풍부해서 저속한 말이나 흔해 빠진 문장조차도 그녀의 입에서 나오면 무언가 숨겨진 의미를 갖는 듯도 하고 신비한 억양이나 새로운 우아함을 갖게 되는 듯했다. 손에 닿는 건 모두 금으로 만들어 버렸던 미다스처럼.

"당신의 손안에서는 상징적인 꽃이지요." 안드레아가 감탄할 만큼 아름다운 자태로 꽃병을 든 귀부인을 바라보며 말했다.

그녀는 한없이 연한 하늘색에 은색 점들이 박힌 드레스를 입고 있었는데 그 점들은 이루 말할 수 없이 하얗지만 살짝 황갈색을 띤, 그러나 겨우 갈색으로 보일락 말락 할 정도로 희미한, 고풍스러운 부라노* 레이스 밑에서 반짝였다. 자연산이 아니라 마법으로 만든 꽃 같은 난초는 줄기 위에서, 그것을 만든 장인이 액화 상태의 보석에 자신의 입김을 불어넣어 만든 게 분명한 그 가느다랗고 얇은 유리 꽃병 밖에서 흔들렸다.

"그래도 저는 장미가 좋아요." 엘레나는 이렇게 말하고 조금 전 호기심을 보였던 모습과는 대조적으로 밀어내는 듯한 동작으로 난초 꽃병을 내려놓았다.

그러더니 테이블의 화제에 적극 뛰어들었다. 돈나 프란체스카가 최근 오스트리아 대사관에서 열렸던 연회를 이야기하는 중이었다.

"마담 드 캉 보셨어요?" 엘레나가 프란체스카에게 물었다. "노란 튈(tulle)*에 루비 눈을 한 벌새가 몇 마리인지도 모르게 아로새겨진 드레스를 입고 있었지요. 마치 호사스러운 새장이 춤추는 것 같았다니까요⋯⋯ . 레이디 올리스 드레스 보셨죠? 흰색의 얇은 모슬린(tarlatane)에 해초와 뭔지 모를 붉은 물고기가 여기저기 그려져 있었고 그 해초와 물고기 위에 다시 연한 청록색의 모슬린이 덮인 드레스였잖아요. 못 보셨어요? 정말 인상적이고 멋진 수족관이었다니까요……."

그렇게 쓸데없는 험담을 하고 나서 웃었는데 아래턱과 콧구멍이 떨렸다.

이해하기 힘든 이런 변덕스러운 모습 앞에서 안드레아는 당혹감을 느꼈다. 그 쓸데없는, 아니 짓궂은 수다가, 조금 전 지극히 간결한 말로 그의 마음 깊은 곳을 뒤흔들었던 그 입에서 나왔다니. 조금 전 침묵하고 있을 때 레오나르도가 그린 메두사*의 입, 정념과 죽음의 고뇌로 타오르는 불꽃에 의해 승화된 영혼을 소유한 인간의 꽃인가 생각했던 그 입과 같은 입에서 나왔다니. '이 여자의 진짜 본질은 뭘까? 자신의 끊임없는 변신을 지각하거나 의식하고 있을까? 아니면 그녀 본인도 이런 수수께끼 밖에 있어서 그 안으로 들어갈 수 없는 걸까? 그녀의 표정이나 표현에는 어느 정도의 기교가, 어느 정도의 자연스러움이 담겨 있을까?' 어느새 사랑하게 된 여인과 가까이 있는 데서 기쁨을 느끼면서도 그것을 알아야 한다는 필요성이 그의 마음을 자극했다. 세세히 분석하는 슬픈 버릇이 평소대로 그를 자극했고, 평소대로 스스로를 망각하지 못하게 만들었다. 하지만 프시케의 호기심처럼, 이런 분석을 시도할 때마다 사랑에서 멀어지거나 갈망하던 대상에게 몽롱하게 취하지 못하거나 쾌락을 중단할 수밖에 없는 벌을 받곤 했었다. '차라리 형언할 수 없이 감미로운, 싹트고 있는 사랑에 순진하게 자신을 맡기는 게 더 낫지 않을까?' 그는 꿀물 같은 황금색 포도주를 입술에 적시는 엘레나를 보았다. 그는 여러 개의 잔 중에서 하인이 엘레나와 같은 포도주를 따라 놓은 잔을 골랐다. 둘이 동시에 테이블에 포도주를 내려놓았다. 이런 동작을 동시에 하면서 둘은 서로 얼굴을 보게 되었다. 서로의 시선이 한 모금 마신 포도주

64

의 맛보다 더 뜨거웠다.

"왜 아무 말도 하지 않으세요?" 엘레나가 짐짓 가벼운 톤으로 물었는데 아까와는 다른 목소리였다. "능숙한 이야기꾼이라는 소문이 돌던데…… 자, 분발하세요!"

"오, 사촌, 우리 사촌!" 돈나 프란체스카가 동정하는 분위기로 크게 말했다. 돈 필리포 델 몬테가 그녀의 귀에 무언가 속삭이는 중이었다.

안드레아가 웃었다.

"사쿠미 기사님, 우리가 너무 과묵한 것 같습니다. 분발합시다."

포도주에 물든 볼보다도 더 붉게 충혈된 가늘고 긴 동양인의 눈이 교활하게 번득였다. 그때까지 사쿠미 기사는 여신 앞에 놓인 청동상처럼 넋을 잃은 표정으로 셰르니 공작 부인의 얼굴을 바라보고 있었다. 해학미가 넘치는 삽화가 호쿠사이(北齋)*의 전형적인 삽화에서 나온 듯한 넓적한 얼굴이 꽃 줄 사이에서 8월의 달처럼 불그레해졌다.

"사쿠미는 사랑에 빠졌네요." 안드레아가 엘레나 쪽으로 몸을 기울이며 조그맣게 말했다.

"누구에게요?"

"당신에게요. 눈치채지 못했습니까?"

"아니요."

"그를 보세요."

엘레나는 그쪽으로 돌아보았다. 사랑이 담긴 다이묘의 간절한 시선을 보자 그녀의 입가에 웃음기가 노골적으로 떠올랐는데 이에 사쿠미는 상처를 받았고 눈에 띄게 풀이 죽었다 .

"받으세요." 그녀가 보상하려는 듯 꽃 줄에서 하얀 동백꽃 한 송이를 뽑아 해가 뜨는 나라에서 온 사절에게 던졌다. "거기서 비슷한 것을 찾으세요, 저를 위해."

동양인은 우스꽝스러워 보이는 정중한 몸짓으로 동백꽃을 입술에 가져갔다.

"어머, 사쿠미 경." 몸집이 조그마한 이솔라 남작 부인이 말했다. "절 배신하는 거예요!"

그녀가 뭐라고 중얼거렸는데 얼굴은 점점 더 발갛게 달아올랐다. 모두가 거리낌 없이 웃었다. 사람들의 놀림거리로 만들려고 그이방인을 초대한 듯했다. 안드레아는 웃으며 무티 부인 쪽을 보았다.

그녀는 고개를 똑바로 들고, 아니 약간 뒤로 젖히고 가느스름하게 눈을 뜨고 안드레아를 은근히 바라보았다. 호감이 가는 남자에게서 가장 매력적이고 가장 바람직하고 가장 즐거운 것을 모두 빨아들일 뿐만 아니라, 자신의 내면에서 열정을 싹트게 할 본능적인 성적 흥분까지도 모두 다 빨아들일 듯한, 형언할 수 없는 그런 여자의 눈빛 가운데 하나였다. 긴 속눈썹이 눈가 쪽으로 치우친 눈동자에 그늘을 드리웠다. 눈의 흰자위는 약간 푸르스름한 투명한 빛 가운데 떠 있는 듯했다. 위의 눈꺼풀이 거의 보일 듯 말 듯 떨렸다. 눈빛이 가장 달콤한 것에게로 향하듯 안드레아의 입가로 향하는 듯했다.

사실 엘레나는 그 입매에 사로잡혀 있었다. 청아한 모양에 선명하게 붉은, 관능이 넘치는 안드레아의 그 입술은 꼭 다물고 있을 때는 기묘한 유사성 때문에 보르게세 미술관에 걸린 이름 모를 어느 신사의 초상을 연상시켰다. 매력적인 상상력을 지닌 사람들이 숭고한 라파엘로 산치오가 그린 숭고한 체사레 보르자라고 생각하는 그 깊이 있고 신비한 예술 작품 말이다. 그 입술이 벌어지면서 미소를 지을 때면 그런 인상은 금방 사라져 버린다. 가지런한 사각의 하얀 이가 이상하리만큼 환하게 반짝여서 그 입도 어린아이처럼 순진하고 활기에 넘쳐 빛난다.

안드레아가 돌아보자마자 엘레나는 얼른 시선을 돌렸지만, 안드레아는 그 눈길을 놓치지 않았다. 그는 뛸 듯이 기뻤고 흥분한 나머지 볼에 불길이 확 타오르는 기분이었다. '그녀가 날 원해! 날 원해!' 그는 이렇게 생각하며 보기 드문 이 여성의 마음을 얻었다고 확신하며 환희를 느꼈다. 그리고 다시 이렇게 생각했다. '한 번도 경험한 적 없는 즐거움이야.'

여인들의 시선에서는, 사랑에 빠진 남자가 그 여인의 몸을 소유하지 못해도 꼭 갖고 싶은 그런 눈빛들이 있다. 맑고 투명한 눈 속에 처음으로 사랑의 빛이 반짝이는 것을 보지 못한 남자는 인간이 누릴 수 있는 최고의 행복이 무엇인지 알지 못한다. 그리고 어떤 환희의 순간도 그 순간과 비교할 수 없다.

주위에서 대화가 한층 활기를 띠어 가는 사이 엘레나가 그에게 물었다.

"겨우내 로마에 계실 거예요?"

"겨울에도, 앞으로도요." 안드레아가 대답했다. 그 단순한 물음에 사랑의 약속이 담겨 있는 것 같은 생각이 들었다.

"그러면 로마에 집이 있으시군요!"

"팔라초 주카리입니다. 도무스 아우레아(domus aurea),* '황금의 집'이지요."

"트리니타 데이 몬티에 있나요? 행복하시겠어요!"

"왜 행복하다는 겁니까?"

"제가 제일 좋아하는 곳에 살고 계시니까."

"그곳에 로마의 가장 우아하고 아름다운 것이 병에 담긴 향수처럼 모여 있으니까요. 안 그렇습니까?"

"맞아요! 트리니타의 오벨리스크와 성모 수태 원주* 사이에 가톨릭적이면서도 이교적인 제 마음이 봉납물(ex-voto)로 매달려 있어요."

그녀는 이렇게 말하고 웃었다. 그는 매달린 마음이라는 말에 대해 찬사할 준비가 되어 있었지만 입 밖에 내지는 않았다. 거짓되고 경박한 톤으로 대화를 길게 이어 가기 싫은 데다 자신의 내밀한 기쁨이 사라지는 것도 싫었다. 그는 입을 다물었다.

그녀는 잠시 생각에 잠겼다. 그리고 다시 주변의 대화에 뛰어들어, 한층 생기발랄하게 재치 있는 말들과 웃음을 남발하며 하얀 치아와 자신의 말들을 반짝반짝 빛나게 만들었다. 돈나 프란체스카 부인은 고상함을 잃지 않으면서도 페렌티노 공작 부인과 조반넬라 다디의 동성애 사건을 넌지시 비치며 공작 부인을 슬쩍 비난하고 있었다.

"그건 그렇고 페렌티노 공작 부인이 주현절*에 자선 바자회를 다시 연다고 하더군요." 이솔라 남작이 말했다. "아직 모르시나요?"

"저는 그 후원자예요." 엘레나 무티가 대답했다.

"정말 귀중한 후원자이십니다." 돈 필리포 델 몬테가 말했다. 그는 머리가 거의 다 벗어진 마흔 살가량의 남자로 날카로운 풍자에 뛰어났다. 얼굴에 일종의 소크라테스 같은 가면을 쓰고 있었는데 끊임없이 움직이는 오른쪽 눈은 다양한 표정을 보여 주며 빛났고, 왼쪽 눈은 마치 둥근 안경알 밑에서 유리로 변한 것처럼 가만히 움직이지 않았다. 오른쪽 눈은 표정을 나타내기 위해, 왼쪽 눈은 보기 위해 사용하고 있는 듯이. "5월 바자회에서 황금을 구름만큼 모으셨잖습니까."

"아, 5월 바자회요! 야단법석이었지요." 아텔레타 후작 부인이 말했다.

하인들이 돌아다니며 차가운 샴페인을 따르는 동안 그녀는 덧붙였다.

"기억나요, 엘레나? 우리 판매대가 나란히 있었잖아요."

"한 모금에 5루이!* 한 입에 5루이!" 돈 필리포 델 몬테가 장난치듯 판매원의 목소리를 흉내 내며 크게 외치기 시작했다.

무티 부인과 아텔레타 부인이 웃었다.

"맞아요, 맞아요, 그랬어요. 필리포, 당신이 큰 소리로 손님들을 불러들였잖아요."

돈나 프란체스카가 말했다. "안드레아, 네가 거기 없어서 유감이야! 5루이로 먼저, 내 잇자국이 난 과일을 베어 먹은 다음 다시 5루이로 엘레나의 손바닥 안에 담긴 샴페인을 마실 수 있었는데."

"충격적인 얘기예요!" 이솔라 남작 부인이 소름 끼친다는 듯 얼굴을 찡그리며 말했다.

"저런, 마리! 당신이 먼저 불을 붙여서 입 대는 부분이 축축한 담배를 1루이에 팔지 않았어요?" 돈나 프란체스카가 여전히 웃으면서 말했다.

그러자 돈 필리포가 말했다.

"그보다 더한 걸 봤죠. 얼마를 줬는지는 모르겠는데, 레오네토 란차가 루콜리 백작 부인이 겨드랑이에 끼우고 있던 아바나 시가를 손에 넣었답니다."

"어머, 어머." 몸집이 작은 남작 부인이 익살스러운 어조로 맞장구를 쳤다.

"자선 행위는 어떤 것이든 신성하죠." 후작 부인이 말했다. "저는 과일을 열심히 깨물어서 2백 루이의 매상을 올렸어요."

"그럼 당신은요?" 안드레아 스페렐리가 가까스로 웃는 시늉을 하며 무티 부인에게 물었다.

"손으로 잔을 만들어 얼마나 벌었습니까?"

"저는 260루이요."

이런 식으로 아텔레타 후작을 제외한 모두가 농담을 주고받았다. 후작은 늙은 남자로 불치의 난청 때문에 고생했는데, 밀랍을 잘 바르고 머리를 금발로 물들여 머리부터 발끝까지 인공적으로 꾸몄다. 밀랍 인형 전시관에서 볼 수 있는 모조 인형 같았다. 가끔, 그리고 언제나 어울리지 않는 상황에서 웃었는데 메마른 웃음소리는 그의 몸 안에 녹슨 기계가 들어 있어 그 기계에서 귀에 거슬리는 소리가 나는 듯했다.

"그런데 갑자기 한 모금 가격이 10루이가 되었죠. 아시겠어요?" 엘레나가 덧붙였다. "그리고 마지막에는 그 미치광이 갈레아초 세치나로가 5백 리라 지폐를 내밀면서 제 두 손으로 자기 금빛 수염을 닦아 달라고 주문했어요……."

만찬의 마지막은, 아텔레테 가문에서 늘 그렇듯이, 굉장했다. 만찬의 진짜 고급스러움은 디저트(dessert)에서 느낄 수 있기 때문이었다. 미각뿐 아니라, 눈도 즐겁게 하는 맛 좋고 진귀한 온갖 디저트들이 은으로 장식된 유리 접시에 솜씨 좋게 담겨 있었다. 동백꽃과 제비꽃을 꼬아 만든 꽃 줄이 파우누스*와 님프로 장식되고 포도나무 이파리들이 있는 18세기 촛대들 사이에서 반원을 그리며 늘어졌다. 그리고 벽에 걸린 태피스트리의 파우누스나 님프나 그 밖의 목가적인 신화의 인물 모습과, 실반더스(Sylvanders), 필리스(Phyllises), 로잘린드 들의 우아하고 아름다운 모습이 앙투안 와토*의 환상에서 태어난 키테라 섬*의 눈부신 풍경에 생기를 불어넣었다.

여자들과 꽃으로 꾸며진 만찬 마지막에 사람들의 마음을 사로잡는, 살짝 에로틱한 흥분이 서로 주고받는 말에서도, 여자들이 판매원 역할을 맡아 가능한 한 많은 금액을 모으려고 서로 열심히 경쟁하고 구매자들을 끌어들이려고 진짜 대담한 방법을 사용했던 5월 바자회를 추억하는 데에서도 드러났다.

"그 주문을 받으셨습니까?" 안드레아 스페렐리가 공작 부인에게 물었다.

"자선을 위해 제 손을 희생했어요." 그녀가 대답했다. "25루이를 더 받았죠."

"All the perfumes of Arabia will not sweeten this little hand……."[3]

안드레아는 웃으면서 맥베스 부인의 대사를 읊었지만 마음속으로는 질투를 닮은 막연한 괴로움을, 말로 표현할 수 없는 모진 고통을 느꼈다. 갑자기 그녀가 뭔가 도를 넘은 듯이, 교태를 부리는 듯이 보여서 그 귀부인의 고상한 예의범절이 빛을 잃는 듯했다. 어떤 목소리나 웃음, 몸짓과 태도와 시선이 어쩌면 그녀 자신은 의도하지 않았을지도 모르는데, 지나치게 아프로디테적인 매력을 발산했다. 엘레나는 자신의 아름다움이 주는 시각적 기쁨을 너무 쉽게 남자들에게 나눠 주었다. 무의식적일 수도 있는데, 침실에서 연인을 흥분으로 떨리게 만들 몸짓과 포즈와 표정을 그곳의 남자들 모두에게 이따금 보여 주었다. 그녀를 보고 있으면 누구라도 그녀가 줄 수 있는 현란한 쾌락에 마음을 빼앗기고 불순한 상상으로 그녀를 감싸고 비밀스러운 애무를 상상할 수 있었다. 사실 그녀는 오로지 사랑을 하기 위해 창조된 존재 같았다. 그리고 그녀가 마시는 공기는 항상 주변에 피어오른 욕망에 의해 불타오르는 듯했다.

'저 여자를 자신의 여자로 만든 남자가 몇 명이나 될까?' 안드레

---

3 '아라비아의 온갖 향수로도 이 작은 손에 밴 냄새를 지울 수 없으니…….' 셰익스피어, 『맥베스』 제5막 제1장.

아는 생각했다. '그녀가 기억하는 남자의 몸과 마음은 얼마나 될까?'

그의 마음이 거친 파도처럼 부풀어 올랐고 그 마음의 밑바닥에선 불완전한 소유를 참지 못하는 폭군 같은 성질이 들끓어 올랐다. 그는 엘레나의 손에서 눈을 뗄 수 없었다.

어디에도 비할 데 없이 새하얗고 부드러우며 파란 정맥이 희미하게 보일 정도로 이상적인 투명함을 띤 그 손으로, 약간 오목하고 흐릿하게 장미 모양의 손금들이 그려져서 손금 보는 점술사가 복잡한 그 손금들을 읽어 내기 힘들었을 그 손바닥으로 열 명, 열다섯 명, 스무 명의 남자들이 돈을 지불하고 차례로 샴페인을 마신 것이다. 그는 고개를 숙이고 샴페인을 핥는 낯선 남자들의 머리를 보았다. 하지만 갈레아초 세치나로는 그의 친구였다. 루키우스 베루스*처럼 제왕같이 멋진 수염을 기른 잘생기고 활기찬 남자로 무서운 경쟁자였다.

그러자 그러한 이미지에 자극되어 욕망이 무시무시하게 커졌고, 고통스러울 정도의 초조함이 그를 사로잡아 만찬이 절대 끝나지 않는 건 아닐까 하는 생각마저 들 정도였다. '오늘 밤 당장 만나기로 약속하자'고 그는 생각했다. 많은 경쟁자들이 노리는 보물을 놓치는 게 아닐까 하고 염려하는 사람처럼 불안감이 그를 괴롭혔다. 그리고 치료되기 어렵고 만족을 모르는 허영심이 승리의 열광으로 표현되었다. 어떤 남자가 수중에 넣은 것이 다른 남자들의 질투와 선망을 불러일으키면 불러일으킬수록 그 남자는 더 큰 기쁨과 자랑스러움을 느낄 게 분명했다. 무대에 선 여배우들의 매력이 바로 여기에 있었다. 박수갈채가 극장을 뒤흔들고 욕망이 불타오를 때 유일하게 여주인공의 눈길과 미소를 받는 남자는 너무 독한 포도주에 취하듯 자만심에 취한 나머지 이성을 잃게 된다.

"정말 혁신적이세요." 엘레나 무티가 가장자리에 은테를 두른 파란 크리스털 그릇의 미지근한 물에 손끝을 담그면서 돈나 프란체스카에게 말했다. "테이블 바깥쪽에서 물 주전자와 옛날 대야를 사용해서 손을 씻는 방식으로 다시 돌아가셔야 해요. 이 모던한 방식은 보기 흉해요. 그렇게 생각하지 않나요, 스페렐리?"

돈나 프란체스카가 일어섰다. 모두가 그녀를 따라 했다. 안드레아는 몸을 숙여 인사하면서 엘레나에게 팔을 내밀었다. 그러자 그녀는 미소기 없는 얼굴로 안드레아를 보았고 그러면서 맨살이 드러난 팔을 그의 팔에 살짝 올려놓았다. 조금 전 그녀가 마지막으로 한 말들이 유쾌하고 가벼웠다면 지금 그에게 향한 눈길은 매우 진지하고 깊어서 안드레아는 그 시선에 사로잡히는 자신의 마음을 느꼈다.

"내일 밤 프랑스 대사관의 무도회에 오세요?" 그녀가 물었다.

"당신은요?" 안드레아가 되물었다.

"저는 가요."

"저도 갑니다."

둘은 연인 사이 같은 미소를 주고받았다. 그녀가 소파에 앉으면서 말했다.

"앉으세요."

그 소파는 난로에서 떨어진 곳, 주름이 풍성한 덮개에 일부가 가려진 그랜드 피아노 후미에 자리 잡고 있었다. 마치 저울처럼, 가느다란 쇠사슬 세 개에 매달린 접시를 부리 끝에 물고 있는 청동 학 한 마리가 있었다. 그 접시에는 새 책 한 권, 칼집과 칼코등이와 칼자루에 온 국희 장식을 한 작온 일본도, 와기자시(waki-zashi)가 놓여 있었다.

엘레나는 페이지가 반 정도 잘린 그 책을 손으로 들고, 제목을 소리 내어 읽었다. 그러고 나서 원래 자리에 올려놓자 접시가 흔들려 칼이 바닥에 떨어졌다. 엘레나와 안드레아가 칼을 주우려고 동시에 몸을 숙였고 그 순간 두 사람의 손이 스쳤다. 그녀는 다시 일어나 매우 신기하다는 듯이 그 아름다운 칼을 자세히 살펴보았다. 안드레아가 그 새로운 소설책 이야기를 하며 사랑에 대한 일반적인 이야기로 슬쩍 화제를 돌리려 하는 동안에도 그 칼을 들고 있었다.

"왜 '대중'에게서 멀리 떨어져 있으려고 하세요?" 그녀가 안드레아에게 물었다. "당신은 '25부 한정판'에 충성 맹세를 하셨나요?"

"그렇습니다, 영원히 그럴 겁니다. 아니, 제 꿈은 '단 한 명의 여성'에게 바치는 '단 한 부 한정판' 책입니다. 지금처럼 민주적인 사회에서 소설이나 시를 쓰는 사람은 사랑 이외의 그 어떤 혜택도 거부해야 합니다. 진짜 독자는 제 책을 사는 사람이 아니라, 저를 사랑해 주는 사람입니다. 월계관은 사랑을 얻는 데 말고는 아무 쓸모가 없습니다……."

"그럼 명예는요?"

"진짜 명예는 사후의 것이니 생전에 즐길 수 없지요. 가령 사르데냐 섬에서 백 명, 엠폴리에서도 열 명, 오르비에토에서 다섯 명의 독자를 얻었다고 해서 그게 저와 무슨 상관이겠습니까? 과자 장수 티치오나 향수 장수 카이오로 알려졌다 해서 제가 무슨 기쁨을 느끼겠습니까? 저는 작가로서 제가 할 수 있는 최선을 다해 준비를 하고 후세 사람들에게 갈 겁니다. 저는 가능한 한 후세 사람들을 대비하여 낼 생각입니다. 남자로서의 저는 아름답게 드러난…… 한쪽 팔 외에는 승리의 월계관은 바라지도 않습니다……."

어깨 부근까지 노출된 엘레나의 팔을 바라보았다. 어깨 언저리와 팔의 모양도 완벽해서 '훌륭한 장인의 손으로' 만든 오래된 항아리에 비유한 피렌추올라*의 표현을 상기시켰다. 그리고 '목동 앞에 선 팔라스*의 팔'도 그러했음이 틀림없었다. 손가락들이 칼의 조각 부분을 맴돌았다. 반짝이는 손톱은 손가락들을 장식한 보석들의 우아함을 이어받은 듯했다.

"제가 잘못 본 게 아니라면 분명 당신 몸매는 코레조의 그림에 등장하는 다나에 같을 겁니다.* 당신의 손 모양을 보며 그걸 느껴요, 아니 보여요." 안드레아가 불같이 뜨거운 시선으로 그녀를 보면서 말했다.

"어머, 스페렐리!"

"당신은 꽃을 보고, 그 식물 전체의 모습을 상상하지 않습니까? 당신은 분명 황금의 구름을 받아들인 아크리시오스의 딸 다나에와 똑같을 겁니다. 황금 구름이라 해도 5월 바자회의 그 구름과는 다릅니다. 보르게세 미술관에 있는 그 그림을 아시지요?"

"알아요."

"제 말이 틀림없지요?"

"이제 그만해요. 스페렐리. 부탁해요."

"왜요?"

그녀는 아무 말도 하지 않았다. 지금까지 두 사람을 함께 묶어 두 사람 모두를 급속도로 빠르게 조여 오는 고리로 서로 가까워지고 있음을 느꼈다. 그러나 두 사람 모두 지나치게 빠르다는 사실을 의식하지 못했다. 처음 만난 지 두세 시간 후에 벌써 여자는 마음속으로 남자에게 자신을 맡겼다. 그리고 서로에게 몸을 맡기는 게 자연스러워 보였다.

그녀는 잠시 후 그를 보지 않은 채 말했다.

"당신은 무척 젊어요. 벌써 사랑을 많이 경험했겠죠?"

그는 다른 질문으로 대답을 대신했다.

"단 한 명의 여인에게서 영원의 여성을 상상하는 것보다 더 고상한 정신이나 예술이 있다고 생각합니까? 아니면 섬세하고 격렬한 정신을 가진 남자가, 이상적인 하프시코드의 음으로 환희에 가득한 '도'* 음을 찾을 때까지, 지나가는 여자의 입술에 다 입을 맞춰 봐야 한다고 생각합니까?"

"전 몰라요. 당신은요?"

"저도 감정에 관한 커다란 의구심을 아직 해결하지 못했습니다. 하지만 본능적으로 하프시코드를 연주했습니다. 그리고 저 '도'를 발견한 것이 아닐까 두려워하고 있습니다. 적어도 마음에서 나오는 경고를 따라 판단하자면 말이지요."

"두렵다고요?"

"Je crains ce que j'espère."[4]

그는 극히 자연스럽게 상투적인 말을 했다. 부자연스러운 이런 말 속에서 자신의 감정이 그 힘을 잃게 하려는 듯. 그리고 엘레나는 그물에 걸리듯 그의 목소리에 사로잡혀, 주위에서 움직이는 일상 밖으로 끌려 나가는 기분이었다.

"미칠리아노 공작 부인 도착하셨습니다!" 하인이 알렸다.

"지시 백작님 도착하셨습니다!"

"마담 크리솔로라스 도착하셨습니다!"

"마사 달베 후작 부부 도착하셨습니다!"

살롱마다 사람들로 붐볐다. 반짝반짝 빛나는 긴 드레스가 진홍의 카펫을 스쳐 지나갔다. 다이아몬드를 여기저기 박아 넣고 진주로 수를 놓고 꽃으로 활기를 준 상의 밖으로 맨어깨들이 드러났

---

4 '저는 제가 바라고 있는 것이 무섭습니다'라는 뜻.

다. 로마의 귀족들이 부러워하는, 집안 대대로 내려오는 온갖 눈부신 보석들이 부인들의 머리에서 눈부신 빛을 발했다.

"페렌티노 공작 부인 도착하셨습니다!"

"그리미티 공작 각하 도착하셨습니다!"

벌써 몇 명씩 무리 지어 모여서 험담과 아첨의 진원지가 서서히 형성되는 중이었다.

대부분 남자들만으로 구성된 가장 큰 그룹은 피아노 옆, 셰르니 공작 부인 주변에 진을 치고 있었다. 그녀는 이런 일종의 포위망에 대항하려고 일어서 있었다. 페렌티노 공작 부인이 친구에게 다가가서 따지듯 물었다.

"오늘 왜 니니 산타마르타에 안 왔어? 모두 기다리고 있었는데."

페렌티노 부인은 키가 크고 마른 몸매에 초록색 눈을 가졌는데 그 눈은 이상하게도 어두운 눈구멍 깊숙이 들어가 있는 듯 보였다. 가슴과 등이 V 자로 파인 검은 드레스를 입고 있었다. 은빛이 감도는 금발 머리에 디아나 여신처럼 다이아몬드가 박힌 커다란 반달을 꽂았고 붉은 깃털로 만든 커다란 부채를 느닷없이 부쳐대곤 했다.

"니니는 오늘 밤 마담 반 후펠 집에 갔어."

"나도 조금 있다가 잠깐 들러 보려고 해. 마담 반 후펠을 만나려고."

"어머, 두젠타." 공작 부인이 안드레아를 보며 말했다. "약속을 상기시키려고 당신을 찾고 있었어요. 내일이 목요일이에요. 임멘라에트 추기경 경매는 내일 12시에 시작해요. 1시에 날 데리러 오세요."

"반드시 가겠습니다, 부인."

"저는 어떻게 해서든 그 천연 바위 수정을 챙겨서 돌아가고 싶어요."

"하지만 경쟁자가 몇 명 있을 텐데요."

"누구요?"

"제 사촌 누님입니다."

"나도." 무티 부인이 말했다.

"너도? 어디 두고 보자."

신사들이 설명을 요구했다.

"천연 바위 수정으로 만든 꽃병을 둘러싼 19세기 귀부인들 간의 경쟁이에요. 그 꽃병은 지금까지 니콜로 니콜리가 소장하고 있었는데, 트로이의 안키세스*가 베누스 아프로디테의 샌들을 벗기는 장면이 정교하게 조각되어 있습니다." 안드레아는 짐짓 엄숙하게 알렸다. "행사는 무료이고, 내일 오후 1시 이후에 시스티나 거리의 공공 경매 홀에서 거행됩니다. 입찰자는 페렌티노 공작 부인, 세르니 공작 부인, 아텔레타 후작 부인 총 세 분이십니다."

이 알림에 모두가 웃었다.

그리미티 공작이 물었다.

"내기를 해도 괜찮나?"

"La côte! La côte!"[5] 돈 필리포 델 몬테가 노름방 주인(book-maker) 스터브즈의 쉰 목소리를 흉내 내며 신이 나서 말했다.

페렌티노 공작 부인이 붉은 부채로 돈 필리포의 어깨를 때렸다. 하지만 그 농담의 반응은 좋았다. 곧바로 내기가 시작되었다. 그 그룹에서 농담과 웃음소리가 들끓자 다른 부인이나 신사들도 흥겨운 소동에 참가하려고 다가왔다. 경매 소식은 순식간에 퍼졌고 일대 사건이 되어 훌륭한 정신을 소유한 사람들의 마음을 점령해

---

5 '판돈'이라는 뜻의 프랑스어.

버렸다.

"팔 좀 주세요. 우리 한 바퀴 돌아봐요." 엘레나 무티가 안드레 아에게 말했다.

그 그룹에서 떨어져 옆방에 들어가자 안드레아가 그녀의 팔을 꼭 쥐며 속삭였다.

"고마워요."

그녀는 안드레아에게 기댄 채 이따금 걸음을 멈추고 인사에 답하곤 했다. 조금 피곤해 보였다. 목에 걸린 목걸이의 진주처럼 창백했다. 세련된 젊은 남자 몇몇이 그녀에게 저속한 찬사를 보냈다.

"참을 수 없을 정도로 어리석어요." 그녀가 말했다.

뒤를 돌아보던 그녀가 단춧구멍에 하얀 동백꽃을 꽂고 황홀한 눈빛으로, 감히 그녀에게 가까이 다가오지는 못한 채 조용히 따라오고 있는 사쿠미를 보았다. 엘레나는 사쿠미에게 연민이 담긴 웃음을 보냈다.

"불쌍한 사쿠미!"

"이제야 저 사람을 본 건가요?" 안드레아가 그녀에게 물었다.

"그래요."

"우리가 피아노 옆에 앉아 있을 때 사쿠미는 오목 들어간 창문 쪽에서 계속 당신의 손을 보고 있었어요. 서양 책의 속지를 자를 용도로 만들어진 자기 나라 칼을 이리저리 돌려 보던 당신의 손을요."

"조금 전에요?"

"그래요. 조금 전에요. 아마 이렇게 생각했을 겁니다. '저 손이 닿은, 옻칠과 쇠에서 대이닌 듯한 국화 장식의 직은 갈로 할복(harakiri) 하면 얼마나 달콤할까'라고요."

그녀는 웃지 않았다. 얼굴에 거의 고뇌에 가까운 슬픔의 베일이 드리워졌다. 두 눈에는 깊은 어둠이 자리 잡았고, 희미한 램프 불빛처럼 위의 눈꺼풀 아래쪽만 어슴푸레 반짝였다. 괴로운 표정이 입꼬리까지 내려왔다. 부채와 장갑을 든 오른손은 드레스를 따라 힘없이 축 늘어져 있었다. 이제 인사를 하거나 찬사를 하는 사람에게도 손을 내밀지 않았다. 그 누구의 말도 귀에 들어오지 않는 듯했다.

"지금, 무슨 일 있으십니까?" 안드레아가 물었다.

"아무것도 아니에요. 반 후펠 집으로 가야 해요. 프란체스카에게 작별 인사를 하게 절 좀 데려다주세요. 그리고 마차까지 좀 바래다주세요."

둘은 처음 홀로 돌아왔다. 성공을 찾아 고향 칼라브리아에서 로마에 온 젊은 피아니스트로, 아라비아인처럼 검은 곱슬머리를 가진 루이지 굴리가 혼신을 다해 루트비히 판 베토벤의 「월광 소나타」를 연주하고 있었다. 그의 후원자인 아텔레타 후작 부인은 피아노 옆에 서서 건반을 바라보고 있었다. 장중하면서도 감미로운 음악이 서서히, 느리지만 깊은 소용돌이처럼, 경박한 정신들을 자신의 원 안으로 끌어들이고 있었다.

"베토벤이에요." 엘레나가 거의 종교적인 투로 말하더니 걸음을 멈추고 그의 팔에서 손을 풀었다.

그녀는 바나나야자 화분 옆에 서서 가만히 귀를 기울였다. 왼팔을 뻗어 느릿느릿 장갑을 꼈다. 그 동작에 허리의 곡선이 한층 호리호리하게, 그리고 드레스에 감싸인 몸 전체가 한층 날씬하고 키가 커 보였다. 나무 그림자가 창백한 몸에 베일을 드리워 영적인 무엇인가로 만들어 주었다고 말할 수 있었다. 안드레아는 가만히 그녀를 바라보았다. 그러자 그의 눈에는 그녀의 옷과 그녀가 하나로 뒤섞여 보였다.

'그녀는 내 여자가 될 거야.' 그는 감성적인 음악으로 점점 더 흥분되어, 일종의 도취 상태에 빠져 이런 생각을 했다. '그녀가 자신의 품에, 마음에 나를 품을 거야.'

그는 고개를 숙이고 그녀의 어깨에 입 맞추는 자신을 상상했다. '금빛이 비치는 한없이 부드러운 우유 같은 저 투명한 살결은 서늘하고 차가울까?' 그는 자신의 몸이 살짝 떨리는 것을 느꼈다. 그리고 그 떨림을 지연시키려는 듯 지그시 눈을 감았다. 그녀의 향기가 감돌았다. 신선하면서도 향신료의 향처럼 현기증도 일 것 같은 표현하기 어려운 향기였다. 그의 존재 전체가 고개를 들고 세차게 일어서서 더할 나위 없이 격렬하게 그 황홀한 존재를 향해 갔다. 할 수 있다면 그녀를 에워싸고 자신 안으로 끌어들여, 빨고 마시고 초인적인 방법으로 그녀를 소유하고 싶었다.

안드레아의 그 압도적인 욕망에 끌렸는지 엘레나가 살짝 그를 돌아보았다. 그리고 아주 희미하게, 입술이 움직이는 게 아니라 입술을 통해 영혼이 방사되어 나오듯 그렇게 거의 숭고하다 할 그런 미소를 지었다. 반면 두 눈에는 여전히 슬픔이 담겨 있었고 내면의 꿈에 빠져 아득히 멀리 가 있는 듯했다. 그 눈은 분명 레오나르도 다빈치가 밀라노에서 루크레치아 크리벨리*를 보고 '밤'의 알레고리로 상상했을 법한, 그늘이 드리워진 '밤'의 눈이었다.

그녀가 미소를 짓는 그 순간 안드레아는 많은 사람들 속에 그녀와 '둘만' 있는 것 같은 기분이 들었다. 가슴이 터질 듯 한없이 자랑스러웠다.

엘레나가 다른 쪽 장갑을 끼려 하자 그는 조그맣게 간청했다.

"아니, _그_쪽 손은 _끼시_ 마세요."

그녀는 이유를 알아차리고 그 손에는 장갑을 끼지 않았다.

엘레나가 떠나기 전에 그 손에 입 맞추고 싶다는 바람이 마음속에 있었다. 갑자기 많은 남자들이 그녀의 손바닥에 담긴 포도주를 마셨다던 5월의 바자회 광경이 머릿속에 되살아났다. 질투가 그의 마음을 날카롭게 찔렀다.

"이제 가요." 그녀가 그의 팔을 다시 잡으며 말했다.

소나타 연주가 끝나자 사람들이 한층 더 활발하게 대화를 주고받기 시작했다. 하인이 서너 명의 손님이 도착했다고 알렸다. 그중에는 이세 공작 부인도 있었는데 그녀는 불안해 보이는 종종걸음으로 들어왔다. 양장을 한 그녀는 네쓰케(netske)*에 새긴 인형같이 작고 새하얀 달걀형 얼굴에 미소를 짓고 있었다. 홀 안이 호기심으로 술렁였다.

"먼저 갈게요, 프란체스카." 엘레나가 아텔레타에게 작별 인사를 했다. "내일 만나요."

"이렇게 빨리 가려고요?"

"반 후펠 집에서 모두 기다리고 있어요. 간다고 약속했거든요."

"아쉬워요. 그럼 잘 가요. 안드레아, 잘 배웅해 드려."

후작 부인이 엘레나에게 겹제비꽃 다발을 내밀었다. 그리고 돌아서서 우아하게 이세 공작 부인에게 인사하러 갔다. 붉은 드레스를 입은 키 큰 메리 다이스가 마치 일렁이는 불꽃처럼 몸을 흔들며 노래를 부르기 시작했다.

"너무 피곤해요!" 엘레나는 안드레아에게 기대면서 중얼거렸다. "부탁해요. 제 외투 좀 받아 와 주세요."

그는 하인에게서 모피를 받아 그녀에게 건넸다. 외투를 걸치는 그녀를 돕는 중에 그의 손가락이 그녀의 어깨를 스쳤다. 그녀도 떨고 있음을 느꼈다. 대기실에는 각기 다른 제복을 입은 하인들이 북적였는데 일제히 머리를 숙여 인사했다. 메리 다이스가 소프라노 목소리로 로베르트 슈만의 가곡을 노래했다. *"Ich kann's nicht fassen, nicht glauben……"*[6]

둘은 말없이 계단을 내려갔다. 하인이 먼저 가서 마차를 계단 아래까지 불러들였다. 노랫소리가 울려 퍼지는 입구 통로에 말발굽 소리가 메아리치며 들려왔다. 한 계단씩 내려가는 동안 안드레아는 엘레나의 팔이 자신의 몸을 살짝 누르는 것을 느꼈다. 엘레나는 머리를 꼿꼿이 들고, 아니 조금 뒤로 젖히고 눈을 지그시 감은 채 그에게 살짝 몸을 맡겼다.

"아까 계단을 올라갈 때는 낯선 감탄의 마음으로 당신을 따라갔습니다. 지금 계단을 내려올 때는 사랑의 마음으로 당신과 동행하고 있습니다." 안드레아가 나지막한 목소리로, 마지막 말들을 하는 동안에는 주저하듯 말을 잠깐잠깐 멈추며 말했다.

엘레나는 대답하지 않았다. 제비꽃 다발을 코로 가져가 향기를 맡았다. 그러느라 외투의 넓은 소매가 팔을 따라 내려오다가 팔꿈치 너머로 흘러내렸다. 하얀 눈 밖으로 나온 흰 장미꽃 다발같이, 모피 아래로 드러난 생기 넘치는 그 살결을 보자 두껍고 무거운 옷에 제대로 가려지지 않은 여인의 알몸이 주는 기묘한 관능성 때문에 안드레아의 오감은 한층 욕망으로 타올랐다. 그의 입술이 미세하게 떨렸다. 그는 욕망이 담긴 말을 간신히 삼켰다.

마차는 벌써 계단 아래에서 기다리고, 하인이 마차 문 앞에 서 있었다.

"반 후펠 씨 저택으로." 공작 부인이 백작의 도움을 받아 마차에 오르면서 말했다.

하인은 고개 숙여 인사를 하고 문에서 멀어져 자기 자리로 갔다. 말들이 발굽으로 힘세게 땅을 긁어 대서 불꽃이 튀었다.

---

6 '나는 이해할 수 없네. 믿을 수가 없네.'

"조심하세요!" 엘레나가 안드레아 쪽으로 손을 내밀며 말했다. 그녀의 눈동자와 다이아몬드가 어둠 속에서 반짝였다.

'저기, 저 어둠 속에 그녀와 함께 앉아 향기로운 모피에 숨어 있는 목덜미를 입술로 찾을 수 있다면!' 그는 이렇게 말하고 싶었다. '함께 가고 싶어요!'

말들이 땅을 긁어 댔다.

"조심하세요!" 엘레나가 다시 말했다.

그는 열정의 표시를 엘레나의 손에 남기려는 듯 그녀의 손에 입술을 힘껏 댔다. 그리고 마차 문을 닫았다. 마부의 채찍질에 마차는 천둥 같은 소리로 현관 통로를 흔들며 포로 로마노 쪽으로 떠났다.

3

이렇게 안드레아 스페렐리와 엘레나 무티의 정사가 시작되었다.

이튿날 시스티나 거리의 경매장은 예고된 경매를 보러 온 고상한 사람들로 북적였다.

비가 거세게 내렸다. 천장 낮은 방 안으로 회색 불빛이 비쳤고, 방 안은 습기로 눅눅했다. 조각을 한 목재 가구 몇 개, 14세기의 토스카나파(派)가 그린 세 폭 혹은 두 폭짜리 거대한 제단화 몇 점, 바닥까지 드리워진 '나르키소스 이야기'를 짜 넣은 네 장의 플랑드르 태피스트리 등이 벽을 따라 가지런히 배치되어 있었다. 메타우로*에서 만든 도기들이 두 개의 긴 선반을 차지했고, 대개 교회에서 만든 천들이 의자에 펼쳐져 있거나 테이블 위에 쌓여 있었다. 희귀한 유물과 상아 세공, 에나멜 세공, 유리 세공, 조각한 보석과 메달, 오래된 금화, 기도서, 세밀화가 그려진 사본, 은세공 등이 경매대 뒤 높은 유리 진열장 안에 모여 있었는데 거기서 나오는 독특한 냄새, 그러니까 방 안의 습기와 오래된 것들이 만들어 내는 냄새가 공기 중에 진하게 배어 있었다.

페렌티노 공작 부인과 동행하여 경매장에 들어섰을 때 안드레아 스페렐리는 남몰래 몸을 떨었다. 그는 이런 생각을 했다. '엘레나가 와 있을까?' 그의 눈은 재빨리 그녀를 찾았다.

사실 그녀는 벌써 와 있었다. 경매대 앞쪽에 다빌라 기사와 돈 필리포 델 몬테 사이에 앉아 있었다. 그녀는 경매대 가장자리에 장갑과 수달 머프를 두었는데 제비꽃 다발이 머프 밖으로 나와 있었다. 손으로 카라도소 포파*가 만든 것으로 여겨지는 네모난 작은 은제품을 들고 자세히 들여다보았다. 경매대를 따라 경매품이 손에서 손으로 전해지고 있었다. 경매인은 경매품에 대한 찬사를 큰 소리로 늘어놓았다. 한 줄로 놓인 의자 뒤에 서 있는 사람들은 자세히 보려고 몸을 앞으로 숙였다. 어느새 경매가 시작된 것이다. 숫자가 빠르게 이어졌다. 이따금 경매인이 소리쳤다.

"이제 없습니까! 낙찰합니다!"

경매인의 고함 소리에 자극받은 몇몇 호사가가 경쟁자들을 둘러보면서 더 높은 가격을 불렀다. 경매인이 나무망치를 치켜들고 외쳤다.

"하나! 둘! 셋!"

그리고 경매대를 두드렸다. 그 물품은 마지막에 값을 부른 사람 차지가 됐다. 주위가 술렁거렸다. 그리고 다시 경매에 불이 붙었다. 나폴리 귀족으로 큰 몸집에 걸맞지 않게 여성스러운 언행을 하는 다빌라 기사는 유명한 마욜리카* 도기 수집가 겸 감정가로, 몇몇 중요한 경매품에 대한 자기 생각을 말했다. 추기경의 경매품 가운데 세 개는 정말 '뛰어난' 물건들이었다. 바로 '나르키소스 이야기' 태피스트리, 천연 바위 수정 꽃병과 안토니오 델 폴라이우올로*가 조각을 새긴 은으로 만든 투구였다. 그 투구는 1472년 볼테라 공략 때 도움을 준 우르비노 백작에게 피렌체 시가 선물한 것이었다.

"페렌티노 공작 부인이 오는데요." 돈 필리포 델 몬테가 무티 부인에게 말했다.

엘레나 무티가 일어나 친구에게 인사를 했다.

"벌써 전투 개시야?" 페렌티노 공작 부인이 크게 말했다.

"그래요."

"프란체스카는?"

"아직 도착하지 않았어요."

그리미티 공작, 로베르토 카스텔디에리, 루도비코 바르바리시, 잔네토 루톨로 등 네댓 명의 세련된 신사들이 그쪽으로 다가갔다. 다른 남자들도 합류했다. 장대비 소리가 사람들의 말을 완전히 집어삼켜 버렸다.

돈나 엘레나는 다른 사람들에게 그랬듯이 사무적으로 스페렐리에게 손을 내밀었다. 그는 그 악수에 그녀와의 거리감을 느꼈다. 엘레나가 차갑고 심각해 보였다. 그의 꿈은 순식간에 얼어붙어 산산조각이 나 버렸다. 어제 저녁의 기억들이 혼란스럽게 뒤섞였다. 희망은 사라졌다. 그녀에게 무슨 일이 있었던 걸까? 그녀는 어제의 그 사람이 아니었다. 수달 모피로 만든, 긴 튜닉 같은 코트를 걸치고 역시 같은 가죽으로 만든 사각모자 비슷한 모자를 썼다. 무언가 심술궂기도 하고 거의 경멸하는 듯한 표정이었다.

"그 꽃병까지는 아직 시간이 있어요." 엘레나가 공작 부인에게 말하고 다시 자리에 앉았다.

모든 물건이 엘레나의 손을 거쳐 갔다. 그녀는 대단히 섬세한 작품으로, 어쩌면 해체된 로렌초 일 마니피코 미술관에서 나온 것일지도 모를, 옥수(玉髓)*에 켄타우로스를 조각한 작품에 관심을 보였다. 그녀는 그 경매에 참여했다. 그녀는 경매인을 보지도 않은 채 그에게 낮은 목소리로 입찰 가격을 알렸다. 갑자기 성생사들이 입찰을 포기했다. 그녀는 제법 싼 가격으로 물건을 손에 넣었다.

"잘 샀군요." 그녀의 의자 뒤에 서 있던 안드레아 스페렐리가 말했다.

기쁨을 누르지 못해 그녀의 몸이 살짝 떨렸다. 그 옥수를 손에 쥐더니 뒤를 돌아보지 않고 어깨 높이쯤 손을 들어 올려 그것을 그에게 보여 주었다. 정말 아름다운 물건이었다.

"도나텔로가 이걸 모방해서 켄타우로스를 조각했을 수도 있어요." 안드레아는 다시 말했다.

그의 마음속에서 그 아름다운 물건에 대한 감탄과 더불어 그것을 손에 넣은 귀부인의 뛰어난 감식안에 대한 경탄이 용솟음쳤다. '엘레나는 모든 면에서 선택된 여인이야.' 그는 그렇게 생각했다. '그녀는 세련된 연인에게 어떤 기쁨을 줄 수 있을까?' 그의 상상 속에서 그녀의 모습은 점점 커졌지만 그와 동시에 그에게서 달아나고 있었다. 어젯밤의 확신은 일종의 낙담으로 변했다. 그리고 근원적인 의심이 생겼다. 지난밤 그는 지나친 몽상에 빠져 끝없는 행복 속을 헤엄쳐 다녔던 것이다. 그러는 동안 그녀의 몸짓, 미소, 표정, 옷자락 주름에 대한 기억이 그물처럼 그를 낚아서 묶어 버렸다. 그 상상의 세계가 지금 현실과 접촉하며 보잘것없이 무너져 내렸다. 그는 엘레나의 눈에서 그가 그토록 생각하고 또 생각했던 특별한 인사의 기미를 찾아내지 못했다. 엘레나는 다른 남자들 틈에 서 있던 그에게 특별히 아는 체하지도 않았다. '왜 이러는 거지?' 그는 굴욕을 느꼈다. 그는 주변의 경박한 남자들에게 화가 났다. 그녀의 관심을 끌고 있는 물건에도 화를 냈다. 이따금 그녀 쪽으로 몸을 숙이며 소곤거리는, 아마 험담하는 게 틀림없을 돈 필리포 델 몬테에게도 화가 났다. 아텔레타 후작 부인이 도착했다. 부인은 평소대로 쾌활했다. 어느새 신사들이 부인 주위를 에워쌌고 부인의 미소에 돈 필리포가 활기차게 돌아보았다.

"완벽한 삼위일체네요." 그가 이렇게 말하고 일어났다.

안드레아가 즉시 무티 부인의 옆 의자를 차지했다. 희미한 제비꽃 향기에 그가 중얼거렸다.

"어젯밤의 제비꽃이 아니군요."

"아니에요." 엘레나가 차갑게 말했다.

파도처럼 끊임없이 부드럽게 흔들리며 변하는 그녀의 마음 안에는 예상치 못할 때 위협적으로 나타나는 차가움이 잠재해 있었다. 그녀의 태도가 갑자기 딱딱해졌다. 안드레아는 이유를 모른 채 입을 다물었다.

"낙찰합니다! 낙찰합니다!" 경매인이 외쳤다.

경매가가 올라갔다. 안토니오 델 폴라이우올로의 투구를 둘러싸고 경쟁에 불이 붙었다. 다빌라 기사도 그 싸움에 적극적으로 나섰다. 분위기가 점점 뜨거워지면서 아름답고 진귀한 물건들에 대한 욕망이 모두의 마음을 사로잡는 듯했다. 흥분이 전염병처럼 번져 나갔다. 그해 로마에서는 소형 미술관(bibelot)과 골동품(bric-à-brac)에 대한 사랑이 과도한 지경에 이르러 있었다. 귀족과 상류 부르주아의 살롱은 어디나 '진귀한 물건'이 넘쳤다. 귀부인들은 너나없이 성직자의 미사용 예복과 긴 망토를 재단해서 소파 쿠션을 만들고, 움브리아* 약사의 약병이나 옥수 잔을 꽃병으로 사용해 장미꽃을 꽂았다. 공공 경매장은 사람들이 가장 즐겨 찾는 모임 장소가 되었다. 귀부인들이 오후의 티타임에 모일 때면 고상하게 이런 말들을 했다. "저는 화가 캄포스 경매에 갔다 왔어요. 사람들로 붐볐어요. 아랍과 스페인 풍의 접시들이 굉장하더라고요. 저는 마리 레슈친스카*의 보석 하나를 손에 넣었어요. 봐요."

"낙찰합니다!"〃

값이 점점 올라갔다. 경매대 주변에 애호가들이 모여 있었다. 고상한 사람들이 조토*의 「그리스도의 탄생」과 「수태 고지」에 대해 멋진 연설을 주고받았다. 부인들은 저마다 모피 냄새를, 그리고 머프 안에 제비꽃 다발을 넣는 게 세련된 유행이었으므로 특히 제비꽃의 향기를 실어 날았다. 사람이 많았던 탓에, 신자가 많이 모인 눅눅한 예배당 안처럼 기분 좋은 온기가 넓게 퍼져 나갔다. 밖에서는 장대비가 계속 내려 빛은 서서히 힘을 잃었다. 가스등에 불이 켜져 성질이 다른 두 빛이 서로 다투었다.

"하나! 둘! 셋!"

나무망치 소리로 피렌체의 투구는 험프리 히스필드 경 소유가 됐다. 그 밖의 작은 물품들을 둘러싼 경매가 다시 시작되어 물품들이 경매대를 따라 손에서 손으로 전해졌다. 엘레나는 우아하게 그 물건들을 받아 자세히 살펴본 뒤 아무 말 없이 안드레아 앞에 내려놓았다. 에나멜 세공, 상아 세공, 18세기의 시계, 루도비코 일 모로 시대에 밀라노의 장인*이 세공한 보석, 파란 양피지 위에 금문자가 적힌 기도서 등이었다. 공작 부인의 손안에서 그런 귀중한 물건들은 한층 값어치를 띠는 듯했다. 원하는 물건에 닿으면 그 작은 손은 살짝 떨렸다. 안드레아는 관심을 가지고 그 손을 주의 깊게 바라보았다. 그러자 그의 상상 속에서 그 손의 움직임 하나하나가 애무로 변해 버렸다. '왜 엘레나는 저 물건들을 모두 나에게 건네지 않고 경매대 위에 올려놓는 걸까?'

그는 엘레나가 물건을 내려놓기 전에 먼저 손을 내밀었다. 그러자 그때부터 상아 세공도, 에나멜 세공도, 보석도 사랑받는 여자의 손에서 사랑하는 남자의 손으로 옮겨 가며 형언할 수 없는 즐거움을 전달했다. 마치 자석의 힘이 아주 조금씩 철로 이동하듯이 여자의 사랑스러운 매력의 미립자가 그 물건들 사이로 들어간 듯했다. 그것은 분명 자력을 지닌 감각적인 기쁨, 사랑이 시작될 때에만 맛볼 수 있는 날카롭고도 깊은 그런 감각 중 하나였다.

다른 모든 감각들과 비슷하게 육체나 정신이 아니라 우리 존재의 중립적 요소 안에 그 자리가 있는 감각, 그러니까 그 성질이 알려지지 않았고 정신보다는 단순하지 않고 어떤 형태보다는 훨씬 취약한, 거의 중간적이라 할 수 있는 요소 안에 그 자리가 있는 감각 말이다. 열정은 은신처에 모이듯 그 자리에 모여들고, 난로에서 불빛이 발산되듯 거기서 열정이 사방으로 발산된다.

'지금까지 한 번도 경험하지 못한 쾌감이다.' 안드레아 스페렐리는 다시 생각했다.

그는 다소 무기력해졌고 서서히 장소와 시간에 대한 의식을 잃어 갔다.

"이 시계를 당신에게 추천해요." 엘레나가 안드레아를 보며 말했는데, 그는 처음엔 그 시선의 의미를 이해하지 못했다.

그것은 이상할 정도로 해부학적으로 정확하게 상아를 조각해 만든 작은 해골이었다. 위아래 턱에 한 줄의 다이아몬드가 박혀 있었고 루비 두 개가 눈구멍에서 빛났다. 이마에 *RUIT HORA*[7]라고 새겨져 있었다. 후두부에도 *TIBI, HIPPOLYTA*[8]라는 말이 있었다. 연결 부위가 거의 눈에 보이지는 않았지만, 두개골을 상자처럼 열 수 있었다. 내부 장치의 재깍재깍하는 소리가 작은 해골의 외관에 형언할 수 없는 생명력을 부여했다. 신비에 싸인 시계 장인이 자신의 애인에게 선물한 그 죽음의 보석은 한없는 행복의 시간을 가리켰을 게 분명했다. 그리고 동시에 그 상징적인 모양으로 사랑에 빠진 연인들의 마음에 경고했을 게 틀림없었다.

사실 쾌락의 시간을 측정하는 데 이보다 더 탁월하고 더 자극적인 도구는 없을 듯했다. 안드레아는 이런 생각을 했다. '그녀가

---

7 '시간은 달린다'라는 뜻의 라틴어.
8 '이폴리타, 그대에게'라는 뜻의 라틴어.

우리 둘을 위해서 이 시계를 추천한 것일까?' 이렇게 생각하자 불확실하기는 해도 막연하게나마 다시 희망이 싹트고 되살아났다. 그는 열정적으로 그 경매에 뛰어들었다. 그가 가격을 부를 때마다 잔네토 루톨로를 포함한 두세 명의 경쟁자가 집요하게 맞섰다. 잔네토 루톨로에게는 돈나 이폴리타 알보니코라는 연인이 있었기 때문에 '이폴리타에게'라는 글귀에 끌린 것이다.

잠시 후 루톨로와 스페렐리 둘만 경쟁하게 되었다. 그 시계의 실제 가격보다 값이 올라갔다고 경매인은 빙그레 웃고 있었다. 어느 순간에 이르자 잔네토 루톨로가 상대의 집요함에 백기를 들고 더 이상 값을 부르지 않았다.

"이제 없습니까! 낙찰합니다!"

돈나 이폴리타의 연인은 다소 창백한 얼굴로 최후 가격을 크게 외쳤다. 스페렐리가 값을 더 올렸다. 잠시 침묵이 이어졌다. 경매인이 두 경쟁자를 보았다. 그리고 둘에게서 눈을 떼지 않은 채 천천히 나무망치를 들었다.

"하나! 둘! 셋!"

해골은 두젠타 백작의 소유가 되었다. 웅성거림이 홀 안으로 퍼져 나갔다. 유리창으로 들어온 한 줄기 빛에 세 폭 제단화의 금빛 배경들이 눈부시게 빛났다. 그 빛은 시에나의 마돈나의 비통한 이마와 금속 스팽글로 장식된 페렌티노의 작은 회색 모자에까지 닿았다.

"저 잔 경매는 언제예요?" 그녀가 조바심을 내며 물었다.

남자 친구들이 카탈로그를 보았다. 피렌체의 기이한 인문주의자의 잔이 그날 경매에 들어갈 희망은 이제 전혀 없었다. 입찰자들이 너무 많아서 경매 진행 속도가 매우 느렸다. 아직도 카메오와 금화와 메달 등의 작은 물건들이 목록에 길게 남아 있었다. 골동품상 몇 명과 스트로가노 공이 경매품 가격을 놓고 하나하나 입씨름을 했다. 기대하며 기다리고 있던 사람들이 실망을 했다. 셰르니 공작 부인이 일어나 그 자리를 떠나려 했다.

"실례해요, 스페렐리." 그녀가 말했다. "오늘 밤엔 아마."

"'아마'라니 무슨 뜻입니까?"

"기분이 안 좋아요."

"무슨 일 있으신가요?"

그녀는 그 질문에 대답하지 않고 다른 사람들을 돌아보며 인사했다. 하지만 다른 사람들도 그녀의 본을 따랐다. 다들 함께 밖으로 나갔다. 젊은 신사들은 그날의 구경거리였던 꽃병 경매가 이뤄지지 않은 것을 두고 서로 농담을 주고받았다. 아텔레타 후작 부인은 상냥하게 웃고 있었지만 페렌티노는 기분이 좋지 않아 보였다. 복도에서 기다리고 있던 하인들이 극장이나 연주장 입구에서처럼 마차를 입구 쪽으로 바싹 갖다 대게 했다.

"미아노 집에 갈 거예요?" 아텔레타 부인이 엘레나에게 물었다.

"아니요. 집에 돌아갈래요."

엘레나는 인도 가장자리에서 사륜마차(coupé)가 가까이 오길 기다렸다. 비가 그쳐 하늘에 넓게 덮인 흰 구름 사이로 군데군데 푸른 하늘이 보였다. 한 구역에서는 햇빛이 비쳐 포장도로가 반짝였다. 거의 대칭으로 곧은 주름이 몇 개 잡힌 멋진 외투를 걸치고 금빛과 장미색 중간의 햇빛 속에 서 있는 엘레나는 더할 나위 없이 아름다웠다. 내실(boudoir)처럼 새틴으로 벽을 바르고 바닥에는 공작 부인의 작은 발을 따뜻하게 해 주는, 따뜻한 물이 가득 찬 둥근 은빛 통이 반짝이는 마차 안을 얼핏 보자 어젯밤과 똑같은 꿈이 안드레아의 마음속에 되살아났다. '저기에 그녀와 함께 앉아 아늑하고 친밀한 분위기 속에서, 그녀의 숨결로 따뜻해진 공기 속에서, 시든 제비꽃 향기 속에서 뿌연 유리 너머로 진흙투성이가 된 도로와 회색 집들과 어렴풋한 형체의 사람들을 볼 수 있다면!'

하지만 그녀는 웃음기 없는 얼굴로 마차 문 앞에서 살짝 고개만 숙였다. 그리고 마차는 그의 마음에 막연한 슬픔과 갈피 잡을 수 없는 절망감만 남기고 팔라초 바르베리니 쪽으로 달려갔다. 그녀는 '아마'라고 했다. 그러니까 아마 팔라초 파르네세에 올 수 없다는 뜻이리라. 그런데 왜?

이 의문이 그를 괴롭혔다. 그녀를 만날 수 없다고 생각하자 그는 좀처럼 견디기 어려웠다. 그녀와 떨어져 지낸 시간들이 벌써 그를 무겁게 짓눌렀다. 그는 자문했다. '내가 벌써 그녀를 사랑하고 있는 것일까?' 그의 마음은 어떤 원 안에 갇힌 것 같았다. 그리고 그 원 안에서 그녀가 곁에 있을 때 느꼈던 모든 감각들이 어지럽게 회오리쳤다. 갑자기 그의 기억 속에서 그녀가 한 말과 억양과 태도, 눈의 움직임, 그녀가 앉았던 소파의 형태, 베토벤의 소나타 마지막 악장(finale), 메리 다이스의 음정, 마차 문 옆에 서 있던 하인의 모습 등 세부적인 특별한 상황, 단편적인 모습들이 이상할 정도로 또렷이 떠올랐다. 지나쳐 버린 사물들이 자신들의 생생한 이미지로 현존하는 사물들을 어둡게 만들고 그것과 중첩되었다. 그는 머릿속으로 그녀에게 말을 걸었다. 실제로, 미래의 대화에서 하게 될 말을 모두 머릿속으로 말했다. 욕망의 암시에 따라 어떤 장면들과 상황, 사건 그리고 사랑의 모든 전개 과정을 예상해 보았다. 그녀는 어떤 식으로 그에게 몸을 맡길까?

자신의 아파트로 돌아가려고 팔라초 주카리의 계단을 오르다가 불현듯 이런 생각이 떠올랐다. 그녀는 반드시 여기 올 것이다. 시스티나 거리, 그레고리아나 거리, 트리니타 데이 몬테 광장은 특히 어떤 시간에는 거의 인적이 없다. 이 집에는 외국인들밖에 살지 않는다. 그러므로 그녀는 아무 걱정 없이 올 수 있다. 하지만 어떻게 이곳으로 오게 한다지? 그는 너무 초조해서 이렇게라도 외치고 싶은 심정이었다. '내일 올 거야!'

'그녀는 자유로운 몸이야.' 그는 생각했다. '남편은 그녀를 지키고 있지 않아. 그녀가 전에 없이 오랜 시간 집을 비워도 그 이유를 설명해 달라고 할 사람은 아무도 없어. 그녀는 언제나 자기 행동의 주인이야.' 그 당장 쾌락으로 보낼 낮과 밤들이 그의 뇌리에 떠올랐다. 그는 따뜻하고 깊고 은밀한 방 안에서 주위를 둘러보았다. 그리고 모두 예술적으로 만들어진 그 강렬하고 세련된 화려함이 마음에 들었고 그녀를 위한 것 같았다. 방 안의 공기는 그녀의 숨결을 기다리고 있었다. 카펫은 그녀의 발길에 밟히고 싶어 했다. 쿠션들은 그녀의 흔적이 새겨지길 원했다.

'그녀는 이 집을 사랑하게 될 거야.' 그가 생각했다. '내가 사랑하는 걸 사랑하게 되겠지.' 이런 생각을 하자 더할 나위 없이 마음이 부드러워졌다. 다가온 기쁨을 의식한 새로운 영혼이 높은 천장 아래에서 떨리는 듯했다.

그는 하인에게 홍차를 가져오게 했다. 그리고 가상의 희망을 좀 더 즐기기 위해 벽난로 앞에 편안히 자리를 잡았다. 보석이 박힌 해골을 상자에서 꺼내 자세히 보았다. 난로의 불빛을 받아, 가느다란 다이아몬드 치열이 노르스름한 상아 표면에서 빛났고 두 개의 작은 루비가 눈구멍 안에서 반짝였다. 광택이 나는 두개골 아래서 시간을 알리는 소리가 끊임없이 들렸다. '시간은 달린다(RUIT HORA).' 질보 세공사들이 와보의 그림에서처럼 공원으로 연인을 만나러 나갈 시간을 알리는 데 쓰이는 신사들의 조그만 시계에 목가적인 풍경을 장식하던 그 세기에, 사랑하는 자신의 이폴레타를 위해 죽음에 대한 이런 자신감 넘치고 자유로운 상상력을 발휘할 수 있었던 장인은 대체 어떤 사람일까? 그 조각에는 솜씨 좋고 활력이 넘치며 자신만의 독자적인 양식을 지닌 직인의 솜씨가 드러나 있었고 베로키오*같이 통찰력 있는 15세기의 예술가에게도 필적할 만한 솜씨였다.

"이 시계를 당신에게 추천해요." 안드레아는 냉랭하게 침묵을 지키다가 너무나 이상한 발음으로 말하던 엘레나를 떠올리며 잠시 미소를 지었다. 이 말을 하면서 그녀는 틀림없이 사랑을 생각했을 것이다. 가까운 시일 내에 사랑하는 이를 만날 생각을 하지 않았을 리 없었다. 하지만 왜 갑자기 다시 그렇게 이해할 수 없는 태도를 보인 걸까? 어째서 상대해 주지 않은 것일까. 무슨 일이 있는 거지? 안드레아는 탐색의 미로에서 헤매고 있었다. 하지만 따뜻한 공기와 푹신한 소파, 적절한 빛, 모양이 변하는 불꽃, 홍차 향기 등으로 인한 기분 좋은 느낌들이 그의 마음을 기분 좋은 착각으로 이끌었다. 그는 상상의 미로 속을 정처 없이 떠돌았다. 그에게 생각이란 때때로 마약의 효능을 가지고 있어서 거기에 취할 수 있다.

"7시에 도리아 저택에 가실 예정이 있으신데 잊지 않으셨는지요. 준비는 다 됐습니다, 백작님." 안드레아의 약속을 상기시키는 임무도 맡고 있는 하인이 낮은 소리로 말했다.

안드레아는 옷을 갈아입으러 팔각형의 방으로 들어갔다. 그 방은 현대적 취향의 젊은 귀족에게 더할 나위 없이 세련되고 편안한 옷 방이었다. 옷을 갈아입으면서 꼼꼼하게 구석구석 치장을 했다. 최대한 취향을 살려 장신구 수납대로 사용하는 로마 시대의 커다란 석관 위에는 바티스트* 천으로 만든 손수건과 무도용 장갑과 지갑, 담배 케이스, 향수병 그리고 치자꽃 대여섯 송이가 꽂힌 푸른색의 작은 도자기 꽃병들이 질서 정연하게 놓여 있었다. 그는 이름의 머리글자를 흰 실로 수놓은 손수건을 골라 파오로사 (pao-rosa)* 향수 서너 방울을 떨어뜨렸다. 치자는 도리아 저택의 식탁에도 있을 것이라고 생각해 고르지 않았다. 금을 얇게 두드려 세공한 담배 케이스에 러시아 담배를 꽉 채워 넣었다. 용수철이 있어 돌출된 부분을 사파이어로 장식한 얇디얇은 그 케이스는 바지 주머니에 넣으면 허벅지에 딱 붙도록 약간 휘어져 있었다. 안드레아는 방에서 나갔다.

도리아 저택에서 여러 가지 화제로 이야기를 나누던 중 안젤리에리 공작 부인이 최근에 출산한 미아노 부인 이야기를 하며 이렇게 말했다.

"라우라 미아노와 무티 사이가 틀어진 것 같아요."

"혹시 조르조 때문인가요?" 다른 한 부인이 웃으며 물었다.

"그렇다고들 해요. 이번 여름 루체른에서 시작된 얘기인데……."

"하지만 라우라는 루체른에 없었어요."

"맞아요. 라우라 남편이 있었지요……."

"그런 이야기는 심술궂은 험담이라고 생각해요. 그것뿐이에요." 피렌체의 백작 부인 돈나 비안카 돌체부오노가 가로막았다. "조르조는 지금 파리에 있어요."

안드레아는 귀를 곤두세우고 그 이야기를 들었다. 오른쪽 옆에서 몹시 수다스러운 스타르니나 백작 부인이 계속 그에게 말을 걸어왔지만 말이다. 돌체부오노의 말들도 그의 가슴에 난 예리한 상처를 치료하는 데에는 역부족이었다. 그는 적어도 이 소문을 끝까지 알고 싶었다. 하지만 안젤리에리 부인은 그 이야기를 중단했다. 다른 대화들은 식탁 중앙을 장식한 빌라 팜필리의 화려한 장미들 속에 뒤섞여 버렸다.

'조르조라는 남자는 대체 누구일까? 최근까지 엘레나가 만난 애인일까? 그녀는 올여름 루체른에서 얼마의 시간을 보냈었지. 그녀는 파리에서 돌아오는 중이었고. 경매장에서 나왔을 때 그녀는 미아노 집으로 가지 않겠다고 했어.' 안드레아의 마음속에서 표면적으로는 모든 게 엘레나에게 적대적이었다. 그녀를 만나 이야기하고 싶다는 강렬한 욕망에 사로잡혔다. 팔라초 파르네세의 초대는 10시였다. 그는 10시 반이 되자 어느새 그녀를 기다리기 시작했다.

한참을 기다렸다. 순식간에 몇 개의 방이 사람으로 가득 찼고 무도회가 시작되었다. 안니발레 카라치*의 프레스코화가 있는 통로에선 로마의 귀부인들이 프레스코화의 아리아드네와 갈라테이아, 아우로라, 디아나 등의 여신과 아름다움을 겨루고 있었다. 몇 쌍의 남녀가 향수 냄새를 풍기며 빙글빙글 돌았다. 장갑을 낀 부인들의 손이 신사들의 어깨를 눌렀고, 보석으로 장식한 머리들이 뒤로 젖혀지기도 하고 똑바로 서 있기도 했다. 반쯤 벌어진 입은 진홍으로 빛났고 드러난 어깨는 촉촉한 윤기로 반짝였다. 안에 숨겨 놓은 격렬한 열망으로 터질 듯한 가슴들도 보였다.

"춤 안 추세요, 스페렐리?" 예쁜 올리브(oliva speciosa) 같은 갈색 피부의 아가씨, 가브리엘라 바르바리시가 춤 상대와 팔짱을 끼고 지나가며 물었다. 그녀는 부채를 흔들며 미소를 짓자 입가의 점 근처에 깊은 보조개가 만들어졌다.

"예, 나중에요." 안드레아는 대답했다. "조금 더 있다가요."

여러 사람들과 소개를 주고받고 인사를 나누기도 했지만 그는 건성으로 하며 허무한 기다림으로 인해 마음속의 고통이 점점 커져만 가는 것을 느꼈다. 그는 되는대로 이 홀 저 홀을 서성거렸다. '아마'라는 말이 엘레나가 오지 않는다는 말이 아닐까 걱정되었다. 그런데 그녀가 정말 오지 않는다면? 언제 그녀를 만날 수 있을까? 돈나 비안카 돌체부오노가 우연히 지나갔다. 그는 왠지 모르지만 온갖 예의 바른 말들을 하면서 그녀 곁에 있다는 것으로 일종의 안도감을 다소나마 느꼈다. 엘레나에 대해 이야기하고 이것저것 물어보며 마음을 편안히 하고 싶었다. 오케스트라가 마주르카를 더할 나위 없이 부드럽게 연주하기 시작했다. 그러자 피렌체의 백작 부인은 춤 상대와 함께 춤추는 사람들 속으로 들어갔다.

그래서 안드레아는 문 근처에 모여 있는 젊은 신사들 쪽으로 향했다. 루도비코 바르바리시, 베피 공작, 필리포 델 갈로, 지노 봄미나코가 모여 있었다. 그들은 빙글빙글 춤을 추는 몇 쌍의 남녀를 바라보며 다소 저속한 이야기를 주고받고 있었다. 바르바리시는 자기가 왈츠를 추고 있을 때 루콜리 백작 부인의 양쪽 가슴의 곡선을 전부 보았다고 얘기했다. 봄미나코가 물었다.

"그런데 어떻게 보았지?"

"한번 해 봐. 코르사주(corsage)로 눈을 내리깔기만 하면 돼. 해 볼 만하다니까……."

"마담 크리솔로라스의 겨드랑이 봤나? 보라고!"

베피 공작이 춤추는 사람들 중에서 루니의 대리석같이 하얀 이마에 알마 타데마*가 그린 여사제와 비슷하게 불길처럼 새빨간 머리를 가진 여인을 가리켰다. 그녀는 어깨에서 리본으로만 묶는 보디스*를 입고 있어 겨드랑이 밑으로 풍성한 붉은 털이 그대로 보였다.

봄미나코가 빨간 머리 여성들의 독특한 향기에 대해 이야기하기 시작했다.

"그 향기라면 자네가 잘 알고 있겠지." 바르바리시가 싯궂게 말했다.

"왜?"

"미칠리아노 부인이……."

자기 연인 중 한 사람의 이름을 듣자 봄미나코의 얼굴이 눈에 띄게 밝아졌다. 그는 대꾸하지 않고 웃기만 했다. 그리고 스페렐리를 돌아보며 말했다.

"오늘 밤은 어떻게 할 건가? 조금 전에 자네 사촌 누님이 자넬 찾던데. 지금 내 형과 춤추고 있어. 저기 있네."

"봐!" 필리포 델 갈로가 외쳤다. "알보니코 부인이 돌아왔어. 잔네토와 춤추고 있어."

"무티 부인도 지난주에 돌아왔다네." 루도비코가 말했다. "진짜 아름다운 여자지!"

"여기 왔나?"

"아직 못 봤는데."

안드레아는 그녀에 대해서도 누군가의 입에서 짓궂은 말이 나오지나 않을까 걱정되면서 가슴이 떨렸다. 하지만 이세 공작 부인이 덴마크의 장관과 팔짱을 끼고 지나가자 친구들의 대화가 중단되었다. 그렇기는 해도 안드레아는 뭔가를 알아내고 밝혀내고 싶은 일시적인 호기심에 사로잡혀, 사랑하는 여인과 관련된 화제를 계속 이어 가고 싶었지만 굳이 그렇게 하지 않았다. 마주르카가 끝났고 젊은이들 무리도 각자 흩어져 갔다. '그녀는 오지 않아! 그녀는 오지 않아!' 마음속의 불안감이 고조되어 그는 홀을 떠나야겠다고까지 생각했다. 그 많은 사람들과의 접촉을 견딜 수 없기 때문이었다.

돌아서다가 입구 쪽에서 프랑스 대사에게 손을 맡긴 채 나타난 셰르니 공작 부인을 보았다. 한순간 그녀와 시선이 마주쳤다. 바로 그 순간 두 사람의 시선은 하나가 되어 서로에게 침투하고 서로를 빨아들일 것만 같았다. 두 사람 모두 서로를 찾고 있었음을 느꼈다. 그 떠들썩한 소음 속에서 두 사람 모두의 마음에 갑자기 정적이 내려앉았고 깊은 심연이 벌어져 주변 모든 세상이 단 한 가지 생각의 힘에 밀려 그 속으로 흔적도 없이 사라진 것 같았다.

그녀는 카라치의 벽화가 있는 통로로 걸어갔다. 사람이 적은 그 통로로 하얀색의 긴 양단 드레스를 끌며 걸어갔는데 드레스 자락이 바닥에서 느린 파도처럼 물결쳤다. 새하얗고 청초한 모습으로 걸어가다가 여러 사람들의 인사에 고개를 돌렸는데 피곤한 분위기였다. 애써 웃는 체하느라 입가가 살짝 실룩거렸지만 두 눈은 창백한 이마 아래에서 더욱 커 보였다. 이마뿐 아니라 얼굴 전체가 지나칠 정도로 창백해서 뭐랄까, 정신적으로 매우 허약해 보일 정도였다. 그녀는 이미 아텔레타 저택의 만찬 자리에 있던 여자도, 경매장에 있던 여자도, 시스티나 거리의 인도에 잠시 서 있던 여자도 아니었다. 지금 그녀의 아름다움에는 무언가 초인간적인 이상이 표현되어 있었는데, 춤으로 얼굴이 상기되고 들떠 있는 데다 과잉 행동을 하기도 하고 약간 흥분한 다른 귀부인들 속에서 그 아름다움은 더욱 빛을 발했다. 몇몇 남자들이 그녀를 바라보며 생각에 잠겼다. 그녀는 매우 둔감하거나 어리석은 남자의 마음에도 동요와 불안감, 그리고 이루 말로 표현할 수 없는 갈망을 불어넣었다. 아직 누군가에게 마음이 구속되지 않은 남자는 떨리는 마음으로 그녀와의 사랑을 상상했다. 이미 연인이 있는 남자는 아직 알지 못하는 희열을 꿈꾸며 막연하게 유감스러운 기분을 느껴 마음이 허전해졌다. 다른 여자로 인한 배신의 상처를 마음속에 간직한 남자는 그 상처를 치유할 수 있을 것만 같은 생각이 들었다.

엘레나는 남자들의 시선에 둘러싸인 채 찬사를 받으며 앞으로 걸어갔다. 그녀는 통로 끝에 걸린, 페르세우스와 돌로 변한 피네우스가 그려진 그림 아래에서 부채를 부치며 활기 있게 대화를 주고받는 한 무리의 부인들에게로 갔다. 페렌티노 공작 부인, 마사 달베 부인, 다디토신기 후작 부인, 돌체부오노 부인 등이 거기 있었다.

"왜 이렇게 늦었어?" 돌체부오노 부인이 말했다.

"몸이 안 좋아서 오기 전에 한참 망설였어."

"정말이네. 얼굴이 창백해."

"작년처럼 또 안면 신경통으로 고생할 것 같아."

"그렇지 않을 거야!"

"엘레나, 부아시에르 부인 좀 봐요." 조바넬라 다디가 여느 때와 같이 기묘하게 쉰 목소리로 말했다. "노란 가발을 쓴 게, 추기경복을 입은 낙타 같지 않아요?"

"마드무아젤 반루는 오늘 밤 당신의 사촌 동생에게 홀딱 반한 모양이에요." 마침 소피아 반루가 루도비코 바르바리시와 팔짱을 끼고 지나가는 것을 보고, 마사 달베 부인에게 말했다. "아까 마드무아젤 반루가 내 옆에서 폴카를 춘 뒤 이렇게 애원하는 소리를 들었어요. *Ludovic, ne faites plus ça en dansant; je frissonne toute······.*"[9]

부인들이 부채를 흔들면서 일제히 웃었다. 옆 홀에서 헝가리안 왈츠의 첫 음절이 들려왔다. 신사들이 부인들 앞으로 나섰다. 안드레아는 드디어 엘레나에게 손을 내밀어 그녀를 자기 쪽으로 끌어올 수 있었다.

"당신을 기다리면서 죽을 것 같았습니다! 엘레나, 당신이 혹시 오지 않았다면 당신을 찾아 어디든 갔을 겁니다. 당신이 들어오는 걸 보고 소리치고 싶은 걸 겨우 참았습니다. 당신을 만나는 건 오

---

9 '루도비코, 춤출 때 그러지 말아요. 나 너무 떨려요······'라는 뜻의 프랑스어.

늘 밤으로 두 번째지만 이미 언제인지도 모를 적부터 당신을 사랑하고 있던 것 같은 생각이 듭니다. 오로지 당신만을 끊임없이 생각하는 게 내 삶의 전부입니다……."

안드레아는 엘레나 쪽을 보지도 않고 자기 앞만 뚫어지게 보면서 나지막이 사랑의 말들을 속삭였다. 그녀는 똑같은 자세로, 겉으로 보기에는 거의 대리석처럼 무표정한 얼굴로 가만히 듣고 있었다. 통로에 남은 사람은 몇 되지 않았다. 백합 모양의 반투명 수정 램프 갓을 통과한 빛이 황제들의 흉상이 줄지어 있는 벽을 따라 너무 강하지도 않고 한결같이 고르게 퍼져 나갔다. 꽃이 만발한 초록 식물들이 셀 수 없이 많아서 호화로운 온실 안에 있는 기분이었다. 오목해서 소리가 울리는 천장 아래 음악의 선율이 따뜻한 공기 속으로 퍼져 나가 정원에 부는 바람처럼 벽에 그려진 신화 속 인물들 위를 지나갔다.

"저를 사랑할 겁니까?" 젊은 안드레아가 물었다. "사랑할 거라고 말해 주세요!"

그녀가 천천히 대답했다.

"제가 여기 온 건 오로지 당신 때문이에요."

"사랑할 거라고 말해 주세요!" 혈관의 피가 모두 기쁨의 물결이 되어 심장으로 흘러 들어가는 기분을 느끼며 그가 똑같은 말을 다시 했다.

그녀가 대답했다.

"아마도."

그러더니 전날 밤 신성한 약속을 해 주는 듯 보였던 그 눈길로, 사랑의 손길로 삶을 어루만지는 듯한 느낌을 주었던 그 형언할 수 없는 눈길로 그를 보았다. 그러고 나서 둘 다 아무 말도 하지 않았다. 그리고 주위를 감싸는 무도곡에 귀를 기울였다. 음악은 때로 속삭임처럼 잔잔하다가 갑자기 회오리바람이 일듯 커지기도 했다.

"춤출까요?" 안드레아가 물었다. 그는 그녀를 품에 안을 수 있다는 생각을 하자 내심 떨렸다.

"아니요. 그러고 싶지 않아요."

외가의 숙모인 부냐라 공작 부인과 알베로니 공작 부인이 프랑스 대사 부인과 함께 통로로 들어서는 것을 보고 엘레나가 이렇게 덧붙였다.

"이제 조심하세요. 가게 해 줘요."

그녀는 장갑 벗은 손을 그에게 내밀었다. 그리고 혼자서 리드미컬하고 가벼운 발걸음으로 세 명의 부인 쪽으로 갔다. 하얀 드레스의 긴 옷자락으로 인해 그녀의 걸음걸이는 더할 나위 없이 우아하고 아름다웠다. 폭이 넓고 무거운 양단 드레스가 가녀린 허리를 더욱 강조했기 때문이었다. 안드레아는 눈으로 그녀를 좇으며 머릿속으로 그녀가 한 말을 되뇌었다. '제가 여기 온 건 오로지 당신 때문이에요.' 그녀는 그를 위해서, 그만을 위해서 이토록 아름다운 것이다! 그 순간 안젤리에리 부인의 말로 인해 아직도 마음 깊은 곳에 남아 있는 씁쓸함의 잔재들이 고개를 들었다. 오케스트라가 열정적으로 같은 악절을 반복했다. 그는 그 음조도, 갑자기 엄습한 괴로운 생각도, 그녀의 태도도, 바닥에 끌리던 눈부신 옷자락도, 작은 주름도, 작은 그림자도, 그 숭고한 순간의 세세한 부분 그 어떤 것도 절대 잊지 않았다.

4

엘레나는 잠시 후 안드레아에게도 누구에게도 인사하지 않고 살짝 팔라초 파르네세를 떠났다. 그러니까 무도회에는 겨우 30분 정도 머물렀을 뿐이다. 안드레아는 홀들을 샅샅이 뒤지고 다녔지만 허사였다.

다음 날 아침, 그는 엘레나의 소식을 물으려고 팔라초 바르베리니로 하인을 보냈다. 그리고 그녀가 아프다는 사실을 알게 되었다. 저녁이 되자 그는 혹시 만날 수 있을지도 모른다는 희망을 품고 직접 엘레나를 찾아갔다. 하지만 하녀가 나와서 주인마님 상태가 몹시 좋지 않아 아무도 만날 수 없다고 알렸다. 토요일 저녁 5시경, 같은 바람을 품고 다시 방문했다.

팔라초 주카리에서 나와 걸었다. 진한 적자색과 회색빛의 다소 음울한 황혼이 장중한 장막처럼 서서히 로마 위로 내려오는 중이었다. 바르베리니 광장의 분수 주변에서는 관 옆에 세워 둔 촛불처럼 창백한 불꽃의 가로등들이 빛을 발했다. 분수의 트리톤 상은 물을 뿜지 않았는데 아마 복구나 청소 작업을 한 때문인 듯했다. 두세 마리의 말이 끄는 마차들이 비탈길로 내려갔고 한 무리의 인부들이 새 공사 현장에서 집으로 돌아가고 있었다. 몇 사람인가가 서로 팔짱을 끼고 몸을 비틀거리며 외설스러운 노래를 목이 터져라 부르고 있었다.

안드레아는 걸음을 멈추고 그 패거리가 지나가길 기다렸다. 그 패거리 가운데 불그스름한 얼굴에 눈빛이 좋지 않은 두세 명의 남자가 그에게 강한 인상을 남겼다. 팔에 붕대를 한 마부가 그의 눈에 띄었는데 마부의 붕대는 이미 피에 젖어 있었다. 창백한 얼굴에 눈이 움푹 들어가고 입은 독약을 마신 사람처럼 일그러진 채, 마차에 꿇어앉아 있는 또 다른 마부도 보였다. 노래 가사가 걸걸한 고함 소리와 채찍 소리, 수레바퀴 소리와 방울 소리, 저주, 고래고래 퍼붓는 욕설, 귀에 거슬리는 웃음소리와 뒤섞였다.

안드레아의 슬픔이 더욱 깊어졌다. 그의 정신 상태는 희한했다. 예민한 그의 신경들은 너무 날카로워 외부의 사물들이 그에게 불러일으키는 사소한 감각에도 깊은 상처를 입는 듯했다. 머리를 떠나지 않는 한 가지 생각이 그의 존재 자체를 사로잡아 괴롭히는 동안 그는 자신의 존재를 완전히 노출시켜 주위의 삶과 충돌하게 만들었다. 모든 일에서 소외감과 무력감을 느끼는 것과는 반대로 그의 감각은 주의 깊고 활력이 넘쳤는데 그는 이런 활력을 정확하게 의식하지 못했다. 어둠 속에서 거대한 환등이 움직이듯, 일련의 감각들이 갑작스럽게 그의 마음을 관통하여 그를 혼란과 당황 속에 빠뜨렸다. 해 질 녘의 구름들, 창백한 가로등 불빛에 둥글게 에워싸인 시커먼 트리톤의 형체, 짐승 같은 남자들과 덩치 큰 말들이 불러일으키는 야만적인 타락의 느낌, 고함 소리, 노래, 욕설로 인해 그의 슬픔은 한층 깊어졌고 마음속에서 막연한 두려움이, 이유는 알수 없지만 비극적인 예감 같은 것이 솟구쳤다.

정원에서 문을 모두 닫은 마차가 한 대 나왔다. 그는 마차의 유리창으로 인사하듯 고개를 숙이는 여자의 얼굴을 보았다. 하지만 그 여자가 누군지 알 수 없었다. 왕궁처럼 넓은 팔라초 바르베리니가 그의 앞에 우뚝 서 있었다. 1층 유리창에 석양이 반사되어 보랏빛으로 반짝였다. 건물 위쪽에는 희미한 석양이 머물러 있었다. 현관에서 아까와 같은 마차가 다시 한 대 더 나왔다.

'그녀를 만날 수 있다면!' 그는 걸음을 멈추고 생각했다. 그리고 불확실함과 희망을 조금이라도 더 간직하려고 느릿느릿 걸었다. 그렇게 넓은 건물 안에 있는 그녀는 너무 멀리 있는 존재, 거의 잃어버린 존재 같다는 생각이 들었다.

마차가 멈춰 섰다. 한 신사가 마차 창문으로 머리를 내밀며 그를 불렀다.

"안드레아."

친척인 그리미티 공작이었다.

"셰르니 부인을 방문했나?" 공작이 슬쩍 미소를 지으며 물었다.

"그래." 안드레아가 대답했다. "소식을 알고 싶어서. 자네도 알지, 몸이 좋지 않다더군."

"아아, 알고 있어. 지금 거기서 나오는 길이야. 이제 괜찮아."

"만날 수 있는 거야?"

"나는 안 되었지만, 아마 자네라면 만나 줄지도 몰라."

그러더니 그리미티는 담배 연기 속에서 심술궂게 웃었다.

"난 모르겠이." 안드레아가 고지식하게 대답했다.

"조심해. 벌써 자네가 그녀의 마음에 들었다고 하는 소문이야. 어젯밤 팔라비치니 자택에서 자네 여자 친구에게 들었지. 진짜야."

안드레아는 초조한 기색을 보이며 공작에게서 멀어져 갔다.

"*Bonne chance!*"[10] 공작이 외쳤다.

---

10 '행운을 비네'라는 뜻의 프랑스어.

안드레아는 주랑으로 들어갔다. 마음속으론 이미 떠도는 그 소문을 자랑스러워했다. 그는 더욱 자신감이 생기고 기분도 가벼워져 행복감을 느낄 정도였고 은밀한 기쁨이 온몸에 스며 있었다. 독한 술을 마신 것처럼 그리미티의 말들 때문에 갑자기 마음이 들떴다. 계단을 올라가는 동안 희망이 점점 커졌다. 문 앞에 도착하자 숨을 고르기 위해 잠시 기다렸다가 초인종을 울렸다.

하인이 그를 알아보고 즉시 말했다.

"잠시 기다려 주시면 곧 마드무아젤에게 가서 말씀드리고 오겠습니다."

안드레아는 승낙하고 넓은 현관방을 서성거리며 여기저기 걷기 시작했다. 격렬하게 뛰는 맥박 소리가 방 안에 울리는 듯했다. 단철 램프의 불빛이 가죽을 댄 벽면과 조각 장식이 된 나무 서랍장들과 줄무늬 대리석 대좌 위의 오래된 흉상들을 드문드문 비추었다. 천개(天蓋) 아래에서는 빨간 바탕에 금색으로 일각수를 수놓은 공작 가문의 문장이 빛나고 있었다. 테이블 한가운데 놓여 있는 청동 접시에는 명함이 수북이 쌓여 있었다. 그쪽으로 눈길을 돌린 안드레아는 가장 최근에 놓인 그리미티의 명함을 발견했다. "*Bonne chance!*" 빈정거림을 담은 인사말이 아직도 귓가에 맴돌았다.

마드무아젤이 나타나 말했다.

"공작 부인께서 상태가 조금 좋아지셨습니다. 백작님께서 잠시 들렀다 가셔도 될 듯합니다. 저와 함께 가시지요."

그녀는 이미 젊음을 잃은 여인으로 다소 홀쭉한 체형에 검은 옷을 입고 있었다. 회색의 두 눈이 구불구불한 가짜 금발 머리 사이에서 유달리 빛났다. 병자들의 시중을 들거나 미묘한 업무를 처리하거나 혹은 명령받은 일을 은밀히 실행하며 사는 데 익숙한 사람처럼 발걸음과 몸놀림이 매우 가벼워, 거의 남의 눈에 띄지 않을 정도였다.

"이쪽으로 오십시오, 백작님."

그녀가 앞장서서 어떤 소음도 누그러뜨릴 두꺼운 카펫이 깔린, 아늑한 불빛이 비치는 방을 몇 개인가 지났다. 마음이 억누를 수 없을 정도로 요동치긴 했지만 안드레아는 어째서인지 그녀에게 본능적인 거부감을 갖게 되었다.

붉은 벨벳으로 가장자리가 꾸며진, 메디치 가문의 태피스트리 두 개를 문 대신 걸어 놓은 입구에 이르자 여자가 걸음을 멈추고 말했다.

"제가 먼저 들어가서 알려 드려야 하니 여기서 잠시 기다려 주십시오."

안에서 목소리가, 이렇게 부르는 엘레나의 목소리가 들렸다.

"크리스티나!"

안드레아는 예상치 못한 그 소리에 맥박이 어찌나 격렬하게 뛰던지 이런 생각이 들 정도였다. '아, 지금 내가 정신을 잃고 있구나.' 그는 자신의 기대를 뛰어넘고 꿈을 앞서가고 모든 힘을 압도하는, 초자연적인 어떤 행복을 막연히 예감했다. 그녀가 문지방 너머에 있었다. 모든 현실 감각이 그의 정신에서 빠져나가 버렸다. 예전에 지금과 똑같은 식으로 똑같은 장치를 이용해 똑같은 무대 배경과 똑같은 신비를 지닌 이와 같은 정사를 회화적으로나 시적으로 상상해 본 적이 있는 듯했다. 그리고 그때는 다른 남자, 가상의 인물이 주인공이었다. 한데 지금은 환상적이고 기묘한 현상에 의해 그런 예술 속의 허구적 이상이 현실의 상황과 뒤섞여 버렸다. 때문에 그는 말로 표현하기 힘든 당혹감을 느꼈다. 두 개의 태피스트리에는 각각 상징적인 인물이 하나씩 표현되어 있었다. '침묵'과 '수면'

을 상징하는 날씬하고 훤칠한 두 명의 미소년이 문을 지키고 있었는데 볼로냐의 프리마티초*가 그린 듯했다. 그리고 안드레아가, 바로 그가 그 앞에서 기다리고 있었다. 문지방 너머에는 그가 사랑하는 천상의 여인이 침대 안에서 숨 쉬고 있으리라. 그는 자신의 맥박 소리 속에서 그녀의 숨소리를 들은 것만 같았다.

마침내 마드무아젤이 나왔다. 무거운 태피스트리를 한 손으로 들어 올리고 미소를 지으며 낮은 목소리로 말했다.

"들어가셔도 됩니다."

그러고는 뒤로 물러났다. 안드레아가 안으로 들어갔다.

방에 들어섰을 때의 첫 느낌은 방 안 공기가 답답할 정도로 덥다는 것이었다. 공기 중에 클로로포름 특유의 냄새가 났다. 어둠 속에서 불그레한 뭔가가 눈에 띄었는데, 벽에 바른 붉은 다마스크 직물과 침대의 휘장들이었다. 엘레나의 지친 목소리가 들려왔다. 그녀는 이렇게 웅얼거렸다.

"와 주셔서 고마워요, 안드레아. 이제 많이 좋아졌어요."

희미한 불빛 때문에 사물들이 뚜렷이 보이지 않아 그는 잠시 머뭇거리다가 침대까지 다가갔다.

어슴푸레한 침대에 반듯이 누워 베개에 머리를 묻은 채 그녀가 미소를 지었다. 하얀 양모 붕대가 수녀의 두건처럼 턱 밑을 지나 이마와 뺨을 감쌌다. 안색도 그 붕대 못지않게 희었다. 신경염의 통증으로 인한 경련 때문인지 양쪽 눈꺼풀 가장자리가 일그러져 있었다. 이따금 아래 눈꺼풀이 본인의 의지와는 상관없이 실룩실룩 떨렸다. 한없이 부드럽고 거의 애원하는 듯한 두 눈은 떨리는 속눈썹 사이에서, 흘러나올 수 없는 눈물이 베일처럼 고여 있는 것처럼 촉촉하게 젖어 있었다.

엘레나를 가까이에서 보자 이루 말할 수 없이 크나큰 사랑이 안드레아의 마음속에 스며들었다. 그녀가 이불 밖으로 한 손을 내밀고 느릿느릿 그 손을 내밀었다. 그는 침대 끝에 기대 거의 꿇어앉다시피 하고 몸을 숙였다. 그리고 뜨거운 그 손에, 맥박이 빠른 그 손목에 몇 번이나 빠르게 가벼운 키스를 했다.

"엘레나! 엘레나! 내 사랑!"

엘레나는 팔을 타고 올라와 가슴 끝까지 퍼졌다가 몸속의 비밀스러운 신경 섬유들 속으로 스며드는 쾌락의 물결을 더욱 은밀히 맛보려는 듯 눈을 감았다. 손바닥에서, 손등에서, 손가락 사이에서, 손목 주변에서, 혈관이란 혈관, 모공이란 모공 모두에서 안드레아의 입술을 느끼려고 손을 뒤집어 안드레아의 입술 밑에 댔다.

"이제 됐어요." 엘레나가 다시 눈을 뜨며 조그맣게 말했다. 그리고 안드레아의 머리카락을 살며시 만졌는데, 그녀는 자기 손의 감각을 제대로 느끼지 못하는 듯했다.

그 부드러운 애무에 자신을 그대로 맡겨 버리자 그의 영혼은 물이 가득한 잔에 떠 있는 장미 꽃잎 같았다. 격정이 한꺼번에 터져나왔다. 입술이 떨렸고 거기서 자신도 모르는, 그가 하지도 않은 말들이 정신없는 물결처럼 흘러나왔다. 생명력이 자신의 팔다리 밖으로 뻗어 나가는 것 같은, 격렬하면서도 숭고한 감각을 느꼈다.

"정말 달콤해요! 그렇죠?" 엘레나가 그 부드러운 동작을 되풀이하면서 조용히 말했다. 두꺼운 이불을 덮고 있었지만 그녀의 몸이 떨리는 게 뚜렷이 보였다.

안드레아가 한 번 더 손을 잡으려 하자 그녀가 간절히 말했다.

"아니요……. 이대로, 이대로 있어 줘요! 이게 좋아요!"

그의 관자놀이를 눌러 그의 머리가 침대 가장사리에 낮게 맞닿았는데 그가 한쪽 뺨으로 그녀의 무릎을 느낄 수 있게 하려는 것이었다. 그리고 잠시 그를 바라보며 계속 머리카락을 어루만졌다.

속눈썹 사이로 하얀 섬광 같은 것이 스쳐 지나가는 동안 그녀는 너무 기뻐 잠겨 들어가는 목소리로 길게 말을 늘이며 덧붙였다.

"얼마나 좋은지 몰라요."

흐름 소리에 관능적인 그 동사의 첫 음절을 발음하는 여인의 벌어진 입술은 이루 말할 수 없이 선정적이고 고혹적이었다.

"한 번 더!" 안드레아가 중얼거렸는데 애무하는 그녀의 손가락과 고혹적인 목소리 때문에 격정적이었던 그의 감각들이 힘을 잃어 갔다. "한 번 더! 말해 줘요! 말해요."

"이게 좋아요!" 엘레나는 자신의 입술로 향한 그의 시선을 알아차리자, 그리고 어쩌면 자신이 그런 말로 매력을 발산한다는 것을 알았기 때문일 수도 있는데, 같은 말을 되풀이했다.

이후 두 사람 모두 아무 말도 하지 않았다. 안드레아는 그녀의 존재가 자신의 핏속으로 흘러들어 서로 섞이면서 자신의 피가 그녀의 생명이 되고 그녀의 피가 자신의 생명이 되고 있다는 느낌을 받았다. 깊은 정적 때문에 방이 더 크게 느껴졌다. 귀도 레니*가 그린 십자고상(十字苦像)이 침대 휘장의 그림자를 종교적인 분위기로 만들었다. 로마 시내에서는 멀리서 들려오는 파도 소리처럼 뚜렷하지 않은 소음들이 들려왔다.

그러다가 갑자기 엘레나가 침대에서 몸을 일으켜 양손으로 그의 머리를 감싸더니 자기 쪽으로 끌어당기고는 욕망이 담긴 숨결을 그에게 토해 내며 키스를 했다. 그리고 침대에 다시 누워 그에게 몸을 맡겼다.

그 후 커다란 슬픔이 그녀를 엄습했다. 강 하구에서는 강물이 언제나 거친 것처럼, 인간의 모든 행복의 끝에는 어두운 슬픔이 자리 잡고 있는데 지금 그 슬픔이 그녀를 사로잡았다. 그녀는 거의 죽은 사람처럼 손바닥을 위로 한 채 이불 밖으로 내놓은 두 팔을 옆구리에 붙이고 누워 있었는데, 이따금 흠칫 몸을 떨 때면 손이 흔들렸다. 그리고 여전히 눈을 크게 뜨고 움직임이 없는, 견딜 수 없어 하는 듯한 시선으로 안드레아를 계속 바라보았다. 눈물이 방울방울 흐르기 시작하더니 소리 없이 뺨을 타고 흘러내렸다.

"엘레나, 무슨 일이에요? 내게 말해요. 무슨 일입니까?" 안드레아가 이렇게 물으며 그녀의 손목을 잡고 몸을 숙여 눈썹에 맺힌 눈물을 자신의 입으로 삼켰다.

그녀는 흐느낌을 참으려고 이를 악물었다.

"아무 일도 아니에요. 이제 가세요. 나를 내버려 둬요. 부탁이에요! 내일 만나요. 어서 가세요."

그 목소리와 몸짓이 너무 간절해 안드레아는 그 말을 따르지 않을 수가 없었다.

"잘 있어요." 그가 이렇게 말하면서 그녀의 입에 부드럽게 입을 맞추었다. 짠맛이 느껴졌고 그의 입술도 뜨거운 눈물에 젖었다. "잘 있어요. 날 사랑해 줘요! 기억해 줘요!"

문 쪽으로 가는 동안 그는 등 뒤에서 터져 나오는 흐느낌 소리를 들은 듯했다. 그는 약간 망설이며, 시력이 좋지 않은 사람처럼 머뭇머뭇 앞으로 걸어갔다. 클로로포름 냄새가 흥분제 비슷하게 감각에 남아 있었다. 하지만 걸음을 떼어 놓을 때마다 내밀한 무엇인가가 그에게서 빠져나와 공기 중에 흩어졌다. 그는 스스로를 억제하고 가두고, 완전히 감싸서 그렇게 흩어지는 것을 막고 싶은 본능적인 충동을 느꼈다. 그의 앞에 있는 방들은 모두 사람의 기척이 없이 쥐 죽은 듯 조용했다. 어떤 문에서 발소리 하나 내지 않고, 옷깃 스치는 소리도 내지 않고 유령처럼 마드무아셀이 나타났다.

"이쪽으로 오십시오, 백작님. 길을 잃으신 것 같군요."

그녀는 모호하게 미소를 지었는데 짜증스러워 보이기도 했다. 호기심 때문에 그 회색 눈이 한층 날카롭게 번득였다. 안드레아는 아무 말도 하지 않았다. 다시 한 번 그녀의 존재가 번거롭게 느껴졌다. 그녀로 인해 그는 당황했고 막연한 거부감 같은 게 일어났고 화가 나기도 했다.

현관 주랑으로 나오자 괴로움에서 해방되어 자유를 찾은 사람처럼 크게 한숨을 쉬었다. 나무들 사이의 분수에서 졸졸 물 떨어지는 소리가 조그맣게 들려왔는데 이따금 기세 좋게 물 뿜는 소리가 섞이기도 했다. 하늘에선 별들이 반짝였는데 조각구름 몇 개가 회색의 긴 머리카락같이, 아니 검은색의 큰 그물같이 그 별들을 감쌌다. 거대한 석상들 사이로 철책 너머의 거리를 달리는 마차의 불빛들이 나타났다 사라지곤 했다. 차가운 밤공기 중에 도시 생활의 숨결이 번져 나갔다. 안드레아는 마침내 자신이 얼마나 행복한지를 완전히 인식했다.

그날 이후 두 사람 모두 충만한 행복, 자신을 잊은 채 자유롭게 언제나 새로운 행복 속에 살았다. 격정이 두 사람을 감쌌으며 두 사람 모두 즉각적으로 쾌락 이외의 그 어떤 것에도 관심을 두지 않았다. 두 사람 모두 정신과 육체가 최고의, 가장 희귀한 쾌락을 추구하기에 놀랄 만큼 딱 맞는 정신과 육체를 가지고 있어서, 쉼 없이 최고를, 넘을 수 없는 것을, 도달할 수 없는 것을 찾았다. 그리고 때로는 완벽한 망각의 상태에서조차 어두운 불안감이 그들을 사로잡을 정도로, 그들 존재의 깊은 곳으로부터 경고의 목소리가 살아나 아직 알지 못하는 형벌을 받으리라고, 종말이 다가왔다고 알릴 정도로 멀리 가기도 했다. 피로 그 자체에서 욕망이 더욱 미묘하고 더욱 대담하고 더욱 무분별하게 솟구쳐 올랐다. 그들이 욕정에 취하면 취할수록 그들 마음속의 망상은 더욱더 커지고 동요하며 새로운 몽환들을 만들어 내는 것 같았다. 연소되는 것 말고는 생명력을 가질 수 없는 불꽃처럼 정욕을 불태울 때에만 두 사람은 휴식을 찾는 듯했다. 미로같이 복잡한 숲을 헤치며 걷는 남자의 뒤꿈치 밑에서 느닷없이 샘물이 콸콸 솟아 나오듯, 이따금 생각지 못한 쾌락의 샘이 둘 사이에서 흘러나왔다. 그러면 두 사람은 샘이 완전히 메말라 버릴 때까지 그 물을 다 마셨다. 이따금 욕망의 흐름 속에서 정신은 이상한 환각 현상에 의해 보다 넓고, 보다 자유롭고, 보다 강한 존재, '쾌락을 넘어선' 존재라는, 사람을 현혹하는 이미지를 만들어 냈다. 두 사람은 그 이미지 속에 몸을 담고 그것을 즐기며 이 세상에 태어나 처음으로 공기를 마시듯 그것을 들이마셨다. 예민하고 섬세한 감정과 상상력은 과도한 관능성으로 이어졌다.

둘 다 서로의 육체와 정신을 낭비하는 데 조금도 주저하지 않았다. 베일이란 베일은 모두 찢어 버리고 비밀을 남김없이 세상에 드러내고 신비를 모조리 깨고 바닥까지 서로를 자신의 것으로 만들고 그 속으로 침투하고 뒤섞여 단 하나의 존재를 만들어 내는 데에서 말로 표현할 수 없는 기쁨을 느꼈다.

"정말 이상한 사랑이에요!" 엘레나는 그들이 처음 만났던 당시나 병석에 있을 때, 갑자기 안드레아에게 자신을 맡긴 일들을 떠올리며 이렇게 말했다. "처음 만난 그날 밤, 난 당신에게 날 주고 싶었어요."

그녀는 그 점에서 일종의 자긍심을 느꼈다. 그러면 안드레아는 이렇게 말했다.

"그날 밤, 연회장 입구에서 내 이름과 나란히 불리는 당신 이름을 들었을 때, 이유는 알 수 없지만 내 삶이 당신의 삶과 영원히 연결되리라고 확신했어요."

두 사람은 자신들이 한 말을 믿었다. 그리고 함께 괴테의 『로마 애가』를 다시 읽었다. *"Lass dich, Geliebte, nicht reun, dass du mir so schnell dich ergeben……!* 사랑하는 이여, 그렇게 금방 몸을 허락했다고 후회하지 말기를! 믿어 주오, 그대가 쉬운 여자라고, 더럽다고 생각하지 않는다오. 큐피드의 화살은 다양한 효과를 내지요. 어떤 화살은 살짝 스치고 지나가기만 해도 그 독이 심장에 스며들어 오랜 세월 마음을 괴롭힌다오. 그런가 하면 멋진 깃털 장식이 달린 데다 날카롭고 뾰족한 화살촉이 박힌 화살은 골수로 파고들어 순식간에 피를 뜨겁게 불타오르게 만들지. 남녀 신들이 서로 사랑을 나누던 영웅시대에는 시선이 마주치면 욕망이 솟아나고, 욕망에 이어 기쁨이 생겨났다오. 사랑의 여신 아프로디테가 이다 산의 숲 속에서 어느 날 안키세스를 좋아하게 되었을 때 얼마나 오랫동안 그를 바라보았을까? 그리고 달의 여신 셀레네는? 셀레네가 한순간이라도 주저했다면 질투심 많은 에오스*가 아름다운 양치기 엔디미온을 금방이라도 흔들어 깨웠을 거요! 헤로*는 제사가 한창일 때 레안드로스를 보았고, 사랑으로 뜨겁게 달아오른 레안드로스는 곧 밤바다에 그 몸을 던졌다오. 왕녀였던 레아 실비아*는 테베레 강으로 물을 길러 가다가 어떤 신*에게 납치를 당했지요……"*

파우스티나*를 위한 숭고한 애가에서처럼, 안드레아와 엘레나에게 로마는 새로운 목소리로 빛났다. 두 사람은 가는 곳마다 사랑의 추억을 남겼다. 아벤티노 언덕의 한적한 교회들, 파로스산(産) 대리석 기둥들이 아름답게 늘어선 산타 사비나 교회, 산타 마리아 델 프리오라토 교회의 아름다운 뜰, 푸른 하늘을 향해 뻗은 장밋빛 줄기와 닮은 산타 마리아 인 코스메딘 교회의 종탑은 둘의 사랑을 알고 있었다. 추기경이나 제후의 빌라들도 마찬가지였다.

분수와 연못들에 우아하고 부드럽게 자신의 그림자를 드리우는 빌라 팜필리도 그중 하나였다. 그 빌라의 작은 숲은 기품 있는 전원을 품고 있는 듯 보였고 난간의 돌기둥들과 나무 몸통들이 서로 그 수를 경쟁했다. 수도원처럼 고요하고 서늘하며, 대리석 조각상들이 숲을 이루고 수백 년 된 회양목들의 박물관 같은 빌라 알바니도 있었다. 현관과 주랑에 나란히 서 있는 여신상과 헤르메스 주상(柱像)은 화강암 기둥들 사이로 보이는 변함없이 조화로운 초록의 풍경들을 물끄러미 바라보았다. 에메랄드 나뭇가지들이 초자연적인 빛 속으로 가지를 뻗은 숲 속에 있는 듯한 분위기의 빌라 메디치나 다소 소박하고 제비꽃 향기가 감도는 빌라 루도비시도 빼놓을 수 없었다. 특히 빌라 루도비시에는 볼프강 괴테가 매우 좋아했던 여신 유노 상이 있었는데, 영생할 듯 보이던 동양의 플라타너스들과 에오스의 사이프러스들이 그 무렵에는 매각되거나 죽음을 맞이할 거라는 예감으로 전율하고 있었다. 이런 우아한 빌라들, 로마 최고의 영광인 이 빌라들이 그들의 사랑을 모두 알고 있었다. 그림과 조각상으로 장식된 통로가. 그 앞에서 마치 계시를 받은 듯 엘레나가 미소 지었던, 다나에의 그림이 있는 빌라 보르게세의 방이. 치로 페리의 어린아이들 그림과 마리오 데 피오리의 화환 그림 사이를 지나는 엘레나의 모습이 비친 거울들의 방도. 라파엘로 산치오가 활력 없는 벽면에 강력한 생명력을 불어넣어 놀랄 만큼 활기 있게 만들 수 있었던 바티칸의 엘리오도로의 방도. 뛰어난 상상력으로 이야기와 우화와 꿈, 변덕, 기발한 생각과 기교, 대담함을 놀라운 그림으로 보여 준 핀투리키오의 회화가 있는 보르자*의 아파트도. 말로 다 할 수 없는 상쾌함과 빛으로 물든 영원한 평온함이 스며 나오는 갈라테이아의 방*과, 요정과 반신(半神)의 쾌락에서 태어난 놀랄 만한 괴물이 반짝이는 섬세한 돌들 사이로 선명하지 않은 자신의 모습을 드러내는 에르마프로디테의 작은 방*도. 아름다움이 깃든 한적한 이런 모든 장소들이 둘의 사랑을 알고 있었다.

둘은 시인 괴테의 이런 외침에 공감했다. *"Eine Welt zwar bist Du, o Rom……!* 로마여, 너는 하나의 세계! 그러나 사랑이 없으면 세계는 세계가 아니고, 로마도 로마가 아닐지니."** 그리고 서서히 태양이 떠오르면서 눈부시게 빛나는 트리니타 데이 몬티 계단은 아름다운 엘레나 무티가 오르면서 행복의 계단이 되었다.

엘레나는 'bien retiro(좋은 은신처)'인 팔라초 주카리까지 그 계단을 걸어 올라가는 걸 즐거워했다. 그림자를 남기며 천천히 올라갔지만 그녀의 마음은 한순간에 맨 위까지 뛰어 올라가 있었다. 이폴리타에게 바친 그 작은 상아로 된 해골 시계가 행복한 수많은 시간들을 측정했다. 엘레나는 이따금 어린아이 같은 동작으로 그 시계를 귀에 댔는데 그러면서 다른 쪽 볼을 연인의 가슴에 대곤 도망가는 시간과 연인의 심장 박동 소리를 동시에 들어 보려고 했다. 그녀는 안드레아가 늘 새로운 사람 같았다. 어떨 때는 정신적으로도 육체적으로도 지칠 줄 모르는 그 생명력에 놀랐다. 그의 애무에 비명을 지를 때도 있었는데 그 비명을 통해 난폭한 감각에 압도되어 무시무시하게 경련을 일으키는 자신의 존재를 발산했다. 또 가끔은 그의 품 안에 안겨 있으면, 이를테면 무아의 상태에 빠진 무녀처럼 거의 감각이 마비된 상태에 사로잡히기도 했는데, 그때는 자신에게 다른 생명이 이입되고 투명하고 가볍고 유연하며 비물질적인 요소가 투입되어 한없이 순수한 존재가 되었다고 생각했다. 반면 그 수많은 박동들은 차분한 여름 바다에 이는 잔잔한 물결 같은 떨림의 이미지를 그녀에게 가져다주었다. 어떨 때는 애무가 끝난 뒤 연인의 품에 안겨 그의 가슴에 얼굴을 묻고 있으면서 끓어오르던 물이 서서히 잦아들듯 그녀 안의 욕정이 진정되어 잔잔해지고 잠들어 가는 것을 느끼기도 했다. 하지만 연인이 크게 숨을 쉬거나 그저 몸을 살짝 움직이기만 해도, 그녀는 말로 표현할 수 없는 파도가 머리에서 발끝까지 자신을 관통하며 떨리다가 점점 잦아들어 사라지는 기분을 느꼈다. 이러한 육체적 쾌락의 '영화(靈化)'는 완벽하게 닮은 둘의 몸에서 기인했는데, 그들의 뜨거운 사랑을 보여 주는 여러 현상들 중에서도 가장 눈에 띄는 것일 수도 있었다. 엘레나는 때로 키스보다도 감미로운 눈물을 흘렸다.

그리고 키스는 또 얼마나 감미롭던지! 여자의 입매는 다양한데, 새어 나오는 탄식을 사랑으로 불타오르게 만드는 것처럼 보이는 입들이 있다. 풍부한 피로 진홍보다 붉게 물든 입, 괴로움으로 창백하게 언 입, 너그럽게 승낙할 때 빛나는 입매, 경멸하는 빛을 띤 어두운 입매, 쾌락으로 열리는 입매, 또는 고통으로 일그러진 입, 그런 입들은 언제나 수수께끼처럼 보여서 지적인 남자를 속이고 매료시키고 포로로 만든다. 입술과 눈의 표정이 서로 끊임없이 부조화를 이루는 가운데 신비함이 탄생한다. 기쁘면서도 슬프고, 차가우면서도 뜨겁고, 잔인하면서도 너그럽고, 비굴하면서도 자부심 넘치고, 웃고 있으면서도 경멸하는, 서로 다른 아름다움을 가진 이중의 영혼이 거기서 드러나는 듯하다. 그리고 그런 애매모호함은 어두운 것들을 좋아하는 영혼에 불안을 불러일으킨다. 보기 드문 최고의 이상을 지칠 줄 모르고 추구했던 15세기의 사색적인 두 화가, 아마 인간의 생김새를 가장 상세히 분석한 게 틀림없는 날카로운 심리 분석가로 가장 풀기 어려운 난제늘과 신비한 비밀들을 끊임없이 연구하고 탐색했던 두 사람, 즉 보티첼리와 다빈치는 자신들의 모든 예술 작품을 통해 그와 같은 입술이 가진 형언할 수 없는 매력을 이해했고 다양한 방법으로 표현했다.

사실 엘레나의 키스는 연인에겐 더할 나위 없이 훌륭한 사랑의 묘약이었다. 두 사람에게는 입맞춤이 육체의 그 어떤 접촉보다도 가장 완전하고 만족스러웠다. 두 사람은 종종 둘의 영혼이 피우는 생생한 꽃이 입술에 눌려 시들어 버리면서 그 속에 담긴 희열의 수액을 온몸의 혈관으로 퍼뜨려 심장에까지 이르게 한다는 생각을 하곤 했다. 또 어떨 때는 그들의 부드럽고 촉촉한 과일이 거기서 녹아 버리는 것 같은 착각에 빠지기도 했다. 한 사람의 입 모양이 상대의 입 모양을 자연스럽게 보완하듯, 포개진 두 개의 입 모양은 완벽했다. 키스를 오래 하려고 숨이 막혀 죽을 정도로 호흡을 멈추고 있으면서도 그녀는 떨리는 손가락으로 연인의 관자놀이를 만지작거렸다. 그런 키스는 성행위보다 두 사람을 더 지치게 했다. 입술을 떼면 짙은 안개 속을 헤매는 듯한 눈으로 서로를 바라보았다. 그리고 그녀는 살짝 쉰 목소리로 미소도 짓지 않은 채 말했다. "우리 같이 죽어요."

어떨 때는 그가 반듯이 누워 눈을 감고 기다렸다. 그런 속임수의 의도를 아는 그녀는 느릿느릿 그에게 몸을 숙여 입을 맞추었다. 그는 자진해서 눈을 감은 채 막연하게 예측하고 있으나 그녀의 키스를 어디에 받게 될지는 몰랐다. 불확실함 속에서 기다리는 그 몇 분간 이루 말할 수 없는 불안감이 그의 온몸을 흔들었는데, 눈을 가린 채 불에 달구어진 인두의 위협을 받는 남자가 느끼는 전율과 비슷할 정도로 강렬했다. 입술이 닿는 순간 그는 터져 나오는 탄성을 간신히 눌렀다. 그는 그 몇 분간의 고문이 좋았다. 사랑의 행위에서는 육체적인 고통이 달콤한 말보다도 매혹적인 경우가 적지 않았다. 연인들에게는 특이한 모방 정신이 있어서 상대와 똑같은 애무를 하게 되는데 엘레나 역시 그와 똑같은 기분을 맞보고 싶어 했다.

"내 살의 모공이란 모공이 모두 수백만 개의 작은 입이 되어 당신 살에 닿으려 안달하고, 선택되고 싶어 어쩔 줄 몰라 하며 서로 질투하고 있는 것 같아요……." 그녀가 눈을 감은 채 말했다.

그래서 그는 아름다운 그녀의 몸에 빠르고 진한 키스를 퍼부었는데 공평하게 그 몸 구석구석을 한 군데도 빼놓지 않고, 조금도 속도를 늦추지 않고 입을 맞추었다. 그녀는 마치 눈에 보이지 않는 옷에 감싸인 기분이 되어 행복하게 웃었다. 그의 몸이 격하게 달아오르는 게 느껴져 미친 듯이 웃고 신음을 토했다. 집어삼킬 듯한 그 열정에 더 이상 버틸 수 없어 정신이 아득해져 웃다가 울기도 했다. 그러다 갑자기 힘을 내서 두 팔로 그의 목을 감싸 안고 자신의 머리카락으로 그 목을 휘감아, 잡힌 먹이처럼 몸을 떠는 그를 붙잡았다. 녹초가 된 그는 이내 그녀에게 굴복했고 그런 고삐에 구속되어 있는 게 행복했다. 그녀가 그를 보며 소리쳤다.

"어쩜 이렇게 젊어요! 어쩜 이렇게 젊어요!"

그의 젊음은 변질되지 않는 금속처럼, 혹은 사라지지 않는 향기처럼 변질되지도 흩어지지도 않은 채 그런 변질과 분산에 저항하며 유지되었다. 이 눈부신 젊음이야말로 그가 가진 가장 귀중한 특성이었다. 그의 내면에 있는 거짓되고 슬프고 인위적이고 허무한 감정은 마치 화형 불기둥같이 활활 타오르는 정욕의 불길에 모두 타 버렸다. 지나친 분석이나 내적인 모든 영역을 분리하는 행위로 인해 온 힘을 다 써 버리고 나서 그는 다시 힘과 행위와 삶을 통일시켰다. 그는 신뢰와 자연스러움을 되찾아 젊은이답게 사랑하고 슬었다. 부심한 그의 어떤 행농늘은 아부 생각 없는 어린아이의 행동 같아 보였다. 그의 몇몇 상상들은 사랑스러움과 신선함과 대담함이 넘쳐흘렀다.

"가끔 난 연인으로 느끼는 사랑보다 훨씬 더 다정한 기분을 당신에게 느껴요." 엘레나가 말했다. "왠지…… 내가 당신의 어머니라도 되는 것처럼 말이죠."

그녀가 겨우 자기보다 세 살 더 많았기에 안드레아는 웃었다.

"가끔 난 당신과 내 마음이 너무나 순수하게 통해서 당신의 손에 입을 맞추며 당신을 누나라 부르고 싶어져요." 안드레아가 말했다.

쾌락이 힘없이 사라져 휴식하는 순간이면 항상 감정의 이러한 거짓 정화와 승화가 일어나, 정신은 쉬고 있는 육체에서 막연하게 어떤 이상을 찾아야 할 필요를 느꼈다. 그럴 때면 이 젊은이가 사랑했던 예술을 향한 이상들이 그의 마음속에서 되살아났다. 그리고 한때 그가 탐구하고 골똘히 생각했던 모든 예술 형태들이 지성 안에서 소용돌이치며 출구를 찾으려 했다. 그리고 괴테의 독백들이 그를 자극했다. "너의 눈앞에서 불타오르는 자연은 무엇일까. 너의 주변에 보이는 예술 형식은 무엇일까? 열정적인 창조력으로 네 마음을 채우고 끊임없이 네 손끝에 모여 작품을 생산해 내지 않는다면?"* 운율을 맞춘 시나 우아한 선으로 연인을 기쁘게 해 줘야겠다는 생각에 고무되어 안드레아를 창작에 몰두하게 했다. 그는 「시모나」를 쓰고, 두 개의 에칭인 「12궁도」와 「알렉산드로스의 잔」을 만들었다.

그는 예술 작품을 만들 때는 까다롭고 정확하고 완벽하고 변질되지 않는 수단을 택했는데, 바로 운율과 에칭이다. 그리고 이탈리아의 전통적인 형식을 계승하고 부활시키기 위해 청신체파(淸新體派)* 시인들과 초기 르네상스 화가들과 자신을 엄격하게 연결하려고 했다. 그의 정신은 본질적으로는 형식을 중시했다. 내용보다 표현에 무게를 두었다. 그의 에세이들은 연습이자 놀이이며, 연구이자 탐색이었고 기교의 실험이자 호기심의 발현이었다. 그는 이폴리트 텐*과 마찬가지로 전장에서 승리를 얻는 것보다 아름다운 시구를 여섯 행 쓰는 일이 더 어렵다고 생각했다. 그의 『헤르마프로디토스* 이야기』는 폴리치아노*의 『오르페우스 이야기』의 구조를 모방했다. 그리고 절묘한 선율을 가지고 있는데 특히 켄타우로스나 세이렌, 스핑크스처럼 두 가지 성질을 가진 괴물들이 부르는 합창에서는 힘과 음악성이 두드러졌다. 그의 새로운 비극 「시모나」는 짧은 작품이지만 매우 독창적이었다. 오래된 토스카나풍의 운율을 이용하기는 하지만, 『데카메론』 이야기에 기초해서 엘리자베스 시대 영국 시인이 착상한 듯 보였다. 윌리엄 셰익스피어의 몇몇 희곡을 토대로 한 듯, 감미롭고 기묘한 매력이 그 안에 일부분 담겨 있었다.

그는 딱 한 부만 있는 자신의 작품 첫 페이지에서 이렇게 썼다. "*A.S. CALCOGRAPHUS AQUA FORTI SIBI TIBI FECIT.*"[11]

그는 종이보다는 동(銅)에, 잉크보다는 질산에, 펜보다는 조각도에 끌렸다. 그의 선조였던 주스토 스페렐리가 이미 동판화를 시도했다. 1520년경에 만들어진 그의 몇몇 동판화에서는 깊이 있고, 예리하달 수 있는 선(線)에서 안토니오 델 폴라이우올로의 영향이 뚜렷하게 드러났다. 안드레아는 렘브란트풍의 부드럽고 자유로운 선을 이용하는 기법과, 그린과 딕슨, 얼롬 등의 영국 동판화가들이 좋아한 메조틴트* 기법을 사용했다. 그는 모든 양식의 표본들을 보고 연습했으며 동판화가를 하나하나 차례로 연구하고 알브레히트 뒤러, 파르미자니노, 마르칸토니오 라이몬디, 홀바인, 안니발레 가라지, 맥아넬(Mac-Ardell), 귀도 레니, 칼로, 토스키, 제라

---

11 '동판화가 A. S. 당신을 위해 직접 이 작품을 만들다'라는 뜻의 헌사.

르 오드랑 등을 통해 배웠다. 하지만 그가 동판을 앞에 두고 의도한 바는 이런 것이었다. 램브란트같이 효과적인 빛을 사용해서 산드로 보티첼리, 도메니코 기를란다요, 필리포 리피 등 15세기 피렌체의 제2세대에 속하는 화가들이 보여 준 우아한 소묘를 부각시키는 것 말이다.

최근에 만든 두 개의 동판화에서는 사랑의 에피소드 두 개, 엘레나 무티의 아름다운 자태 둘을 표현했다. 그리고 제목은 거기에 덧붙인 장식에서 따왔다.

안드레아 스페렐리가 매우 소중히 여기는 물건 중에 질 좋은 비단 이불이 있었다. 빛바랜 청색 바탕에 황도 12궁 그림이 둥글게 수놓여 있고 고딕체로 그 그림의 이름들, 즉 양, 황소, 쌍둥이, 게, 사자, 처녀, 천칭, 전갈, 사수, 산양, 물병, 물고기도 수놓여 있었다. 그 원 한가운데에 금실로 자수된 태양이 자리 잡았다. 모자이크를 떠올리는 고풍스러운 양식으로 그려진 동물들의 모습은 눈부시게 화려했다. 이 모든 게 황제의 첫날밤 침대에 어울릴 듯했다. 사실 그것은 황제 막시밀리안에게 시집간 루도비코 일 모로*의 조카인 비안카 마리아 스포르차의 혼수였다.

실제로 아무것도 걸치지 않은 엘레나의 몸을 감싸는 데 그 이상 호사스러운 것은 없었다. 가끔 안드레아가 다른 방에 있을 때 그녀는 서둘러 옷을 벗고 그 훌륭한 이불 속으로 들어갔다. 그리고 큰 소리로 연인을 불렀다. 급히 달려온 안드레아의 눈에 그녀는 하늘의 한 구역을 몸에 두른 여신 같았다. 또 어떤 때는 벽난로 앞으로 가고 싶어 침대에서 일어나 이불을 질질 끌고 갔다. 추워서 그 이불을 양손으로 꼭 쥐고 맨발로, 끌리는 이불자락에 발이 걸려 넘어지지 않도록 보폭을 좁히고 걸었다. 등 뒤로 풀어 헤친 머리카락 사이에서 태양이 눈부시게 빛났다. 전갈이 한쪽 젖

꼭지를 물었다. 12궁이 그려진 넓은 이불자락이 그녀의 뒤를 따라 카펫 위에 스쳤고, 그녀가 뿌려 놓은 장미 꽃잎들이 이불자락에 실려 갔다.

동판화는 그 드넓은 하늘 그림 아래 잠든 엘레나를 표현한 것이었다. 여성스러운 몸은 이불 주름에 따라 그 형태가 드러났는데 침대 가장자리 밖으로 약간 기울인 머리에서 머리카락이 바닥까지 흘러내린 채 한쪽 팔은 축 늘어뜨리고 다른 팔은 옆구리에 기댄 모습이었다. 이불로 감춰지지 않은 부분, 그러니까 머리와 가슴 윗부분과 양팔은 환하게 빛났다. 그리고 조각도는 강한 힘으로, 형태만 구분할 수 있을 정도로 어둑어둑한 실내에서 자수를 반짝이게 하고 그림들을 신비하게 만들었다. 그리고 페테르 파울 루벤스의 그림에서, 아른데르 백작 부인의 무릎에 머리를 얹은 사냥개와 같은 종인, 크고 새하얀 사냥개 파물루스가 여성 쪽으로 목을 내민 채 꼼짝하지 않고 그녀를 바라보는 모양이 원근법을 이용해 적당히 대담하게 그려져 있었다. 배경이 된 방은 화려했지만 어둑했다.

다른 동판화 한 점은 엘레나 무티가 숙모인 플라미니아에게 물려받은 커다란 은제 수반을 다룬 작품이었다.

유서 깊은 이 수반은 '알렉산드로스의 잔'이라고 불렸다. 체사레 보르자가 교황의 이혼 허가서와 결혼 승낙서를 루이 12세에게 보내기 위해 프랑스로 향하기 전에 비센티에게 선물했던 것이다. 브랑톰*에 따르면 발렌티노 공인 체사레가 시농에 입성할 때, 호화로운 행렬의 짐 안에 이 수반이 들어 있었던 게 틀림없었다. 둥근 수반을 따라 새겨진 인물들과 양 손잡이 부분에 도드라진 인물의 데생은 라파엘로 산치오가 맡았다.

성대한 연회 때마다 놀랄 만큼 술을 마시던 마케도니아 왕 알렉산드로스의 그 엄청난 술잔을 기념하기 위해 만들어져서 '알렉산드로스의 잔'이라는 이름이 붙었다. 그릇 옆면을 따라 활을 한껏 당기고 서서 떠들어 대는 사수들 무리가 빙 둘러 새겨져 있었는데, 그 사수들의 자태는 조반 프란체스코 볼로네시가 장식한 빌라 보르게세의 응접실에 라파엘로가 프레스코화로 그린, 흉상을 향해 화살을 쏘는 나체의 궁수들처럼 훌륭했다. 궁수들은 그릇 한쪽 가장자리에 손잡이처럼 솟아 있는 거대한 키메라를 뒤쫓았고, 반대쪽에는 티폰에서 태어난 괴물을 겨냥해 활을 당기는 젊은 궁수 벨레로폰 상이 돌출해 있었다. 바닥과 가장자리 장식은 이루 말할 수 없이 우아하고 아름다웠다. 안쪽은 성체 용기처럼 도금이 되어 있었다. 금속에서는 악기처럼 낭랑한 소리가 났다. 무게는 226킬로그램이었다. 전체의 형태도 조화로웠다.

엘레나 무티는 종종 변덕을 부려 그 수반에서 아침 목욕을 하곤 했다. 몸을 똑바로 펴지 않고 옆으로 누우면 온몸이 그 안에 들어갔다. 금박은 사라지는 중이었지만 아직 완전히 은은 아니었기에, 말로 표현할 수 없을 정도로 부드러운 금빛을 반사하는 그 수반의 물에 잠긴 육체의 지극한 아름다움과 우아함에 비할 만한 것은 아무것도 없었다.

그녀의 몸과, 수반과, 사냥개라는 각기 다른 우아한 세 가지 형태에 매혹된 이 동판화가는 한없이 아름다운 선들을 만들어 냈다. 그녀는 나체로 수반 안에서 한 손은 돌출된 키메라 위에, 다른 손은 벨레로폰 위에 올려놓은 채 몸을 앞으로 내밀고 사냥개에게 장난을 쳤다. 개는 앞다리를 구부리고 뒷다리는 똑바로 세워, 뛰어오르려는 고양이처럼 등을 둥글게 하고 강꼬치처럼 길쭉하고 뾰족한 주둥이를 그녀 쪽으로 내민 채였다.

안드레아는 맹목적이고 돌이킬 수 없는 질산의 작용을 바라보며 창작자로서의 깊은 불안감을 이보다 더 강렬하게, 이보다 더 고통스럽게 느껴 본 적이 없었다. 세밀하고 치밀한 드라이포인트 작업을 하면서 선을 그릴 때마다 들리는 귀에 거슬리는 소리를 그렇듯 참을성 있게 견뎌 낸 적도 없었다. 사실 그는 네덜란드의 뤼카스*같이 타고난 동판화가였다. 질산을 사용할 때의 적절한 시간과 농도의 미세한 차이와 특징을 모두 아는 놀라운 기술을 지니고 있었다(아마 그가 가진 보기 드문 직감에 의한 것이리라). 그러한 시간과 농도의 차이가 무한하게 다양한 효과를 동판에 만들어 낼 수 있었다. 실제 경험이나 부지런함, 영리함만이 아니라, 일종의 타고난 감각이 적절한 시기, 정확한 순간을 그에게 알려 주었다. 그러면 창작자의 의도가 인쇄되어 나타날 정도로 정확한 음영의 효과를 내도록 부식되는 것이다. 그리고 자연 그대로의 에너지를 그렇게 정신적으로 지배할 때, 그러니까 그 에너지에 예술혼을 주입하고 질산이 사정없이 에너지를 장악하고, 그곳에 하나의 예술 정신을 주입하여 맥박과 질산의 점진적인 부식 작용 사이에 무언가 비밀스러운 조응을 느낄 때, 안드레아는 자랑스러움에 도취되었고 고통스러울 정도의 기쁨을 느꼈다.

엘레나는 연인의 손에 의해 자신이 여신이 되는 기분이었다. 리미니의 이소타가 시지스몬도 말라테스타*가 그녀를 위해 주조하게 했던 영구 불멸의 메달 속에 변함없이 남아 있듯이.

하지만 안드레아가 작품에 몰두하고 있던 바로 그 무렵, 엘레나는 침울한 얼굴로 말없이 자주 한숨을 쉬곤 했다. 내면의 고뇌에 완전히 사로잡힌 듯했다. 그러다가 갑자기 눈물과 흐느낌을 제대로 익누르지 못하고 격정적으로 애정을 표현했기 때문에 안드레아는 이유도 모르는 채 의아해하면서 망연자실했다.

어느 날 저녁, 두 사람은 아벤티노 언덕에서 말을 타고 산타 사비나 길을 따라 내려왔다. 금빛 먼지들이 사이사이로 스며든 시커 먼 사이프러스들 속에서, 석양에 불타오르듯 새빨갛던 황제들의 궁전 모습이 두 사람의 눈앞에 맴돌았다. 엘레나의 슬픔이 연인에 게도 전해져 왔기 때문에 두 사람은 잠자코 말을 앞으로 몰았다. 산타 사비나 교회 앞에서 안드레아가 밤색 말을 세우면서 말했다.

"기억나요?"

닭 몇 마리가 수풀 속에서 평화롭게 모이를 쪼아 먹다 파물루 스가 짖어 대는 소리에 뿔뿔이 흩어졌다. 잡초가 우거진 공터는 마을의 묘지처럼 조용하고 무엇 하나 눈에 띄는 게 없었다. 그러 나 벽들은 '티치아노의 시간'*에 로마의 건축물들이 반사하는 독 특한 빛을 띠고 있었다.

엘레나도 말을 세웠다.

"그날의 일이 먼 옛날 같아요!" 살짝 떨리는 목소리로 그녀가 말 했다.

사실 그날의 추억은 두 사람의 사랑이 여러 달 전부터, 몇 년 전 부터 계속되어 오기라도 한 듯, 무한한 시간 속으로 사라져 버렸 다. 엘레나의 말이 안드레아의 마음에 묘한 착각과 불안을 동시에 불러일으켰다. 그녀는 1월 오후, 봄같이 따스한 햇살 아래 두 사람 이 함께한 산책을 세세한 것까지 하나하나 차례로 떠올리기 시작 했다. 사소한 부분들도 고집스레 길게 묘사했다. 그러다 누군가 그 녀의 말들 너머에 있는 생각을 쫓아오기라도 하는 양 갑자기 하 던 말을 멈추었다. 안드레아는 그녀의 목소리에 애석함이 담겨 있 는 듯한 느낌이 들었다. '그녀는 왜 이리 슬퍼하는 걸까? 우리 둘 의 사랑에는 지금보다 더 달콤한 나날들이 기다리지 않는 걸까? 봄이 되면 그녀는 로마에 없는 걸까?' 그는 너무 당황해서 그녀의 이야기가 거의 귀에 들어오지 않았다. 두 사람이 탄 말이 나란히 길을 내려가면서 이따금 콧김을 크게 내뿜거나 비밀을 털어놓으려는 듯 콧등을 서로 맞대기도 했다. 파물루스가 한시도 쉬지 않고, 앞장을 서거나 뒤쫓아 달려오곤 했다.

"기억나요?" 엘레나가 계속 말했다. "우리가 종을 울리자 문을 열고 나온 그 수사님 기억해요?"

"기억나요, 기억나요……."

"깜짝 놀라서 우리를 봤잖아요! 진짜 조그맣고 주름진 얼굴에 수염은 없었지요. 수사님이 우리를 입구 홀에 남겨 둔 채 교회 열쇠를 가지러 간 사이에 당신이 내게 키스했어요. 생각나요?"

"기억나요."

"그 홀에 포도주 통이 정말 많았죠! 수사님이 사이프러스 나무로 만든 문에 새겨진 이야기들을 설명하는 동안 감돌던 그 포도주 향기! 그리고 '로사리오의 성모' 기억나요? 그 설명에서 당신은 웃기 시작했고 당신이 웃는 바람에 나도 참지 못하고, 그 가여운 수사님 앞에서 같이 크게 웃었어요. 그 수사님은 당황해서 어쩔 줄 몰라 했고, 당신이 마지막으로 고맙다는 인사를 했을 땐 대꾸도 하지 않았어요……."

잠시 말을 멈추었다가 그녀가 다시 말했다.

"그 후 산탈레시오 교회에서 당신이 내게 열쇠 구멍으로 베드로 성당의 돔*을 보여 주었을 때도요! 그곳에서도 크게 웃었잖아요."

그녀가 다시 입을 다물었다. 관을 멘 남자들이 길을 올라왔고 대여 마차가 그 뒤를 따랐는데 마차에 탄 친지들이 눈물을 흘렸다. 죽은 사람은 유대인들의 묘지로 가는 중이었다. 조용하고 쓸쓸한 장례 행렬이었다. 남자들은 모두 매부리코에 탐욕스러운 눈빛이었는데 모두 친척인 듯 생김새가 비슷했다.

행렬이 지나갈 수 있게 두 사람의 말이 갈라서서 길을 내주고 각각 벽 쪽에 바짝 붙어 섰다. 연인들은 관 위로 서로의 눈을 바라보며 슬픔이 더해져 오는 것을 느꼈다.

다시 말이 나란히 섰을 때 안드레아가 물었다.

"대체 무슨 일이오? 무슨 생각을 하는 거지?"

그녀는 대답을 주저하고 있었다. 말의 목덜미에 시선을 떨구고 채찍의 손잡이로 말을 쓰다듬었는데 창백한 얼굴엔 망설이는 기색이 가득했다.

"무슨 생각을 하는 거지?" 안드레아가 다시 물었다.

"좋아요, 말할게요. 나, 수요일에 떠나요. 얼마나 걸릴지 몰라요. 어쩌면 아주 길 수도, 영원히 돌아오지 않을지도 몰라요……. 나 때문에 이 사랑이 깨졌어요. 그래도 어떻게 이럴 수 있느냐고, 이유가 뭐냐고 묻지 말아요. 아무것도 묻지 말아 줘요. 부탁이에요! 대답할 수 없어요."

안드레아가 믿기지 않는다는 듯 그녀를 보았다. 있을 수 없는 일 같았기에 그는 아픔도 느끼지 않았다.

"농담이지. 그렇지, 엘레나?"

그녀는 목이 메어 말을 못하고 고개를 저어 부정했다. 그리고 곧바로 말을 달리게 했다. 해가 지고 어스름해지면서 두 사람의 뒤쪽에 있던 산타 사비나와 산타 프리스카의 종이 울리기 시작했다. 두 사람은 아무 말 없이 말을 달렸고, 그 말발굽 소리가 아치 아래쪽과 사원 밑으로, 사람의 흔적이 없는 텅 빈 폐허로 메아리쳤다. 그들은 산 조르조 인 벨라브로 교회 왼쪽을 지났는데, 종루의 벽돌들은 행복했던 날과 마찬가지로 아직도 저녁놀에 붉게 물들어 빛나고 있었다. 그리고 어느새 차디찬 얼음 같은, 푸르스름한 밤그림자에 뒤덮인 포로 로마노와 포로 디 네르바 옆을 지났다. 두 사람은 마부와 마차들이 기다리고 있는 아르코 데이 판타니에서 말을 세웠다.

엘레나는 말에서 내리자마자 안드레아의 눈길을 피하며 그에게 손을 내밀었다. 서둘러 그 자리를 떠나고 싶은 눈치였다.

"그러면?" 그녀가 마차에 오르는 걸 도와주면서 안드레아가 물었다.

"내일 만나요. 오늘 밤은 안 돼요."

5

노멘타나 거리에서의 이별, 엘레나가 바란 그 *adieu au grand air*[12]는 안드레아가 마음에 품은 의심을 하나도 해결해 주지 않았다. '이토록 갑자기 떠나려는 데에는 무슨 말 못할 이유가 숨어 있는 것 아닐까?' 그는 수수께끼를 풀어 보려 했지만 소용이 없었다. 의심이 그를 괴롭혔다.

처음 며칠 동안은 고통과 욕망이 그를 어찌나 잔인하게 공격하던지, 그는 죽을 것만 같았다. 질투의 감정은 처음 모습을 드러냈다가 한결같이 뜨거운 엘레나의 얼굴 앞에서 사라졌지만, 불순한 상상에 의해 자극을 받아 그의 마음속에서 되살아났다. 그리고 어쩌면 그 모호하고 복잡하게 뒤얽힌 관계 속에 한 남자가 숨어 있을지도 모른다는 의심이 참을 수 없는 고통이 되어 그를 괴롭혔다. 어떤 때는 멀리 있는 그녀에 대한 저속한 분노와 쓰디쓴 원망의 감정에 사로잡혔고 복수해야 할 필요성을 느끼기도 했다. 마치 그녀가 다른 연인에게 몸을 맡기기 위해 그를 속이고, 배신이라도 한 것처럼. 또 어떤 때는 이제 그녀 때문에 애태우지도, 더 이

---

12 '교외에서의 이별'이라는 뜻의 프랑스어.

상 그녀를 사랑하지도 않는다고, 한 번도 그녀를 사랑한 적이 없다고 생각하기도 했다. 이렇게 감정이 일시적으로 중단되거나, 거의 머릿속에서 사라져 버리는 현상이 그에게는 새로운 것이 아니었는데, 가령 그가 몹시 사랑하던 여인이 무도회가 한창일 때 그에게 완전히 낯선 존재로 변해 버려, 눈물을 훌쩍이는 그녀를 보고 나서 한 시간 뒤에 아무렇지 않게 떠들썩하고 유쾌한 만찬에 참석할 수도 있었다. 하지만 그런 망각이 길게 이어지지는 않았다. 로마의 봄은 유례없이 화창하고 유쾌했다. 트래버틴*과 벽돌로 이루어진 도시가 마치 햇빛을 탐욕스레 빨아들이는 숲처럼 빛을 흡수했다. 교황들의 분수는 보석보다 더 맑고 투명한 하늘로 물을 뿜어 올렸다. 스페인 광장에는 장미 정원 같은 향기가 감돌았다. 아이들로 북적거리는 계단 맨 위에 자리 잡은 트리니타 데이 몬티 교회는 황금 돔 같았다.

로마의 이런 새로운 아름다움에 자극받아 안드레아의 마음속에, 핏속에 남아 있던 엘레나의 매력이 되살아나서 다시 타올랐다. 그는 떨칠 수 없는 고통과 진정시킬 수 없는 혼란스러운 감정, 사춘기의 것과 비슷한 고뇌 때문에 마음속으로 동요했다. 어느 날 저녁 돌체부오노 저택에서 차를 마신 뒤, 꽃에 덮여 있고 아직 요하임 라프의 카추차*가 흐르는 살롱에서 마지막까지 남아 있던 안드레아는 마담 비안카에게 사랑한다고 말했다. 그는 그날 밤 일도, 그 뒤의 일도 후회하지 않았다.

엘레나 무티와의 정사는 이미 알려질 대로 알려져 있었다. 로마의 상류 사회나 그 밖의 다른 어떤 상류 사회에서도 모든 정사와 불장난(flirtations)은 늦든 이르든 혹은 많든 적든 다 일러지기 마련이었으니 말이다. 아무리 조심해도 소용이 없었다. 로마에서는 모두가 무언의 성적 제스처를 알아차리는 데 뛰어난 전문가여서,

몸짓 하나 혹은 자세나 눈길만으로도 어떤 확실한 단서를 충분히 잡을 수 있었지만 연인들 혹은 연인이 되려는 사람들은 그걸 알아차리지 못했다. 게다가 어떤 사회에나 그것을 찾아내는 걸 전문으로 하고, 사냥감의 흔적을 더듬어 가는 사냥개처럼 매우 집요하게 타인의 사랑의 흔적을 추적하는 호기심 강한 사람들이 있었다. 그런 사람들은 항상 주변에 세심한 주의를 기울이고 있지만 겉은 그렇게 보이지 않는다. 그들은 속삭이는 말 한마디나 희미한 미소, 놀라서 보일 듯 말 듯 흠칫하는 모습, 살짝 붉어진 볼과 눈빛을 예사로 넘기지 않는다. 사람들이 대개 부주의해지기 쉬운 무도회나 큰 파티에서는 끊임없이 이리저리 돌아다니는데, 소매치기들이 혼잡한 사람들 속으로 슬쩍 끼어들듯, 사람이 제일 많이 모여 있는 곳에 교묘하게 끼어들어서는 귀 기울여 단편적인 대화들을 훔쳐 듣고, 안경 뒤에서 반짝이는 눈으로 꼭 잡은 손이나 기운 없는 얼굴, 떨림, 함께 춤추는 상대방의 어깨를 초조하게 누르는 여인의 손을 놓치지 않는다.

예를 들어 아텔레타 후작 저택에서 함께 저녁을 먹었던 돈 필리포 델 몬테가 바로 두려워해야 할 그런 사냥개였다. 하지만 엘레나 무티는 사교계의 험담에 신경 쓰지 않았다. 그리고 그녀의 마지막 연애에서 유난히 무모할 정도로 경솔했다. 그녀의 아름다움과 호화로움, 그 명성이 대담한 행동을 은폐했다. 그리고 언제나 변함없이 사람들에게 인사를 받고 감탄의 대상이 되고 아부의 말을 들었는데, 그것은 로마 귀족들이 소중히 생각하는 특성의 하나인 너그럽고 유연한 성격 때문이었다. 어쩌면 지나친 수군거림 때문에 그녀에게 더 너그러웠을 수도 있었다.

이제 안드레아 스페렐리는 엘레나와의 정사로 단숨에 귀부인들에게 큰 영향력을 가진 존재로 떠올랐다. 호감의 기운이 그를 에

위쌌다. 그의 성공은 단시간 내에 경이로운 사건이 되었다. 현대 사회에서 자주 일어나는 현상 가운데 하나인 욕망의 전염이다. 특별한 평가를 얻고 있는 여자에게 사랑받는 남자는 다른 여자들의 상상력을 자극했다. 그리고 그녀들은 모두 허영심과 호기심에서, 그 남자를 손에 넣으려고 경쟁했다. 돈 조반니는 그 사람 자체보다 그 명성이 훨씬 더 매력적이었다. 게다가 스페렐리가 가지고 있는 신비한 예술가로서의 명성도 한몫했다. 페렌티노 공작 부인의 방명록에 썼던 소네트 두 편은 꽤 유명했는데, 의미가 분명치 않은 두 폭 제단화에서처럼 악마 같은 입과 천사 같은 입, 남자의 마음을 빼앗는 입과 아베 마리아를 읊는 입에 찬사를 보내는 소네트였다. 속된 사람들은, 흐릿하기는 해도, 아니 거짓되다 해도, 명예의 후광이라는 게 사랑을 할 때 얼마나 강하고 독특한 기쁨을 가져다주는지 상상하지 못했다. 사랑하는 데 얼마나 강하고 또 독특한 기쁨을 가져오는지 상상도 할 수 없다. 이름 없는 연인은 설령 헤라클레스 같은 힘과 히폴리투스* 같은 아름다움과 힐라스* 같은 우아함을 지니고 있다 해도, 예술가가 어쩌면 무의식적일 수도 있는데, 여인들의 야심 찬 정신에 풍부하게 쏟아부어 줄 기쁨을 자신의 여인에게 줄 수 없었다. 여인의 허영심에 이렇게 말할 수 있는 것보다 더 달콤한 일은 없을 게 분명하다. "저 사람이 내게 쓴 편지마다 저 사람이 가진 지성의 가장 순수한 불꽃이 타오르고 있어서 나만이 그 편지로 따뜻해질 수 있어. 나를 애무할 때마다 저 사람은 자기 의지와 힘을 일부분 잃게 되지. 저 사람이 꿈꾸는 최고의 명예는 결국 내 옷자락 속에서, 내 숨결이 그려 내는 둥근 원 속에서 사라지고 말아."

안드레아 스페렐리는 유혹을 앞에 두고 조금도 망설이지 않았다. 엘레나를 독점하면서 생겼던 일종의 정신 집중 상태가 이제 사라져 버렸다. 하나로 단단히 묶어 주던 뜨거운 끈에서 풀려난 여러 가지 힘들은 다시 이전의 혼란 상태로 돌아갔다. 그의 정신은 이제 탁월하고 지배적인 하나의 형상을 따를 수도, 그것에 순응하고 동화될 수도 없었으므로, 카멜레온처럼 쉽게 변하고 변덕스럽고 유동적이고 비현실적으로 모습을 바꾸고 변형되고 온갖 형태를 다 취하게 되었다. 그는 믿기지 않을 정도로 가볍게 하나의 사랑에서 다른 사랑으로 옮겨 갔다. 동시에 여러 사랑을 갈망하기도 했다. 수많은 전리품을 손에 넣기 위해 망설임 없이 속임수를 쓰고 가장을 하고 거짓말을 하고 유혹의 덫을 놓았다. 거짓의 습관은 그의 양심을 둔감하게 만들었다. 반성을 소홀히 한 결과, 그는 점차 자신의 내면으로 들어갈 수 없게 되어 그 속에 자리한 미스터리 밖에 머물게 되었다. 그는 차츰 자신의 내면생활에 눈길을 주지 않게 되었는데, 지구의 동반구가 태양과 단단히 연결되어 있지만 태양을 볼 수 없는 것과 마찬가지였다. 그의 내면에 있는 본능은 잔혹할 정도로 항상 활기에 넘쳤다. 그를 유혹하지만 구속하지 않는 모든 것으로부터 거리를 두려는 본능이었다. 담금질이 제대로 되지 않는 검처럼 쓸모없는 의지는 탐욕스러운 자의, 아니 무기력한 자의 옆구리에서 흔들렸다.

이따금 엘레나의 추억이 갑자기 되살아나 마음속이 온통 그 추억으로 물들었다. 그러면 그는 우울함이나 후회에서 벗어나려 애쓰기도 하고, 타락한 상상력으로 도를 넘었던 그 생활을 되살려 내어 기꺼이 새로운 사랑의 자극을 얻기도 했다. 혼자 리트(lied) 가사를 되뇌곤 했다. "스러진 날들을 기억하라! 두 번째 여인의 입술에 첫 여인에게 했던 키스처럼 달콤하고 부드럽게 입 맞추어라!" 하지만 두 번째 여인도 이미 그의 마음에서 사라져 버렸다. 그는 돈나 비안카 돌체부오노에게 사랑한다고 말했는데 처음에는 아무 생각 없이, 어쩌면 그녀가 엘레나의 친구여서 막연히 엘레나의 모습이 투영되어 있었기 때문에 본능적으로 그녀에게 끌렸는지도 몰랐다. 아니면 도리아 저택에서의 만찬 때, 피렌체의 백작 부인이 그에게 뿌렸던 조그만 호감의 씨앗에서 싹이 났기 때문일 수도 있었다. 남녀 간의 별 의미 없는 정신적 또는 신체적인 접촉이 어떤 신비한 발전 과정을 통해, 두 남녀 모두에게 숨겨져 있어 알아차리지 못했고 의심하지 않았던 감정, 오랜 세월이 흐른 뒤 갑자기 상황에 의해 표출될 감정을 자라게 하고 자양분을 줄지 누가 알 수 있겠는가? 우리는 이와 동일한 현상을 지적인 세계에서 만날 수 있는데, 어떤 사상의 싹이나 이미지의 그림자가 긴 간격을 두고 무의식적인 발전 과정을 거쳐, 완성된 이미지로, 총체적인 사상으로 만들어져 갑자기 그 모습을 드러내는 현상이다. 그와 같은 법칙이 우리의 모든 활동을 지배하고 있다. 따라서 우리가 의식하는 활동들은 우리 활동의 일부분에 지나지 않는다.

돈나 비안카 돌체부오노는 피렌체의 아름다움, 그러니까 산타마리아 노벨라 교회에 소장된 기를란다요의 조반나 토르나부오니의 초상에서 볼 수 있는 그런 이상적인 아름다움을 지닌 여인이었다. 맑고 하얀 얼굴은 달걀형이었고 이마 역시 하얗고 수려했으며 입매는 부드럽고 코는 적당히 높았고 두 눈은 피렌추올라가 찬사를 보냈던 어두운 황갈색이었다. 그녀는 풍성한 머리카락을 관자놀이에서 양 볼 가운데 정도까지 고풍스럽게 늘어뜨리는 것을 좋아했다. 그녀는 사교계에서 타고난 선량함과 관대함을 보이며 누구에게나 차별 없이 친절하고 노래하듯 말을 했기 때문에 돌체부오노라는 그 성*이 너무 잘 어울렸다. 요컨대 그녀는 깊이니 제기, 지성은 없지만 약간 게으르고 사랑스러운 여인들, 꽃이 활짝 핀 나무 위의 새들처럼 적당히 사랑을 즐기며 유쾌하게 살기 위해 태어난 것 같은 여인들 중 하나였다.

안드레아의 말을 들었을 때 그녀는 깜짝 놀라 외쳤는데 그 모습이 사랑스러웠다.

"엘레나를 그렇게 빨리 잊었단 말이에요?"

그 후 며칠 동안은 우아하게 망설이는 모습을 보였지만 그녀는 기꺼이 굴복했다. 그리고 이 신의 없는 젊은이에게 그녀는 자주 엘레나 이야기를 했는데 별로 질투하는 기색 없이 솔직하게 말했다.

"그런데 올해는 대체 왜 그렇게 빨리 떠났을까요?" 한번은 그녀가 미소를 지으며 물었다.

"모르겠어요." 안드레아가 초조함과 씁쓸함을 숨기지 못한 채 대답했다.

"정말 완전히 끝난 거예요?"

"비안카, 제발 부탁이오, 우리 이야기를 합시다!" 그가 목소리를 바꾸어 그녀의 말을 가로막았다. 그런 화제로 인해 마음이 동요되고 화가 나기 때문이었다.

그녀는 수수께끼라도 풀려는 듯 잠시 생각에 잠겼다. 그러다가 체념하듯 고개를 저으며 미소를 지었는데 흐릿한 슬픔의 그림자가 두 눈을 스쳐 지나갔다.

"그런 게 사랑이죠."

그러고는 연인을 쓰다듬었다.

안드레아는 그녀를 소유함으로써 그녀 안에 있는 15세기 피렌체의 우아한 여인들을 모두 소유했다. 로렌초 일 마니피코가 노래한 했던 그 우아함을.

어느 곳을 보아도
속담에서 말하듯,

눈에서 멀어지면,
우리 모두의 생각도 변하고
사랑도 변한다.

눈에서 멀어지면,
마음도 멀어진다.
곁에 있는 다른 남자가 마음을 찌르므로.
기쁨과 즐거움이
그에 더해지므로……*

여름이 되어 떠나가던 비안카가 그와 헤어지면서 자신의 예의 바른 감정을 숨기지 않고 이렇게 말했다.

"다음에 만날 때는 당신이 나를 더 이상 사랑하지 않을 거라는 거 잘 알아요. 그런 게 사랑이죠. 하지만 친구로서 기억해 줘요."

그는 그녀를 사랑하지 않았다. 그렇긴 해도 무덥고 나른한 날이면 부드러운 억양을 가진 그녀의 목소리가 마법의 운율처럼 머릿속에 되살아났고 『폴리필루스의 꿈』*에서처럼 그녀가 다른 여자들과 어울려 시원한 물이 흐르는 정원에서 악기를 연주하고 노래하며 걸어가는 모습이 떠올랐다.

돈나 비안카는 이렇게 사라졌다. 대신 다른 여자들이 왔다. 때로는 동시에 두 사람일 때도 있었다. 렘브란트가 그린 유대인들의 두상처럼 금빛으로 반짝반짝 빛나고, 미소년 같은 머리를 가진 남성적인 윤곽의 바르바렐라 비티가 그중 하나였다. 가을 바다처럼 회색과 청색, 녹색으로 형용할 수 없게 번히며 한없이 아름답지만 전혀 정숙해 보이지 않는 눈을 가진 터키석 같은 귀부인, 도소 도시의 키르케*를 상기시키는 루콜리 백작 부인도 있었다. 레이놀즈와 게인즈버러, 로런스의 그림에 등장하는 영국 상류 가정의 자녀들에게서만 볼 수 있는 빛과 장밋빛과 우윳빛이 감도는 놀라운 피부로 눈부시게 빛나는 스물두 살의 레이디 릴리언 시드. 디렉투아르 스타일*의 아름다움을 보여 주는, 마담 르카미에*처럼 길고 갸름한 얼굴에 백조 같은 목과 단단하고 풍만한 가슴에 바쿠스의 여신도들처럼 팔을 드러냈던 안젤리크 뒤 데팡 후작 부인도. 집안 대대로 전해져 오는 커다란 보석들로 장식한 머리를 반짝이며 소처럼 느릿느릿 당당하게 움직이던 에메랄드의 귀부인 이소타 첼레시. 보석으로 치장을 하지 않고, 가녀린 몸속에 쾌락을 위한 강철 같은 신경을 간직하고, 창백하고 섬세한 윤곽의 얼굴에 사자같이 탐욕스러운 눈, 초승달 같은 눈을 크게 떴던 칼리워다 공작 부인도 있었다.

이러한 여인들과의 사랑은 저마다 새로운 쾌락을 그에게 안겨 주었다. 각각의 사랑이 질이 좋지 않은 기운으로 그를 취하게 만들었지만 그는 만족을 느끼지 못했다. 제각각 그가 그때까지 몰랐던 특이하고 미묘한 악덕을 알려 주었다. 그의 내면에는 온갖 타락의 씨앗이 들어 있었다. 스스로 타락하면서 상대를 타락시켰다. 그의 타락한 감각들은 상대 여성 안에 있는 보다 천박하고 불순한 것을 찾아내서 드러나게 만들었다. 저열한 호기심으로 인해 그는 평판 나쁜 여자를 골랐고 여자를 타락으로 이끄는 잔인한 취미로 인해 평판 좋은 여자를 유혹했다. 한 여자의 품 안에서 다른 여자의 애무를, 다른 여자를 통해 알게 된 희열을 떠올렸다. 때로는 (특히 엘레나 무티의 두 번째 결혼 소식을 듣고 잠시 상처가 되살아났을 때 그랬는데) 엘레나의 나신을 떠올려 눈앞에 있는 나신과 겹쳐지게 만들고 이상적인 몸을 즐기기 위한 보조물로 현실의 몸을 즐겨 이용하곤 했다. 자신이 거의 창조해 내다시피 한 그림자를 자신의 상상력으로 소유할 때까지 온갖 노력을 기울여 그 이미지를 키워 나갔다.

그렇다고 해서 과거의 행복한 기억을 애지중지하지도 않았다. 오히려 그런 기억이 다른 정사의 계기가 되어 주는 경우가 종종 있었다. 가령 보르게세 미술관에서는 추억이 서린 거울의 방에서 릴리언 시드로부터 첫 만남의 약속을 받아 냈다. 빌라 메디치에서는 전망대로 이어지는 추억의 녹색 계단에서 안젤리크 뒤 데팡의 긴 손가락에 깍지를 낄 수 있었다. 그리고 임멘라에트 추기경의 것이었던 작은 상아 두개골, 누군지 정확히 알려지지 않은 이폴리타라는 이름이 새겨진, 죽은 사람의 시계로 인해 돈나 이폴리타 알보니코를 유혹하고 싶은 변덕스러운 마음이 생겼다.

돈나 이폴리타 알보니코는 고귀한 분위기가 감도는 여인으로, 피렌체의 코르시니 거리에 소장되어 있는 주스토 쉬터만스가 그린 메디치 가문의 코시모 2세의 아내, 오스트리아의 마리아 막달레나 초상화와 약간 비슷했다. 그녀는 화려한 의상과 브로케이드, 벨벳, 레이스 들을 좋아했다. 메디치 가문의 것이었던 넓은 목걸이는 그녀의 아름다운 두상을 강조하는 데 적합한 최고의 장신구 같았다.

경마가 있는 날에 관람석에서 안드레아 스페렐리는 돈나 이폴리타가 이튿날 그녀의 이름이 새겨진 신비한 상아 시계를 가지러 팔라초 주카리로 오겠다는 약속을 받아 내고 싶었다. 그녀는 신중함과 호기심 사이에서 흔들리며 방어했다. 안드레아가 다소 대담한 말들을 할 때마다 눈살을 찌푸리면서도 입가에는 무의식중에 미소가 떠올랐다. 하얀 깃털로 장식된 모자를 쓴 그 얼굴은 하얀 레이스로 장식된 작은 양산을 배경으로 잠시 독특한 조화의 이미지를 만들어 냈다.

"*Tibi, Ippolita*! 그래서 오시렵니까? 2시부터 밤까지 계속 기다리고 있겠습니다. 괜찮습니까?"

"제정신이에요?"

"뭘 두려워하시는 거죠? 맹세코 여왕 폐하의 장갑 한 짝 안 벗길 겁니다. 왕좌에 앉아 계시듯 평상시처럼 느긋하게 앉아 계셔도 괜찮습니다. 차를 마실 때도, 당신이 항상 오른손에 당당하게 쥐고 계시는 눈에 보이지 않는 그 홀을 내려놓지 않으셔도 됩니다. 이 조건으로 부디 승낙하지 않으시겠습니까?"

"그럴 수 없어요."

하지만 그녀는 웃고 있었는데 그녀가 자랑스럽게 생각하는 화려하고 당당한 자신의 일면을 강조하는 말을 듣자 기분이 좋았기 때문이었다. 안드레아 스페렐리는 여전히 농담 같기도 하고 애원하는 것 같기도 한 말투로 계속 그녀를 유혹하면서, 목소리로만이 아니라 부드러우면서도 날카로운, 뭐라 표현하기 어려운 눈길을 그녀에게서 떼지 않았는데, 여인의 옷을 벗기거나 옷을 뚫고 그 여인의 알몸을 보거나 직접 피부에 손을 대는 느낌을 주는 눈길이었다.

"그런 눈으로 보지 말아요." 돈나 이폴리타가 화가 난 듯 살짝 얼굴을 붉히며 말했다.

관람석에 남은 사람은 몇 명 되지 않았다. 신사 숙녀들은 보드라운 섬 같은 구름들 속으로 숨었다가 다시 나타나곤 하는 변덕스러운 태양 아래 경주로를 따라 난 풀밭을 산책하기도 하고, 승리한 경주마를 에워싸기도 하고, 함성을 지르는 공인 마권업자들과 함께 경마를 하기도 했다.

"아래로 내려가요." 그녀는 잔네토 루톨로가 계단 난간에 몸을 기댄 채 그녀에게서 눈을 떼지 않고 있다는 사실을 눈치채지 못하고 다시 말했다.

아래로 내려가기 위해 루톨로 앞을 지날 때 스페렐리가 그에게 말했다.

"후작님, 다음에 뵙지요. 나중에 함께 달립시다."

루톨로는 돈나 이폴리타에게 허리를 깊이 숙여 인사했다. 곧 그의 얼굴이 불꽃처럼 새빨갛게 달아올랐다. 루톨로는 두젠타 백작의 인사말에 비웃음이 살짝 담겨 있는 것을 느꼈다. 그는 난간에 몸을 기댄 채 계속 울타리에 있는 두 사람을 눈으로 좇았다. 루톨로가 괴로워하고 있다는 걸 한눈에 알 수 있었다.

"루톨로, 조심해요!" 때마침 돈 필리포 델 몬티에게 팔을 맡긴 채 철제 계단을 내려가던 루콜리 백작 부인이 심술궂은 미소를 지으며 루톨로에게 말했다.

루톨로는 심장 한가운데를 깊이 찔린 기분이었다. 돈나 이폴리타와 두젠타 백작은 심판대 밑으로 갔다가 다시 관람석 쪽으로 돌아갔다. 이폴리타는 양산을 어깨에 올려놓고 손가락으로 뱅글뱅글 돌리고 있었다. 그 하얀 지붕이 후광처럼 그녀의 머리 뒤에서 빙글빙글 돌았고 갖가지 레이스 장식이 이리저리 흔들리기도 하고 끊임없이 위를 향해 올라갔다. 빙빙 도는 그 테두리 안에서 그녀는 때때로 청년의 말에 미소를 지었다. 고상해 보이는 하얀 얼굴이 발그레해졌다. 두 사람은 이따금 걸음을 멈췄다.

잔네토 루톨로가 경주로에 들어와 있는 말을 보는 체하면서 망원경을 두 사람 쪽으로 돌렸다. 눈에 띌 정도로 루톨로의 손이 떨렸다. 이폴리타의 미소 하나하나가, 그 몸짓 하나하나가, 그 태도 하나하나가 두톨로에게 무자비한 고통을 안겨 주었다. 망원경을 내려놓은 얼굴은 파랗게 질려 있었다. 루톨로는 스페렐리를 바라보는 연인의 눈길, 한때 그 눈길을 보고 희망에 부풀어 있었기에 익히 알고 있는 그 눈길을 알아차린 것이다. 루톨로는 자기 주변의 모든 게 무너져 내리는 기분이었다. 오랜 시간 동안의 사랑이 그 시선에 잘려 이미 어떻게 해 볼 수도 없게 끝나 버렸다. 태양은 이제 태양이 아니고, 삶은 이미 삶이 아니었다.

세 번째 경주가 곧 시작된다는 신호가 들렸고 관람석이 금방 사람들로 꽉 찼다. 부인들은 의자 위에 올라섰다. 경사진 정원을 바람이 휩쓸고 갈 때처럼 웅성거리는 소리가 계단을 따라 흩어졌다. 종이 울렸다. 말들이 무리 지어 쏜살같이 달리기 시작했다.

"당신을 위해 달릴 겁니다, 돈나 이폴리타." 안드레아 스페렐리는 알보니코 부인에게 이렇게 말하고 다음에 이어질 신사들끼리의 경주를 준비하러 자리를 떠났다. "*Tibi Hippolita, semper!*"[13]

그녀는 잔네토 루톨로도 그 경주에 참가한다는 생각을 하지 못한 채 안드레아의 손을 잡고 행운을 빌었다. 조금 뒤에 창백한 얼굴로 계단을 내려오는 연인을 보았을 때 잔인할 정도로 노골적인 무관심만이 그녀의 아름다운 검은 두 눈을 차지하고 있었다. 새로운 사랑의 침입을 받아 옛사랑은 힘없는 껍질처럼 그녀에게서 떨어져 나가 버렸다. 그녀는 이제 그 남자의 것이 아니었다. 이제 그 남자와는 어떤 끈으로도 묶여 있지 않았다. 더 이상 사랑을 느끼지 않으면 여자가 얼마나 빠르게, 그리고 완전하게 자신의 원래 마음으로 되돌아가는지 상상도 할 수 없을 정도이다.

'저자가 내게서 그녀를 빼앗아 갔어.' 루톨로는 모래처럼 그의 발밑에서 푹푹 가라앉는 풀 위를 걸어 경마 클럽(Jockey-club) 관람석 쪽으로 걸어가며 생각했다. 그보다 조금 앞쪽에서 그 남자가 활달하고 자신감 넘치게 걸어가고 있었다. 밝은 회색 옷차림의 흰

칠하고 키가 큰 그 남자는 혈통만이 줄 수 있는 독특한, 흉내 낼 수 없는 우아함을 지니고 있었다. 그 남자가 담배를 피웠다. 잔네토 루톨로가 뒤에서 걷고 있었기 때문에 그가 담배 연기를 내뿜을 때마다 그 냄새를 맡았다. 그는 참을 수 없을 정도로 짜증스러웠고, 그게 독이라도 되듯 내장에서부터 혐오감이 치밀어 올랐다.

베피 공작과 파올로 칼리가로가 벌써 입구에서 승마복 차림으로 경주를 기다리고 있었다. 공작은 다리를 벌리고 몸을 구부리고 체조 동작을 하면서 무릎의 힘과 가죽 바지의 신축성을 시험하고 있었다. 조그만 칼리가로는 지난밤 비가 내려 땅 상태가 말이 달리기에 적합하지 않다고 불평했다.

"이래서야, 미칭 말리코*를 탄 자네에게 승산이 있을 것 같은데." 칼리가로가 스페렐리에게 말했다.

잔네토 루톨로는 칼리가로의 점치는 말을 듣고 마음이 심하게 괴로웠다. 그는 다시 승리에 대한 막연한 희망을 품었다. 적과 싸워 경주에서 이기고 운 좋은 결투에서 승리했을 때의 효과를 상상했다. 하지만 옷을 갈아입을 때의 동작 하나하나에서 그의 걱정이 드러났다.

"이런, 말을 타기도 전에 자기가 묻힐 무덤이 눈앞에 떠오르는 사람이 있군그래." 베피 공작이 루톨로의 어깨에 손을 올리고 익살스러운 동작을 하면서 말했다. "*Ecce homo novus.*"[14]

안드레아 스페렐리는 이럴 때면 기분이 몹시 좋아져서 꾸밈없는 웃음을 크게 터뜨렸는데 그 모습이 너무나도 매혹적으로 그의 젊음을 발산시켰다.

"왜 웃는 거요!" 백지장처럼 하얘신 루톨로가 이성을 잃고, 앙

---

14 '여기 신인이 있네'라는 뜻의 라틴어.

미간을 찌푸리고 안드레아를 쏘아보며 물었다.

"지나치게 흥분해서 말씀하시는 것 같군요, 후작님." 안드레아가 동요하지 않고 대답했다.

"그래서?"

"제 웃음을 당신 좋을 대로 생각하셔도 됩니다."

"바보 같더군."

스페렐리가 벌떡 일어나 한 걸음 앞으로 나가더니 잔네토 루톨로를 향해 채찍을 치켜들었다. 파올로 칼리가로가 재빨리 스페렐리의 팔을 잡아 동작을 멈추게 했다. 모두들 한마디씩 했다. 돈 마르칸토니오 스파다가 다가와 언쟁하는 이유를 듣고 나서 말했다.

"자네들, 이제 그만하게. 둘 다 내일 할 일은 알고 있겠지. 지금은 경주를 해야만 하네."

두 적수는 말없이 옷을 갈아입었다. 그리고 밖으로 나갔다. 두 사람이 다투었다는 소문은 벌써 경마장 울타리 안에 퍼졌고 관람석까지 전해져서 그 경주에 대한 기대감을 한층 높였다. 루콜리 백작 부인은 세련된 겉모습 속에 악의를 숨긴 채, 돈나 이폴리타 알보니코에게 그 소식을 알렸다. 그러나 이폴리타는 동요하는 모습을 전혀 보이지 않으며 말했다.

"유감이네요. 둘이 친구 같아 보였는데."

그 소문은 여인들의 아름다운 입에서 입으로 전해지며 원래와는 다른 내용이 되어 갔다. 주위에선 공인 마권업자들이 사람들을 부추기고 있었다. 두젠타 백작의 말 '미칭 말리코'와 루톨로 후작의 말 '브룸멜'이 가장 인기가 많았다. 그다음으로는 베피 공작의 '사티리스트'와 칼리가로 백작의 '카르보닐라'가 뒤를 따랐다. 하지만 경마통들은 두젠타 백작과 루톨로 후작에게는 별 기대를 하지 않았다. 두 기수의 신경질적인 흥분 상태가 경마에 방해가 될 것이라 생각했기 때문이었다.

하지만 안드레아 스페렐리는 차분했다. 아니, 유쾌해 보였다.

적수에 대한 우월감이 그에게 자신감을 불어넣어 주었다. 게다가 바이런을 좋아하던 아버지에게서 물려받은, 위험한 모험을 즐기는 기사도적인 성향으로 인해 그는 자신의 운명이 눈부신 영광에 휩싸여 있다고 생각했다. 그래서 위험에 직면하자 그의 젊은 핏속에 들어 있던 타고난 관대함이 깨어났다. 갑자기 돈나 이폴리타 알보니코가 가장 갈망하는 가장 아름다운 사람이 되어 그의 마음속 정점에 자리했다.

그는 기다리고 기다리던 행운을 알려 주러 온 친구를 만나러 가듯 설레는 마음으로 자신의 말에게 갔다. 그는 말의 주둥이를 부드럽게 쓰다듬었다. 말의 눈, 꺼지지 않을 불꽃을 반짝이며 좋은 혈통을 드러내는 그 눈이, 마치 자석 같은 여인의 눈처럼 그를 끌어당겨 취하게 했다.

"말리코." 그가 말을 쓰다듬으면서 속삭였다. "오늘은 굉장한 날이야! 꼭 이기자."

불그레한 얼굴에 몸집이 조그마한 트레이너(trainer)가 마부들이 데리고 지나가는 다른 말들을 보면서 쉰 목소리로 말했다.

"*No doubt*(틀림없어)!"

미칭 말리코는 수베랑 남작의 마구간에서 자란 말로, 다갈색 털을 가지고 있었다. 훤칠하고 우아한 자태에 허리의 힘이 뛰어났다. 넓적다리까지 이리저리 뻗은 혈관이 비치는 투명하고 윤기가 나는 가슴은 불같은 생명력이 넘쳐 나서 뜨거운 김이 사방으로 퍼지는 듯했다. 점프 능력이 뛰어나 주인이 사냥을 갈 때면 사주 주인을 태우고 다녔는데, 항상 사냥개들의 뒤를 바짝 쫓아 대담하게 달리면서, 로마 교외 들판에서 장애물이란 장애물을 모두 뛰어넘었을 뿐만 아니라 삼중의 울타리 앞에서도 그 어떤 폐허 앞에서도 뒷걸음치지 않았다. 말을 탄 사람이 박차를 가할 때보다 '이랴' 하고 소리칠 때 더 자극을 받았다. 그리고 주인이 쓰다듬어 주면 몸을 떨었다.

안드레아는 말을 타기 전에 마구를 꼼꼼히 점검하고 띠쇠와 띠들을 빠짐없이 확인했다. 그리고 웃으면서 말안장에 뛰어올랐다. 트레이너가 의미심장한 동작으로 자신의 신뢰를 보여 주며, 멀어지는 주인을 지켜보았다.

배당표 주위에 내기를 하는 사람들이 모여 있었다. 안드레아는 사람들의 시선이 자신에게 집중되는 것을 느꼈다. 알보니코를 보려고 오른쪽 관람석으로 눈을 돌렸지만 수많은 귀부인들 속에서 그녀를 찾아낼 수 없었다. 말리코가 여우와 키메라 뒤를 쫓아 얼마나 빠르게 질주하는지를 너무 잘 아는 릴리언 시드가 근처에서 인사를 했다. 아텔레타 후작 부인은 사촌 동생이 루톨로와 다퉜다는 걸 알고 멀리서 나무라는 몸짓을 했다.

"말리코의 배당액은 몇 위나 되나?" 안드레아가 루도비코 바르바리시에게 물었다.

그는 출발 지점으로 가면서 승리할 방법을 냉정하게 생각했다. 그리고 앞서가고 있는 세 명의 경쟁자를 보며 각각의 역량과 기술을 계산했다. 파올로 칼리가로는 악마같이 교활했고 기수(jockey)처럼 경마에서 사용하는 모든 술책에 훤했다. 그렇지만 그의 말 카르보닐라는 빠르기는 했으나 지구력이 부족했다. 승마 학교에서 능숙한 기술을 익힌 베피 공작은 영국에서의 경주(match)에서도 몇 번인가 우승을 거두었지만 그가 탄 말은 성격이 까다로워 장애물을 만나면 뛰어넘지 않으려 할 수도 있었다. 한편 잔네토 루톨로가 탄 말은 잘 조련된 말이었다. 그러나 말은 좋아도 기수가 지나치게 성급한 데다 이런 공식 경마에 참가하는 건 처음이었다. 뿐만 아니라 여러 가지 표시들로 미루어 보아 그는 불안하고 신경질적인 상태에 있는 게 분명했다.

안드레아는 그를 보며 생각했다. '오늘의 승리가 내일의 결투에 틀림없이 영향을 줄 거야. 루톨로는 여기서도, 내일 결투에서도 이성을 잃을 게 틀림없어. 난 여기서나 거기서나 침착해야 해.' 그러다가 이런 생각도 했다. '이폴리타는 어떤 기분일까?' 주변이 이상한 정적에 휩싸인 것 같았다. 안드레아는 첫 번째 장애물까지의 거리를 눈으로 어림잡았다. 경주로에 돌멩이 하나가 반짝이고 있었다. 루톨로가 자신을 바라보고 있는 것을 알아차렸다. 온몸이 떨렸다.

출발 신호를 알리는 종소리가 들렸다. 하지만 그보다 빨리 브룸멜이 돌진했다. 그래서 동시 출발이 이루어지지 않아 무효가 되었다. 두 번째 출발도 브룸멜 때문에 실패했다. 스페렐리와 베피 공작이 얼굴을 마주 보며 슬그머니 웃었다.

세 번째 출발은 유효했다. 출발하자마자 브룸멜이 무리에서 떨어져 나가 울타리를 스칠 듯이 달렸다. 다른 세 마리 말은 잠시 같이 달렸다. 처음과 두 번째 장애물은 모두 어렵지 않게 뛰어넘었다. 세 명의 기수는 각각 다른 생각을 가지고 경주했다. 베피 공작은 장애물이 나오면 자신의 말 사티리스트가 앞의 말에 자극을 받아 그 흉내를 내도록, 무리 속에 섞여 달렸다. 칼리가로는 카르보닐라가 마지막 5백 미터에서 전력으로 달릴 힘을 남겨 놓으려고 질주하려는 말을 제어했다. 안드레아 스페렐리는 가장 어려운 장애물 근처에서 적을 따라잡으려고 조금씩 속력을 올리고 있었다. 실제로 조금 뒤에 말리코가 같이 달리던 친구들을 앞지르더니 브룸멜을 바짝 따라가기 시작했다.

루톨로는 뒤에서 질주해 오는 말 소리를 들었다. 그러자 불안감에 사로잡혀 앞이 하나도 보이지 않았다. 금방이라도 정신을 잃을 듯 시야가 흐릿해졌다. 말의 복부에 박힐 정도로 힘껏 박차를 가했다. 귀에서 계속 핑음이 울려 퍼졌고, 안드레아 스페렐리가 짧고 무미건조하게 외치는 고함 소리가 그 핑음에 섞여 들려왔다.

"이랴! 이랴!"

다른 어떤 자극보다도 목소리로 민감하게 반응하는 말리코가 브룸멜과의 차이를 금방 좁혀 버렸고, 이제 불과 2~3미터 정도밖에 간격이 떨어져 있지 않아서 곧 따라붙어 추월할 것 같았다.

"이랴!"

높은 장애물이 경주로를 가로질러 서 있었다. 하지만 루톨로의 눈에는 그게 보이지 않았다. 의식이 몽롱해지고 격한 본능만 남아 말에게 몸을 딱 붙이고 모든 걸 운에 맡긴 채 앞으로 말을 몰 뿐이었다. 브룸멜이 뛰어올랐지만 기사의 도움을 받지 못해 뒷다리가 장애물에 걸려 장애물 너머에서 쓰러지고 말았는데 그 충격이 워낙 커서 기사는 안장에 앉아 있었지만 등자가 발에서 벗어나 버렸다. 어쨌든 브룸멜은 계속 달렸다. 이제 안드레아 스페렐리가 선두였다. 잔네토 루톨로는 등자에 발을 올려놓지 못한 채 2등으로 달렸고 파올로 칼리가로가 그 뒤를 바짝 쫓았다. 베피 공작은 장애물을 넘지 않으려는 사티리스트 때문에 꼴찌였다. 이런 순서로 관람석 앞을 통과했다. 뚜렷하지 않은 함성이 들리다가 흩어졌다.

관람석에서는 모두 마른침을 삼키고 있었다. 몇몇 사람들이 경주 상황을 시시각각 알려 주었다. 웅성거림이 계속되다가, 순위에 변화가 있을 때면 여기저기서 탄성이 터지기도 했다. 귀부인들은 그 소리에 몸을 떨었다. 돈나 이폴리타 알보니코는 의자 위에 올라서서 밑에 있는 남편의 어깨에 손을 올려놓은 채 어떤 표정의 변화도 없이 놀라운 자제력으로 경마를 지켜보았다. 주의 깊은 관찰자라면 지나치게 꽉 다문 입술과 보일락 말락 하는 이마의 주름에서 그녀가 그런 표정을 만들어 내느라 애를 쓰고 있다는 사실을 알아차릴 수도 있을 터였다. 갑자기 이폴리타는 자기도 모르게 어떤 동작으로 속마음을 들킬까 봐 남편의 어깨에서 손을 뗐다.

"스페렐리가 낙마했어요." 루콜리 백작 부인이 크게 외쳤다.

사실은 말리코가 장애물을 뛰어넘을 때 축축한 풀밭에 한 발을 잘못 디뎌서 무릎을 구부렸다가 즉시 일어났다. 안드레아의 몸이 말의 목 앞으로 기울었지만 부상을 당하지는 않았다. 민첩하게 안장에 다시 자리를 잡았는데 루톨로와 칼리가로가 그 틈을 노려 그를 추월했다. 브룸멜은 뒷다리를 다쳤지만 좋은 혈통의 힘을 발휘해 기적을 보여 주었다. 카르보닐라는 마침내 말을 다루는 기사의 능란한 기술에 이끌려 마지막 속력을 내는 중이었다. 결승점까지는 8백여 미터 정도 남아 있었다.

스페렐리는 눈앞에서 승리가 사라지는 것을 보았다. 그러나 다시 잡아 보려 전력을 다했다. 등자에 발을 단단히 딛고 갈기 위로 몸을 구부리며 짧고 가볍고 귀에 쏙 들어가, 그 고귀한 말에게 힘을 줄 격려의 소리를 이따금 외쳤다. 브룸멜과 카르보닐라가 상태가 나쁜 경주로를 달리느라 지쳐 서서히 힘을 잃어 가는 동안 말리코는 차츰 격정적으로 질주해서 선두의 위치를 되찾아 가고 있었다. 벌써 불꽃같은 그 코에 승리의 기운이 스쳐 지나갔다. 마지막 장애물을 뛰어넘은 뒤 브룸멜을 앞질러 나갔고 카르보닐라의 등에 머리가 닿았다. 결승점까지 1백 미터 정도 남은 지점에서 울타리를 살싹 스치며 앞으로, 앞으로 실주해서 윤기가 흐르는 갈리가로의 검은 암말 사이에 말 열 마리가 있을 정도의 공간을 벌려 놓았다. 결승점 도착을 알리는 종이 울렸다. 관람석에서 우레

같은 박수갈채가 터져 나왔다. 그 울림은 군중들 사이를 지나 햇살이 일렁이는 초원으로 파동처럼 퍼져 나갔다.

안드레아 스페렐리는 울타리 안으로 돌아가면서 생각했다. '오늘은 행운이 내 쪽에 있었어. 내일도 그럴까?' 승리의 미풍이 마음속으로 불어오는 것을 느끼자 막연하게 감지되는 위험에 대한 분노의 감정이 치솟아 올랐다. 그는 할 수만 있다면 우물쭈물하지 말고 오늘이라도 당장 곧바로 그 위험과 맞서, 두 번의 승리를 즐기고 그리하여 돈나 이폴리타가 그에게 내미는 달콤한 열매를 받아 베어 먹고 싶었다. 결투에서 승리하면 그 권리로 이 자존심 강하고 창백한 여인을 손에 넣을 수 있다는 생각을 하자 온몸이 야만적인 자부심으로 뜨겁게 달아올랐다. 그는 상상 속에서 지금까지 한 번도 경험하지 못했던 환희를 맛보았다. 옛날 귀족들이 적의 피로 물든 손으로 연인의 머리카락을 부드럽게 풀어 헤쳐 주면서 힘겨운 결투로 아직도 땀이 흐르고, 상대에게 퍼부은 모멸의 말로 아직도 씁쓸한 입술을 그 머리에 파묻을 때 느꼈을 그런 쾌감을 말이다. 그는 지적인 남자들이 육체의 힘을 사용하고 담력을 실험하고 야수성을 드러내 보이면서 느끼는 뭐라 표현할 수 없는 몽롱한 상태에 흠뻑 빠져 있었다. 우리의 마음 깊은 곳에 남아 있는 원초의 잔인성은 이따금 이상할 정도로 강렬하게 표면으로 노출되며, 우리의 마음은 현대적인 의상으로 가려져 있어도 살육을 갈망하는 잔인한 광기 같은 것으로 부풀어 오르기도 한다. 안드레아 스페렐리는 자신의 말이 내뿜는 뜨겁고 시큼한 열기를 가슴 깊이 빨아들였다. 그때까지 그가 좋아했던 어떤 섬세한 향기도 지금 그 냄새가 주는 그런 날카로운 쾌감을 준 적이 없었다.

안드레아가 말에서 내려오자 금세 남녀 친구들이 그를 에워싸며 축하해 주었다. 지칠 대로 지친 말리코의 온몸에서 김이 무럭 무력 났는데 말리코는 입에 거품을 문 채 목을 쭉 뻗고 거친 숨을 내쉬며 고삐를 흔들었다. 옆구리가 끊임없이 위로 올라갔다 내려오곤 했는데, 그 동작이 어찌나 힘차던지 금방이라도 옆구리가 터져 버릴 것 같았다. 가죽 아래의 근육들은 화살을 쏜 뒤의 활시위처럼 떨렸다. 크게 부릅뜬 충혈된 눈은 야수의 눈처럼 잔인함이 감돌았다. 시커멓고 커다란 진흙 얼룩이 여기저기 난 털 위로 땀이 비 오듯 흘러 빗금무늬를 만들어 냈다. 끊임없이 온몸을 떠는 모습은 괴로워하는 인간의 모습처럼 고통과 연민을 불러일으켰다.

"*Poor fellow*(가여운 것)." 릴리언 시드가 중얼거렸다.

안드레아는 아까 넘어졌을 때 말리코가 무릎을 다치지나 않았는지 살펴보았다. 다행히 상처는 없었다. 그래서 목을 가볍게 두드려 주며 한없이 부드러운 어조로 말했다.

"가, 말리코, 어서 가."

그리고 멀어지는 말리코를 바라보았다.

그 후 승마복을 갈아입고 루도비코 바르바리시와 산타 마르게리타 남작을 찾았다.

둘은 루톨로 후작과의 결투에서 입회인이 되어 주기로 했다. 안드레아는 두 사람에게 빨리 일을 진행해 달라고 부탁했다.

"오늘 밤 안으로 모든 일을 결정해 주게. 내일 오후 1시 이후에는 자유로운 몸이 되어야 해. 하지만 내일 아침은 적어도 9시까지는 자게 내버려 두게. 오늘은 페렌티노 저택에서 점심 식사를 할 거야. 그리고 나서 주스티니아니 저택에 들를 거라네. 그리고 밤늦게는 클럽에 갈 거야. 내가 어디 있을지 알아 두게나. 고맙네, 친구들, 이따 보세."

그는 관람석으로 올라갔지만 곧장 돈나 이폴리타에게 가지는 않았다. 그는 자신에게 쏟아지는 여자들의 눈길을 느끼며 미소 지었다. 많은 여자들이 아름다운 손을 내밀었다. 아름다운 목소리들이 친근하게 안드레아의 이름을 불렀다. 그에게 돈을 걸었던 부인들은 앞다퉈 배당받을 금액을 말했다. 10루이, 20루이라고. 다른 여자들은 호기심 때문에 그에게 물었다.

"결투하실 거예요?"

그는 단 하루 만에 버킹엄 공과 로잔 공*을 능가하는, 모험 넘치는 영광의 정점에 도달한 기분이었다. 그는 대담한 경마의 승자가 되었고, 베네치아의 총독 부인과 같이 화려하고 청랑(淸朗)한 새로운 연인을 손에 넣었다. 도발적으로 생사를 건 결투를 하게 됐다. 그리고 지금 미소 짓는 많은 귀부인들 사이로, 보통 때와 다름없이 차분하고 예의 바르게 지나가는 중이었다. 그는 이 여인들 중 대부분을 알았는데 비단 미소 짓는 그 우아한 입술만이 아니었다. 어쩌면 그 많은 여자들이 지닌 비밀스러운 버릇이나 육체적 쾌락을 즐길 때의 특별한 습관 하나쯤은 말할 수 있지 않을까? 이소타 첼레시의 밝고 산뜻한 봄옷 사이로 왼쪽 옆구리에 있는 작은 금화만 한 금색 점을 보지는 않았을까? 상아 잔처럼 매끈하고 대리석 조각같이 깨끗하며, 시인 고티에가 「비밀 박물관」에서 고대 조각이나 그림에 대해 애석하게 여긴 것이 완벽하게 부재하는, 유례없이 아름다운 줄리아 모체토의 복부를? 낭랑한 바르바렐라 비티의 목소리 속에서 끊임없이 음란한 말을 되풀이하는, 뭐라 표현할 수 없는 또 다른 목소리를 듣지는 않았을까? 아니면 오로라 시모어의 천진난만한 미소 속에서, 난로 위에서 갸르릉거리는 고양이 소리나 숲에서 산비둘기가 교미할 때 내는 소리같이, 정말 뭐라 형언할 수 없는 목쉰 소리를 들은 건 아닐까? 에로틱한 책들이나 석판화, 세밀화에서 감흥을 얻는 루콜리 백작 부인의 절묘한 퇴폐성을 그가 몰랐을까? 아니면 더할 나위 없이 정숙한 모습이

나 절정의 순간에 숨이 넘어가는 사람처럼 헐떡이며 하느님을 부르는 프란체스코 다디를 그가 모른다고 할 수 있을까? 그가 배신했거나 혹은 배신당했던 거의 모든 귀부인들이 그곳에 있었고, 그에게 미소 지었다.

"영웅 행차시군요!" 이폴리타 알보니코의 남편이 평소와 달리 붙임성 좋게 손을 내밀더니 그의 손을 꽉 쥐었다.

"진짜 영웅이죠." 돈나 이폴리타가 체면상 입에 발린 소리를 하듯 무의미한 어조로 덧붙이며 사건의 내막은 전혀 모르는 체했다.

스페렐리는 이폴리타의 남편이 이상하게 친절했기 때문에 왠지 당황스러워서 고개 숙여 답례하고 그들 앞을 지나갔다. 어쩌면 안드레아가 아내의 정부에게 결투를 신청한 게 고마워서 저렇게 호의적인지도 모른다는 생각이 뇌리를 스쳐 지나갔다. 안드레아는 이폴리타 남편의 비겁함에 웃음이 났다. 뒤를 돌아보다가 돈나 이폴리타와 눈이 마주쳤고 둘의 시선이 하나가 되었다.

돌아갈 때, 페렌티노 공작의 마차(mail-coach)에서 밤색과 흰색 털이 섞인 말이 끄는 작은 이륜마차를 타고 로마 쪽으로 도망가는 잔네토 루톨로를 보았다. 루톨로는 말 쪽으로 몸을 숙이고, 고개를 떨구고 담배를 이로 꽉 문 채 마차 행렬을 따라 나가라고 주의를 주는 문지기들을 무시하고 서둘러 말을 몰았다. 행렬 끝으로 로마 시내가 유황처럼 노란빛의 띠 위에 시커먼 형상을 그리며 서 있었다. 그리고 산 조반니 성당 위에 늘어선 조각상이 노란빛의 띠 너머 자주색 하늘에 우뚝 솟아 있었다. 그때 안드레아는 자신이 루톨로의 마음에 상처를 줬다는 사실을 뚜렷이 의식하기 시작했다.

그날 밤, 주스티니아니의 저택에서 안드레아가 알보니코 부인에게 말했다.

"확실히 약속하죠, 내일 2시부터 5시까지 기다리겠습니다."

그녀는 이렇게 묻고 싶었다.

'뭐라고요? 내일, 결투하시지 않나요?'

하지만 그 말을 입 밖에 낼 용기가 나지 않아서 이렇게만 대답했다.

"약속해요."

잠시 후 그녀의 남편이 안드레아에게 다가와 친절하게 팔짱을 끼며 결투에 대해 이것저것 물었다. 알보니코는 아직 젊고 고상한 남자였지만 머리숱이 아주 적어 금발 머리가 듬성듬성 나 있었고 눈은 허여스름했으며 송곳니 두 개가 입술 밖으로 튀어나와 있었다. 말도 살짝 더듬었다.

"그래서요? 그래서요? 내일은?"

안드레아는 혐오감을 떨쳐 버릴 수가 없었다. 그런 친밀한 태도를 좋아하지 않는다는 것을 보여 주기 위해 두 팔을 옆구리에 붙였다. 산타 마르게리타 남작이 들어오는 게 보였기 때문에 그 자리를 벗어나기 위해 말했다.

"산타 마르게리타와 긴히 할 얘기가 있어서요. 실례하겠습니다, 백작님."

남작이 안드레아를 보자마자 말했다.

"다 정해졌네."

"좋아. 그럼 몇 시에?"

"10시 반에 빌라 시아라에서. 검과 긴 장갑 사용. 한 사람이 죽을 때까지."

"다른 입회인 둘은 누구지?"

"로베르토 카스텔디에리와 카를로 데 소자라네. 격식을 차리지 않고 재빨리 처리했어. 잔네토 쪽은 벌써 다 준비됐다고 해. 결투

취지서도 클럽에서 별다른 논쟁 없이 작성했어. 너무 늦게 자지 말게, 부탁이야. 자넨 지금 피곤할 테니까."

주스티니아니 저택에서 나온 안드레아는 허세를 부려 사냥 클럽에 갔다. 그리고 나폴리의 도박꾼들(sportsman)과 카드를 시작했다. 새벽 2시경에 산타 마르게리타가 찾아와, 억지로 그를 카드 테이블에서 끌어냈다. 그리고 팔라초 주카리 집까지 걸어서 그를 바래다주려 했다.

걸어가는 동안 남작이 충고했다. "자네는 지나치게 경솔해. 이런 경우에는 경솔함이 치명적일 수가 있어. 훌륭한 검객은 힘을 보존하는 데 세심한 주의를 기울여야 해. 훌륭한 테너 가수가 목소리를 유지할 때처럼 말이야. 손목은 목소리처럼, 다리의 관절은 성대처럼 섬세한 거라네. 알겠나? 기계 장치는 아주 사소한 이상으로도 치명적인 피해를 입을 수 있어. 그러니까 기계가 망가져 더 이상 말을 듣지 않는 거지. 여인과 하룻밤을 보내거나 도박을 하거나 폭음·폭식을 하고 나면 카밀로 아그리파*도 똑바로 일격을 가하지 못했고, 정확히 빠르게 방어할 수도 없었어. 그저 1밀리의 차이로 상대의 칼끝이 10센티나 내 몸에 박히는 거야."

둘은 콘도티 거리 초입에 접어들었다. 거리 끝으로 보름달이 환히 비치는 스페인 광장과 하얀 달빛으로 빛나는 계단과 푸르스름한 하늘로 높이 솟은 트리니타 데이 몬티가 보였다.

남작이 이어서 말했다. "자넨 확실히 상대보다 아주 유리해. 무엇보다 냉정하고 경험도 있어. 파리에서 자네가 가보당과 결투하는 걸 봤네. 기억하나? 멋진 결투였지! 자네는 꼭 신들린 듯이 싸웠지."

안드레아가 흡족해서 웃기 시작했다. 이 유명한 결투자의 찬사를 듣자 자부심으로 가슴이 뿌듯했고 넘치는 힘이 혈관 구석구석으로 파고드는 듯했다. 그는 본능적으로 지팡이를 검처럼 쥐고서 1885년 12월 12일에 가보당 후작의 팔을 찌른 그 유명한 일격을 다시 재현했다.

"카운터 패리*와 글리세*를 썼지." 안드레아가 말했다.

남작이 다시 입을 열었다.

"잔네토 루톨로의 펜싱 실력은 연습장에선 나무랄 데가 없어. 그런데 실전에서는 몹시 충동적이야. 딱 한 번 내 사촌 동생 카시빌레와 결투한 적이 있었는데 그때 루톨로가 부상을 당했지. 그자는 공격할 때 '하나, 둘', '하나, 둘, 셋'을 남용한다네. 그러니 공격을 할 때 '단번에' 찌르는 게 효과가 있을 거야. 그것도 다리를 크게 벌린 자세에서 한 번 찌르는 것이 말이야. 실제로 사촌 동생은 상대가 두 번째 공격을 할 때 다리를 크게 벌린 자세에서 정확하게 일격을 가했어. 자네는 천성적으로 기회 포착에 뛰어나니까. 그래도 항상 주의 깊게 눈을 움직이고 거리를 적절히 유지하도록 애써야 돼. 자네에게 연인을 빼앗겼다고 할 수 있는 녀석, 말하자면 자네가 채찍을 휘둘렀던 놈이 자네 앞에 있다는 걸 잊지 않는 게 좋을 걸세."

두 사람은 스페인 광장에 도착했다. 둔탁하고 나직하게 쏴 소리를 내며 뿜어져 나오는 바르카치아 분수의 물들이 성당 원주 위를 비추는 달빛을 받아 반짝였다. 네다섯 대의 마차들만 앞쪽에 등을 켠 채 줄지어 손님을 기다리고 있었다. 바부이노 거리 쪽에서 양 떼라도 지나가는 듯 딸랑딸랑 종소리와 둔중한 발소리들이 들려왔다.

계단 밑에서 헤어질 때 남작이 말했다.

"잘 가게, 내일 보세. 9시 전에 루도비코하고 오겠네. 두어 번 공격하면 결판이 날 거야. 의사에게 알리는 건 우리가 알아서 할 거고. 가서 푹 자게나."

안드레아는 광장 계단을 올라가기 시작했다. 다가오는 종소리에 마음이 끌려 첫 번째 층계참에서 걸음을 멈췄다. 사실 그는 조금 피곤했다. 그리고 마음속으로는 약간 슬펐다. 검술에 관한 대화나 이전에 자신이 보였던 기량을 추억하며 핏속에 끓어올랐던 담대함이 사라지자, 의심과 불만이 섞인 뭔가 뚜렷하지 않은 불안이 그를 덮쳤다. 격렬하고 혼란스럽던 그 하루 동안 지나칠 정도로 팽팽하게 긴장해 있던 신경들이 이제 온화한 봄밤의 품에서 느슨해지는 기분이었다. '왜 별달리 정열을 느끼지도 않았는데 단순한 변덕 때문에, 오로지 허영심과 오만함 때문에 한 남자의 증오심을 불러일으키고 그 마음에 상처를 주고 싶어 했던 걸까?' 이렇듯 달콤한 봄밤에 상대에게 끔찍한 고통을 주어 그를 괴롭히고 있는 게 틀림없다고 생각하자 그는 연민에 가까운 감정을 느꼈다. 순간 엘레나의 모습이 머릿속을 스쳤다. 그녀를 잃고 나서 1년간의 괴로움이, 그리고 질투와 분노와 표현할 수 없는 절망감이 마음속에 되살아났다. '그 무렵에도 밤이면 이렇게 맑고 차분하고 기분 좋은 향기가 감돌았지. 그리고 그 밤이 내 마음을 얼마나 무겁게 했던지!' 안드레아는 밤공기를 들이마셨다. 양옆의 작은 정원에서 장미꽃 향기가 피어올랐다. 그는 계단 아래 광장을 가로질러 가는 양 떼를 보았다.

회색빛 도는 무성한 흰 털을 가진 양 떼가 나란히 붙어서 파도치듯 계속 앞으로 나갔는데 그 모습이 꼭 흙탕물이 포장도로 위로 넘쳐흐르는 것 같았다. 몇몇 양들의 떨리는 울음소리가 종소리와 한데 섞였다. 그러면 나른 양들이 한층 가냘프게, 주서하듯 그 울음소리에 답했다. 양 떼 뒤쪽이나 옆에서 말을 타고 가던 목동들이 가끔씩 소리를 지르거나 가늘고 긴 막대로 양들을 찔렀다.

잠든 대도시 한가운데를 지나가는 그 양의 무리에 달빛이 내려앉아 마치 꿈속처럼 신비한 분위기를 만들어 냈다.

안드레아는 2월의 어느 고요한 밤에 엘레나와 함께 벤티 세템브레 거리에 있는 영국 대사관 무도회에서 돌아오다가 우연히 만났던 양 떼를 떠올렸다. 마차는 앞으로 나아가지 못하고 그 자리에 서 있어야만 했다. 엘레나는 마차의 창 쪽으로 몸을 기울여 바퀴를 스칠 듯 가까이에서 지나가는 양들을 지켜보다가 어린아이처럼 천진난만하게 제일 어린 양들을 가리켰다. 안드레아는 그녀의 얼굴에 자기 얼굴을 가까이 대고 슬며시 눈을 감으며 양들의 발소리와 울음소리, 종소리를 들었다.

대체 무슨 이유로 지금 엘레나와 관련된 추억들이 낱낱이 떠오르는 걸까? 그는 다시 천천히 계단을 오르기 시작했다. 올라가는 동안 피로가 몰려들었다. 무릎이 저절로 구부러졌다. 갑자기 죽을지도 모른다는 생각이 뇌리를 스쳤다. '내일 만약 죽게 되면? 혹시 평생 장애를 가진 몸이 되면?' 삶과 향락에 대한 탐욕이 그런 불길한 생각과 반대로 솟구쳐 올랐다. 그래서 스스로에게 말했다. '이기지 않으면 안 돼.' 그는 이 또 하나의 승리로 손에 넣을 수 있는 이득을 생각해 보았다. 그의 행운에 대한 신망, 대담한 남자라는 평판, 돈나 이폴리타의 키스, 새로운 사랑, 새로운 향락, 쉽게 변하는 새로운 감정 같은 것들을.

그래서 그는 불안감을 가라앉히고 건강한 힘을 유지하려 애썼다. 두 친구가 찾아와 깨울 때까지 내처 잠을 잤다. 그리고 평소처럼 샤워를 하고 방수용 긴 천을 바닥에 깔게 했다. 그리고 산타 마르게리타에게 두 번의 '디싱게이지*'를 해 달라고 부탁했다. 그런 다음 바르바리시를 상대로 공격을 시험해 보았다. 틈을 보고 찌르는 몇 번의 동작은 정확했다.

"최고의 찌르기 공격이야." 남작이 칭찬했다.

공격을 마친 뒤 스페렐리는 홍차 두 잔과 가벼운 비스킷을 먹었다. 그러고 나서 폭이 넓은 바지와 굽이 아주 낮은 편한 구두와 풀을 많이 먹이지 않은 셔츠를 골랐다. 장갑의 손바닥을 축축하게 만들고 로진 가루를 뿌려 준비해 두었다. 그리고 손목에 칼자루를 고정시키기 위해 장갑에 가죽끈을 이었다. 검 두 개의 날과 끝부분을 확인했다. 아주 사소한 것까지, 무엇 하나 잊지 않았다.

준비를 마치자 그가 말했다.

"가지. 상대보다 먼저 도착하는 게 좋아. 의사는?"

"거기서 기다리고 있네."

계단을 내려가다가 그리미티 공작을 만났다. 공작은 아텔레타 후작 부인이 보내서 오는 길이기도 했다.

"나도 자네들과 같이 빌라 시아라로 가겠네. 그래야 프란체스카에게 결과를 금방 알려 줄 수 있을 테니."

모두 함께 계단을 내려갔다. 공작은 자신의 이륜마차에 오르며 손 인사를 했다. 나머지 세 사람은 지붕 있는 마차에 올라탔다. 안드레아는 중요한 결투를 앞두고 농담을 하는 게 별로 좋지 못한 취미인 듯해서 구태여 쾌활한 척하지는 않았다. 하지만 그는 매우 차분했다. 담배를 피우면서, 최근 프랑스에서 일어난 경우에 대해서, 그러니까 결투할 때 상대에게 왼손을 쓰는 게 정당한지 아닌지와 관련된 산타 마르게리타와 바르바리시의 논쟁을 듣고 있었다. 그러다가 이따금 창 쪽으로 몸을 숙이고 물끄러미 거리를 바라보았다.

5월 아침의 로마는 햇살의 품에 안겨 눈부시게 빛났다. 마차가 달리는 길에 있는 분수가 은색의 미소로 아직 어둑한 작은 광장을 환히 밝혔다. 열려 있는 팔라초 문 사이로 주랑과 조각상들로 장식된 안뜰 깊숙한 곳이 보였다. 트래버틴으로 지은 성당의 바로크 양식 상인방(上引枋)에는 성모성월(聖母聖月)*의 장식들이 걸려 있었다. 다리를 지날 때는 초록빛 집들 사이를 지나 산 바르톨로메오 섬 쪽으로 흘러가는 반짝이는 테베레 강이 보였다. 잠시 오르막길을 오르자 넓고 당당하고 눈부신 도시가 새파란 하늘 아래 아크로폴리스처럼 선명하게 드러났는데 종탑과 원주와 오벨리스크 등이 빼곡하게 늘어서 있고, 돔이나 원형 건물들이 왕관처럼 도시를 에워쌌다.

"*Ave, Roma. Moriturus te salutat.*"[15] 안드레아 스페렐리가 담배꽁초를 내던지며 로마를 향해 말했다.

그러고 나서 이렇게 덧붙였다.

"친구들, 실제로 오늘 한 번 찔리면 끝장날 수도 있으니까."

일행은 새로 집을 지어 파는 건설업자들에 의해 이미 절반 정도가 엉망이 되어 버린 빌라 시아라 안으로 들어갔다. 날씬하고 키 큰 월계수들 사이의 가로수 길로, 양쪽에 장미 생울타리가 있는 길을 지났다. 마차 창밖으로 몸을 내밀었던 산타 마르게리타가 빌라 앞마당에 서 있는 마차 한 대를 발견했다.

"벌써 와 있군."

시계를 보았다. 결투 예정 시간까지는 15분이 남아 있었다. 마차를 세우고 입회인과 의사와 함께 상대 쪽으로 향했다. 안드레아는 가로수 길에 남아 기다렸다. 만족스러운 결과를 얻을 만한 공격과 방어 동작을 머리로 되풀이해서 실시해보았다. 그러나 복잡하게 뒤얽힌 월계수들이 만들어 내는 희한하고 경이로운 빛과 그

---

15 '잘 있거라, 로마여, 죽어 가는 자가 그대에게 이별을 고하니'라는 뜻의 라틴어. 로마 시대 격투사들이 경기 전에 황제에게 했던 말로, 원래는 "Ave, Cesare, Moriturus te salutat(안녕히 계십시오, 폐하, 지금 죽으려는 자들이 폐하께 인사드립니다)"의 패러디이다.

림자에 정신을 빼앗겼다. 눈은 아침 바람에 흔들리는 나뭇가지를 쫓아 떠돌면서 마음은 부상을 생각하고 있었다. 제대로 일격을 가할 생각만 꽉 차 있는 그의 머리 위로 나무들이, 사랑을 노래하는 페트라르카의 우의적인 시에서처럼 부드러운 바람에 살랑거렸다.

바르바리시가 그를 부르러 왔다.

"다 준비됐어. 관리인이 빌라 문을 열었어. 우린 1층 방을 사용할 수 있다네. 아주 편하게. 옷 갈아입으러 가세."

안드레아가 그를 따라갔다. 옷을 갈아입는 동안 두 명의 의사가 자신들의 진료 가방을 열었는데 그 안에서 작은 금속 도구들이 번득였다. 의사 한 사람은 아직 젊었는데 창백한 얼굴에 머리가 벗어졌고 손은 여자 같았다. 입매가 다소 잔인해 보였고 이상하게 튀어나온 아래턱을 눈에 띄게, 끊임없이 실룩거렸다. 다른 의사는 불그죽죽한 수염을 덥수룩하게 기른 주근깨투성이의 중년 남자로 뚱뚱한 데다 목도 굵고 짧았다. 서로의 체격이 정반대인 것 같았다. 서로 너무 다른 두 사람에게 스페렐리는 호기심이 뒤섞인 관심을 보였다. 의사들은 테이블 위에 붕대와 칼을 소독할 소독액을 준비하고 있었다. 소독약 냄새가 방 안으로 번져 나갔다.

스페렐리는 준비를 마치자 입회인과 두 의사와 함께 마당으로 나갔다. 종려나무들 사이로 보이는 로마의 경치가 다시 한 번 그의 시선을 끌었고 그로 인해 가슴이 뛰었다. 그는 초조함에 사로잡혔다. 그는 어서 방어 자세를 취하고 '시작' 소리를 듣고 싶었다. 그는 벌써 결정적인 공격을 가해서 승리를 거머쥔 기분이었다.

"준비됐어?" 산타 마르게리타가 곁으로 와서 물었다.

"됐어."

결투장으로 선택된 장소는 빌라 옆쪽의 그늘 아래로, 자디잔 자갈들이 깔려 있고 잘 다져진 곳이었다. 잔네토 루톨로는 로베르토 카스텔디에리와 카를로 데 소자와 함께 반대편에서 그를 기다리고 있었다. 두 사람 모두 엄숙하다 할 정도로 심각한 분위기였다. 두 사람은 서로 마주 보게 자리를 잡았고 상대의 얼굴을 보았다. 결투를 진행할 임무를 맡은 산타 마르게리타는 잔네토 루톨로가 입은 셔츠가 지나칠 정도로 풀을 먹여 너무 빳빳하고 셔츠 깃도 높다는 걸 발견했다. 그래서 부심인 카스텔디에리에게 그 점을 주지시켰다. 카스텔디에리가 잔네토 루톨로에게 뭐라고 말했다. 스페렐리는 루톨로의 얼굴이 돌연 새빨갛게 변하더니 결연한 동작으로 셔츠를 벗는 것을 보았다. 안드레아는 차분하고 냉정하게 그를 따라 했다. 바지 자락을 접어 올렸다. 산타 마르게리타로부터 장갑과 가죽끈과 검을 건네받았다. 꼼꼼하게 준비를 하고 검이 손에 잘 잡히는지를 확인하기 위해 검을 두세 번 휘둘러 보았다. 그런 동작을 할 때 불룩해진 이두박근이 눈에 띄었는데 그가 오랜 시간 훈련했고 그로부터 힘을 얻었다는 걸 알 수 있었다.

두 사람이 간격을 조정하기 위해 검을 앞으로 내밀었을 때 잔네토 루톨로가 움켜쥔 검이 떨리고 있었다. 산타 마르게리타 남작이 공정한 결투를 해야 한다고 관례대로 주의를 준 뒤 날카롭고 늠름한 목소리로 외쳤다.

"제군들, 준비!"

루톨로는 한 발을 구르고, 스페렐리는 살짝 몸을 구부리면서 동시에 몸을 낮추고 준비 자세를 취했다. 루톨로는 중간 키에 몹시 마른 근육질 몸매로, 반 다이크가 그린 초상화 속의 찰스 1세처럼 끝이 올라간 콧수염과 듬성듬성 난 뾰족한 턱수염을 기른 올리브색 얼굴은 잔인한 인상을 풍겼다. 스페렐리는 루톨로보다 더 키가 크고 훤칠했으며 보다 균형 잡힌 체격에 자세가 매우 아름다웠고 우아함과 강인함이 균형을 이룬 가운데 차분하고 안정적인 모습으로, 고상한 귀족의 오만함을 온몸으로 보여 주었다. 두 사람은 상대를 응시했다. 그리고 날카로운 칼끝을 향해 노출되어 있는 상대의 나신을 보며 둘 다 내심 말로 표현하기 어려운 전율을 느꼈다. 침묵이 흐르는 가운데 속삭임 같은, 분수의 시원한 물소리와 생울타리에 핀 수많은 흰 장미와 노란 장미를 흔드는 살랑이는 바람 소리가 뒤섞여 들려왔다.

"시작!" 남작이 명령했다.

안드레아 스페렐리는 루톨로가 과격하게 공격해 오리라 예상했다. 그런데 상대는 움직이지 않았다. 잠시 두 사람 모두 꼼짝도 하지 않고 상대를 살피며 상대의 검에 자신의 검을 갖다 대지 않았다. 스페렐리는 발목에 체중을 싣고 몸을 좀 더 숙이고 세 번째 자세로 검을 낮추며 상반신을 상대에게 완전히 노출시켰다. 그리고 대담한 눈빛과 제자리걸음으로 상대를 자극했다. 루톨로가 곧장 검으로 찌르려는 척하면서 전진했는데 시칠리아 검사들 같은 소리를 냈다. 이렇게 해서 공격이 시작되었다.

스페렐리는 방어만 할 뿐 결정적인 동작으로 발전시키지는 않으면서 상대가 자신의 의도를 모두 노출하고 모든 방법을 다 써 버리고 온갖 다양한 결투를 진행하게 만들었다. 그는 깔끔하고 재빠르게, 펜싱 도장에서 상처를 입히지 않는 연습용 검을 가지고 연습하듯 놀랄 만큼 정확한 동작으로 방어했다. 반면 루톨로는 격렬하게 공격해 왔는데 도끼로 나무를 베는 벌목꾼들의 함성처럼, 일격을 가할 때마다 고함 소리는 점점 힘이 빠져 갔다.

"정지!" 예리한 눈으로 검의 움직임을 하나도 놓치지 않던 산타 미르게리다가 명령했다.

그가 루톨로 곁으로 다가가서 말했다.

"내가 잘못 본 게 아니라면 찔리신 것 같군요."

실제로 루톨로의 아래팔에 찰과상이 있었지만 아주 가벼운 상처여서 지혈할 필요도 없었다. 하지만 루톨로는 숨을 거칠게 내쉬었다. 얼굴은 창백하다 못해 타박상을 입은 듯 거무죽죽했는데, 그건 분노를 억누르고 있다는 증거였다. 스페렐리는 미소를 지으며 바르바리시에게 조그맣게 말했다.

"이제 내 적수를 알게 됐어. 녀석의 오른쪽 가슴에 카네이션을 꽂아 주지. 이번 공격을 봐."

그가 무심코 검 끝을 땅에 댔기 때문에 대머리에 주걱턱인 의사가 다가와 소독약을 적신 스펀지로 검을 소독했다.

"빌어먹을!" 안드레아가 바르바리시에게 투덜거렸다. "저자가 불운을 가져온 것 같아. 칼날이 무뎌졌어."

지빠귀 한 마리가 나무들 속에서 울기 시작했다. 장미 울타리에서 장미 꽃잎들이 팔랑거리다가 바람에 날려 흩어졌다. 하늘에 드문드문 떠 있던 양털 같은 구름 몇 조각이 태양을 만나러 위로 올라갔다. 구름들은 목화송이처럼 몽글몽글 흩어지다가 서서히 사라졌다.

"준비!"

적과 비교해서 자신의 기량이 뒤떨어지는 것을 의식한 잔네토 루톨로는 위험을 무릅쓰고 필사적으로 간격을 좁혀 상대가 어떻게 움직이든 막을 각오를 했다. 그는 키가 작고 호리호리 마르고 민첩해서 상대가 공격의 표적으로 삼기 쉽지 않다는 장점을 가지고 있었다.

"시작!"

안드레아 스페렐리는 루톨로가 지금까지대로 속임수를 사용하면서 돌진해 오리라는 것을 이미 간파하고 있었다. 안드레아는 적절한 순간을 택하려 주의를 기울이며 화살을 발사하기 직전의 활처럼 몸을 구부렸다.

"정지!" 산타 마르게리타가 외쳤다.

루톨로의 가슴에서 피가 조금 흘렀다. 안드레아의 검이 오른쪽 가슴 아래를 찔러, 칼끝이 근육을 뚫고 갈비뼈까지 들어간 것이다. 의사들이 달려왔다. 하지만 루톨로는 그 당장, 분노로 떨리는 듯한 거친 목소리로 카스텔디에리에게 말했다.

"아무것도 아니야. 계속하고 싶어."

루톨로는 치료를 받으러 빌라 안으로 들어가는 것을 거절했다. 대머리 의사가 피가 살짝 밴 작은 구멍을 누른 뒤 소독을 하고 나서 간단히 거즈만 대고 말했다.

"계속할 수 있습니다."

남작은 카스텔디에리의 요청에 따라 망설이지 않고 세 번째 승부를 명령했다.

"준비!"

안드레아 스페렐리는 위험을 감지했다. 그의 앞에 있는 적은 완전히 몸을 구부린 채, 말하자면 마치 칼끝 뒤에 몸을 숨기듯 하고, 있는 힘을 다 쥐어짜 내려는 결의에 찬 모습이었다. 두 눈은 이상하게 번득였고 왼쪽 허벅지는 근육이 너무 긴장한 탓인지 덜덜 떨렸다. 안드레아는 과격하고 충동적인 공격에 대항해서, 이번에는 옆으로 몸을 피하며 카시빌레처럼 치명적인 일격을 가할 준비를 했다. 상대의 가슴에 붙은 흰색의 둥근 거즈가 표적으로 도움을 줄 것이다. 그는 아까 그 부분을 다시 공격하고 싶었지만 이번에는 갈비뼈가 아니라 갈비뼈 사이를 찌르고 싶었다. 주변에 한층 징적이 김도는 듯했다. 결두를 시켜보는 사람들 모두 두 사람이 상대에게 치명상을 안기려 한다는 것을 알았다. 그래서 모두가 불안했고 죽은 사람이나 거의 죽어 가는 중상자를 집으로 데려가게 되리라고 생각하지 않을 수 없었다. 양 떼 같은 구름 뒤에 숨은 태양에서 우윳빛에 가까운 햇살이 퍼져 나왔다. 이따금 나무들이 살랑거렸고 지빠귀는 여전히 모습을 보이지 않은 채 울고 있었다.

"시작!"

루톨로가 검을 두 번 돌리며 앞으로 돌진해 간격을 좁히더니 두 번째 공격을 시도했다. 스페렐리는 한 걸음 물러서며 공격을 피한 뒤 반격했다. 루톨로는 이제 소리도 내지 않고 사납게 날뛰며 연거 푸 아주 낮게 찌르기를 재빨리 시도했다. 스페렐리는 그런 격노한 공격에도 동요하지 않은 채 정면충돌을 피하고 싶어 힘껏 방어를 했고 자신의 공격 하나하나가 적을 꿰뚫을 수 있을 정도로 맹렬하 게 반격을 가했다. 루톨로의 허벅지에서, 그러니까 서혜부(鼠蹊部) 근처에서 피가 흘렀다.

"정지!" 그 사실을 알아차린 산타 마르게리타가 외쳤다. 그러나 스페렐리가 네 번째 낮은 자세로 방어를 하고 상대의 검에서 눈 을 뗀 바로 그 순간 공격을 당해 가슴 한복판을 찔리고 말았다. 그는 정신을 잃고 바르바리시의 품에 쓰러졌다.

"흉부, 우측 네 번째 늑간 부상입니다. 검이 흉강을 관통하며 폐 표면에 상처를 입혔습니다." 방에서 짧고 굵은 목을 가진 의사가 진찰한 후에 소견을 말했다.

제2권

1

회복기는 정화와 재생의 시기이다. 마치 고통스러운 불행을 겪고 난 뒤처럼 삶은 전에 없이 달콤하게 느껴진다. 죽음의 심연을 본 뒤처럼 인간의 마음은 전에 없이 선량해지고 믿음을 되찾는 경향이 있다. 인간은 치유되는 동안 사고(思考)나 욕망, 의지나 삶에 대한 의식이 삶이 아니라는 사실을 깨닫는다. 자신의 내면에 사고보다 주의 깊고, 욕망보다 지속적이고, 의지보다도 강력하고, 의식보다도 더 깊이 있는 무언가가 존재한다는 것을 알게 된다. 바로 자기 존재의 본질, 본성인 것이다. 실제의 삶이란 이를테면 스스로가 살아온 삶이 아니라는 것을 이해하게 된다. 그것은 의도하지 않은 자연 발생적인 무의식의, 본능적인 감각의 총체이다. 삶의 생장 과정에서 이루어지는 신비하고 조화로운 활동이다. 지각하기 어렵게 펼쳐지는 변용과 재생이다. 바로 그의 내부에 있던 삶이 회복기의 기적을 만들어 낸다. 상처는 봉합되고 손실은 메워지며 부서진 조직은 다시 이어지고 파열된 근육은 치료되며 장기는 원래의 상태로 돌아가고 혈관에 다시 풍부하게 피가 흐르며 눈에는 사랑의 붕대를 다시 감고 머리에는 꿈의 왕관을 다시 쓰며 마음속에서는 다시 희망이 피어오르고 환상의 키메라의 날개가 재차 펼쳐진다.

치명적인 부상을 입은 뒤, 길고도 느린 일종의 빈사 상태를 경험하고 나서 안드레아 스페렐리는 이제 다른 육체와 다른 마음을 가진 새로운 인간으로, 레테 강의 시원한 물에서 나와 모든 것을 잊은 텅 빈 존재로 점차 새롭게 태어나는 중이었다. 이런 경험으로 인해 그는 자신이 아주 기본적인 모양새만 갖추고 있는 듯했다. 과거는 그의 기억에서 그저 멀리 있는 하나의 기억일 뿐으로, 별이 총총한 하늘에서 별들 사이의 거리는 각기 다르지만 우리 눈에는 그저 동일한 영역에 흩어져 있는 별로만 보이는 것과 비슷했다. 혼란스러웠던 마음이 진정되었고 흙탕물은 가라앉았으며 영혼은 정화되었다. 그는 어머니인 자연의 배 속으로 다시 들어갔고 자연이 어머니처럼 쏟아부어 주는 선량함과 힘을 받은 기분이었다.

요양을 위해 사촌 누나의 빌라 스키파노이아*에 묵게 된 안드레아는 바다를 앞에 두고 자신의 존재와 다시 대면했다. 우리의 내면에 아직 호의적인 자연이 존속하기에, 자연이라는 크나큰 영혼의 품에 안긴 우리의 낡은 영혼은 그러한 접촉에서 힘차게 움직이기에, 회복기의 환자는 드넓고 고요한 바다의 숨결과 자신의 호흡을 일치시켰고, 건강한 수목들처럼 자신의 몸을 곧게 폈으며, 잔잔한 수평선처럼 자신의 생각을 차분하고 밝게 만들었다. 이렇게 침잠하며 보낸 한가한 시간 속에서 그의 정신은 서서히 확장되어 펼쳐지고, 마치 사람들의 발길에 밟혔다가 되살아나는 오솔길의 풀처럼 부드럽게 일어섰다. 마침내 그의 정신은 진실하고 순수하고 독창적이고 자유로워졌으며, 순수한 지식에 열려 있고 순수한 명상을 할 준비가 되어 있었다. 온갖 사물을 자신에게 끌어당겨, 그것들을 자기 존재의 양식으로, 삶의 형태로 감지했다. 마침내 베다의 우파니샤드에서 말한 진리, '*Hae omnes creaturae in totum ego sum, et praeter me aliud ens non est*'[1]가 자신의 몸속에 스며드는 기분이었다. 그가 한때 좋아해서 연구했던 인도의 성전들에서 발산되는 이상의 기운이 그의 정신을 고양시켜 주는 듯했다. 그리고 마하바키야(Mahavakya), 곧 위대한 말로 일컬어지는 산스크리트 문구 하나가 유난히 빛을 발하며 그의 마음에 되살아났다. 'TAT TWAM ASI', 그러니까 '살아 있는 것, 이게 바로 당신이다'라는 뜻의 문구였다.

8월의 마지막 날들이었다. 바다는 황홀할 정도로 고요했다. 바닷물은 어떤 모습이라도 완벽하게 비출 수 있을 만큼 투명했다. 수평선이 하늘로 사라져 바다와 하늘이라는 두 요소가 하나로, 미묘하고도 부자연스러운 요소로 생각되었다. 올리브와 오렌지, 소나무 그리고 이탈리아에서 자라는 가장 고상한 나무들이 빼곡히 자라는 언덕들은 드넓은 원형 극장 같은 모습으로 그런 정적을 품에 안고 있었는데, 이제 그것들은 각기 다른 만물이 아니라 같은 태양 아래 있는 일체(一體)의 것으로 변해 갔다.

안드레아는 나무 그늘에 눕기도 하고 나무 몸통에 등을 기대거나 돌에 걸터앉기도 하면서, 자기 몸 안에 시간의 강이 흐르는 게 느껴진다고 생각했다. 일종의 경직된 평온함 때문에 자신의 가슴 안에 세계 전체가 생동하는 게 느껴진다고 생각했다. 또 일종의 종교적 도취 상태 때문에, 자신이 무한을 소유했다고 생각했다. 그가 느끼는 것은 형언할 수 없는, 신비의 언어로도 표현할 수 없는 것이었다. '자연은 자신의 가장 성스럽고 비밀스러운 곳에, 우주의 삶의 근원에 나를 들여놓았디. 나는 그곳에서 자연이 움직

---

1 '나는 이 우주 만물 속에 존재하고 나 이외에는 아무것도 없다'라는 뜻의 우파니샤드에 나오는 구절을 라틴어로 번역한 것.

이는 이유를 발견했고, 막 태어난 새 생명들이 부르는 최초의 노래를 듣는다.' 눈에 보이는 것은 점차 깊이 있고 지속적인 광경으로 변해 갔다. 그의 머리 위 나뭇가지들은 하늘을 받치고 있는 것 같았고, 그 하늘의 푸름을 널리 퍼지게 만들고 불멸의 시인이 머리에 쓴 관처럼 눈부시게 빛나게 만드는 듯했다. 그는 바다와 대지와 함께 호흡하면서 신처럼 평온하게 대지를 바라보고 바다의 소리를 들었다.

그의 모든 허영심, 잔인함, 교활함, 거짓은 도대체 어디로 간 것일까? 사랑과 배신과 환멸들 그리고 쾌락 이후의 치유할 수 없던 혐오감은 다 어디로 가 버렸을까? 무쇠 칼로 자른 과일처럼 이상하게 시큼한 맛을 남겼던 그 불결하고 황급했던 사랑들은 어디로 간 걸까? 이제 그는 아무 기억도 나지 않았다. 그의 정신이 그 모든 것들을 떨쳐 버렸다. 삶의 새로운 원리가 그의 마음속으로 들어왔다. 누군가 은밀하게 그의 내면에 들어왔고 그는 아늑하고 평화로웠다. 이제 아무것도 바라지 않았으므로 휴식을 취할 수 있었다.

욕망은 자신의 왕국을 떠났다. 지성은 자신의 법칙에 따라 자유롭게 움직였으며, 순수한 인식의 주체로서 객관 세계를 반영했다. 사물은 진실한 모습으로, 진실한 색채와 진실하고 완전한 의미와 아름다움을 통해 정확하고 선명하게 눈앞에 나타났다. 지금까지 경험한 적이 없는 기쁨을 누리게 된 원인은 바로 일시적으로 욕망이 죽어 버린 그런 상태에, 일시적으로 기억이 사라진 상태, 완벽하게 객관적인 명상의 상태에서 찾을 수 있었다.

Die Sterne, die begehrt man nichi,
Man freut sich ihrer Pracht.

'인간은 별을 가지고 싶어 하지 않는다. 다만 그 빛을 좋아할 뿐.'* 실제로 안드레아는 조화로운 여름밤 하늘에 담긴 시적인 정취를 처음으로 알았다.

달이 뜨지 않은 8월 말경의 밤이었다. 대야처럼 우묵한 하늘에 생기 넘치는 수많은 별자리들이 눈부시게 깜빡깜빡 반짝였다. 큰곰자리와 작은곰자리, 백조자리, 헤라클레스자리, 목자자리, 카시오페이아자리가 선명하게, 어지러울 정도로 빠르게 깜빡여서 마치 그 별들이 지구에 접근하여 대기권으로 진입해 오는 것만 같았다. 은하수는 하늘의 강처럼 뻗어 나갔는데, 천국의 강들이 하나로 모인 듯도 하고, 그 '눈부신 소용돌이'* 속으로 무수한 작은 별들을 끌어들이며 투명한 강 위로, 빼곡한 꽃들 사이로 소리 없이 흐르는 드넓은 강 같기도 했다. 이따금 반짝이는 혜성들이 움직임 하나 없이 정지한 대기를 가로지르며, 다이아몬드 판에 떨어지는 물방울처럼 경쾌하게 소리 없이 떨어졌다. 느릿하고 장중한 바다의 호흡은 밤의 고요를 흐트러뜨리지 않고 그 고요를 더욱 드러낼 뿐이었다. 그리고 호흡이 멈추는 순간은 그 호흡 소리가 들릴 때보다도 감미로웠다.

하지만 이러한 환시, 추상적 사변, 직관, 순수한 명상의 시기와 일종의 불교적인, 거의 우주 발생론적인 신비주의가 지속된 기간은 매우 짧았다. 이런 드문 현상이 발생한 이유는 안드레아의 순응적인 성격과 객관적인 태도뿐만 아니라 아마도 이상한 긴장 상태와 뇌 신경 계통이 극도로 예민해진 데에서 찾을 수 있을지도 몰랐다. 그는 서서히 자의식을 회복하고 자신의 감정을 되찾아내고 본래의 육체적 존재로 돌아가는 중이었다. 어느 날, 세상 만물의 삶이 정지된 것 같은 한낮에 무시무시하고 두려운 정적이 찾아들며, 그는 자신의 마음속에서 갑자기 어지러운 심연과 사그라지지 않을 욕망, 지울 수 없는 기억, 산더미처럼 쌓인 고뇌와 회한, 과거의 비참함과 자신이 저지른 악덕의 자취, 정열의 찌꺼기들을 보았다.

그날 이후 차분하면서도 변함없는 우수가 그의 마음을 차지해 버렸다. 그는 사물의 그 어떤 모습에서도 자신의 마음 상태를 발견할 수 있었다. 주위에 존재하는 다른 모습으로 탈바꿈하거나, 다른 상황에서 의식을 변화시키거나 총체적인 삶 속에서 자신의 개별적 존재가 사라져 버리게 만드는 대신 그는 이제 정반대의 현상을 드러내어, 자신의 지성에서 나온 완전히 주관적인 개념으로 형성된 자연에 빠져들었다. 풍경은 그에게 하나의 상징이자 기호, 표시이고 내면의 미로를 안내하는 길잡이가 되었다. 그는 사물의 표면적인 삶과 자신의 욕망과 기억으로 완성된 내면적 삶 사이에서 은밀한 유사성을 찾아냈다. *"To me—High mountains are a feeling."*[2] 조지 바이런의 시에 등장하는 산처럼 그에게 바다는 하나의 감정이었다.

9월의 청명한 바다! 잠든 아이처럼 평온하고 순수한 바다가 진줏빛 천사 같은 하늘 아래 펼쳐져 있었다. 어떨 때 바다는 공작석처럼 섬세하고 고귀한 초록빛을 보였다. 그리고 그 위로 지나는 빨간 돛들은 길을 잃고 떠다니는 작은 불꽃들 같았다. 또 어떨 때는 완전히 새파란, 문장(紋章)을 볼 수 있을 만한 짙은 파란색에 라피스 라줄리처럼 금색 결이 그 파란 바탕을 가르기도 했다. 그 위에 떠 있는 돛들은 깃발의 행렬 같기도 하고 중세 교회의 방패들이 줄을 지어 나아가는 듯하기도 했다. 금속처럼 빛나기도 했는데, 초록빛이 감도는 잘 익은 레몬색이 뒤섞인 파리한 은빛으로, 뭐

---

2 "내게 높은 산들은 하나의 감정이다." 바이런의 「차일드 해럴드의 편력」의 한 구절.

라 형언할 수 없는 이상하고 미묘한 빛으로 반짝였다. 그 위에 조토의 제단화 배경에 등장하는 케루빔의 날개처럼 수많은 돛이 경건하게 떠 있었다.

회복기인 안드레아는 잊고 있던 어린 시절의 감각을, 소금기를 머금고 산들거리던 바닷바람이 미숙한 피에 실어다 주었던 그 신선함을, 빛과 그림자, 바다의 색깔과 냄새가 순진한 영혼에 남긴 이루 다 말할 수 없는 그 효과를 다시 느끼게 되었다. 바다는 그의 눈에 기쁨만 안겨 주는 존재가 아니라 그의 사고에 수분을 공급하는 영원히 지속되는 평화의 파도, 그의 육체가 건강을, 그의 정신이 고귀함을 되찾게 해 주는 젊음이 담긴 마법의 샘이었다. 그에게 바다는 고향이 갖는 신비한 매력을 가지고 있었다. 그는 허약한 아들이 전능한 아버지의 품에 안기듯이 아들 같은 믿음을 가지고 바다에 몸을 맡겼다. 그리고 그곳에서 위안을 얻었다. 자신의 괴로움과 희망과 꿈을 바다에 털어놓고 위안을 얻지 못한 사람이 한 명도 없기 때문이었다.

그가 보기에 바다는 갑작스러운 계시와 뜻밖의 깨달음, 예기치 못한 의미가 넘치는 깊이 있는 말을 늘 지니고 있었다. 바다는 그의 마음 가장 깊은 곳에 아직 살아 숨어 있는 궤양을 드러내 보이며 피가 나게 만들었다. 하지만 그 후에 발라 주는 향유는 너무나 부드러웠다. 그의 마음속에 잠자고 있는 키메라를 깨우고 자극해서 그 손톱과 부리를 다시 느끼게 했다. 그러나 그 뒤에는 키메라를 죽여 그의 마음속에서 영원히 묻어 버렸다. 기억 속에서 추억을 일깨우고 생생하게 되살아나게 만들어 그는 이미 놓쳐 버린 것들을 두 번 다시 찾을 수 없다는 애석함에 씁쓸해했다. 하지만 그 후 끝없는 망각이 주는 달콤함을 그에게 무한히 베풀어 주었다. 이 위대한 위안자 앞에서 그는 마음에 무엇 하나 숨겨 놓지 않았다. 강한 전류가 금속들을 밝게 빛나게 하고 그 환한 빛으로 그 금속의 본질을 보여 주듯이, 바다의 힘은 안드레아의 영혼에 담긴 힘과 잠재력을 드러내어 환히 빛나게 해 주었다.

어떨 때 안드레아는 그러한 힘을 지닌 바다의 지배를 지속적으로 받으며, 그 매력의 굴레 아래에서 일종의 곤혹스러움을 느끼고 거의 당황하기까지 했다. 자신이 허약해서 그와 같은 지배와 굴레를 벗어던질 수 없기라도 하듯이. 자신의 마음과 바다와 끊임없이 대화하다 보면 막연하게 굴욕감을 느낄 때도 있었는데 바다의 그 위대한 말이, 이해 불가능한 것을 이해하길 갈망하는 보잘것없는 지성에는 너무나 폭력적인 것 같았다. 바다가 쓸쓸해 보이면 그는 마치 불길한 일이라도 생긴 듯 동요하곤 했다.

어느 날 그는 어찌할 바를 몰라 하는 자신의 모습을 보았다. 핏빛의 불길한 안개가 수평선에서 타오르는 불처럼 피어오르며 어두운 수면에 핏빛과 황금빛을 뿌렸다. 안개에서 적자색 구름들이 떼를 지어 올라왔는데 그 모양이 끓어오르는 화산 위에서 뒤얽혀 싸우는 거대한 켄타우로스들과 비슷했다. 그런 비극적인 빛 속에서 삼각돛을 단 장례 행렬이 앞바다 부근에 검게 떠 있었다. 돛은 죽음의 깃발처럼 뭐라고 말할 수 없는 색으로 물들었다. 십자가와 음산한 형상들이 그려진 돛이었다. 역병으로 죽은 사람들의 시체를 굶주린 독수리들이 사는 저주받은 섬으로 나르는 선박의 돛 같았다. 고통과 슬픔이라는 인간적인 감정이 그 바다를 뒤덮었고, 죽음 같은 우울이 그 대기에 무겁게 깔려 있었다. 맞붙어 싸우는 괴물들의 상처에서 세차게 뿜어져 나온 피가 멈추기는커녕 점점 그 양이 많아져 강물을 이루면서 온 바다를, 해변까지 물들여 사방이 녹이 슨 듯한 자주색과 시커먼 녹색으로 물들었다. 이따금 구름들이 흩어져서 괴물들의 몸 형태가 일그러지거나 찢어지기도 하고 피투성이 조각들이 분화구 밑에 매달리거나 심연에 빨려 들어가 없어져 버렸다. 하지만 거인들은 그렇게 사라졌다가 잠시 후 되살아나서 다시 벌떡 일어나 한층 격렬하게 싸움을 시작했다. 구름들이 모여 아까보다 훨씬 더 큰 형상을 만들어 냈다. 다시 살육이 계속되어 유혈이 낭자했고 결국 격투를 벌이던 거인들은 피를 너무 흘려 기운을 잃고, 어스름한 황혼 속에 반쯤 꺼져 버린 화산 위로 스러져 갔다.

동화의 하늘에서 여러 세대가 이어지며 기나긴 시간 동안 펼쳐진 원시 거인족들이 에피소드, 그들이 만들어 내는 영웅적인 광경 같았다. 안드레아는 숨을 죽인 채 그 추이를 눈으로 좇았다. 평화롭게 저물어 가는 여름 저녁에 차분히 내려오는 어둠을 늘 보아 왔던 안드레아는 보기 드물게 대조되는 지금의 그 광경 때문에 동요하고 흥분했으며 이상하게 지나칠 정도로 혼란스러웠다. 처음에는 혼란스럽고 요란한, 무의식적 떨림으로 가득 찬 고뇌 같은 감정이었다. 거친 일몰에 매혹되어 그는 자신의 내면을 보지 못하고 있었다. 하지만 황혼의 어스름이 비 오듯 쏟아져 전투를 중단시키고 바다가 거대한 납빛의 늪처럼 보이자 그는 어둠 속에서 자신의 영혼이 외치는 소리를, 다른 몇몇 영혼의 외침을 들은 것 같은 기분이었다.

그 소리는 어둠 속에 난파되어 절망에 빠진 사람처럼 그의 내면에 있었다. 갖가지 목소리가 빨리 구해 달라 부탁했고, 도와 달라 애원했으며, 죽음을 저주했다. 귀에 익은 목소리, 예전에 들었던 목소리였다(인간의 목소리일까 아니면 귀신의 목소리일까?). 지금은 그 목소리들을 구별할 수가 없었다! 그 목소리들은 그를 부르고 애원하고, 죽어 가는 것을 느끼며 부질없이 죽음을 저주했다. 그러다 거센 파도가 그 목소리들을 삼켜 버렸다. 목소리에 힘이 없어졌고 아득히 멀어졌으며 간헐적으로 들려 어떤 목소리인지 구분이 되지 않았다. 신음 소리로 바뀌더니 사라져서는 더 이상 들리지 않았다.

그는 혼자 남았다. 그의 젊음과 내면의 삶, 그리고 그가 품었던 이상들 중 무엇 하나 남아 있지 않았다. 모든 희망이 사라졌다. 목소리들도 전혀 들리지 않았다. 닻은 부러져 버렸다. 무엇을 위해 살아가야 할까?

느닷없이 엘레나의 모습이 기억 속에서 되살아났다. 다른 여인들의 모습이 그 위에 겹쳐지고 서로 뒤섞여 엘레나의 모습을 완전히 지우더니 그 여인들의 모습 역시 사라져 버렸다. 그는 어떤 여인의 모습도 붙잡아 둘 수가 없었다. 여인들은 하나같이 사라질 때 적의가 담긴 미소를 짓는 듯했다. 그리고 저마다 뭔지 모를 그의 일부분을 가지고 사라지는 듯했다. 하지만 무엇을? 그는 알 수가 없었다. 말로 표현할 수 없는 상실감이 무겁게 그를 눌렀다. 이제 늙어 버린 것 같아 온몸이 얼어붙었다. 눈에 눈물이 고였다. '너무 늦었다!' 이런 비통한 경고가 그의 마음속에서 메아리쳤다.

최근에 느꼈던 감미로운 평화와 우수는 벌써 까마득한 옛일 같았고 이미 사라져 버린 환영 같았다. 그의 마음속에 들어왔던 전혀 다르고 낯선 새로운 영혼이 그러한 평화와 우수를 즐기고 사라져 버렸다는 생각이 들었다. 이제 그의 늙은 영혼은 다시 젊어질 수도, 다시 일어설 수도 없을 것 같았다. 그가 자신의 내면적인 존재의 존엄에 주저 없이 난도질한 상처에서 피가 뚝뚝 떨어졌다. 아무 반감도 없이 스스로 양심을 저버리고 만들어 냈던 퇴폐와 타락이 더러운 얼룩처럼 밖으로 나와 문둥병처럼 번져 나갔다. 수치심도 없이 스스로 모독했던 자신의 이상들로 인해 그는 날카롭고 절망적이며 끔찍한 가책을 느꼈다. 마치 단꿈을 꾸며 자다가 아버지인 그에게 순결을 빼앗긴 딸들의 영혼이 그의 마음속에서 울고 있기라도 한 듯한 가책이었다.

그는 그 딸들과 함께 울었다. 그의 눈물은 진통제가 되어 마음으로 흘러내리는 게 아니라, 마음을 뒤덮은 미끈거리는 물질 혹은 차가운 물질에 부딪힌 것처럼 튀어 오르고 말았다. 모호함, 위장, 허위, 위선 그리고 감정의 삶에 담긴 모든 형태의 거짓과 기만이 그의 마음속에 진득진득한 끈끈이처럼 들러붙어 있었다.

그는 지나치게 많은 거짓말을 하고 속임수를 쓰고 비열했다. 자신과 자신이 저지른 부도덕한 행동에 대한 혐오감이 그를 덮쳤다. "수치스러워! 수치스러워!" 파렴치하고 추악했던 행동은 지워지지 않을 것만 같았다. 상처는 치유될 수 없을 듯했다. 끝도 없이 지속되는 고통처럼 영원히, 영원히 그에게 구토만 안겨 줄 게 틀림없을 듯했다. "수치스러워!" 그는 창턱에 몸을 숙이고 비참함의 무게에 눌려, 구원받을 수 없는 남자처럼 지칠 대로 지쳐 눈물을 흘렸다. 어둠이 깔리기 시작한 저녁에 그의 가여운 머리 위에서 하나하나 반짝이는 별들도 눈에 들어오지 않았다.

다음 날 아침, 그는 가볍게 눈을 떴는데 그렇게 상쾌하고 맑은 기분으로 눈을 뜬 건 오래전 의기양양한 봄날이었던 사춘기 시절뿐이었다. 아침은 경이로웠다. 아침 공기를 마시는 건 끝없는 행복이었다. 삼라만상이 행복의 빛에 싸여 살아 있었다. 언덕들은 투명한 은빛 베일에 감싸인 듯했다. 바다엔 우윳빛 해안이 펼쳐져 있고 수정 같은 강물과 에메랄드 같은 시냇물이 흐르고, 물의 미로처럼 복잡하게 뒤얽힌 무수한 잔물결들이 수를 놓은 듯했다. 조화롭게 어우러진 바다와 하늘과 대지는 결혼의 기쁨과 송교적인 은총의 느낌을 발산했다.

그는 다소 망연한 상태로 심호흡을 하며 주위를 바라보고 소리를 들었다. 잠자는 동안 흥분이 가라앉았다. 한밤에 그는 눈을 감고, 친근하고 믿음직한 목소리 같은 파도 소리에 몸을 맡겼다. 그 소리를 들으며 잠든 사람은 정신을 치유해 주는 평화가 가득 찬 휴식을 취하게 된다. 어머니의 목소리도 고통스러워하는 자식을 이렇듯 순수하고 자애로운 잠으로 이끌어 주지는 못한다.

안드레아는 불멸하는 파도 소리가 자신의 내면에 들어오게 하며 소리 없이, 정신을 집중하고, 감동한 채 응시하고 귀를 기울였다. 요제프 하이든의 「미사곡」이나 볼프강 모차르트의 「테 데움」과 같은 거장의 종교 음악도, 지금 멀리 떨어진 교회에서 삼위일체의 하늘로 승천하는 하루에 인사를 보내는 소박한 종소리들만큼의 감동을 주지 못했다. 막연하지만 원대한 꿈과 같은 무언가가, 눈부시게 빛나는 행복이라는 신비한 보물 위에서 나부끼는 베일 같은 무엇인가가 그의 마음에서 솟아났다. 그때까지 그는 자신이 바라는 게 뭔지를 잘 알고 있었고, 자신이 바라는 것을 거의 한 번도 놓치지 않는 기쁨을 누렸다. 그런데 지금은 자신이 뭘 바라는지 말할 수가 없었다. 뭘 원하는지 알지 못했다. 하지만 그가 바라는 것은 한없이 감미로울 게 분명했다. 그걸 바라는 것만으로도 감미로운 기분에 잠겨 있을 수 있으니까.

거의 잊고 있던, 예전에 썼던 「키프로스의 왕」에서 키메라가 말한 시행이 다시 떠오르며 유혹하듯이 그의 귀에 울려 퍼졌다.

그대 싸우고 싶은가?
죽이고 싶은가? 피의 강을 보고 싶은가?
산처럼 쌓인 황금을? 포로로 잡힌 여자들을?
여자 노예들을? 다른, 또 다른 전리품들을?
그대 대리석에 생명을 주고 싶은가? 신전을 세우고 싶은가?

불멸의 찬가를 짓고 싶은가?

(내 말 들어라, 젊은이여. 내 말 들어라.)

지고한 사랑을 하고 싶은가?

키메라는 그의 마음 깊은 곳에서, 조금씩 간격을 두고 은밀한 목소리로 되풀이해서 말했다.

내 말 들어라, 젊은이여. 내 말 들어라.

지고한 사랑을 하고 싶은가?

그는 희미하게 미소 지었다. 그리고 생각했다. '사랑한다고 해도 누굴? 예술을? 여자를? 어떤 여자를?' 엘레나는 머나먼 곳에 있는 듯했고 그가 놓쳐 버려 이미 죽은 사람이나 마찬가지였고 그의 여자가 아니었다. 다른 여자들 역시 엘레나보다 더 멀리 있는 데다 영영 죽어 버리고 만 것 같았다. 그러므로 그는 자유로웠다. 대체 무엇 때문에 부질없이, 위험하게 다시 다른 여자를 찾는단 말인가? 이상은 모든 불완전한 소유에 독이 된다. 그리고 사랑에서의 소유는 모두 불완전하고 기만적이며, 쾌락에는 그 어떤 것이든 슬픔이 섞여 있고 즐거움 역시 모두 반쪽일 뿐이며, 기쁨 속에는 늘 고통의 씨앗이 담겨 있고, 포기에는 항상 의심의 씨앗이 자리 잡고 있다. 의심은 피네우스의 음식을 모두 먹을 수 없게 만든 하르피이아*와 같이, 모든 기쁨을 파괴하고 오염시키고 부패하게 만든다. 그런데도 그는 왜 또 선악과나무에 손을 뻗으려 하는 걸까?

The tree of knowledge has been pluck'd, -all's known.

"선악과나무에는 열매 하나 달려 있지 않았다. 나무는 모두에게 알려졌다." 조지 바이런은 『돈 후안』에서 이렇게 노래한다. 사실 앞으로 그의 건강은 'εὐλάβεα'*에, 다시 말해 신중함, 세련됨, 조심성, 현명함에 달려 있었다. 이러한 생각은 현대 시인*의 소네트에 잘 표현된 듯했는데, 그 시인의 세련된 문학 취향과 미적 교양이 자신과 유사해서 그가 특히 좋아하는 시인이었다.

난 이미 궁노(弓弩)를 당기는 데 싫증이 나서
가지가 휠 만큼 과일이 달린 커다란 나무 그늘에
누워 있는 사람처럼 되겠지.
머리 위에는 잘 익은 과일들이 매달려 있고.

남자는 가지를 흔들지도, 손을 가지에
뻗지도, 과일이 떨어지기를 기다리지도 않는다.
그저 누운 채 가지가 떨어뜨린 과일을
무심히 주워 든다.

남자는 제일 깊은 곳에 있는 씨를 찾아,
달콤한 과육을 베어 먹지는 않는다.
쓴맛이 두려워서. 그 냄새를 맡을 뿐이다.

탐욕스럽지 않게, 슬퍼하지도 기뻐하지도
않으며 그저 순수하게 즐거워하며 그 즙을 마신다.
그 남자의 짧은 동화는 벌써 완성되었다.

그러나 'εὐλάβεα'가 삶에서 고통을 일부 제거하는 데 유용하다면 숭고한 이상 역시 제거할 수 있었다. 따라서 건강은 신중하고 세련되고 실제적인 쾌락주의와 예술에 대한 깊이 있고 정열적인 믿음 사이에서 일종의 괴테적인 균형을 이룰 때 되찾을 수 있었다.

"예술! 예술!" 신의 있고 결코 늙지 않으며 불멸하는 연인이 바로 여기 있다. 수많은 사람에게는 금지되고 선택된 사람에게만 허락된 순수한 기쁨의 원천이 바로 여기 있다. 인간을 신처럼 만들어 주는 고귀한 양식이 여기 있다. 그 술잔에 입을 대 보았는데 어찌 다른 술잔들의 술을 마실 수 있단 말인가? 최고의 기쁨을 맛보고 나서 어찌 다른 기쁨들을 찾을 수 있단 말인가? 내면에서 잊히지 않을 정도로 요동하는 창조의 힘을 느끼고서도 어떻게 그의 정신은 요동치는 다른 것들을 받아들일 수 있었을까? 손가락 끝에서 분출되는 본질적인 형상들을 느끼면서도 그의 손은 어찌 여자들의 몸 위에서 게으르게, 음란하게 움직였을까? 그리고 마지막으로, 외형에 가려 보이지 않는 선(線)들을 포착할 수 있고, 지각할 수 없는 것을 지각할 수 있으며, 자연이 숨겨 놓은 의도를 꿰뚫어 보는 감수성의 빛이 그를 환히 비춰 줬는데도 왜 자신의 감각을 저열한 색욕으로 마비시키고 타락하게 만든 걸까?

갑자기 그는 열광했다. 그 종교적인 아침에 그는 괴테의 시*에서처럼 다시 제단 앞에 무릎을 꿇고 기도를 드리며 신성한 호메로스를 읽고 싶었다.

'그런데 만일 내 지성이 쇠퇴하고 있다면? 내 손에서 민첩함이 사라지고 있다면? 내가 아무 가치도 없다면?' 이러한 의심에다 당혹감이 거세게 그를 공격해서 그는 어린아이처럼 불안해하며 자신의 두려움이 근거가 없다는 점을 그 당장에 확인해 술 증거가 어떤 게 있을지 찾아보기 시작했다. 그는 금방이라도 시험해 보고 싶었다. 운율을 맞추기 어려운 시를 짓는다든지, 무언가를 그려

본다든지, 동판을 새긴다든지, 표현 형식의 문제를 해결해 본다든지 말이다. 그래서? 그다음에는? 그런 실험이 실패로 끝나지 않을까? 재능은 느릿느릿 사라져서 알아차리지 못할 수도 있다. 이게 바로 끔찍한 일이다. 능력을 조금씩 잃어 가는 예술가는 자신이 서서히 쇠퇴해 간다는 걸 알아차리지 못한다. 창조하고 재창조하는 힘과 함께 비판적인 판단력과 기준도 잃어버리기 때문이다. 그는 이제 자기 작품의 결함을 식별하지 못한다. 자신의 작품이 좋지 않은지 그저 그런지도 모른다. 그는 자신의 그림이, 자신의 조각이, 자신의 시가 예술 규범을 따르고 있는 것으로 착각하고 그렇게 믿는데 실상은 규범을 모두 벗어나 있다. 미친 사람이 자신이 이상하다는 걸 모르듯, 지성에 타격을 입은 예술가는 자신의 어리석음을 알아차리지 못한다. 그렇다면 어떻게 하지?

안드레아는 일종의 공황 상태에 빠져들었다. 그는 두 손바닥으로 관자놀이 부근을 눌렀다. 그리고 갑자기 부딪힌 그 무서운 생각에, 공포스러운 위협에 파멸하기라도 한 듯 잠시 그대로 있었다. "죽는 게, 죽는 게 더 나아!" 재능의 고귀한 가치를 그 순간만큼 크게 느낀 적은 없었다. 그 순간처럼 번득임이 신성하게 생각된 적은 없었다. 그 재능이 다 사라져 버린 게 아닐지, 그 번득임이 자취를 감춘 건 아닐지 의심하는 것만으로도 그의 존재 전체가 이상할 정도로 격렬하게 떨렸다. "죽는 게 나아!"

그는 고개를 들었다. 머리를 세차게 흔들어 모든 무력감을 떨쳐 버렸다. 정원에 나가서 뚜렷한 생각 없이 나무 아래를 천천히 걸었다. 가벼운 바람이 가지 끝을 스쳐 지나갔다. 이따금 나뭇잎들 사이로 다람쥐 떼가 지나가기라도 하듯 나뭇잎들이 바스락거리는 소리가 크게 들렸다. 나뭇가지들 사이사이로 보이는 조각난 하늘들이 꼭 초록 눈꺼풀 밑의 푸른 눈동자 같았다. 그가 좋아하는 곳, 네 개의 명상에 빠진 것처럼 네 개의 얼굴을 가진 헤르메스 두상이 서 있는 아주 조그맣고 신성한 숲에서 걸음을 멈췄다. 그리고 풀밭에 앉아 헤르메스 상의 대좌에 어깨를 기대고 바다를 바라보았다. 그의 앞쪽으로는 팬파이프처럼 곧고, 아래로 갈수록 키가 작아지는 나무들이 그 너머 바다와의 경계를 만들어 냈다. 주위의 아칸서스들은 칼리마코스의 코린트식 기둥*에 조화롭게 새겨진 모양처럼 더할 나위 없이 우아하게 바구니를 뒤덮은 듯한 잎들을 펼쳤다.

그는 『에르마프로디테 이야기』 속 님프의, 사르마체*의 시구를 떠올렸다.

고귀한 아칸서스여, 오, 그대들 숲 속의
평화를 상징하는구려. 순수한 모습을 지닌
숭고한 왕관이여.
오, 그대들 우아한 바구니들이여.
침묵이 그 가벼운 손으로 은빛 꿈 같은 꽃을 꽂는구나.
진초록의 부드러운 그대들 잎에서 어떤 힘이
아름다운 젊은이에게 쏟아지는 걸까?
젊은이는 옷을 벗은 채, 팔베개를 하고 잠들어 있다.

그 밖의 다른 시구도 연달아 맥락도 없이 떠올랐다. 그의 영혼은 운율과, 리드미컬한 음절이 얽혀 펼쳐지는 음악으로 가득 찼다. 그는 그것을 즐겼다. 느닷없이 그 자리에서 시적인 흥분을 느끼자 그는 말할 수 없이 행복했다. 그는 그런 소리를 마음속으로 들으면서 그 풍부한 이미지와 정확한 형용사, 명쾌한 은유, 신중하게 만들어 낸 조화, 모음 접속과 분음(分音)의 우아한 조합, 양식과 운율을 다양하게 변화시킨 절묘하고 세련된 모든 것, 그리고 감탄해 마지않을 14세기 시인들, 특히 페트라르카에게서 습득한 11음절의 신비한 기법들을 즐겼다. 시의 마력이 다시 그의 정신을 휘어잡았다. 특히 "시는 모든 것이다"*라는 현대 시인의 짧은 시구 하나가 떠올라 그는 미소를 지었다.

시는 모든 것이다. 자연을 모방할 때 시만큼 생동감 넘치고 경쾌하고 날카롭고 변화가 풍부하며 다양하고 유연한 데다 순종적이고 민감하며 충실한 도구는 없었다. 대리석보다 단단하고 밀랍보다 더 유연하며 액체보다 더 투명하고 꽃보다 더 향기롭고 검보다 더 날카로우며 새싹보다 더 유순하고 속삭임보다 부드럽고 천둥보다 더 무시무시한 시는 모든 것이고 모든 게 될 수 있다. 시는 감정의 사소한 움직임을, 감각의 미세한 움직임을 그릴 수 있다. 정의할 수 없는 것을 정의할 수 있고 형언할 수 없는 것을 말할 수 있다. 무한을 품을 수 있고 심연을 관통할 수도 있다. 시는 영원의 차원을 가질 수 있다. 초인적인 것과 초자연적인 것, 그리고 기적적일 정도로 경이로운 것도 표현할 수 있다. 포도주처럼 취하게 만들 수도 있고 무아의 상태에 놓인 것처럼 사람의 넋을 빼놓을 수도 있다. 인간의 지성과 정신과 육체를 동시에 소유할 수 있으며 마침내 '절대성'에 도달할 수 있다. 완벽한 시는 절대적이고 불변하며 불멸하다. 그 속에 다이아몬드같이 단단하게 응축된 언어들을 가지고 있다. 그 어떤 힘으로도 파괴할 수 없는 정밀한 고리처럼 사상을 내포하고 있다. 어떠한 구속도 지배도 받지 않는다. 시는 공간과 빛 그리고 초월적이고 영원한 모든 것들이 그러하듯, 그것을 지은 사람이 아닌 모두의 것이기도 하고 그 누구의 소유가 아니기도 하다. 완전한 시 속에서 정확히 표현된 사고는, 말이라는 어둡고 깊은 곳에서 이미 '형성되어' 있던 사고이다. 시인에 의해 그 깊은 곳에서 추출되어 사람들의 의식 안에 계속해서 존재하게 되었다. 따라서 뛰어난 시인이란 이전부터 이상적으로 형성된 다수의 것을 발견하여 추출하고 발전시키는 사람이다. 시인이 그러한 영원의 시구 하나를 당장에라도 찾을 수 있게 되면 그는 자신의 존재에 가득 차 흘러넘치는 숭고한 환희의 격류를 통해 그것을 깨닫게 된다.

그보다 더 크나큰 기쁨이 어디 있을까? 안드레아는 그의 정신이 예술 작품을 준비할 때, 특히 시를 지으려 할 때면 그의 내부에서 떠오를 영감을 미리 알려 주는 그 특별한 떨림을 좀 더 길게 느끼고 싶어 살며시 눈을 감았다. 그러고 나서 전에 없는 기쁨을 느끼며 조그만 수첩의 하얀 페이지에 가는 연필로 적절한 시구를 찾기 시작했다. 로렌초 일 마니피코가 쓴 칸초네의 처음 부분이 떠올랐다.

    가슴속에서 나의 생각들이
    가볍게 순식간에 떠나는구나…….*

거의 언제나 그렇듯 시를 지으려고 하자 다른 시인에게서 부여받은 음악적 운율이 필요했다. 그리고 대부분의 경우 토스카나의 옛 시인들의 운율을 사용하곤 했다. 라포 잔니와 카발칸티, 치노와 페트라르카와 로렌초 데 메디치 등의 시구, 운율이 있는 여러 구절들에 대한 기억, 연결된 두 개의 형용사, 아름답고 울림 좋은 언어들의 조화, 셀 수 없이 많은 어떤 문장들에서 충분히 영감을 받고도 남았으니, 조화로운 첫 시설의 토대로 이용될 수 있는 기본음, 이를테면 '라'와 같은 음을 선물로 받았다. 이것은 주제가 아니라 시작하는 데 적용되는 일종의 수사학적 법칙이었다. 실제로 로렌초의 7음절 시 첫 행으로 인해 각운을 사용하게 되었다. 그리고 자신의 시를 들어줄 가상의 청자에게 보여 주고 싶은 모든 것을 헤르메스 상에서 뚜렷하게 보았다. 그리고 그 모습을 보면서 그 자리에서 포도주를 잔에 따르듯 그가 어떤 운율에 시를 쏟아 부어야 할지가 즉시 머리에 떠올랐다. 그런 시적 감정이 이중적이기에, 아니 좀 더 정확히 말하자면 대조로부터, 그러니까 자신의 비참한 과거와 다시 살아난 현재의 대조에서 탄생했기에, 그리고 그런 서정적 움직임 속에서 마음이 고양되어 갔기 때문에 그는 소네트를 선택했다. 소네트는 전반부는 4행짜리 두 개 연으로, 후반부는 3행짜리 두 개의 연으로 이루어진 형식이었다. 그러므로 사유와 감정은 처음 8행에서 확대되다가 나중의 6행에서 수렴되고 강화되고 고양될 것이다. 소네트 형식은 경이로울 정도로 아름답고 훌륭하지만 부족한 부분들도 있다. 상체는 너무 길고 다리는 너무 짧은 사람과 비슷하기 때문이다. 사실 두 개의 3행은 '실제로' 행수에서 4행보다 짧을 뿐만 아니라, 느리고 장중한 4행과 비교해 빠르고 유연하게 진행되기 때문에 4행보다 훨씬 짧아 보였다. 결함을 눈에 띄지 않게 만드는 사람이 뛰어난 시인이다. 그러니까 뛰어난 시인은 두 개의 3행에 가장 정확하고 가시적인 이미지와 가장 강렬하고 울림이 있는 말들을 모아 둠으로써 그 3행들이 부각되고 앞의 4행들과 조화를 이루되 본질적인 가벼움과 신속함을 잃지 않게 만든다. 르네상스 시기의 화가들은 단순히 나풀거리는 리본이나 옷자락 혹은 주름 하나와 인물 전체가 균형을 이루게 할 줄 알았다.

안드레아는 시를 쓰면서 호기심을 가지고 스스로를 검토했다. 그는 오랫동안 시를 쓴 적이 없었다. 나태하게 보낸 그 기간 동안 그의 기교적인 능력이 손상되지는 않았을까? 운율이 그의 머리에서 조금씩 나와 새로운 맛을 지니는 듯 보였다. 조화를 찾으려 하지 않았는데도 자연스레 그렇게 되었다. 그의 사고는 이미 운율에 맞게 탄생했다. 그러다가 갑자기 장애물에 부딪혀 흐름이 끊어졌다. 한 행이 그에게 반항했다. 나머지 행들도 모두 연결되지 않은 모자이크처럼 흩어져 버렸다. 음절들은 운율의 제약과 싸웠다. 그가 좋아하는 음악적이고 눈부신 단어는 온갖 노력을 기울였으나 엄격한 리듬 때문에 제외시켜야만 했다. 하나의 운율에서 전혀 생각지 못한 새로운 아이디어가 떠올라 그를 유혹하고 원래의 생각에서 벗어나게 만들었다. 적절하고 딱 맞는 형용사는 그 음이 너무 약했다. 애써 찾은 수준 높은 단어는 다른 단어들과 전혀 조화를 이루지 않았다. 그래서 그 시절(詩節)은 주형을 채우는 데 용해한 금속의 양이 얼마나 필요한지 측정할 줄 모르는 미숙한 주물공 때문에 잘못 만들어진 메달과 같아지고 말았다. 그는 인내심을 가지고 열심히 도가니에 금속을 넣었다. 그리고 처음부터 다시 작업을 시작했다. 마침내 정확하고 완전한 시절이 탄생했다. 군데군데 몇몇 시행이 적당히 거칠었다. 전체적으로 보면 운율이 파동처럼 뚜렷한 조화를 이루었다. 반복되는 운율이 선명한 음악이 되어 조화로운 소리로 조화로운 사고를 정신에 다시 불러왔고 물리적인 유대가 도덕적인 유대를 강화시켰다. 소네트 전체가 독립적인 유기체처럼 통일된 형식 속에서 살아 숨 쉬었다. 하나의 소네트를 완성하고 다른 소네트를 짓기 위해 그는 하나의 음조를 유지했다. 음악에서 제7화음으로 조바꿈을 할 때처럼 말이다. 제7화음에서는 새로운 조의 딸림화음을 만들 기본음을 유지한다.

그는 그렇게 때로는 빠르게 때로는 느린 속노도, 지금까지 경험하지 못한 기쁨을 맛보며 시를 썼다. 사실 조용한 장소는 서정시에 몰두하는 고독한 목신(牧神) 판(Pan)에 대한 환상에서 탄생한 듯했다. 해가 점점 높이 떠오르는 동안 바다는, 벽옥 기둥들이 늘어선 주랑의 기둥들 사이로 모습을 드러내 보이듯, 나무 몸통들 사이에서 일렁였다. 코린트풍의 아칸서스들은 줄줄이 늘어선 나무 기둥에서 떨어진 작은 왕관들을 모아 놓은 듯했다. 그늘진 호숫가 동굴처럼 어둑하고 푸르스름한 공중으로 태양이 이따금 금빛 화살과 고리와 원반을 던져 주었다. 물론 알마 타데마는 거기서 헤르메스 대리석 상 밑에 앉아 일곱 개의 현이 달린 리라를 들고, 빨간 머리에 하얀 얼굴 그리고 아름다운 시로부터 시의 조화로움을 열심히 받아들이는 젊은 아가씨들의 합창 속에서 시를 짓는 보라색 머리의 사포를 상상할 것이다.

그는 소네트 네 개를 완성한 뒤 한숨을 쉬고 소리 없이, 마음속으로 강세를 두며 시를 낭송했다. 마지막 소네트의 다섯 번째 절은 강조점이 없어서, 그러니까 여덟 번째 음절에서 무게가 주어지지 않아서 리듬이 깨진 듯했는데 그가 보기에는 시적인 효과가 있는 듯해서 그대로 두었다. 그래서 네 개의 면을 바라보는 헤르메스 상에 관한 네 개의 소네트를 썼다. 그러니까 이런 식으로 각 면에 하나의 소네트를 쓴 셈이었다.

1

사면을 바라보는 헤르메스 상이여, 당신의 네 개 얼굴은
내 놀라운 소식을 알까?
정신은 내 마음 깊은 곳에서 노래하며
경쾌하게 순식간에 떠나는구나.

나의 용감한 마음은 타락의 뿌리들을
남김없이 잘라 버리고, 나머지 불순한 것들도

깨끗이 내몰았다네. 불길한 불꽃을
모두 꺼 버리고 포위 공격에 맞서 다리를 무너뜨렸지.

정신은, 노래를 부르며 날아오른다네. 찬가가
또렷하게 들려오는구나. 지울 수 없는 힘찬 웃음이
큰 위기에 빠진 나를 사로잡는다.

창백하지만 왕처럼, 나는 마음속에서
웃고 있는 영혼의 소리를 즐겨 들으련다.
그리고 이미 패배한 악을 지그시 응시하리라.

     2
영혼이 멀리 떠난 사랑을 보며 미소 짓는 사이,
난 이미 패배한 악을 지그시 응시한다.
활화산같이 타오르는 숲처럼
불타오르는 미로로 나를 밀어붙였던 그 악을.

이제 영혼은 히아신스색 옷을 입고,
큰 원을 이룬 인간의 고뇌 속으로 들어간다.
아름다운 이교(異敎)의 괴물들이 울부짖는
거짓 미로를 뒤로하고.

이제 스핑크스는 금색의 발톱으로 영혼을 붙잡지 않으리,
고르곤은 영혼을 놀로 만들지 않으리,
영혼을 홀리는 세이렌의 목소리도 오랫동안 들리지 않으리라.

높디높은 저 원 꼭대기에서 새하얀
옷을 입은 여인이, 성체를 하사하는 몸짓으로
깨끗한 손가락으로 성체를 들고 있다.

3

그녀는 온갖 유혹과 분노와
악의에서 멀어져 평온하고 강하다.
죽을 때까지 불행으로 인해 괴로워하지 않고,
불행에 대해 알 수 있는 사람처럼.

오, 향기로운 바람을 일으키는 이여,
문이란 문은 모두 다 손에 넣은 이여,
저는 당신의 발밑에 제 운명을 바치렵니다.
마돈나여, 이 소원 부디 이뤄지게 하소서!

깨끗한 당신의 손에서 성체가
태양처럼 눈부시게 빛납니다.
그러니 저는 당신이 동의하는
손짓을 볼 수 없는 겁니까?

그러자 그녀가 엎드린 사람에게 자비롭게
성체를 주며 말했다.
"당신에게 행복이 주어졌어요. 아니, 지금 여기 있어요."

4
"나는 미(美)의 한가운데서 태어난

초자연적인 장미랍니다." 그녀가 말했다.
"나는 최고의 황홀을 불어넣어 주지요.
나는 영혼을 고양시키고 쉬게 해 주지요.

괴로워하는 영혼이여, 눈물로 밭을 갈아요.
기쁨의 노래를 부르며 수확하기 위해.
기나긴 고통을 겪은 뒤 나의 부드러움은
다른 부드러움을 모두 능가하겠지요."

"그러겠습니다, 마돈나여. 내 마음에서
피가 솟구쳐 나와 강을 이루고 강물은 세상으로 흘러가고
불멸의 고통이 아마도 그 강물을 새롭게 만들 겁니다.

그 소용돌이가 제 자신을 휩쓸고
저를 뒤덮어 버릴 겁니다. 그러나 저는 그 깊은 곳에서
패하지 않는 영혼에 당신이 쏟아붓는 빛을 볼 겁니다."(1886년
9월 11일)

2

빌라 스키파노이아는 언덕 위에 서 있었는데, 해안을 따라 마치 원형 극장처럼 바다를 품은 언덕이 내륙 쪽으로 구부러져서 평야를 향해 비스듬히 기울어진 바로 그 지점이었다. 그 별장은 18세기 후반 추기경 알폰소 카라파 아텔레타가 지었지만 건축 양식은 단순하고 깔끔했다. 사각형의 2층 건물로 주랑 현관이 방들과 번갈아 가며 자리 잡고 있었다. 주랑 현관들이 그 건물에 경쾌함과 우아함을 선물했는데, 그 이오니아식 기둥들은 비뇰라*가 설계하고 조화롭게 건축한 듯 보였기 때문이다. 바다에서 불어오는 바람에 열려 있는 진정한 여름 별장이었다. 경사진 정원을 마주 보는 주랑 현관은 두 갈래의 아름다운 계단 위에 자리 잡고 있었는데 계단은 넓은 테라스처럼 돌기둥이 빙 둘러져 있고 두 개의 아름다운 분수로 장식된 평편한 층계참으로 이어졌다. 그 테라스 같은 층계참에서 다른 계단들이 경사면을 따라 아래로 뻗어 나갔는데 중간중간 다른 층계참들이 자리 잡았고 계단은 거의 바다까지 이어졌다. 그리고 계단 아래쪽에서 올려다보면 계단은 눈부신 초록과 무성한 덩굴장미들 사이로 일곱 차례 구불구불 휘어지며 위로 올라가는 듯했다. 스키파노이아의 장관은 장미와 사이프러스였다. 사시사철

각양각색의 장미가, 『영광의 과수원(*Vergien d'honneur*)』의 시인*의 표현처럼, "*pour en tier neuf ou dix muytz d'eau rose*"3라고 할 정도로 무성하게 피곤 했다. 뾰족하고 짙은 색의 사이프러스는 피라미드보다 장엄하고 오벨리스크보다 더 신비해 보여서 빌라 에스테나 빌라 몬드라고네나, 그 밖에 로마의 화려한 빌라에 우뚝 서 있는 거대한 사이프러스에 결코 뒤지지 않았다.

아텔레타 후작 부인은 여름 내내 그리고 초가을을 빌라 스키파노이아에서 보내곤 했다. 그녀는 더할 나위 없이 세속적인 귀부인 중 하나이긴 했지만 전원과 거기서 누릴 수 있는 자유를 사랑하여 친구들을 그곳에 초대하기를 좋아했다. 그녀는 안드레아가 치료를 받는 동안 친누나처럼, 아니 어머니처럼 피곤한 기색 없이 세심하게 보살피고 한없이 마음을 썼다. 그녀와 사촌은 깊은 애정으로 묶여 있었다. 그녀는 안드레아에게는 한없이 너그러웠고 무엇이든 다 용서했다. 그녀는 솔직하고 좋은 친구로 많은 것들을 이해해 주었고 민첩했으며 항상 밝았고 언제나 예리했으며 그와 동시에 기지와 유머가 풍부했다. 1년 전에 30대의 문턱을 넘어섰지만 놀랄 만큼 젊고 생기발랄했으며 아주 유쾌한 성격이었는데, 마담 퐁파두르*의 비밀, 그러니까 예기치 않은 우아함으로 생기를 띨 수 있는 '*beauté sans traits*'4의 비밀을 그녀도 가지고 있기 때문이었다. 게다가 일반적으로 '기지'라고 불리는 보기 드문 미덕도 가지고 있었다. 섬세하고 여성스러운 자질은 그녀의 확실한 안내자였다. 남녀 불문하고, 수많은 지인들과의 관계에서 그녀는 어떤 상황에서든 어떻게 행동해야 하는지를 알고 있었다. 절대 실수하

---

3 '장미수 아홉 뮈스(muytz), 아니 열 뮈스가 나올 정도로'라는 뜻의 프랑스어. 뮈스(muytz)는 13세기 프랑스에서 쓰던 부피 단위로 272리터 정도.
4 '특징 없는 아름다움'이라는 뜻의 프랑스어.

지 않았고 타인의 생활에 간섭하는 일도 없었으며 부적절하게 행동하지도, 성가신 사람이 되지도 않았으며 시의적절하게 행동하고 말했다. 안드레아가 약간 이상하고 불균형적인 회복기를 보내는 동안 그에게는 더할 수 없을 정도로 지극정성을 보여 주었다. 그녀는 되도록 안드레아를 방해하지 않고 다른 사람도 그를 방해하지 않게 하려고 애썼다. 그를 완전히 자유롭게 놔두었다. 그의 이상한 행동과 우울한 모습을 보고도 모른 체했다. 무분별한 질문을 해도 짜증을 내지 않았다. 그래서 어쩔 수 없이 함께 시간을 보내야 할 때 그녀가 곁에 있으면 그는 기분이 가벼워졌다. 심지어 그녀는 안드레아가 있을 때에는, 그가 웃고 싶지 않은데 억지로 웃게 하지 않으려고 농담도 자제했다.

안드레아는 이 같은 세심한 배려를 알고 내심 고마워했다.

9월 12일, 헤르메스 상을 소재로 한 소네트를 완성한 뒤 여느 때와 달리 밝은 모습으로 빌라 스키파노이아로 돌아왔다. 계단에서 돈나 프란체스카와 마주치자 그녀의 손에 입을 맞추며 장난스럽게 말했다.

"누님, '진리'와 '길'을 발견했다오."

"할렐루야!" 돈나 프란체스카가 통통하고 예쁜 두 팔을 들어 올리며 말했다. "할렐루야!"

그리고 나서 그녀는 정원으로 내려가고 안드레아는 기분이 좋아져서 2층에 있는 자기 방으로 올라갔다.

잠시 뒤 가볍게 문을 노크하는 소리에 이어 프란체스카의 목소리가 들렸다.

"들어가도 돼?"

그녀는 덧옷을 걸친 채로 양팔 가득 분홍색, 흰색, 노란색과 새빨간, 짙은 갈색 장미꽃 다발을 안고 들어왔다. 어떤 꽃들은 빌라 팜필리의 장미처럼 꽃잎이 넓고 엷은 색이었는데 아주 싱싱하고 이슬이 맺혀 있어서 마치 잎과 잎 사이에 유리 같은 게 들어 있는 듯했다. 꽃잎이 도톰하고 색상이 다채로워 화려함으로 유명한 엘리사와 티루스*의 자줏빛을 떠올리게 하는 꽃들도 있었다. 또 어떤 것은 향기로운 눈송이들 같아 보여서 그걸 깨물거나 삼켜 보고 싶어졌다. 육감적인, 정말 육감적이고 여인의 관능적인 몸매처럼 관능적인, 가느다란 잎맥들이 몇 개 있는 꽃들도 있었다. 주홍빛이 도는 자주색부터 너무 익어 버린 딸기처럼 빛깔이 변한 색에 이르는 다양한 농담(濃淡)의 빨간색이 매우 미세하고, 거의 감지할 수 없는 미묘한 변화를 보여 주는 흰색, 순백의 눈에서부터 방금 짠 우유나 성찬식의 빵, 부러진 갈대의 속, 불투명한 은, 석고, 오팔같이 뭐라 형용할 수 없는 색에 이르기까지의 흰색이 뒤섞인 꽃들도 있었다.

"오늘은 휴일이잖아." 프란체스카가 웃으며 말했다. 그녀의 가슴에서 목 언저리까지 장미꽃에 뒤덮여 있었다.

"고마워! 고마워! 정말 고마워!" 안드레아는 거듭 말하며 그녀를 도와 탁자와 책, 스케치북, 화집, 액자들 위에 장미꽃을 내려놓았다. "*Rosa rosarum!*"[5]

손이 자유로워지자 프란체스카는 방 안 여기저기에 흩어져 있는 화병들을 모으더니 그녀의 취향과 손님을 접대하는 여주인으로서의 취향을 발휘해 꽃들을 고르고 꽃다발을 만들어 화병에 꽂았다. 그러면서 유쾌하고 입담 좋게 여러 가지 이야기를 했다. 그때까지 말이 없고 침울해하던 안드레아를 생각해서 아껴 왔던 말과 웃음을 보상이라노 하고 싶은 듯이.

---

5 '장미 중의 장미들'이라는 뜻의 라틴어.

다른 이야기를 하다가 그녀가 말했다.

"15일에 아름다운 손님이 올 거야. 돈나 마리아 페레스 이 카프 데빌라인데, 과테말라 전권 공사(全權公使) 부인이야. 알고 있어?"

"몰라."

"알 리가 없지. 몇 개월 전에 이탈리아에 왔으니까. 남편이 그 자리에 올랐기 때문에 올겨울을 로마에서 보낼 거야. 어릴 때 나와 아주 친했던 친구야. 피렌체의 아눈치아타 기숙 음악원에서 3년간 함께 지냈지. 하지만 나보다 어려."

"미국인인가?"

"아니, 이탈리아인이야. 그것도 시에나 태생. 반디넬리 가문 출신으로 가이아의 분수 물로 세례를 받았어. 기질적으로 약간 우울한 친구야. 하지만 아주 부드러운 애지. 결혼 생활도 그리 행복하지는 않은 모양이야. 그 페레스라는 사람이 딱히 호감 가는 이는 아니거든. 그래도 둘 사이에 딸이 하나 있는데 아주 사랑스러운 아이야. 곧 만나게 될 거야. 정말 살결이 희고 머리숱도 많고 눈도 아주 크지. 제 엄마를 쏙 빼다 박았어……. 안드레아, 이 장미 좀 봐, 벨벳 같아! 그리고 이건? 먹어 버리고 싶어. 이것 좀 봐, 정말 맛있는 크림 같은걸. 진짜 맛있을 것 같아!"

프란체스카는 장미를 고르며 사랑스럽게 계속 말했다. 진하면서도, 백 년 묵은 포도주처럼 취하게 만드는 향기가 꽃다발에서 피어올랐다. 꽃잎 몇 개가 떨어져 돈나 프란체스카 치마의 주름들 사이에 내려앉았다. 노란 햇살을 받으며 창문 앞에 서 있는 사이프러스의 시커먼 끝부분이 살짝 보였다. 안드레아의 머릿속에서 페트라르카의 시구 하나가 가곡의 한 구절처럼 노래하듯 맴돌았다.

그렇게 그가 장미와 말씀을 나눠 주셨네.*

이틀 뒤 아침에 안드레아는 장미에 대한 답례로 아텔레타 후작 부인에게 고풍스러운 스타일로 색다르게 지은 소네트를 양피지에 써서 선물했다. 아타반테와 리베랄레 다 베로나의 기도서를 빛내는 것과 같은 취향의 세밀화로 가장자리가 장식된 양피지였다.

신들의 승리를 기린 벽화로
코사와 코시모 투라가 우열을 겨루었던
페라라의 스키파노이아 궁(오, 에스테 가문의 자랑이여!)이라도
이렇게 즐거운 향연은 일찍이 보지 못했을 터.

옷에 가득 담아 온 장미를,
몬나* 프란체스카가 손님들에게 마음의 양식으로 주었지.
하늘이 순백의 천사들 머리를 장식해 주려고
우연히 마련했던 것보다 많은 장미를.

말을 하며 꽃을 고르는 그녀의 모습
지극히 아름다워 문득 이런 생각을 했다네. '우아하고 아름다운 여신이
태양의 길을 따라 오고 있는 게 아닌가?'

꽃향기에 취한 내 눈이 그렇게 오인했으니.
페트라르카 시의 한 구절이 창공에 떠올랐다.
"그렇게 그가 장미와 말씀을 나눠 주셨네."

이렇듯 안드레아는 예술에 다가가며 짧게 습작이나 소일 삼아 호기심을 가지고 글쓰기를 시험해 보기도 했지만 무게 있는 작품에 대해 깊이 생각하기도 했다. 예전에 그를 자극했던 온갖 야심들이 되살아나기 시작했다. 예전의 수많은 계획들이 변화된 혹은 완성된 형태로 그의 마음속에 다시 떠올랐다. 예전의 다양했던 아이디어가 새로운 혹은 더 적절한 빛 속에서 되살아났다. 예전에 희미하게 얼핏 보았던 이미지들이 밝고 선명하게 빛났는데 그는 어떻게 해서 그리되었는지 알아차릴 수도 없었다. 신비하고 깊은 의식의 밑바닥에 숨어 있던 사고들이 순간적으로 솟아올라 그는 깜짝 놀라곤 했다. 그의 내면 깊숙이 어지러이 쌓여 있던 온갖 요소들이 이제 특별한 의지와 조화를 이루어, 소화 기관이 음식들을 소화시키고 그것을 몸에 필요한 물질로 바꾸는 것과 똑같은 과정을 통해, 사고로 그 형태를 바꾸었다.

그는 근대적인 시의 형식을, 많은 시인들이 품었으나 이루지 못한 꿈을 찾고 싶었다. 그래서 내용은 근대적이지만 고전적인 우아함도 지니고 있는, 깊이 있고 투명하고 열정적이고 순수하고 힘차면서도 품위 있는 서정시를 쓸 계획이었다. 게다가 그는 프리미티브(primitive) 예술, 그러니까 르네상스 이전 예술가들에 관한 책 한 권과 대부분 알려지지 않은 13세기 시인들의 심리와 문학을 분석한 책 한 권을 꼭 쓰고 싶었다. 세 번째 책으로는 여섯 명의 교황의 총애를 받은 베르니니*에 관해, 예술만이 아니라 그가 살았던 시대의 삶에 대한 모든 것을 결집한 책, 말하자면 데카당스 연구의 노작을 쓰고 싶었다. 두말할 필요도 없이 이런 작업들은 여러 달이 걸릴 테고 수많은 조사와 연구, 노력을 필요로 할 터이고 수준 높고 뛰어난 창의력과 광범위한 통합 능력이 필요했다.

회화에서는 『데카메론』의 셋째 날과 넷째 날 이야기, 예를 들면

「나스타조 델리 오네스티 이야기」를 에칭으로 표현할 생각이었다. 산드로 보티첼리는 이 이야기를 연작(連作)으로 표현하여 자신의 세련된 취향을 드러냈다. 그다음에는 꿈, 기발한 생각, 기괴한 것, 풍습, 우화, 알레고리, 환상 들의 시리즈를 만들어 보고 싶었다. 자유로운 칼로* 방식으로. 하지만 자신이 선호하는 것들, 상상력, 강렬한 호기심, 화가로서의 저돌성에 자유롭게 자신을 맡길 수 있는 전혀 다른 감정과 스타일로 말이다.

9월 15일 수요일에, 새로운 손님이 도착했다.

후작 부인은 장남인 페르디난도와 안드레아와 함께 근처의 로빌리아노 역까지 친구를 맞이하러 갔다. 지붕이 없는 사륜마차가 키 큰 포플러들이 그늘을 드리운 가로수 길을 내려가는 동안, 후작 부인은 안드레아에게 자신의 친구 얘기를 호의적으로 했다.

"분명히 너도 맘에 들 거야." 그녀가 결론지었다.

그러더니 갑자기 어떤 생각이 떠오른 듯 웃기 시작했다.

"왜 웃지?" 안드레아가 물었다.

"비슷한 일이 생각나서."

"어떤?"

"맞혀 봐."

"모르겠는데."

"이거야. 예전에 너한테 내가 어떤 여자를 소개해 주겠다고 공표했던 게 생각났어. 거의 3년 전이었는데. 그러면서 예언했었잖아. 기억나니?"

"아!"

"이번에도 네가 모르는 사람이고, 이번에도…… 본의 아니게 지지자가 돼서 웃은 거야."

"이런, 이런."

"하지만 이번엔 상황이 다르니까. 아니면 펼쳐질지도 모를 연극의 인물이 다르다고 할까."

"무슨 말이지?"

"마리아는 *turris eburnea*[6]야."

"난 이제 *vas spirituale*[7]지."

"그러네. 네가 드디어 진리와 길을 찾았다는 걸 잊고 있었어. '영혼은 멀리 떠난 사랑에 미소 짓네⋯⋯.'"

"지금 내 시를 인용한 거야?"

"다 외우고 있거든."

"그거 기쁘군."

"그런데 안드레아, 성찬식의 빵을 손에 들고 있는 그 '새하얀 여자'가 마음에 걸려. 허구의, 육체는 없고 스톨라*만 있는 분위기의 여자잖아. 그런데 자신에게 스며들려는 영혼이 천사 같든 악마 같든 그 처분에 따르고, 네게 성찬식의 빵을 주고 '허락하는 몸짓'을 할 수도 있을 것 같아."

"신성 모독이야! 신성 모독이라고!"

"스스로 조심하도록 해. 그리고 스톨라도 조심하고, 마귀들을 쫓아 버려야 해⋯⋯. 또 예언하고 말았네! 정말 예언을 하는 건 내 약점 중 하나라니까."

"다 왔어, 누나."

둘은 함께 웃었다. 기차가 도착하기 몇 분 전, 역에 도착했다. 열두 살인 페르디난도는 병약한 소년이었는데 지금 돈나 마리아에게 줄 장미꽃 한 다발을 들고 있었다. 안드레아는 사촌 누나와 이런 대화를 나눈 터라 유쾌하고 가벼운 기분이었고 생기에 넘쳐서,

---

6 '상아의 탑'이라는 뜻의 라틴어.
7 '영적인 그릇'이라는 뜻의 라틴어.

갑자기 예전의 그 경조부박한 생활로 되돌아간 듯했다. 표현할 수 없는 느낌이었다. 여인의 숨결 같은 뭔가가, 어떻게 정의할 수 없는 매력적인 뭔가가 그의 마음속을 관통하는 듯했다. 그는 페르디난 도가 들고 있는 꽃다발에서 장미 한 송이를 골라, 단춧구멍에 꽂았다. 자신의 여름 양복을 재빨리 살펴보았다. 요양 중에 더 섬세해지고 하얘진, 빈틈없이 잘 다듬은 손을 보며 만족스러웠다. 그는 아무 생각 없이, 갑자기 그의 내부에서 되살아난 거의 본능적인 허영심에 이끌려 이런 행동을 했다.

"기차가 도착했어요." 페르디난도가 말했다.

후작 부인이 친구를 맞이하러 갔다. 손님은 벌써 차창에 얼굴을 내밀고 손을 흔들어 인사했고 검은 밀짚모자에 반쯤 가려진 데다 진주색의 넓은 베일에 싸인 머리를 살짝 숙였다.

"프란체스카! 프란체스카!" 그녀가 부드럽고 다정한 목소리로 기쁨에 들떠서 친구를 불렀다.

그 목소리를 듣자 안드레아는 독특한 인상을 받았다. 그가 알고 있는 어떤 목소리가 막연하게 떠올랐다. 누구의 목소리지?

돈나 마리아가 경쾌하고 빠른 동작으로 기차에서 내렸다. 그리고 친구에게 입맞춤을 하려고 우아한 몸짓으로 촘촘한 베일을 들어 올려 입술을 드러냈다. 여행용 망토를 걸치고 베일을 쓴 키가 크고 늘씬한 부인, 입과 망토밖에 보이지 않는 그 부인에게 안드레아는 당장 매혹되고 말았다. 모든 것으로부터 해방된 듯한 착각 속에 빠져 있던 그의 존재 전체가 '영원의 여성'의 매력을 고스란히 받아들이려 하고 있었다. 여성의 숨결이 스치자마자 잿더미 속에서 물꽃이 살아났다.

"마리아, 내 사촌 동생 안드레아 스페렐리피에스키 두젠타 백작을 소개할게."

안드레아가 고개를 숙여 인사했다. 마리아의 입가에 미소가 번졌는데 광택이 나는 베일에 입 이외의 얼굴이 가려져 있어 그 미소가 한층 신비스러워 보였다.

그러고 나서 후작 부인은 안드레아를 돈 마누엘 페레스 이 카프데빌라에게 소개했다. 그리고 놀란 것 같은 안드레아를 바라보고 있는 여자아이의 머리를 쓰다듬으면서 말했다.

"이 애가 델피나야."

마차에서 돈나 마리아는 안드레아와 마주 보며 앉았고 그녀의 남편은 안드레아 옆에 앉았다. 마리아는 계속 베일을 벗지 않았다. 무릎엔 페르디난도가 건넨 꽃다발을 올려놓았는데, 후작 부인의 물음에 대답하면서 이따금 꽃다발을 코에 대 보았다. 안드레아의 착각이 아니었다. 마리아의 몇몇 어조에서 완벽할 정도로 비슷한 엘레나 무티의 목소리가 들렸다. 그는 베일에 감춰진 얼굴을, 그 표정을, 그 얼굴을 보고 싶다는 성급한 호기심에 강하게 사로잡혔다.

"마누엘은 금요일에 출발해야 해. 나중에 나를 데리러 올 거야." 마리아가 이런저런 이야기를 나누다가 말했다.

"아주 늦게 오시길 바라자꾸나." 돈나 프란체스카가 다정하게 말했다. "아니, 우리 모두 같은 날 떠날 수 있으면 제일 좋을 텐데. 우린 11월 1일까지 스키파노이아에 머물러. 그 이후는 아니야."

"어머니가 기다리고 계시지 않으면 나도 같이 머물고 싶어. 그렇지만 10월 17일에는 어떻게든 시에나에 가겠다고 약속했어. 그날이 델피나의 생일이거든."

"아쉬워라! 10월 20일에 로빌리아노에서 봉납 축제가 있어. 얼마나 멋지고 특이한지 몰라."

"어쩌면 좋을까. 가지 않으면 어머니가 몹시 실망하실 거야. 델피나는 눈에 넣어도 아프지 않은 손녀니까……."

남편은 한마디도 하지 않았다. 원래 과묵한 성격인 게 분명했다. 그는 보통 키에 약간 통통했고 머리는 살짝 벗어진 남자로, 안색이 독특해서 초록색과 보라색 중간쯤 되는 창백한 낯빛이었다. 그래서 시선을 움직일 때마다 눈의 흰자위가 마치 오래된 청동 두상에 박아 넣은 에나멜 눈처럼 두드러졌다. 솔처럼 똑같이 깎아 다듬은, 검고 단단한 콧수염이 준엄하고 냉소적으로 보이는 입에 그늘을 드리웠다. 고집 세고 거만한 남자 같았다. 나이는 대략 40쯤 되었을까. 그에게는 예리한 관찰자의 눈을 피하기 어려운 혼혈인 특유의 뭔가, 음흉한 뭔가가 담겨 있었다. 그것은 질이 좋지 않은 인종들이 뒤섞여 혼란스러운 환경에서 성장한 세대들이 가지고 있는, 뭐라 표현할 수 없는 악덕의 기운이었다.

"저것 좀 봐, 델피나, 오렌지꽃이 활짝 피었네!" 돈나 마리아가 나무 곁을 지날 때 가지를 꺾으려고 한 손을 뻗으며 크게 외쳤다.

실제로 길은 빌라 스키파노이아 근처의 오렌지 숲 사이로 올라갔다. 나무들은 그늘을 만들어 줄 정도로 키가 컸다. 바다에서 바람이 불어와 시원한 물처럼 몇 모금 마실 수도 있을 정도로 달콤한 향기를 가득 담고 나무 그늘에서 살랑거렸다.

델피나는 무릎을 의자에 대고 가지를 잡으려고 마차 밖으로 몸을 내밀었다. 엄마가 한 팔로 몸을 껴안아 떨어지지 않게 델피나를 받쳐 주었다.

"조심해! 조심해! 떨어질라. 엄마가 베일 벗게 조금만 기다려 봐." 그녀가 말했다. "미안하지만, 프란체스카, 좀 도와줘."

그녀는 진+가 베일을 보자에서 떼어 낼 수 있게 친구 쪽으로 고개를 숙였다. 그러느라 장미꽃 다발이 발치에 떨어졌다. 안드레아가 즉시 그것을 주웠다. 다시 부인에게 건네기 위해 고개를 들었을 때 드디어 베일을 벗은 그 얼굴을 볼 수 있었다.

"고마워요." 그녀가 말했다.

얼굴은 달걀형으로, 다소 길어 보였으나 15세기 우아함을 추구했던 화가들이 다소 과장해서 그린 그림에서처럼 귀족적인 느낌으로 아주 조금 갸름할 뿐이었다. 그 섬세한 윤곽에는 코시모 시대에 그려진 피렌체의 원형화 속 성모 마리아에게 인간적인 매력을 부여하는 고뇌와 피로의 표정이 살짝 담겨 있었다. 투명한 색조의 연보라와 하늘색이 완벽하게 녹아든 것처럼 부드러우면서도 희미한 그늘이, 갈색 눈동자의 천사들 같은 엷은 담갈색 홍채가 움직이는 두 눈을 에워쌌다. 머리카락은 무거운 관처럼, 이마와 관자놀이를 덮었다. 목덜미에서 모인 그 머리카락들은 돌돌 말려 있었다. 이마를 덮은 머리는 숱이 많았고 안티누스 파르네세 상의 두상처럼, 마치 투구를 쓴 것 같은 모양이었다. 신의 형벌을 받은 듯, 숱이 너무 많아 고통스러워 보이긴 하지만 세련된 헤어스타일이 그 모든 걸 잊게 할 정도로 우아했다.

"세상에나!" 그녀가 크게 외치며, 밀짚모자 밑에서 함께 꼬여 버린 머리 타래를 손으로 풀어 보려고 했다. "한 시간 동안 머리카락들이 어디 걸려 매달려 있는 것처럼 머리 전체가 아파. 머리를 빨리 풀지 않고는 이제 더 견딜 수가 없어. 머리카락 때문에 너무 힘들다니까. 머리카락의 노예야."

"생각나니?" 돈나 프란체스카가 물었다. "기숙 학교에서 네 머리를 빗겨 주고 싶어 했던 애들이 얼마나 많았는지? 매일 서로 빗겨 주겠다며 다투곤 했잖아. 상상 좀 해 봐, 안드레아, 피를 흘리기까지 했다! 아아, 카를로타 피오르델리세와 가브리엘라 반니의 싸움은 절대 잊을 수 없을 거야. 정상이 아니었어. 마리아 브란디넬리의 머리를 빗겨 주는 게 상급생이든 하급생이든 모든 기숙사생의 열망이었지. 그 전염병이 학교 전체로 퍼졌어. 금지령이 내려졌고 위반할 땐 엄벌에 처하고 심지어 머리를 깎겠다고 협박까지 했다니까. 기억나, 마리아? 우리의 마음은 모두 너의 발꿈치까지 늘어진, 검은 뱀 같은 그 아름다운 머리카락에 완전히 묶여 있었어. 밤마다 연모의 눈물을 얼마나 흘렸던지! 그러다 가브리엘라 반니가 질투로 네 머리를 갑자기 싹둑 잘랐던 일 생각나? 정말 가브리엘라가 정신이 나갔었지. 생각나니?"

돈나 마리아가 미소를 지었는데 우울하면서도 말하자면 꿈을 꾸는 사람이 짓는 미소처럼 매력적인 그런 특이한 미소였다. 반쯤 벌어진 입의 윗입술이 아랫입술보다 조금, 거의 보일락 말락 할 정도로 튀어나왔고 입술 양 끝이 아래로 처져 슬퍼 보였으며 희미하게 파인 보조개에 그늘을 만들어 냈다. 이런 것들이 슬픔과 온화함이 뒤섞인 표정을 만들어 냈는데, 그것은 많은 고통을 인내한 결과, 인내하는 법을 아는 사람의 고귀한 정신을 드러내는 그런 자부심에 의해 절제된 표정이었다.

안드레아는 지금까지 만난 여인들 중에서 이런 삼단 같은 머리카락, 드넓고 어두컴컴해 길을 잃어버리는 깊은 숲 같은 이런 머리를 가진 여인을 손에 넣은 적이 없다고 생각했다. 그리고 땋은 머리를 사랑하게 되어, 살아 있는 그 보석에 빗과 손가락을 넣어 보고 싶은 열망에 빠져 정열과 질투를 불태웠다던 소녀들의 이야기가 수녀원 생활 가운데 일어난 사랑스럽고 시적인 일화 같았다. 그리고 풍성한 머리카락의 그 소녀는 그의 상상 속에서 동화의 주인공처럼, 순교를 하고 장래에 영광을 누릴 운명을 타고난 성녀의 소녀 시대를 묘사하는 기독교 선설 속의 여주인공처럼 우아하게 빛났다. 동시에 그의 정신 속에서 예술의 환영이 솟아났다. 저렇게 흘러내리며 여러 갈래로 나뉘는 검은 머리카락은 여인의 자태를 데생할 때 얼마나 많고 다양한 선으로 표현해야 하는 걸까!

사실 검은색은 아니었다. 이튿날 안드레아는 식탁에서 그 머리카락을, 햇살에 반사되어 눈부시게 빛나는 부분을 응시했다. 머리카락은 진보라색을 띠었는데, 로그우드 염료나, 때로는 불에 달궈진 강철 혹은 매끈한 자단(紫檀)의 색이 반사되는 것 같기도 했다. 그리고 머리카락을 꼭 끼게 잡아당겨 죄고 있었지만, 그 한 자루 한 자루 사이에 공기가 들어가서, 완전히 나뉘어 마치 저마다 숨 쉬는 듯 보였다. 건조해 보였는데, 머리카락이 촘촘하기는 해도 서로 떨어져 있어서 그 사이로 공기가 들어가 거의 숨을 쉬는 듯했다. 알카이오스*가 사용한 선명하고 아름다운 세 개의 형용사가 돈나 마리아에게 당연히 어울렸다. "'Ἰόπλοχ' ἄγνα μειχόμειδε.'"[8] 그녀는 세련된 말투로 이야기했는데 그러면서 지적인 것들과 보기 드문 취향, 미적인 기쁨을 추구하는 섬세한 정신을 드러냈다. 그녀는 다양하고 풍부한 교양을 지녔고 상상력이 발달해 있었으며 여러 나라를 보고 다양한 기후에서 살고 각기 다른 사람들을 많이 만나 본 사람답게 다채로운 단어들을 사용했다. 안드레아는 그녀를 감싸고 있는 이국적인 분위기를 알아차리고 그녀로부터 이상한 매력이 발산되는 것을 느꼈다. 아련한 환영들로 남은, 그녀가 바라보았던 먼 이국의 풍물들과 그녀가 아직도 눈 속에 간직한 광경들과 그녀의 마음을 가득 채운 추억들로 이루어진 매력이었다. 정의할 수 없고, 말로 표현할 수 없는 매력이었다. 마치 그녀가 몸을 담갔던 빛의 흔적을, 그녀가 호흡했던 향기를, 그녀가 들었던 좋은 말들을 몸에 지니고 있는 듯했다. 그녀가 태양의 나라들의 모든 마법을, 어지러이 뒤섞였거나 자취를 감췄

---

8 '보라색 머리카락, 성스럽고 사랑스러운 미소'라는 뜻의 고대 그리스어. 원래의 시에서는 다음에 사포 이름이 등장한다.

거나 구별이 되지 않는 그 마법을 모두 몸에 가지고 있는 듯했다.

저녁에 현관으로 이어지는 넓은 방에서 그녀가 피아노에 다가가 연주를 해 보려고 뚜껑을 열면서 말했다.

"아직도 피아노 연주해. 프란체스카?"

"아, 아니." 후작 부인이 대답했다. "그만둔 지 벌써 몇 년 됐어. 그냥 청중으로 있는 게 더 즐겁다고 생각해. 그렇지만 예술 후원자 분위기를 좀 내고 있어. 겨울에는 언제나 내 집에서 좋은 음악을 조금 연주하게 한단다. 그렇지, 안드레아?"

"사촌 누님이 아주 겸손하게 말한 겁니다, 돈나 마리아. 그냥 후원자가 아니라 훌륭한 취미를 부흥시키는 분이지요. 올해 2월에도 누님 집에서, 누님 주재로 연주회가 열려 보케리니의 오중주곡 두 곡과, 사중주곡과 삼중주곡을 한 곡씩, 거기에 케루비니의 사중주곡까지 연주됐습니다. 거의 모두 잊혀진 곡이지만 감탄할 만하고 젊은 느낌이 드는 곡들이었어요. 보케리니의 '아다지오'와 '미뉴에트'는 생기발랄하고 우아하지요. 피날레 부분이 구태의연해 보이긴 하지만 말입니다. 부인도 물론 보케리니의 곡을 알고 계시겠지만요……"

"4~5년 전에 브뤼셀 콘세르바토리오에서 오중주곡을 들어 본 적이 있어요. 훌륭하고 아주 새로운 느낌이었고, 예상치 못한 삽입곡들이 많은 것 같았어요. 어떤 부분에서는 제주(齊奏)를 통해 오중주가 이중주로 변했던 기억이 나요. 하지만 각기 다른 음색으로 놀랄 만큼 섬세하고 우아한 효과를 냈지요. 그런 식의 악기 편성은 처음이었어요."

그녀는 음악에 내해 전문가처럼 상세히 밀했다. 그리고 특징한 작품이나 특정한 작곡가의 예술 전반이 불러일으키는 감정을 표현하기 위해 독창적인 단어들과 대담한 이미지들을 사용했다.

"전 여러 곡을 연주도 하고 듣기도 했어요." 그녀가 말했다. "그 래서 교향곡이나 소나타, 녹턴이나 다른 여러 소품들마다 각각 에 맞는 가시적인 이미지, 형태나 색의 느낌, 하나의 형상, 무리 지 어 있는 형상들, 풍경을 가지고 있어요. 그래서 제가 좋아하는 곡 들은 모두 이미지에 따라 제가 붙인 이름이 있어요. 가령 '프리아 모스*의 40인의 며느리들의 소나타'라든가, '잠자는 숲 속의 녹턴', '노란 귀부인들의 가보트', '물방울 전주곡' 같은 것처럼 말이지요."

그러고는 웃었는데 고뇌가 담긴 그 입매를 이루 말할 수 없이 우아하게 만드는 부드러운 웃음으로 갑작스레 치는 번개처럼 그 를 놀라게 했다.

"생각나, 프란체스카, 기숙 학교에서 저 불쌍한 쇼팽, 그러니까 우리의 신성한 프레데리크의 악보 가장자리에 빼곡하게 우리 의 견을 달아서 그 악보를 만신창이로 만들었던 거? 너하고 난 공범 이었어. 어느 날 진지한 토론 끝에 곡명을 전부 슈만풍으로 바꿨 잖아. 곡명마다 긴 주석을 달아 설명했어. 지금도 추억 삼아 그 악 보들을 보관하고 있어. 지금은 슈만의 『미르테의 꽃』이라든가 『음 악 수첩』을 다시 연주해도, 그때 의미심장하게 붙인 주석의 의미 를 전혀 모르겠어. 감동이나 시각이 완전히 변해 버려서 그렇겠지. 그런데 과거의 감정과 현재의 감정을, 오래된 이미지와 새로운 이 미지를 비교할 수 있다는 게 미묘한 즐거움을 줘. 오래된 신문을 다시 읽을 때 느끼는 것과 비슷한 즐거움이야. 그런데 이게 훨씬 더 우울하고 강렬하지. 대개 신문은 현실에서 일어난 사건을 묘사 하거나, 행복한 나날이나 슬픈 나날에 관한 기사이거나, 눈 깜짝 할 사이에 사라지는 삶이 남긴 회색 혹은 장밋빛 흔적이잖아. 반 면 젊은 시절 악보집의 여백에 쓴 주석들은 그때 막 열리기 시작 하던 정신이 담긴 비밀스러운 시의 일부분들이야. 우리의 순진무

구한 이상들이 서정적으로 분출된 거고, 우리 꿈의 역사이지. 그 언어! 그 단어들! 기억나, 프란체스카?"

그녀는 완전히 속내를 터놓고 말했는데 살짝 흥분해서 들뜬 것 같았다. 오랫동안 어쩔 수 없이 수준 낮은 사람들과 교제할 수밖에 없었거나, 야비하고 저속한 광경에 스트레스를 받아 보다 고상한 생활의 숨결에 자신의 지성과 마음을 열어야 할 필요를 절감하던 여인처럼 말이다. 안드레아는 그녀의 이야기를 들으며 감사의 마음과 비슷한 감미로운 감정을 느꼈다. 자기 앞에서 그런 말을 하는 마리아가 자신에게 호의의 증거를 보여 주는 것 같았고, 가까이 다가와도 된다고 허락이라도 하는 듯했다. 그는 그녀의 내면세계 한 자락을 슬쩍 훔쳐보았다고 생각했는데, 그녀가 한 말의 의미를 통해서가 아니라 목소리의 울림과 그 억양에 의해서였다. 또다시 '다른 여인'의 억양을 발견했다.

마리아의 목소리는 모호한, 이를테면 거의 양성적이고 이중적인, 남녀의 음성 모두를 가진 그런 목소리였다. 저음에 약간 웅얼거리는 듯한 남성적인 음색이 이따금 부드러워지고 또렷해지고 여성스러워지며 너무나 듣기 좋게 변화해서 듣는 사람을 놀라게 하고 즐겁게 하는 동시에 당황스럽게 만들기도 했다. 어떤 곡이 단조에서 장조로 바뀌거나 비통한 불협화음을 이루었다가 여러 소절이 지난 뒤에 기본 음조로 돌아오듯이 그 목소리는 때때로 변화했다. 바로 여성적인 음색이 될 때 '다른 여인'의 목소리가 떠올랐다.

그 현상은 매우 특이해서 단어의 의미와는 상관없이 목소리만으로도 듣는 사람의 마음을 빼앗아 버렸다. 그 말이 리듬이나 억양에 의해 음악적 가치를 가지면 가질수록 상징적인 가치는 잃게 되었다. 실제로 몇 분간 집중하고 나자 마음이 신비한 매력에 굴복했다. 그리고 악기로 연주되는 멜로디처럼 부드러운 억양이 들리길 기다리고 갈망하며 가만히 멈춰 있었다.

"노래 부르십니까?" 안드레아가 수줍어하며 물었다.

"조금요."

"조금 불러 봐." 돈나 프란체스카가 부탁했다.

"그래." 마리아가 승낙했다. "그런데 몇 소절만 할게. 정말 힘을 완전히 잃어버린 게 1년도 더 됐거든."

옆방에서는 돈 마누엘과 아텔레타 후작이 아무 소리도 내지 않은 채, 말 한마디도 없이 카드를 하고 있었다. 피아노가 있는 방에는 일본풍의 넓은 램프 갓을 통해, 부드러운 붉은 불빛이 넓게 퍼졌다. 현관 기둥들 사이로 바닷바람이 지나가면서 이따금 높게 달린 터키풍 모슬린 커튼을 흔들며 아래쪽 정원의 향기를 실어다 주었다. 줄줄이 늘어선 기둥들 사이로 사이프러스의 끝부분, 흑단같이 새까맣고 단단해 보이는 끝부분이 별이 반짝이는 맑은 하늘을 배경으로 모습을 보였다.

돈나 마리아가 피아노 앞에 앉으며 말했다.

"이미 우리들의 옛 시절로 돌아가 있으니까, 파이시엘로*의 「사랑에 미친 니나」에 나오는 몇 소절을 불러 볼게. 진짜 아름다운 곡이야."

그녀는 직접 반주하면서 노래했다. 노래의 불길 속에서 두 가지 음색은 두 개의 귀금속이 뜨겁게 달아올라 낭랑하고 유연하고 울림 좋은 하나의 금속으로 녹아들듯 뒤섞였다. 소박하고 순수하고 자연스럽고, 비탄에 젖은 감미로움과 고상한 슬픔으로 가득 찬 파이시엘로의 멜로디는 맑디맑은 피아노 반주를 따라, 고뇌에 찬 듯한 그 입에서 용솟음쳐 열정의 불길과 함께 높이 솟구쳤다. 안드레아는 마음속 깊이 동요하여, 마치 그런 음 하나하나가 혈관에 스쳐 지나가는 기분이었는데, 흡사 몸속의 피마저도 흐름을 멈추고 그 노래를 듣는 듯했다. 모근이 미세하게 서늘해졌다. 묵직한 그림자들이 눈꺼풀 위로 재빠르게 내려앉았다. 불안감에 호흡이 가빠졌다. 그리고 예민한 그의 신경에 지나칠 정도로 강렬한 감정이 밀어닥치는 바람에 그는 눈물을 흘리지 않으려고 애써야 했다.

"오, 마리아!" 돈나 프란체스카가 노래를 마친 마리아의 머리카락에 부드럽게 입을 맞추며 감탄했다.

안드레아는 아무 말도 하지 않았다. 불빛을 등지고 얼굴을 어둠 속에 묻은 채 소파에 가만히 앉아 있었다.

"앙코르!" 돈나 프란체스카가 다시 말했다.

돈나 마리아는 안토니오 살리에리의 '짧은 아리아'를 불렀다. 그러고 나서 레오나르도 레오의 '토카타'와, 라모의 '가보트', 제바스티안 바흐의 '무도곡'을 피아노로 연주했다. 그녀의 손끝에서 18세기의 음악이 훌륭하게 되살아나서, 무도곡 분위기에 우수가 더해졌다. 성 마르틴*의 나른한 오후에 인기척 없는 정원에서, 물이 나오지 않는 분수들과 석상이 없는 대좌 사이에서, 시들어 떨어져 수북이 쌓인 장미 꽃잎들 위에서, 이제 더 이상 사랑하지 않아 곧 헤어지게 될 연인들의 춤을 위해 작곡된 것만 같았다.

3

"땋은 머리 한 타래를 던져 주세요, 타고 올라갈 테니!" 안드레아가 정원 계단의 첫 번째 테라스에서 웃으면서 돈나 마리아에게 소리쳤다. 그녀는 2층 자기 방에 이어진 로지아*의 두 기둥 사이에 서 있었다.

아침이었다. 마리아는 그녀의 몸을 완전히 감싼 진보라색 벨벳 같은 젖은 머리카락을 말리려고 햇볕 속에 서 있었는데 그 머리카락 사이로 보이는 얼굴은 창백하고 어두웠다. 그녀의 머리 위에 있는, 반쯤 올라간 밝은 오렌지색 리넨 커튼 가장자리에 달린 검은색의 아름다운 띠 장식들이 흡사 캄파니아*에서 만들어진 고대 그리스 항아리 주위를 둘러싼 장식 같았다. 만약 그녀가 머리에 수선화 관을 쓰고 있고 그 곁에 아홉 개의 현을 가진 큰 리라, 그러니까 사냥개를 동반한 아폴로의 모습이 납화(蠟畵)로 그려진 리라가 있다면 그녀는 레스보스 섬 학교의 여학생, 휴식을 취하고 있는 레스보스 섬의 리라 연주자로 보였을 게 틀림없겠지만, 그런 모습은 아마 라파엘 전파의 화가가 상상할 수 있었으리라.

"당신이 마드리갈* 하나 던져 주지 않을래요?" 그녀가 장난삼아 몸을 살짝 뒤로 움직이며 대답했다.

"맨 아래쪽 테라스 난간의 대리석 기둥에 가서 당신을 위해 마드리갈을 쓰러 가겠습니다. 나중에 준비되면 읽으러 와 줘요."

안드레아는 제일 밑에 있는 테라스로 이어지는 계단을 천천히 내려갔다. 9월의 그 아침, 그의 마음은 숨을 쉴 때 크게 부풀었다. 그날은 일종의 신성함이 느껴졌다. 바다 깊은 곳에서 마법의 광원이 숨 쉬고 있기라도 하듯, 바다는 그 자체의 빛으로 빛났다. 햇빛이 만물에 스며들었다.

안드레아는 계단을 내려가다가 이따금씩 걸음을 멈췄다. 돈나 마리아가 로지아에서 계속 자신을 바라보고 있을지도 모른다고 생각하자 심장이 두근거리면서 첫사랑에 빠진 소년처럼 수줍어졌다. 그녀도 호흡하고, 그녀가 몸을 담근 그 따뜻하고 투명한 공기를 호흡하면서 형언할 수 없는 행복을 맛보았다. 부드러운 감정이 큰 파도처럼 마음 깊은 속에서 흘러나와 잘 아는 호의적인 존재들에게 흘러가듯, 나무나 돌이나 바다 위로 흘러 흩어졌다. 순종적이고 겸허하고 순수하게 숭배해야 할 필요에 의해 움직이는 듯했다. 무릎을 꿇고 두 손을 모으고 그조차 어떤 것인지도 잘 모르는 막연하고 말로 할 수 없는 감정을 바쳐야 할 필요에 의해 움직이는 듯했다. 주변 사물의 선량함이 그에게로 와서 그의 선량함과 하나가 되어 사방으로 흘러넘치는 기분이었다. "내가 그녀를 사랑하는 걸까?" 그는 자문해 보았다. 그러나 굳이 내면을 들여다보고 깊이 생각하려 하지 않았는데 이런 섬세한 매혹이 새벽녘의 꿈처럼 흔적 없이 사라질까 두려웠기 때문이다.

"그녀를 사랑하는 걸까? 그러니까 그녀가 혼자 오면 사랑한다고 말해야 하는 걸까?" 자신에게 질문을 하고 대답하지 않거나, 마음의 대답을 새로운 질문으로 가로막아 버리고 고통스러우면서도 달콤한 그런 동요의 상태를 연장하기를 즐겼다. "아니, 아니, 사랑한다고 말하지 말아야지. 그녀는 다른 여자들 위에 있으니까."

그는 뒤를 돌아보았다. 로지아에서 햇빛 속에 아직 그대로 서 있는 그녀의 모습이 어렴풋이 보였다. 그녀는 어쩌면 눈으로, 생각으로 이 아래까지 그를 쭉 쫓아왔는지도 모른다. 아이 같은 호기심에 그는 조용한 테라스에서 그녀의 이름을 또렷하게 발음해 보았다. 두세 번 반복하며 귀를 기울였다. "마리아! 마리아!" 지금까지 이보다 더 부드럽고 이보다 더 듣기 좋고 이보다 더 사랑스러운 단어나 이름은 단 하나도 없었다. 그녀가 누나나 여동생을 부르듯, 그저 마리아라고 부르게만 해 주어도 한없이 행복하리라 생각했다.

이처럼 정신적이고, 선택된 그 여인은 안드레아에게 지극히 경건하고 순종적인 마음을 갖게 만들었다. 누군가 그에게 가장 감미로운 게 무엇인지 물어본다면 그는 아마 "그녀에게 복종하는 것"이라고 솔직하게 털어놓았을 것이다. 그녀가 자신을 평범한 남자라고 생각하는 것만큼 괴로운 일은 없을 듯싶었다. 다른 그 어떤 여인이 아니라 그녀가 자신의 지적인 활동이나 취향, 탐구, 예술적 영감, 이상, 꿈, 자신의 정신과 삶의 가장 고상한 부분을 감탄하고 칭찬하고 이해해 주길 바랐다. 그가 가장 열렬히 바라는 일은 그녀 마음을 온전히 다 차지하는 것이었다.

돈나 마리아가 빌라 스키파노이아에 머무른 지도 벌써 열흘이 되었다. 그 열흘 동안 그녀는 안드레아의 마음을 어찌 그리 완전히 정복할 수 있었는지! 두 사람은 테라스에서나 이곳저곳 나무 그늘 아래 놓인 벤치에서나 장미들 사이로 난 좁은 오솔길을 걸으며 대화를 나누었는데 때로는 몇 시간씩 계속되기도 했다. 그럴 때면 델피나는 어린 가젤처럼 이리저리 휘어진 오렌지 나무들 사이로 뛰어다녔다. 돈나 마리아는 감탄할 만큼 막힘없이 대화를 했다. 섬세하면서도 날카로운 관찰로 대화를 풍부하게 했다. 이따금 사랑스러움이 넘치는 솔직함으로 자신을 드러낼 때도 있었다. 여행을 화제로 삼을 때면 생생한 단 한 문장만으로도 안드레아의 머릿속에 먼 나라와 바다의 드넓은 전망들이 펼쳐지는 일이 종종 일어났다. 그래서 그는 자신의 가치와 폭넓은 교양, 자신이 받은 고상한 교육, 세련된 감수성을 끊임없이 그녀에게 보여 주었다. 그녀가 『에르마프로디테 이야기』를 읽고 나서 진실한 어조로 말했을 때 몹시 자랑스러워 그의 존재 자체가 하늘로 고양되는 기분이었다.

"어떤 음악에서도 이 시에서처럼 황홀한 기분을 느껴 본 적이 없었어요. 어떤 아름다운 조각상에서도 이보다 더 조화로운 인상을 받은 적이 없었어요. 어떤 시구들은 한시도 제 뇌리에서 떠나질 않아요. 아마 오랫동안 떠나지 않을 거예요. 그만큼 강렬해요."

그는 난간에 걸터앉아 그 말을 다시 생각했다. 돈나 마리아는 이제 로지아에 없었다. 뿐만 아니라 커튼이 기둥 사이의 공간을 완전히 가렸다. 아마 그녀도 곧 테라스로 내려올 것이다. 약속대로 마드리갈을 써야 하지 않을까? 일종의 초자연적인 봄을 연상시키는 9월의 햇빛이 비치는, 기쁨에 넘치는 넓은 정원에서 급히 시를 짓느라 잠시나마 고심해야 할 생각을 하니 참을 수가 없을 것 같았다. 무엇 때문에 이 귀중한 감동을 날림으로 시를 짓는 놀이로 사라지게 한단 말인가? 무엇 때문에 이 광대한 감정을 짧은 호흡의 운율로 축소시켜야 한단 말인가? 그는 약속을 지키지 않기로 했다. 그리고 자리에 그대로 앉아 수평선 끝으로 떠가는 돛들을 바라보았다. 돛들은 높이 솟이 태양을 삼켜 버리는 물옻처럼 빛났다.

하지만 일분일초가 흐를수록 그는 점점 더 초조해졌다. 그래서 그는 그 시간 내내 뒤를 돌아보며 계단 꼭대기에서, 현관 주랑 기둥들 사이에서 그녀의 모습이 나타나는지를 살폈다. "혹시 그녀는 이곳을 밀회의 장소라고 생각하는 건가? 그녀가 비밀스러운 이야기를 하러 여기로 오는 걸까? 그녀는 내가 얼마나 애타는지 상상이나 할까?"

'그녀다!' 마음이 그에게 말했다. 정말 그녀였다.

그녀는 혼자였다. 천천히 계단을 내려왔다. 첫 번째 테라스의 분수 옆에서 걸음을 멈췄다. 안드레아는 숨을 죽이고 그 모습을 눈으로 좇으며 그녀의 움직임 하나하나에, 한 걸음 한 걸음에, 자태 하나하나에서 전율을 느꼈는데 그 움직임, 발걸음, 자태가 어떤 의미를, 어떤 언어를 지니기라도 한 듯했다.

그녀는 중간중간 나무와 관목들이 자리 잡은, 아래까지 이어지는 계단과 테라스로 내려왔다. 그녀의 모습이 다 보일 때도 있었고 상체만 보이거나 잠깐 사라졌다가 무성한 장미 덩굴 사이에서 머리만 나타나기도 했다. 얽히고설킨 나뭇가지들 때문에 한참 동안 모습이 사라지기도 했다. 나뭇가지들이 듬성듬성한 곳에서만 짙은 옷을 입은 그녀가 걸어오는 모습이나 반짝이는 밝은 색 밀짚 모자를 볼 수 있었다. 가까이 다가올수록 그녀의 걸음은 느려졌고 산울타리 근처에서 머뭇거리거나 걸음을 멈추고 사이프러스를 응시하거나 허리를 숙여 떨어진 나뭇잎을 한 움큼 주워 올리기도 했다. 밑에서 두 번째 테라스에 도착하자 마지막 계단에 서서 자신을 기다리는 안드레아를 향해 손을 흔들어 인사했다. 그리고 모아 온 나뭇잎을 그에게 던졌다. 나뭇잎들이 나비 떼처럼 팔랑거리며 흩어지더니 공중에서 어떤 것은 한참을, 또 어떤 것은 잠시 맴돌다가 눈송이처럼 사뿐 돌 위에 내려앉았다.

"자, 무슨 일이죠?" 그녀가 계단 중간쯤에서 물었다.

안드레아가 계단에 무릎을 꿇고 손바닥을 위로 쳐들었다.

"아무 일도 아닙니다." 그가 고백했다. "용서해 주십시오. 하지만 오늘 아침 당신과 태양이 너무나도 감미롭게 온 하늘을 가득 채우고 있어서요. *Adoremus.*"[9]

그 고백은 겉보기엔 농담 같았지만 진솔함과 숭배의 마음까지 담겨 있었다. 그리고 돈나 마리아가 그 진솔함을 알아차린 게 틀림없었다. 얼굴을 살짝 붉히고는 눈에 띄게 염려하며 이렇게 말했으니 말이다.

"일어나세요, 일어나세요."

안드레아가 일어났다. 그녀는 손을 내밀며 덧붙였다.

"용서해 줄게요. 당신은 아직 요양 중이니까요."

그녀는 이상하게 녹이 슨 듯한 색, 시든 크로커스 같기도 하고, 말로 표현하기 힘든 그런 색상의 옷을 입고 있었다. 신성한 가을을 그린 그림들, 르네상스 전파나 단테이 게이브리얼 로세티의 그림 속에서 볼 수 있는, 이른바 탐미적인 색의 하나였다.

스커트는 팔 아래 부근부터 풍성하게 주름이 졌는데, 주름들은 모두 곧고 규칙적이었다. 흐릿한 터키석처럼 옅은 청록색의 넓은 리본으로 허리를 묶었는데 넓고 둥근 고리 하나가 옆구리 쪽으로 늘어져 있었다. 어깨 부분에서 잔주름이 촘촘하게 잡혀 부드럽고 넉넉하게 밑으로 내려오던 소매는 손목 부위에서 좁아졌다. 또 다른, 하지만 가느다란 옅은 청록색 리본 하나를 목에 감아 왼쪽에 작게 고를 내서 묶었다. 밀짚모자 밑의, 아름답게 땋은 머리 끝 부분 역시 똑같은 리본을 묶었는데, 밀짚모자는 알마 타데마가 그린 판도라의 화관과 비슷한 히아신스 화관으로 장식되어 있었다.

---

9 '찬탄합시다'라는 뜻의 라틴어.

보석은 단 하나, 부적처럼 글자들이 새겨진 풍뎅이 모양의 커다란 페르시아 터키석이 턱 밑에 옷것을 고정시켜 주었다.

"델피나를 기다렸다가 키벨레 문까지 가요. 괜찮아요?" 그녀가 말했다.

그녀는 안드레아가 요양 중이기 때문에 아주 친절하게 배려했다. 안드레아는 아직 안색이 몹시 창백하고 여위었으며, 그 여윈 얼굴에서 눈이 이상할 정도로 커 보였다. 그리고 약간 부은 육감적인 느낌의 입술이 얼굴 위쪽과 기묘하면서도 매력적인 대조를 이루었다.

"그럼요." 그가 대답했다. "아니, 오히려 제가 고맙죠."

잠시 후 다소 주저하면서 말했다.

"오늘 아침은 아무 말도 하지 않아도 될까요?"

"왜 그런 걸 묻죠?"

"목소리도 나오지 않을 것 같고, 무슨 말을 해야 할지도 몰라서요. 하지만 침묵이 너무 길어지면 심각해지고 짜증이 나고 당혹스러울 경우도 종종 있지요. 그래서 산책하는 동안에만 입을 다물고 당신 이야기를 듣고 있어도 되는지 허락을 구하는 겁니다."

"그럼 우리 둘 다 아무 말 하지 말아요." 그녀가 희미하게 미소를 지으면서 말했다.

그러더니 눈에 띄게 조바심을 내며 빌라 쪽을 올려다보았다.

"델피나, 왜 이렇게 꾸물거려!"

"당신이 이쪽으로 내려올 때 프란체스카 누님이 일어났던가요?" 안드레아가 물었다.

"아, 아니요! 프란체스카는 놀랄 정도로 게으르더군요……. 델피나가 오네요, 보여요?"

여자아이가 재빨리 내려왔고 그 뒤로 유모가 따라왔다. 계단을 내려올 때는 보이지 않다가 테라스에 다시 모습을 드러내며 그 위를 가로질러 달렸다. 등 위로 풀어 놓은 머리카락이 달리면서 바람을 맞아 양귀비꽃으로 장식한 넓은 밀짚모자 아래에서 이리저리 흔들렸다. 마지막 계단에 도착하자 엄마 쪽으로 두 팔을 벌렸고, 엄마의 볼에 몇 번이나 입을 맞췄다. 그리고 말했다.

"안녕하세요, 안드레아 아저씨."

그리고 나서 천진난만한 어린아이다운 사랑스럽고 귀여운 표정으로 안드레아에게 이마를 내밀었다.

델피나는 연약한 아이였고 민감한 재료로 만든 악기처럼 떨림이 있었다. 팔다리는 어찌나 섬세한지, 마치 귀중한 램프 속의 불꽃처럼 그 안에 살아 있는 눈부신 영혼을, 강렬하면서도 부드러운 삶의 광휘를 숨길 수도 감출 수도 없을 것처럼 보였다.

"사랑하는 내 딸!" 돈나 마리아가 묘사할 수 없는 눈빛으로 자신의 딸을 바라보며 소곤거렸는데, 그 시선에는 오로지 딸에 대한 애정으로 가득한 마음에서 발산되는 온화함이 넘쳐 났다.

안드레아는 그 말에서, 그 시선에서, 그 표정에서, 쓰다듬는 그 손길에서 일종의 질투와 절망감을 느꼈는데, 마치 그녀의 영혼이 그에게서 멀어져 영원히 자취를 감추어 두 번 다시 그 마음에 다가갈 수 없을 것 같은 기분을 느꼈다.

유모가 허락을 받고 계단을 다시 올라갔다. 세 사람은 오렌지 가로수 길로 들어섰다. 델피나는 굴렁쇠를 밀면서 앞으로 달려 나갔다. 검은 스타킹을 신은 곧고 날씬한 다리, 그림 속의 고대 그리스 청년의 길고 늘씬한 다리처럼 꽤 긴 아이의 다리가 율동적으로 민첩하게 움직였다.

"왠지 침울해 보이세요." 시에나 출신 여인이 안드레아에게 말했다. "조금 전 계단을 내려올 때에는 즐거워 보였는데. 무슨 고민거리 있어요? 아니면 몸 상태가 안 좋아요?"

그녀는 남동생에게 하듯, 진지하면서도 부드럽게, 다 털어놓으라고 설득하는 듯한 어조로 이런 말들을 했다. 이 여인과 팔짱을 끼고, 이 나무 그늘에서, 이 향기를 맡으며, 오렌지 꽃잎이 흩어져 있는 땅을 밟으며 말없이 그녀에게 이끌려 이끼에 뒤덮인 경계를 표시하는 헤르메스 주상들이 서 있는 그 길까지 가고 싶은 수줍은 바람, 거의 막연한 유혹이 안드레아를 사로잡았다. 회복되고 나서 초기의 나날들로, 나른하고 행복하고 무의식 상태에 있던 잊기 어려운 그날들로 다시 돌아간 듯했다. 그래서 호의적인 버팀목, 다정한 안내자, 친숙한 팔이 필요한 느낌이었다. 그 바람이 점점 커져 입에서 자연스레 나와 말로 표현될 것만 같았다. 하지만 그저 이렇게만 대답했다.

"아닙니다, 돈나 마리아. 아주 좋아요. 고맙습니다. 저를 좀 어지럽게 만드는 건 이 9월이라는 달입니다……."

그녀는 대답의 진의를 의심하듯 안드레아를 응시했다. 그러다가 그런 모호한 말 다음에 침묵이 이어지지 않게 하려고 물었다.

"계절의 중간에 있는 4월과 9월 중에서 어느 달을 더 좋아하세요?"

"9월을 좋아합니다. 보다 여성적이고 신중하고 신비하니까요. 흡사 꿈속의 봄 같은 느낌이 듭니다. 식물은 모두 천천히 힘을 잃고 그들의 본질적인 어떤 부분까지도 잃게 됩니다. 저 아래 바다를 봐요. 물이 모인 게 아니라 대기처럼 보이지 않습니까? 9월처럼, 하늘과 바다가 신비하고도 깊게 동맹을 맺는 때는 절대 없습니다. 그러면 대지는? 이유는 알 수 없지만 이 계절에 전원을 바라보면 저는 늘 임신해서 하얀 침대에 누워 쉬면서, 깜짝 놀란 미소, 창백하면서도 사라지지 않을 미소를 짓는 아름다운 여인이 떠오릅니다. 이런 인상이 적절한 걸까요? 9월의 전원에는 방금 아기를 낳은 여인이 느끼는 놀라움과 한없는 행복 비슷한 뭔가가 있습니다."

그들은 거의 오솔길 끝에 도착했다. 몇 개인가의 헤르메스 주상은 나무에 바짝 붙어서, 나무와 돌이 하나가 되어 한 그루의 나무 몸통처럼 보였다. 어느새 황금색으로 완전히 익어 버린 오렌지들과 조금 덜 익어 노란색과 초록색이 뒤섞인 것, 아직 초록색 그대로인 오렌지들이 헤르메스 상들의 머리 위에 주렁주렁 매달려, 마치 그 석상들이 진짜 수호 정령이 되어 아무도 나무에 손을 못 대도록, 훼손시키지 못하도록 지키는 듯했다. 바로 2주 전 자유의 소네트를 썼던 바로 그곳으로 가까이 갈수록 안드레아는 왜 갑자기 동요하고 예기치 못한 불안감에 휩싸인 걸까? 그녀가 그 소네트를 발견해서 읽었을지 모른다고 우려하면서도 또 한편으론 그랬기를 바라는 강한 마음이 들어 괴로운 건 무슨 이유일까? 현재의 감정을, 현재의 갈망을, 그가 마음속에 품은 새로운 꿈을 표현해 주듯 그 소네트의 몇몇 시구가 다시 떠오르는 건 어째서일까?

오, 향기로운 바람을 일으키는 이여,
문이란 문은 모두 다 손에 넣은 이여,
저는 당신의 발밑에 제 운명을 바치렵니다.
마돈나여, 이 소원 부디 이뤄지게 하소서!

사실이다! 사실이다! 그는 그녀를 사랑했다. 그녀의 발치에 자신의 영혼을 모두 내려놓았다. 그는 소박하면서도 한없이 큰 소망 하나밖에 없었다. 그녀의 옷자락 밑의 땅이 되고 싶다는 소망을.
"여기는 어쩌면 이렇게 멋지죠!" 사면을 바라보는 헤르메스 상이 있는 곳에, 아칸서스의 천국에 발을 디디자 돈나 마리아는 그렇게 말했다. "이상한 향기예요!"

실제로 공기 중에 사향 냄새가 스며 있었는데 눈에 보이진 않지만 사향 냄새가 나는 곤충이나 파충류가 주변에 있기라도 한 듯했다. 나무들은 신비로운 그림자들을 만들어 냈고, 어느새 가을의 병에 걸려, 대성당의 스테인드글라스 사이로 비치는 달빛 같은 햇살이 나뭇잎들 사이를 가로질렀다. 15세기의 경건한 기독교 화가가 그린 신화 그림에서처럼 이교도적인 것과 기독교적인 것이 뒤섞인 감정이 그곳에서 뿜어져 나왔다.

"델피나 좀 보세요, 보세요!" 그녀가 이렇게 말했는데, 그 목소리에는 아름다운 것을 본 사람의 감동이 담겨 있었다.

델피나는 꽃이 붙어 있던 작은 오렌지 가지들로 독특하게 화환을 만들었다. 그리고 즉석에서 떠오른 아이다운 상상력으로 석상에 화환을 걸어 주려 했다. 하지만 석상 꼭대기까지 손이 닿지 않았기 때문에 까치발로 서서 두 팔을 할 수 있는 데까지 들어 올리며 화환을 걸려고 애쓰는 중이었다. 가냘프고 우아하고 발랄한 모습이 단단하고 엄숙한 사각형의 석상과 대조되어 마치 떡갈나무 발치에서 자라는 한 줄기 백합 같았다.

엄마가 웃으면서 딸을 도와주러 갔다. 딸의 손에서 화환을 받아 생각에 잠긴 헤르메스의 이마에 올려놓았다. 그러고 나서 그녀는 자기도 모르게 그 위에 적힌 글씨를 보게 되었다.

"누가 여기에 쓴 걸까? 당신이에요?" 그녀는 깜짝 놀라며 안드레아에게 물었다. "그렇군요. 당신이 쓴 것이군요."

그리고 곧바로 풀 위에 무릎을 꿇고는 호기심을 가지고, 거의 탐욕스럽게 읽기 시작했다. 델피나도 그대로 흉내 내어 엄마 뒤에서 몸을 숙이고 두 팔로 엄마를 끌어안고 얼굴을 엄마의 뺨 쪽으로 내밀어 자기 얼굴로 그 뺨을 다 가리다시피 했다. 엄마가 나지막이 시를 읊었다. 희미한 빛을 받으며 아칸서스들 속에서, 화환을 머리에 쓴 키 큰 석상 아래 무릎을 꿇고 있는 두 여자의 모습은 선과 색이 조화된 절묘한 구성을 보여서, 그녀들을 바라보던 시인은 오로지 미적인 기쁨과 순수한 감탄에 압도되어 잠시 동안 가만히 있었다.

그러나 다시 한 번 막연한 질투에 사로잡혔다. 엄마에게 딱 달라붙어, 엄마의 영혼과 그토록 친밀하게 뒤섞인 그 여린 존재가 그에게는 적으로 보였다. 그의 사랑 앞에, 그의 욕망 앞에, 그의 희망 앞에 가로놓인 뛰어넘기 어려운 장애물 같았다. 그는 그녀의 남편이 아닌 그녀의 딸에게 질투했다. 그는 돈나 마리아의 육체가 아닌 영혼을 소유하고 싶었다. 그녀의 영혼 전체를, 상냥함이나 기쁨, 불안이나 고뇌, 꿈을 빠짐없이 지니고 있는, 간단히 말해 정신의 삶이 모두 담긴 그 영혼을 소유하고 싶었다. 그리고 "나야말로 그녀의 생명 중의 생명이다"라고 말할 수 있기를 바랐다.

하지만 마리아의 딸은 어떤 경쟁자도 없이 완전하고 지속적으로 엄마를 소유했다. 잠시라도 사랑스러운 딸이 곁에 없으면 엄마는 자기 존재에서 가장 중요한 요소가 결여되었다고 여기는 듯했다. 잠깐 동안 곁을 떠났다가 돌아온 어린 딸의 목소리가 들리자 그 즉시 눈에 띌 정도로 얼굴 표정이 변했다. 은밀한 조응에 의해, 둘에게 공통되는 생명의 리듬 법칙 때문이라고도 할 수 있는데, 그녀는 무심코 딸의 몸짓이나 미소, 자세, 얼굴 표정을 따라 하는 일이 종종 있었다. 때로는 조용히 있거나 잠든 딸을 어찌나 뚫어지게 응시하는지, 다른 온갖 것이 의식에서 사라져 자신이 바라보는 그 존재와 동화되고 있는 듯 보이기도 했다. 그녀가 딸에게 말을 걸면 그 말은 애무가 되어 그 입가에서 고뇌의 흔적이 사라져 버렸다. 딸이 그녀에게 입을 맞출 때는 입술이 떨렸고 파르르 떨리는 속눈썹 속의 두 눈에는 말로 표현하기 힘든 환희가 넘쳐 그 눈은 마치 승천하는 성녀의 눈 같았다. 그리고 그녀는 한창 다른 사람들과 이야기를 나눈다거나 듣고 있다가 가끔 갑자기 생각이 중단된 듯, 영혼이 순간적으로 부재하는 듯 보일 때가 있었다. 그건 딸 때문이었다. 언제나 그 아이 때문이었다.

'도대체 누가 저 연결 고리를 끊을 수 있을까? 누가 저 마음의 일부를, 아주 조금이라도 손에 넣을 수 있을까?' 안드레아는 뭔가를 잃고 다시는 되찾을 수 없을 때처럼, 단념해야만 할 때처럼, 희망이 사라졌을 때처럼 고통스러웠다. '지금도, 지금 이 순간도 딸은 나에게서 무엇인가를 빼앗아 가는 것 아닌가?'

사실 델피나는 장난삼아 엄마를 계속 꿇어앉아 있게 했다. 그리고 엄마의 등에 매달려 목을 감싸 안은 두 팔에 힘을 주며 깔깔거렸고 크게 소리쳤다.

"안 돼요, 안 돼요, 안 돼. 일어서지 말아요."

엄마가 무언가 말하려고 입을 열자, 델피나는 엄마가 말을 하지 못하게 고사리 같은 손을 엄마 입에 갖다 댔고 그 모습에 엄마가 웃고 말았다. 잠시 후에는 땋은 머리로 엄마의 눈을 가렸다. 이런 장난에 정신이 팔리고 신이 나서 좀처럼 끝낼 생각을 하지 않았다.

그런 델피나를 보자 안드레아는 그 아이가 엄마를 뒤흔들어 놓고, 시를 읽으면서 그녀의 마음속에 피어났을 수도 있을 모든 것을 훼손시키고 다 흩어 놓는 것 같은 인상을 받았다.

돈나 마리아는 가까스로 사랑스러운 폭군에서 해방되자, 그의 얼굴에 살짝 묻어나는 짜증을 감지하고 말했다.

"미안해요, 안드레아. 델피나는 가끔 이렇게 정신없이 장난을 쳐요."

그리고 가벼운 손놀림으로 스커트의 주름을 가지런히 매만졌다. 눈 밑에 붉은 기가 희미하게 감돌았고 호흡도 약간 거칠어졌다. 그리고 미소를 지으며 덧붙였는데, 그 미소는 평소와 달리 그녀가 활력에 넘칠 때면 눈에 띌 정도로 눈부시게 빛났다.

"델피나를 용서해 주세요. 무의식적으로 당신에게 축하해 준 대가로 말이죠. 조금 전에 이 아이가 즉흥적으로 영감을 받아, 운명의 교감을 노래한 당신의 시에 결혼 화환을 씌웠으니까요. 저 상징은 결합의 증거예요."

"델피나와 당신에게 고맙다는 인사를 해야겠군요. 감사합니다." 안드레아는 이렇게 대답했는데 그녀가 처음으로 그에게 귀족 칭호를 붙이지 않고 이름만으로 불렀다는 것을 알아차렸다.

기대하지 않았던 그런 친밀함과 친절한 말들을 통해 그는 마음속으로 자신감을 되찾을 수 있었다. 델피나는 가로수들 중 하나로 달려갔고 곧 멀어졌다.

"그러니까 이 시들은 정신의 기록이군요." 돈나 마리아가 계속 말했다. "이 시들을 제게 주실 수 있어요? 제가 갖고 싶어요."

그는 이렇게 말하고 싶었다. '당연히 오늘 당장 드릴 수 있습니다. 이 시들은 당신 겁니다. 당신을 노래하며 당신에게 간구하는 겁니다.' 하지만 정작 이렇게 대답했다.

"곧 드리겠습니다."

두 사람은 키벨레 상 쪽으로 다시 걷기 시작했다. 그 장소를 벗어나기 전에 돈나 마리아는, 마치 자신을 부르는 소리라도 들은 듯 헤르메스 상 쪽으로 돌아보았다. 생각에 빠진 듯한 얼굴이었다. 안드레아는 조심스레 물었다.

"무슨 생각을 그렇게 하십니까?"

그녀가 대답했다.

"당신 생각 해요."

"저의 어떤 면을?"

"내가 알지 못하는 당신의 예전 생활을. 고통스러운 일을 많이 경험하셨나요?"

"저는 죄를 많이 지었습니다."

"사랑도 많이 하셨겠지요?"

"모르겠습니다. 어쩌면 제가 경험한 건 사랑이 아닐지도 모릅니다. 어쩌면 저는 다시 사랑을 해야 할지도 모르지요. 정말 모르겠습니다."

그녀는 아무 말도 하지 않았다. 두 사람은 잠시 나란히 걸었다. 오솔길 오른쪽으로는 키가 큰 월계수들이 늘어서 있었고 중간중간 같은 간격으로 사이프러스가 서 있었다. 바다가 그 나무들 뒤에서, 가볍게 살랑거리는 나뭇잎들 사이에서, 아마꽃처럼 파란색으로 이따금 미소 지었다. 왼쪽으로는 언덕을 향해 길고 긴 돌 벤치의 등받이 비슷한 벽 같은 게 서 있었고 그 위에는 아텔레타 가문의 문장이 새겨진 방패와 날개를 편 독수리 장식이 번갈아 가며 연이어 장식되어 있었다. 각각의 방패와 독수리 장식 바로 밑에는 돌로 조각한 가면들이 하나씩 붙어 있었는데, 그 가면의 입에 달린 조그만 대롱에서 물이 흘러나와 나란히 붙은 석관 모양의 수조로 떨어졌다. 저부조(低浮彫)로 조각된 신화의 이야기들이 수조를 장식했다. 아마 그렇게 물이 떨어지는 입이 백 개인 듯했다. 그 가로수 길 이름이 '백 개의 분수'이니 말이다. 하지만 시간이 흐르면서 입이 막혀 물이 흐르지 않는 것들도 있었고 겨우 졸졸 물이 흘러나오는 입들도 있었다. 방패도 대부분 깨졌고 이끼가 문장을 뒤덮었다. 목이 떨어져 나간 독수리도 많았다. 저부조의 인물들은 찢어진 낡은 벨벳에 덮인 녹슨 은식기의 일부처럼 이끼들 속에서 얼핏얼핏 보일 뿐이었다. 에메랄드보다 더 맑고 연초록빛을 띤 수조의 물 위에서 공작고사리 이파리들이 흔들리거나 그 위 수풀에서 떨어진 장미 꽃잎 몇 개가 떠다녔다. 부서지지 않고 살아남은 대롱에서 흘러내리는 물소리가, 반주해 주는 곡조 같은 바닷소리를 배경으로 달콤한 노래를 희미하게 들려주었다.

"들리나요?" 돈나 마리아가 그 물소리에 매료되어 걸음을 멈추고 귀를 기울이며 물었다. "씁쓸한 물과 달콤한 물이 연주하는 음악이에요!"

그녀는 그 멜로디에 마음을 빼앗겨 오솔길 한가운데에서 분수쪽으로 몸을 살짝 기울이고 물소리에 귀 기울이는 순간을 방해받는 게 두려운 사람처럼 자기도 모르게 검지를 입에 댔다. 수조에 좀 더 가까이 있던 안드레아는, 움브리아파의 화가가 그린 「수태고지」나 「성탄」의 배경으로 썼을 법한 섬세하고 우아한 초록빛이 배경에 선명하게 드러나는 그녀의 모습을 보았다.

"마리아." 부드러움으로 가슴이 벅차오른 그가 무심코 중얼거렸다. "마리아, 마리아……."

안드레아는 그녀의 이름과 물이 연주하는 음악을 하나로 만들어 보며 이루 말할 수 없는 희열을 느꼈다. 그녀가 안드레아 쪽으로 돌아보지 않은 채 검지로 입술을 누르며 조용히 하라는 몸짓을 했다.

"용서해 주십시오." 그가 감정에 압도되어 말했다. "하지만 이젠 더 이상 버틸 수가 없습니다. 제 마음이 당신의 이름을 부르고 있습니다!"

그는 이상하게 흥분한 감정에 굴복하고 말았다. 그의 정신 속에서 정점에 이른 서정성이 불붙어 활활 타올랐다. 시간과 빛과 장소, 그의 주위에 있는 모든 것이 그에게 사랑을 속삭였다. 그가 보기에 수평선 끝에서부터 수조에 떠 있는 보잘것없는 공작고사리까지 그 모든 게 모여 단 하나의 원을 그리는 듯했다. 그리고 그 원의 중심에 이 여인이 있는 기분이었다.

"당신은 절대 모를 겁니다." 그녀의 기분을 상하게 할까 걱정스러운 듯, 낮은 목소리로 덧붙였다. "제 마음이 얼마만큼이나 당신 것인지 절대 모를 겁니다."

혈관의 피가 모두 심장으로 모여드는 듯, 그녀의 얼굴이 한층 더 창백해졌다. 그녀는 아무 말도 하지 않았다. 애써 그와 눈을 마주치지 않으려 했다. 그리고 약간 상기된 목소리로 딸을 불렀다.

"델피나!"

오솔길 끝 나무들 사이로 들어간 델피나는 대답이 없었다.

"델피나!" 그녀는 당황한 듯 더 크게 불렀다.

딸을 부르고 나서 대답을 기다리는 동안, 점점 더 깊어지는 듯한 침묵 속에 노래하는 두 개의 물소리가 들렸다.

"델피나!"

노루가 지나기라도 하듯 나뭇잎들 사이에서 바스락 소리가 들려왔다. 델피나가 알부투스 베리 나무에서 딴 빨간 열매가 가득 든 밀짚모자를 양손으로 들고 무성한 월계수들 사이에서 날렵하게 나왔다. 베리를 따느라, 그리고 달려오느라 얼굴이 빨갛게 상기되어 있었다. 울로 된 옷에는 가시들이 잔뜩 붙어 있었다. 흐트러진 머리엔 나뭇잎도 몇 개 매달려 있었다.

"엄마, 저쪽으로 가요, 같이 가요!"

델피나는 엄마를 끌고 가서 다른 열매들을 더 따고 싶어 했다.

"저쪽에 숲이 있어요. 열매가 아주, 아주, 아주 많아요. 같이 가요, 엄마. 빨리요!"

"안 돼, 델피나, 제발. 돌아갈 시간이 지났어."

"가요."

"돌아갈 시간이 지났다니까."

"가요! 가자니까요!"

딸이 고집을 부리자 돈나 마리아는 포기하고 딸의 손에 이끌려 갈 수밖에 없었다.

"저렇게 우거진 수풀 속을 지나지 않고 알부투스 베리 나무숲으로 가는 길이 있어요." 안드레아가 말했다.

"들었어? 델피나. 더 좋은 길이 있대."

"안 돼요, 엄마. 나하고 같이 가요!"

델피나는 바다를 마주 보는 쪽의 야생 월계수 숲으로 엄마를 잡아끌고 갔다. 안드레아가 뒤를 따랐다. 그는 자기 앞에 걸어가는 사랑하는 여인의 모습을 마음껏 자유롭게 보며 시선으로 그 모습을 빨아들일 수 있어 행복했고, 나무둥치들이 가로막고, 덤불들이 얽혀 있고 가지들이 꿈쩍도 하지 않는 울퉁불퉁한 경사면을 따라 걸어가느라 계속 중단되는 각기 다른 동작과 리듬을 모두 포착할 수 있어 기뻤다. 하지만 두 눈이 그런 광경으로 풍요로워졌다면 마음은 다른 무엇보다 하나의 표정에 사로잡혀 있었다. '조금 전 내가 억누르고 있던 말을 했을 때 그녀의 얼굴은 어찌 그리 창백했단 말인가! 그리고 델피나를 부를 때 그 목소리는 어찌 표현해야 좋을지!'

"아직 멀었니?" 돈나 마리아가 물었다.

"아니, 아니에요, 엄마. 봐요, 이제 다 왔어요."

오솔길이 끝나는 곳에 이르자 안드레아는 불현듯 일종의 수줍음 같은 걸 느꼈다. 그 말을 하고 나서 그는 돈나 마리아와 눈도 마주치지 못했다. 그녀는 무슨 생각을 하는 걸까? 어떤 기분일까?

어떤 눈으로 나를 볼까?

"여기예요!" 델피나가 외쳤다.

월계수들이 서 있는 간격이 서서히 넓어져서 바다가 훨씬 드넓게 모습을 드러냈다. 알부투스 베리 나무숲이 마치 지상의 산호숲처럼 빨간 모습을 드러냈는데, 가지 끝에는 큰 꽃송이들이 달려 있었다.

"정말 근사하구나!" 돈나 마리아가 조그맣게 말했다.

그 아름다운 숲은 경마장처럼 구부러진, 깊숙하고 볕이 잘 드는 작은 만(灣) 안에서, 해안의 온화함이 기분 좋게 모이는 그곳에서 꽃을 피우고 열매를 맺게 했다. 날렵하게 우뚝 서 있는 관목 줄기들은 대부분 주홍색이었지만 이따금 노란색도 끼여 있었는데 위쪽은 초록색이고 아래쪽은 푸르스름하니 윤기 나는 큰 잎들을 매단 채 고요한 대기 중에서 미동도 하지 않았다. 은방울꽃 다발과 비슷한, 흰색과 연분홍색의 열매들이 송알송알 어린 가지 끝에 매달려 있었다. 선홍색과 오렌지색 열매들은 오래된 가지에 매달려 있었다. 나무마다 열매로 뒤덮여 있었다. 꽃과 열매와 잎과 줄기들이 만들어 내는 화려하고 현란한 광경이 푸른 바다를 배경으로, 전설적인 채소밭의 흔적처럼 강렬하고도 믿기 어려운 꿈처럼 펼쳐졌다.

"정말 근사하구나!"

돈나 마리아는 이제 딸에게 끌려가지 않고 천천히 걸어갔다. 델피나는 신이 나서 달렸는데 이 숲에 있는 열매들을 다 따 버리겠다는 욕심밖에 없는 듯했다.

"용서해 주시겠습니까?" 안드레아가 용기를 내서 말했다. "당신에게 상처를 줄 생각은 아니었습니다. 아니 그렇게 높이, 저로부터 그렇게 멀리, 그렇게 순수하게 계신 당신을 보며 마음속에 품은

제 비밀을 결코 말할 수 없을 거라고, 당신의 공감을 얻을 수도, 당신이 가는 길을 가로지를 수도 없을 거라고 생각했습니다. 당신을 알게 된 이후로 낮이고 밤이고 당신을 그렸지만 희망을 품은 것도 목적을 가진 것도 아니었습니다. 당신이 절 사랑하지 않고, 또 사랑할 수 없다는 걸 잘 압니다. 그렇지만 제 말을 믿어 주십시오, 저는 당신의 마음 한구석에서 살 수만 있다면 인생이 제게 약속하는 모든 걸 다 포기할 수 있습니다……."

그녀는 눈부신 나무 밑을 계속해서 천천히 걸어갔다. 흰색과 연분홍색의 섬세한 열매들이 주렁주렁 달린 나뭇가지가 그녀의 머리 위로 뻗어 있었다.

"믿어 주십시오, 마리아, 믿어 주세요. 설령 지금 당신이 모든 허영심도, 모든 자존심도, 욕망도, 야망도, 과거의 그 어떤 소중한 추억도, 미래에 대한 어떤 달콤한 기대도 모두 버리라 한다 해도, 당신 속에서 당신만을 위해 내일도 없이, 어제도 없이, 다른 이들과 어떤 관계도 맺지 않고 아무것도 좋아하지 않고 세상을 벗어나 완전히 당신의 존재 속에 빠져 영원히 죽음에 이를 때까지 살라고 해도 저는 망설이지 않을 겁니다, 망설이지 않아요. 믿어 주십시오. 당신은 나를 바라보았고 말을 하고 미소를 짓고 대답했습니다. 당신은 내 곁에 앉아 있었고 침묵하거나 생각에 잠겼습니다. 당신은 내 곁에서 당신의 내적인 존재로 살았습니다. 내가 모르는, 절대 알 수 없을 그 보이지 않는 존재, 다가갈 수 없는 그런 존재로 말입니다. 당신의 마음은 변화도 없이, 그 사실을 알아차리지도 못한 채 내 마음 깊은 곳까지 차지해 버렸습니다. 바다가 강을 집어삼키듯 말이지요……. 제 사랑이 당신에게 무슨 의미가 있을까요? 제 사랑이 당신에게 무슨 의미가 있을까요? 사랑은 너무나 여러 번 더럽혀진 단어이고 너무나 여러 번 위조되었던 감정입니다.

저는 당신에게 사랑을 바치지 않을 겁니다. 하지만 제 정신이 더할 나위 없이 고상하고 숭고한 존재에게 바치는 소박하고 종교적인 찬사를 받아 주실 수 없을까요?"

그녀는 핏기 없이 창백한 얼굴을 숙이고 숲 가장자리에, 바다를 굽어보는 곳에 놓인 의자를 향해 천천히 걸어갔다. 의자에 도착하자 말없이, 마치 몸을 던지듯 그 자리에 앉았다. 안드레아는 그 옆에 앉아 계속 말을 이어 갔다.

넓은 반원형에 등받이가 달린 하얀 대리석 의자는 매끄럽고 반들반들했으며, 양 끝에서 팔걸이 형태로 조각된 사자의 다리 이외에는 아무 장식도 없었다. 그 의자는 그리스의 많은 섬들이나, 마그나그라이키아*와 폼페이에서, 여인들이 바다가 보이는 곳의 협죽도 그늘 아래서 한가로이 휴식을 취하거나 시 낭송을 듣던 그런 의자들을 연상시켰다. 이곳에서는 알부투스 나뭇잎들보다 꽃과 열매가 더 많은 그늘을 만들어 냈다. 산호색 줄기들이 대리석과 대조되어 더욱 생생하고 선명해 보였다.

"저는 당신이 좋아하는 걸 모두 사랑합니다. 당신은 제가 찾는 모든 것을 가지고 있어요. 당신이 제게 보여 줄 연민은 다른 여인이 보여 준 그 어떤 사랑보다 저를 따뜻하게 만들 겁니다. 내 마음에 놓인 당신의 손에서 두 번째 젊음이, 첫 번째보다 훨씬 순수하고 강한 젊음이 싹트리라는 걸 느낍니다. 저의 내면의 삶이라고 할 끊임없는 동요가 당신에게서 휴식을 찾을 겁니다. 당신에게서 평온을 찾고 안도하게 될 겁니다. 계속되는 전투에서 영원히, 치유될 수 없게, 매혹과 반감, 유쾌와 불쾌로 시달려 불안하고 만족을 모르는 제 정신은 당신에게서 피난처를 찾아 모든 이상을 병들게 하고 모든 의지를 꺾어 버리고 모든 힘을 억누르는 온갖 의심과 싸울 수 있을 겁니다. 다른 사람들은 저보다는 행복하겠지요.

그러나 저는 저보다 더 행복하지 않은 사람이 이 세상에 있는지는 잘 모르겠습니다."

그는 오베르망*의 말을 인용해 말했다. 일종의 감정적인 도취에 빠져 온갖 우울한 말들이 입에서 흘러나왔다. 도취에 가까운 감정 속에서, 겸허하고 약간 떨리는 듯한 자신의 목소리가 그의 감정을 더욱 키웠다.

"감히 제 생각을 말씀드릴 용기가 나지 않습니다. 불과 며칠 전 당신을 알고 당신 곁에 있으면서 저는 순간순간 완전히 망각 상태에 빠져 회복기에 접어들던 초기, 그러니까 제 안에서 다른 인생을 깊이 의식하던 그 시기로 되돌아간 기분이 되었습니다. 과거도 미래도 이제 없었지요. 아니, 과거는 결코 존재한 적이 없었고 미래는 존재해선 안 될 것 같았습니다. 세상은 형태가 없고 불분명한 환영 같았습니다. 꿈처럼 막연하고 원대한 뭔가가 제 마음속에서 솟아올랐습니다. 불투명하기도 했다가 투명해지기도 하는 베일 하나가 일렁이고, 그 베일을 통해 행복이라는 손으로 만질 수 없는 보물이 어른거리며 빛나기도 하고 보이지 않기도 했지요. 그런 순간들의 저에 대해 당신이 뭘 아시겠습니까? 아마 당신의 마음은 멀리 가 있었을 겁니다. 아주, 아주 멀리 말이에요! 그러나 눈으로 볼 수 있는 당신의 존재만으로도 저는 황홀하게 취했습니다. 그러한 도취감이 피처럼 혈관 속을 흐르고 초인간적 감정처럼 제 정신 속으로 파고드는 것을 느꼈습니다."

그녀는 아무 말 없이 고개를 꼿꼿이 들고 상체를 똑바로 펴고 양손은 무릎 위에 올려놓은 채 마치 자신을 파고드는 무력감을 필사적으로 이겨 내려 애쓰며 깨어 있는 사람 같은 자세를 취하고 있었다. 하지만 그녀의 입매는, 그 입의 표정은, 힘껏 꽉 다물고 있었지만 그런 노력이 헛되게 일종의 고뇌 어린 희열이 드러났다.

"감히 제 생각을 말씀드릴 용기가 나지 않습니다. 마리아, 마리아, 용서해 주시겠습니까? 절 용서해 주시겠습니까?"

의자 뒤에서 작은 손 두 개가 뻗어 나오더니 마리아의 눈을 가리고 기쁨이 가득한 목소리로 크게 외치는 소리가 들렸다.

"누굴까요? 맞혀 보세요?"

델피나가 손가락으로 눈꺼풀을 누르며 뒤로 잡아당겼기 때문에 돈나 마리아는 등받이에 몸을 기대며 웃었다. 안드레아는 그 가벼운 미소가 조금 전까지 입가에 맴돌던 어두운 명암을 사라지게 만들고, 그의 눈에 동의나 고백의 표시로 비칠 수도 있는 흔적들을 모두 지워 버리고, 그의 마음속에서 희미한 희망의 빛으로 바뀔 수도 있을 망설임의 그림자를 흩어 놓는 것을 생생하게, 이상할 정도로 분명하게 보았다. 그래서 그는 거의 물이 가득 들어 있다고 생각했던 잔을 입에 댔지만 자신의 갈증을 풀어 주리라 생각했던 술잔이 텅 비어 있다는 걸 깨달은 남자 같은 기분이었다.

"맞혀 봐요!"

델피나가 일종의 흥분 상태에서 재빨리, 힘껏 엄마의 머리에 입을 맞춰 댔는데 약간 아플 수도 있을 것 같았다.

"누군지 알아, 누군지 알고 있으니까, 놔줘." 눈이 가려진 채 돈나 마리아가 말했다.

"놔주면 나한테 뭘 줄 거예요?"

"네가 원하는 것을."

"제가 딴 베리를 집으로 가져갈 당나귀 한 마리가 필요해요. 얼마나 많이 땄는지 보러 가요!"

델피나가 의자를 돌아 나와 엄마의 손을 잡았다. 엄마가 약간 힘겹게 일어섰다. 겨우 일어선 뒤에는 눈이 부신 듯 두어 번 눈을 깜빡였다. 안드레아도 일어섰다. 두 사람은 델피나를 뒤따라갔다.

238

이 끔찍한 아이는 숲의 절반 정도에 가까운 나무들의 열매를 몽땅 따 버렸다. 키 작은 나무들의 가지에는 빨간 열매가 하나도 보이지 않았다. 델피나는 어디서 구했는지, 가느다란 막대의 도움을 받아 놀랄 만큼 열매를 많이 땄고 그것들을 모두 한 무더기로 쌓아 놓았는데, 그 강렬한 색깔 때문에 마치 갈색의 땅에서 뜨겁게 타오르는 석탄 더미 같았다. 그런데 아이는 꽃에는 흥미를 전혀 느끼지 않았다. 흰색, 연분홍색, 거의 투명에 가까운 연노란색 꽃들, 아카시아꽃보다 더 보드랍고 은방울꽃보다 더 사랑스러운 꽃송이들이 노란빛이 감도는 투명한 우유 같은 희미한 빛에 잠긴 채 가지에 매달려 흔들렸다.

"세상에, 델피나, 델피나!" 돈나 마리아가 딸이 황폐하게 만든 숲을 보고 크게 소리쳤다. "대체 무슨 짓을 한 거야?"

아이가 선홍색 피라미드 앞에서 행복하게 웃었다.

"모두 여기에 놔두고 돌아가야 해."

"싫어, 싫어요……."

델피나는 처음엔 말을 듣지 않았다. 그러다가 다시 생각해 보더니 눈을 반짝이며 거의 혼잣말하듯 중얼거렸다.

"사슴이 와서 먹을 거야."

근처 정원에서 자유롭게 거닐던 그 아름다운 동물을 본 게 틀림없었다. 사슴의 먹이를 모아 두었다는 생각을 하자 만족스러웠고 어느새 동화들에서 자양분을 취한 상상력에 불이 붙었다. 사슴들은 선량하고 힘을 가진 요정들로, 새틴 쿠션에 몸을 기대고 사파이어 유리잔에 음료를 마신다는 그런 동화들 말이다. 델피나는 벌써 꽃이 만발한 나무 그늘에서 알부투스 베리를 배불리 먹는 그 아름다운 금빛 동물을 눈앞에서 보듯 공상에 빠져 아무 말이 없었다.

"가자. 늦었어." 돈나 마리아가 말했다.

그녀가 델피나의 손을 잡고 꽃이 핀 나무 아래로 걸어갔다. 그리고 숲이 끝나는 곳에서 걸음을 멈추고 바다를 바라보았다.

구름의 그림자들이 아로새겨진 바다는 부드럽고 매끈하고 유연하고, 바람에 흔들려 주름을 만들어 내는 넓은 비단 같았다. 그리고 흰색과 황금색으로 나뉘어 있지만 같은 장소에서 하나로 뒤섞여 보이기도 하는 구름들은 얇디얇은 베일에 싸여, 아치 없는 다리 위에 높이 서 있는 금과 상아로 된 석상들을 닮아 있었다.

안드레아가 가지를 뒤덮은 꽃의 무게 때문에 아래로 축 늘어진 알부투스 베리 나무에서 꽃을 한 송이 따서 돈나 마리아에게 내밀었다. 그녀는 그것을 받으며 그를 보았지만 아무 말도 하지 않았다.

세 사람은 다시 오솔길을 따라 걸었다. 델피나는 사슴에 빠져 같은 이야기를 끝도 없이 반복하면서 기이한 상상들을 뒤섞고 단조로운 이야기들을 길게 늘이고 여러 동화들을 혼동하며 쉴 새 없이 조잘거렸고 그러면서 이야기의 미로를 만들어 냈다가 자신도 그 속에서 길을 잃고 말았다.

델피나는 무의식 상태에 빠진 듯 계속 이야기했는데 아침 공기가 그 아이를 취하게 만든 것 같았다. 마치 꿈속에서 계속 변신이라도 하듯, 왕의 아들들과 신데렐라, 어린 왕녀, 마법사, 괴물 그리고 상상의 왕국에 사는 모든 인물들을 무더기로, 떠들썩하게 사슴 주변으로 불러 모았다. 때로는 노래하듯이, 때론 단어가 아니라 소리를 계속 이어서 지저귀는 새처럼 이야기했는데, 그렇게 연달아 이어지는 소리 속에서 이미 시작된 음악적 파동이, 연주하다 정지한 현이 떨릴 때처럼 번져 나왔다. 어린아이의 정신 속에서 언어적 기호와 사고의 연결이 끊어질 때 일어나는 일이었다.

어른 둘은 아무 말도 하지 않았고 델피나의 이야기를 듣지도 않았다. 하지만 그들에게는 델피나의 단조로운 이야기가 그들의 생각을, 그들 생각의 소곤거림을 덮어 버리는 듯했다. 그들이 생각에 빠져 있는 동안 그들 뇌의 가장 깊은 곳에 있던 소리를 지닌 무엇인가가, 침묵 속에서 물리적으로 감지할 수 있는 무엇인가가 달아나는 것 같은 인상을 받았기 때문이다. 그래서 델피나가 잠시라도 입을 다물면 이상한 불안감과 단절감을 느꼈는데 침묵이 그들의 마음을 그대로 노출하여, 말하자면 거의 발가벗겨지는 기분이었다.

'백 개의 분수' 가로수 길이 사라지기 쉬운 원근감을 주며 모습을 드러냈다. 분수에 떨어지는 물방울들과 거울 같은 물들이 섬세하고 유리 같은 반짝임을, 유동적이면서 유리 같은 투명함을 만들어 냈다. 방패 위에 내려앉던 공작 한 마리가 휘익 날아오르는 바람에 아래 있던 수조에 장미 꽃잎이 떨어져 흩어졌다. 안드레아는 몇 발짝 더 떨어진 곳에 있는 수조 하나를 알아보았다. 아까 돈나 마리아가 그 앞에서 걸음을 멈추고 "들려요?"라고 묻던 수조였다.

헤르메스 주상이 있는 구역에서는 이제 사향 냄새가 나지 않았다. 화환을 쓰고 생각에 잠긴 듯한 헤르메스 상에 나뭇잎 사이로 비치는 햇빛이 아로새겨졌다. 지빠귀들이 서로의 노래에 화답하며 지저귀었다.

델피나가 또다시 변덕을 부리며 말했다.

"엄마, 화환을 돌려주세요."

"안 돼. 여기에 놓아두자. 왜 다시 갖고 싶은 건데?"

"벗겨 주세요. 무리엘라에게 갖다줄래요."

"무리엘라는 화환을 망가뜨릴 거야."

"벗겨 주세요, 부탁이에요."

돈나 마리아가 안드레아를 보았다. 그가 석상으로 다가가서 화환을 벗겨 델피나에게 직접 건넸다. 이런 사소한 일화로 인해 흥분해 있던 둘은 마음속으로 신비한 알레고리를 느끼게 되었는데, 이는 미신이 만들어 낸 것으로, 그 미신은 지적인 사람들의 마음에도 사랑에 의해 생기는 분명치 않은 동요 현상 중 하나였다. 그들 눈에는 이런 단순한 사실 속에 상징이 숨어 있는 듯했다. 어떤 상징인지는 잘 알지 못했지만 그들은 그렇게 생각했다. 시구 하나가 안드레아를 괴롭혔다.

그러므로 승낙의 몸짓을 나는 볼 수 없는 걸까?

오솔길 끝이 점점 가까워지자 초조함이 그를 괴롭혔다. 이 여인에게 한마디 말이라도 들을 수 있다면 자기 몸의 피 절반을 줄 수도 있었다. 하지만 그녀는 수백 번 말을 할 듯하면서 결국 아무 말도 하지 않았다.

"봐요, 엄마, 저쪽에 페르디난도하고 무리엘라, 리카르도가 있어요!" 델피나가 오솔길 끝에서 돈나 프란체스카의 아이들을 발견하고는 화환을 흔들며 뛰어갔다.

"무리엘라! 무리엘라! 무리엘라!"

4

마리아 페레스는 일기에 온갖 생각이나 기쁨, 슬픔, 꿈, 마음의 동요, 동경, 한탄, 희망 같은 내면의 움직임들과 외부 생활의 사건들을 하나도 빠짐없이 매일 기록하는 젊은 시절의 습관을 여전히 충실하게 지켜 오고 있었다. 일기가 거의 그녀 정신의 여정을 그려 가기 때문에 그녀는 이따금 일기를 다시 읽으며 거기서 미래 여행의 지침을 찾고, 이제 아득히 사라져 버린 것들의 흔적을 되찾기를 좋아했다.

주위 상황 때문에 스스로에게 침잠할 수밖에 없었고 더러워질 수 없고 접근할 수 없는 상아로 만든 탑 같은 순결함 속에 항상 갇혀 있던 그녀는 비밀 노트의 하얀 페이지에 털어놓는 일상의 고백 같은 일기에서 편안함을 느끼고 위로를 받았다. 자신의 고뇌를 호소하기도 하고 눈물을 흘리기도 하고 수수께끼 같은 마음을 파헤쳐 보려고도 하고 양심에 거리낌이 없는지 자문해 보기도 하고 기도로 용기를 되찾기도 하고 명상으로 마음을 가라앉히기도 하고 허약함이나 허망한 상상을 멀리하거나 하느님의 손에 자신의 영혼을 맡기기도 했다.

* * *

1886년 9월 15일(빌라 스키파노이아) 몹시 피곤하다! 여행이 약간 힘들었고, 이곳 바다와 전원의 새로운 공기에 머리가 조금 멍했다. 휴식이 필요하다. 오늘 밤에는 달콤하고 편안하게 잠을 자고 내일 아침 상쾌하게 일어날 것 같은 예감이 든다. 친구 프란체스카의 집, 아름다운 장미들과 키 큰 사이프러스들이 늘어선 이 스키파노이아에서 친구의 따뜻한 환대 속에 잠이 깰 것이다. 그리고 잠에서 깨면 내 앞에는 몇 주간의 평화로운 시간이, 20여 일, 아니 어쩌면 그보다 좀 더 긴 정신적 존재로 생활할 시간이 놓여 있을 것이다. 초대해 준 프란체스카에게 진심으로 감사한다. 프란체스카를 다시 만났을 때 친자매와 재회한 기분이었다. 피렌체에서 보낸 그 아름다운 시절의 나와 지금의 나는 얼마나 다른지, 얼마나 깊이 변했는지!

프란체스카는 오늘 내 머리카락을 화제 삼아 그 시절의 열정과 우수를 추억했다. 카를로타 피오르델리세와 가브리엘라 반니, 그리고 지금은 실제로 경험한 게 아니라 기억나지 않은 옛날 책에서 읽었거나 꿈에서 본 듯한 먼 옛날의 일들을 모두. 내 머리카락은 빠지지 않았으나 좀 더 생기발랄한 다른 것들은 다 빠져 버리고 없었다. 내 머리에는 머리카락이, 내 운명에는 고통의 이삭들이 셀 수도 없을 만큼 많다.

그런데 왜 이리 슬픈 걸까? 추억을 떠올리면서 왜 이리 고통스러운 걸까? 체념한 내 마음이 이따금 왜 이리 흔들리는 걸까? 무덤에 대고 한탄해 보아야 아무 소용이 없다. 그런데 과거는 죽은 사람들을 돌려주지 않는 무덤 같다. 하느님, 이 점을 절대 잊지 않게 해 주세요!

프란체스카는 아직 아주 젊다. 기숙 학교에서 다소 어두운 내 정신에 이상한 매력을 발산했던 그 아름답고 솔직한 젊음을 아직 그대로 간직하고 있다. 그녀는 보기 드문 굉장한 장점을 가지고 있는데 그건 바로 쾌활한 성격이다. 쾌활하면서도 다른 이의 아픔을 이해할 줄 알고 너그럽고 자비롭게 고통을 덜어 줄 줄도 안다. 무엇보다 그녀는 지적이고 고상한 취미를 가진 여인, 완벽한 여인이며, 부담을 주지 않는 친구다. 농담이나 짓궂은 말들을 지나치게 즐기는 경향이 있지만, 그녀가 사용하는 화살은 황금 화살촉이 박혀 있고, 흉내 낼 수 없을 정도로 우아하게 그 화살을 쏜다. 내가 아는 사교계의 많은 귀부인들 중에서도 그녀만큼 세련된 여인은 없다. 내가 가장 좋아하는 친구다.

프란체스카의 아이들은 엄마를 별로 닮지 않아서 그리 잘생기거나 예쁘지는 않다. 그러나 딸 무리엘라는 무척 사랑스럽다. 밝게 미소 짓는 두 눈은 엄마를 닮았다. 꼬마 숙녀처럼 예의 바르게 델피나를 환영해 주었다. 그 아이는 분명 어머니의 '품위 있는 예법'을 물려받을 것이다.

델피나는 행복해 보인다. 어느새 정원 대부분을 탐사하고 계단을 전부 내려가 바다까지 갔다. 내게 와서 숨을 헐떡이고 말도 제대로 잇지 못하면서 눈을 반짝이며 여기저기서 본 놀라운 것들을 들려주었다. 델피나는 새로운 친구의 이름을 여러 차례 말했다. 무리엘라. 사랑스러운 이름이다. 델피나가 말하면 한층 더 사랑스럽게 들린다.

델피나는 깊이 잠들었다. 눈을 감으면 길고 긴 속눈썹이 뺨 위에 긴 그림자를 드리운다. 오늘 저녁 프란체스카의 사촌 동생이 델피나의 속눈썹이 깜짝 놀랄 만큼 길다는 걸 알아차리고 윌리엄 셰익스피어의 『템페스트』에 등장하는 미란다의 속눈썹에 대한 매우 멋진 한 구절을 말해 주었다.

방 안에 너무 강한 향기가 감돈다. 델피나는 잠자기 전에 장미꽃 다발을 침대 곁에 놔주길 바랐다. 델피나가 잠들었으니 이제 꽃다발을 로지아에, 밖에 갖다 놔야겠다.

피곤하지만 서너 페이지 정도 글을 썼다. 잠이 쏟아진다. 그렇지만 나의 외부에, 내 주위에 널리 퍼져 있는 부드러움 속에서, 이리저리 흔들리는 뭐라 정의할 수 없는 내 마음속의 나른함을 길게 연장하기 위해 이렇게 깨어 있는 시간을 좀 더 갖고 싶다. 내 주위에서 이런 친절을 조금이나마 경험해 본 게 오래, 아주 오래되었다.

프란체스카는 정말 좋은 친구다. 나는 진심으로 그녀에게 감사한다.

*

장미 꽃병을 로지아로 가져갔다. 그러고 나서 그토록 아름다운 밤하늘 아래 흘러가는 시간을 잠에 빠져 아무것도 보지 못하고 잃어버리는 게 아쉬워 거기 잠시 서서 밤의 소리를 들었다. 분수 소리와 바닷소리가 이상하게 조화를 이루었다. 눈앞의 사이프러스들이 밤하늘에 떠 있는 기둥들 같다. 별들이 나무 꼭대기에서 반짝이며 사이프러스를 환히 비추었다. 밤에는 왜 공기 중에 떠다니는 향기들이 뭔가를 말하려 하고 의미를 갖게 되며, 자신들의 언어를 갖게 되는 걸까?

그래, 밤에 꽃들은 잠들지 않아.

9월 16일 즐거운 오후였다. 거의 대부분의 시간을 로지아나 테라스, 가로수 길 그리고 근심을 잊기 위해 시인인 제후가 명령해서 건축한 것 같은 이 빌라의 야외에서 프란체스카와 이야기하며 보냈다. 페라라 궁전의 이름은 완벽하게 이 빌라에 어울린다.

프란체스카가 양피지에 쓴 스페렐리 백작의 소네트를 읽게 해 주었다. 매우 우아한 시였다. 스페렐리는 뛰어나고 강렬한 정신을 가졌다. 그는 지난 5월에 로마에서 결투를 하다가 입은 치명상에서 조금씩 회복되는 중이었다. 그의 행동, 말, 시선에서 회복기 환자들, 죽음의 손에서 벗어난 사람들에게서 볼 수 있는 일종의 무심함이 담겨 있었는데, 그게 따뜻하면서도 부드럽게 느껴졌다. 아주 젊은 게 틀림없지만 많은 경험을 하고 불안한 삶을 산 게 분명했다. 전투의 흔적들을 몸에 지니고 있었다.

즐거운 저녁이었다. 식사 후에는 친밀한 대화와 친밀한 음악을 즐겼다. 혹시 내가 너무 말이 많았던 건 아닌지 모르겠다. 적어도 흥분해 있던 것만은 사실이다. 그러나 프란체스카는 내 이야기를 듣고 호응해 주었다. 스페렐리 백작도. 저속하지 않은 대화를 나눌 때의 가장 고상한 기쁨 중 하나는 바로, 동일한 수준의 열정이 그 자리에 있는 모든 지성에 생기를 불어넣는다는 사실을 느끼는 것이다.

프란체스카의 사촌 동생은 세련된 음악 애호가이다. 18세기 음악가들을 사랑하는데, 특히 쳄발로 작곡가 중 하나인 도메니코 스카를라티를 좋아한다. 그러나 열렬히 좋아하는 작곡가는 제바스티안 바흐이다. 쇼팽은 별로 좋아하지 않았다. 베토벤은 영혼 속에 지나치게 깊숙이 파고들어 너무 불안하게 만들었다. 종교 음악에서는 모차르트를 제외하곤 바흐와 비교할 만한 작곡가가 없었다. "모차르트가 「레퀴엠」의 '이상한 나팔소리(Tuba mirum)'에서 초자연적인 목소리로 보여 준 종교성과 경외심의 수준에 도달한 미사곡은 아마 어디에도 없을 겁니다." 그가 말했다. "사실 모차르트는 그리스인 같은, 플라톤 같은, 단순하게 우아함과 아름다움과 평온함을 추구하는 작곡가는 아닌 것 같습니다. 코멘다토레*의 유령을 음악적으로 창조해 낼 정도로 뛰어난 초자연적 감각을 지닌 사람, 돈 조반니와 돈나 안나를 창조해서 내적 존재의 분석을 한층 더 발전시킬 수 있던 사람이니까요⋯⋯."

그는 고상하고 복잡한 일들을 탐구하는 데 몰두해 있는 남자들 특유의 말투로 이런 이야기와 다른 말들을 했다.

그리고 내 말을 들을 때 묘한 표정을, 마치 깜짝 놀란 듯한 표정을 지었고 가끔은 불안해 보이기도 했다. 나는 거의 프란체스카를 보면서 말했다. 하지만 짜증 날 정도로 고집스레 나를 뚫어지게 쳐다보는 그의 시선을 느꼈는데 기분이 나쁘지는 않았다. 그는 아직도 아프고 허약하고, 예민한 감성에 사로잡혀 있는 게 틀림없었다. 마침내 그가 내게 물었다.

"노래 부르십니까?" 마치 '날 사랑하나요?'라고 묻듯이.

나는 파이시엘로의 아리아와 살리에리의 아리아를 불렀다. 약간 18세기풍으로 연주했다. 내 목소리는 뜨거웠고, 내 손끝은 능숙하게 움직였다.

그 사람은 아무런 칭찬도 하지 않고 계속 침묵을 지켰다. 왜 그랬을까?

델피나는 2층에서 벌써 잠들어 있었다. 델피나를 보러 올라갔다가 울기라도 했는지 속눈썹이 촉촉이 젖은 채 잠들어 있는 아이를 보았다. 가여운 내 딸! 도로시 말이 내 목소리가 2층까지 또렷하게 들렸다고 했다. 그래서 막 잠이 들려던 델피나가 흠칫 놀라 잠에서 깨어 흐느껴 울며 아래층으로 내려가겠다고 했단다.

내가 노래를 하면 델피나는 항상 운다.

지금은 잠들어 있다. 하지만 가끔씩 아이의 숨소리가 거칠어지는 걸 보면 아직도 약하게 흐느끼는 듯하다. 그래서 나 역시 막연하게 숨을 쉬기가 힘들어지는데, 저 무의식적인 흐느낌에, 꿈속에서도 가라앉지 않는 고통에 응답해 줘야 할 것만 같아서다. 가여운 내 딸!

누가 아래층에서 피아노를 치는 걸까? 누군가가 내가 좀 전에 연주한, 매혹적인 우수가 넘치는 루이지 라모의 '가보트'를 부드럽게 연주하고 있다. 누굴까? 프란체스카는 나와 같이 2층에 올라왔는데. 이렇게 늦은 시각에.

나는 로지아로 나갔다. 현관 옆 넓은 방은 이제 깜깜했다. 후작과 마누엘이 아직도 카드 게임을 하는 그 옆의 작은 방만 불빛이 환했다.

'가보트' 연주가 중단되었다. 누군가 계단을 내려가 정원으로 가고 있다.

오, 세상에, 대체 왜 이렇게 경계하고 주의를 기울이며 호기심을 갖는 걸까? 이 밤, 소리 하나하나가 왜 이렇게 내 마음을 뒤흔드는 걸까?

델피나가 잠에서 깨어 나를 부른다.

9월 17일 오늘 아침 마누엘이 떠났다. 우리는 로빌리아노 역까지 배웅하러 갔다. 10월 10일경에 나를 데리러 돌아올 것이다. 그러면 시에나에 계시는 내 어머니에게 갈 예정이다. 나와 델피나는 아마 새해가 될 때까지 두세 달 시에나에 머물게 될 듯하다. 교황의 로지아와 가이아 분수와 흰색과 검은색 대리석의 아름다운 대성당을 다시 보게 되겠지. 그리고 내가 사랑하는 곳으로 내 영혼의 일부분이 아직도 기도드리고 있는, 키지 예배당 옆의 성녀 카타리나의 집, 내 무릎을 잘 아는 그곳도.

그곳에 대한 이미지가 내 기억 속에 선명하게 남아 있다. 시에나로 돌아가면, 내가 꿇어앉았던 바로 그곳, 정확히 그곳에 다시 꿇어앉으리라. 거기에 내 무릎 자국이 두 개의 깊은 구멍으로 남겨졌다면 더 좋겠지. 그리고 고요한 물에 비친 밤하늘처럼 대리석에 반사된 별이 총총한 파란 하늘 아래에서 아직도 기도하는 내 영혼의 일부를 되찾을 수 있겠지.

물론 하나도 변하지 않았을 것이다. 이리저리 흔들리는 수많은 그림자들이 예배당을 메우고, 돌에 박힌 보석들에서 반사되는 빛이 어둠에 생기를 불어넣는 그 예배당에 램프들이 켜져 있었다. 투명한 토파즈처럼, 불빛은 불꽃을 키워 주는 등유가 가득한 작은 원 안에 자신의 모든 것을 집중시키는 듯했다. 주의 깊게 살펴보니 창백하고 차갑던 대리석 조각이 서서히 따스해져서 거의 상아의 온기를 지닌 듯했다. 천상의 존재들의 창백한 생명이 대리석에 서서히 스며들어 천사의 육체가 지닌 아름답고 투명한 성질이 대리석의 형상 속으로 번졌다.

나의 기도는 얼마나 열성적이고 자연스러웠던지! 성 프란체스코의 '기도서'를 읽는데 그 말들이 달콤한 눈물처럼, 우유 방울처럼 내 마음으로 흘러내리는 기분이었다. 묵상을 시작하자, 나이팅게일이 꽃 핀 나무들 사이에서 지저귀고 비둘기들이 신의 은총이 흐르는 시냇가에서 구구거리는 환희의 정원을 거닐 듯, 영혼의 깊은 곳에 자리한 비밀의 길을 걸어가는 기분이었다. 기도가 신선함과 향기로 가득 찬 평온을 내게 쏟아부어 주었고 『작은 꽃들』*에서와 같은 신성한 봄들을 내 마음에 펼쳐 놓았고 신비한 장미와 초자연적인 백합 화환으로 나를 장식해 주었다. 나의 오래된 시에

나에서, 오래된 성녀 카타리나의 도시에서 난 무엇보다 종소리들의 부름을 들었다.

9월 18일　말로 표현할 수 없는 번민의 시간. 산산조각 난 꿈의 조각들을 다시 평가하고 이어 붙이고 모으고 재구성해야 하는 형벌을 받은 듯하다. 일부는 나의 외부에서 실현되려 하고 일부는 내 마음 깊은 곳에서 혼란스레 요동치고 있는 꿈의. 그런데 아무리 애를 쓰고 또 써도 다시 완전하게 원래의 모양으로 만들 수는 없다.

9월 19일　또 다른 번민. 아주 오래전 누군가 나를 위해 노래를 불렀다. 그리고 그 노래를 끝마치지 않았다. 그때 그 노래가 중단되었던 지점에서 누군가 다시 노래를 한다. 하지만 이미 오래전에 난 그 노래가 어떻게 시작되었는지를 잊어버렸다. 계속되는 노래와 그 부분을 연결해 보려고 애를 쓰는 동안 내 마음은 불안하고 당황해 어쩔 줄 몰라 한다. 내 마음은 예전의 음조를 되찾지도, 새로운 노래를 즐기지도 못한다.

9월 20일　오늘 아침 식사 후에 안드레아 스페렐리가 나와 프란체스카에게 로마에서 어제 도착한 그림들을 보여 준다며 자기 방으로 초대했다.

오늘 소묘화가가 연필로 연구하고 분석한 예술 전반이 우리 눈앞에서 펼쳐졌다고 말할 수 있다. 내 인생에서 가장 강렬한 기쁨 하나를 누렸다.

스페렐리의 손으로 완성한 그림들이었다. 전 유럽 미술판 곳곳에서 이루어진 그의 연구, 스케치, 메모, 기억 들이었다. 말하자면 그의 성무 일과서(聖務日課書), 놀라운 성무 일과서 같은 것으로, 예전 화가들의 가장 뛰어난 작품이 그 한 페이지를 차지했는데, 그 한 장에 화가의 양식이 응축되어 있었으며, 작품의 가장 수준 높고 독창적인 아름다움들이 기록되어 있었으며, 창작품의 *punctum saliens*[10]가 포착되어 있었다. 그 광범위한 화집을 넘겨보면서 특정 지역 회화에서 발전된 다양한 화파, 다양한 운동, 다양한 흐름, 다양한 영향들을 정확히 이해할 수 있었다. 뿐만 아니라 나는 개개 화가의 내밀한 정신을, 예술의 본질을 통찰하게 되었다. 예를 들면 14세기 화가들과 15세기 화가들, 소박한 화가들, 고상한 화가들, 르네상스 전파의 위대한 화가들을 깊이 이해하게 되었다.

데생들은 장식 못과 미사 책의 것을 흉내 낸 은제 죔쇠가 달린 아름다운 가죽 케이스에 보관되어 있었다. 다양한 기법은 매우 독창적이었다. 렘브란트의 그림을 본떠 약간 불그레한 종이에 붉은 색연필로 따스한 느낌을 내고 암갈색 수채화 물감으로 그린 그림들도 있었다. 그리고 빛은 하얗게 템페라 화법으로 강조했다. 플랑드르의 거장들을 본떠 그린 그림 몇 장은 유화용 화지와 아주 비슷한 거친 종이를 이용했는데, 암갈색 수채화 물감으로 그린 그림이 마치 역청으로 스케치한 듯한 분위기를 냈다. 그 밖의 그림들은 흰 화지나 노란 화지 혹은 회색 화지에 붉은 색연필과 검은 색연필, 삼색의 색연필뿐만 아니라 파스텔을 약간 쓰기도 했고 펜으로 스케치한 선 위에 암갈색 수채화 물감을 쓰거나 먹물을 이용해 수묵화 느낌을 내기도 했다. 이따금 붉은 색연필에 보라색이 포함되어 있는 것 같기도 했고, 검은 색연필은 벨벳처럼 부드러운 느낌을 주었다. 암갈색은 따뜻하고 황갈색과 금빛, 엷은 대모갑 색

---

10 '요점', '중요한 요소'라는 뜻의 라틴어.

깔로 보이기도 했다.

이런 상세한 느낌은 모두 이 그림을 그린 사람으로부터 나왔다. 그 느낌을 떠올리며 글로 옮기다 보니 이상하게 기분이 좋다. 회화에 흠뻑 취해 있었다는 기분이 든다. 수천 개의 선과 형상들이 내 머릿속을 꽉 채우고 있다. 혼란스레 뒤범벅된 이런 것들 한가운데에서 나는 늘 르네상스 전파 화가들이 그린 여인들, 잊을 수 없는 성녀와 성모의 얼굴들, 고색창연한 도시 시에나에서 신앙심 깊던 내 어린 시절, 타데오와 시모네*의 프레스코화에서 웃고 있던 그 여인들을 본다.

이보다 훨씬 뛰어나고 훨씬 세련된 어떤 걸작도 이렇듯 강렬하고 지속적이고 잊히지 않는 인상을 마음에 남기지 않았다. 백합 줄기처럼 길고 호리호리한 몸매, 옆으로 약간 기울인 날씬한 목, 볼록 튀어나온 이마, 고뇌와 다정함이 넘치는 입매, 밀랍처럼 파리하고 성체처럼 투명한 가느다란 손가락, 다른 그 어떤 이목구비보다 의미심장한 그 손(아아, 멤링*!). 붓 끝에 경건한 인내를 담아 한 올 한 올 그려 넣은 것처럼, 붉은 구리색과 황금색과 벌꿀색이 오묘하게 드러나는 머리카락. 그리고 귀족적이고 진중한 그 모든 태도들, 아니 마치 천사에게서 꽃을 받거나, 펼쳐 놓은 책 위에 손가락을 얹거나, 어린아이 쪽으로 몸을 숙이거나, 예수의 몸을 무릎에 안고 있거나, 축복을 하거나, 숨을 거두려 하거나, 천국으로 올라가려 할 때의 그런 자태들, 그러니까 순수하고 진실하고 깊이 있는 이 모든 것들이 정신의 가장 깊은 곳까지 부드럽게 만들고 자비로 가득 차게 한다. 현실의 삶에서, 현실의 죽음에서 보았던 인간적인 슬픔이 담긴 슬픈 광경처럼 영원히 기억에 새겨진다.

오늘 르네상스 전파 여인들이 한 사람, 한 사람 우리 눈앞을 지나갔다. 나와 프란체스카는 낮은 소파에 앉아 있었고 우리 앞쪽의 커다란 독서대에는 그림을 넣은 가죽 케이스가 놓여 있었다. 그 그림을 그렸던 사람이 우리와 마주 보고 앉아서 천천히 그림을 넘기며 자기 생각을 말했다. 그럴 때마다 나는 그림을 넘기고, 기묘할 정도로 우아하게 그것을 케이스에 뒤집어 놓는 손을 보았다. 왜 그럴 때마다 마치 그 손이 내게 닿으려 하는 듯, 내 마음속에서 전율이 일려 했던 걸까?

갑자기, 아마 앉아 있던 의자가 불편해서인 듯, 그가 카펫에 무릎을 꿇고 그림을 넘겼다. 계속 내 쪽을 보며 말했다. 하지만 가르치는 말투가 아니라 자신과 똑같이 이 분야에 정통한 사람과 토론하듯 말했다. 나는 내심 기뻤는데 그 속에는 감사의 마음도 섞여 있었다. 내가 탄성을 지르자 그가 미소 지으며 나를 보았는데 뭐라 정의할 수 없는 미소가 아직도 눈에 선하다. 프란체스카가 두세 번, 전혀 거리낌 없이 친근하게 자기 팔을 그의 어깨에 기댔다. 시스티나 예배당에 있는 산드로 보티첼리의 프레스코화를 보고 그린 모세 아들의 두상을 보자 프란체스카가 말했다. "울적할 때의 너하고 분위기가 조금 비슷하네." 페루지노의 「파비아의 마돈나」 일부분인 대천사 미카엘의 두상을 보고는 이렇게 말했다. "약간 줄리아 모체토 같아, 안 그래?" 그는 대답하지 않았다. 그러더니 서둘러 종이를 뒤집었다. 그러자 프란체스카가 웃으면서 다시 말했다. "죄의 모습들은 멀리해야지!"

그 줄리아 모체토라는 여자가 혹시 그가 예전에 사랑했던 사람일까? 종이가 넘어간 뒤에 나는 대천사 미카엘을 다시 보고 싶은, 좀 더 주의 깊게 자세히 살펴보고 싶은 이해할 수 없는 욕망이 생겼다. 단순한 호기심이었던 것일까?

모르겠다. 내 마음속을, 비밀스러운 곳을 들여다볼 용기가 나지 않는다. 나는 나 자신을 속이며 생각을 미루는 게 더 좋다. 모호한 지역들이 조만간 적의 손에 함락되리라곤 생각하지 않는다. 나는 전투를 할 용기가 없다. 나는 겁쟁이이다.

그건 그렇고, 지금은 감미로운 시간이다. 진한 차를 여러 잔 마신 것처럼 정신은 갖가지 상상으로 흥분되어 있다. 침대에 눕고 싶은 생각이 전혀 들지 않는다. 8월처럼 꽤 더운 밤이다. 하늘은 맑지만 아련하게 안개가 끼어 있어 진주색 천 비슷하다. 바다는 느릿느릿, 나지막이 숨을 쉬지만, 분수 소리가 그 사이사이에 끼어들고 있다. 로지아가 나를 유혹한다. 우리 꿈을 좀 꾸어 보자고! 어떤 꿈을?

성모나 성녀들의 눈이 항상 나를 따라다닌다. 움푹 들어간 그 눈, 살짝 내리깔고 있는 길고 가느스름한 그 눈, 매력적이고 비둘기같이 온화하고 뱀처럼 약간 음흉한 그런 시선으로 바라보는 눈들이 지금 다시 보인다. "뱀같이 슬기롭고 비둘기같이 양순해야 한다." 예수님이 말씀하셨다.

슬기로워야 한다. 기도해라, 잠자리에 누워 잠을 청하라.

9월 21일　아아, 괴로운 일을 처음부터 다시 해야 한다. 한 번 오른 험한 언덕을 다시 오르고, 이미 정복했던 땅을 다시 정복하고, 이미 승리한 전투를 다시 시작해야 한다!

9월 22일　그가 자신의 시집 『에르마프로디테 이야기』를 내게 선물로 주었다. 양피지에 인쇄된 25부 한정판 중 21번째 책으로, 권두에 시험 인쇄된 동판화 두 점이 수록되어 있었다.

독특한 작품으로, 음악적인 요소가 탁월해서 유례없는 소리의 마법 속으로 정신을 끌어가고 생각을 감싸기는 하지만, 신비하고 깊이 있는 의미가 포함되어 있었다. 투명한 강물에 흐르는 금가루처럼, 다이아몬드 가루처럼 반짝였다.

켄타우로스와 세이렌과 스핑크스 들의 합창은 형언할 수 없을 정도로 마음을 불편하게 만들고, 이중적인 감정과 이중적인 열망, 인간적인 속성과 동물적인 속성의 계속되는 대립에서 움튼 불안감과 채워지지 않는 호기심을 귓속과 마음속에 일깨운다. 하지만 흥분한 괴물들의 합창 속에서 눈으로 볼 수 있게 자웅동체의 이상적인 형태가 어찌나 순수하게, 그 윤곽을 드러내던지! 나는 이 시를 읽을 때처럼 어떤 음악에 도취되어 본 적이 없었고 제아무리 아름다운 조각상을 보았을 때도 이런 조화미를 느껴 본 적이 없었다. 몇몇 시구는 지금도 내 머리에서 떠나지 않는데, 아마 오랫동안 이럴지도 모를 것이다. 그 정도로 시들이 강렬하다.

*

그 사람은 내 의지와 상관없이, 나의 저항에도 불구하고 날마다, 매 시간마다 쉬지 않고 내 지성과 마음을 정복해 나간다. 그 사람의 말, 시선, 동작, 사소한 움직임 하나하나가 내 마음속으로 들어온다.

9월 23일　함께 이야기하고 있으면 이따금 그의 목소리가 내 영혼의 메아리처럼 느껴진다. 갑작스러운 매력, 맹목적인 매력, 비이성적인 폭력이 나의 허약함을 드러낼 수 있는 문장 쪽으로, 말들 쪽으로 나를 떠밀고 있음을 때때로 느낀다. 하지만 나는 기적적으로 살아난다. 그러면 잠시 침묵의 순간이 찾아오는데 그 속에서 나는 끔찍하게 전율하는 내면 때문에 마음이 어지럽다. 다시 이야기를 할 수 있게 되면 나는 쓸데없고 무의미한 이야기들을 가벼운 어조로 말한다. 하지만 불길 하나가 내 얼굴에 번져서 거의 얼굴이 붉게 달아오르는 기분이다. 그가 그 순간을 포착해 내 눈을 단호하게 응시한다면 아마 나는 굴복할지도 모른다.

*

나는 제바스티안 바흐나 로베르트 슈만의 곡을 많이 연주했다. 그 사람은 그날 밤처럼 내 뒤의 가죽 소파에 앉아 있었다. 이따금 곡이 끝날 때마다 그가 일어나 내 어깨 너머에서 몸을 숙이고 악보를 넘겨 다른 '푸가'나 '간주곡', '즉흥곡'을 찾아 주었다. 그러고는 다시 소파에 앉았다. 그리고 꼼짝 않고 내게서 눈을 떼지 않아 내가 자신의 존재를 느끼게 하며 열중해서 음악을 들었다.

그 사람은 나의 모든 것이, 나의 생각, 나의 슬픔, 나의 깊은 내면의 모든 것이 타인의 음악 속으로 옮겨 가고 있다는 걸 알고 있었을까?

*

"음악, ── 그것은 눈물의 샘을 여는 은열쇠, 정신은 이성을 잃을 때까지 그것을 마신다. 수천 개의 두려움이 묻힌 달콤한 무덤. 두려움의 어머니, 불안은 잠든 아이처럼 그 무덤의 꽃들 속에서 깜빡 존다……." 셸리.

*

왠지 으스스한 밤이다. 후끈하고 눅눅한 바람이 정원으로 불어온다. 음산한 떨림이 어둠 속에서 계속 이어지다가 멈추고, 그러다가 한층 강하게 다시 시작된다. 별이 반쯤 숨어 거의 깜깜한 하늘 아래 사이프러스 가지 끝이 흔들리고 있다. 들쭉날쭉하고 비틀어지고 하늘보다 더 시커메서, 마치 메두사의 참혹한 머리 같은 구름들이 띠처럼 수평선 이쪽 끝에서 저쪽 끝 사이의 공간을 가로지르고 있다. 어둠에 잠긴 바다는 보이지 않는다. 그러나 무엇으로도 위로받을 수 없는 극심한 고통 속에 혼자 있는 듯, 흐느끼고 있다.

도대체 나는 왜 이렇게 당황하고 있는 것일까? 밤이 나에게 머지않아 시작될 불행을 경고하고, 마음 깊은 곳에 숨어 있는 표현하기 힘든 가책이 그 경고에 응하는 기분이 든다. 제바스티안 바흐의 '서곡'이 여전히 나를 떠나지 않다가 내 마음속에서 수런거리는 바람 소리와 바다의 흐느낌과 뒤섞인다.

조금 전 그 음들 속에서 내 무엇인가가 울고 있던 건 아닐까?

누군가가 고뇌에 차서 울고 신음했다. 누군가가 울고 신음하고 하느님을 부르고 용서를 빌고 도움을 간구하고 불꽃처럼 하늘까지 닿을 기도를 간절히 드렸다. 하느님을 불렀고 하느님이 그 소리를 들었으며 기도를 드렸고 기도가 받아들여졌다. 하늘에서 쏟아지는 빛을 받았고 기쁨의 탄성을 질렀으며 마침내 진리와 평화를 가슴에 품었고 자비로운 하느님 품에서 편히 쉬었다.

*

딸은 언제나 내게 위안이 된다. 묘약처럼 어떤 열병도 낫게 해준다.

아이는 달빛처럼 부드러운 램프 불빛이 희미하게 비치는 어둠 속에 잠들어 있다. 백장미처럼 앳되고 싱그러운 하얀 얼굴이 검고 풍부한 머리카락 안에 묻혀 있는 듯하다. 얇디얇은 눈꺼풀이 그 아래서 빛나는 눈동자를 살며시 감추고 있는 듯하다. 나는 아이 쪽으로 몸을 숙이고 가만히 바라본다. 밤의 온갖 소리들이 내게서 사라져 간다. 내게 침묵이란 이 아이의 생명이 숨 쉬는 리드미컬한 그 소리만으로 가늠할 수 있을 뿐이다.

아이는 엄마가 곁에 있다는 걸 느낀다. 한 손을 들었다가 다시 툭 떨어뜨린다. 살짝 벌린 채 미소 짓는 그 입술은 마치 진주로 만든 꽃 같다. 촉촉한 수선화 잎이 잠시 은빛으로 반짝이듯 속눈썹 사이가 반짝였다. 아이를 바라보면 바라볼수록 내 눈에는 영적인 창조물, *as dreams are made on*[11] 요소로 만들어진 존재로 보였다.

델피나의 아름다움과 영성을 생각하자 그토록 감미로운 말들을 쏟아 내는 입을 가진 강하고 야성적이고 잔인한 시인, 윌리엄 셰익스피어의 이미지와 말이 자연스레 기억에 떠오른 건 무슨 이유였을까?

델피나는 나의 사랑, 단 하나뿐인 나의 큰 사랑의 불꽃에 싸여 거기서 자양분을 취하며 성장할 것이다…….

아, 데스데모나, 오필리아, 코델리아, 줄리엣, 아, 티타니아! 아, 티타니아! 미란다!

9월 24일 결심을 할 수도 없고, 계획을 세울 수도 없다. 멀리 있는 위험을 눈 감고 못 본 체하며, 양심의 사려 깊은 경고에 귀를 막은 채, 제비꽃을 꺾으려고 격류가 포효하는 천 길 낭떠러지 끝으로 달려가는 사람처럼 불안해하면서도 대담하게, 지극히 새로

---

11 '꿈에서 만들어진 것 같은'

운 이 감정에 조금만 나를 맡겨 보자.

그 사람은 나의 입을 통해서는 아무것도 알 수 없을 테고, 나도 그의 입을 통해서는 아무것도 알 수 없으리라. 둘의 영혼이 잠시 이상의 언덕으로 함께 올라가 영원의 샘에서 물을 몇 모금 마시겠지. 그리고 한층 더 서로를 신뢰하며 그다지 갈증을 느끼지 않으며, 각자 원래 자신의 길로 다시 돌아갈 것이다.

*

정오가 지나자 주위가 어찌나 고요하던지! 바다는 오팔처럼, 무라노 섬의 유리처럼 푸르스름한 유백색을 띠었고 군데군데가 입김으로 뿌옇게 된 수정 같았다.

그 사람이 좋아하는 시인 퍼시 셸리의 시를 읽는다. 빛을 양식으로 삼고 정령들의 언어로 말하는 신성한 아리엘*의 시를. 밤이다. 이런 알레고리가 생생히 볼 수 있게 내 눈앞에 나타난다.

"우리 모두가 걷는 인생의 큰길에 칙칙한 다이아몬드 문이, 어마어마하게 크고 부식된 동굴이 입을 딱 벌리고 있다. 그 주변에서는, 깎아지른 듯 높은 산들 사이로 몰려들었다가 더 높은 하늘의 회오리 속으로 흔적도 없이 사라지는 불안한 구름들과 비슷한 그림자들이 끝나지 않는 전쟁을 격렬하게 치르고 있다. 그리고 많은 사람들이 그 그림자가 행인들의 발자국을 쫓아서, 죽음이 차분하게 새로운 동료를 기다리는 곳까지 따라간다는 사실을 모르는 채 무심한 걸음으로 그 문 앞을 지난다. 하지만 좀 더 호기심을 가진 사람들은 걸음을 멈추고 바라본다. 그런 사람들의 수는 손에 꼽을 정도로 얼마 되지 않는다. 그리고 그 그림자들이 그가 가는 곳

어디든 따라온다는 걸 알아차리는 사람은 더 적다."*

　내 뒤에, 닿을 정도로 가까운 곳에 그림자가 있다. 지그시 나를 응시하는 그 그림자를 느낀다. 어제 피아노를 치고 있을 때 보지 않았지만 그의 시선을 느꼈던 것과 똑같이.

　9월 25일　하느님, 하느님!

　그 사람이 그 목소리로, 몸을 떨면서 나를 불렀을 때 나는 내 심장이 가슴에서 녹아내리고 정신을 잃을 거라고 생각했다. 내 이름을 부를 때 가슴속에서 심장이 녹아버릴 것처럼 느껴, 정신을 잃을 것 같았다. "당신은 절대 모를 겁니다." 그가 말했다. "제 마음이 얼마만큼이나 당신 것인지 절대 모를 겁니다."

　우리는 '백 개의 분수' 가로수 길을 걷고 있었다. 나는 물소리를 듣고 있었다. 더 이상 아무것도 눈에 들어오지도, 귀에 들리지도 않았다. 온갖 것이 멀어지고 땅은 가라앉고 그것들과 함께 내 인생도 사라져 버리는 듯했다. 나는 초인적인 노력을 했다. 델피나의 이름이 튀어나왔다. 그 아이에게로 달아나고 싶은, 나 자신을 구하고 싶은 미칠 듯한 충동에 사로잡혔다. 델피나의 이름을 세 번 소리쳐 불렀다. 그렇게 소리치는 사이사이에 내 심장이 박동을 멈추었고 손목의 맥박은 뛰지 않았으며 입에서는 숨도 새어 나오지 않았다…….

　9월 26일　진실이었나? 제 길을 벗어난 내 정신이 착각한 건 아닐까? 대체 왜 어제의 그 시간이 이다지 멀게, 비현실적으로 느껴지는 걸까?

　그 사람은 내가 생각에 잠겨 나무 아래로 걷고 있을 때 다시 내 곁에서 오랫동안 이야기했다. 어떤 나무였지? 마치 내 영혼의 깊은 곳에 숨겨진 비밀의 길을, 내 영혼에서 피어난 꽃 속을 걸으며 예전에 내 영혼의 양식이었던 보이지 않는 '정령'의 말을 듣고 있는 것 같았다.

아직도 달콤하면서 두려운 그의 말들이 귓전에 맴돈다.

그가 말했다. "저는 당신의 마음 한구석에서 살 수만 있다면 인생이 제게 약속하는 모든 걸 다 포기할 수 있습니다……."

이렇게도 말했다. "……세상을 벗어나 완전히 당신의 존재 속에 빠져 영원히 죽음에 이를 때까지……."

또 이렇게도. "당신이 제게 보여 줄 연민은 다른 여인이 보여 준 그 어떤 사랑보다 저를 따뜻하게 만들 겁니다……."

"그러나 눈으로 볼 수 있는 당신의 존재만으로도 저는 황홀하게 취했습니다. 그러한 도취감이 피처럼 혈관 속을 흐르고 초인간적 감정처럼 제 정신 속으로 파고드는 것을 느꼈습니다."

9월 27일 숲이 끝나는 곳에서 그 사람이 꽃을 꺾어 내게 내밀었을 때, 난 왜 그를 '내 생명의 생명'이라고 부르지 않았던 걸까?

백 개의 분수 가로수 길을 다시 걸을 때, 그 사람이 처음 말을 시작했던 그 분수 앞에서 왜 난 그를 '내 생명의 생명'이라고 부르지 않았던 걸까?

그가 헤르메스 상에서 화환을 벗겨 델피나에게 주었을 때 그는 자기 시에서 찬양했던 여성은 이미 사라져 버렸고 그저 내가, 오로지 내가 그의 희망일 뿐이라는 걸 내게 알렸던 것 아닐까? 그런데 나는 왜 그를 '내 생명의 생명'이라고 부르지 않았을까?

9월 28일 마음을 수습하느라 얼마나 오랜 시간이 걸렸는지!

그 시간 이후 수많은 시간 동안 나는 내 진정한 마음으로 되돌아가기 위해, 마음의 진실한 빛을 통해 사물을 보기 위해, 단호하고 침착한 판단력으로 사건을 판단하기 위해, 해답을 찾고 결정하고 의무를 인식하기 위해 나 자신과 싸우며 번민했다. 나는 나 자신에게서 도망쳤다. 정신이 산란했다. 의지가 꺾였다. 모든 노력이 물거품이 되었다. 거의 본능적으로, 그와 단둘이 있는 것을 피해 항상 프란체스카나 델피나 곁에 있거나 은신처에 숨듯 이 방에서 나가지 않았다. 내 눈이 그의 눈과 마주치면 그의 눈에서 깊고 애절한 슬픔을 읽을 것만 같았다. 그는 내가 얼마나, 얼마나 자신을 사랑하는지 모르는 것일까?

그 사람은 모른다. 절대 모를 것이다. 난 그걸 원한다. 그래야만 한다. 용기를 갖자!

하느님, 저를 도와주소서.

9월 29일　왜 그 사람은 말했을까? 내 영혼이 양심의 가책과 두려움을 거의 느끼지 않으며 침잠해 있던 그 침묵의 매혹을 왜 깨뜨린 걸까? 망설임이라는 베일을 찢어 버리고 내 앞에서 자신의 사랑을 드러내 버린 걸까? 이제 더 이상 머뭇거릴 수도, 나를 속일 수도 없으며 마음이 약해져서도 안 되고 나른한 감상에 빠져서도 안 된다. 물론 위험은 거기에도 분명하게 노출되어 있고 심연처럼 회오리바람으로 니를 끌어당긴다. 순간의 감상, 나약함으로 난 파멸할 수 있다.

*

나는 자문한다. '생각지도 않은 이런 고백으로 괴로워하는 이 마음은 진실한 걸까? 난 왜 그 말들을 끊임없이 생각하는 걸까?

그 말을 마음속으로 되뇔 때마다 이루 말할 수 없는 쾌락의 물결이 내 몸을 관통하는 건 무슨 이유일까? 다른 말들을, 다시 다른 말들을 더 들을 수 있다고 생각하면 온몸의 뼛속까지 전율하는 건 무엇 때문일까?'

*

윌리엄 셰익스피어의 『뜻대로 하세요(As you like it)』 중 한 구절.

Who ever lov'd, that lov'd not at first sight?[12]

밤   내 마음의 움직임은 질문과 수수께끼의 형태를 취한다. 나는 끊임없이 나 자신에게 질문을 던지는데 한 번도 답을 하지는 않는다. 내 마음 깊은 곳을 바라보고 내 상태를 정확히 인식하고 진정으로 굳건하고 충실한 결심을 할 용기가 없었다. 나는 우유부단하다. 나는 비겁하다. 고통이 두렵다. 가능한 한 고통받고 싶지 않다. 아직도 드러내 놓고 결정적인 싸움과 정면으로 맞서는 대신, 망설이고 미루고 시치미 떼고 핑계를 대서 나 자신을 지키고 숨고 싶다.

문제는 이렇다. 나는 그 사람과 단둘이 있게 되고 심각한 이야기를 하게 될까 두렵다. 그래서 난 그와 함께 있는 것을 피하기 위해 사소한 거짓말을 하고 사소하게 임시방편을 쓰고 사소하게 핑계 대는 생활을 계속하고 있다. 약삭빠르게 움직이는 건 내게 어울리지 않는다. 이 사랑을 완전히 단념하고 저 사람에게 슬프지

---

12 '사랑을 해 본 사람은 처음 보는 순간 사랑에 빠진 게 아닐까?'

만, 단호하게 나의 말을 전하고 싶은 것인가. 아니면 순수한 그 사랑을 받아들여 그에게 내 마음을 허락하고 싶은 것인가.

지금 나는 나 자신에게 묻는다. '내가 원하는 게 어떤 걸까? 두 길 중 어느 길을 택해야 하나? 거절해야 하나? 받아들여야 하나?' 나는 무엇을 바라고 있는 것인가, 두 개의 길 중 어느 쪽을 고를 것인가, 단념할 것인가, 받아들일 것인가?

하느님, 하느님, 제가 어떻게 해야 할지 답을 주세요, 제게 길을 가르쳐 주세요!

단념하는 것은 이제 뛰고 있는 내 심장의 일부를 손톱으로 뜯어내는 것과 같다. 극한의 고통이 찾아올 것이고 격심한 고통이 모든 인내의 경계를 뛰어넘을 것이다. 그러나 이 영웅적인 행위는 하느님의 은총으로 체념이라는 왕관을 받게 되고 성스러운 감미로움을 상으로 받게 될 것이다. 정신이 고통의 두려움을 이겨 내고 승리할 때마다, 도덕적으로 크게 고양될 때마다 뒤따르는 그런 감미로움을.

단념하리라. 내 딸은 내 존재를 전부, 내 삶을 전부 소유하게 되리라. 이것이 내 의무다.

눈물로 밭을 갈아라, 고통으로 괴로워하는 영혼이여,

기쁨의 노래로 수확하려면!

9월 30일   이렇게 일기를 쓰면서 조금 차분해지는 기분이다. 적어도 잠시 동안이나마 약간의 균형을 되찾았다. 그래서 아주 명료하게 나의 불행을 직시하게 되었다. 그래서 마치 고해를 마친 뒤처럼 마음이 가볍다.

오, 고해를 할 수 있다면! 나의 옛 친구에게, 위로해 줬던 나의 옛 친구에게 조언과 도움을 구할 수 있다면!

이런 마음의 동요 속에 무엇보다 나를 지탱해 준 것은, 며칠 후 돈 루이지를 다시 만나, 그에게 내 아픔을 모두 털어놓고 보여 주고, 내 두려움을 고스란히 드러내고 예전처럼 내 병을 치료할 약을 달라고 부탁할 수 있다는 생각이었다. 돈 루이지의 온화하고 깊이 있는 말을 들으면, 아직 씁쓸하고 짜디짠 눈물을, 아니 그저 눈물이 나오지 않는 게 아니라 훨씬 더 끔찍하게 타는 듯 메마른 상태를 모르던 내 눈에 부드러운 눈물이 저절로 흘러나왔던 그 옛날처럼.

돈 루이지는 여전히 나를 이해해 줄까? 불분명하고 변덕스러웠던 소녀의 슬픔을 이해해 주었듯이 한 여인의 종잡을 수 없는 괴로움을 이해해 줄까? 자비와 연민을 담아, 하얀 머리에 덮여 고결하게 빛나는 이마를, 주님의 손에 축복을 받은 성합 속의 성체처럼 깨끗한 이마를 내 쪽으로 기울이는 모습을 다시 볼 수 있을까?

*

미사 후 예배당의 오르간으로 제바스티안 바흐와 케루비니의 곡을 연주했다. 지난번 밤에 연주했던 '서곡'을.

누군가가 고뇌에 차서 울고 신음했다. 누군가가 울고 신음하고 하느님을 부르고 용서를 빌고 도움을 간구하고 불꽃처럼 하늘까지 닿을 기도를 간절히 드렸다. 하느님을 불렀고 하느님이 그 소리를 들었으며 기도를 드렸고 기도가 받아들여졌다. 하늘에서 쏟아지는 빛을 받았고 기쁨의 탄성을 질렀으며 마침내 진리와 평화를 가슴에 품었고 자비로운 하느님 품에서 편히 쉬었다.

이 예배당은 별로 크지 않고 오르간도 마찬가지다. 그런데도 나의 영혼은 대성당 안에서처럼 넓어지고 거대한 돔 안에서처럼 높이 올라가서, 천국 같은 파랗고 숭고한 창공에서 상징 중의 상징이 눈부시게 빛나는 완벽한 첨탑 끝에 닿았다.

나는 함부르크와 스트라스부르, 세비야 대성당, 바인가르텐과 수비아코 수도원, 카타니아의 베네딕트 수도원, 몬테카시노와 생드니 수도원 같은 곳의 파이프 오르간을 생각했다. 어떤 목소리가, 어떤 합창이, 얼마나 많은 탄식과 기도가, 어떤 노래나 사람들의 눈물이 이 경이로운 기독교의 악기가 가진 엄숙함과 감미로움에 필적할 수 있겠는가? 인간의 귀가 감지할 수 있는 온갖 음과 귀로 감지할 수 없는 음까지도 하나로 모을 수 있는 이 악기에.

나는 상상한다. 신비하게, 아무 장식 없이 어둠 속에 외로이 서 있는 대성당을. 별빛 아래 자리한 휴화산의 깊은 분화구와 비슷한 대성당을. 그리고 사랑에 취한 영혼을, 성 바오로의 영혼처럼 뜨겁고 성 바오로처럼 부드러우며, 하나의 영혼 속에 천 개의 영혼이 들어 있듯이 다양하고, 초인적인 목소리로 자신의 열광을 발산하려는 영혼을. 그리고 다섯 개의 건반과 20개의 페달과 108개의 음전(音栓)과 7천 개가 넘는 파이프가 온갖 음을 내는 생 쉴피스 교회의 오르간처럼 나무와 금속이 숲을 이룬 듯한 거대한 오르간을.

밤 소용없다! 소용없다! 그 무엇도 내 마음을 가라앉히지 못한다. 그 무엇도 한 시간이라도, 아니 1분이라도, 한순간이라도 잊을 수 있게 해 주지 않는다. 그 무엇도 나를 치료해 줄 수 없다. 내 머릿속의 어떤 상상도 마음속의 상상을 지우지 못한다. 소용없다!

나의 고통은 치명적이다. 이 병을 치료할 수 없을 듯하다. 심장이 조여들고 눌리어 영원히 부서져 버릴 것처럼 아프다. 정신적인 고통이 극심해서 육체적인 고통으로, 끔찍하고 견디기 힘든 고통으로 변할 정도다. 내가 얼이 빠져 있다는 걸 안다. 나는 일종의 광기에 사로잡혀 있다. 광기를 이길 수도 없고 억누를 수도 없으며 내 이성을 되찾을 수도 없다. 할 수 없다, 할 수가 없다.

그러니까 이게 사랑일까?

그 사람은 오늘 아침에 하인과 함께 말을 타고 나가 볼 수 없었다. 나는 오전 내내 예배당에서 보냈다. 점심 식사 때에도 그 사람은 돌아오지 않았다. 그 사람이 없어 난 너무나 괴로웠는데 그 격심한 고통에 스스로 깜짝 놀랄 정도였다. 나는 아픔을 달래기 위해 방으로 올라와 신앙심을 느꼈던 아침을 떠올리고 다시 기운이 나기 시작해서 종교적인 내용의 일기 한 페이지를 썼다. 그리고 퍼시 셸리의 『에피사이키디온(*Epipsychidion*)』에 수록된 시 몇 편을 읽었다. 그러고 나서 델피나를 찾으러 정원에 내려갔다. 책을 읽거나 아이를 찾는 동안에도 그에 대한 생각이 생생하게 머릿속을 맴돌면서 내 마음을 차지하고 끊임없이 나를 괴롭혔다.

내가 첫 번째 테라스에 있을 때 그 사람의 목소리가 들렸다. 그는 현관 앞 주랑에서 프란체스카와 이야기를 나누는 중이었다. 프란체스카가 위에서 내 쪽으로 몸을 내밀고 나를 불렀다. "올라와."

계단을 올라가는데 무릎이 저절로 구부러지는 걸 느꼈다. 그가 내게 인사하며 내 손을 잡았다. 내가 떨고 있다는 걸 눈치챈 게 틀림없었다. 그의 시선에 재빨리 스쳐 지나가는 뭔가를 보았기 때문이다. 우리는 바다 쪽으로 난 주랑에서 고리버들로 만든 긴 의자에 앉았다. 그 사람은 몹시 피곤하다고 말했다. 담배를 피우면서 말을 타고 달렸던 이야기를 했다.

"비코밀레까지 갔었어요. 그곳에서 잠시 쉬었지요. 비코밀레에는 경탄할 만한 게 세 가지 있습니다. 소나무 숲과 탑, 15세기의 성체 현시대(顯示臺)죠. 바다와 언덕 사이에 소나무 숲이 펼쳐져 있고 수많은 연못이 있는데 숲은 그 연못에 비쳐 무한히 확장되어 간다고 상상해 보세요. 그리고 11세기에 건축된 게 분명한, 이교도풍의 롬바르디아 양식의 종탑을 상상해 보십시오. 세이렌과 공작, 뱀, 키메라, 히포그리프나 그 밖에도 여러 가지 괴수와 온갖 꽃들에 뒤덮인 돌로 된 줄기 같습니다. 한 면에 조각한 돌 받침대 같습니다. 또 은제 성체 현시대도 있습니다. 금박을 입히고 에나멜을 칠하고, 르네상스를 예견하는 비잔틴 고딕 양식의 세공과 조각으로 장식되어 있는데 갈루치의 작품입니다. 갈루치는 거의 알려지지 않는 장인이지만 벤베누토 첼리니 이전의 위대한 선구자죠……."

그 사람은 나를 향해 말하고 있었다. 이상하게 나는 그 사람의 말을 전부 그대로, 정확히 기억하고 있다. 그가 한 말은 아주 무의미하고 세세한 것들까지 전부 고스란히 옮겨 적을 수 있다. 그리고 방법만 있다면 그 사람 목소리의 억양까지 완전히 재생할 수 있으리라.

그 사람은 수첩에 연필로 스케치한 그림 두세 개를 우리에게 보여 주었다. 그러더니 아름다운 것들을 말할 때면 늘 그렇듯이 열정적으로, 예술적 흥분을 담아 비코밀레의 경이로운 것들을 다시 말했다. 그런 열정과 흥분이 그 사람의 고상한 매력 중 하나다.

"신부님에게 일요일에 또 오겠다고 약속했습니다. 함께 갑시다, 그럴 거죠, 프란체스카? 돈나 마리아에게 비코밀레를 꼭 보여 줘야 해요."

오, 그 사람의 입술에서 나온 내 이름! 방법민 있다닌, 그의 몸짓이나 '돈나 마리아'라고 말하면서 두 단어를 각각 발음할 때 벌어지던 그 입술을 그대로 재생할 수 있을 텐데. 하지만 그때의 내

느낌은 절대 표현할 수 없으리라. 그 사람이 있을 때 내 존재 속에서 부지불식간에, 예기치 못하게, 뜻밖에 깨닫게 되는 그 모든 감정을 말할 수는 없으리라.

우리는 저녁 식사 시간까지 그곳에 앉아 있었다. 프란체스카는 평상시와 달리 조금 우울해 보였다. 갑자기 우리 사이에 무거운 침묵이 내려앉았다. 하지만 그와 나 사이에서는 '침묵의 대화'가 시작되어 영혼은 '말로 표현할 수 없는 것'을 말하고 웅얼거리는 생각들을 알아차렸다. 침묵 속에서 그는 내게 수많은 이야기를 해주었다. 정신이 아득해져 쿠션에 몸을 기대야 할 정도로 감미로운 말을. 그의 입으로 두 번 다시 말할 수 없고 내 귀로 절대 들을 수 없는 그런 말을.

우리 눈앞의 사이프러스들은 미동조차 없었는데 마치 승화하는 대기 중에 있듯 비현실적이었고 석양에 물든 나무 꼭대기에는 마치 제단의 등불 같은 불꽃이 놓여 있는 듯했다. 바다는 알로에잎 같은 녹색이었고 여기저기에서 터키석이 녹은 듯한 엷은 청색이 수를 놓았다. 형용할 수 없을 만큼 창백하고 부드러운 바다, 천사의 빛이 넓게 퍼진 것 같은 그 바다에 떠 있는 돛들은 어느 것이나 마치 천사가 수영하는 듯한 착각을 불러일으켰다. 그리고 조화를 이룬 흐릿한 온갖 가을 내음은 꼭 그 오후의 경치의 정신이자 감정인 듯했다.

오, 평온하게 죽음을 맞는 9월이여!

이 9월도 끝나고 사라져 심연으로 떨어진다. 잘 가려무나.

큰 슬픔이 나를 짓누른다. 이런 시간의 일부가 내게서 얼마나 많은 부분을 가져갈지! 여기서 보낸 15일은 15년보다 더 길었다. 몇 주씩 지속되던 길고 긴 나의 고통도 이 짧은 나날들의 열정으로 겪은 날카롭고 극심한 고뇌와는 비교도 할 수 없다. 마음이 아프다. 머리는 혼란스럽다. 내 마음 깊은 곳에 형태를 알 수 없는 뜨거운 무언가가, 전염병에 감염된 듯 갑자기 나타나서 내 의지와 상관없이, 어떻게 치료해도 가라앉지 않고 내 피와 영혼을 오염시키는 뭔가가 있다. 그건 욕망이다.

나는 그걸 치욕으로, 신성 모독으로, 위반으로 생각하여 수치스러워하고 공포에 떤다. 마치 나 자신은 모르는 길을 통해 도시로 잠입해 들어오는 음흉한 적이라도 되는 양, 나는 끔찍하게, 미친 듯이 두렵다.

그리고 밤이면 잠을 이루지 못한다. 연인들이 연애편지를 쓸 때처럼 흥분해서 이런 일기를 쓸 때면 잠든 딸아이의 숨소리도 들리지 않는다. 델피나는 평화롭게 잠들어 있다. 그 아이는 엄마의 마음이 얼마나 멀리 가 있는지 모르겠지.

10월 1일   내 눈은 지금까지 그에게서 보지 못했던 것을 본다. 그가 말할 때 나는 그의 입을 바라본다. 그 입술의 모양새와 색깔이 어떤 단어의 소리나 의미보다 더 나를 사로잡는다.

10월 2일   오늘은 토요일이다. 오늘은 잊을 수 없는 그날로부터 8일째 되는 날이다. 1886년 9월 25일부터.

기이한 우연에 의해서인지, 지금은 내가 그와 단둘이 있는 기회를 피하지 않는데도, 오히려 끔찍하면서도 에로틱한 순간이 오길 열망하는데도, 기이한 우연에 의해서인지, 그런 기회는 좀처럼 오지 않는다.

프란체스카는 오늘 줄곧 나와 함께 있다. 오전 중에는 말을 타고 로빌리아노 길을 달렸다. 그리고 오후에는 거의 피아노를 연주하며 보냈다. 프란체스카는 16세기의 무도곡을 연주해 주길 바랐다. 그러고 나자 무치오 클레멘티의 「피아노 소나타 F 단조」와 유명한 '토카타'를, 그리고 도메니코 스카를라티의 '카프리치오' 두서너 곡을 듣고 싶어 했다. 게다가 로베르트 슈만의 「여자의 사랑(Frauenliebe)」 몇 소절인가를 불러 달라고 했다. 얼마나 상반되는 곡들인지!

프란체스카는 이제 예전처럼, 내가 여기 머물기 시작한 초기처럼 명랑하지 않다. 종종 생각에 빠져 있다. 웃거나 농담을 할 때도 왠지 부자연스러워 보인다. 내가 물었다. "혹시 무슨 고민거리 있어?" 프란체스카가 깜짝 놀란 얼굴로 대답했다. "왜?" 내가 다시 말했다. "조금 슬퍼 보여서." 그러자 그녀. "슬퍼 보여? 아, 아니야. 네가 잘못 본 거야." 그렇게 말하며 웃었지만, 그 웃음에서 무심결에 쓸쓸함이 묻어났다.

그 일이 나를 괴롭히며 막연한 불안감을 안겨 주었다.

*

내일 정오가 조금 지나서 우리는 비코밀레에 갈 것이다. 그가 내게 물었다. "말로 가실 힘 있으시죠? 말을 타면 소나무 숲을 가로질러 갈 수 있는데……"

잠시 후 이렇게도 말했다. "셸리가 제인에게 쓴 서정시들 중에서 「추억(Recollection)」을 다시 읽으시죠."

그러니까 우리는 말을 타고 갈 것이다. 프란체스카도 마찬가지다. 델피나를 포함해 다른 사람들은 마차로 가기로 했다.

오늘 밤 내 마음 상태가 아주 이상하다! 마음 깊은 곳에 맹목적이면서 격심한 분노 같은 게 있는데 그 이유를 모르겠다. 나를,

내 인생을, 모든 걸 다 참을 수 없을 것 같은 기분이다. 신경이 이상하게 흥분해서 때때로 절규하든지, 손톱으로 몸을 할퀴든지, 손가락이 부러질 정도로 벽을 치든지, 이 참을 수 없는 불편한 마음, 이 견딜 수 없는 고뇌에서 벗어나기 위해 어떤 물리적 고통을 만들어 내고 싶은 충동을 미칠 듯이 느낀다. 가슴 위쪽에 불덩이가 있는 듯하고, 흐느낌으로 목이 메고, 머리는 텅 비어 차가워졌다 뜨거워졌다를 반복한다. 그리고 이따금 갑작스러운 불안감, 뿌리칠 수도 억누를 수도 없는 비이성적인 당혹감이 온몸을 관통하는 기분을 느끼기도 한다. 또 어떨 때는 내 존재 어디에 깊숙이 숨어 있었는지도 모르는 이미지와 생각들이 내 의지와 상관없이 불쑥불쑥 튀어나와 머릿속에서 명멸한다. 치욕스러운 이미지와 생각들이다. 자신을 속박하는 사랑에 빠진 여자처럼 나른하고 정신이 아득하다. 하지만 이게 기쁘지는 않다, 기쁘지 않다!

10월 3일　우리의 영혼은 어찌 이리 약하고 보잘것없단 말인가! 무의식이라는 우리 삶의 어둠 속에서, 맹목적인 꿈들이 맹목적인 감정들로부터 태어나는 전인미답의 심연에서 우리의 영혼이 그다지 고상하지 않게, 그다지 순수하지 않게 잠들어 있을 때, 자신을 깨우고 공격하는 것들로부터 방어조차 하지 못하니 말이다.

꿈은 영혼에 독이 될 수 있다. 무의식적인 생각 하나가 의지를 꺾어 버릴 수 있다.

*

비코밀레로 가자. 델피나는 좋아서 어쩔 줄 몰라 한다. 오늘은 종교적인 날이다. 묵주 기도 성모 축일이다. 용기를 내, 내 영혼아!

10월 4일   아무런 용기도 없었다.

어제는 사소한 여러 가지 일들이 벌어지기도 하고 큰 감동이 넘치기도 한 하루여서 너무나 즐겁기도 하고 슬프기도 하고 이상하게 흥분되기도 해서 기억에 떠올려 보니 당황스럽다. 그리고 어느새 다른 기억들은 모두 단 하나의 기억 앞에서 빛이 바래고 사라져 버린다.

종탑을 구경하고 성체 현시대에 감탄한 뒤, 5시 반쯤 우리는 비코밀레를 뒤로하고 떠날 준비를 했다. 프란체스카는 피곤해했다. 그래서 그녀는 말을 다시 타기보다는 마차로 돌아가고 싶어 했다. 우리는 말을 타고 잠시 마차 뒤를 따르기도 하고 옆으로 달리기도 했다. 마차 위에서 델피나와 무리엘라가 우리 쪽으로 꽃이 핀 긴 갈대를 흔들었고 웃으면서 사랑스러운 보랏빛 깃털로 우리를 위협하기도 했다.

바람 한 점 없는, 한없이 평온한 저녁 무렵이었다. 극동의 하늘처럼 장밋빛으로 물든 하늘에서 해가 로빌리아노 언덕 뒤로 사라지는 중이었다. 장미, 장미, 장밋빛이 천천히 짙고 부드럽게, 새벽에 내리는 눈처럼 사방을 비췄다. 해가 지자 장밋빛은 한층 더 넓게 퍼져 거의 반대쪽 수평선까지 뻗어 가다가 투명한 남색 속에서, 얼음에 뒤덮인 산 정상들 위의 하늘색과 비슷한, 말로 형언할 수 없는 은빛 남색 속에서 자신의 빛을 잃고 흩어졌다.

그 사람이 가끔 내게 말을 걸었다. "비코밀레 탑을 보세요. 산 콘살보 교회의 둥근 지붕 좀 보세요……."

소나무 숲이 보이자 그가 물었다. "숲을 가로질러 갈까요?"

숲 가장자리를 따라 나 있는 한길은 넓게 반원을 그리며 바다에 가까워졌고 그 반원의 끝에 있는 해변까지 이어졌다. 숲은 이미 어두컴컴했고 어둠이 녹색의 나무들을 에워쌌다. 마치 어둠이 나무 위쪽의 대기는 그대로 밝게 남겨 둔 채 나뭇잎들에 겹겹이 쌓인 듯했다. 하지만 숲 안쪽에서 연못들은 강렬하면서도 깊은 빛으로 눈부시게 빛나고 있어, 우리 머리 위에 펼쳐진 하늘보다 훨씬 더 순수한 하늘 조각들 같았다.

내 대답도 기다리지 않고 그가 프란체스카에게 말했다.

"우리는 소나무 숲을 가로질러 갈게. 건너편 길, 콘비토 다리에서 만납시다."

그러더니 그 사람은 말이 앞으로 더 나아가지 못하게 했다.

나는 왜 그의 뜻을 따른 것일까? 왜 함께 숲 속에 들어갔던 것일까? 나는 눈앞이 아찔해지는 듯했다. 혼란스러운 매력의 영향권 안에 있는 기분이었다. 그 길, 그 빛, 그 사건, 그렇게 짜 맞춰진 모든 상황들이 내게는 새로운 게 아니라, 이미 예전에도 있었던 것 같은, 말하자면 전생에서도 존재했다가 지금 다시 나타난 것만 같았다……. 뭐라 표현할 수 없는 느낌이었다. 그러니까 그 시간, 그 순간들을 이미 경험했기 때문에 나와는 상관없이 나의 외부에서 전개되는 것이 아니라 내게 속해 있지만 자연적이고 떼려야 뗄 수 없는 관계로 나 자신과 연결되어 있어서 나는 그로부터 자유로 워질 수 없고, 주어진 방식대로 그것을 다시 체험하는 게 아니라 오히려 필연적으로 다시 체험해야만 하는 것 같은 기분이 들었다. 필연이라는 이런 감정을 나는 선명하게 느꼈다. 내 의지는 분명 무기력해졌다. 삶에서 일어난 일이 진실성을 띤 무엇인가로, 진실과는 다른 무엇인가로 꿈속에 다시 등장한다. 나는 그런 이상한 현상을 극히 일부분이라도 말로 표현할 수가 없다.

나의 영혼과 풍경이 이상히게 비슷했고 비밀스럽게 조응했다. 연못들에 비친 숲의 이미지는 사실 실제의 정경이 꿈에서 재현된 것 같았다. 퍼시 셸리의 시에서처럼, 각각의 연못은 지하 세계를 적시는 작은 하늘 같았다. 무한한 밤보다도 더 무한하게, 낮보다도 더 순수하게 어두운 땅 위에 펼쳐져 있는, 장밋빛으로 물든 하늘 같았다. 나무들은 연못 수면에서도 그 위 대기 속에서와 똑같은 모습으로 비쳤지만 잔물결이 이는 수면 위의 나무들 모두 훨씬 더 완벽한 형태와 색을 지니고 있었다.* 연못 위, 우리의 세상에서는 결코 볼 수 없는 부드러운 정경들이 아름다운 숲을 향한 물의 사랑으로 연못에 그려져 있었다. 하늘의 희미한 빛이, 미동도 하지 않는 대기가, 그 위보다 더 그윽한 황혼이 연못 깊은 곳으로 스며들었다.

얼마나 아득한 시간으로부터 그 시간이 우리에게 왔을까?

우리는 고요한 숲 속을 천천히 지났다. 가끔 들리는 까치 울음소리도, 말발굽 소리나 말의 숨소리도 점점 더 커지고 점점 더 마법에 걸린 것 같은 그 정적을 깨지 않았다.

그는 왜 우리가 만들어 낸 이런 마법을 깨려 했을까?

그 사람이 말했다. 그가 내 마음에 뜨겁고 광적이고 거의 무의미한 말들을 격정적으로 쏟아부었다. 그 말들은 인간적이지 않은 무엇인가를, 표현할 수 없게 이상하면서도 매혹적인 뭔가를 가지고 있어 고요한 나무들 사이에서 나를 당황스럽게 만들었다. 정원에서처럼 겸손하고 낮은 목소리가 아니었다. 소심하고 미약한 희망을, 거의 신비적이라 할 열망을, 치유될 수 없는 슬픔을 말하는 것도 아니었다. 간청도, 애원도 하지 않았다. 그의 목소리는 열정적이고 대담하고 힘찼다. 한 번도 들어 본 적 없는 목소리였다.

"당신은 나를 사랑하고 있습니다. 나를 사랑하고 있어요, 당신이 '나를 사랑하지 않을 리가 없습니다'! 사랑한다고 말해 줘요!"

그의 말과 내 말이 서로 스칠 듯 가까이 걸어갔다. 그래서 닿을 듯 가까이 있는 그를 느꼈다. 내 뺨에 그의 숨결이, 그 뜨거운 말

276

들이 닿는다고 생각했다. 난 극도의 흥분으로 기절해서 그의 품에 쓰러져 버릴 거라고 생각했다.

"사랑한다고 말해 줘요!" 그 사람은 집요하게 사정없이 같은 말을 되풀이했다. "사랑한다고 말해 줘요!"

대답을 재촉하는 그의 목소리에 극도의 공포에 사로잡힌 나머지 정신이 나간 채 소리를 질렀는지 오열했는지 잘 모르겠지만 이렇게 말했던 것 같다.

"당신을 사랑해요, 사랑해요, 당신을 사랑하고 있어요!"

그러고 나선 어찌할 바를 몰라 빼곡하게 늘어선 나무 몸통들 사이로 겨우 흔적만 나 있는 길로 말을 몰아 전속력으로 달렸다.

그 사람이 소리 지르며 뒤쫓아 왔다.

"마리아, 마리아, 멈춰요! 위험해요……."

하지만 나는 멈추지 않았다. 내 말이 어떻게 나무를 피했는지 모른다. 어떻게 말에서 떨어지지 않았는지 모른다. 드문드문 반짝이는 넓은 연못들이 있는 컴컴한 숲 속을 달릴 때의 그 느낌을 표현할 길이 없다. 간신히 반대쪽 길로, 콘비토 다리 근처로 나오자 환각에서 깨어난 기분이 들었다.

그가 다소 난폭하게 말했다.

"죽을 작정입니까?"

가까이 다가오는 마차 소리가 들렸다. 우리는 그쪽을 향해 갔다. 그 사람은 다시 말을 건네려 했다.

"아무 말 말아요, 부탁해요, 제발!" 이제 더 이상 버틸 수 없을 것 같아 그에게 간청했다.

그 사람은 입을 다물었다. 삼시 후 놀랄 만큼 자신감 넘치는 말투로 프란체스카에게 말했다.

"누님이 함께 말을 달리지 않아서 유감이야! 얼마나 멋졌는지 몰라……."

그러더니 아무 일도 없었다는 듯, 솔직하고 단순하게, 아니 상당히 쾌활하게 말을 이어 갔다. 아무렇지 않은 체하는 그 태도가 나를 구해 준 것 같아 그에게 감사한 마음이 들었다. 내가 무슨 말이든 해야 했다면 속마음을 들키고 말았을 것이다. 그리고 우리 두 사람 다 아무 말도 하지 않았다면 프란체스카가 틀림없이 이상하게 생각했을 테고.

잠시 후 빌라 스키파노이아로 이어지는 오르막길이 시작되었다. 저녁, 끝도 없는 우울이 찾아들었다! 상현달이 연한 초록빛이 감도는 부드러운 하늘에서 빛났다. 그 하늘에서 나는 여전히 희미한 장미색을, 소나무 숲의 연못을 비추던 장미색을 보았다. 어쩌면 내 눈에만 보일지도 모르는 그 색을.

10월 5일   이제 그는 내가 자신을 사랑한다는 걸 알고 있다. 내 입에서 그 말을 들었다. 이제 도망가는 길밖에는 다른 방법이 없다. 이게 내가 도달한 결론이다.

그가 나를 바라볼 때 이전에는 없던 이상한 빛이 그의 눈 속에서 반짝인다. 오늘, 프란체스카가 잠깐 자리를 비운 사이 그가 내 손을 잡고 입을 맞추려 했다. 나는 겨우 손을 뺐다. 그러다가 살짝 떨리며 동요하고 있는 그의 입술을 보았다. 순간 그의 입술 모양, 그러니까 입맞춤할 때의 입술과 같다고 할 그 모양을 보고 깜짝 놀랐다. 그 모양은 내 기억에 그대로 새겨져 사라지지 않는다, 사라지지 않는다!

10월 6일   9월 25일, 알부투스 숲의 대리석 의자에서 그가 말했다. "당신이 절 사랑하지 않고 사랑할 수 없다는 걸 잘 압니다."

그런데 10월 4일에는 이렇게 말했다. "당신은 나를 사랑하고 있습니다. 나를 사랑하고 있어요, 당신이 '나를 사랑하지 않을 리가 없습니다'!"

*

프란체스카가 있을 때 그가 내 손을 데생해도 되겠냐고 내게 물었다. 나는 승낙했다. 오늘부터 시작할 것이다.

내 손을 경험해 본 적이 없는 모진 고문에 맡기기라도 하듯 불안하고 떨린다.

밤 느리고 달콤하고 말로 표현할 수 없는 고문이 시작되었다.

그 사람은 검은 색연필과 붉은 색연필로 데생을 했다. 나는 오른손을 벨벳 천 위에 올려놓았다. 테이블 위에는 노르스름하고 비단뱀 가죽처럼 반점이 있는 고려자기가 놓여 있었다. 고려자기에는 난초 한 다발이 꽂혀 있었는데, 프란체스카의 세련된 호기심을 드러내는 희한하고 다양한 난들이었다. 어떤 난은 녹색, 이를테면 메뚜기처럼 동물적인 녹색으로 뚜껑이 살짝 들린 에트루리아의 작은 유골 단지 모양을 하고 있었다. 은색 줄기 끝에 꽃잎이 다섯 개인 난들도 있었는데, 안은 노랗고 밖은 하얀 작은 꽃받침이 그 꽃잎 한가운데 있었다. 또 어떤 줄기에는 양쪽에 손잡이가 있는 보라색의 조그만 병 같은 꽃이 달려 있었고 그 병 양쪽에는 두 개의 긴 꽃술이 있었다. 동양풍의 이 꽃들은 양쪽으로 늘어뜨린 긴 턱수염에, 목 앞쪽이 불룩한 옛이야기 속의 난생이 왕을 연상시켰다. 그 외에도 머리 뒤로 후광이 비치는 가운데 두 팔을 쭉 펴고 하강하는, 긴 옷을 입은 꼬마 천사 비슷한 노란 꽃이 조롱조

롱 달린 줄기도 있었다.

나는 더 이상 심한 고통을 견딜 수 없을 때면 난을 바라보았다. 그러면 그 진귀한 형태의 꽃들이 잠시 나를 사로잡았고 자신들의 원산지에 대한 덧없는 추억을 되살려 내며 내 마음을 한순간 혼란스럽게 만들었다. 그는 한마디도 하지 않고 계속 데생을 했다. 그 사람의 눈은 끊임없이 종이와 내 손 사이를 오갔다. 그러다가 두세 번 꽃병 쪽으로 눈길을 주었다. 갑자기 그가 일어서며 말했다.

"실례합니다."

그러더니 꽃병을 들어 멀리 떨어져 있는 다른 테이블에 가져다 놓았다. 이유를 알 수 없었다.

그러고 나자 마치 눈에 거슬리던 것에서 해방이라도 된 듯 훨씬 자신 있게 데생에 몰두했다.

그 사람의 눈을 보고 내가 어떤 기분을 느꼈는지는 말할 수 없다. 손이 아니라 내 영혼의 일부분을 그대로 노출시켜 그의 주의 깊은 시선에 맡긴 것 같은 기분이 들었다. 그리고 그는 그 시선으로 나의 영혼 깊은 곳까지 침투해 가장 깊숙이 숨겨진 비밀을 찾아내는 기분이었다. 내 손에서 이런 감정을 느껴 본 적은 한 번도 없었다. 내 손이 이렇게도 생동감 있고 표정이 풍부하며 내 마음과 이토록 은밀하게 결합되어 있고 나의 내적 존재에 이토록 의존하며 내 마음을 드러낸다고 생각한 적이 단 한 번도 없었다. 그의 눈길을 받은 내 손은 거의 감지할 수 없게, 그러나 지속적으로 떨리고 있었다. 그리고 그 떨림은 내 존재의 내면으로까지 퍼졌다. 가끔 눈에 보일 정도로 심하게 떨리기도 했다. 그가 지나칠 정도로 뚫어지게 바라보면 손을 당겨야 한다는 본능적인 충동에 사로잡혔다. 수줍음 때문에 그런 충동이 생길 때도 있었다.

그 사람은 때론 연필을 움직이지 않고 가만히 한참 동안 바라보기만 했다. 나는 그가 나의 무엇인가를 눈동자로 빨아들이려 하거나 내 손 밑에 있는 벨벳보다 더 부드럽게 눈으로 애무한다는 인상을 받았다. 이따금 그가 내게서 빨아들인 그것을 선으로 쏟아내려는 듯 종이 위로 고개를 숙이고 있을 때 희미한, 그러나 나만 겨우 알아볼 정도로 가벼운 미소가 그의 입가에 스쳤다. 그 미소를 보면 왠지 모르게 내 가슴이 기쁨으로 떨렸다. 또 입 맞출 때와 같은 입 모양으로 변하는 것을 두세 번 보았다.

가끔 호기심을 이기지 못하고 내가 물었다. "잘되고 있어요?"

프란체스카는 우리에게 등을 돌리고 피아노 앞에 앉아 있었다. 그리고 루이지 라모의 '가보트'를, '노란 귀부인들의 가보트'를 떠올려 보려고 애쓰며 건반을 눌렀다. 내가 여기서 자주 연주하여, 빌라 스키파노이아에 머물렀던 추억으로 계속 남게 될 그 곡을. 페달로 음을 약하게 만들었는데, 자주 연주를 중단했다. 내 귀는 내게 너무나 친숙한 그 멜로디나 박자를 미리 예상하고 있었는데, 그렇게 자주 중단되자 이상하게 다른 불안감을 느꼈다. 별안간 프란체스카가 뭔가 신경에 거슬려 화가 난 듯이 건반을 여러 차례 쾅 하고 눌렀다. 그러고는 일어나 그림을 보러 와서 몸을 숙였다.

나는 그녀를 보았다. 나는 깨달았다.

이런 괴로움까지도 내가 느껴야만 했다. 하느님께서 가장 잔인한 시련을 마지막을 위해 준비해 두셨다. 하느님의 뜻대로 되었다.

10월 7일   내게는 한 가지 생각, 한 가지 바람, 한 가지 계획밖에 없다. 떠나야 한다, 떠나야 한다, 떠나야 한다.

내가 가진 힘은 한계에 달했다. 기운이 없고 사랑 때문에 죽을 것 같다. 뜻밖의 사실을 알게 되어 내 극심한 슬픔은 한층 더해졌다. 프란체스카는 나를 어떻게 생각할까? 어떻게 생각할까? 그러니까 그녀가 그를 사랑하는 걸까? 언제부터? 그는 그 사실을 알까? 아니면 생각조차 해 본 적도 없을까⋯⋯?

하느님, 하느님이시여! 이성을 잃은 나는 힘이 다 빠져나갔고 현실감도 사라졌다. 이따금 고통이 가라앉을 때가 있는데 그건 태풍의 일시적인 소강상태와 비슷하다. 광포한 요소들이 서로 팽팽하게 균형을 이뤄 무시무시한 부동의 상태를 유지하고 있지만 곧 이전보다 한층 맹위를 떨칠 그런 태풍. 나는 머리가 무겁고 마치 누군가에게 두들겨 맞은 듯 온몸의 뼈가 다 부러지고 기운이 다 빠진 듯하며 일종의 쇼크 상태에 빠져 있다. 그러다가 나의 고통이 다시 나를 공격하기 위해 응축되면 나는 내 의지를 끌어모을 수가 없다.

프란체스카는 나를 어떻게 생각할까? 어떻게 생각할까? 무슨 생각을 할까?

프란체스카로부터, 절친한 친구로부터, 사랑하는 친구, 내 마음을 항상 다 보여 줬던 친구로부터 비웃음을 사다니! 이보다 더 고통스러운 일은 없으리라. 자기 삶의 원칙을 희생한 자에게 하느님이 준비해 둔 가장 잔인한 시련이다.

떠나기 전에 프란체스카에게 말해야 한다. 프란체스카가 나를 통해 모든 것을 알아야 하고, 나는 그녀를 통해 모든 것을 알아야 한다. 이건 의무다.

밤 5시 무렵, 프란체스카가 마차를 타고 로빌리아노 거리로 산책을 가지 않겠느냐고 물었다. 우린 단둘이 지붕이 없는 마차로 외출했다. 나는 몸을 떨면서 생각했다. '지금 말해야 해.' 하지만 가슴이 떨려서 용기가 나지 않았다. 프란체스카는 내가 말하길 기다리고 있었을까? 모르겠다.

두 마리 말이 내는 말발굽 소리를 들으며, 길가에 늘어선 나무와 관목들을 바라보며 한참 동안 둘 다 아무 말도 하지 않았다. 이따금 프란체스카가 짧은 말이나 몸짓으로 내게 이 지방의 독특한 가을 풍경을 보게 했다.

그 시간에는 인간적인 정감이 감도는 가을의 매력이 사방에 퍼져 있었다. 황혼 빛이 언덕에 비스듬히 비쳐 머지않아 지고 말 아름다운 나뭇잎들을 화려한 색으로 불타오르게 만들었다. 초승달 아래 북동풍이 끊임없이 불어와 해안가 나무들의 나뭇잎들은 조금 이른 임종을 맞는 중이었다. 황금색, 호박색, 사프란색, 황색, 황토색, 오렌지색, 진청색, 구리색, 청록색, 적갈색, 적자색, 자색 등 여러 탁한 색조들, 극심하거나 미묘한 음영의 차이를 지닌 그 색조들이 뒤섞이면서 봄날의 감미로움을 능가할 깊은 화음을 만들어 냈다.

한 무리의 아까시나무를 가리키며 프란체스카가 말했다.

"저것 좀 봐. 꽃이 핀 것 같지 않아?"

이미 시든 아까시나무 꽃들은 약간 불그레한 흰색이 되어, 3월의 아몬드 나무처럼 벌써 잿빛을 띠기 시작한 청록색 하늘을 배경으로 하얗게 빛났다.

잠시 침묵이 이어진 뒤 내가 대화를 시작하기 위해 입을 열었다. "마누엘이 토요일에 올 거야. 내일 그 사람 전보를 기다리려고. 그래서 일요일에 아침 기차를 타고 떠날까 해. 여기 머무는 동안 나한테 정말 잘해 줬어. 너무 고마워……"

내 목소리가 희미하게 떨렸다. 한없이 부드러운 감정이 내 가슴을 가득 메웠다. 프란체스카가 말없이 나를 보지도 않은 채 내 손을 잡고 가만히 있었다. 우리는 손을 잡은 상태로 오랫동안 아무 말도 하지 않았다.

그녀가 물었다. "어머니 집에는 얼마나 머물 거야?"

내가 대답했다. "연말까지 있고 싶어. 어쩌면 더 있을지도 모르고."

"그렇게 오래?"

우리는 다시 말을 하지 않았다. 난 벌써 그 일을 설명할 용기를 내지 못할 것 같은 기분이 들었다. 그리고 이젠 그게 별로 필요하지도 않은 듯했다. 프란체스카는 다시 나와 가까워지고 나를 이해하고 나를 인정해 주고 좋은 자매가 된 듯했다. 달이 바닷물을 끌어당기듯 나의 슬픔이 그녀의 슬픔을 끌어당겼다.

"들어 봐." 그녀가 말했다. 그 지방 여인들의 노랫소리가 들려왔다. 그레고리안 성가처럼 느리고 힘 있고 종교적인 노래였다.

조금 더 나가서 그 여인들을 보았다. 여인들은 시든 해바라기 밭에서 종교 행렬처럼 한 줄로 있었다. 잎이 떨어진 황색의 긴 줄기 끝에 달린 해바라기들은 잎도 없고 씨앗도 없는 둥근 원반 같았지만 그렇게 아무것도 없는 모습이 마치 종교적인 상징들, 빛바랜 황금 성체 현시대와 비슷했다.

나는 점점 감동했다. 우리 뒤에서 들려오던 노래는 황혼 속으로 사라졌다. 벌써 집집마다 등을 밝힌 로빌리아노 거리를 가로질렀다. 그리고 다시 가도(街道)로 나왔다. 종소리가 우리 뒤에서 울려 퍼졌다. 하얀 길에는 푸르스름한 그림자를 드리우고, 주위의 대기에는 마치 물에 비친 그림자처럼 투명한 그림자를 남기는 나무들 꼭대기로 눅눅한 바람이 지나갔다.

"춥지 않아?" 프란체스카가 묻더니 하인에게 격자무늬(plaid) 담요를 펼치게 하고, 마부에게는 집으로 돌아가게 말머리를 돌리라고 명령했다.

로빌리아노의 종탑에서는 마치 엄숙한 종교적 의식을 거행하듯 아직도 느릿느릿 종이 울렸다. 그리고 얼음 같은 파동이 소리의 파동과 함께 바람 속에 넓게 번지는 느낌이었다. 우리는 같은 감정을 느끼며 꼭 끌어안고 무릎까지 담요를 끌어 올렸는데 몸을 떨고 있다는 걸 서로 느낄 수 있었다. 마차는 마을의 좁은 길로 들어갔다.

"저 종소리는 뭘까?" 프란체스카가 그녀의 목소리라 생각하기 어려운 목소리로 중얼거렸다.

내가 대답했다. "내 생각이 맞는다면, 임종 성체를 주러 가는 사제 행렬이 나타날 거야."

정말 조금 더 가서 우리는 어느 집 문으로 들어가는 사제를 보았다. 사제가 문으로 들어가는 동안 부제는 우산을 높이 들었고 불 켜진 램프를 든 다른 두 사람은 입구 문설주에 등을 대고 똑바로 서 있었다. 그 집에 불이 켜진 창문은 하나뿐이었는데, 성유를 기다리며 임종을 맞는 기독교인 방의 창문이었다. 불이 켜진 창문에 몇 개의 그림자가 흐릿하게 나타났다. 노란빛이 비치는 그 네모난 창에, 지금 죽음의 세계로 들어가려는 사람 주위에서 펼쳐지는 드라마가 보일 듯 말 듯 희미하게, 조용히 모두 그려졌다.

두 하인 중 하나가 다른 하인 쪽으로 몸을 기울이며 조그맣게 물었다. "누구의 임종일까?" 질문을 받은 하인이 사투리로 한 여자의 이름을 말했다.

나는 자갈길을 지나는 마차 수레바퀴 소리를 죽이고 싶었다. 영혼이 마지막 숨을 거두려 하는 그곳을 소리 내지 않고 조용히 지나가고 싶었다. 프란체스카도 분명 나와 같은 기분이었으리라.

마차가 다시 빠르게 달려 빌라 스키파노이아 거리에 도착했다. 달무리에 둘러싸인 달이 두명한 우유 속의 오팔처럼 빛났다. 쇠사슬 같은 구름이 바다에서 솟아오르더니 차츰차츰 공 모양으로, 쉽게 형태가 변하는 연기처럼 펼쳐졌다. 요동하는 바다에서 들리는 울부짖음이 다른 모든 소리들을 덮어 버렸다. 지금까지 깊은 슬픔으로 두 영혼이 이렇게 가까워진 적은 한 번도 없었다는 생각이 들었다.

차가운 뺨에서 따뜻한 온기가 느껴져서, 내가 울고 있는 걸 혹시 프란체스카가 눈치챈 게 아닌지 보려고 그녀 쪽을 돌아보았다. 눈물에 가득 고인 그녀의 눈과 마주쳤다. 그 사람 때문에 운다는 걸 알았기에, 우리는 나란히 앉아 입을 꼭 다문 채 손을 잡고 말없이 있었다. 그러자 눈물이 소리 없이 한 방울씩 흘러내렸다.

빌라 스키파노이아가 가까워지자 나는 내 눈물을, 그녀는 자기 눈물을 닦았다. 각자 자신의 나약함을 감췄다.

그 사람이 델피나와 무리엘라 그리고 페르디난도와 함께 로비에서 우리를 기다리고 있었다. 마치 본능이 어렴풋이 재앙을 경고라도 한 듯, 마음속으로 그에 대한 막연한 불신을 느낀 건 왜일까? 미래는 내게 어떤 고통을 준비해 둔 걸까? 나를 유혹하며 현혹시키는 이 격정에서 내가 과연 도망칠 수 있을까?

그렇기는 해도, 눈물 몇 방울로 얼마나 치유가 되었는지! 고통이 훨씬 누그러지고 열기도 가라앉고 좀 더 자신감이 생긴 느낌이다. 그리고 마지막 산책을 혼자 되새김질하는 동안 말로 표현할 수 없을 만큼 마음이 따뜻해지는 기분이었다. 델피나는 미친 듯이 내가 얼굴에 퍼부어 준 입맞춤에 행복해하며 잠들었고, 조금 전 눈물 흘리던 나를 지켜본 달님의 그 우울한 빛이 유리창 너머에서 미소를 보내는 중이다.

10월 8일   지난밤 잠을 잤나? 밤을 새웠나? 잘 모르겠다.

짙은 그림자처럼 끔찍한 생각들과, 견딜 수 없게 고통스러운 모습들이 어렴풋하게 쏜살같이 머릿속을 스쳐 지나갔다. 심장이 돌연 두근두근 뛰었고 어둠 속에 눈을 뜨고 앉아 있는 나 자신을 발견했다. 꿈에서 깬 건지, 그때까지 생각을 하고 상상을 하며 깨어 있던 건지도 모르는 채. 불면보다 훨씬 고통스러운 이런 비몽사몽에 가까운 상태가 계속, 계속, 계속 이어졌다.

그러면서도 아침이 되어 잠에서 깬 델피나가 나를 부르는 소리가 들렸는데도 대답하지 않았다. 일어나지 않으려고, 거기 좀 더 머물려고, 가혹할 정도로 분명한 피할 수 없는 현실을 조금이라도 멀리하려고 자는 척했다. 여러 가지 생각과 상상들이 내게 가하는 고문은 어쨌든 남은 이틀간 인생이 내게 준비해 둔 예측할 수 없는 고통보다는 덜 잔인할 것만 같았다.

잠시 후 델피나가 살금살금 걸어와서 숨을 죽이고 나를 바라보았다. 그러고는 살짝 떨리는 흥분한 목소리로 도로시에게 말했다. "너무 깊이 주무셔! 깨우지 말자."

밤　혈관에 이제 피가 한 방울도 남지 않은 기분이다. 계단을 오를 때, 계단 하나를 오르기 위해 온 힘을 쓰는 바람에 피와 생명력이 활짝 열린 혈관에서 다 빠져나가 버리는 듯했다. 나는 죽어 가는 사람처럼 힘이 하나도 없다……

용기를 내자, 용기를! 아직 약간의 시간이 남아 있다. 내일 아침 마누엘이 오면 일요일에 출발한다. 월요일이면 어머니 집에 있겠지.

조금 전에 그 사람에게 빌렸던 두세 권의 책을 돌려주었다. 퍼시 셸리의 시집에서 어떤 시구의 끝에 손톱으로 두 행을 새겼고, 그 페이지를 볼 수 있게 시표를 꽂아 두었나. 두 행은 이랬다.

and forget me, for I can never

Be thine![*13]

10월 9일 밤   하루 종일 그 사람은 나에게 말할 기회를 찾고 있었다. 그가 얼마나 괴로워하는지 한눈에 보였다. 그리고 나는 하루 종일 그 사람을 피하려 했다. 그 사람이 내 마음에 또 다른 고통, 욕망, 탄식, 회한의 씨앗을 던지지 못하게 하려고. 그리고 내가 이겼다. 나는 강하고 용감했다. 하느님, 감사합니다!

오늘이 마지막 밤이다. 내일 아침 우리는 출발한다. 그다음엔 모든 게 다 끝나겠지.

모든 게 다 끝날까? 마음 깊은 곳에서 어떤 목소리가 나에게 말을 건다. 잘 알아들을 수는 없지만, 멀리 있고 알 수 없지만 피하기 힘들며, 신비하지만 죽음처럼 끔찍한 불행을 얘기한다는 건 알고 있다. 미래는 시체들을 묻기 위해 이미 파 놓은 구덩이들이 사방에 있는 묘지처럼 음산하다. 묘지 여기저기에 있는 희미한 등불들을 나는 겨우 알아본다. 하지만 그렇게 켜져 있는 등불이 날 위험에 빠뜨릴지, 구원의 길을 보여 줄지 알 길이 없다.

이곳에 도착한 9월 15일부터 쓴 일기를 천천히 주의 깊게 다시 읽었다. 첫날 밤과 마지막 날 밤이 얼마나 다른지!

나는 이렇게 썼다. "친구 프란체스카의 집, 아름다운 장미들과 키 큰 사이프러스들이 늘어선 이 스키파노이아에서 친구의 따뜻한 환대 속에 잠이 깰 것이다. 그리고 잠에서 깨면 내 앞에는 몇 주간의 평화로운 시간이, 20여 일, 아니 어쩌면 그보다 좀 더 긴 정신적 존재로 생활할 시간이 놓여 있을 것이다……" 아, 평화는 어디로 갔을까? 그리고 그토록 아름다웠던 장미는 또 왜 그렇게

---

13 '그리고 나를 잊어 줘요, 나는 결코 그대의 사람이 될 수 없으니!'

도 심술궂었던 걸까? 어쩌면 그날 밤, 델피나가 잠든 사이 그 로지아에서부터 시작해 그 장미 향기에 지나칠 정도로 마음을 많이 열었는지도 모르겠다. 지금 10월의 달빛이 하늘에 넓게 퍼지고 있다. 그리고 그날 밤 벌에 닿을 듯했던 유리창 너머의 사이프러스 나무 끝을, 변함없는 그 검은 끝을 바라보고 있다.

이런 쓸쓸한 결말을 맞으며 되뇔 수 있는 말은 첫날 그 말뿐이다. "내 머리에는 머리카락이, 내 운명에는 고통의 이삭들이 셀 수도 없을 만큼 많다." 이삭들이 더 많아지고 위로 솟구치고 바다의 파도처럼 일렁인다. 그걸 벨 낫을 만들 철은 아직 광산에서 캐지도 못했다.

나는 떠난다. 내가 떠나면 그 사람은 어떻게 될까? 또 프란체스카는 어떻게 될까?

프란체스카가 변한 게 여전히 이해할 수 없고 설명도 되지 않는다. 이 수수께끼가 나를 괴롭히고 혼란스럽게 한다. 그녀는 그를 사랑하고 있다! 그런데 '언제부터'! 그는 그 사실을 알고 있을까?

마음이여, 새로운 고통을 털어놓아라……. 다른 병이 널 해치고 있어. 너는 질투심에 불타고 있어.

하지만 나는 훨씬 잔인한 어떤 고통도 견딜 마음의 준비가 되어 있다. 어떤 고통이 날 기다리는지 안다. 최근의 오뇌(懊惱)는 앞으로 올 고통, 내 생각들이 마음을 누르기 위해 그것을 묶어 두게 될 끔찍한 십자가와 비교하면 아무것도 아니라는 사실도. 하느님, 저는 다만 잠깐의 휴식, 남아 있는 시간을 위해 휴식을 바랄 뿐입니다. 내일은 있는 힘을 다 짜내야 할 테니.

살아가면서 경험하는 여러 가시 사건들 중에서 외석인 상황이 거의 비슷하기도 하고 일치하기도 하는 일이 있다는 게 얼마나 신기한지! 오늘 밤 현관 옆의 넓은 방에서 나는 9월 16일 밤으로, 내가 피아노를 연주하고 노래를 불렀던 그날로 돌아간 기분이었다. 오늘 밤도 나는 피아노 앞에 앉아 있고 그날과 똑같이 흐릿한 불빛이 방을 비추고 있으며 옆방에서는 마누엘과 후작이 카드를 하고 있었다. 나는 '노란 귀부인들의 가보트', 프란체스카가 몹시 좋아하는 곡, 9월 16일 밤 왠지 모를 막연한 첫날 밤의 불안감 때문에 잠을 이루지 못할 때 반복해서 들려오던 그 곡을 연주했다.

이제 젊지 않으나 그래도 청춘기에서 벗어난 지 얼마 되지 않은 금발의 귀부인들 몇몇이 칙칙한 노란 국화색 드레스를 입고, 마지못해 춤을 추는 듯한 분위기를 살짝 풍기는 분홍 옷의 젊은 남자들과 가보트를 춘다. 청년들은 마음속에 훨씬 더 아름다운 다른 여인들의 모습, 새로운 욕망의 불꽃을 품고 있다. 그들은 사면이 유리로 된, 지나칠 정도로 넓은 홀에서 춤을 추고 있다. 금방 꺼질 듯하지만 절대 꺼지지 않는 거대한 수정 샹들리에의 촛불 아래에서 아마란스와 시더로 상감 세공한 바닥을 밟으며 춤을 춘다. 귀부인들은 희미하지만 언제까지라도 사라지지 않을 다소 생기가 없는 미소를 짓고 있었다. 기사들의 눈에는 끝없는 권태로움이 감돈다. 그리고 추시계는 줄곧 같은 시간을 가리키고, 거울은 변함없이 같은 자세를 반복하고 반복하고 또 반복해서 비춘다. 가보트는 여전히 부드럽게, 여전히 느릿느릿, 여전히 변함없이, 영원히, 형벌처럼 계속, 계속, 계속된다.

그런 애수가 나를 유혹했다.

내 마음이 왜 이런 형태의 고뇌로 기우는지, 왜 영원히 지속될 단 하나의 고통, 한결같고 단조로울 그런 고통에 유혹되는지 알 수 없다. 내 마음은 변화무쌍함, 예측 불가능한 사건들, 예상할 수 없는 선택들로 가득 찬 삶보다 어마어마하면서도 결정적이고 변함없는 무게를 가진 삶을 한평생 받아들이려 할 것이다. 내 마음은 괴로움에 익숙해져 있지만 불확실한 것을 두려워하고 뜻밖의 일들에 겁을 내며 갑작스러운 충돌을 무서워한다. 미래에 숨어 있는 알 수 없는 복병으로부터 안전하게 보호받을 수 있다면 오늘 밤 어떤 무거운 고통의 형벌이라도 주저 없이 달게 받으리라.

하느님, 하느님, 이런 맹목적인 공포는 어디서 생기는 겁니까? 저를 지켜 주세요! 제 마음을 당신 손에 맡깁니다.

이렇게 비참하게 헤매는 일은 이제 그만하자. 안타깝게도 마음이 가벼워지기는커녕 고뇌가 한층 짙어지기만 하니. 그러나 지금 눈꺼풀이 무거워지긴 해도 잠을 이루지 못하리라는 걸 이미 알고 있다.

그 사람도 분명 잠을 이루지 못하리라. 내가 2층으로 올라올 무렵, 카드 게임에 초대받은 그가 테이블에서 후작 대신 남편과 마주 보는 자리에 앉으려 하는 중이었다. 아직 카드를 하고 있을까? 분명 카드를 하면서도 그 사람은 괴로워하고 있겠지. 그 사람은 어떤 생각을 하고 있을까? 그의 괴로움은 어떤 것일까?

잠이 오지 않는다, 잠이 오지 않는다. 로지아로 나가 본다. 아직도 카드를 치는지, 아니면 그가 자기 방에 돌아갔는지 알고 싶다. 그 사람 방의 창문은 2층 모퉁이에 있다.

*

오늘 밤은 맑고 습하다. 게임을 하는 방은 아직 불빛이 환하다. 나는 거기 로지아에 서서 사이프러스에 반사되어 희미한 달빛과 섞인 ㄱ 불빛 쪽을 오랫동안 내려다보았다. 온몸이 떨린다. 나는 불이 환히 켜진 그 창문에서 전해지는 비극적인 느낌을 도저히 말로 표현할 수 없다. 그 뒤에서 두 남자가 서로 마주 보고, 바다의 흐느낌 같은 소리만 간간이 들리는 깊은 밤의 정적 속에서 카드 게임을 하고 있는 것이다. 그가 카드에 대한 내 남편의 끔찍한 열정을 충족시켜 주고 싶어 한다면 두 사람은 동틀 무렵까지 계속할 게 분명하다. 우리 세 사람은 각자의 열정을 품은 채 휴식하지 못하고 새벽까지 잠들지 못하겠지.

그런데 대체 그 사람은 어떤 생각을 하고 있는 걸까? 그의 고뇌는 어떤 걸까? 지금 이 순간 그를 보기 위해, 눅눅한 한밤의 어둠 속에서 지금처럼 몸을 떨며 유리창 너머에서라도 새벽까지 그를 바라보기 위해 어떤 일이라도 할 수 있을지 모르겠다. 이성을 잃은 상념들이 머릿속에서 번득이며 순식간에 정신없이 나를 현혹한다. 마치 불쾌하게 취기가 오르기 시작할 때와 같다. 대담한 어떤 행동, 돌이킬 수 없는 어떤 일을 저지르고 싶다는 무딘 충동을 느낀다. 완전히 파멸하고 싶은 유혹 같은 걸 느낀다. 지금 이 밤에, 이 정적 속에서 내 영혼의 힘을 모두 끌어모아 그 사람을 사랑한다고, 사랑한다고, 사랑한다고 외칠 수 있다면 이 무거운 짐을 가슴에서 덜어 내고 목에 걸려 숨도 못 쉬게 하는 이 응어리를 풀 수 있을 것 같다.

제3권

1

페레스 일가가 떠나고 며칠 뒤에 아텔레타 일가와 스페렐리도 로마로 출발했다. 돈나 프란체스카는 여느 해와 달리 빌라 스키파노이아에서의 체류 기간을 단축했다.

안드레아는 잠시 나폴리에 머물렀다가 10월 24일 첫 가을비가 거세게 쏟아지는 일요일 아침, 로마에 도착했다. 팔라초 주카리의 자기 거처로, 소중하고 아늑한 '*buen retiro*(멋진 은신처)'로 다시 들어가면서 그는 이상한 기쁨을 느꼈다. 그 방들에서 자신의 일부를, 자신에게 결여되어 있던 무언가를 다시 찾은 기분이었다. 방 안은 거의 변화가 없었다. 주변의 모든 것들은, 한 남자가 오랫동안 그것들에 둘러싸여 사랑하고 꿈꾸고 즐기고 고통받았던 물질적인 대상들이 획득할 수 있는 말로 표현할 수 없는 생명의 모습을 아직도 고스란히 간직하고 있었다. 노처녀 제니와 테렌치오가 구석구석 꼼꼼하게 보살펴 왔던 것이다. 스티븐이 집으로 돌아오는 주인이 기분 좋게 편히 쉴 수 있도록 준비를 했다.

비가 내리고 있었디. 그는 잠시 유리칭에 이마를 내고 그의 로마를, 그가 사랑하는 대도시 로마를 바라보았다. 도시는 잿빛으로 보였는데, 한결같이 회색빛을 띤 대기 속으로 변덕스레 부는 바람에 따라 이리저리 재빠르게 방향을 바꾸는 빗줄기 속에서 곳곳이 은빛을 띠기도 했다. 그러다 간헐적으로 희미한 빛이 사방으로 퍼졌다가, 잠시 떠올랐다 사라지는 미소처럼 금방 사그라졌다. 외롭게 서 있는 오벨리스크가 내려다보는 트리니타 데이 몬티 광장에는 인적이 없었다. 빌라 메디치와 트리니타 데이 몬티 교회를 연결하는 담을 따라 서 있는 가로수 길의 나무들이 바람과 비에 흔들렸는데 어느새 나뭇가지에는 이파리가 반 정도밖에 남지 않았고 그 색은 검붉었다. 핀치오 언덕은 아직 푸르러서 마치 안개 낀 호수 속의 섬 같았다.

도시를 바라보는 그의 머릿속에 뚜렷한 어떤 생각이 아니라 온갖 상념들이 두서없이 떠올랐다. 하나의 감정이 다른 감정들을 압도하며 그의 마음을 차지했다. 로마를 향한 그의 사랑, 한없이 달콤한 로마, 광대하고 장엄하고 유일한 로마, 도시 중의 도시, 바다처럼 항상 젊고 항상 풋풋하고 항상 신비로운 그 로마에 대한 오래된 그의 사랑이 생생하게 되살아난 것이다.

비가 내렸다, 계속. 몬테 마리오 쪽 하늘이 컴컴했고 구름이 짙어지더니 고여 있는 물처럼 시커먼 진청색으로 변해 자니콜로 언덕 쪽으로 퍼졌다가 바티칸 위로 낮게 깔렸다. 베드로 성당의 돔 끝부분이 그렇게 모인 거대한 구름 끝에 닿아서 마치 거대한 납덩어리 같은 그것을 떠받치고 있는 듯했다. 수많은 사선의 빗줄기 사이로, 팽팽하게 당겨진 채 계속 떨리는 가느다란 현들 사이를 스치는 베일처럼, 수증기가 서서히 피어올랐다. 단조로운 빗소리를 중단시키는 건 이따금 더 요란하게 쏟아지는 빗소리뿐이었다.

"지금 몇 시나 됐지?" 그가 스티븐을 돌아보며 물었다.

9시경이었다. 그는 약간 피곤했다. 잠을 좀 자야겠다고 생각했다. 그리고 그날은 아무도 만나지 않고 집에서 조용히 이런저런 생각을 하며 보내려 했다. 다시 도시 생활, 사교 생활이 시작되었다. 그는 예전의 생활로 돌아가기 전에 깊이 생각을 좀 하고 조금이나마 준비를 하고 방침을 정하고 앞으로 어떻게 행동해야 할지를 검토해 보고 싶었다.

스티븐에게 명령했다.

"누가 날 찾아와도 아직 돌아오지 않았다고 말하게. 문지기에게도 전해 둬. 제임스에게도 오늘은 용무가 없다고 말해 주고, 저녁에 다시 와서 다음 일정을 들으라고 하게. 3시쯤 가볍게 식사를 하도록 준비해 줘. 저녁 식사는 9시에. 이제 됐네."

그는 자리에 눕자마자 잠이 들었다. 2시에 집사가 그를 깨웠다. 그리고 정오가 되기 전에 그리미티 공작이 아텔레타 후작 부인에게서 그가 돌아왔다는 이야기를 듣고 찾아왔었다고 알렸다.

"그래서?"

"공작님께서는 저녁이 되기 전에 다시 오시겠다고 말씀하셨습니다."

"아직 비가 내리고 있나? 덧창을 전부 열어 주겠어?"

비는 이제 내리지 않았다. 하늘의 구름은 걷혔다. 창백한 햇빛 한 줄기가 방 안에 스며들어, '아기 예수와 스테파노 스페렐리와 함께 있는 성모 마리아'의 태피스트리, 주스토 스페렐리가 1508년에 플랑드르에서 가져온 그 오래된 태피스트리 위까지 퍼졌다. 안드레아의 시선이, 그의 수많은 쾌락을 목격했고 아침에 기분 좋게 잠에서 깰 때 그에게 미소를 보냈으며 상처로 잠 못 들 때 슬픔을 달래 주었던 그 우아한 태피스트리를, 아름다운 색조와 인물들을 비라보며 느릿느릿 벽 위로 움직였다. 그가 잘 알고 있고 사랑했던 집 안의 온갖 물건들이 그에게 인사하는 듯했다. 안드레아는 그것들을 다시 바라보며 특별한 기쁨을 맛보았다. 돈나 마리아의 모습이 뇌리에 떠올랐다.

그는 베개 위에 조금 몸을 일으켜 세우고 담배에 불을 붙였다. 그리고 일종의 관능적 쾌락을 느끼며 사고의 흐름을 좇기 시작했다. 여느 때와 다른 아늑함이 온몸에 퍼졌고 한없이 행복한 마음이었다. 그는 사물의 색상과 형태를 훨씬 더 흐릿하고 아련하게 만드는 그 부드러운 빛 속에서 담배 연기에 자신의 상상을 섞었다.

그의 상념은 자연스럽게 지나간 날이 아니라 미래로 향했다. 두 달 후에, 석 달 후에 돈나 마리아를 다시 만날지 누가 알겠는가? 어쩌면 그보다 더 일찍 만날 수도 있다. 그러면 그가 보기에 막연하기만 한 온갖 기대와 은밀한 매혹을 간직한 그 사랑을 다시 시작할 수 있을지도 모른다. 그 사랑은 두 번째 사랑만이 갖는 깊이와 감미로움과 슬픔을 고스란히 지닌 진정한 '두 번째 사랑'이 되리라. 돈나 마리아 페레스는 지적인 남자에게 이상적인 연인, 샤를 보들레르의 말을 빌리면 *'Amie avec des hanches'*[1] 위로하고 용서할 줄 알아서 용서하는 유일한 *Consolatrix*[2]가 될 수 있을 것 같았다. 물론 그녀는 셸리의 시집에 고뇌에 찬 두 줄의 글을 손톱으로 새기며 마음속으로 다른 말들을 되뇌었을 게 틀림없다. 그리고 그 시를 전부 읽으며 자력에 끌린 귀부인처럼 눈물을 흘렸을 것이고 오랫동안 자비로운 치유를, 기적적인 치료를 생각했을 게 틀림없다. *'I can never be thine!'*[3] 왜 절대 그럴 수 없는 걸까? 그날 비코밀레 숲에서, 열정 때문에 지나치게 괴로워하며 그녀가 대답하지 않았던가. "당신을 사랑해요, 사랑해요, 당신을 사랑하고 있어요!"

그는 그녀의 목소리가, 잊을 수 없는 그 목소리가 아직도 귀에

---

1 '엉덩이를 가진 친구'라는 뜻의 프랑스어.
2 '위로하는 여자'라는 뜻의 라틴어.
3 '난 절대 그대의 것이 될 수 없어요!'

쟁쟁했다. 그러자 그 목소리에서 살아난 엘레나 무티의 모습이 그의 상념 속으로 들어와 마리아의 모습에 다가가더니 하나로 뒤섞여 버렸다. 그러고는 서서히 관능적인 이미지들로 변해 갔다. 지금 그가 누워 있는 침대나 주변의 물건들이, 그러니까 과거 그가 도취되어 있던 쾌락의 목격자이자 공범자이기도 한 모든 것들이 차츰차츰 관능적 이미지를 그에게 불러일으켰다. 그는 상상 속에서 시에나 여인의 옷을 벗기고 자신의 욕망으로 그녀를 감싸고 그녀가 자신에게 몸을 맡기도록 하고, 자신의 품에 안긴 그녀를 바라보고, 그녀에게서 쾌락을 얻는 자신을 하나하나 빠짐없이 모두 그리기 시작했다. 그토록 정숙하고 순결한 여인의 육체를 소유하는 일이 그가 도달할 수 있는 가장 고귀하고 가장 새롭고 가장 진귀한 기쁨일 것 같았다. 그리고 그 방이 그런 기쁨을 맞이하는 데 가장 적합한 장소 같았다. 그가 생각하기에 그 비밀스러운 행동이 지녀야 할 불경스러움이나 신성 모독과 같은 독특한 맛을 그 방이 한층 자극적이게 만들 테니까.

그 방은 예배당처럼 종교적이었다. 그는 자신이 가지고 있는, 교회에서 쓰는 직물과 종교적 주제를 다룬 다양한 태피스트리들 거의 대부분을 그 방에 모아 놓았다. 침대는 바닥에서 세 계단을 높인 곳에 자리 잡고 있었고, 16세기의 베네치아에서 만든 브로케이드 벨벳 커튼이 달린 캐노피가 침대에 그늘을 드리워 주었는데, 커튼에는 금빛이 도는 은색 바탕에 금실로 도드라지게 수를 놓은 빛바랜 붉은 장식들이 달려 있었다. 커튼 무늬에 라틴어와 제물로 올리던 포도와 이삭 같은 열매가 그려져 있는 것으로 미루어 예전에는 제단용으로 사용된 게 틀림없었다. 침대 머리맡 벽에는 기프로스 금사로 수태 고지를 수놓은 매우 아름다운 작은 태피스트리가 걸려 있었는데 플랑드르에서 만든 것이었다. 스페렐리 가문의 문장이 장식된 다른 태피스트리들이 벽면을 다 덮었지만 위와 아래쪽의 태피스트리 가장자리에는, 성모 마리아의 생애와 순교자들, 12사도, 예언자들의 이야기를 수놓은 띠 모양의 장식이 맞닿아 있었다. 지혜로운 처녀와 어리석은 처녀의 우화를 표현한 제단용 덮개와, 성직자의 의례용 긴 망토 두 개가 벽난로 덮개로 사용되었다. 15세기에 나무로 조각한 귀중한 성구 몇 개가 루카 델라 로비아의 마욜리카 도자기 몇 개와 천지 창조를 묘사한 제의의 천으로 등받이와 앉는 부분을 덮은 긴 의자 몇 개와 어우러져 경건한 장식을 완성시켰다. 그리고 어디에서나 독창성이 풍부한 취향을 살려, 성배를 담아 두는 천 주머니나 세례용 주머니, 성배를 덮는 천, 사제의 예복에 걸치는 장식 띠와 왼팔에 두르는 장식 띠, 스톨라, 장식용 망토, 예배당용 베일 등 여러 가지 전례용 천들을 장식과 실용을 겸해 활용하고 있었다. 벽난로 선반에는 마치 제단 위에서처럼 한스 멤링의 세 폭짜리 큰 제단화 「동방 박사의 경배」가 걸작의 광휘를 빛내며 그 빛을 방 안으로 퍼뜨렸다. 직물에 짜여진 몇몇 문장들 중 '천사의 축하 인사' 속에 마리아의 이름이 나타났다. 여러 부분에서 대문자 M이 반복되었다. 어떤 이름 하나는 진주와 석류석으로 장식되어 있기도 했다. '이 방에 들어왔을 때 그녀는 자신을 찬미하는 곳에 들어왔다고 생각하지 않을까?' 섬세한 실내 장식가인 안드레아는 생각했다. 그리고 성스러운 이야기들 한가운데에서 벌어질 불경한 일을 상상하며 한참 동안 기분이 좋았다. 다시 한 번 미적인 감각과 세련된 관능이 사랑에 대한 순수하고 인간적인 감정을 압도했다.

스티븐이 문을 두드리며 말했다.

"3시가 되었습니다. 백작님께 알려 드리러 왔습니다."

안드레아는 일어나 옷을 갈아입으러 팔각형의 옷 방으로 들어

갔다. 레이스 커튼을 통해 스며 들어온 햇빛에 아랍 스페인 양식의 타일과, 은과 크리스털로 된 무수한 물건들과, 고대 석관의 부조가 반짝였다. 여기저기서 반짝이는 다양한 그 빛들이 방 안을 생동감 넘치고 활력 있게 만들었다. 그는 유쾌했고 완전히 치유되어 생명력이 넘치는 기분이었다. 집(home)에 돌아왔다는 게 말로 표현할 수 없이 기분 좋았다. 그의 내면에서 잠자던 어리석고 경박하며 속된 모든 것들이 갑자기 깨어났다. 주변에 있는 물건들 하나하나가 그의 내부에 있던 예전의 그를 불러일으키는 힘을 지닌 듯했다. 호기심, 낙천성, 편재할 수 있는 정신성이 다시 나타났다. 그는 벌써 존재감을 널리 퍼뜨리고 친구와 여자들을 만나 즐길 필요를 느꼈다. 그는 배가 몹시 고프다는 걸 깨달았다. 그래서 집사에게 식사를 준비하라고 명령했다.

그가 집에서 식사하는 일은 아주 드물었다. 하지만 특별한 경우에, 그러니까 사랑을 나눌 때의 우아한 점심(luncheon)이나 간단히 세련되게 저녁 식사를 할 때 사용하는 방이 있었는데, 그 방은 18세기에 수기*로 짠 나폴리산 태피스트리들로 장식되어 있었다. 카를로 스페렐리가 1766년 왕실 태피스트리 장인 피에트로 두란티에게 지롤라모 스토라체의 밑그림으로 제작해 달라고 주문했던 것들이었다. 벽에 걸린 일곱 개의 태피스트리는 루벤스풍으로 풍성하고 다양하게 바쿠스의 사랑의 일화들을 표현했다. 문과 문 위의 장식 패널, 창문 위쪽의 장식 패널에는 과일과 꽃들이 그려져 있었다. 흐릿한 황갈색을 띤 금색이 주를 이루었고 진줏빛 살색의 인물들과 주홍색과 짙은 파란색이 부드러우면서도 풍부한 조화를 만들어 냈다.

"그리미티 공작이 다시 오시면 안으로 안내하도록." 안드레아가 집사에게 말했다.

그 방에도 몬테 마리오 언덕 쪽으로 기울고 있는 햇빛이 들어왔다. 트리니타 데이 몬티 광장에서 마차가 달리는 소리가 들렸다. 비가 그친 뒤, 10월의 빛나는 금빛이 로마 거리 전체로 퍼져 가는 듯했다.

"덧창을 좀 열어 주겠나?" 집사에게 말했다.

마차 소리가 한층 크게 들렸다. 미지근한 공기가 들어와 커튼이 살짝 흔들렸다.

'숭고한 로마여!' 그는 커튼 사이로 하늘을 바라보며 생각했다. 억누를 수 없는 호기심이 그를 창가로 끌어당겼다.

로마는 밝은 청회색에 빛바랜 그림에서처럼 다소 흐릿한 윤곽으로 그 모습을 드러냈다. 그 위의 하늘은 클로드 로랭*의 그림에서처럼 습기가 많고 신선하며, 하늘이 비치는 구름들이 여기저기 무리 지어 흩어져 있었는데 일정하지 않은 간격을 두고 떨어져 있는 그 구름들은 하늘을 형언할 수 없이 우아하게 만들었다. 꽃들이 초록의 잎들을 더욱 우아하게 만들듯이. 멀리 보이는 하늘에서, 높은 언덕 위에서 청회색은 자수정 같은 보라색으로 변해 가고 있었다. 연무가 길고 가느다란 띠처럼 몬테 마리오 언덕의 사이프러스들 사이를 가로질러, 마치 청동 빗의 빗살 사이로 빠져나가는 머리카락 같았다. 가까운 핀치오 언덕의 소나무들은 금색 우산을 펼치고 있었다. 광장에 있는 피우스 6세의 오벨리스크는 마노로 된 꽃자루 같았다. 모든 것이 가을의 풍성한 빛을 받아 풍요로운 모습을 보여 주었다.

"숭고한 로마여!"

그의 눈에 비친 경치는 아무리 보아도 지루하지 않았다. 트리니타 데이 몬티 교회 아래로 붉은 사제복을 입은 한 무리의 사제들이 지나갔다. 곧이어 긴 꼬리의 검은 말 두 마리가 끄는 고위 성직자의 마차가 보였다. 잠시 후에는 신사 숙녀와 아이들이 탄 지붕이 없는 마차들도 나타났다. 바르바렐라 비티와 함께 지나가는 페렌티노 공작 부인을 알아보았다. 그리고 루콜리 백작 부인도 보였다. 루콜리 백작 부인이 그레이트 데인*을 데리고 두 마리의 포니(ponies)를 몰고 가는 것도. 예전 생활이 돌풍처럼 그의 마음을 훑고 지나며 막연한 욕망이 요동치게 만들었다.

그는 창가를 떠나 식탁에 다시 앉았다. 그의 눈앞에 있는 크리스털들이 햇빛에 붉게 달아올랐고 벽에서는 실레노스 주변에서 춤추는 사티로스들이 빛났다.

집사가 알렸다.

"공작님이 다른 두 분과 함께 오셨습니다."

안드레아가 자리에서 일어나 그들을 맞이하러 가려고 할 때 루제로 그리미티 공작과 루도비코 바르바리시와 줄리오 무젤라로가 들어왔다. 세 사람은 차례로 안드레아를 포옹했다.

"줄리오!" 스페렐리가 2년 넘게 만나지 못했던 친구를 보고 크게 외쳤다. "언제 로마로 돌아왔나?"

"일주일 전에. 스키파노이아로 편지를 보내고 싶었지만, 자네가 돌아올 때까지 기다리는 편이 좋겠다고 생각했어. 몸은 어떤가? 약간 야윈 것 같기는 해도 좋아 보이는데. 로마에 와서야 자네 일에 대해 들었어. 좀 더 일찍 알았다면 인도에서 돌아와 자네 곁에 있었을 텐데 말이야. 5월 초쯤에 바하르의 파드마바티에 있었어. 자네에게 들려줄 얘기가 얼마나 많은지 몰라!"

"나도 마찬가지야."

둘은 다시 한 번 다정하게 악수했다. 안드레이는 몹시 기뻐했나. 무젤라로는 뛰어난 지성과 예민한 정신과 세련된 교양을 모두 갖춘 그의 가장 소중한 친구였다.

"루제로, 루도비코, 앉아. 줄리오, 자네도 여기 앉게."

그는 담배, 차, 리큐어를 내놓았다. 이야기꽃이 피었다. 그리미티와 바르바리시는 그간의 로마 소식을 전하며 사소한 사건들을 알려 주었다. 담배 연기가 공기 중에 피어올라 이제 거의 수평으로 비치는 햇빛에 물들었다. 태피스트리들은 따뜻하면서도 부드러운 색깔로 조화를 이루었다. 차 향기가 담배 향과 섞였다.

"자네에게 주려고 차를 잔뜩 가져왔어." 부젤라로가 스페렐리에게 말했다. "자네가 즐겨 말한 그 건륭제가 마셨던 것보다 훨씬 좋은 거야."

"아, 우리가 런던에서 저 중국의 위대한 황제의 시론(詩論)에 따라 차를 끓이던 거 기억나나?"

"알고 있나?" 그리미티가 말했다. "그 금발 머리 클라라 그린이 로마에 있다네. 일요일에 빌라 보르게세로 가는 도중에 만났지. 그쪽에서 날 알아보고 인사하더니 마차를 세우더군. 지금 스페인 광장의 호텔 유럽에 묵고 있어. 여전히 미인이더군. 자네를 얼마나 좋아했는지, 자네가 랜드브룩에게 빠져 있을 때 얼마나 자넬 따라다녔는지 기억나나? 이번에도 내 안부는 뒷전이고 당장 자네 소식부터 묻던데……."

"기꺼이 만나지. 그런데 아직도 초록 옷에 모자에는 해바라기들을 장식하고 다니나?"

"아니, 아니. 그 탐미주의는 완전히 버린 것 같던데. 이제는 깃털에 빠져 있는 것 같아. 일요일에 만났을 때는 엄청난 깃털 장식이 달린 몽팡시에풍(風)의 큰 모자를 쓰고 있었어."

"올해는 이상할 정도로 *demi-mondaines*[4]이 많아." 바르바리시

---

4 '화류계 여자'라는 뜻의 프랑스어.

가 말했다. "상당히 호감 가는 여자는 서너 명이야. 줄리아 아리치는 몸매가 멋지고 손이 우아하지. 실바도 돌아왔어. 그저께 우리의 친구 무젤라로가 표범 모피로 그녀를 자기 것으로 만들었지만. 마리아 포르투나도 돌아왔는데 카를로 데 소자와는 관계를 끊고 지금은 루제로가 그 뒤를 이으려고 하지……."

"그러니까 벌써 꽃이 한창인 계절인 건가?"

"올해는 평소와 다르게 빠른 것 같아. 방종한 여자들이나 정숙한 부인들 모두."

"정숙한 부인들 중 벌써 로마에 와 있는 사람은 누구지?

"대부분 다. 모체토, 비티, 다디 자매, 미칠리아노, 미아노, 마사달베, 루콜리……."

"루콜리 부인은 좀 전에 창에서 봤어. 마차를 타고 가더군. 그리고 자네 사촌 누나도, 비티 부인과 함께 있었어."

"사촌 누나는 내일까지 로마에 있을 걸세. 내일 프라스카티로 돌아가. 수요일에 별장에서 파티를 하는데, 사강 공작 부인 식에 가까운 가든파티(garden-party)가 될 거야. 복장이 엄격하게 정해져 있지는 않지만 부인들은 모두 루이 15세풍이나 디렉투아르 스타일의 모자를 쓸 거야. 가 보지 않을래?"

"자네 지금은 로마에서 움직이지 않을 생각이지?" 그리미티가 스페렐리에게 물었다.

"11월 초까지 있을 예정이야. 그 뒤에 말을 새로 장만하러 2주 정도 프랑스에 가려고. 11월 말에는 로마로 돌아올 걸세."

"그런데 레오네토 란차가 '캄포모르토'를 판다던데." 루도비코가 말했다. "자네도 그 말 잘 알 텐데. 훌륭한 말이지, 도약하는 힘도 대단하고. 자네에게 딱 맞을 거야."

"얼마나 하는데?"

"만 5천이었던 것 같아."

"한번 보러 가세."

"레오네토는 곧 결혼해. 올여름 프랑스 엑스레뱅에서 지노사와 약혼했지."

"자네에게 말한다는 걸 깜빡했군." 무젤라로가 말했다. "갈레아초 세치나로가 안부를 전해 달라더군. 함께 돌아왔지. 여행 중에 보여 준 갈레아초의 무훈담을 자네에게 들려줬어야 하는데! 지금은 팔레르모에 있지만, 1월에는 로마에 올 거야."

"지노 봄미나코도 자네에게 인사 전해 달라더군." 바르바리시가 덧붙였다.

"하하!" 공작이 웃으며 크게 말했다. "안드레아, 자네가 지노에게 돈나 줄리오 모체토와 그간에 벌어졌던 일을 들어 봐야 해……. 자네가 들어 보면 우리에게 그 일에 대해 설명을 좀 해 줄 수 있을 것 같네."

루도비코도 갑자기 웃음을 터뜨렸다.

"자네가 여기 로마에서 부인들을 초토화시키고 경외심을 불러일으켰다고 들었는데. *Gratulor tibi!*[5]"

"무슨 일인지 말해 줘, 얘기해 봐." 안드레아가 호기심에 끌려 재촉했다.

"지노에게 직접 들어야 박장대소할 텐데. 지노가 흉내를 잘 내는 건 자네도 알지. 절정에 달했을 때 그 표정을 봐야 해. 걸작이라니까!"

"지노에게도 들을게." 안드레아가 한층 더 호기심이 생겨 고집을 부렸다. "그래도 조금만 말해 봐, 제발."

---

5 '축하하네'라는 뜻의 라틴어.

"그럼 간략하게만 말해 주지." 루제로 그리미티가 컵을 테이블에 올려놓고, 젊은 귀족들이 자신들의 애인과 다른 이들의 애인의 죄를 공공연히 떠드는 그 어리석기 짝이 없는 스스럼없는 태도로, 거리낌도 숨김도 없이 그 일화를 들려줄 준비를 했다. "이번 봄(자네가 알아차렸는지 난 잘 모르겠네만), 지노가 돈나 줄리아에게 눈에 띄게 열렬히 구애를 했지. 경마장 관람석에서 이미 구애가 활발한 희롱으로 변해 있었다네. 돈나 줄리아는 항복 직전이었지. 지노는 늘 그렇듯이 뜨겁게 불타올랐지. 기회가 찾아왔어. 조반니 모체토가 지친 자기 말들을 데리고 피렌체로, 카시네 경마(turf)에 참가하러 갔다네. 어느 날 밤, 여느 때와 같은 수요일 밤이던가, 아니 그달 마지막 수요일, 지노는 결정적인 순간이 찾아왔다고 생각했어. 한 사람씩 모두 살롱을 떠나 살롱이 비기만을 기다렸지. 그녀와 단둘이 남을 때를……."

"여기부터는……." 바르바리시가 끼어들었다. "지노 봄미나코가 있어야 하는데. 본인이 아니면 도저히 흉내 낼 수 없어. 분위기 묘사와 상황 분석 그리고 그 순간의 심리적인, 생리학적인 상태의 재현 등은 지노가 나폴리 방언으로, 그의 식대로 말하는 걸 들어야 해. 정말 참을 수 없을 정도로 우습다니까."

"그러니까……." 루제로가 계속했다. "자네가 나중에 지노에게 듣겠지만, 이런 서막이 끝나자 *fin de soirée*[6]라 기운도 빠진 데다 성적으로 흥분한 상태에서 돈나 줄리아 앞에 무릎을 꿇었지. 그녀는 굉장히 낮은 소파에 앉아 있었는데, 그건 '암묵적 동의가 깔린' 소파라고 할 수 있었지. 돈나 줄리아는 이미 달콤함 속에 빠져 방어하는 시늉만 했지. 지노의 손이 점차 대담해지는 사이 그녀는

---

6 '저녁 파티의 끝'이라는 뜻의 프랑스어.

벌써 탄식하며 몸도 마음도 완전히 항복했지…… 세상에, 극도로 대담하게 손을 움직이던 그가 뱀의 살이라도 만진 듯, 혐오스러운 무언가에 손이라도 댄 듯 본능적으로 손을 뺐다는군그래……."

안드레아가 폭소를 터뜨렸는데 어찌나 시원스레 웃었는지 그 유쾌함이 친구들 모두에게 전해졌다. 안드레아는 그 이유를 알았기에 금방 이해했다. 하지만 줄리오 무젤라로는 성급히 그리미티에게 물었다.

"설명해 주게! 설명해 줘!"

"자네가 설명해 줘." 그리미티가 스페렐리에게 말했다.

안드레아는 여전히 웃으며 설명했다. "테오필 고티에의 가장 아름다운 시 「비밀 박물관(Musée secret)」 아나?"

"*O douce barbe féminine!*"[7] 무젤라로가 그 시를 떠올리며 낭송했다. "그러니까?"

"그러니까 줄리아 모체타는 매우 세련된 금발 여인이지. 하지만 자네에게 혹시, 바라건대 *le drap de la blonde qui dort*[8]를 잡아당기는 행운이 주어진다 해도, 자네는 부르고뉴의 공작 필리프처럼 거기서 황금 양모를 찾지는 못할 거야. 말하자면 그녀는 고티에가 노래한 파로스의 대리석 상처럼 *sans plume et sans duvet*[9]라네."

"오, 내가 아주 높이 평가하는 희귀하고 진귀한 여인인데."

"우리야 그런 진귀함을 높이 평가할 줄 알지." 안드레아가 다시 말했다. "하지만 지노는 순진하고 단순하니까."

"나머지 얘기를 계속 들어 보게, 들어 봐." 바르바리시가 말했다.

---

7 '오, 감미로운 여인의 모발이여'라는 뜻의 프랑스어.
8 '잠자는 금발 여인의 이불'이라는 뜻의 프랑스어.
9 '깃털도 솜털도 없는'이라는 뜻의 프랑스어.

"아아, 여기 그 주인공이 있다면!" 그리미티 공작이 탄식을 터뜨렸다. "이 이야기는 다른 사람이 하면 맛이 살지 않아. 그러니까 지노가 얼마나 놀라고 얼마나 당황했는지 상상해 보라고. 온몸의 불길이 다 사그라질 정도였다니까. 지노는 더 이상 진도를 나가는 게 불가능했기 때문에 조심스레 손을 떼야만 했다네. 상상할 수 있겠나? 모든 걸 손에 넣을 순간이 되었는데 아무것도 갖지 못한 남자가 얼마나 분통해했을지를. 돈나 줄리아의 얼굴이 창백해졌지. 지노는 시간을 끌기 위해 소음에 귀를 기울이는 척하면서 기다렸지…… 오, 그 후퇴 이야기는 정말 굉장하다니까. 아나바시스의 퇴각*은 비교도 안 될 정도지! 부디 지노에게 직접 듣거나."

"그래서 돈나 줄리아는 그 후 지노의 연인이 됐다는 건가?" 안드레아가 물었다.

"무슨 소리! 가여운 지노는 절대 그 열매를 먹지 않을 거야. 그렇긴 해도 후회와 욕망과 호기심 때문에 죽을 지경일걸. 친구들에게 우스갯거리로 그 이야기를 털어놓기는 했지만 지노가 말할 때 잘 관찰해 보라고. 그 우스개 뒤에는 고뇌가 숨어 있어."

"단편 소설에 적당한 소재인데." 안드레아는 무젤라로에게 말했다. "그렇게 생각하지 않나? '망상'이라는 제목으로…… 아주 섬세하고 강렬한 소설을 쓸 수 있어. 자신이 직접 손으로 만졌고, 그래서 상상하지만 즐길 수도 없었고 눈으로 볼 수도 없었던 그 진귀한 형태에 대한 환상에 계속 사로잡혀 있는 데다 그 환상이 계속 자신을 따라다니고 그것에 시달리던 한 남자가 차츰 정욕 때문에 기운을 잃고 미치광이가 되는 거지. 남자는 그 감촉을 손끝에서 지울 수가 없어. 하지만 처음의 그 본능적인 혐오감은 끼지지 않는 열정으로 변해 가지…… 간단히 말해 사실을 토대로 예술을 만들어 낼 수 있다는 거야. 플로베르가 균형 잡히고 정밀한 문체로 쓴, 에로틱한 호프만 이야기 같은 뭔가를 쓸 수 있을 거야."

"자네가 한번 써 보지."

"어쩌면! 어쨌든 가여운 지노가 안타깝군. 소문에 따르면 모체토 부인은 전 기독교 세계를 통틀어 가장 아름다운 배를 가지고 있다던데……."

"난 그 '소문에 따르면'이라는 말이 맘에 드는군." 루제로 그리미티가 끼어들었다.

"……그뿐 아니라 불임인 판도라의 배, 상아 잔, 빛나는 방패, *speculum voluptatis*,[10] 그리고 지금까지 아무도 본 적 없는 가장 완벽한 배꼽, 클로디옹*의 테라코타 상에서처럼 조그맣고 동그란 배꼽, 우아함을 보여 주는 결정적인 순수한 표시, 시력은 없지만 하늘의 별보다 반짝이는 눈, 고대 그리스 명문 선집에 어울릴 만한 짧은 풍자시로 찬양할 수 있는 *voluptatis ocellus*[11]라고도 하지."

안드레아는 그 이야기를 하며 흥분했다. 친구들의 호응을 얻어 그는 피렌추올라의 작품 못지않게 외설스러운, 여성의 미에 관한 대화에 가담했다. 긴 금욕 생활 이후 예전의 정욕이 그의 내부에서 되살아났다. 그는 누드 전문가로서, 은밀하면서도 깊이 있는 열정을 가지고 말했는데, 매우 다채로운 단어들을 사용하며 즐거워했고 예술가로서 또 방탕아로서 면밀히 관찰하기도 했다. 실제로 즐거운 바쿠스의 향연들을 담은 태피스트리에 둘러싸여 이 젊은 귀족 남자 네 명이 나눈 대화를 수록했다면 19세기 말의 세련된 퇴폐를 다룬 *Breviarium arcanum*[12]이 충분히 되고도 남았

---

10 '쾌락의 거울'이라는 뜻의 라틴어.
11 '쾌락의 작은 눈'이라는 뜻의 라틴어.
12 '비밀 기도서'라는 뜻의 라틴어.

을 것이다.

　어느덧 해가 지고 있었다. 하지만 물에 젖은 스펀지처럼 석양빛을 머금은 대기는 그 빛에 물들어 있었다. 창밖으로 지평선에 그려진 오렌지색 띠가 보였고 그 위로 흑단의 큰 갈퀏발 같은 몬테마리오의 사이프러스들 그림자가 선명하게 드리웠다. 이따금 까마귀 울음소리가 들렸는데 여러 무리의 까마귀들이 하늘을 날다 빌라 메디치의 지붕 위에서 다시 모였다가는 곧이어 빌라 보르게세로, 잠을 잘 작은 계곡으로 하강했다.

　"오늘 밤은 뭘 할 거지?" 바르바리시가 안드레아에게 물었다.

　"사실은 잘 모르겠어."

　"그럼 우리하고 같이 갈까? 8시에 나치오날레 극장의 도니에서 식사를 할 거야. 새로운 레스토랑(Restaurant), 아니 새로운 레스토랑의 *cabinets particulier*[13] 개업식에 가 보려고. 굴 요리를 먹은 뒤, 로마의 카페에서처럼 '유디트'나 '목욕하는 여자' 같은 최음제 발견을 포기해서는 안 될 테니까. 가짜 굴에 뿌린 아카데믹한 후춧가루……."

　"우리와 같이 가세, 같이 가." 줄리오 무젤라로가 재촉했다.

　"우린 세 커플이야." 공작이 덧붙였다. "줄리아 아리치와 실바, 마리아 포르투나와 갈 거야. 아, 아주 좋은 생각이 떠올랐어! 자네는 클라라 그린하고 가게."

　"그거 좋은 생각인데!" 루도비코가 맞받았다.

　"그런데 클라라 그린을 어디서 찾지?"

　"여기서 아주 가까운 스페인 광장의 호텔 유럽에 있다네. 자네 명함을 주면 그녀가 행복해할걸. 선약이 있어도 분명히 취소할 거야."

---

13 '특별한 작은 방'이라는 뜻의 프랑스어. 남자가 애인을 만날 수 있는 특별 개인실.

안드레아는 그 제안이 마음에 들었다.

"내가 직접 가 보는 게 더 나을 것 같네." 안드레아가 말했다. "아마 호텔로 돌아올 테니까. 그렇게 생각하지 않나, 루제로?"

"그럼 옷을 입게. 당장 나가자고."

네 사람은 함께 나갔다. 클라라 그린은 조금 전에 호텔로 돌아온 참이었다. 클라라는 어린아이처럼 좋아하며 안드레아를 맞았다. 물론 그녀는 안드레아와 단둘이 식사하러 가고 싶었다. 하지만 주저 없이 초대를 받아들였다. 그리고 잠깐 자리를 떠나 선약을 거절하는 짧은 편지를 쓴 뒤 여자 친구에게 극장 특별석의 열쇠를 보냈다. 그녀는 행복해 보였다. 그녀는 자신이 경험한 많은 연애 이야기를 들려주었다. 그리고 그에게 연애에 대한 여러 가지 질문들을 했다. 자신은 그를 절대 잊을 수 없을 거라고 맹세했다. 자신의 두 손으로 그의 손을 완전히 감싼 채 말했다.

"I love you more than any words can say, Andrew……"[14]

그녀는 아직도 젊었다. 이마 한가운데에 가르마를 타고 느슨하게 뒤로 모은 금발 머리에 깨끗하고 또렷한 윤곽의 얼굴은 기념품(keepsake)에 있는 그리스 미인 같았다. 그녀에게는 시인이자 화가인 아돌푸스 제킬의 사랑이 남긴 일종의 미적 교양의 흔적이 남아 있었다. 제킬은 시에서는 존 키츠를, 회화에서는 홀만 헌트를 추종하여 난해한 소네트들을 쓰고, 단테의 『새로운 삶』에서 제재를 얻어 그림을 그렸다. 그녀는 '*Sibylla palmifera*'[15]와 '백합의 마돈나'를 위해 '포즈를 취해' 주었다. 그녀는 예전에 안드레아가 보카치오의 『데카메론』에 등장하는 이사베타의 동판화에 쓸 머리 부분을 습작할 때 그를 위해서도 '포즈를 취해 주었다'. 그러니까

---

14 '말로 표현할 수 없게 당신을 사랑해요, 앤드루.'
15 '종려나무를 든 무녀'라는 뜻의 라틴어.

그녀는 예술에 의해 고상해진 것이다. 하지만 본질적으로는 그 어떤 정신적 자질도 지니고 있지 않았다. 뿐만 아니라 결국에는 쾌락에 빠진 영국 여인들에게서 자주 볼 수 있고, 그들의 음란한 방종의 모습과 묘한 대조를 이루는 그런 과열된 감상주의로 인해 그녀는 약간 싫증 나는 여자로 비쳤다.

"Who would have thought we should stand again together, Andrew!"[16]

한 시간 후, 그녀와 헤어진 안드레아는 미냐넬리 광장에서 트리니타 교회로 이어지는 계단을 올라 팔라초 주카리로 돌아왔다. 10월의 온화한 저녁, 거리의 소음이 인기척 없는 그 계단에 닿았다. 습기가 많은 밤하늘에서 별이 빛나기 시작했다. 카스텔델피노의 저택 아래 있는 조그만 철책 대문 너머, 신비한 옅은 빛 속에서 나무들의 어렴풋한 그림자들이 수조 바닥에서 흐느적거리는 수초처럼 소리 없이 흔들렸다. 그 저택에서, 빨간 커튼이 달린 불빛이 환한 창에서 피아노 소리가 들려왔다. 교회의 종이 울렸다. 그는 갑자기 마음이 무거워지는 것을 느꼈다. 돈나 마리아의 기억이 순식간에 마음을 가득 채웠다. 회한이랄까, 거의 후회에 가까운 감정이 혼란스레 되살아났다. '지금 이 시간, 그녀는 무얼 하고 있을까? 무슨 생각을 할까? 괴로워할까?' 시에나 여인의 모습과 함께 토스카나의 그 오래된 도시가, 흰색과 검은색의 대성당이, 로지아가, 분수가 기억 속에 떠올랐다. 그는 깊은 슬픔에 빠졌다. 마음 깊은 곳에서 무언가가 날아가 버린 기분이 들었다. 그것이 무엇인지는 정확히 알 수 없었지만 치유할 수 없는 상실감에 빠졌을 때처럼 슬펐다.

---

16 '우리가 이렇게 다시 같이 있게 될 줄 누가 알았겠어요, 앤드루!'

그는 아침의 결심을 다시 생각해 보았다. 어느 날엔가 그녀가 들를 수도 있을 집에서 고독하게 보내는 밤. 우울하지만 추억이나 꿈과 함께하기에, 그녀의 마음과 함께하기에 감미로운 밤. 명상하며 마음을 집중시키는 밤을! 사실 그런 결심을 제대로 지킬 수가 없었다. 그는 친구들과 여자들과 저녁 식사를 하러 나갈 계획이었다. 그리고 분명 클라라 그린과 하룻밤을 보내게 될 것이다.

참을 수 없을 정도로, 고문에 가까울 정도로 후회되었기에 그는 보통 때와 달리 서둘러 옷을 갈아입고 2인승 사륜마차(coupé)에 뛰어올라 약속 시간보다 일찍 호텔로 갔다. 클라라는 벌써 외출 준비를 마치고 있었다. 8시가 될 때까지 그는 사륜마차에 클라라를 태우고 로마 거리를 한 바퀴 돌았다.

바부이노 거리를 지나 포폴로 광장의 오벨리스크를 한 바퀴 돌고 코르소 거리로 들어가 오른쪽으로 꺾어 폰타넬라 디 보르게세 거리로 나갔다. 몬테치토리오를 지나 코르소 거리로 다시 돌아와 베네치아 광장까지 간 뒤 나치오날레 극장으로 향했다. 클라라는 끊임없이 수다를 떨었다. 그리고 가끔 안드레아 쪽으로 몸을 기울이고 하얀 깃털 부채로 은밀한 동작을 가리며 그의 입 끝에 가볍게 키스했다. 부채에서 아주 고급스러운 화이트로즈(white-rose) 향이 번졌다. 하지만 안드레아는 그녀의 말에 귀를 기울이지 않는 듯했고 그녀의 행동에도 겨우 미소만 지을 뿐이었다.

"무슨 생각 해요?" 그녀가 약간 불분명한 이탈리아어 발음으로 물었는데, 그게 오히려 사랑스러웠다.

"아무것도." 안드레아가 장갑을 끼지 않은 그녀의 손을 잡고 반지들을 바라보며 대답했다.

"누가 알겠어요!" 그녀는 외국 여자들이 금방 배우는 그 두 마디 말에 독특한 감정을 담아 말하며 한숨을 쉬었다. 외국 여자들은 그 말에 이탈리아풍 사랑의 우수가 담겼다고 생각하는 것이다.

"누가 알겠어요!"

그리고 거의 애원조로 말했다.

"Love me this evening, Andrew!"[17]

안드레아는 그녀의 귀에 키스하며 한 팔을 그녀의 허리에 두르고 바보 같은 말들을 수도 없이 그녀 귀에 속삭이며, 종잡을 수 없는 일을 그 귓가에 속삭이며 분위기를 바꿨다. 코르소 거리는 사람들로 북적였다. 진열장들이 환히 빛났고, 신문팔이들은 큰 소리로 외쳤으며, 승합 마차와 고급 마차들이 안드레아의 2인승 사륜마차와 엇갈려 지나갔다. 콜론나 광장에서 베네치아 광장에 이르는 거리에 초저녁 로마의 활기가 넘쳐흘렀다.

도니로 들어갔을 때는 8시 10분 무렵이었다. 다른 여섯 사람은 벌써 와 있었다. 안드레아 스페렐리는 친구들에게 인사하며 클라라 그린의 손을 잡고 말했다.

"Ecce[18] *Miss Clara Green, ancilla Domini, Sibylla palmifera, candida puella."*[19]

"Ora pro nobis."[20] 무젤라로와 바르바리시와 그리미티가 동시에 같은 말을 했다. 다른 여자들은 의미도 모르면서 웃었다. 클라라는 살짝 미소를 지었다. 망토를 벗자 어깨가 드러날 정도로 가슴과 등까지 깊이 파인 브이넥에 연한 청록색 리본이 왼쪽 어깨에 달린 단순하고 짧은 하얀 드레스와 양쪽 귀에 달린 에메랄드 귀고리가 나타났다. 그녀는 탐색하듯 쳐다보는 줄리아 아리치와 베

---

17 '오늘 밤에 사랑해 줘요, 앤드루!'
18 '여기 ……가 있다'라는 뜻의 라틴어.
19 '여기, 주님의 시녀, 종려나무를 든 무녀, 순백의 처녀 미스 클라라 그린입니다.' 주님의 시녀, 종려나무를 든 무녀는 모두 단테이 게이브리얼 로세티의 작품명이다.
20 '저희를 위해 기도해 주소서'라는 뜻의 라틴어.

베 실바, 마리아 포르투나의 시선에 개의치 않았다.

무젤라로와 그리미티는 클라라를 알고 있었다. 바르바리시가 자신을 소개했다. 안드레아가 말했다.

"메르체데스 실바요, 보통 베베, *chica pero guapa*[21]라고 부르지."

"여기는 마리아 포르투나, 아름다운 수호부(守護符), 실로 공공(公共)의 행운의 여신이⋯⋯. 그녀가 여기 있다는 게 로마로서는 진짜 행운이지."

그리고 바르바리시를 돌아보며 말했다.

"그쪽 부인을 소개받고 싶어. 틀림없이 저 존귀한 줄리아 파르네세*이신 것 같은데."

"아니요, 아리치예요." 줄리아가 말했다.

"용서해 주십시오. 하지만 제 믿음을 모두 끌어모아야 하고 제5실*에 있는 핀투리키오*에게 물어봐야 그 말을 믿을 수 있습니다."

안드레아는 웃지도 않고 이렇게 시시한 농담을 던지며 아름답지만 어리석어 사랑스러운 무지를 드러내는 여자들을 놀라게 하거나 자극하며 즐거워했다. 그에게는 이런 *demi-mondaines*(화류계 여자)들과 함께 있을 때 자신의 독특한 방식과 양식이 있었다. 지루함을 느끼지 않으려고 기괴한 문장들을 궁리해 내고 엄청난 궤변을 늘어놓고, 잔인할 정도로 무례한 말들을 애매한 단어들과 이해할 수 없는 미묘한 표현, 알쏭달쏭한 찬사로 위장하여 토해 냈다. 은어 같은 것을 뒤섞어, 강한 향신료와 육즙이 풍부한 고기가 잔뜩 든 라블레풍의 올라 포드리다(olla podrida)*처럼 수천 가지의 맛을 낸 독창적인 언어로 말이다. 그는 외설스러운 이야기

---

21 '작지만 귀여운'이라는 뜻의 스페인어.

나 파렴치한 일화, 카사노바 못지않은 기행들을 이야기하는 데 누구보다 뛰어났다. 관능적인 것을 묘사할 때, 그는 음란하지만 정확하고 힘 있는 말, 진짜 생생한 말, 정수(精髓)가 담긴 문장, 형태를 드러내는 물건처럼 살아 숨 쉬고 맥박이 뛰는 문장들을 찾아내서, 그럴 만한 사람에게 두 배의 기쁨을, 지적이지는 않지만 감각적인 즐거움을, 보라색과 우유색이 뒤섞여 있고, 맑은 호박(琥珀)의 투명함이 담겨 있으며, 따뜻하면서도 불멸의 피처럼 사라지지 않을 빛으로 환히 빛나는 금색이 스며들어 있는 위대한 색채의 거장들의 작품에서 느낄 수 있는 것과 부분적으로 유사한 즐거움을 주는 데 누구보다 뛰어났다.

"핀투리키오가 누구예요?" 줄리아 아리치가 바르바리시에게 물었다.

"핀투리키오요?" 안드레아가 큰 소리로 말했다. "별 볼일 없는 실내 장식가죠. 얼마 전 교황 거처의 어떤 방의 문에 그림을 그리겠다는 엉뚱한 생각을 했어요. 하지만 더 이상 생각하지 말아요. 죽었으니까."

"저런, 어쩌다가……?"

"아, 참혹하게 죽었답니다! 그 남자의 아내가 시에나에 주둔한 페루자 병사를 애인으로 두었지요……. 루도비코에게 물어보세요. 루도비코가 다 알고 있으니까. 그러나 당신이 그 이야기를 듣고 슬퍼할까 봐 절대 말해 주지 않을 겁니다. 베베, 알려 주고 싶은 게 있는데, 영국 황태자는 식탁에서 두 번째 요리와 세 번째 요리 사이에 담배를 피운다오. 그 이전에는 안 피우죠. 당신은 좀 빠른데."

실바는 벌써 담배에 불을 붙였다. 굴을 삼키는데, 코에서 담배 연기가 새어 나왔다. 그녀는 중성적인 분위기의 남학생, 양성(兩性)의 자그마하고 사악한 여자처럼 보였다. 창백하고 여윈 얼굴에

열에 들뜬 것처럼, 불타는 숯처럼 뜨겁게 타오르는 눈에, 지나치게 붉은 입술, 그리고 양털같이 약간 곱슬곱슬한 짧은 머리를 하고 있었다. 그 머리는 마치 아스트라한*으로 만든 헬멧처럼 덮여 있었다. 왼쪽 눈에는 동그란 외알 안경을 끼고 있었다. 풀 먹인 높은 칼라의 셔츠에 하얀 넥타이를 매고 조끼 단추는 풀어 놓은 채, 단춧구멍에 치자꽃이 꽂힌 남자 양복 상의를 걸치고, 댄디(dandy) 인 체 그 태도를 흉내 내며 쉰 목소리로 말을 했다. 그녀는 그 외모와 태도, 말 속에 새겨진 악습과 퇴폐성 그리고 기괴함으로 남자의 시선을 끌었고 유혹을 했다. *Sal y pimienta*[22] 같았다.

반면 마리아 포르투나는 다소 둔한 타입이었고 마담 드 파라베르* 같아서 점점 살이 찌고 있었다. 그녀의 몸은 섭정왕 오를레앙 공작 필리프 2세의 아름다운 애인처럼 하얀, 윤기가 없는 새하얀 색으로, 지칠 줄 모르고 만족을 모르는 그런 몸 중 하나였다. 열두 번의 노역을 마친 헤라클레스가 휴식을 요구할 생각을 할 틈도 없이 그 몸을 위한 사랑의 노역을, 열세 번째 노역을 완수할 수 있을 정도였다. 그리고 부드러운 제비꽃 같은 눈동자는 크레모나가 그린 것 같은 음영이 드리워진 얼굴에서 떠돌고, 항상 반쯤 벌리고 있는 입은 반쯤 벌어진 조개처럼 장밋빛 음영 속에 아련한 진주색으로 반짝였다.

스페렐리는 줄리아 아리치가 무척 마음에 들었는데, 노르스름한 얼굴 때문이었다. 벨벳 같은 두 눈, 이따금 황갈색에 가깝게 빛나기도 하는 부드러운 밤색 벨벳 같은 길쭉한 두 눈이 그 얼굴에서 반짝였다. 약간 뭉툭한 코와 부어오른 듯한 입술, 싱싱하고 새빨갛고 탱탱한 그 입술이, 드러내 놓고 얼굴 아래쪽을 관능적으로

---

22 '소금과 후추'라는 뜻의 스페인어.

보이게 만들었는데, 쉴 새 없이 움직이는 혀로 인해 그런 인상이 더 강렬해졌다. 지나치게 튀어나온 송곳니 때문에 입 양 끝이 위로 올라갔다. 그렇게 입이 올라가 입안이 말라서인지, 약간 짜증이 나서인지 가끔 혀끝으로 입술을 축였다. 그리고 혀끝으로 고른 치아를 한 번 훑는 것도 보였는데, 그 모습이 꼭 껍질을 벗겨 한 줄로 늘어놓은 작은 아몬드 위로 물기를 머금은 도톰한 장미 이파리 하나가 살짝 지나는 것 같았다.

"줄리아." 안드레아 스페렐리가 그녀의 입을 보며 말했다. "베르나르디노 성인이 설교 중에 당신에게 딱 어울리는 멋진 별명을 말했는데. 이것도 모르겠죠, 당신은!"

줄리아가 잇몸을 살짝 드러내며 웃기 시작했는데, 백치 같았지만 너무 아름다웠다. 그리고 유쾌한 듯 떠들어 대는 그녀에게서 풀숲이 살랑거릴 때 피어오르는 향기처럼 찌를 듯 날카로운 냄새가 풍겨 왔다.

"내게 뭘 줄 건가요?" 안드레아가 덧붙였다. "신학의 보물 속에서 최음제 같은 돌 하나를 꺼내듯, 그 성인의 설교에서 관능적인 말을 하나 꺼내서 당신에게 바친다면 당신은 그 답례로 뭘 줄 건가요?"

"몰라요." 아리치가 가늘고 긴 손가락으로 샤블리 포도주가 든 유리잔을 든 채 계속 웃으면서 대답했다. "당신이 원하는 건 뭐든."

"형용사가 수식하는 명사죠."

"무슨 말이죠?"

"이제 알려 드리죠. 그 형용사는 *linguatica*[23]입니다. 루도비코 씨, 호칭 기도를 할 때 이런 말도 덧붙이시죠. '*Rosa linguatica,*

---

23 '혀를 가진'이라는 뜻의 라틴어.

glube nos'**24**.

"유감이지만." 무젤라로가 말했다. "자네는 지금 16세기에, 어떤 공작의 식탁에서 줄리오 로마노와 피에트로 아레티노와 마르칸토니오와 동석해서 비올란테라든지, 임페리아라든지 하는 여자들에게 둘러싸여 있는 게 아니야!"

오래된 프랑스 포도주가 오가면서 대화는 더욱 막힘없이 흐르고 뜨거워져서 단어들에 날개가 달린 듯 활활 타오르는 듯했다. 마욜리카 식기는 두란티네*도, 치프리아노 데이 피콜파소*가 장식을 한 것도 아니고, 은제 식기들이 루도비코 일 모로 시대의 밀라노 장인이 만든 것도 아니었지만, 그래도 아주 싸구려 같지는 않았다. 테이블 한가운데의 파란 수정 꽃병에는 노란색과 흰색, 적자색의 국화꽃 다발이 탐스럽게 꽂혀 있었다. 클라라 그린의 우울한 시선이 그 꽃 위에 머물렀다.

"클라라, 슬퍼 보이는데? 무슨 생각 하고 있는 겁니까?" 루제로 그리미티가 물었다.

"*A' ma chimère!*"**25** 아돌푸스 제킬의 옛 애인이 미소 지으면서 대답했다. 그리고 샴페인을 채운 잔 안에 한숨을 숨겼다.

여자들에게 즉시 이상한 힘을 발휘하는 그 투명하고 반짝반짝 빛나는 포도주가 벌써 각기 다른 네 명의 고급 창녀의 뇌와 자궁을 다양하게 흥분시켰고, 그녀들 속에 잠자던 신경질적인 작은 악령을 깨우고 자극했으며 그녀들의 신경 구석구석을 뛰어다니며 온몸에 광기를 뿌리게 만들었다. 베베 실바는 숨이 넘어갈 듯 경련을 하며 웃어 대다가 간지러워 죽을 것 같은 여자처럼 거의 흐느껴 울다시피 하며 재미있는 말이랍시고 끔찍한 말들을 내뱉었

---

24 '혀를 가진 장미여, 우리 껍질을 벗겨 주오'라는 뜻의 라틴어.
25 '제 망상에 대해서!'라는 뜻의 프랑스어.

다. 마리아 포르투나는 맨살의 팔꿈치로 퐁당(fondants)*을 눌러 깬 뒤 이 사람 저 사람에게 내밀었지만 아무도 받지 않자 루제로의 입에 과자가 묻은 팔꿈치를 갖다 댔다. 줄리오 아리치는 스페렐리의 찬사가 지겨워 의자 등받이에 몸을 기대고 아름다운 두 손으로 귀를 막았다. 그런 동작을 할 때 그녀의 입은 과즙 많은 과일처럼 베어 먹으라고 유혹하는 듯했다.

"자네 밀가루 반죽처럼 부드럽고, 베르가모트와 오렌지꽃과 장미꽃을 넣어 만든 콘스탄티노플 과자 먹어 본 적 없지?" 바르바리시가 스페렐리에게 말했다. "한번 먹어 보면 그 향기가 평생을 가지. 줄리아의 입은 동양 과자 같아."

"루도비코, 제발." 스페렐리가 말했다. "나도 한번 맛보게 해 주게. 자네가 클라라 그린을 차지하고 줄리아를 일주일만 나에게 양보해 줘. 클라라도 독특한 맛이 있어. 피크프린(Peek-Frean)* 바닐라의 비스켓 사이에 든 파르마의 제비꽃 시럽처럼……."

"신사분들, 여기 보세요!" 베베 실바가 퐁당 하나를 손에 들고 말했다.

그녀는 마리아 포르투나의 장난을 보자, 팔꿈치에 퐁당을 묻히고 그것을 자신의 입까지 끌어당겨 먹을 수 있다는 것을 보여 주는 곡예 내기를 했다. 내기를 하기 위해 그녀는 팔을 걷어붙였다. 가늘고 창백하고, 검은 솜털이 난 팔이 드러났다. 팔꿈치의 뾰족한 뼈에 퐁당을 묻힌 뒤 왼손으로 오른쪽 팔뚝을 잡고 힘을 주더니, 광대(clown)처럼 능숙한 동작으로 내기에서 이기고 박수갈채를 받았다.

"이런 건 아무것도 아니에요." 그녀는 창백한 팔을 소매 안으로 다시 넣으면서 말했다. "*Chica pero guapa*(작지만 귀여운). 맞죠, 무젤라로?"

그러더니 열 번째 담배에 불을 붙였다.

담배 향이 어찌나 구수한지 담배를 피우고 싶어졌다. 실바의 담배 케이스가 손에서 손으로 전해졌다. 마리아 포르투나가 에나멜을 바른 은제 케이스에 새겨진 글을 큰 소리로 읽었다.

"*Quia nominor Bébé*."[26]

그러자 여자들 모두 손수건이나 편지, 셔츠에 사용할 명언이나 좌우명을 갖고 싶어 했다. 여자들은 그게 매우 귀족적이라고, 간단히 말해 굉장히 우아하다고 생각했다.

"제 좌우명을 찾아 주실 분 있어요?" 카를로 데 소자의 옛 애인이 말했다. "라틴어였으면 좋겠어요."

"내가 찾아 주죠." 안드레아 스페렐리가 말했다. "이거요. '*Semper parata*'."[27]

"싫어요."

"'*Diu saepe fortiter*'."[28]

"무슨 뜻이에요?"

"의미가 무슨 상관입니까? 라틴어면 되죠. 다른 멋진 게 있어요. *Non timeo dona ferentes*."[29]

"별로 마음에 들지 않아요. 새롭지도 않고……."

"그럼 이건 어때요, *Rarae nates cum gurgite vasto*."[30]

"너무 흔해요. 신문 기사에서 얼마나 많이 봤는데……."

루도비코와 줄리오, 루제로가 일제히 크게 웃었다. 담배 연기가

---

26 '내 이름이 베베니까'라는 뜻의 라틴어.
27 '항상 준비된'이라는 뜻의 라틴어.
28 '오랫동안 항상 강건히'라는 뜻의 라틴어.
29 '난 선물을 전하는 사람을 경계하지 않아'라는 뜻의 라틴어. 베르길리우스의 『아이네이스』에서 트로이의 목마와 관련된 "Timeo Danaos et dona ferentes(선물을 전하는 그리스인을 경계하고)" 문장을 패러디한 것.
30 '두 개의 넓은 고물 사이에 넓은 회오리가 있다'라는 뜻의 라틴어.

모두의 머리 위로 퍼지면서 푸르스름하고 가벼운 구름으로 변했다. 극장 오케스트라가 연주하는 음악의 파동이 가끔 따뜻한 공기 속으로 전해졌다. 베베가 그 소리에 맞춰 흥얼거렸다. 클라라 그린이 아무 말 없이 국화 꽃잎을 따서 자기 접시에 놓았다. 가벼운 화이트 와인이 그녀의 혈관에서 무기력한 슬픔으로 변해 버렸기 때문이었다. 이미 그녀를 잘 알던 남자들에게는 연회에서 그렇게 감상에 빠지는 그녀의 모습이 새롭지 않았다. 그래서 그리미티 공작은 재미 삼아 그 감상을 토로하게 자극했다. 그녀는 아무 대답 없이 계속 접시에 국화 꽃잎을 따 놓으며, 마치 울음이라도 참듯 입술을 깨물었다. 안드레아 스페렐리가 그녀에게 거의 신경 쓰지 않고, 쾌락을 함께 즐기는 그의 친구들까지 놀랄 정도의 행동과 말을 해 대며 미친 듯이 유쾌해하고 있었으므로 그녀는 다른 일행들이 소리 높여 떠드는 가운데 애원하는 목소리로 말했다.

"*Love me tonight, Andrew!*"

이 말을 한 다음 거의 같은 간격으로 하늘색 눈을 접시에서 들며 힘없이 애원했다.

"*Love me tonight, Andrew!*"

"아, 뭐라고 중얼거리는 건지!" 마리아 포르투나가 말했다. "무슨 말이지? 어디 아픈 건가?"

베베 실바는 담배를 피우고, 작은 잔으로 오래된 코냑(vieux cognac)을 몇 잔 마셨다. 그리고 일부러 유쾌한 척하며 이것저것 많은 말들을 했다. 하지만 이상하게 피곤하고 맥 풀리는 순간들이 가끔 있었는데, 그런 순간이면 그녀의 얼굴에서 뭔가가 떨어져 나가고, 자신의 뻔뻔하고 음탕한 모습 속으로 직고 쓸쓸하고 초라하고 병든, 생각에 잠긴 자신의 모습이 들어오는 것만 같았다. 사람들에게 웃음을 주고 난 뒤 자신의 우리 한구석에 틀어박혀 기침

을 하는 폐병 걸린 늙은 원숭이보다 더 늙은 자신의 모습이. 그런
순간들은 금방 사라져 버렸다. 그녀는 화들짝 정신을 차리고 다시
술을 한 모금 마시거나 터무니없는 말들을 지껄였다.

그리고 클라라 그린이 다시 말했다.

"Love me tonight, Andrew!"

2

그렇게 순식간에 안드레아 스페렐리는 다시 쾌락 속에 뛰어들었다.

보름 정도는 줄리아 아리치와 클라라 그린이 그를 차지했다. 그 뒤 무젤라로와 함께 파리와 런던으로 떠났다가 12월 중반에 로마로 돌아왔다. 로마는 벌써 겨울의 사교계가 활발하게 움직였다. 그는 곧바로 사교계의 큰 원 안으로 다시 들어갔다.

하지만 지금 그의 마음은 어느 때보다 초조하고 불안하고 혼란스러웠다. 이렇게 참기 어려운 불만을, 불편하고 불쾌한 감정을 느껴 본 적이 없었다. 스스로에 대해 이 정도로 격한 분노의 감정, 이 정도로 잔인한 혐오감도 느낀 적이 없었다. 가끔 고독에 지친 시간이면 그는 갑자기 구역질이 나듯 내장 깊은 곳에서부터 씁쓸함이 올라오는 기분이었다. 그때는 그것을 쫓을 힘도 없이 일종의 음울한 체념에 빠져서, 회복되리라는 믿음을 모두 잃은 채 자신의 병과 함께 살아갈 준비를 하고 그 고통에 몰두하며 지독한 불행에 몸을 맡기는 환자처럼 둔감하게 그 씁쓸함을 그저 가만히 맛볼 뿐이었다. 다시 예전의 나병이 영혼으로 퍼져 다시 마음이, 구멍이 뚫려 수선할 수 없는 가죽 자루처럼 텅 비어 절대 다시 채울 수 없을 것 같았다. 이런 공허감, 회복이 불가능하리라는 확신으로 인해 그의 마음에 분노가 일었고 스스로를, 자신의 의지, 최근의 희망, 최근의 꿈을 미친 듯이 경멸하게 되었다. 그는 가차 없는 삶과 가라앉힐 수 없는 삶의 열정에 쫓기는 가혹한 순간에 이르렀다. 이제는 구원을 받거나 파멸할 순간에 놓여 있었다. 위대한 가슴이라면 그 힘을 모두 발휘하고, 보잘것없는 가슴은 비겁함을 모두 속속들이 드러낼 결정적인 순간에. 그는 그러한 상황에 압도되어 있었다. 자발적인 행동으로 스스로를 구할 용기가 없었다. 혐오감 때문에 괴로워하면서도 혐오감을 주는 것을 거부하는 게 두려웠다. 그를 한층 유혹하려는 것들로부터 거리를 두어야 한다고 본능적으로 생생하게 그리고 강하게 느끼면서도 그것들로부터 멀어지는 게 두려웠다. 그는 두려움의 기세에 눌려 기운을 잃었다. 그는 자신의 의지를, 활력을, 내면의 자존감을 완전히, 영원히 버렸다. 그에게 남아 있던 믿음과 이상을 영원히 희생해 버렸다. 그는 목적 없이 원대한 모험에 뛰어들듯 향락을 찾아, 기회를 찾아, 순간의 행복을 찾아서 운명에, 우연한 사건에, 불가항력적인 이유에 자신을 맡긴 채 삶 속에 뛰어들었다. 그는 이런 냉소적인 운명론으로, 고통에 둑을 쌓고 평정까지는 아니더라도 고뇌에 둔감해질 수 있으리라 생각했지만 그의 내면에서 고뇌에 대한 감각은 여전히 예리해지고 고통을 느끼는 능력은 몇 배로 증대되고 욕망과 혐오감은 끝도 없이 늘어만 갔다. 그는 지금 어느 날 감상적인 우울에 빠져 속마음을 고백하던 순간에 자신이 마리아 페레스에게 했던 말들이 진정 사실이었음을 다시 실감했다. '다른 사람들은 저보다는 행복하겠지요. 그러나 저는 저보다 더 행복하지 않은 사람이 이 세상에 있는지는 잘 모르겠습니다.' 그는 지금 너무나 감미로웠던 그 순간에, 두 번째 청춘을 맞이하리라는 환영이, 새로운 삶에 대한 예감이 자신의 영혼을 환히 비추었던 그때에 자신이 했던 그 말이 사실이었음을 실감했다.

하지만 그날 그 여인에게 말을 하면서 그는 전에 없이 솔직했다. 그는 전에 없이 순진하고 솔직하게 자신의 생각을 말했다. 어째서 그 모든 게 순식간에 모두 흩어지고 사라져 버린 걸까? 어째서 그 불꽃을 마음속에서 키울 수 없었던 걸까? 어째서 그 기억을 간직하고 믿음을 가질 수 없었던 걸까? 그러니까 그의 원칙은 변하기 쉬웠다. 그의 마음은 액체처럼 유동적이었다. 그의 모든 게 쉴 새 없이 변형되고 변질되었다. 정신력은 완전히 결여되어 있었다. 그의 정신의 본질은 모순으로 이루어졌다. 일관성이라든가 순진함, 자발성은 그에게서 떨어져 나갔다. 떠들썩한 분위기에서 의무의 목소리는 이제 그에게 들리지 않았다. 의욕의 목소리는 본능의 목소리에 눌려 흔적도 없이 사라졌다. 양심은, 자신의 빛을 가지지 않은 별처럼, 매 순간 어두운 그늘이 졌다. 줄곧 그랬고 아마 영원히 그럴 것이다. 그런데 왜 자신과 싸워야 한단 말인가? *Cui bono?*[31]

그러나 이런 싸움이 그의 인생에 꼭 필요했다. 그 같은 불안한 상태야말로 그의 존재를 조건 짓는 본질이었다. 이런 고뇌야말로 그가 결코 벗어날 수 없는 형벌이었다.

자신을 분석해 보기 위해 이러저러한 시도를 해도 더욱 불확실하고 더욱 애매해지기만 했다. 한 시간 정도 자기 성찰을 하고 나면 그는 혼란스럽고 지치고 절망적이 되고 자기 존재를 잊을 정도로 얼이 빠졌다.

12월 30일 오전에 콘도티 거리에서 *생각지도 않게* 엘레나 무티

---

31 '누구의 이익을 위해'라는 뜻의 라틴어.

를 만났을 때 그는 경이로운 운명의 힘을 눈앞에서 본 듯 말로 표현할 수 없게 감동했다. 그의 인생에서 다시없이 슬픈 그 시기에 운명의 힘이 그 여인을 다시 보낸 듯했으며, 그녀는 암흑 속에 난파되어 있는 그에게 최후의 구원이 되거나 최후의 일격을 가하려고 온 것만 같았다. 그녀와 다시 만나고 관계를 다시 시작하고 다시 그녀를 정복하고 예전처럼 그녀의 모든 것을 다시 소유하고 도취와 광채로 가득 찬 예전의 열정을 새로이 해야겠다는 충동적인 생각이 제일 먼저 마음을 움직였다. 그렇게 움직이는 마음에는 환희와 희망이 넘쳐흘렀다. 하지만 곧이어 불신과 의심과 질투심이 끓어올랐다. 어떤 기적이 일어나도 한번 사라진 행복은 그 일부분도 다시 나타날 수 없으며, 소멸된 환희는 단 한 순간도 되살아날 수 없고, 자취를 감춘 환영은 그 그림자조차 볼 수 없다는 확신이 그의 마음을 차지했다.

그녀가 돌아왔다, 그녀가 돌아왔다! 사방의 물건들에 그녀의 추억이 간직되어 있는 곳, 그녀가 이렇게 말했던 곳에 다시 돌아왔다. "난 이제 당신 여자가 아니에요. 앞으로도 절대 당신 여자가 될 수 없어요." 그녀는 이렇게 소리쳤었다. "내 육체를 다른 남자들과 함께 갖는 걸 견딜 수 있어요?" 이곳에서, 이 물건들 앞에서, 그를 향해 바로 그렇게 소리쳤었다!

모양이 각기 다 다르고 그 날카로움도 제각기 다른 수천 개의 침이 동시에 찌르듯 잔인하고 어마어마한 고통이 잠시 지속되었고 그는 몹시 분노했다. 수천 개의 불꽃을 가진 열정이 그를 다시 감싸며 이제 더 이상 자신의 것이 아닌 여자에 대한 꺼지지 않는 뜨거운 육욕을 불러일으켰고 예전에 겪었던 쾌락의 순간들의 세세한 부분들, 애무의 이미지들, 쾌락을 즐길 때의 그녀의 자세들, 미친 듯이 서로 주고받으며 뒤섞던 욕정들을 기억 속에 하나하나 되살려 놓았다. 끊임없이 새롭게 생겨나던 그들의 욕정은 채워지지도 않았고 만족을 느낄 수도 없었다. 그렇기는 하나 이상하게도 그의 상상 속에서 예전의 엘레나와 지금의 엘레나를 연결시키기가 어려웠다. 그녀를 소유했던 기억이 그의 몸을 달아오르게 하고 고통스럽게 하는 반면 그녀를 소유할 수 있다는 확신은 그의 손에 잡히지 않았다. 지금의 엘레나는 한 번도 같이 즐겨 본 적이 없고 한 번도 안아 본 적이 없는 새로운 여자 같았다. 욕망으로 온몸에 경련이 일어 그는 죽을 것만 같았다. 음란함이 독처럼 몸에 퍼져 그를 해쳤다.

그 무렵에는 날개 달린 영혼의 불꽃이 성스러운 베일로 가려졌고 거의 신성함에 가까운 신비에 둘러싸여 있던 음란함이 이제는 불꽃의 베일 없이 신비 없이, 완전히 육체적인 욕망과 저속한 색욕으로 그 모습을 드러냈다. 그는 자신의 정열이 사랑이 아니며 사랑과는 전혀 관계가 없다고 생각했다. 사랑이 아니었다. 그녀가 소리쳤었다. "내 육체를 다른 남자들과 함께 갖는 걸 견딜 수 있어요?" 아, 그렇다, 그는 견딜 수 있었을 거다!

그는 다른 남자의 품에 안겨 있다가 더러워진 몸으로 온 그녀를 혐오감 없이 그대로 안을 수 있었을 것이다. 다른 남자의 애무를 받은 그 몸을 애무할 수 있었다. 다른 남자와 키스한 그 입에 키스할 수도 있었다.

그러니까 그에게는 온전히 남아 있는 게 하나도, 무엇 하나도 없었다. 뜨거웠던 열정의 기억마저도 그의 내면에선 초라하게 변질되고 추해지고 부끄러운 게 되어 버렸다. 희미하던 마지막 희망의 빛두 꺼져 버렸다. 마침내 그는 비닥에 추락했고 다시 일어날 수가 없었다.

하지만 아직도 자기 앞에 우뚝 서 있는 수수께끼 같은 우상을 쓰러뜨리고 싶다는 소름 끼치는 광기가 그를 사로잡았다. 그는 잔혹할 만큼 냉소적으로 그 우상을 훼손시키고 그의 빛을 빼앗고 그를 쇠약하게 만들기 시작했다. 그는 이미 스스로에게 실험해 보았던 파괴적인 분석을 엘레나에게 사용했다. 자신이 회피하고 싶었던 의심에서 비롯된 모든 의문들에서 이제 대답을 찾았다. 한때 나타났다가 흔적도 없이 사라졌던 모든 의혹들의 근거를 지금 더 듣어 가기 시작했고 의심을 정당화시키고 확신을 얻으려 했다. 그는 이런 추악한 파괴 행위에서 위안을 얻을 수 있다고 믿었다. 하지만 그의 고뇌는 점점 증대되었고 불쾌감이 극에 달했고 오점은 확대되어 갔다.

1885년 3월, 엘레나가 떠난 진짜 이유는 무엇이었을까? 그 시기에도, 그리고 그녀가 험프리 히스필드와 결혼했을 때에도 소문이 무성했었다. 진실은 딱 하나였다. 그는 어느 날 밤 극장에서 나오면서 시시한 잡담을 나누던 중 우연히 줄리오 무젤라로를 통해 진실을 알게 되었다. 그는 그 말을 의심하지 않았다. 돈나 엘레나 무티가 로마를 떠난 건 경제적인 이유에서였고, 과도한 소비로 인해 금전적으로 심각한 상황에 빠져 있는 그녀를 구해 줄 '거래'를 마무리하기 위해서였다. 히스필드 경과의 결혼이 그녀를 파멸에서 구해 주었다. 마운트 에지컴 후작이자 브래드퍼드 백작이기도 한 히스필드 경은 막대한 부를 소유하고 있으며 영국의 최고위 귀족과 연결되어 있었다. 돈나 엘레나는 매우 기민하게 자기 일을 처리할 줄 알았다. 그녀는 비범한 능력을 발휘해 위기에서 벗어날 수 있었다. 물론 3년에 걸친 그녀의 미망인 생활이 재혼을 준비하는 정숙한 과도기로 보이지는 않았다. 정절을 지키지도 않았을 뿐더러 조심도 하지 않았다. 하지만 돈나 엘레나가 대단한 여자인 것만은 분명했다……

"대단한 여자야!" 줄리오 무젤라로가 반복해서 말했다. "자네도 잘 알고 있겠지만."

안드레아는 말이 없었다.

"하지만 충고하는데 그 여자와는 두 번 다시 가까이하지 말게." 무젤라로가 잡담하는 동안 꺼져 버린 담배를 던지면서 덧붙였다. "사랑에 다시 불붙이는 건 담배에 다시 불을 붙이는 거와 같아. 담배는 쓴맛이 나지. 사랑도 마찬가지야. 모체토 부인 집에 차 마시러 가지 않겠나? 연극이 끝난 후에 와도 좋다고 말했어. 아직 별로 늦은 시간도 아니고."

두 사람은 팔라초 보르게세 앞에 있었다.

"자네는 가게." 안드레아가 말했다. "난 집으로 돌아가서 자야겠어. 오늘 사냥 때문에 좀 피곤해서. 돈나 줄리아에게 인사 전해 주게. *Comprends et prends*."[32]

무젤라로는 팔라초 보르게세로 들어갔다. 안드레아는 보르게세 분수 옆을 지나 콘도티 거리를 계속 걸어서 트리니타 교회 쪽을 향해 갔다. 춥고 고요한 1월 밤이었다. 로마를 다이아몬드로 만든 공 속에 들어 있는 은빛 도시로 보이게 만드는 놀라운 그런 겨울밤이었다. 하늘 한가운데 떠 있는 보름달이 빛과 냉기와 정적으로 이루어진 3중의 청아함을 사방에 뿌렸다.

그는 자신의 고통만을 생각하며 몽유병 환자처럼 달빛을 맞으며 걸었다. 최후의 일격이 가해졌다. 우상은 쓰러졌다. 파멸한 우상 위에는 이제 더 이상 아무것도 남아 있지 않았다. 모든 게 이렇듯 영원히 끝나 버렸다. '그러니까 그녀는 나를 사랑하지 않았던 거야. 곤궁한 재정을 해결하려고 망설임 없이 사랑을 끝낸 거디.

---

32 '이해하고 받아 줘'라는 뜻의 프랑스어.

이익에 끌려 망설임 없이 결혼을 결정했던 거야. 그리고 지금 내 앞에서 순교자 같은 태도를 가장하고 범할 수 없는 순결한 신부의 베일을 쓰고 있어!' 마음 깊은 곳에서 씁쓸함이 올라와 쓴웃음을 지었다. 곧이어 그 여자를 향한 맹목적인 분노가 그를 뒤흔들었고 아무것도 눈에 보이지 않았다. 열정에 대한 기억도 아무 도움이 되지 않았다. 그 당시의 모든 게 그의 눈에는 그저 거대하고 잔인한 속임수로, 거짓말로만 비쳤다. 그런데 살아오면서 속임수와 거짓의 옷을 입었던 이 남자, 수없이 남을 속이고 거짓말을 했던 이 남자가 다른 사람에게 속았다고 생각하자 용서할 수 없는 범죄에, 변명할 수도 설명할 수도 없는 기괴한 일에 모욕을 당한 기분이었고 몹시 화가 나고 혐오스러웠다. 사실 그는 엘레나가 어떻게 그런 모욕적인 짓을 할 수 있었는지 납득할 수가 없었다. 이해할 수 없기는 해도 어떤 변명도 용납할 수 없었고 말 못할 어떤 이유 때문에 그렇게 불시에 달아났을지 모른다는 의심도 해 보기 싫었다. 그의 눈에 보이는 것이라곤 잔인한 행동과 비열함, 저속함밖에 없었다. 특히 그 저속함은 잔혹하고 노골적이고 증오스러웠으며, 아무리 긴급한 상황 때문이었다 해도 누그러들지 않았다. 간단히 말하자면 이런 것이었다. 진지해 보였고 한없이 숭고하고 영원히 꺼지지 않으리라 맹세했던 열정이 금전적인 문제로, 물질적 이익에 의해, 거래에 의해 중단되었다.

"배은망덕한 사람! 배은망덕한 사람! 무슨 일이 있었는지, 내가 얼마나 고통스러웠는지 알아요? 당신이 알아요?" 엘레나가 했던 말이 또렷하게 기억났다. 벽난로 앞에서 나누었던 대화가 처음부터 끝까지 하나하나 기억 속에 되살아났다. 부드럽고 다정했던 말들, 남매 같은 정을 나누자고 제안하던 말, 감상적인 한마디 한마디들이. 그가 그녀의 무릎에 장미꽃 다발을 올려놓았을 때 그녀의 눈에 고였던 그 눈물을, 변하던 그 표정을, 떨리던 몸을, 목이 메어 제대로 나오지도 않는 목소리로 말하던 작별 인사를 다시 생각했다. '그 여자는 대체 무슨 생각에 집으로 오겠다고 한 걸까? 왜 그런 연기를 하고 그런 장면을 도발하며 새로운 연극, 아니 그런 새로운 희극을 계획한 걸까? 대체 무엇 때문에?'

그는 마지막 계단에, 한적한 광장에 도착했다. 아름다운 밤이 갑자기 그가 모르고 있는 선(善)에 대한, 막연하면서도 고통스러울 정도로 열망을 불러일으켰다. 돈나 마리아의 모습이 뇌리를 스쳤다. 그러한 갈망이 마음속에서 요동을 하듯 그의 심장이 쿵쿵 뛰었다. 불현듯, 돈나 마리아의 손을 잡고 그녀의 가슴에 이마를 대고 아무 말 없이 그녀에게서 따뜻한 위로를 받고 싶다는 생각이 들었다. 그런 따뜻함과 안식처와 연민이야말로 그의 마음이 굴복해서 파멸하지 않기 위해 최후로 기댈 곳인 듯했다. 그는 고개를 푹 숙인 채, 다시 밤의 풍경을 뒤돌아보지 않고 집으로 들어갔다.

테렌치오가 현관 옆방에서 그를 기다리고 있다가 침실까지 따라왔다. 벽난로 불이 벌써 피워져 있었다. 테렌치오가 물었다.

"지금 자리에 드시겠습니까?"

"아니, 테렌치오, 차 한잔 갖다줘." 안드레아는 이렇게 말하고 벽난로 앞에 앉아 손바닥을 불 쪽으로 폈다.

안드레아는 신경질적으로 살짝 몸을 떨고 있었다. 그는 하인에게 이상할 정도로 부드럽게 말을 하고 하인의 이름을 부르며 친근하게 말했다.

"추우신가요, 백작님?" 테렌치오가 주인의 친절한 말에 용기를 내어 걱정스러운 듯 따뜻하게 물었다.

그리고 벽난로 장작 받침쇠 쪽으로 몸을 숙이고 장작을 더 넣어 불을 살렸다. 테렌치오는 스페렐리 가문의 늙은 하인으로, 안드레아의 아버지도 오랜 기간 섬겨 왔다. 그리고 젊은 주인에게는 마치 우상을 숭배하듯 맹목적이고 헌신적이었다. 테렌치오는 주인만큼 아름답고 고귀하고 신성한 인간은 없다고 생각했다. 실제로 그는 모험 소설이나 연애 소설에 등장하는 충직한 하인들을 배출하는 이상적인 가계에 속해 있었다. 하지만 소설 속의 하인들과 달리 거의 말이 없었고 충고를 한다거나 하는 일 없이 그저 주인의 명령만 따랐다.

"그 정도면 됐어." 안드레아가 경련하듯 떨리는 몸의 전율을 누르려고 불에 가까이 가면서 말했다.

이처럼 비참한 순간에 늙은 테렌치오의 존재가 이상한 감동을 주었다. 자살을 앞둔 인간들이 곁에 선량한 사람이 있을 때 나약해지는 그런 심정과 조금 닮은 감정이었다. 지금까지 이 순간처럼 그 노인 때문에 아버지가 생각나고 다정했던 고인의 기억이 떠오르고 그런 좋은 친구를 잃은 게 애석했던 적이 한 번도 없었다. 지금 이 순간처럼 가족의 위로가, 아버지의 목소리와 손길이 필요한 적은 한 번도 없었다. 이렇게 끔찍한 나락으로 떨어진 아들을 보면 아버지는 뭐라고 할까? 어떻게 위로해 줄까? 어떤 힘으로?

그는 회한에 잠겨 선친을 생각했다. 하지만 아버지에게 처음 받은 가르침이 자신의 이런 비참함의 근원이라는 데에는 한 치의 의심도 없었다.

테렌치오는 차를 가져왔다. 그리고 천천히 잠자리를 준비하기 시작했다. 제니와 맞먹을 만큼, 여성스러울 정도로 세심하게 뭐 하나 빼놓지 않고 정리하면서 주인이 아침까지 아무 방해도 받지 않고 잠을 자면서 완벽한 휴식을 취하게 되리라는 확신을 얻고 싶어 하는 듯했다. 안드레아는 그의 동작 하나하나를 바라보며 감동이 더해지는 것을 느꼈지만, 그 감동의 밑바닥에는 막연한 부끄러움도 있었다. 셀 수도 없을 만큼 여러 번 불결한 사랑의 시간을 보낸 이 침대 주위에서 보는 늙은 하인의 선량한 마음이 안드레아를 괴롭혔다. 그 늙은 손이 부지불식간에 불결한 것들을 모두 휘젓는 기분이 들었다.

"이제 가서 자게, 테렌치오." 그는 말했다. "이제 더 필요한 일은 없으니까."

안드레아는 자신의 마음과 슬픔만을 친구 삼아 벽난로 앞에 홀로 앉아 있었다. 내면의 고뇌를 이기지 못하고 일어나 방 안을 서성거렸다. 침대에 놓인 베개에 엘레나의 머리가 환영으로 떠올라 그의 머리에서 떠나지 않았다. 몇 번인가 창 쪽을 돌아보면 그때마다 그녀가 보이는 듯했다. 그래서 흠칫 놀라곤 했다. 그의 신경이 너무나 쇠약해져서 무질서한 환영들이 활개를 쳤다. 환각 상태가 점점 심해졌다. 그는 걸음을 멈추고 두 손으로 얼굴을 감싸며 흥분을 가라앉히려 했다. 이불을 끌어당겨 베개를 덮어 버린 뒤 다시 의자에 앉았다.

그의 뇌리에 다시 다른 이미지가 떠올랐다. 남편의 품에 안겨 있던 엘레나가. 다시 한 번 가혹할 정도로 생생하게.

그는 이제 그녀의 남편을 잘 알고 있었다. 바로 그날 밤, 극장 특별석에서 엘레나에게 소개받았고 뭔가를 폭로하려는 듯, 그의 비밀을 찾아내려는 듯 탐색하는 예리한 눈길로 주의 깊게, 자세히 관찰했다. 그의 목소리가 아직도 귀에 생생했다. 이상한 음색에 약간 날카롭고, 말을 시작할 때마다 질문하듯 억양을 올리던 목소리가. 튀어나온 넓은 이마 밑의 그 맑은 눈도 눈앞에 선했다. 이따금 유리 같은 생기 없는 빛이 번득이는가 하면 광인의 눈길과 다소 비슷한, 말로 표현할 수 없는 희미한 빛으로 생기를 띠던 그 눈이. 샛노란 솜털이 덮인 희끄무레하고 부드러운 손도 떠올랐다. 모든 손동작이, 그러니까 오페라글라스를 들고 있을 때나 손수건을 펼 때, 관람석 난간에 손을 올려놓을 때나 오페라 대본을 넘길 때 그 움직임 하나하나가 어딘지 모르게 음란한 인상이었다. 악으로 물든 손, 사디스트적인(sádiche) 손으로, 아마 사드의 작품 등장인물들 중 누군가가 그런 손을 가졌을 게 분명하다.

그는 그 손이 엘레나의 나신을 만지고 그 아름다운 몸을 더럽히고 외설스러운 이상한 행위를 해 보려 시도하는 모습을 보았다……. 어쩌면 그렇게 역겨운지!

안드레아는 극심한 고통을 견딜 수가 없었다. 그는 다시 일어나 창가로 가서 창문을 열었다. 차가운 밤공기에 몸서리를 쳤다. 몸이 떨렸다. 한없이 연한 장밋빛 대리석으로 조각한 것 같은 트리니타 데이 몬티 교회가 선명한 윤곽을 드러낸 채 푸른 밤하늘에 빛나고 있었다. 그 아래쪽의 로마는 빙하를 깎아 만든 도시처럼 투명하게 반짝였다.

그 차갑고도 냉엄한 정적에 그의 영혼은 현실로 되돌아왔고 자신이 처한 상황을 진정으로 의식하게 되었다. 그는 창을 닫고 다시 의자에 앉았다. 수수께끼 같은 엘레나에게 아직도 끌리고 있었다. 여러 가지 의문들이 혼란스럽게 머리에 떠올라 그를 자극했다. 하지만 그에게는 의문들을 정리하고 연결시켜 보고 이상할 정도의 통찰력으로 하나하나 검토해 볼 힘이 있었다. 분석을 해 나갈수록 한층 더 뛰어난 통찰력을 갖게 되었다. 그는 복수라도 하듯 잔인한 심리 분석을 즐겼다. 마침내 그는 하나의 영혼을 발가벗기고 비밀을 꿰뚫어 본 듯했다. 마침내 그는 마음속으로 엘레나를, 황홀감에 빠져 있던 그때보다 훨씬 더 소유한 것 같은 기분이 들었다.

그녀는 도대체 어떤 여자였을까?

그녀는 쾌락에 빠진 육체와 균형을 이루지 못한 정신의 주인이었다. 쾌락에 탐닉하는 모든 사람들과 마찬가지로 그녀의 도덕성 근저에는 극단적인 에고이즘이 자리 잡고 있었다. 그녀의 중요한 능력, 그녀의 지성을 이루는 주축(asse)은, 말하자면 상상력이었다. 그 상상력은 다양한 독서를 통해 자양분을 얻었고 자궁에서 직접 만들어졌으며 계속 히스테리의 자극을 받았다. 그녀는 어느 정도 지성을 소유하고 있는 데다 호사스러운 로마 공작 가문에서, 예술과 역사로 이루어진 저 호화로운 교황의 도시에서 교육을 받았기에 그녀는 깊이가 없는 막연한 미의식으로 겉치레를 했으며 우아한 취향을 가질 수 있었다. 그리고 자신의 아름다움이 어떤 특징을 지니는지도 잘 알고 있었으므로 매우 세련되게 위장을 하고 영리하게 흉내 내어 그 아름다움의 숭고함을 확대시켜 보이려고 애쓰며 교활한 이상의 빛을 주위에 퍼뜨렸다.

그러니까 그녀는 인간 희극에서 몹시 위험한 요소들을 가진 존재였다. 그녀가 드러내 놓고 파렴치한 행동들을 고백한다면 많은 파멸과 혼란을 초래하게 될 것이다.

활발한 상상력 아래 그녀의 온갖 변덕은 감상적인 모양새를 갖게 되었다. 그녀는 순식간에 정열을 불태우는 여자, 느닷없이 불붙는 여자였다. 그녀는 육체의 성적인 욕구를 우아한 불꽃으로 숨기고 비열한 욕망을 고상한 감정으로 바꿀 줄 알았다…….

이런 식으로 안드레아는 한때 몹시 사랑했던 여인을 신랄하게 평가했다. 선명하게 남아 있는 어떤 기억 앞에서도 멈추지 않고 냉정하게 분석을 계속했다. 엘레니의 모든 행동, 모든 사랑의 표현의 밑바탕에서 그는 자신이 상상한 주제를 실행에 옮기고 극적인 역할을 연기하고 놀라운 장면을 만들어 내는 그녀의 교활함이라든지, 술책이라든지, 능력 그리고 감탄할 정도의 자신감을 간파했다. 기억에 남을 만한 일화 하나하나가 그에게 상처를 남겼다. 아텔레타 후작 저택 만찬에서의 첫 만남도, 임멘라에트 추기경의 경매도, 프랑스 대사관에서의 무도회도, 갑자기 그녀가 그에게 안기던 팔라초 바르베리니의 붉은 방도, 3월의 해 질 녘 노멘타나 거리에서의 갑작스러운 이별도. 예전에 그를 취하게 했던 그 마법의 포도주가 지금은 속임수가 뒤섞인 음료 같았다.

하지만 어떤 순간에 이르자 엘레나의 마음속을 꿰뚫어 보면서 바로 자신의 마음속을 꿰뚫어 보고 그녀의 허위성 속에서 자신의 허위성을 발견하기라도 하듯 그는 당혹스러웠다. 두 사람의 본성은 그만큼 유사했다. 그녀를 이해하게 되면서 경멸감이 서서히 변해 이율배반적인 관용의 마음이 들었다. 그는 자신의 내면에서 찾은 모든 것을 이해했다.

그래서 안드레아는 냉정하면서도 분명하게 자신이 이해한 바를 정의했다.

일주일쯤 전, 섣달 그믐날에 나눈 대화가 하나도 빠짐없이 기억에 되살아났다. 그래서 그는 마음속으로 냉소를 지으며 더 이상 분노하지 않고 전혀 흥분하지도 않은 채 그 장면을 재구성하면서 엘레나와 자신에게 쓴웃음을 지어 보이는 게 좋았다. '그녀는 왜 왔을까? 옛 연인과 익숙한 장소에서 2년 만에 예기치 않게 이루어진 만남이 그녀에게 특별해 보였고, 희귀한 감동을 갈구하는 그녀의 마음을 유혹하고 자신의 상상과 호기심을 자극했기 때문이야. 그녀는 지금 이런 독특한 유희가 자신을 어떤 새로운 상황으로 이끌어 갈지, 어떤 새로운 사실들을 조합해 낼지를 보고 싶었던 거지. 어쩌면 이미 관능적 사랑의 대상이었던 똑같은 사람과 플라토닉한 사랑을 나눌 수 있다는 신선함이 그녀를 유혹했는지도 몰라. 늘 그랬듯이 그녀는 그런 상상의 감정에 정열적으로 몸을 던졌어. 그녀는 자신에게 진정성이 있다고 믿으며 이런 허구의 진정성에서 한없이 부드러운 말투나 고통스러워하는 태도, 눈물을 끌어낼 수 있었을 거야. 내게도 익숙한 현상이 그녀에게도 일어났어. 그녀는 허위적이고 일시적인 마음의 움직임이 진실하다고, 심각하다고 믿어 버리게 된 거야. 말하자면 다른 이들이 육체가 만들어 내는 환영을 가지고 있듯, 그녀는 감정의 환영을 가지고 있지. 그녀는 자신이 거짓말한다는 걸 의식하지 못해. 자신이 진실 속에 있는지 거짓 속에 있는지, 허구 속에 있는지 실제에 있는지 이제 분간을 못하는 거지.'

그리고 지금 이와 동일한 정신적 현상이 그에게도 지속적으로 반복되었다. 따라서 그에게는 그녀를 비난할 정당한 이유가 없었다. 물론 이러한 발견으로 육체적인 게 아닌 다른 쾌락에 대한 희망이 그에게서 모두 사라져 버렸다. 지금은 불신이 감미로운 탐닉과 정신적 도취를 완전히 가로막았다. 자신감에 넘치고, 정숙한 여인을 속이고, 위선의 빛으로 활활 타오르는 뜨거운 불길에 그녀 스스로 달아오르게 만들고, 교활함으로 그 여인의 영혼을 지배하고 그 여인을 완전히 소유하며 악기처럼 떨리게 하는 것이야말로, *babere non baberi*,[33] 최고의 기쁨일지 모른다. 하지만 속고 있다는 걸 알고 속이는 건 바보 같고, 아무 성과도 없는 고역이며 따분하고 쓸데없는 유희이다.

그래서 그는 엘레나가 남매의 사랑을 단념하고 예전처럼 자신의 품에 안기도록 만들어야만 했다. 그는 눈부시게 아름다운 그 여인의 육체를 다시 소유하고 그녀의 아름다움에서 누릴 수 있는

---

33 '소유하되 소유되지 않는'이라는 뜻의 라틴어.

최고의 기쁨을 끌어내고, 그렇게 충만함을 느낌으로써 그 몸에서 영원히 자유로워져야만 했다. 하지만 이런 힘든 일을 할 때는 신중해야 하고 인내심을 갖는 게 좋았다. 이미 처음 대화에서 그의 격렬한 정열이 나쁜 결과를 초래한다는 게 증명되었다. 그녀는 예의 그 말, "내 육체를 다른 남자들과 함께 갖는 걸 견딜 수 있어요?"라는 말로 자신이 아무 흠도 없는 여자로 보이려는 계획을 세우고 있는 게 분명했다. 성행위에 대한 성스러운 공포가 플라토닉한 사랑이라는 거대한 장치를 움직였다. 사실 이런 공포는 정직한 것일 수도 있었다. 연애를 하며 세월을 보내던 여자들 거의 대부분이 결혼에 성공하면 결혼 초에는 소름 끼칠 정도로 순수하고 순결한 체하며 선의를 가지고 정숙한 아내 역할을 맡는다. 그래서 엘레나도 흔하디흔한 양심의 가책에 사로잡혀 있을 수 있었다. 그러니까 정면에서 노골적으로 그녀를 공격하고 그녀의 새로운 윤리관과 충돌하는 것만큼 최악의 경우도 없었다. 따라서 그녀의 정신적인 바람을 충족시켜 주고, '다정한 누나, 제일 사랑스러운 그녀'로 그녀를 받아들이며 그 생각에 그녀를 취하게 해서 빈틈없이 플라토닉한 사랑을 만들어 가는 쪽이 나았다. 그리고 서서히 순수한 남매애에서 관능적인 친근감을 이끌어 내고 관능적인 친근감에서 육체를 완전히 항복받는 게 좋았다. 아마 이런 변화는 순식간에 일어날 것이다. 모든 게 상황에 달렸다…….

안드레아 스페렐리는 벽난로 앞에 앉아 이런 생각을 곰곰이 했다. 황도 12궁이 그려진 이불을 알몸에 두르고 흩어진 장미 꽃잎 사이에서 미소 짓던 연인 엘레나를 환히 비춰 주던 그 벽난로 앞에서. 갑자기 극심한 피로가 밀려들었는데, 잠을 청할 수도 없는 피로, 거의 죽음에 이를 정도로 얼이 빠지고 절망적인 그런 피로였다. 그사이 장작 받침쇠 위의 불이 꺼져 갔고 차는 찻잔에서 차갑게 식어 버렸다.

이후 며칠 동안 안드레아는 엘레나가 약속했던 편지를 기다렸지만 연락이 없었다. "언제 당신을 만날 수 있을지 편지로 알려 줄게요." 그러니까 엘레나는 한 번 더 그를 만날 생각이었다. 그런데 어디서? 다시 이 팔라초 주카리에서? 그녀는 한 번 더 무모한 일을 저지르려는 걸까? 확실한 게 하나도 없어서 그는 말로 표현할수 없는 고문을 당하는 기분이었다. 하루 종일 그녀를 만나고 다시 볼 방법을 궁리하며 시간을 보냈다. 그녀가 만나 주지 않을까싶어 여러 차례 호텔 퀴리날레까지 가 보았지만 그때마다 그녀는 부재중이었다. 어느 날 밤 극장에서 엘레나와 마주쳤는데, 그녀는 남편, 그러니까 그녀가 멈프스라고 불렀던 남자와 함께였다. 대수롭지 않은 이야기들과 음악이며 노래며 귀부인들 이야기를 나누는 동안 그는 슬픔이 담긴 간절한 눈으로 그녀를 보았다. 그녀는 자신의 아파트 때문에 몹시 걱정하는 모습이었다. 그녀가 예전에 살았지만 이제는 확장한 팔라초 바르베리니에 다시 들어갔다고 했다. 그래서 실내 장식업자들에게 명령을 하거나 정리하느라 그 곁에 꼬박 붙어 있다고 했다.

"로마에 오래 머무실 건가요?" 안드레아가 물었다.

"네." 그녀는 대답했다. "로마에 겨울마다 머물 생각이에요."

잠시 후 그녀가 덧붙였다.

"진짜, 백작님이 실내 장식에 조언을 좀 해 줄 수 있겠죠. 가까운 시일 오전 중에, 와 주지 않을래요? 10시에서 12시까지는 늘거기 있어요."

히스필드 경이 마침 특별석으로 온 줄리오 무젤라로와 이야기를 나누는 틈을 이용해 안드레아가 그녀의 눈을 보며 물었다.

"내일은?"

그녀는 그렇게 물어보는 그의 억양에 전혀 신경 쓰지 않는 듯 간단히 대답했다.

"좋아요."

다음 날 아침 11시경에 시스티나 거리를 따라 걷다가 바르베리니 광장을 지나 오르막길로 올라갔다. 그가 익히 아는 길이었다. 예전에 받았던 인상이 다시 느껴지는 기분이었다. 순간 착각을 했다. 감정이 고조됐다. 베르니니의 분수가 햇빛에 이상하게 반짝였는데, 돌고래나 조가비나 트리톤이 돌로 만들어진 게 아니라 유리는 더욱 아닌, 매우 투명한 어떤 재료로 만들어져 끊임없이 그 형태가 변하는 듯했다. 새로운 로마를 만드는 활발한 건설 작업 현장의 소음이 광장이나 근처 거리를 뒤덮었다. 초치아라*에서 온 꼬마들이 마차와 마소들 사이를 쏜살같이 누비며 제비꽃을 팔았다.

철책 문을 지나 정원으로 들어섰을 때 안드레아는 자신이 떨고 있다는 걸 알았다. 그는 이런 생각을 했다. '그런데 난 아직 그녀를 사랑하는 걸까? 아직 그녀를 열망하는 걸까?' 예전과 같은 떨림이라는 생각이 들었다. 햇빛에 빛나는 큰 저택을 바라보았다. 그러자 그의 마음은 춥고 안개 낀 새벽이면 이 저택이 마법의 건물처럼 보이던 그 시절로 날아갔다. 행복하던 시절의 초기였다. 입맞춤으로 뜨겁게 달구어진 채, 방금 전까지의 환희를 온몸에 가득 담은 채 건물에서 나왔었다. 새벽의 박명 속에 트리니타 데이 몬티나 산티시도로, 카프친 교회 등에서 삼종 기도(Angelus) 종소리가 어지러이 울려 퍼졌는데 까마득히 먼 곳에서 들려오는 듯했다. 거리 모퉁이의 아스팔트를 녹이는 가마 주위에선 모닥불이 붉게 타고 있었다. 한 무리의 염소들이 모두 잠을 자는 듯 인기척이 없는 어떤 집의 하얀 벽을 따라 옹기종기 모여 있었다. 돌아다니며 그라파*를 파는 남자들이 쉰 목소리로 크게 외치는 소리들이 안개 속으로 사라졌다…….

그가 잊고 있던 그런 감각들이 마음 깊은 곳에서 다시 올라오는 게 느껴졌다. 잠시 동안 옛사랑의 파도가 마음 위로 지나가는 게 느껴졌다. 잠시 동안 그는 지금의 엘레나가 예전의 엘레나이고 슬픈 일들은 사실이 아니며 행복은 계속 이어질 거라는 상상을 해 보려 했다. 하지만 문지방을 넘어서자마자 세련되지만 약간은 애매한 특유의 미소를 지으며 자신에게 오는 마운트 에지컴 후작을 보자 모든 착각에 빠져 흥분했던 마음이 사라졌다.

그러자 모진 고통이 다시 시작됐다.

엘레나가 나타나더니 남편 앞에서 다정하게 손을 내밀었다.

"잘 와 주셨어요, 안드레아! 우릴 좀 도와주세요, 도와주세요…….''

그녀의 말도, 행동도 매우 명랑했다. 아주 젊어 보였다. 가장자리와 곧은 칼라와 소매에 검은 아스트라한으로 장식한 짙은 청색 재킷을 입고 있었다. 털실로 이리저리 꼬아 놓은 세련된 털실 자수가 아스트라한 위를 장식했다. 그녀는 우아한 몸짓으로 한쪽 손을 주머니에 넣었다. 그리고 다른 한 손으로 태피스트리 작품들이나 가구, 그림 등을 가리키며 안드레아의 조언을 구했다.

"이 서랍장 두 개는 어디에 두면 좋을까요? 봐줘요. 멈프스가 루카에서 찾은 거예요. 이 그림들은 당신이 좋아하는 보티첼리 작품이랍니다. 이 태피스트리들은 어디에 걸면 좋을까요?''

안드레아는 '나르키소스 이야기' 태피스트리 네 개를 임멘라에트 추기경의 경매 때 본 적이 있다는 걸 알아차렸다. 그가 엘레나를 보았지만 눈은 맞추지 않았다. 그녀와 그녀 남편 그리고 그 태피스트리에 느러나시는 않시만 강렬한 분노를 느꼈다. 그는 그 집을 떠나고 싶었다. 하지만 히스필드 부부에게 자신의 뛰어난 취향을 보여 주는 게 좋았다. 그리고 열렬한 수집가로, 자신의 수집품

중 어떤 것이라도 그에게 보여 주려는 멈프스의 해박한 고고학적 지식에 상처를 입힐 필요가 있었다. 그는 유리 진열장에 들어 있는 폴라이우올로 투구와 니콜로 니콜리가 소장했던 천연 바위 수정으로 만든 꽃병도 알아보았다. 그 장소에 그 꽃병이 있다는 사실에 그는 이상하게 당혹스러웠고 강한 의심이 마음에 섬광처럼 번득였다. 그러니까 이 꽃병이 히스필드 경의 수중에 들어갔단 말이지? 경쟁이 뜨거웠으나 아무도 낙찰을 받지 못한 그 유명한 경매가 끝난 뒤 그 골동품에 신경 쓰는 사람이 전혀 없었고 다음 날 경매 때 다시 찾은 사람도 없었다. 일시적인 흥분이 가라앉고 사라졌으며 사교계의 일들이 다 그렇듯 그 일도 지나가 버렸다. 수정에 대한 흥분은 다른 것들과는 대조적으로 그냥 남아 있었다. 이런 일은 아주 자연스러운 것이었지만 그 순간 안드레아는 이상하다는 생각이 들었다.

그는 일부러 유리 진열장 앞에 멈춰 서서, 안키세스와 베누스의 이야기를 조각한 투명한 다이아몬드처럼 빛나는 그 고귀한 꽃병을 유심히 바라보았다.

"니콜로 니콜리 작품이에요." 엘레나가 뭐라고 말할 수 없는 강세를 두며 그 이름을 말했는데 안드레아는 그 속에서 약간의 슬픔을 감지한 것 같은 기분이었다.

그녀의 남편이 옆방으로 가서 옷장을 열었다.

"기억하고 있겠죠! 기억하고 있겠죠!" 안드레아는 그녀를 돌아보며 소곤거렸다.

"기억하고 있어요."

"그럼 언제 만날 수 있소?"

"몰라요!"

"당신이 약속했는데……."

마운트 에지컴이 다시 나타났다. 세 사람은 다시 다른 방으로 옮겨 그 안을 둘러보았다. 인부들이 사방에서 분주하게 벽지를 펼치거나 커튼을 걷어 올리거나 가구들을 치우고 있었다. 안드레아는 엘레나가 조언을 구할 때마다 대답을 하느라, 불쾌감을 극복하고 조바심 나는 마음을 달래느라 고생했다. 그녀의 남편이 한 인부와 이야기하고 있을 때 그는 작은 목소리로 엘레나에게 짜증스러움을 분명히 전했다.

"왜 내게 이런 고문을 하는 거요? 난 당신만 만나길 바랐는데."

아직 제대로 설치되지 않은 문에 엘레나의 모자가 부딪혀 모자가 옆으로 삐딱하게 밀려났다. 그녀가 웃으면서 멈프스를 불러 베일의 매듭을 풀어 달라고 했다. 그 바람에 안드레아는 그 혐오스러운 손이 그가 갈망하는 여인의 목에서 매듭을 풀고 살짝 웨이브가 진 검은 곱슬머리를, 예전에 키스할 때면 신비한 향기가 났던, 그가 알고 있던 어떤 향수와도 비교할 수 없는 훨씬 더 부드럽고 훨씬 더 취하게 만드는 그 향기가 났던 그 생기 넘치는 곱슬머리에 스치는 것을 보았다.

그는 더 이상 망설이지 않고 점심 식사에 초대되었다는 핑계로 그 자리에서 벗어났다.

"우리는 2월 1일 화요일부터 완전히 이곳으로 옮길 거예요." 엘레나가 말했다. "그때 자주 들러 주시기 바라요."

안드레아는 허리를 숙여 인사했다.

히스필드 경과 악수만 하지 않는다면 뭐든 할 수 있었을 것이다. 그는 분노와 질투와 혐오감을 잔뜩 느끼며 그곳을 떠났다.

그날 밤늦게 오랫동안 가지 않았던 클럽에 우연히 들렀던 안드레아는 카드 게임 테이블에 앉아 있는 과테말라 전권 공사 돈 마누엘 페레스 이 카프데빌라를 발견했다. 그는 정중하게 인사를 하고, 돈나 마리아와 델피나 소식을 물었다.

"아직 시에나에 계십니까? 언제 로마에 옵니까?"

공사는 빌라 스키파노이아에서의 마지막 날 밤, 그 젊은 백작과의 카드 게임에서 수천 리라를 땄던 기억을 떠올리며 안드레아의 공손한 인사에 정중하고 예의 바르게 대답했다. 공사는 안드레아 스페렐리가 뛰어난 솜씨를 가진 완벽한 승부사라는 걸 알았다.

"며칠 전에 함께 왔습니다. 월요일에 도착했지요. 마리아는 아텔레타 후작 부인이 계시지 않으면 몹시 적적했을 겁니다. 백작께서 방문하면 마리아도 무척 좋아할 겁니다. 우리는 나치오날레 거리에 삽니다. 이게 정확한 주솝니다."

돈 마누엘이 명함을 내밀었다. 그러고는 다시 카드 게임으로 돌아갔다. 안드레아는 베피 공작이 부르는 소리를 들었다. 공작은 다른 신사들과 잡담을 나누던 참이었다.

"오늘 아침 첸토첼레에 왜 오지 않았나?" 공작이 물었다.

"다른 약속이 있어서." 안드레아는 핑계를 댈 생각도 없이 대답했다.

공작이 다른 친구들과 함께 킬킬대며 웃기 시작했다.

"팔라초 바르베리니에서?"

"아마도."

"아마도라니? 자네가 그곳에 들어가는 걸 루도비코가 보았는데……."

"자네는 어디 있었나?" 안드레아가 바르바리시에게 물었다.

"사비아노의 숙모님 댁에."

"아아!"

"자네가 사냥을 잘했는지 어떤지는 모르겠네만." 베피 공작이 계속했다. "우리는 45분간 전속력으로 말을 몰아서 여우 두 마리

346

를 잡았지. 수요일은, 트레 폰타네로 갈 거야."

"알았어? 콰트로 폰타네*가 아니야……." 지노 봄미나코가 여느 때처럼 자못 진지한 표정으로 익살스럽게 농담을 했다.

그 말에 친구들이 웃음을 터뜨렸다. 그 웃음은 스페렐리에게도 전염되었다. 그는 그런 짓궂은 장난이 기분 나쁘지 않았다. 아니, 근거가 전혀 없는 바로 지금, 친구들이 자신이 엘레나와 다시 관계를 맺게 되었다고 생각하는 게 즐거웠다. 안드레아는 늦게 온 줄리오 무젤라로를 보며 이야기를 나누었다. 다른 친구들의 이야기가 단편적으로 귀에 들어왔는데, 그 친구들이 히스필드 경을 화제로 삼고 있다는 걸 알아차렸다.

"7~8년 전에 런던에서 알게 됐지." 베피 공작이 말했다. "*Lord of the Bedchamber*[34]였던 것 같던데……."

그러더니 목소리를 낮추었다. 공작이 중요한 말들을 하는 게 틀림없었다. 띄엄띄엄 들리는 에로틱한 단어들 속에서 스캔들 기사로 유명한 런던 신문 '폴 몰 가제트(Pall Mall Gazzette)'라는 이름이 두어 번 안드레아의 귀에 들려왔다. 그는 자세히 듣고 싶었고 강한 호기심에 사로잡혔다. 히스필드 경의 손이, 그렇게나 뭔가를 표현하는 듯하고, 그렇게나 의미 있어 보이고, 그렇게나 뭔가를 드러내는 듯한 창백한 그 손이, 절대 잊을 수 없는 그 손이 상상 속에 다시 떠올랐다. 하지만 무젤라로가 계속 이야기하는 중이었다. 무젤라로가 말했다.

"밖으로 나가지. 어찌 된 건지 얘기해 줄 테니……."

계단을 내려가던 두 사람은 마침 계단을 올라오던 알보니코 백작과 마주쳤다. 그는 돈나 이폴리타의 죽음을 애도하는 상복을

---

34 '황태자의 시종.'

입고 있었다. 안드레아는 계단에 멈춰 섰다. 알보니코에게 그 안타까운 일에 대해 물어보았다. 안드레아는 9월에 파리에서 돈나 이폴리타의 사촌인 줄리오 몬텔라티치에게서 그 불행한 일을 알게 되었다.

"티푸스였다고 했나요?"

금발 머리에 창백한 얼굴의 홀아비는 슬픔을 토로하는 기회를 놓치지 않았다. 그는 예전에 아내의 아름다움을 자랑하고 다녔듯이 이제는 자신의 슬픔을 사방에 토로하며 돌아다녔다. 말을 더듬는 습관이 비탄에 잠긴 그의 말을 한층 비참하게 만들었다. 유장(乳漿)이 꽉 찬 두 개의 물집 같은 허여스름한 그의 두 눈은 조만간 푹 꺼져 버릴 것만 같았다.

알보니코의 구슬픈 하소연이 장황하게 이어지자 줄리오 무젤라로가 안드레아를 재촉했다.

"저기, 다들 우릴 너무 기다릴 것 같은데."

안드레아는 다음에 만나 애도의 마음을 마저 전하기로 하고 알보니코와 헤어졌다. 그리고 무젤라로와 함께 밖으로 나갔다.

알보니코의 말을 듣자 파리에서 그 소식을 듣고 며칠 동안 그의 마음속을 떠나지 않았던 기묘한 감정, 고통스러운 욕망과 일종의 만족감이 뒤섞였던 그 감정이 생생하게 되살아났다. 그 며칠 동안 거의 망각 속에 사라졌던 돈나 이폴리타의 모습이 그가 중상을 입고 회복하던 그 시간과 다른 수많은 사건들을 뚫고, 이제 너무 멀리 있지만 분명하지 않은 이상의 베일에 싸여 있는 돈나 마리아 페레스를 향한 사랑을 뚫고 다시 나타났다. 그는 돈나 이폴리타로부터 허락을 받았었다. 그녀를 자기 것으로 만들지는 못했지만 인간이 느낄 수 있는 최고의 행복에 도달했었다. 원하던 여인 앞에서 경쟁자를 이겼다는 승리감과 떠들썩한 승리를 쟁취한 데서 비롯된 행복이었다. 며칠 동안 채워질 수 없는 욕망이 되살아났다. 그 상상의 왕국에서 그 욕망을 채우기가 불가능했으므로 그는 말로 표현할 수 없이 불안했고 몇 시간이나 진정으로 고통스러워할 수밖에 없었다. 그러다가 욕망과 애통함 사이에 또 다른 감정, 거의 만족감이라고도 할, 말하자면 서정적인 승화라고 할 감정이 생겨났다. 그는 자신의 모험이 영원히 그렇게 끝나 버린 게 좋았다. 그가 손에 넣으려다 죽음의 문턱까지 갔지만 소유한 적이 없는 그 여인, 거의 아는 게 없는 그 여인이 손대지 않은 유일한 여인으로, 그의 정신의 가장 높은 곳으로, 죽음이라는 성스러운 이상 속으로 올라갔다. *Tibi, Hippolyta, semper!*[35]

"그러니까 그녀가 오늘 2시경에 왔었어." 줄리오 무젤라로가 말했다.

그는 약간 흥분하면서 줄리아 모체토가 항복한 이야기를 들려주었는데, 불임인 판도라의 그 희귀하고 비밀스러운 아름다움에 대해 아주 상세히 묘사했다.

"자네 말이 맞았어. 상아의 잔이고 빛나는 방패고, *speculum voluptatis*(쾌락의 거울)이더군······."

안드레아는 며칠 전 달빛이 환히 빛나던 그날 밤 극장에서 나온 무젤라로가 혼자 팔라초 보르게세로 올라갈 때 느꼈던 가벼운 고통을 지금 다시 느꼈다. 그 고통은 분노로 변했는데, 어떤 분노인지 정확히 정의할 수 없지만 그 밑바닥에서는 아마도 질투심과 부러움, 이기적이고 난폭한 극도의 편협함이 기억과 뒤섞여 혼란스레 꿈틀거리고 있을 게 분명했다. 본성에 내재해 있는 그런 편협함 때문에 그는 자신이 좋아했고 향유(享有)했던 여인을 나쁜

---

35 '이폴리타, 당신을 위해, 영원히!'라는 뜻의 라틴어.

어느 누구도 향유하지 못하도록 그 여인을 거의 파괴시켜 버리고 싶은 욕망까지 종종 느끼곤 했다. 그가 한때 사용한 컵에 그 누구도 손을 대선 안 되었다. 그가 지나가며 남긴 추억이 한평생을 충분히 채울 수 있어야만 했다. 그의 애인들은 불성실한 그에게 영원히 성실해야만 했다. 이게 오만하기 짝이 없는 그의 꿈이었다. 뿐만 아니라 그는 비밀스러운 아름다움이 공개되고 널리 알려지는 걸 좋아하지 않았다. 그가 만일 미론의 「원반 던지는 사람」이라든가, 폴리클레이토스의 「창을 잡은 남자의 상」이라든가, 프락시텔레스의 「크니도스의 아프로디테」를 소장하고 있다면 당연히 제일 먼저 그런 걸작들을 아무도 들어올 수 없는 장소에 보관한다든지 아니면 혼자만 즐길 수 있게 손을 쓸 것이다. 즐거워하는 타인들로 인해 자신의 즐거움이 줄어들지 않게 하기 위해서. 그런데 대체 왜 그 자신이 경쟁하듯 비밀을 공개했던 걸까? 왜 그 자신이 친구의 호기심을 자극했던 걸까? 마찬가지로 그처럼 쉽게 자기를 내주는 줄리아 모체토에게 분노가 일었고 혐오감이 느껴졌다. 그리고 약간 굴욕스럽기도 했다.

"어디로 가지?" 베네치아 광장에서 걸음을 멈추며 줄리오 무젤라로가 말했다.

다양하게 움직이는 마음과 온갖 생각 속에서 안드레아는 여전히 동요하고 있었다. 돈 마누엘 페레스와의 만남으로 생긴 감정이었다. 그리고 돈나 마리아를 여전히 생각했고 그녀의 모습이 섬광처럼 떠올랐다 사라지곤 했다. 일시적으로 대립되는 이런 감정들 속에서 일종의 불안감이 그를 그녀의 집 쪽으로 끌어당겼다.

"난 집으로 돌아가야겠어." 안드레아가 대답했다. "나치오날레 거리를 지날 건데 같이 가 주게."

그때부터 돈나 마리아에 대한 생각에 골똘히 빠져 친구의 말은 그의 귀에 들어오지도 않았다. 극장 앞에 이른 뒤 오른쪽 인도로 가야 할지, 왼쪽 인도로 가야 할지 몰라 잠시 망설였다. 그는 건물 출입문의 번지수를 보고 집을 찾아보고 싶었다.

"무슨 일 있어?" 무젤라로가 물었다.

"아무것도 아니야. 자네 얘기 듣고 있어."

안드레아는 번지수를 보았고 그녀의 집은 왼쪽에, 그리 멀지 않은 곳에 있는 게 틀림없다는 계산을 했다. 어쩌면 빌라 알도브란디니 근처인지도 몰랐다. 춥기는 해도 맑은 밤이어서 별이 총총한 밤하늘을 배경으로 부드럽게 모습을 드러낸 빌라의 큰 소나무들이 보였다. 소나무들은 가벼워 보였다. 사각의 토레 델레 밀리치에 탑이 시커멓게, 별들 속에 우뚝 솟아 있었다. 세르비아누스 황제의 성벽에서 자라는 종려나무들은 가로등 불빛 아래 고요히 잠들어 있었다.

돈 마누엘의 명함에 적힌 번지까지는 몇 집 남지 않았다. 안드레아는 돈나 마리아가 자신을 마중이라도 나온 듯 몸이 떨렸다. 사실 그녀의 집은 바로 근처였다. 닫혀 있는 출입문을 스치듯 지나갔다. 그는 위를 올려다보지 않을 수 없었다.

"뭘 보는 거야?" 무젤라로가 물었다.

"아무것도 안 봤어. 담배 하나만 주게. 좀 빨리 걸을까. 추워서."

두 사람은 말없이 나치오날레 거리를 지나 콰트로 폰타네까지 걸어갔다. 안드레아에게 무언가 근심이 있는 게 한눈에 보였다. 무젤라로가 말했다.

"자네 뭔가 괴로운 일이 있는 게 틀림없어."

안드레아는 신장이 터질 것만 같아서 딩징 털어놓고 싶었나. 하지만 참았다. 클럽에서 들었던 악의적인 뒷얘기와 줄리오의 이야기, 자신이 줄리오에게 자극했고 지금 줄리오가 털어놓은 그 신중

하지 못하고 가벼운 이야기의 여운이 아직 머릿속에 남아 있었다. 아무 신비도 없는 정사, 다른 이들이 농담을 하거나 웃는 걸 자랑스럽게 생각하며 만족해하는 남자들의 허영, 이제 여자들과 즐기려는 새 애인들에게 그 여자들의 장점을 냉소적이고 심드렁하게 칭찬하는 옛 애인들, 새 애인들에게 보다 순조롭게 목적을 달성할 수 있도록 충고해 주는 옛 애인들의 허세, 몸을 주려는 여인의 지금 태도와 예전의 태도를 비교해 볼 수 있게 첫 밀회에 대해 자세히 알려 주는 옛 애인의 배려, 양보와 양도와 승계, 그러니까 간단히 말해 사교계의 달콤한 간음에 수반되는 크고 작은 온갖 비열함이 안드레아의 눈에는 사랑을 무의미하고 불결한 성교로, 비열하고 저속한 것으로, 실질적인 매춘으로 바꿔 버리는 것 같았다. 스키파노이아에서의 기억들이 몸에 좋은 향기처럼 그의 머릿속을 스쳐 지나갔다. 돈나 마리아의 모습이 그 자신도 깜짝 놀랄 정도로 생생하게 마음속에서 빛났다. 다른 여자들과 확연히 구별되는 자태, 다른 눈부신 여자들보다 우위에 있는 그 자태를 다시 보는 듯했다. 비코밀레 숲에서 뜨거운 말을 했을 때의 그 자태를. 그녀의 입에서 그 말을 다시 들을 수 있을까? 멀리 떨어져 있던 그 시간 동안 그녀는 무엇을 했고 어떤 생각을 했고 어떻게 살았을까? 걸음을 떼어 놓을 때마다 마음의 동요가 점점 심해졌다. 이리저리 움직이다가 금방 사라지는 환영들처럼 단편적인 광경들이 그의 뇌리를 스치고 지났다. 풍경 한 자락, 바다 한 자락, 장미 울타리들 사이의 계단, 방 안, 사랑의 감정이 생겨났고 감미로움이 번졌던 곳, 그녀라는 존재의 매력이 발산되던 곳곳이. 그녀의 마음속에 아직도 열정이 살아 있을지도 모르고, 어쩌면 그녀도 괴로워하고 눈물 흘리고 꿈꾸기도 하고 갈망하기도 했을지 모른다고 생각하자 은밀하면서 깊은 전율이 느껴졌다.

"그런데 레이디 히스필드하고는 어떻게 돼 가고 있어?" 줄리오 무젤라로가 말했다.

둘은 콰트로 폰타네 거리로 내려가 팔라초 바르베리니 앞에 다다랐다. 거대한 석상들 사이의 철책 너머로 어두운 정원이 보였다. 희미하게 졸졸 흐르는 물소리가 정원에 활기를 주었고 희끄무레한 건물이 정원에 우뚝 서 있었는데 건물의 주랑 하나에만 아직 불이 켜져 있었다.

"뭐라고 했지?" 안드레아가 물었다.

"돈나 엘레나와는 어떻게 돼 가고 있냐고?"

안드레아는 건물을 보았다. 그 순간에는 완전히 무관심해지고 욕망이 진정으로 죽어 버려 마침내 포기할 수 있을 것 같은 기분이 들었다. 그는 적당히 대답할 말을 찾았다.

"자네 충고를 따르기로 했어. 꺼진 담배에는 다시 불을 붙이지 않아⋯⋯."

"이봐, 그런데 이번에는 불을 붙일 만해 보이는데. 그녀를 자세히 봤나? 훨씬 더 아름다워진 것 같아, 내가 보기에는. 잘 모르겠지만, 말로 할 수 없는 새로운 뭔가를 가진 듯해⋯⋯. 새롭다는 말이 적절하지 않을지 모르겠네. 그녀만의 아름다움을 고스란히 보존하고 있으면서도 그게 훨씬 더 강렬해졌다고나 할까. 간단히 말하자면 2~3년 전의 엘레나보다 한층 더 엘레나다워졌다고 할 수 있지. '정수(精髓)'에 가까워졌다고 말이야. 아마 제2의 청춘을 맞아서 그럴지도 몰라. 이제 엘레나도 슬슬 30줄에 접어들 테니까. 안 그런가?"

안드레아는 그 말에 자극되어 다시 감정에 불이 붙는 기분이었다. 너무나 오래 소유했던 여자, 혹은 너무 오래 홀로 갈망하기만 했던 여자의 칭찬을 다른 남자에게 들었을 때, 남자의 욕망은 그 어느 때보다 강렬하게 되살아나고 격해졌다. 다른 사람이 부러워해서, 다른 사람이 찬탄하는 바람에 사그라지던 사랑이 되살아나 연장되는 경우도 있었다. 사랑에 싫증이 났거나 지친 남자라도, 자신의 소유물 혹은 자신의 손에 있는 것을 포기하면 다음에 나타날 사람이 행복해질까 두렵기 때문이다.

"자네 보기에는 안 그렇던가? 게다가 저 히스필드 경을 메넬라오스*로 만드는 것도 꽤 유쾌할 테고."

"내 생각도 그래." 안드레아는 무젤라로의 경망스러운 말투를 억지로 흉내 내며 말했다. "두고 보자고."

3

"마리아, 잠간만 이대로 있어 줘요. 내 생각을 전부 말하게 해 줘요!"

마리아가 일어났다. 화를 내지도, 경직되지도 않은 채 천천히 말했는데 그 목소리에는 분명 감정이 담겨 있었다.

"용서해 줘요. 당신 말을 들을 수 없어요. 당신 때문에 제가 고통스러워요."

"아무 말도 하지 않을게요. 그냥 있어 줘요, 마리아. 제발."

그녀는 다시 앉았다. 빌라 스키파노이아에서와 같았다. 마치 신에게서 형벌을 받은 듯, 숱 많은 묵직한 머리카락들 때문에 고통스러워 보이는 아름다운 머리는 더할 나위 없이 우아했다. 완벽할 정도로 투명한 연보라색과 파란색이 섞인 것 같은 부드럽고 연한 머리카락의 그림자가 갈색 눈동자의 천사의 눈처럼 담갈색 홍채가 움직이는 그녀의 눈을 에워쌌다.

"나는 그저……." 안드레아가 겸허하게 덧붙였다. "전에 했던 내 말을 상기시켜 드리고 싶었을 뿐입니다. 징원 일부투스 숲 아래 대리석 의자에서, 내겐 잊을 수 없는 그 시간, 거의 성스러운 시간으로 기억하고 있는 그때에 했던 말을……."

"기억하고 있어요."

"그래서, 마리아, 그때부터 비참한 기분이 들었고 그런 느낌이 한층 심해지고 한층 사악하고 잔인해졌습니다. 내가 얼마나 고뇌했는지, 얼마나 실의에 빠져 있었는지 당신에게 모두 말씀드릴 수는 없을 겁니다. 죽을 것만 같아서 얼마나 여러 번 마음속으로 당신을 불렀는지도 말씀드릴 수 없을 겁니다. 어쩌면 당신의 마음속에 나에 대한 기억이 아직 남아 있을지 모른다고 잠시라도 생각해보면 온몸이 행복으로 떨렸고 내 존재 자체가 희망을 향해 일어섰다는 말씀도 드릴 수 없을 것 같군요."

그는 예전 그날 아침과 똑같은 억양으로 말했다. 그날과 똑같이 감상적으로 도취되어 있는 듯했다. 그의 모든 슬픔이 입술을 타고 흘러나왔다. 그녀는 예전과 거의 같은 자세로, 고개를 숙인 채 꼼짝도 하지 않고 그의 말을 들었다. 그녀의 입과 그 입의 표정은, 예전처럼 있는 힘을 다해 꽉 다물고 있으나 부질없게도 고통에 가득 찬 슬픈 욕망을 드러내고 있었다.

"비코밀레 잊지 않았죠? 10월 그날 저녁, 우리 단둘이 달렸던 그 숲을요?"

돈나 마리아가 동의하듯 고개를 살짝 끄덕였다.

"당신이 내게 했던 말은?" 안드레아가 나지막이, 하지만 누르고 있는 열정이 뜨겁게 드러나는 목소리로 이 말을 덧붙이며 그녀 쪽으로 몸을 기울였다. 여전히 아래만 내려다보고 있는 그녀의 눈을 가까이에서 들여다보기라도 할 듯.

그녀가 고통과 연민이 담긴 선량한 눈을 들어 안드레아를 바라보았다.

"전부 기억해요." 그녀가 대답했다. "전부, 전부. 제 마음을 왜 감추겠어요? 당신은 고귀하고 훌륭한 정신을 가지고 있어요. 그리고 난 당신의 아량을 믿고 있어요. 제가 왜 당신 앞에서 저속한 여자들처럼 행동해야 하는 거죠? 그날 저녁 제가 당신을 사랑한다고 말하지 않았나요? 당신의 물음 속에 있는 다른 질문이 뭔지 알아요. 당신은 아직도 내가 당신을 사랑하는지 묻고 있는 거지요."

그녀가 잠시 망설였다. 그녀의 입술이 떨렸다.

"당신을 사랑합니다."

"마리아!"

"그렇지만 당신은 내 사랑을 영원히 단념해야 해요. 당신은 내게서 멀어져야 해요. 고귀하고 훌륭하게, 아량 있게 행동하셔서 제가 두려운 투쟁을 하지 않게 해 줘야 해요. 안드레아, 난 정말 많이 괴로워했고 그 고통을 견딜 줄도 알았어요. 하지만 당신을 밀어내기 위해 싸워야 하고 당신으로부터 나를 지켜야 한다는 생각만 해도 미칠 듯이 두려워요. 당신은 지금과 같은 마음의 평화를 얻기 위해 내가 어떤 희생을 치렀는지 모를 거예요. 얼마나 숭고하고 한없이 소중했던 꿈을 포기했는지 모를 거예요……. 가여운 꿈들! 난 다른 여자가 되어야 했기 때문에 그렇게 됐어요. 평범한 여자가 됐어요. 의무가 요구하는 대로."

그녀의 목소리는 아주 우울하면서도 부드러웠다.

"당신을 만나면서 갑자기 내 마음속에서 옛꿈이 다시 깨어나는 걸 느꼈답니다. 오래전의 마음이 되살아나는 걸요. 처음엔 멀리 있는 위험에 눈을 감고 그 달콤함에 몸을 맡겼지요. 이렇게 생각했어요. '그 사람은 나의 입을 통해서는 아무것도 알 수 없을 테고, 나도 그의 입을 통해 아무것도 알 수 없으리라.' 나는 후회하지 않았고 두려움도 거의 없었지요. 그런데 딩신이 말했어요. 내가 한 번도 들어 본 적이 없는 말들을 했어요. 그리고 내 고백을 받아 냈지요……. 위험이 노골적으로 확실하고 분명하게 모습을 드러냈어요. 그래서 나는 다시 한 번 꿈에 나를 맡겼답니다. 당신의 고뇌가 나를 짓눌러 내게 깊은 고통을 안겨 주었어요. 그래서 이렇게 생각했지요. '불순한 게 그를 더럽혔어. 내가 정화해 줄 수만 있다면! 내가 속죄양이 되어 그가 새롭게 태어날 수만 있다면 얼마나 행복할까.' 당신의 슬픔이 내 슬픔을 끌어당겼어요. 내가 당신을 위로할 순 없지만 아마 당신의 괴로운 마음에 영원히 아멘, 이라고 대답하는 영혼이 있다는 걸 느끼면 위안을 얻을지도 모르겠어요."

이 마지막 말을 할 때에는 그녀의 온몸이 영적으로 고양되어 안드레아는 마치 신비로운 환희의 물결이 자신을 뒤덮는 듯했다. 순간 그의 유일한 바람은 그녀의 두 손을 잡고, 순결하고 부드럽고 사랑스러운 그 손에 이루 말할 수 없이 황홀한 느낌을 발산하고 싶다는 것뿐이었다.

"그럴 수 없어요! 그럴 순 없어요!" 그녀가 후회하듯 고개를 세차게 흔들며 계속 말했다. "우리는 모든 희망을 영원히 버려야 해요. 삶은 준엄하답니다. 당신이 의도하지 않더라도 한 존재를 완전히 파괴할 수 있어요. 어쩌면 한 존재만이 아닐 수도 있고……."

"마리아, 마리아, 그런 말은 하지 말아요!" 안드레아가 그녀의 말을 가로막으며 다시 그녀 쪽으로 몸을 숙이고 살며시, 불안과 초조함을 담아 간청하듯 한 손을 잡았다. 행동하기 전에 동의의 표시를 기다리기라도 하듯이. "난 당신이 원하는 대로 할 겁니다. 난 겸허히 당신 말을 따를 거요. 내가 바라는 거라곤 당신에게 복종하는 것뿐입니다. 내 유일한 바람은 당신을 위해 죽는 겁니다. 당신을 포기하면 구원을 포기하고 영원한 파멸의 나락에 다시 떨어졌다가 끝내 일어나지 못할 겁니다. 난 인간의 어떤 말로도 표현할 수 없게 당신을 사랑합니다. 당신이 필요해요. 당신만이 진실해요. 당신은 바로 내 마음이 찾던 진실입니다. 나머지는 다 부질없어요. 나머지는 아무것도 아니에요. 당신을 포기하는 건 죽는 거나 다름없어요. 하지만 내 희생이 당신의 평화를 지키도록 도와준다면 난 희생할 겁니다. 겁내지 말아요, 마리아. 당신에겐 어떤 상처도 입히지 않을 테니.”

그는 그녀의 손을 잡고 있었지만 그 손에 힘을 주지는 않았다. 그의 말은 격렬하지 않고 오히려 낮게 가라앉았고 풀이 죽고 비탄에 잠겨 있었으며 기운이 하나도 없었다. 그래서 연민의 감정에 속아 마리아는 손을 빼지 않고 몇 분 동안 그런 가벼운 접촉에서 느껴지는 순수한 희열에 몸을 맡겼다. 그녀가 느끼는 희열은 너무나 희미해서 육체를 흔들어 놓지는 않는 듯했다. 지극히 본질적인 액체가 마음 깊은 곳에서 출발하여 팔을 통해 손가락으로 흘러들어 형용할 수 없게 조화로운 파도가 되어 손가락 밖으로 퍼져 나가는 것 같았다. 안드레아가 아무 말도 하지 않자, 잊을 수 없을 그날 아침 정원에서 그가 했던 말들이 그녀의 기억 속에 되살아나면서 방금 들은 그의 목소리에 의해 그 말들이 더욱 생생하게 느껴졌고 새로운 감동으로 마음이 흔들렸다. “눈으로 볼 수 있는 당신의 존재만으로도 저는 황홀하게 취했습니다. 그 도취감이 피처럼 혈관 속으로 흐르고 초인간적 감정처럼 제 정신 속으로 파고드는 것을 느꼈습니다……”

잠시 침묵이 이어졌다. 가끔 바람이 유리창을 흔드는 소리가 들려왔다. 먼 곳의 소음이 요란한 마차 소리에 뒤섞여 바람에 실려 왔다. 샘물처럼 차갑고 투명한 빛이 들어왔다. 구석구석에, 극동의 직물로 만든 커튼 사이에 그림자들이 모여 있었다. 군데군데 놓인 가구에서 비취와 싱아와 자개 상감 들이 반짝였다. 가구들 뒤의 바나나 나무 아래 놓인 커다란 금색 불상이 보였다. 그런 이국적인 물건들 때문에 그 방의 분위기는 다소 신비했다.

"지금 무슨 생각을 하십니까?" 안드레아가 물었다. "나의 최후를 생각해 보셨습니까?"

마리아는 분명치 않은 생각에 빠져 있는 듯했다. 겉으로 보기엔 내면에서 들려오는 두 개의 목소리에 귀를 기울이듯, 어쩌지 못하고 망설이는 모습이었다.

"어떻게 말해야 할지 모르겠어요." 그녀가 이마에 살짝 손을 댔다가 떼면서 대답했다. "어떻게 말해야 좋을지 모르겠지만 오래전부터 이상한 예감이 절 짓누르고 있어요. 뭔지 모르지만 두려워요."

잠시 후 그녀가 계속 말했다.

"가여운 분, 당신이 괴로워하고 아파하는데 난 고통을 덜어 줄 수도 없고, 당신이 고통스러워하는 시간에 함께 있어 주지도 못하고, 당신이 나를 불러도 난 알 수가 없을 거라고 생각해 보세요……. 하느님!"

그녀의 목소리가 떨렸고 거의 들리지도 않을 정도로 작았는데, 울음이 나와서 목이 메는 듯했다. 안드레아는 힘없이 고개를 떨군 채 아무 말도 하지 않았다.

"내 마음이 항상 당신을 계속 좇고 있어도, 결코 당신의 마음과 하나가 될 수 없고, 절대 당신에게 이해받을 수 없다고 생각해 보세요……. 가여운 사랑!"

목소리는 눈물을 머금고 있었다. 입가는 고통에 뒤틀렸다.

"나를 버리지 말아요! 나를 버리지 말아 줘요!" 감정이 격해진 안드레아의 입에서 이런 말이 터져 나왔다. 그는 거의 무릎을 꿇다시피 하고 그녀의 두 손을 잡았다. "나는 당신에게 아무것도 바라지 않을 거요. 당신에게 바라는 건 연민밖에 없어요. 당신이 보여 주는 연민은 다른 어떤 여인의 사랑보다 더 소중할 겁니다. 당신도 알아 줘요. 당신의 두 손만이 날 치유해 줄 수 있고, 날 다시 살아가게 해 주고, 비열함에서 벗어날 수 있게 해 주고, 믿음을 다시 선물해 주고, 나를 타락시키고 실수를 저지르게 만드는 사악한 모든 것들에서 날 자유롭게 해 줄 수 있어요. 다정한, 다정한 이 손만이……."

안드레아는 몸을 숙여 그 손에 입을 맞추며 입술을 꽉 눌렀다. 더없이 행복한 듯 눈을 반쯤 감고 표현하기 어려운 어조로 천천히 말했다.

"당신이 떨고 있는 게 느껴져요."

그녀가 당황해서 일어났다. 그녀의 얼굴은 잊을 수 없는 그날 아침, 알부투스꽃 아래를 걸을 때보다도 더 창백했다. 바람에 유리창이 흔들렸다. 군중이 폭동이라도 일으킨 듯 떠들썩한 소음이 들려왔다. 퀴리날레에서 바람을 타고 들려오는 그 함성 소리에 그녀는 더욱 동요했다.

"돌아가세요. 부탁이에요, 안드레아. 이제 여기 있지 말고, 다음에 당신이 원할 때 봐요. 지금은 돌아가세요. 제발!"

"어디서 뵐 수 있습니까?"

"내일, 음악회에서. 잘 가요."

그녀는 무슨 죄라도 지은 사람처럼 허둥거렸다. 방문까지 그를 배웅했다. 그녀는 혼자 방에 남아 있고 아직 망연해서 어찌할 바를 몰랐다. 뺨과 관자놀이와 눈 주위가 뜨겁게 달아오르는 게 느껴진 반면 몸의 다른 부분들은 한기가 들면서 떨렸다. 하지만 손에는 아직도 사랑하는 사람의 입술이 남긴 흔적이 도장처럼 남아 있는 기분이었다. 그 느낌이 매우 감미로워서 그녀는 그게 마치 '하느님의 인(印)'처럼 지워지지 않길 바랐을지도 모른다.

그녀는 주위를 둘러보았다. 방 안에 들어오는 빛은 약해져서 사물의 형태가 옅은 어둠 속으로 사라져 갔고 금박 입힌 큰 불상의 몸에 이상하게 밝은 빛이 모여 있었다. 이따금 사람들이 외치는 소리가 들려왔다. 마리아는 창가로 가서 창을 열고 몸을 내밀었다. 차가운 바람이 거리로 불어왔고 테르미니 광장 쪽에서는 어느새 가로등이 하나둘씩 켜지고 있었다. 맞은편에서는 불그레한 저녁놀에 물든 빌라 알도브란디니의 나무들이 하늘을 향해 높이 뻗어 있었다. 토레 델레 밀리치에 탑 위의 하늘에는 보라색의 큰 구름이 외롭게 떠 있었다.

음울한 저녁이었다. 그녀는 창가를 떠나 조금 전까지 안드레아와 대화를 나눴던 그곳으로 돌아와 앉았다. '델피나는 왜 아직도 돌아오지 않는 거지?' 그녀는 심사숙고도, 묵상도 하고 싶지 않았다. 그러나 왠지 모르게 마음이 약해져서 방금 전 안드레아가 숨을 쉬고 말하고 자신의 사랑과 고통을 토로했던 그 장소를 떠나지 못했다. 4개월에 걸친 노력도, 결심도, 참회도, 기도도, 속죄도 순식간에 사라지고 무너져 버려 부질없어지고 말았다. 그녀는 다시 쓰러졌고 자신을 급습한 정신적인 현상들에 대항하거나 자신을 혼란스레 뒤흔드는 감각에 대항할 힘도 의지도 없이, 아마 더 많은 피로감과 좌절감을 느꼈을 것이다. 고뇌에, 모든 용기를 사라지게 하는 허약한 의식에 몸을 맡기는 동안 '그의' 무엇인가가 방 안의 어둠 속에서 일렁이며 한없이 부드러운 애무로 그녀의 온몸을 감싸는 기분이 들었다.

다음 날 마리아는 두근거리는 가슴을 제비꽃 다발로 가린 채 팔라초 데이 사비니로 올라갔다.

안드레아가 벌써 연주장 문 앞에서 기다리고 있다가 그녀의 손을 잡고 말했다.

"고마워요."

안드레아는 그녀를 자리까지 안내하고 그 옆에 앉으며 그녀에게 말했다.

"당신을 기다리면서 죽는 줄 알았습니다. 오지 않을까 봐 두려웠어요. 이렇게 와 줘서 얼마나 감사한지!"

그리고 다시 말했다.

"어제 밤늦게 당신의 집 앞을 지났습니다. 퀴리날레 쪽으로 난 세 번째 창문에 불이 켜진 게 보이더군요. 어떻게 해야 당신이 그 방에 있는지 알 길이 없더군요."

이렇게도 물었다.

"이 제비꽃은 누가 준 겁니까?"

"델피나가요." 그녀가 대답했다.

"델피나가 오늘 아침 스페인 광장에서 저를 만났다고 말하던가요?"

"네, 모두요."

음악회는 멘델스존의 사중주곡으로 시작했다. 연주장은 빈자리가 거의 없었다. 청중 대부분은 외국 부인들이었다. 수수한 복장에 정신을 집중한 자세로 조용히, 성스러운 장소에라도 있는 것처럼 종교적인 분위기로 음악을 듣는 청중들이 금빛에 물들었다. 음악의 파도가 검은 모자를 쓴 움직임 없는 머리들 위를 지나 노란 커튼 때문에 더 부드러워지고 흰색과 아무 장식 없는 벽 때문에 흐릿해진 금빛 속으로, 위에서 쏟아지는 빛 속으로 퍼져 나갔다. 균일한 순백의 벽에 프리즈*의 흔적만 몇 개 남아 있고 문에 드리워진 파란색 초라한 커튼들이 금방이라도 떨어져 내릴 듯한, 오래된 필라르모니카 연주장은 1세기 동안 닫혀 있다가 바로 그날 다시 문을 연 듯한 인상을 주었다. 낡은 빛깔, 검소한 분위기, 아무 치장도 없는 벽면들이 음악을 들으며 느끼는 우아한 기쁨에 뭔지 알 수 없는 이상한 정취를 더해 주었다. 그 연주장 안에선 대비를 통해 더욱 비밀스럽고 고상하고 순수한 기쁨을 느낄 수 있을 듯싶었다. 2월 2일 수요일이었다. 하원(下院)은 팔라초 몬테치토리오에서 도갈리 문제*를 논의했다. 인근의 거리와 광장은 민중과 병사들로 만원이었다.

음악과 관련된 스키파노이아에서의 기억이 두 연인의 마음속에 되살아났다. 그 가을의 빛이 두 사람의 생각들을 밝게 비춰 주었다. 멘델스존의 '미뉴에트' 가락을 타고 바닷가 별장이나 그 아래 펼쳐진 정원에서 올라온 향기가 떠다니던 넓은 방의 모습이 눈앞에 나타났다. 그 방과 이어지는 현관 기둥들 사이로 우뚝 선 사이프러스의 끝부분이 보였고 잔잔한 바다에 떠 있는 불꽃처럼 빨간 돛들이 보이곤 했었다.

안드레아는 이따금 그녀 쪽으로 몸을 살짝 기울이며 조그맣게 물었다.

"무슨 생각 하십니까?"

그녀가 겨우 알아차릴 수 있을 정도로 보일락 말락 희미한 미소를 지으며 대답했다.

"9월 23일 기억하세요?"

그날의 기억이 그다지 선명하지는 않았지만, 그는 가볍게 고개를 끄덕였다.

새로운 감상적인 멜로디가 기조가 된 차분하고 엄숙한 안단테가 길게 전개된 후, 고통이 분출되었다. 피날레는 피로감이 가득 담긴 단조로운 리듬으로 반복되었다.

그녀가 말했다.

"이제 당신이 좋아하는 바흐예요."

음악이 시작되었을 때 둘은 다시 가까워지고 싶은 본능적인 욕망을 느꼈다. 둘의 팔꿈치가 살짝 닿았다. 악장이 끝날 때마다 안드레아는 마리아가 양손으로 펼쳐 들고 있는 프로그램을 읽으려고 그녀 쪽으로 몸을 기울이며 그녀의 팔을 누르고 제비꽃 향기를 맡았다. 그러면서 행복의 떨림을 그녀에게 전했다. 아다지오의 멜로디가 힘차게 상승했는데 황홀의 정점으로 날아 올라갈 정도로, 무한 속으로 자신감 넘치게 퍼져 나갈 수 있을 정도로 높이 올라갔다. 그 소리는 마치 자신의 불멸을 손에 넣은 환희를 리듬으로 표현하려는 초인적인 피조물의 목소리 같았다. 청중의 영혼은 모두 그 저항할 수 없는 물결을 따라갔다. 음악이 끝나자 청중은 진동하는 악기들과 똑같이 몇 분 동안 몸을 떨었다. 웅성거림이 연주장 구석구석에 퍼졌다. 박수갈채가 터져 나왔고 잠시 후에는 그 소리가 더욱 커졌다.

안드레아와 마리아는 견디기 어려울 정도의 희열을 안겨 준 포옹을 끝낸 뒤처럼, 달라진 눈으로 서로를 보았다. 음악이 계속되었다. 빛이 넉넉하게 연주장을 비추었다. 기분 좋은 따스함이 공기를 부드럽게 했다. 따스한 실내에서 돈나 마리아의 온기로 제비꽃에서 한층 강렬한 향기가 발산되었다. 안드레아는 자기 앞에 아는 사람이 하나도 없었기 때문에 그 공간에 돈나 마리아와 단둘이 있는 듯한 착각이 들었다.

하지만 착각이었다. 휴식 시간에 뒤를 돌아보던 안드레아는 연주장 뒤쪽에 페렌티노 공작 부인과 함께 서 있는 엘레나 무티를 발견했다. 곧 그녀와 눈이 마주쳤다. 멀리서 그가 인사를 했다. 엘레나의 입가에 미묘한 미소가 감도는 걸 본 듯했다.

"어느 분께 인사했어요?" 돈나 마리아도 뒤를 돌아보며 물었다. "저 부인들은 누구죠?"

"레디 히스필드와 페렌티노 공작 부인입니다."

마리아는 그의 목소리에서 당혹함을 느낀 듯했다.

"어느 분이 페렌티노 공작 부인이죠?"

"금발 머리 부인입니다."

"다른 분은 무척 아름다워요."

안드레아는 아무 말도 하지 않았다.

"영국 분인가요?" 계속해서 그녀가 물었다.

"아뇨, 로마 출신입니다. 셰르니 공작의 미망인으로, 히스필드 경과 재혼했습니다."

"정말 아름다워요."

이번에는 안드레아가 서둘러 물었다.

"다음 연주는 어떤 곡입니까?"

"브람스의 「사중주 C 단조」예요."

"들어 보신 적 있습니까?"

"아니요."

"제2악장이 경이로워요."

그는 동요를 감추기 위해 말했다.

"언제 다시 만날 수 있을까요?"

"모르겠어요."

"내일?"

그녀가 잠시 머뭇거렸다. 얼굴에 살짝 그늘이 지는 것 같았다. 그녀가 대답했다.

"내일, 날씨가 좋으면 정오쯤 델피나를 데리고 스페인 광장으로 갈게요."

"날씨가 나쁘면?"

"토요일 저녁, 스타르니나 백작 부인의 집에 갈 거예요……."

다시 음악이 시작됐다. 제1악장은 음울하고 남성적이며 활력이 넘치는 투쟁을 표현했다. 답답하게도, 용감하게, 격한 싸움을 표현하고 있었다. 로만자는 간절하면서도 몹시 슬픈 기억을 표현했고 까마득히 먼 새벽을 향한 느리고 불분명하고 힘없는 승화를 표현했다. 작은악절이 급격히 조바꿈을 하며 맑게 펼쳐졌다. 바흐의 아다지오에 생명을 불어넣었던 것과는 전혀 다른 감정이 느껴졌다. 바흐보다 훨씬 인간적이고 세속적이고 애수를 띠고 있었다. 루트비히 베토벤의 숨결이 그 음악 속으로 지나갔다. 그는 뭐라 정의할 수 없는 감정을 속으로 맛보고 있었다. 비통한 메아리들이 끊임없이 격렬하게 충돌하며 빈 공간에 울려 퍼지는 그런 느낌이었다. 그의 상념은 수천 개로 산산이 부서졌고 서로 연결 고리를 잃고 해체되어 버렸다. 두 여인의 이미지가 겹쳐지고 뒤섞이며 서로를 파괴했는데, 그는 둘을 떼어 놓을 수도 없었고 두 여인에 대한 각각의 감정을 뭐라 정확히 표현할 수도 없었다. 이런 어두운 내면의 고통 바로 위에는, 눈앞에 닥친 현실, 말하자면 실제적인 걱정에서 생겨난 불안감이 맴돌고 있었다. 그는 돈나 마리아가 자신을 대하는 태도에 작은 변화가 있음을 놓치지 않았다. 엘레나가 뒤에서 한시도 눈을 떼지 않고 뚫어져라 자신을 바라보고 있다고 생각했다. 어떻게 행동해야 할지 방법을 찾지 못했고 연주장을 나갈 때 돈나 마리아와 함께해야 하는지, 엘레나에게 가야 하는지도 알지 못했다. 이런 상황이 두 여인과의 관계에 이롭게 작용할지 해로울지도 알 수 없었다.

"전 가야겠어요." 로만자가 끝나자 돈나 마리아는 일어서며 말했다.

"끝까지 듣지 않으실 겁니까?"

"아니요. 5시까지는 집에 돌아가야 해요."

"기억하고 있지요, 내일 정오에……."

그녀가 손을 내밀었다. 친칠라 모피로 가장자리를 넓게 장식한 진한 납색의 벨벳 망토가 그녀의 몸을 완전히 감쌌다. 제비꽃들은 잿빛 모피 사이에서 어여쁘게 시들어 가고 있었다. 그녀가 더

없이 우아하게 걸어 나가는 동안 좌석에 앉아 있던 몇몇 부인들이 그녀를 돌아보았다. 안드레아는 처음으로 그녀에게서, 그 영적인 여인에게서, 시에나의 순결한 마돈나에게서 세속의 여인을 발견했다.

사중주의 제3악장 연주가 시작되었다. 햇빛이 약해져서 노란 커튼들을 걷자 연주장은 교회 안 같았다. 다른 부인들도 몇 명 연주장을 떠났다. 여기저기서 소곤거리는 소리가 들리기 시작했다. 어떤 연주회에서든 끝나 갈 무렵이면 대부분 그렇듯, 청중들이 지루해하며 주의가 산만해졌다. 유연하면서도 예기치 못한 순간에 쉬이 변하는 마음의 현상 때문에 안드레아는 안도감을 느꼈고 심지어 기분이 좋아지기까지 했다. 감정적이고 격렬한 불안감이 갑자기 사라져 버렸다. 그의 허영심과 사악한 마음에는 오로지 쾌락을 손에 넣을 모험만이 선명하게 그 모습을 드러낼 뿐이었다. 돈나 마리아가 그에게 순수한 만남을 허락했으므로 이미 제아무리 조심성 있는 사람이라도 피할 수 없는 죄가 밑에 깔려 있는 완만한 언덕에 발을 디딘 것이나 다름없다고 생각했다. 그리고 어쩌면 엘레나는 질투심을 살짝 느껴 자신의 품 안에 안길지 모른다고 생각했다. 그러니까 한 여자와의 정사가 다른 여자와의 정사에 도움이 될 것이다. 그리고 또 돈나 마리아가 막연한 불안과 질투가 섞인 어떤 예감 때문에 혹시 다음 만남을 서둘러 허락할지 모른다는 생각이 들기도 했다. 그러니까 그는 이중의 정복을 할 수 있는 길에 서 있었다. 그리고 이 두 번의 모험에 동일한 어려움이 뒤따른다는 사실을 알아차리고 미소를 지었다. 그는 여자 형제인 두 여자, 그러니까 그의 누나 역할을 맡고 싶어 하는 두 여자를 애인으로 개종시켜야 한다. 두 여자에게서 다른 유사한 점들도 발견하고 미소를 지었다. '저 목소리! 돈나 마리아의 목소리에서 엘레나의 억양이 들리니 정말 이상한 일이야!' 터무니없는 생각이 번개처럼 떠올랐다. '저 목소리가 상상력의 한 요소가 될 수 있어. 저렇게 비슷하니 두 가지 미를 섞어 세 번째의 미, 한층 복잡하고 완벽하고 이상적이어서 한층 진실한 상상의 미를 소유할 수 있을 거야……'

흠잡을 데 없이 연주된 제3악장이 박수갈채 속에 끝났다. 안드레아가 자리에서 일어나 엘레나에게 다가갔다.

"어머, 두젠타, 지금까지 어디에 계셨어요?" 페렌티노 공작 부인이 그에게 물었다. "*Au pays du Tendre?*"**36**

"좀 전의 그분은 누구죠?" 엘레나는 담비 모피 머프에서 꺼낸 제비꽃 다발 향기를 맡으며 태연하게 물었다.

"사촌 누님의 친구인 돈나 마리아 페레스 이 카프데빌라입니다. 새로 부임한 과테말라 공사의 부인이죠." 안드레아가 당황하지 않고 대답했다. "세련된 미인이지요? 9월에 스키파노이아의 프란체스카 집에 묵었습니다."

"그런데 프란체스카는요?" 엘레나가 말을 끊었다. "언제 로마에 돌아오는지 알아요?"

"최근에 산레모에서 소식을 들었습니다. 페르디난도가 좋아지고 있다더군요. 하지만 앞으로 몇 달 정도 더 산레모에 머물러야 할 것 같습니다. 그보다 더 길어질 수도 있고요."

"안타까워요!"

사중주곡의 마지막 악장이 시작되었는데 마지막 악장은 매우 짧았다. 엘레나와 페렌티노 공작 부인은 연주장 뒤의 벽 쪽, 흐릿한 거울 밑에 앉아 있었다. 우울한 연주장이 그 거울에 반사되었다. 엘레나는 고개를 숙인 채 윤기가 도는 긴 담비 목도리 끝을 손

---

36 '탕드르 나라에'라는 뜻의 프랑스어.

으로 매만지며 연주를 듣고 있었다.

"바래다 드릴게요." 음악회가 끝나자 엘레나가 스페렐리에게 말했다.

그녀는 페렌티노 부인을 뒤따라 마차에 타면서 다시 말했다.

"당신도 타세요. 에바는 팔라초 피아노에서 내려 줄 거예요. 그 다음엔 당신이 가려는 곳에 내려 드릴게요."

"고마워요."

스페렐리는 제의를 받아들였다. 술렁이는 군중들이 도로를 차지하고 있어서, 코르소 거리를 벗어난 마차는 느릿느릿 움직였다. 몬테치토리오 광장이나 콜론나 광장에서 떠들썩한 소리가 들려왔는데, 그 소리는 요란한 파도 소리처럼 퍼지다가 점점 더 커지기도 했고 잠시 사라졌다가 날카로운 군대 나팔 소리와 뒤섞여 다시 들려왔다. 잿빛의 추운 저녁에 소동은 더욱 거세졌다. 먼 나라에서 벌어진 참극의 공포로 군중이 들고일어난 것이었다. 몇몇 남자들이 묵직한 종이 뭉치를 흔들며 군중 사이를 뚫고 달려갔다. 소음 속에서 아프리카의 지명이 또렷하게 들려왔다.

"짐승처럼 참혹하게 학살된 4백 명 때문이군!" 안드레아는 마차 창으로 밖을 엿보려고, 몸을 파묻으며 중얼거렸다.

"지금 무슨 말씀 하시는 거예요?" 페렌티노 부인이 물었다.

팔라초 키지 모퉁이에서는 소동이 몸싸움으로 번져 있었다. 그 바람에 마차는 어쩔 수 없이 멈춰 서 있어야만 했다. 엘레나가 몸을 숙여 밖을 내다보았다. 어두운 마차 밖으로 내민 그녀의 얼굴에 가로등 불빛과 석양빛이 비추자 마치 시체처럼 창백했는데, 그 흰빛은 차디차고 약간 납빛이 도는 듯했다. 안드레아는 언제 어디서였는지는 정확히 기억나지 않았지만 예전 어느 미술관인지, 예배당인지에서 본 두상(頭上)이 막연히 떠올랐다.

370

"드디어 다 왔군요." 마차가 가까스로 팔라초 피아노에 도착하자 공작 부인이 말했다. "그럼 잘 가. 오늘 밤 안젤리에리 집에서 다시 만나. 잘 가요, 두젠타. 내일 우리 집에 점심 식사 하러 올래요? 엘레나하고 비티 부인, 내 사촌도 올 거예요."

"몇 시입니까?"

"12시 30분이오."

"가겠습니다. 감사합니다."

공작 부인이 마차에서 내렸다. 하인이 명령을 기다렸다.

"어디로 데려다 드릴까요?" 엘레나가 스페렐리에게 물었다. 그는 어느새 그녀 곁에 앉아 있었다.

"*Far, far away……*"[37]

"자, 빨리 말해요. 당신 집으로?"

그러더니 대답을 기다릴 것도 없다는 듯 명령했다.

"트리니타 데이 몬티, 팔라초 주카리로."

하인은 마차 문을 닫았다. 말들이 빠른 걸음으로 달려 군중들과 함성과 소음을 뒤로하고 프라티나 거리 쪽으로 방향을 바꾸었다.

"아아, 엘레나, 얼마 만에……." 안드레아가 감정이 격해져서 이렇게 말하며 접촉을 피하듯 한쪽 구석의 어둠에 몸을 웅크리고 앉아 있는 연인을 보려고 몸을 숙였다.

길가의 쇼윈도 불빛이 어두운 마차 안을 관통했다. 그래서 그는 엘레나가 희미하게, 매력적인 미소를 짓고 있는 걸 보았다.

계속 그렇게 미소를 지으며 그녀는 긴 담비 목도리를 민첩하게 풀더니 그걸 그의 목에 올가미처럼 던졌다. 장난을 치려는 듯했다. 하지만 안드레아가 예전에 따란 여우 모피에서 맡았던 향과 똑같

---

37 '멀리, 아주 멀리…….'

은 향수 냄새가 풍기는 그 부드러운 올가미로 그녀는 안드레아를 잡아당겼다. 그러더니 아무 말 없이 그에게 입술을 내밀었다.

두 사람의 입술은 예전의 접촉을, 숨 쉬기 힘들 때까지 계속되던 소름 끼치면서도 달콤했던 그 뒤섞임을 떠올리게 해 주었고 부드럽고 촉촉한 과일이 두 입술 사이에서 녹는 듯한 착각을 심장에 불어넣어 주었다. 두 사람은 더 오래 키스하기 위해 숨을 참았다. 마차는 두에 마첼리 거리에서 트리토네 거리로 올라갔다가 시스티나 거리에서 방향을 바꿔 팔라초 주카리에서 멈춰 섰다.

엘레나가 급히 안드레아를 밀어냈다. 그리고 약간 잠긴 목소리로 말했다.

"내려요. 잘 가요."

"언제 올 수 있어요?"

"누가 알겠어요!"

하인이 문을 열었다. 안드레아가 마차에서 내렸다. 마차는 다시 방향을 바꿔 시스티나 거리로 다시 돌아갔다. 안드레아는 여전히 몸을 떨면서 뿌연 안개 속을 떠도는 듯한 눈으로 마차 유리창 너머로 엘레나의 얼굴이 나타나는지를 살펴보았다. 하지만 아무것도 보이지 않았다. 마차가 멀어져 갔다.

안드레아는 계단을 올라가면서 생각했다. '드디어 그녀가 개종했어!' 아직도 행복의 기운이 머릿속에 남아 있었다. 입에는 진한 키스의 맛이, 눈동자에는 그 반지르르하고 향기가 나던, 뱀같이 긴 목도리를 그의 목에 던질 때 엘레나의 입가에 번개처럼 스쳐지나던 미소가 그대로 남아 있었다. '그럼 돈나 마리아 때문에?' 조금 전의 생각지도 않았던 강렬한 희열의 순간은 물론 시에나 여인 덕분이었다. 엘레나의 그 이상하고 놀라운 행동 이면에는 시작 단계의 질투가 숨어 있었다. 어쩌면 그가 자신에게서 달아나는 게 두려워 그녀는 그를 구속하고 유혹하고 욕망에 새로운 불을 붙이고 싶어 할 것이다. '나를 사랑하는 걸까? 사랑하지 않을까?' 한데 그 사실을 아는 게 뭐 그리 중요하겠는가? 그에게 무슨 이득이 될까? 마법은 이미 깨졌다. 어떤 기적이 일어나도 이제 사라져 버린 행복을 극히 일부분이라도 되살려 낼 순 없으리라. 아직도 멋진 그 육체를 차지하는 게 그에게는 상책이었다.

그는 조금 전의 일을 생각하며 한참 동안 즐거웠다. 일시적인 변덕에 맛을 낸 엘레나의 우아하고 독특한 행동 방식이 특히 재미있고 즐거웠다. 게다가 긴 목도리의 이미지가 돈나 마리아의 땋은 머리를 연상시켰다. 예전에 피렌체 수녀원 기숙 학교 학생들이 애타게 사랑했던 처녀의 풍성한 머리칼을 대상으로 그가 꿨던 사랑의 꿈들이 모두 혼란스럽게 되살아났다. 그는 두 개의 욕망을 뒤섞었다. 두 종류의 즐거움을 열망했고, 이상적인 제3의 여인을 얼핏 보았다.

그는 서서히 사색적이 되어 갔다. 만찬을 위해 옷을 갈아입으면서 다시 생각했다. '어제는 눈물이 나올 정도로 격정적인 중대한 장면이 펼쳐졌다면 오늘은 관능성이 넘치는 무언의 소박한 장면이 연출되었지. 그 이전엔 감각에 솔직했는데 어제는 감정에 솔직했던 것 같아. 게다가 바로 오늘, 엘레나와 키스하기 한 시간 전에 돈나 마리아 곁에서 숭고하고 서정적인 시간을 보냈지. 그런 흔적이 전혀 남지 않았어. 분명 내일 다시 시작할 거야. 나는 카멜레온 같고, 기상천외하고 일관성이 없고 모순되지. 통일성을 추구하려고 아무리 노력해도 항상 수포로 돌아가곤 해. 이제 체념해야 해. 나의 원칙은 단 한 마디로 표현하면 NUNC[38]야. 원칙대로 되길.'

---

38 '지금'이라는 뜻의 라틴어.

그는 자신을 비웃었다. 그 시간 이후 그의 빈곤한 도덕성이 새로운 국면을 맞기 시작했다.

신중하게 생각하거나 자제하지 않고, 양심의 가책도 느끼지 않으며 자신의 병적인 상상을 실행에 옮기는 데 온 힘을 기울였다. 마리아 페레스를 굴복시키기 위해 치밀한 장치들과 미묘한 계략을 이용해서 그러한 것들이 영혼과, 정신, 이상, 내면의 삶과 관련된 문제라고 그녀를 속이려 했다. 새로운 애인을 손에 넣고 옛 애인을 되찾는 일을 똑같이 신속하게 진행시키고, 두 개의 모험에서 어떤 상황이든 이용하려 하다 보니 그는 여러 가지 장애에 부딪히고 곤경에 빠지고 기이한 경우들을 만나게 되었다. 그리고 그런 상황에서 벗어나기 위해 셀 수 없을 정도로 많은 거짓말과 방편과 비열한 수단과 꼴사나운 핑계와 야비한 속임수에 의지했다. 돈나 마리아의 선량함과 믿음, 솔직함도 그를 제압하지 못했다. 그는 「시편」의 이런 구절을 자신의 유혹의 토대로 삼았다. *Asperges me hyssopo et mundabor: lavabis me, et super nivem dealbabor.*[39] 가여운 마리아는 자신이 한 사람의 영혼을 구제하고 지성을 구원하고 더럽혀진 남자를 자신의 깨끗함으로 정화시킬 수 있다고 믿었다. 사랑의 주현절에 바다가 보이던 그 정원, 꽃이 만발한 나무 아래에서 들었던 그 잊을 수 없는 말을 여전히 깊이 믿었다. 바로 이런 믿음으로 그녀는 기운을 되찾았고 양심 속에서 계속 격투를 벌이는 신앙적인 갈등 속에서 빠져나왔고 의심으로부터 자유로워졌으며 일종의 관능적 신비주의에 취하게 되었다. 그녀는 거기에 부드러운 사랑을, 자신의 고뇌를 모두 담은 물결을, 자기 인생의 가장 달콤한 꽃을 흩뿌렸다.

---

39 「시편」 51편 7절. '정화수를 나에게 뿌리소서. 이 몸이 깨끗해지리이다. 나를 씻어 주소서, 눈보다 더 희게 되리이다'라는 뜻의 라틴어.

아마 안드레아 스페렐리는 처음으로 진실한 열정과 마주했을 것이다. 인간의 사랑처럼 변화무쌍한 회색 하늘을 아름다우면서도 무시무시한 섬광으로 밝히는, 여성적이며 보기 드문 위대한 감정과 마주했을 게 분명했다. 스스로도 그걸 알았지만 자기 자신과 그 애처로운 여인을 처형하는 냉혹한 사형 집행인이 되었다.

매일 기만하고, 매일 비열한 행동을 했다.

2월 3일 목요일, 음악회 때 나누었던 말에 따라 그는 스페인 광장의 골동품 장신구 진열장 앞에 델피나를 데리고 온 마리아를 만났다. 그의 인사 소리를 듣자마자 그녀가 돌아보았다. 창백한 얼굴이 금세 빨개졌다. 두 사람은 함께 18세기 보석들, 인조 다이아몬드로 만든 버클과 티아라, 에나멜 가공을 한 브로치와 시계, 금이나 상아나 대모갑 담배 케이스 등을 보았다. 지난 세기의 장신구들이 오전의 밝은 빛 속에서 화려한 조화를 이루었다. 주위에서는 꽃 장수들이 지나다니며 바구니에 담긴 흰 수선화와 노란 수선화, 꽃잎이 여러 겹인 제비꽃, 긴 아몬드 가지들을 팔았다. 봄의 숨결이 공기 중에 스며들어 있었다. 꼭대기에 '*Rosa mystica*'[40]가 자리한 성모 수태 원주가 줄기처럼 날씬하게 태양을 향해 올라갔다. 바르카치아 분수에는 다이아몬드 같은 햇살이 넘쳤고 트리니타 계단은 환희에 차서, 두 개의 탑이 자리한 샤를 8세 교회를 향해 두 팔을 벌렸다. 교회는 드문드문 구름이 떠 있는 고상한 파란색의 하늘, 피라네시*가 그린 예전의 그 하늘을 향해 우뚝 서 있었다.

"경이로워요!" 돈나 마리아가 감탄했다. "당신이 로마를 그토록 사랑하시는 게 이해돼요."

"오, 아직 로마를 제대로 보지 않으셨어요!" 안드레아가 말했다.

---

40 '신비한 장미'라는 뜻의 라틴어. 원주 위의 성모 마리아 상을 가리킨다.

"당신의 안내자가 되고 싶은데……."

그녀가 미소 지었다.

"……이 봄, 당신 곁에서 감상적인 베르길리우스가 되어."

그녀는 미소 짓고 있었는데 그다지 슬프거나 심각해 보이지 않았다. 오전의 의상은 소박하고 우아했지만 미적인 것과 미묘한 색상에 대한 교육을 받은 사람이 추구하는 세련된 취향을 드러냈다. 숄처럼 앞을 여미는 재킷은 녹색 빛이 약간 감도는 회색 천이었다. 수달피가 재킷 가장자리를 장식했고 그 장식에는 명주실로 수를 놓았다. 그리고 역시 수달피로 된 안쪽의 옷이 재킷 사이로 드러났다. 고급스럽게 재봉되었을 뿐만 아니라 무어라 형용할 수 없는 회색빛과 화사한 황갈색이 훌륭하게 조화를 이루어, 보는 눈이 즐거웠다.

그녀가 물었다.

"어젯밤 어디에 계셨어요?"

"당신이 떠난 뒤 곧바로 연주회장을 나왔습니다. 집에 돌아가서 계속 집에 머물렀습니다. 당신의 마음이 함께 있는 듯해서요. 여러 가지 생각을 했습니다. 내 생각이 느껴지시지 않았습니까?"

"아니요, 느끼지 못했어요. 어젯밤은 우울했는데, 왠지 모르겠어요. 저 혼자인 것만 같았답니다!"

루콜리 백작 부인이 밤색에 흰 털이 섞인 말이 모는 경이륜 마차를 타고 지나갔다. 줄리아 모체토는 줄리오 무젤라로와 함께 걸어서 그곳을 지나갔다.

안드레아가 인사를 하자 돈나 마리아는 부인들의 이름을 그에게 물었다. 모체토 부인의 이름은 처음 듣는 것은 아니었다. 돈나 마리아는 빌라 스키파노이아의 방에서 안드레아가 데생들을 넘길 때, 페루지노가 그린 대천사 미카엘의 스케치가 나타나자, 프란체스카가 그 이름을 말했던 기억을 떠올렸다. 그리고 사랑하는 사람의 옛 애인을 눈으로 좇았다. 불안감이 그녀를 짓눌렀다. 안드레아의 이전 생활과 관련된 모든 일이 그녀에게 어두운 그림자를 던졌다. 그녀는 자신이 모르는 그 삶이 아예 존재하지 않았길 바랐다. 그처럼 열렬하게 그 속에 푹 빠져 있었고, 한없이 지쳐서 많은 것을 잃고 온갖 아픔을 겪으며 거기서 벗어난 남자의 뇌리에서 완전히 지워지길 바랐다. '당신 속에서 당신만을 위해 내일도 없이, 어제도 없이, 다른 이들과 어떤 관계도 맺지 않고 아무것도 좋아하지 않고 세상을 벗어나 완전히 당신의 존재 속에 빠져 산다…….' 그가 했던 말이다. 아, 꿈이여!

안드레아는 전혀 다른 이유로 초조해했다. 페렌티노 공작 부인 집에서의 점심 식사 시간이 가까워졌기 때문이었다.

"어느 쪽으로 갈 겁니까?" 그가 물었다.

"저하고 델피나는 나차리 카페에서 볕을 쬘 겸 차와 샌드위치를 먹었어요. 핀치오 언덕으로 올라가서 빌라 보르게세로 가 볼까 해요. 괜찮으시면 함께 가세요……."

그는 내심 안타까워하며 망설였다. '2월의 오후, 그녀와 함께 핀치오 언덕과 빌라 보르게세 정원을!' 하지만 초대를 제쳐 둘 수는 없었다. 게다가 어제 저녁 마차에서의 일 이후 엘레나를 만나고 싶다는 호기심 때문에 괴로웠다. 그가 안젤리에리 집에 갔는데도 그녀가 모습을 보이지 않았기 때문이다. 그는 정말 아쉽다는 얼굴로 말했다.

"어쩌죠! 15분 후에는 점심 모임에 얼굴을 내밀지 않으면 안 돼서요. 지난주에 초대를 받았습니다. 이럴 줄 알았다면 아무 약속도 하지 않았을 텐데 말입니다. 정말 안타깝군요!"

"빨리 가세요. 시간 허비 마시고요. 다들 기다리실 텐데……."

그가 시계를 봤다.

"아직 조금 더 있을 수 있습니다."

"엄마." 델피나가 졸랐다. "계단으로 올라가요. 어제 미스 도로시와 올랐어요. 엄마가 봤으면 좋았을 텐데!"

바부이노 거리 근처였기 때문에 그들은 돌아서서 스페인 광장을 가로질렀다. 남자아이 하나가 그들을 끈질기게 따라다니며 굵은 아몬드 가지를 하나 내밀어 안드레아가 그걸 사서 델피나에게 선물로 주었다. 빨간 표지의 베데커 여행 안내서를 든 금발의 부인들이 주위 호텔들에서 나왔다. 두 마리의 말이 끄는 화려한 마차들이 고풍스러운 모양의 금속 장식을 반짝이며 오갔다. 꽃 장수들은 꽃이 가득 담긴 바구니를 외국 여인들 쪽으로 쳐들며 앞다투어 소리 질렀다.

"약속해 주세요." 안드레아가 트리니타 데이 몬티의 첫 번째 계단을 밟은 돈나 마리아에게 말했다. "꼭 나와 같이 빌라 메디치에 들어갈 거라고 약속해 줘요. 오늘은 포기해 줘요. 부탁입니다."

그녀는 슬픈 생각에 사로잡힌 듯 보였다. 그녀가 말했다.

"포기할게요."

"고마워요."

두 사람 앞에 의기양양하게 드높이 서 있는 계단의 돌이 햇볕에 따뜻하게 데워져 기분 좋은 온기를 발산했다. 돌은 스키파노이아 분수의 석재와 같은 종류로, 오래된 은제품과 비슷한 색이었다. 델피나가 꽃이 핀 아몬드 가지를 손에 쥐고 앞서 달려갔다. 델피나가 달리자 그 바람에 연분홍의 연약한 꽃잎 몇 개가 나비처럼 날아갔다.

날카로운 후회가 안드레아의 마음을 찔렀다. 오후가 시작될 무렵, 빌라 메디치 정원의 조용한 회양목 아래를 거닐 감상적인 산책이 한없이 달콤하게 생각되었다.

"어느 분 댁에 가세요?"

잠시 침묵을 지키던 돈나 마리아가 물었다.

"알베로니 노공작 부인의 집입니다." 안드레아가 대답했다. "가톨릭식의 점심 식사지요."

그는 또 거짓말을 했다. 페렌티노 부인의 이름을 말하면 돈나 마리아가 의심할지도 모른다고 본능적으로 느꼈기 때문이었다.

"그럼, 잘 가요." 그녀가 손을 내밀며 말했다.

"아닙니다. 저 위 광장까지 가요. 위에서 마차가 기다리고 있습니다. 봐요. 저게 제 집입니다."

그는 햇빛 속에 잠긴 팔라초 주카리를, *buen retiro*(멋진 은신처)를 가리켰다. 건물은 시간이 흐르면서 칙칙해지고 갈색으로 변해 이상한 온실 같은 인상을 주었다.

돈나 마리아가 집을 보았다.

"이제 우리 집을 알았으니, 이따금…… 마음으로 생각해 주시겠습니까?"

"마음으로, 항상."

"토요일 밤 이전에 다시 만날 수 있을까요?"

"어려워요."

두 사람은 헤어졌다. 그녀는 델피나와 함께 가로수 길을 걸어갔다. 그는 마차에 올라 그레고리아나 거리로 멀어져 갔다.

안드레아는 몇 분 늦게 페렌티노 저택에 도착했다. 그는 사과했다. 엘레나는 남편과 함께 그곳에 있었다.

점심 식사는 피테르 반 라에르* 스타일, '밤보치아테'모 마르베리니 공방*에서 제작한 태피스트리들이 걸린 밝은 분위기의 식당에 마련되어 있었다. 17세기풍의 아름답고 그로테스크한 분위기

속에 재치 있는 독설의 불꽃이 번뜩이기도 하고 활활 타오르기도 했다. 세 귀부인 모두 활발하고 재치 넘치는 여인들이었다. 바르바렐라 비티는 사랑스러운 미소년 같은 머리를 뒤로 살짝 젖히며 남자처럼 호탕하게 웃었다. 그녀의 검은 눈동자가 지나칠 정도로 여러 번 공작 부인의 초록 눈과 부딪치며 시선이 뒤섞였다. 엘레나는 이상하게 활기찬 분위기로 농담을 했다. 안드레아는 그런 그녀가 멀게, 낯설게 느껴졌는데 자신에게 아랑곳하지 않는 분위기여서 그는 이런 의심을 하게 되었다. '어젯밤 내가 꿈을 꾼 건가?' 루도비코 바르바리시와 페렌티노 공작이 부인들 말에 맞장구를 쳐주었다. 마운트 에지컴 후작이 다음 경매에 관한 소식을 물어보기도 하고 자신이 며칠 전 1,520리라에 구입한 아풀레이우스의『변신(Metamorphoseon)』희귀본 이야기를 들려주기도 하면서 젊은 친구를 한없이 따분하게 만들었다. 1469년 로마에서 2절판으로 제작된 책이었다. 이따금 그는 말을 멈추고 바르바렐라의 몸짓을 눈으로 좇았다. 그러면 그의 시선에 편집광 같은 빛이 스쳐 지나갔고 보기 흉한 두 손은 이상하게 떨렸다.

안드레아의 마음속에 일어나는 분노와 짜증과 조바심이 더 이상 위장할 수 없을 지경에 이르렀다.

"두젠타, 기분이 별로 안 좋으신 것 같네요?" 페렌티노 공작 부인이 물었다.

"약간요. 미칭 말리코가 병이 났습니다."

그러자 바르바리시가 그에게 말의 상태에 대해 이것저것 많은 질문을 해 대며 안드레아를 지루하게 만들었다. 그러자 마운트 에지컴이 다시『변신』이야기를 시작했고 페렌티노 부인이 웃으며 말했다.

"있잖아요, 루도비코, 어제 오중주 연주회에서 안드레아가 낯선 여인과 '연애'하는 현장을 목격했답니다."

"맞아요." 엘레나가 말했다.

"낯선 여인하고요?" 루도비코가 소리쳤다.

"그래요. 어쩌면 당신이 우리에게 정보를 줄 수도 있겠네요. 새로 부임한 과테말라 공사 부인이라더군요."

"아, 알겠습니다."

"그러니까?"

"전 지금으로서는 공사밖에 몰라요. 매일 밤 클럽에서 카드를 하고 있는 걸 언뜻 보았습니다만."

"말해 봐요, 두젠타. 그 부인 벌써 왕비마마를 알현했나요?"

"모르겠습니다, 공작 부인." 안드레아가 대답했는데 그 목소리에 초조함이 조금 담겨 있었다.

이제 그는 그런 잡담을 더 이상 견딜 수 없게 되어 버렸다. 유쾌한 엘레나의 모습이 그를 끔찍할 정도로 고문했다. 그녀의 남편이 곁에 있는 것도 어느 때보다 불쾌했다. 그는 엘레나의 남편이 아니라 스스로에게 화를 내고 있었다. 그의 분노 밑바닥에서 조금 전 거절한 행복에 대한 후회가 꿈틀거렸다. 엘레나의 잔인한 태도에 실망하고 상처 입은 그의 마음은 찌르는 듯한 날카로운 후회의 감정과 함께 다른 여인에게로 향했다. 인기척 없는 가로수 길에서 생각에 잠겨 있는, 그 어느 때보다 아름답고 고귀해 보이던 마리아의 모습이 눈앞에 떠올랐다.

공작 부인이 옆방으로 가려고 일어서자 모두 따라 일어섰다. 바르바렐라가 피아노로 달려가 뚜껑을 열었다. 피아노는 윤기가 없는 금실로 자수를 놓은 빨간 벨벳 덮개에 가려져 있었다. 바르바렐라는 조르주 비제가 크리스티나 닐센에게 바친 「타란텔라」를 부르기 시작했다. 엘레나와 에바는 악보를 읽으려고 그녀 쪽으로 몸을 숙였다. 루도비코는 그녀들 뒤에 서서 담배를 피웠다. 공작의 모습은 보이지 않았다.

그러나 히스필드 경은 안드레아 곁을 떠나지 않았다. 그를 창가에 붙잡아 놓고 다빌라 기사의 경매에서 구입한 우르바니아산 '연인들의 잔' 이야기를 늘어놓았다. 뭔가를 물어보는 역겨운 억양의 날카로운 목소리, 컵들의 크기를 보여 주는 손짓, 볼록 튀어나온 넓은 이마 밑에서 때로는 죽은 사람 같았다가 때로는 예리해지는 눈, 그러니까 간단히 말해 탐욕적인 그 생김새 하나하나가 안드레아에게는 잔인한 고문이어서 그는 외과 의사의 메스 아래 있는 남자처럼 몸서리치며 이를 악물었다.

이제 그가 바라는 건 단 하나, 그곳을 나가는 것뿐이었다. 그는 핀치오 언덕으로 달려갈 생각이었다. 거기서 돈나 마리아를 다시 만나 빌라 메디치로 데려가고 싶었다. 그는 파란 하늘에 떠 있는 태양의 눈부신 빛으로 환하게 빛나는 길 건너편 집의 코니스*를 창문을 통해 바라보았다. 그리고 뒤돌아서서 피아노 덮개에 비친 햇살들이 만들어 내는 주홍색 섬광 속에서 피아노 옆에 모여 있는 여자들의 모습을 보았다. 섬광은 가벼운 담배 연기와 뒤섞였다. 잡담과 웃음소리가, 바르바렐라가 아무렇게나 건반을 눌러 만들어 내는 화음과 뒤섞였다. 루도비코는 사촌의 귀에 대고 조그맣게 이야기하고 있었다. 사촌이 아마 자기 친구들 일을 알려 주고 있는 듯했다. 은쟁반에 구슬이 구르듯 낭랑하고 맑은 웃음소리가 떠들썩하게 들려왔으니 말이다. 바르바렐라가 비제의 「알레그레토」를 부드럽게 다시 노래하기 시작했다.

"Tra la la······ Le papillon s'est envolé······ Tra la la······"[41]

---

41 '나비가 멀리 날아가 버렸어'라는 뜻의 프랑스어.

안드레아는 마운트 에지컴의 장황한 이야기를 중단시키고 그 자리를 떠날 기회가 찾아오길 기다렸다. 하지만 그 수집가는 간격을 두지도, 쉬지도 않고 문장과 문장을 연결해 가며 끊임없이 이야기했다. 잠깐만 말을 멈추면 괴로워하는 남자를 구원할 수 있을 텐데. 아직 기회가 오지 않았다. 매 순간 초조한 마음이 커져만 갔다.

"*Oui! Le papillon s'est envolé…… Oui!…… Ah! ah! ah! ah! ah!……*"

안드레아가 시계를 봤다.

"벌써 2시군요! 실례하겠습니다, 후작님. 이제 가 봐야 할 것 같군요."

그리고 부인들에게 다가갔다.

"죄송합니다, 공작 부인. 2시에 마구간에서 수의사 진찰이 있습니다."

그는 급히 작별 인사를 했다. 엘레나는 손끝만 내밀었다. 바르바렐라가 퐁당을 하나 내밀면서 말했다.

"제가 드리는 거니 가여운 미칭에게 갖다주세요."

루도비코가 함께 가고 싶어 했다.

"아니. 자네는 그냥 있어."

인사를 하고 밖으로 나갔다. 단숨에 계단을 뛰어 내려갔다. 마차에 뛰어오르면서 마부에게 소리쳤다. "달려, 핀치오로!"

그는 마리아 페레스를 다시 만나, 조금 전 자신이 거절했던 행복을 되찾고 싶어 미칠 것 같은 갈망에 사로잡혔다. 말들이 빠른 걸음으로 달렸지만 느리게만 느껴졌다. 안절부절못하면서 트리니타 데이 몬티와 넓은 가로수 길과 철책 문이 나타나는지를 바라보는 사이 드디어 그것들이 눈에 들어왔다.

마차는 철책 문을 넘어갔다. 안드레아는 마부에게 속도를 늦춰 핀치오 안의 길들을 모두 돌아보라고 명령했다. 멀리 나무들 사이에서 여인의 모습이 나타나면 가슴이 두근거렸다. 하지만 부질없었다. 평평한 곳에 이르자 그는 마차에서 내렸다. 마차들이 지날 수 없는 좁은 길로 들어가 구석구석을 찾아보았다. 소용없었다. 그가 눈에 띄게 초조해 보여서 벤치에 앉아 있는 사람들이 모두 호기심에 그를 눈으로 좇았다.

빌라 보르게세가 열려 있어서 핀치오 언덕은 2월의 힘없는 미소 아래 조용히 쉬고 있었다. 드물게 지나가는 마차나 보행자가 그 언덕의 평화를 깰 뿐이었다. 아직 벌거벗은 나무들은, 어떤 것은 허여스름하기도 하고 살짝 보라색이 감돌기도 했는데, 부드러운 하늘로 가지를 높이 쳐들고 있었다. 하늘에는 가느다란 구름들이 거미줄처럼 여기저기 흩어져 있었고 바람이 그 구름들을 찢어 놓거나 흩어 놓았다. 소나무나 사이프러스나 그 밖의 상록수들은 다소 비슷하게 창백했는데 흐릿하고 빛이 바랬으며 융화되어 조화를 이루었다. 다양한 나무 몸통과 들쑥날쑥한 가지들이 통일성을 지닌 헤르메스 흉상들을 한층 엄숙하게 만들었다.

혹시 돈나 마리아의 어떤 슬픔이 아직도 대기 중에 일렁이고 있는 건 아닐까? 안드레아는 거대한 슬픔의 무게에 눌려 빌라 메디치의 철책에 몸을 기대고 잠시 가만히 있었다.

그 뒤 며칠간 그날과 똑같은 고통을, 아니 더 심한 고통을 느끼며, 더 잔인한 거짓말을 되풀이하며 일상생활을 계속했다. 도덕적으로 타락한 지적인 남자들에게서 나타나는 드물지 않은 현상 중 하나로, 안드레아의 의식은 지금 소름 끼칠 정도로 맑았다. 그늘도, 일그러짐도 없이 또렷했다. 그는 자신이 하는 일을 분명히 알았고 자신이 했던 일을 정확히 평가했다. 그의 내면에서 스스로에 대한 경멸과 게으른 의지는 거의 비슷한 수준이 되었다.

하지만 바로 그의 정신을 그런 상태로 이끌어 가는 감정의 기복과 불확실함과 이상한 침묵과 이상한 감정의 발산, 그러니까 간단히 말해 감정의 독특한 표출은 점점 더 심해졌고 돈나 마리아의 뜨거운 연민을 자극했다. 그녀는 괴로워하는 그를 보며 아픔과 동시에 감미로움을 느꼈다. '내가 저 사람을 서서히 낫게 해 줘야지.' 그리고 자신도 모르는 사이에 그녀는 서서히 힘을 잃고 그 병자의 욕망에 굴복해 갔다.

그녀는 서서히 굴복했다.

스타르니나 백작 부인의 살롱에서 마리아는 드러낸 자신의 어깨나 팔에 안드레아의 시선이 머무는 걸 느끼자 말로 표현하기 힘들게 몸이 떨렸다. 안드레아는 이브닝드레스 차림의 그녀를 처음 보았다. 그녀의 어깨와 팔은 다소 말라 보일 수도 있지만 절묘한 모습이었다.

마리아는 검은담비 모피가 섞인 아이보리색 양단 드레스를 입고 있었다. 노출된 목 주위를 장식한 가느다란 담비 끈 때문에 그녀의 피부는 이루 말할 수 없이 우아해 보였다. 목에서부터 팔 윗부분까지 이어지는 어깨선도 완만하게 아래로 내려와 더없이 우아했는데 지금은 극히 보기 드문 귀족적 육체의 특징을 고스란히 간직하고 있었다. 베로키오가 상반신 상에서 특히 선호했던 모양으로 단장한 풍성한 머리에는 보석도 꽃도 장식되어 있지 않았다.

두세 번 적당한 기회가 찾아왔을 때 안드레아는 그녀에게 찬사와 격정이 담긴 말을 속삭였다.

"'사교계'에서 만난 건 처음이군요." 그녀에게 말했다. "기념으로 장갑 한 짝을 제게 주시겠습니까?"

"안 돼요."

"왜요, 마리아?"

"안 돼요, 안 돼요. 조용히 하세요."

"아아, 당신의 손! 스키파노이아에서 당신의 손을 스케치하던 때, 기억하십니까? 제가 받을 권리가 있을 것 같습니다만. 제가 장갑을 갖게 해 줘야 할 것 같은데요. 그리고 당신의 몸 가운데 두 손은 당신의 영혼이 가장 은밀하게 생기를 불어넣어 준 부분이지요, 가장 정신적인, 가장 순수하다고 할 수 있을……. 선의의 손이자, 용서의 손이지요……. 장갑 한 짝만이라도 가질 수 있다면 얼마나 행복할지요! 당신 손의 환영이자 손의 형태가 남은 장갑, 손의 향기가 남은 향기로운 허물을……! 떠나기 전에 한 짝 주시겠습니까?"

그녀는 이제 대답하지 않았다. 대화는 도중에 끊겼다. 잠시 후 모두의 청에 따라 그녀가 피아노 앞에 앉았다. 그리고 장갑을 벗어 보면대 위에 올려놓았다. 부드러운 장갑 밖으로 나온 새하얗고 길쭉한 손가락에는 반지가 끼워져 있었다. 왼손 넷째 손가락에서 큰 오팔 반지가 타오르는 불길처럼 생생하게 반짝였다.

그녀는 베토벤의 「환상 소나타(Sonata-Fantasia)」(op.27)* 두 곡을 연주했다. 한 곡은 줄리에타 귀차르디에게 바쳤던 것으로 희망을 버린 체념의 감정을 표현했고, 오랜 꿈에서 깨어난 뒤의 기분을 이야기했다. 또 다른 곡은 부드럽고 느린 리듬의 안단테 첫 부분부터 폭풍 후의 고요를 암시했다. 그러다가 불안한 감정을 표현하는 제2악장을 지나면서 눈부신 청명함을 보여 주는 아다지오로 펼쳐졌다가 용기와 거의 열정에 가까운 감정을 고양시키는 알레그로 비바체로 끝이 났다.

안드레아는 가만히 귀 기울이고 있는 청중들 가운데 마리아가 오로지 자신을 위해 연주하고 있다는 느낌이 들었다. 이따금 그의 눈길은 연주자의 손가락에서 보면대에 놓여 있는 긴 장갑으로 옮겨 갔다. 장갑에는 그 손가락의 흔적이 그대로 남아 있었고, 조금 전 여인의 피부가 살짝 보였던 손목 부근의 조그만 입구는 말로 표현할 수 없게 사랑스러웠다.

돈나 마리아가 찬사 속에 일어섰다. 그러고는 장갑을 다시 집어들지 않은 채 그 자리를 떠났다. 그래서 안드레아는 그것을 슬쩍 가져가고 싶다는 유혹에 사로잡혔다. '혹시 나를 위해 놔둔 게 아닐까?' 하지만 그는 꼭 한 짝만 원했다. 어느 위선적인 연인이 예리하게 말했듯이, 장갑 두 짝과 한 짝은 전혀 달랐다.

스타르니나 백작 부인이 계속 요청해서 돈나 마리아는 다시 피아노 앞으로 왔고 보면대에서 장갑을 집어 건반 끝 쪽, 구석의 그늘진 곳에 놓아두었다. 그러더니 루이지 라모의 '가보트', 권태와 사랑의 무도곡, 그 잊을 수 없는 무도곡 '노란 귀부인들의 가보트'를 연주했다. '이제 젊지 않은 금발의 몇몇 귀부인들……'

안드레아는 희미하게 몸을 떨며 가만히 그녀를 응시했다. 그녀는 자리에서 일어나며 장갑을 한 짝만 집었다. 다른 한 짝은 건반의 그늘진 곳에 그를 위해 놓아두었다.

사흘 뒤, 로마가 갑작스러운 눈에 깜짝 놀라 있을 때, 이런 메모가 집에 돌아온 안드레아를 맞았다. '수요일, 오후 2시. 오늘 밤, 11시부터 자정까지, 팔라초 바르베리니 철책 문 밖에서 마차를 타고 나를 기다려 주세요. 12시가 되어도 제가 나타나지 않으면 그냥 돌아가셔도 됩니다. *A stranger*.[42] 메모의 글투가 왠지 낭만적이고 수수께끼 같았다. 사실 마운트 에지컴 후작 부인은 마차를 지나칠 정도로 자주 이용했다. 혹시 1885년 3월 25일을 추억하기

---

42 '낯선 사람으로부터.'

위해서일까? 혹시 자신이 예전에 밀회를 중단시켰던 방식을 똑같이 사용해 다시 시작하고 싶은 걸까? 그런데 왜 *stranger*라고 했지? 안드레아는 그 단어에 미소를 지었다. 안드레아는 방금 돈나 마리아를 방문하고 돌아오는 길이었다. 한없이 감미로운 방문이었다. 이제 그의 마음은 엘레나보다는 시에나 여인에게 훨씬 더 기울어져 있었다. 시에나 여인이 그와 함께 유리창 너머를 바라보며 했던 매력적이고 상냥한 말들이 그의 귓가에 아직도 맴돌았다. 이미 봄기운에 속은 빌라 알도브란디니의 나무 위로 복숭아꽃이나 사과꽃처럼 부드럽게 내려앉는 눈을 바라보며 했던 말들이. 하지만 그는 점심 식사를 하러 나가기 전에 스티븐에게 세심하게 명령해 두었다.

11시에 그는 벌써 팔라초 바르베리니 앞에 있었다. 불안과 초조가 그를 집어삼켰다. 이상한 상황, 눈 덮인 밤의 풍경, 수수께끼와 불확실함이 그의 상상에 불을 붙이며 그를 현실에서 떼어 놓았다.

그 잊기 어려운 2월의 밤, 불빛 하나 보이지 않는 로마 위에 꿈 같은 만월이 빛나고 있었다. 대기는 무형의 우유 같은 것에 흠뻑 잠겨 있는 듯했다. 온갖 것이 꿈속의 존재 같았고 유성의 이미지처럼 손으로 만질 수 없을 듯 보였으며 그 형태들이 비현실적으로 빛나서 멀리서도 볼 수 있을 것만 같았다. 철책 문의 봉마다 눈이 소복이 쌓여 쇠가 보이지 않았다. 눈 때문에 선 세공보다 더 가볍고 섬세한 자수 작품 같았다. 철책들은 하얀 망토를 뒤집어쓴 거대한 석상들에 의해 지탱되었는데, 떡갈나무에 걸린 거미줄 같았다. 꽁꽁 얼어붙은 정원의 나무에는 꽃이 피어 거대한 기형의 백합들이 흔들리지 않고 가만히 서 있는 숲 속과 비슷했다. 달의 마법에 걸린 텃밭, 달의 여신 셀레네의 생기 없는 천국이었다. 바르베리니의 집은 소리 없이, 엄숙하게, 묵직하게 허공을 차지하고 서 있었다. 돋을새김들은 하나같이 새하얗게 한층 부각되어 맑고 파란 달빛 그림자를 던졌다. 그 순백의 색깔과 그림자들로 인해 실제의 건물에 아리오스토의 경이로운 건물*의 환영이 더해졌다.

안드레아는 몸을 숙이고 밖을 다시 내다보며, 매력적인 놀라운 정경 앞에서 사랑을 갈망하는 환영들이 다시 일어나고, 정점에 다다른 서정적인 감정들이 달빛 아래 빛나는 차디찬 철책의 뾰족한 끝처럼 반짝이는 기분을 느꼈다. 하지만 그는 이런 환상적인 광경 속에서 자신이 두 여인 중 누구를 더 좋아하는지 알 수가 없었다. 심홍색 옷을 입은 엘레나 히스필드인지 흰 담비 모피를 입은 마리아 페레스인지. 그의 마음이 어느 쪽을 더 좋아하는지 정하지 못하고 머뭇거리는 것을 즐기듯이, 애를 태우며 기다리는 동안 두 개의 갈망, 엘레나를 향한 현실적인 갈망과 마리아를 향한 상상 속의 갈망이 서로 뒤섞이다가 이상하게 용해되어 버렸다.

가까이에서 정적을 깨며 맑게 진동하는 시계 소리가 들려왔다. 그리고 시계 소리가 들릴 때마다 공기 중에서 유리로 된 뭔가가 깨지는 듯했다. 트리니타 데이 몬티 교회의 시계가 그에 화답했다. 퀴리날레의 시계도 빠지지 않았다. 다른 먼 곳의 시계도 들릴락 말락 하게 응답했다. 11시 15분이었다.

안드레아는 눈을 가느스름하게 뜨고 주랑 현관 쪽을 주의 깊게 응시했다. '걸어서 정원을 가로질러 올 생각인가?' 그는 순백의 세상 속에 있는 엘레나의 모습을 떠올려 보았다. 마리아의 모습이 자연스레 나타나더니 엘레나에게 어두운 그늘을 드리웠다. *candida super nivem*[43] 순백이 승리했다. 그러니까 달이 뜨고 눈에 뒤덮인 그 밤은, 저항할 수 없는 별의 신비한 영향력 아래 있

---

[43] '눈보다 더 하얀'이라는 뜻의 라틴어.

듯이, 마리아 페레스의 지배하에 있는 것이다. 더없이 깨끗한 사물들에서 깨끗한 연인의 이미지가 상징적으로 탄생했다. 상징의 힘에 시인의 마음은 굴복했다.

그러니까 그는 엘레나가 오지 않나 계속 살피면서 주변 사물의 외형이 암시하는 꿈에 빠져 있었다.

그것은 시적인, 거의 신비하다고 할 만한 꿈이었다. 그는 마리아를 기다리고 있었다. 마리아는 그의 욕망의 제물로 순백의 자신을 바치기 위해 초자연적인 흰색에 에워싸인 그 밤을 선택한 것이다. 위대한 희생을 알아차린 주변의 새하얀 사물들이 모두 그녀가 지나갈 때 아베(ave)나 아멘(amen)을 외치려 기다리고 있었다. 침묵이 살아 있었다.

'자, 그녀가 오고 있다. *Incedit per lilia et super nivem.*[44] 흰 담비 모피에 몸을 감싸고, 단단히 묶은 머리카락을 스카프에 숨기고, 자신의 그림자보다 더 가벼운 발걸음으로. 그녀는 달이나 눈보다 더 창백하다. 아베.

사파이어색으로 물든 빛처럼 짙푸른 그림자가 그녀를 따라온다. 거대하고 기이한 형태의 백합들은 고개를 숙이지 않는다. 꽁꽁 얼어붙어 하데스의 길목을 밝히는 아스포델로스*와 닮아 있기에. 그러나 기독교 천국에 핀 꽃들처럼 백합들은 말을 할 수 있다. 백합들이 말한다. 아멘.

그렇게 되리라. 사랑하는 그녀가 스스로를 제물로 바치기 위해 오고 있다. 그렇게 되리라. 그녀는 벌써 기다리는 사람 옆에 있다. 몸은 얼어붙어 차디차고 한마디 말도 없지만 뜨거운 눈이 많은 말을 하고 있다. 먼저 그녀의 손에, 상처를 아물게 하고 꿈을 펼쳐

---

44 '백합들 사이로, 눈을 밟으며 걸어온다'라는 뜻의 라틴어.

주는 그 사랑스러운 손에 입을 맞춘다. 그렇게.

기둥들 위에 높이 선 교회들이 여기저기로 사라진다. 하얀 눈이 소용돌이 장식과 매혹적인 아칸서스무늬로 장식된 박공을 또렷이 보여 주던 그 교회들이. 눈에 파묻히고 푸르스름한 빛에 잠긴 멀리 있는 포로 로마노가 사라진다. 자신들의 그림자보다도 더 희미한 달빛을 향해 우뚝 솟은 폐허의 주랑들과 아치들도.

그리고 여인의 입술에, 거짓을 절대 말하지 않은 그 사랑스러운 입술에 키스한다. 그렇게 되리라. 느슨해진 스카프 밖으로 거대한 검은 파도처럼 머리카락이 흘러내린다. 눈과 달을 피한 밤의 어둠들이 모두 거기 모인 듯하다. *Comis suis obumbrabit tibi et sub comis peccabit.*[45] 아멘.'

마리아는 오지 않았다. 정적과 시적인 정취 속으로 로마의 탑이나 종탑에서 인간들의 시간을 알리는 소리가 다시 울려 퍼졌다. 마차 몇 대가 조용히 콰트로 폰타네 거리에서 내려와 광장 쪽으로 가거나 힘겹게 산타 마리아 마조레 쪽으로 올라갔다. 마차 램프가 맑은 눈 속에서 토파즈처럼 노랗게 반짝였다. 밤이 깊어지면서 주위가 한층 맑아지고 한층 투명해지는 듯했다. 선 세공을 한 것 같은 철책들은, 은실의 자수에 보석을 아로새긴 것처럼 반짝였다. 건물 유리창에서 휘황하게 빛나는 둥근 불빛들은 다이아몬드 방패 같았다.

안드레아는 생각했다. '혹시 그녀가 오지 않는다면?'

마리아의 이름으로 그의 마음에 스쳐 지나간 기묘한 서정적 물결이 기다림의 초조함을 사라지게 했고 조바심을 가라앉혀 주었으며 욕망을 속였다. 잠시 동안이지만 엘레나가 오지 않을지도 모

---

45 '그가 양털로 너를 덮고 그 양털 밑에서 죄를 저지르리라'라는 뜻의 라틴어.

른다고 생각하자 미소가 지어졌다. 그러다가 잠시 후엔 불확실함으로 인한 고통이 그를 더욱 자극했다. 그가 어쩌면 저 건물 안에서, 장미꽃들이 한없이 부드러운 향기를 발산하는 따뜻한 작은 침실에서 즐겼을지도 모를 관능적 쾌락의 이미지가 그를 뒤흔들어 놓았다. 12월 31일처럼 자신이 헛수고하고 있다는 생각을 하자 고통이 한층 예리해졌다. 무엇보다 절묘한 사랑의 장치가 아무런 결과도 내지 못한 채 사라질 수 있다는 게 애석했다.

마차 안은 뜨거운 물이 가득 든 금속관들에서 끊임없이 내뿜는 열로 추위가 완화되었다. 눈처럼, 달처럼 하얀 장미 꽃다발이 좌석 앞 작은 테이블에 놓여 있었다. 흰 곰 모피가 무릎을 따뜻하게 해 줬다. 일종의 '*Symphonie en blanc majeur*'[*46]에서와 같은 분위기를 자아내려 했던 게 다른 여러 부분에서 뚜렷이 나타났다. 프랑수아 1세가 유리창에 했던 것처럼 두젠타 백작은 마차 유리창에 사랑의 말을 손으로 적었다. 입김으로 뿌예진 유리창에 쓴 그 말들은 오팔 판에 써 놓은 것처럼 빛나는 듯했다.

Pro amore curriculum
Pro amore cubiculum[47]

세 번째로 시간을 알리는 종소리가 들렸다. 12시 15분 전이었다. 너무 오래 기다렸다. 안드레아는 피곤했고 짜증이 났다. 엘레나가 거주하는 아파트 왼쪽 끝부분 창에는 밖에서 비치는 달빛 이외에는 아무 빛도 보이지 않았다. '그녀가 오기는 할까? 어떤 식으로? 몰래? 아니면 무슨 핑계를 대고? 히스필드 경은 분명 로마에 있어.

---

46 '화이트 장조 교향곡'라는 뜻의 프랑스어.
47 '사랑을 위한 작은 마차, 사랑을 위한 침실'이라는 뜻의 라틴어.

한밤중의 외출을 어떻게 번명하려는 거지?' 엘레나의 옛 애인의 마음에 엘레나와 남편의 관계에 대한, 부부간의 유대감에 대한, 한 집에서 함께 살아가는 방식에 대한 자극적인 호기심이 솟구쳤다. 질투심이 다시 그를 괴롭혔고 그녀에 대한 갈망이 불타올랐다. 그는 어느 날 밤 줄리오 무젤라로가 남편에 대해 짓궂게 했던 말들이 떠올랐다. 그러자 쾌락을 위해서든, 분풀이를 위해서든 어떻게 해서라도 엘레나를 손에 넣기로 마음먹었다. '아, 그녀가 온다면!'

다른 마차 한 대가 오더니 정원으로 들어갔다. 그가 몸을 숙여 바라보았다. 그는 엘레나의 말을 알아보았다. 마차 안에서 얼핏 여자의 모습이 보였다. 마차가 주랑 밑으로 사라졌다. 그는 의심스러운 생각을 떨쳐 버릴 수가 없었다. '그럼 외출했다가 돌아오는 길인가? 혼자?' 시선을 집중해서 주랑 쪽을 뚫어지게 쳐다보았다. 마차가 정원을 가로질러 거리로 나오더니 라셀라 거리로 접어들었다. 마차는 텅 비어 있었다.

이제 불과 2~3분밖에 남지 않았다. 그녀는 오지 않았다! 시간을 알리는 종이 울렸다. 끔찍한 고뇌가 실망한 남자의 마음을 조여 왔다. 그녀는 오지 않았다!

그녀가 약속한 시간에 나타나지 않은 이유를 알 수 없었기 때문에 안드레아는 그녀에게서 등을 돌렸다. 갑자기 분노가 일었다. 그리고 그녀가 그에게 굴욕을 주고 벌을 주려 했던 게 아닐까, 아니면 그를 농락하고 자신의 욕망을 극대화시키고 싶었던 게 아닐까 하는 생각도 불현듯 떠올랐다. 그는 마차 송화구를 통해 마부에게 명령했다.

"퀴리날레 광장으로."

그는 마리아 페레스에게 가는 마음을 그대로 놓아두었다. 그리고 오후에 마리아를 방문한 뒤 그의 마음에 향기를 남기고, 시적인 생각들과 이미지를 상기시켰던 뭐라 분명히 말하기 어려운 부드러운 감정에 몸을 맡겼다. 엘레나의 무관심과 악의의 증거로 느껴졌던 조금 전의 실망감으로 그는 시에나 여인의 사랑과 선의 쪽으로 더욱더 기울어지게 되었다. 아름다운 밤을 놓쳐 버린 애석함이 점점 커져 갔지만 조금 전 꾸었던 꿈의 빛이 아직 남아 있었다. 사실 그날 밤은 로마 하늘 아래에서 펼쳐졌던 가장 아름다운 밤들 중 하나였다. 감탄할 수 있는 힘을 모두 압도하고 지성으로 파악할 수 있는 테두리를 완전히 벗어나기 때문에, 인간의 마음을 거대한 슬픔으로 누르는 그런 광경들 중 하나였다.

퀴리날레 광장은 사방이 새하얘서, 그 흰색 때문에 한층 넓어 보였고 한적했으며, 고요한 로마에 자리 잡은 올림포스의 아크로폴리스처럼 환하게 빛났다. 주변 건물들은 탁 트인 하늘을 향해 높이 서 있었다. 국왕 궁전의 로지아 아래 자리한, 베르니니가 제작한 교황의 문은 벽에서 떨어져 앞으로 나온 것 같은 착시 현상을 일으켰다. 그것은 기이하게 장엄한 그 건물과는 아무 상관 없는, 운석으로 조각한 웅장한 무덤 같은 분위기를 자아냈다. 페르디난도 푸가가 설계한 팔라초 델라 콘술타의 화려한 처마 도리들이 문설주에서, 눈이 희한하게 쌓여 모양이 변해 버린 기둥에서 튀어나와 보였다. 한결같이 하얀 광장 한가운데의 거대한 석상들이 신성하게 모든 것을 압도했다. 디오스쿠로이*와 말들의 자세가 환한 눈빛 속에 더욱 선명해 보였다. 말의 넓은 둔부가 보석을 아로새긴 휘장에 뒤덮인 것처럼 반짝였고 두 반신반인(半神半人)의 어깨와 각자 하늘로 들어 올린 팔도 빛났다. 그리고 말들 위로 오벨리스크가 하늘을 향해 뻗어 있었다. 그 밑으로는 분수의 수조가 넓게 펼쳐져 있었다. 분수에서 뿜어져 나오는 물줄기와 오벨리스크의 뾰족한 끝이 다이아몬드로 만든 줄기처럼, 화강암 줄기처럼 하늘을 향해 올라갔다.

그 기념비에서 장엄함이 아래로 발산되었다. 그 앞의 로마는 거의 죽음과 같은 고요에 잠겨 있었는데, 치명적인 어떤 힘에 의해 잠에 빠진 도시처럼 움직임 하나 없이 텅 빈 듯했다. 집들과 교회, 탑들, 그리고 어지러이 뒤섞여 숲을 이룬 기독교와 이교도의 건축물들이 자니콜로 언덕과 몬테 마리오 언덕 사이에서, 형태가 뚜렷하지 않은 하나의 숲처럼 하얗게 반짝였다. 언덕들은 표현하기 어려운 비물질성을 가진 은빛 안개 속으로 사라져 까마득하게만 보였는데, 달빛이 비치는 지평선의 풍경들과 비슷하다고도 할 수 있었다. 죽은 이들의 영혼이 사는, 빛이 반쯤 사라진 어떤 별의 이미지를 마음속에 불러일으키는 그런 풍경들과 푸르스름한 대기 속에서 금속성을 띤 독특한 푸른색으로 환히 빛나는 웅장한 베드로 성당의 돔이 거의 손으로 만질 수 있을 정도로 가까워 보였다. 백조에게서 태어난 두 젊은 영웅, 그들의 근원을 신성화시킨 듯, 한없이 새하얀 세상에 서 있는 아름다운 두 영웅은 잠에 빠진 성스러운 도시를 지키는 불멸의 수호신 같았다.

마차는 퀴리날레 궁 앞에 한참 서 있었다. 시인은 다시 이루지 못할 꿈을 좇고 있었다. 마리아 페레스는 가까이 있었다. 그녀도 잠들지 못한 채 꿈을 좇고 있을지 모른다. 이 밤의 큰 힘이 그녀의 가슴을 눌러 그녀 역시 죽음에 이를 정도로 괴로워하고 있을지 모른다. 부질없게도.

마차가 마리아 페레스 집 앞을 천천히 지나갔다. 문은 닫혀 있었지만, 나무들이 높이 솟아 있는 알도브란디니 빌라 공중 정원과 경이로운 대기를 마주하고 있는 위쪽 유리창에는 보름달의 달빛이 반사되었다. 그래서 시인은 경의를 표하듯 마리아 페레스 집 앞의 눈 위에 흰 장미꽃 다발을 던졌다.

4

"봤어요. 직감 같은 게 있었어요⋯⋯. 한참 전부터 창가에 서 있었어요. 그 자리를 떠날 마음이 생기지 않았죠. 새하얀 모든 것들에 마음이 끌려서⋯⋯. 천천히 눈 속을 지나가는 마차 한 대를 보았어요. 당신이 장미꽃을 던지기 전에 당신이라는 걸 느꼈어요. 그때 흘린 내 눈물이 얼마나 부드럽고 감미로웠는지는 당신에게 어떤 말로도 표현하지 못할 거예요. 당신 때문에 사랑의 눈물을 흘렸어요. 장미 때문에 연민의 눈물을 흘렸어요. 불쌍한 장미! 눈 위에서 고통스러워하며 죽어 갈 게 분명했으니까요. 왠지 모르지만, 버림받은 생명처럼 나를 부르고 한탄하는 것 같았어요. 당신의 마차가 멀어지자 난 창가에 얼굴을 내밀고 장미를 봤어요. 장미 다발을 주우러 거리로 나가려던 찰나였어요. 하지만 아직 귀가하지 않은 사람이 있었어요. 집사가 현관 앞방에서 그 사람을 기다리고 있더군요. 난 여러 가지 방법을 궁리했지만 현실적인 방법을 찾지 못했어요. 난 절망했죠⋯⋯. 웃는 거예요? 정말 내가 얼마나 이성을 잃었는지 몰라요. 눈물이 그렁한 채 행인들을 조심스레 지켜보았어요. 그들이 장미를 밟았다면 내 심장이 밟히는 기분이었을 거예요. 그런 고통 속에서도 난 행복했어요. 당신의 사랑 때문에, 그 섬세하고도 정열적인 행동 때문에, 당신의 친절과 선량한 마음 때문에 행복했어요…… 난 슬프면서도 행복한 기분으로 잠들었답니다. 장미꽃은 이미 다 시들어 버린 게 틀림없었어요. 몇 시간 잠이 들었다가 도로에서 삽으로 눈을 치우는 소리에 잠이 깼어요. 바로 우리 집 앞에서 눈을 치우고 있었지요. 나는 가만히 듣고 있었어요. 해가 뜨고 한참 뒤까지 눈 치우는 소리와 사람들 소리가 이어졌어요. 그 소리들을 듣자 몹시 우울했어요…… 불쌍한 장미들! 그래도 내 기억 속에서는 살아 있을 거예요. 어떤 추억들은 언제까지고 마음에서 향기를 내지요…… 저를 많이 사랑하나요, 안드레아?"

그리고 잠시 망설이다가 다시 말했다.

"저만 사랑하나요? 다른 여자들은 완전히 잊었나요? 나만 생각하고 있나요?"

그녀의 몸이 흔들렸고 가볍게 떨렸다.

"전 당신의 이전 생활 때문에, 내가 모르는 그 생활 때문에…… 괴로워요. 당신의 기억, 어쩌면 당신의 마음에 아직도 남아 있을 그 흔적들, 내가 결코 이해할 수도 소유할 수도 없는 당신의 그 모든 것 때문에 괴로워요. 아, 내가 그 모든 걸 잊게 만들 수 있다면! 당신이 했던 말들, 맨 처음 했던 말들이 계속 들려요. 숨을 거두는 순간에도 들릴 게 분명해요……"

저항할 수 없는 격정에 압도된 그녀의 몸이 흔들렸고 가볍게 떨렸다.

"하루하루 더욱더 당신을 사랑해요, 하루하루 더욱더!"

안드레아는 부드러우면서도 깊이 있는 말로 그녀를 취하게 했다. 열정으로 그녀를 정복했으며, 눈 내리던 날 밤의 꿈과 절망적이었던 자신의 갈망, 장미와 다른 수많은 서정적 이미지들로 이루어진 여러 가지 적당한 우화들을 그녀에게 들려주었다. 그녀는 당장이라도 굴복할 것 같았다. 그는 길고 긴 고뇌의 파도 속에서 헤엄치는 그녀의 눈을 보았다. 고통스러워 보이는 그녀의 입을 보았다. 뭐라 표현할 수 없게 긴장된 그 입은 키스를 갈구하는 육체의 본능을 은폐하는 듯했다. 그리고 현악기의 현처럼 떨리며, 동요하고 있는 내면을 드러내는 손을 보았다. 가녀리면서도 힘 있는 그 손, 대천사의 것과 같은 그 손을. '오늘 잠시라도 그녀의 입술을 훔쳐 살짝이라도 키스할 수 있다면 내가 간절히 원하는 목표에 서둘러 도달할 수 있을 텐데.' 그는 생각했다.

하지만 그녀가 위험을 눈치채고는 갑자기 일어나더니 자리를 떴다. 종을 울려 하인에게 차를 가져오라 명령하고 미스 도로시에게 델피나를 응접실로 데려오라고 했다. 그리고 살짝 몸을 떨면서 안드레아를 향해 말했다.

"이러는 게 좋겠어요. 용서해 줘요."

그날 이후 그녀는 화요일과 토요일처럼 여러 사람들을 초대하는 날이 아니면 그를 집에서 만나지 않으려 했다.

하지만 그녀는 그의 안내를 받으며 고대 황제들의 로마나 교황들의 로마를 순례하는 일은 받아들였다. 사순절 무렵, 그는 온갖 빌라와 미술관, 교회와 유적지에서 베르길리우스 역할을 맡았다. 엘레나 무티가 지나간 장소를 마리아 페레스도 지나갔다. 같은 장소에서 예전에 엘레나에게 했던 것과 똑같은 말이 그의 입에서 쏟아져 나왔다. 예전의 추억이 현실에서 갑자기 그를 떼어 놓아 그가 당황하는 경우도 여러 차례였다.

"지금 무얼 생각하고 계신가요?" 마리아가 의심스러운 분위기로 그의 눈동자를 바라보며 물었다.

그러면 그는 이렇게 대답했다.

"당신을, 항상 당신을 생각합니다. 내 마음속에 아직도 당신의 것이 아닌 부분이 조금이라도 있는지, 당신의 빛이 스며들지 않은 구석진 곳이라도 있는지 살펴보기 위해 나의 내면을 들여다보고 싶은 일종의 호기심에 사로잡혀 있습니다. 내가 당신을 위해 할 수 있는 내면의 탐색 같은 거지요. 당신은 그렇게 할 수 없으니까요. 그런데 마리아, 난 이제 당신에게 내밀 게 아무것도 없어요, 당신이 내 존재를 완전히 지배해 버렸으니까요. 한 인간이 다른 인간의 마음을 이토록 깊이 사로잡을 수 있다고는 한 번도 생각해 본 적이 없습니다. 내 입술이 당신의 입술에 닿는다면 내 생명이 당신의 생명 속으로 옮겨 갈 겁니다. 전 죽을지도 모릅니다."

한마디 한마디에 뜨거운 진실이 담긴 목소리였기에 그녀는 그의 말을 다 믿었다.

어느 날 두 사람은 빌라 메디치의 전망대에 있었다. 넓게 자리 잡은 어두컴컴한 회양목 위로 서서히 사라지는 금빛 태양과 자줏빛 안개 속으로 가라앉는, 여전히 헐벗은 나무들 사이의 빌라 보르게세를 바라보았다. 갑자기 슬픔이 밀려들어 마리아가 말했다.

"당신이 이곳에 얼마나 많이 와서 사랑의 기분을 느꼈는지 누가 알겠어요!"

그는 꿈결에 말하듯이 대답했다.

"모릅니다. 기억나지 않아요. 뭐라고 하셨죠?"

그녀는 입을 다물었다. 그리고 일어나서 조그만 신전 기둥에 새겨진 글들을 읽었다. 대개 연인들이나 신혼부부, 고독한 명상가들이 새긴 글들이었다.

날짜와 여자 이름 밑에 파우시아스*의 글귀가 새겨진 세 하나 있었다.

SIE[48]

*Immer allein sind Liebende sich in der grössten
Versammlung;*
Aber sind sie zu Zweien, stellt auch der Dritte sich ein.[49]

ER[50]
Amor, ja![51]

다른 글귀 하나는 숭고한 이름을 찬미했다.

A solis ortu usque ad occasum laudabile nomen Helles.[52]

다른 하나는 슬픔이 배어 있는 페트라르카의 4행시였다.

한결같이 사랑했고 지금도 뜨겁게 사랑하오,
나날이 사랑하는 마음 깊어 간다오,
감미로운 그곳, 사랑으로 슬픔에 잠길 때마다
수없이 눈물 흘리며 다시 찾곤 한다오.

또 다른 글귀는 거짓을 모르는 연인들이 쓴 말 같았다.

---

48 '그녀'라는 뜻의 독일어.
49 '많은 사람들이 모여 있어도 연인들은 그 속에서 둘뿐, 그러나 둘이 있으면, 다른 한 사람이
온다'라는 뜻의 독일어.
50 '그'라는 뜻의 독일어.
51 '그래, 사랑이야!'라는 뜻의 독일어.
52 '해가 뜰 때부터 질 때까지 헬레네의 이름을 찬미하라'라는 뜻의 라틴어

Ahora y no siempre.[53]

글들은 모두 슬프거나 즐거운 사랑의 감정을 토로하고 있었다. 아름다운 여인을 칭송하거나 멀어져 간 행복을 애석해하는 글들이었다. 뜨거운 입맞춤이나 나른한 황홀경을 이야기했다. 예의 바른 오래된 회양목들에게 감사하거나, 행복한 연인이 될 사람들에게 은밀한 장소들을 가르쳐 주거나 그들이 바라본 뛰어나게 아름다운 황혼을 기록하고 있었다. 신랑이나 연인, 그 누구든, 벨벳 같은 이끼로 뒤덮인 돌계단 위에 자리한 한적하고 자그마한 이 전망대에 온 사람이라면 이곳의 여성적인 매력 앞에서 서정적인 감상에 흠뻑 빠져들었다. 벽들이 말을 했다. 뭐라 표현하기 힘든 우수가, 무덤에서와 같은 음울한 우수가 예배당의 비명에서 발산되듯, 이제 사멸한 옛사랑을 말하는 낯선 목소리들에서 발산되어 나왔다.

갑자기 마리아가 안드레아를 돌아보며 말했다.

"당신들도 여기 왔었군요."

그가 마리아를 보면서 조금 전과 똑같은 억양으로 대답했다.

"모릅니다. 기억나지 않습니다. 이제 아무 기억도 없습니다. 당신을 사랑합니다."

그녀가 글귀를 읽었다. 안드레아의 손으로 썼던 괴테의 2행 연구(聯句), 짧은 풍자시로 이렇게 시작했다. *Sage, wie lebst du?* 대답해 주오, 당신은 어떻게 살고 있는지? *Ich lebe!* 나는 살고 있어요! 수백 년이 주어진대도 나는 오늘과 같은 내일이 계속되기만을 바랄 뿐이랍니다. 그 아래에 날짜와 이름이 적혀 있었다. *Die ultima februarii 1885, Helena Amyclaea.*[54]

---

53 '지금 이 순간, 영원히는 아닌'이라는 뜻의 스페인어.
54 '1885년 2월 마지막 날, 스파르타의 헬레네'라는 뜻의 라틴어.

그녀가 말했다.

"가요."

우거진 회양목이 벨벳 같은 이끼로 뒤덮인 돌계단에 엷은 어둠을 비처럼 뿌렸다. 그가 물었다.

"제게 기대시겠습니까?"

그녀는 대답했다.

"아뇨. 고마워요."

둘은 말없이, 천천히 내려갔다. 둘 다 마음이 무거웠다.

잠시 후 그녀가 말했다.

"2년 전에, 당신들은 행복했군요."

그는 즉시 고집스레 말했다.

"모릅니다. 기억나지 않습니다."

녹색의 저녁놀 속에서 숲은 신비스러웠다. 나무 몸통과 가지들이 복잡하게 뒤얽히고 뱀처럼 꼬여 있었다. 엷은 어둠 속에서 어떤 나뭇잎들은 에메랄드 눈처럼 빛났다.

잠시 후 다시 그녀가 말했다.

"엘레나가 누구예요?"

"모릅니다. 기억나지 않습니다. 이제 아무 기억도 없습니다. 당신을 사랑합니다. 당신만을 사랑하고 있습니다. 당신만을 생각하고 있습니다. 당신을 위해서만 살아가고 있습니다. 난 이제 아무것도 모릅니다. 이제 아무 기억도 없습니다. 당신의 사랑 말고는 이제 원하는 것도 없습니다. 이전의 삶과 나를 묶어 놓은 실은 이제 없습니다. 이제 나는 세상 밖에 있고, 당신이라는 존재 안에서 완전히 길을 잃었습니다. 난 당신의 핏속에, 당신의 영혼 속에 들어 있습니다. 당신의 맥박이 뛸 때마다 난 그걸 느낍니다. 난 당신에게 손을 댈 수 없지만 그래도 마치 당신을 내 품에 계속 안고 있듯이, 내 입술에, 내 가슴에 당신이 있기라도 한 듯이 당신과 하나가될 수 있습니다. 난 당신을 사랑하고 당신도 나를 사랑하고 있어요. 수백 년 전부터 그랬고 앞으로 수백 년 동안 영원히 지속될 겁니다. 나는 당신 곁에서, 당신을 생각하면서, 당신을 위해 살아가면서 무한의 감정, 영원의 감정이 어떤지를 느낄 겁니다. 난 당신을 사랑하고 당신도 나를 사랑하고 있어요. 그 이외의 일은 모릅니다. 그 이외의 일은 전혀 기억나지 않습니다……"

그는 그녀가 지닌 슬픔과 의심 위에 뜨겁고 달콤한 말들을 막힘없이 능숙하게 쏟아 냈다. 그녀는 숲과 경계를 이룬 넓은 테라스 난간 앞에 똑바로 서서 그 말을 들었다.

"진심이에요? 진심이에요?" 그녀는 마음속에서 힘없이 메아리치는 영혼의 울음소리처럼, 금방이라도 꺼져 들어갈 듯한 목소리로 되풀이해서 물었다. "진심이에요?"

"진심입니다, 마리아. 이것만이 진심입니다. 나머지는 꿈이에요. 난 당신을 사랑하고 당신도 나를 사랑하고 있습니다. 내가 당신을 소유하듯, 당신은 나를 소유하고 있어요. 당신이 온전히 내 것이기에 난 당신의 애무도, 다른 그 어떤 사랑의 증거도 바라지 않습니다. 나는 기다리고 있습니다. 그 무엇보다 당신에게 복종하는 일이 저에게는 소중합니다. 난 애무를 원하지 않지만 당신의 목소리에서, 당신의 시선에서, 당신의 태도에서, 당신의 사소한 행동 하나하나에서 그걸 느낍니다. 당신에게서 시작되는 모든 것이 제게는 입맞춤처럼 황홀합니다. 당신의 손을 스칠 때 내 감각이 느끼는 기쁨이 더 큰지, 내 영혼이 고양되는 느낌이 더 큰지 나도 모르겠습니다."

그가 자신의 손을 살짝 그녀의 손 위에 얹었다. 그녀는 그의 말에 넘어가, 그에게로 몸을 숙이고 마침내 입술을 허락하고 키스를 하고 자기 자신을 다 주고 싶은 미친 듯한 열망을 느꼈다. 그녀가 안드레아의 말을 믿었기에 그런 행동이 그녀와 그를 마지막 끈으로, 영원히 풀 수 없는 끈으로 묶어 놓을 것만 같았다. 그녀는 기절을 하고 괴로워하다가 죽을 거라고 생각했다. 지금까지 그녀를 괴롭혔던 온갖 정념들이 요동치며 그녀의 마음을 부풀어 오르게 했고 현재 요동치는 열정을 한층 심하게 만들었다. 그 순간에는 그녀가 이 남자를 만난 이후로 느낀 감동이 모두 되살아나는 기분이었다. 빌라 스키파노이아의 장미가 빌라 메디치의 월계수와 회양목들 사이에서 다시 피어났다.

"마리아, 기다릴 겁니다. 아무것도 요구하지 않을 겁니다. 이 약속을 지킬 겁니다. 궁극의 시간을 기다릴 겁니다. 그때가 곧 오리라고 예감합니다. 사랑의 힘은 그 무엇으로도 이길 수 없으니까요. 당신 마음속의 두려움과 공포도 남김없이 사라질 겁니다. 육체의 교감도 영혼의 교감처럼 순수해 보일 겁니다. 두 개의 불꽃 모두 똑같이 순수하니까요……."

그는 장갑을 끼지 않은 손으로 장갑을 낀 그녀의 손을 꽉 눌렀다. 정원에는 인적이 없었다. 아카데미의 건물에서는 아무런 소음도, 목소리도 들리지 않았다. 사방이 고요한 가운데 넓은 뜰 한가운데 분수에서 졸졸 흘러내리는 물소리만 들려왔다. 가로수 길들이 핀치오 쪽으로 곧게 뻗어 있었는데 그 길들은 서서히 사라져 가는 노란 황혼 빛이 반사된 두 개의 청동 벽에 갇힌 듯했다. 움직임이 없는 모든 형상들이 돌로 된 미궁의 이미지를 만들어 냈다. 분수 주위에 서 있는 갈대 끝은 공기 중에서 석상처럼 흔들림이 없었다.

마리아가 눈을 내리깔며 말했다. "로마에서 멀리 떨어진 스키파노이아의 테라스에 당신과 단둘이…… 있는 것 같아요. 눈을 감으

404

면 바다가 보여요."

그녀는 사랑과 침묵 속에서 생겨났다가 황혼 속으로 사라져 가는 큰 꿈을 보았다. 그녀는 안드레아의 시선을 받으며 아무 말도 하지 않고 희미하게 미소 지었다. 그녀가 '당신과'라고 말했다! 그 단어를 발음하면서, 그녀는 눈을 감았다. 눈꺼풀과 속눈썹에 감춰진 빛이 입술에 모이기라도 한 듯, 입술이 어느 때보다 빛나 보였다.

"주변의 사물이 모두 저의 외부에 있는 게 아니라 당신이 저를 기쁘게 해 주려고, 제 마음속에 만들어 낸 것 같은 생각이 들어요. 당신이 가까이에서 보여 준 아름다운 광경 앞에 설 때마다 마음속으로 이런 심각한 착각을 하게 돼요."

그녀는 천천히 간격을 두면서 말했는데 그 목소리는 마치 귀에는 들리지 않는 마음의 목소리가 메아리가 되어 조금 늦게 나오는 듯했다. 그 때문에 그녀가 하는 말들의 억양은 독특했고 소리는 신비했다. 존재의 가장 깊은 곳에 숨겨진 비밀스러운 장소에서 나오는 소리 같았다. 그러나 그 말들은 일반적인 불완전한 상징이 아니라, 생생하고 초월적이며 강렬한 표현으로 보다 넓은 의미를 지니고 있었다.

'그녀의 입술에서 꿀 같은 이슬이 맺힌 히아신스에서처럼 맑은 속삭임이 방울방울 떨어져, 정열로 감각을 사라지게 한다. 무아의 경지에서 들려오던 별들의 음악이 잠시 멈췄을 때처럼 감미로운 정열로.' 시인은 퍼스 셸리의 시를 떠올렸다. 그는 마리아에게 이 시를 읊어 주면서 그녀의 감동을 얻어 냈으며, 황혼의 매력이 내면으로 스며들고 주변 사물의 풍경 때문에 마음이 고조되는 걸 느꼈다. 그가 그녀에게 '당신'이라고 친근하면서도 신비한 그 단어를 말하려 하자 온몸이 떨렸다.

"지금까지 내 마음에 높은 이상을 꿈꿔 왔다 해도 지금 이렇게

까지 높은 꿈을 꾼 적은 없었지. 당신은 내 모든 이상 위에 있어. 당신은 반짝이는 내 사고 위에서 빛나고 있어. 당신은 나로서는 거의 견뎌 낼 수 없는 빛으로 나를 비춰 주고 있어……."

그녀는 두 손을 난간에 올려놓고 똑바로 서 있었다. 잊을 수 없는 그날 아침, 꽃이 핀 나무들 아래를 걸을 때보다 얼굴이 더욱 창백했다. 살며시 감은 눈에 눈물이 가득 고여 속눈썹 사이에서 눈물이 반짝였다. 뿌연 눈물 막을 통해 그녀는 자신의 앞을 바라보았고 장밋빛으로 물들어 가는 하늘을 보았다.

하늘에는 장미 비가 내리는 듯했다. 10월의 석양 녘에 로빌리아노 언덕 뒤로 사라지면서 비코밀레의 소나무 숲 속 연못을 발갛게 물들이던 그때처럼. '장미, 장미, 장미, 도처에서 장미들이 느릿느릿 조밀하게, 부드럽게, 마치 새벽에 내리는 눈처럼 쏟아졌지.' 늘 푸르고 꽃이 없는 빌라 메디치의 곧은 나무 장벽 위로 천상의 정원에서 부드러운 꽃잎들이 무수히 쏟아져 내렸다.

그녀가 아래로 내려가려고 돌아섰다. 안드레아가 그녀 뒤를 따랐다. 두 사람은 말없이 계단 쪽으로 걸어갔다. 그들은 테라스와 전망대 사이에 펼쳐진 숲을 바라보았다. 희미한 빛이 헤르메스 주상 두 개가 우뚝 서서 보초를 서는 숲의 가장자리에서 멈춰 서 버려 어둠을 물리치지 못하는 듯했다. 그 나무들은 다른 공기 속이나 어두운 물속으로, 대양의 해초들처럼 깊은 바닷속으로 가지를 뻗은 듯했다.

그녀는 갑자기 겁이 났다. 서둘러 계단 쪽으로 가서 계단을 대여섯 개 내려갔다. 그러다 자신의 맥박 소리가 고요 속에서 쿵쾅거리는 거대한 소음처럼 들리자 당황한 나머지 몸을 떨며 그 자리에 멈춰 섰다. 빌라가 사라졌다. 습기 많고 풀이 여기저기 난 데다 지하 감옥처럼 쓸쓸한 회색 계단이 두 개의 벽 사이에서 좁아졌다. 그녀는 키스를 하려고 갑자기 자신 쪽으로 몸을 구부리는 안드레아를 보았다.

"안 돼요, 안 돼, 안드레아…… 안 돼!"

안드레아가 그녀를 잡아 세우고 강제로 키스하려고 두 손을 뻗었다.

"안 돼!"

그녀가 당황해서 그의 한 손을 잡아 자기 입술로 끌어당겼다. 당황한 채 그 손에 두 번, 세 번 입을 맞췄다. 그리고 미친 듯이 계단을 내려가 출입문 쪽으로 달려갔다.

"마리아! 마리아! 서요!"

닫힌 문 앞에 마주 선 두 사람은 창백해진 얼굴로 숨을 헐떡이며, 무시무시하게 온몸을 떨면서 말없이 서로의 눈을 바라보았다. 굉음처럼 울리는 자신들의 맥박 소리에 금방이라도 숨이 멎을 것만 같았다. 두 사람은 동시에 똑같은 격정에 사로잡혀 포옹을 하고 입을 맞추었다.

마리아는 정신을 잃을까 두려워 문에 기대며 간절하게 애원하는 몸짓으로 말했다.

"이제 그만…… 죽을 것 같아요."

두 사람은 잠시 서로에게서 떨어져 가만히 마주 보았다. 높은 담에 둘러싸인 비좁은 그곳, 뚜껑을 덮지 않은 석관 같은 그곳에서 빌라의 정적이 두 사람 위로 무겁게 내려앉았다. 팔라초 지붕에 모여 있는 건지, 하늘을 가로지르는지 모르지만, 나지막이 울어 대는 까마귀들의 울음소리가 끊이지 않고 들렸다. 다시 이상한 두려움이 마리아의 마음을 차지해 버렸다. 그녀는 당황스러운 눈길로 담벼락 위를 바라보았다. 그리고 기운을 내서 말했다.

"이제, 나갈 수 있어요……. 당신이 열 수 있어요."

쫓기듯 급하게 빗장을 잡은 그녀의 손이 안드레아의 손과 부딪쳤다.

그리고 그녀가 거의 꽃이 피지 않은 재스민 아래 있는 두 개의 화강암 기둥을 스쳐 지나갈 때 그가 말했다.

"봐요! 재스민꽃이 피었어요."

그녀는 돌아보진 않았지만 미소를 지었다. 잔뜩 그늘이 진 아주 슬픈 미소였다. 전망대에 새겨져 있던 그 이름이 금방 되살아나 그녀의 영혼에 그늘을 드리웠던 것이다. 키스로 온몸의 피가 새로워진 기분을 느끼며 은밀한 가로수 길을 걸어가는 동안에도 가라앉힐 수 없는 불안감이 그녀의 마음에 그 이름, 조금 전의 그 이름을 새겨 놓았다!

제4권

1

마운트 에지컴 후작이 희귀본들을 은밀히 보관하는 커다란 비밀 장롱을 열면서 스페렐리에게 말했다.

"백작님이 쇠쇠를 디자인해 주셨으면 합니다. 책은 4절판이고 네르시아의 『아프로디테 이야기(*Les Aphrodites*)』처럼 람프사코스* 출판사에서 1734년에 출판된 겁니다. 판화 삽화들이 매우 정교해 보입니다. 백작님이 평가를 좀 해 주십시오."

그가 스페렐리에게 그 희귀본을 내밀었다. 책 제목은 '동침에 대하여-제3권(De Concubitu-libri tres)'으로 저자는 제르베티였고 관능적인 삽화들로 장식되어 있었다.

"이 그림은 매우 중요합니다." 그가 뭐라고 묘사하기 힘들게 뒤얽혀 있는 육체들을 표현한 삽화 하나를 손가락으로 가리키며 말했다. "제가 이제까지 몰랐던 새로운 겁니다. 제가 아는 에로티시즘 작가들 중 누구 하나 이런 걸 언급하지 않아서 말이죠……."

그는 허여스름한 손가락으로 삽화의 선들을 따라가며 몇몇 세부 사항들에 대한 이야기를 계속해 나갔다. 그 손가락의 첫 번째 마디에는 잔털이 덮여 있었고 그 끝에서 반짝이는 손톱은 뾰족했고 원숭이의 손톱처럼 약간 푸르스름했다. 그의 말은 귀에 거슬리는 날카로운 소리로 스페렐리의 귀에 파고들었다.

"이 네덜란드판 페트로니우스는 굉장합니다. 그리고 이 책은 1798년에 파리에서 인쇄된 『에로토파에니온(*Erotopaegnion*)』입니다. 존 윌크스가 썼다는 *An essay on woman*[1]이라는 시를 아십니까? 이게 그 1763년판입니다."

장서는 놀랄 만큼 다양했다. 프랑스의 팡타그뤼엘풍 작품이나 로코코의 문학 작품들이 모두 보관되어 있었다. 그러니까 바데의 *Pipe cassée*[2]에서부터 *Liaisons dangereuses*[3]까지, 오귀스탱 카라슈(Augustin Carrache)의 *Divin Arétin*[4]에서 *Tourterelles de Zelmis*[5]에 이르기까지, 그리고 *Descouverture du style impudique*[6]에서 *Faublas*[7]에 이르기까지의 음란한 시나 외설적인 환상 소설, 수사나 수녀들을 풍자하는 작품, 풍자적인 애가, 교리 문답서, 목가 시집, 소설 등이 총망라되어 있었다. 재주 있는 인간들이 람프사코스* 신에게 바치는 그 옛날의 성스러운 찬가 *Salve, sancte pater*[8]를 설명하기 위해 수 세기에 걸쳐 창출한 한없이 우아한 것이나 한없이 파렴치한 것들이 모두 포함되어 있었다.

장서 수집가는 장롱에서 책을 꺼내 젊은 친구에게 보여주며 끊임없이 이야기를 늘어놓았다. 그의 음란한 손이 가죽이나 고급 천으로 장정된 음란한 책을 이리저리 쓰다듬었다. 이따금 입가에 보일 듯 말 듯 미소가 떠오르기도 했다. 튀어나온 넓은 이마 밑의 회

---

1 여인에 관한 에세이.
2 '부러진 파이프'라는 뜻의 프랑스어.
3 '위험한 관계'라는 뜻의 프랑스어.
4 '성스러운 아레탱'이라는 뜻의 프랑스어.
5 '젤미스의 비둘기'라는 뜻의 프랑스어.
6 '음란한 방법 탐구'라는 뜻의 프랑스어.
7 '이야기들'이라는 뜻의 스페인어.
8 '성스러운 아버지, 만세'라는 뜻의 라틴어.

색 눈에 광기가 스쳐 지나갔다.

"마르티알리스*의 『에피그람마(Epigramma)』 전집 초판도 가지고 있습니다. 빈델리노 디 스피라가 4절판으로 제작한 베네치아판입니다. 이겁니다. 그리고 이건 마르티알리스 작품의 번역가이자 382장의 유명한 춘화의 주해자이기도 한 보(Beau)의 책입니다. 장정들은 어떻습니까? 죔쇠는 어떤 명장이 만들었죠. 남근들의 구성 양식이 매우 훌륭합니다."

스페렐리는 에지컴의 이야기를 듣고 책을 보며 아연한 기분이었는데, 그 기분은 점차 공포와 고통으로 변해 갔다. 붉은 다마스크 직물로 장식된 벽에 걸린 엘레나의 초상이 매 순간 스페렐리의 눈길을 끌었다.

"프레더릭 레이턴* 경이 그린 엘레나의 초상입니다. 이걸 좀 보세요, 사드 작품이 전부 다 있습니다! 『철학 소설(Le roman philosophique)』, 『규방 철학(La philosophie dans le boudoir)』, 『사랑의 범죄(Les crimes de l'amour)』, 『미덕의 불운(Les malheurs de la vertu)』……. 당신은 틀림없이 이런 판형들을 모를 겁니다. 내가 자비로 헤리시에게 출판하게 했는데, 일본 황실용으로 제작된 종이에 18세기 엘제비어 출판사에서 사용하는 활자로 125부 한정판으로 만들었습니다. 권두 삽화나 제목이나 머리글자, 테두리 장식 모두 에로틱한 도해집으로는 우리가 아는 것 중 가장 훌륭합니다. 이 죔쇠를 보십시오!"

책들의 장정은 훌륭했다. 앞뒤 표지와 책등은 일본도의 손잡이에 사용하는 가죽처럼 까칠까칠하고 딱딱한 상어 가죽이었다. 죔쇠와 장식 못들은 은이 많이 들어간 청동으로 매우 우아하게 조각되어 있었는데 16세기의 뛰어난 금속 세공을 떠올리게 했다.

"삽화를 그린 사람은 프랜시스 레드그레이브인데 정신 병원에서 죽었지요. 천재 젊은이였습니다. 그의 데생은 제가 다 가지고 있습니다. 보여 드리지요."

수집가는 흥분한 기색이었다. 그는 프랜시스 레드그레이브의 데생 화첩을 가지러 옆방으로 갔다. 그는 약간 뛰어가는 듯, 불안정하게 걸었는데 마비가 시작되었거나 척추에 이상 있는 남자가 걸어가는 것 같았다. 자동인형의 상체처럼 뻣뻣한 상체는 다리의 움직임에 보조를 맞춰 움직이지 않았다.

안드레아 스페렐리는 불안한 눈으로 문 앞까지 그를 눈으로 좇았다. 혼자 남겨지자 안드레아는 무시무시한 불안감에 사로잡혔다. 2년 전 엘레나가 그에게 몸을 맡긴 방과 흡사하게 진한 붉은색 다마스크로 벽을 바른 그 방이 왠지 비극적이고 음울해 보였다. 어쩌면 그 벽지는 "당신을 좋아해요!"라는 엘레나의 말을 들었던 그 방의 벽지와 똑같은지도 몰랐다. 열려 있는 장롱에서 나란히 꽂혀 있는 음란한 책들과 남근의 상징들을 새겨서 기이하게 장정한 책들이 보였다. 벽에는 레이디 히스필드의 초상화가 조슈아 레이놀즈가 그린 「넬리 오브라이언」 복제화와 나란히 걸려 있었다. 두 여인 모두 캔버스 안에서 예리하면서도 강렬하고, 뜨거운 열정으로 불타오르며, 관능적인 욕망의 불꽃과 놀라울 정도로 많은 말이 담긴 눈으로 응시하고 있었다. 두 여인의 입매는 애매모호하고 불가사의해 보였으며 뭔가를 예언하는 듯했다. 지치지 않고 가차 없이 영혼들을 삼켜 버리는 입이었다. 두 여인의 이마 모두 대리석처럼 윤기가 있고 티 하나 없이 깨끗했으며 영원한 순수로 빛났다.

"가여운 레드그레이브!" 히스필드 경은 데생이 들어 있는 케이스를 들고 돌아오면서 말했다. "그는 천재가 틀림없었어요. 에로틱한 상상에서는 그를 능가할 사람이 없습니다. 봐요…… 이것 좀 봐요! 이 뛰어난 기법! 그 어떤 화가도 인체를 스케치할 때, 레드그레이브가 '남근'을 스케치하면서 다다른 깊이 있고 예리한 경지에 이르지 못했다는 생각이 듭니다. 보세요!"

그가 잠시 안드레아 곁을 떠나 방문을 닫으러 갔다. 그리고 다시 창가 테이블 쪽으로 돌아와 스페렐리의 눈앞에서 데생들을 넘기기 시작했다. 그러면서도 끊임없이 말하며 칼처럼 뾰족한, 원숭이 손톱 같은 그 손톱으로 각 인물의 특이 사항들을 가리키곤 했다.

그는 자국어로 말했는데 어떤 말을 하든 처음에는 의문문의 억양으로 시작했고 짜증 나게 똑같은 어조로 말을 마쳤다. 어떤 말들은 쇠를 긁는 것처럼 귀에 거슬리는 음을 내거나 유리판을 강철로 된 날로 긁는 것 같은 날카로운 소리여서 안드레아의 귀청을 찢었다.

그리고 죽은 프랜시스 레드그레이브의 데생들이 눈앞으로 지나갔다.

그것들은 모두 놀라웠다. 관음증으로 고생하는 매장꾼의 꿈 같았다. 소름 끼치는 해골과 남근의 춤이 펼쳐졌다. 단 하나의 모티브가 수백 개로 변화되었고 단 하나의 극(劇)이 수백 개의 삽화로 표현되었다. 그리고 *dramatis personae* [9]는 둘이었는데 바로 남근과 해골, *phallus*와 *rictus* [10]였다.

"이건 '최고의' 작품입니다." 마운트 에지컴 후작이 마지막 스케치를 가리키며 말했다. 바로 그때 희미한 햇살이 미소를 지으며 유리창을 통해 그 스케치 위로 내려왔다.

사실 그 그림은 비범한 상상력으로 구성되어 있었다. 밤하늘에 사신이 휘두르는 채찍에 따라 춤을 추는 여사 해골들을 그린 그림

---

9 '등장인물'이라는 뜻의 라틴어.
10 '남근'과 '벌린 입'이라는 뜻의 라틴어.

이었다. 음란한 달 표면으로 괴기스럽고 시커먼 구름들이 흘러갔는데, 그 구름은 호쿠사이에 견줄 만큼 힘차고 능숙하게 표현되어 있었다. 춤을 추는 음울한 해골들의 자세와 눈구멍이 움푹 들어가 텅 빈 두개골의 표정에는 놀랄 만한 생명력과 죽음을 그리려는 다른 어떤 화가도 이루지 못한 현실성이 담겨 있었다. 위협적인 채찍 아래 흘러내리는 치마를 걸친 채 그로테스크한 춤을 추는 해골들은 화가의 뇌를 사로잡았던 무시무시한 열기를 드러냈다.

"프랜시스 레드그레이브의 이 걸작에 영감을 준 책이 이겁니다. 굉장한 책입니다……! 희귀하고도 희귀한 책이지요……. 다니엘 마클리시우스를 아십니까?"

히스필드 경이 '사랑의 태형(De verberatione amatoria)'이라는 제목의 책을 스페렐리에게 내밀었다. 히스필드는 잔학한 쾌락을 이야기하면서 점점 더 흥분했다. 벗어진 머리가 불그스름해졌고 이마의 혈관이 부풀었으며 입술은 이따금 경련이 일듯 주름이 졌다. 그리고 손, 그 증오스러운 손은 순간적이지만 흥분해서 움직였는데 팔꿈치는 마비로 경직된 듯 뻣뻣하게 그대로였다. 그의 마음속에 있는 불결하고 추악하고 잔인한 짐승이 이제 베일을 벗어 던지고 모습을 드러냈다. 스페렐리의 상상 속에 영국 엽색가들의 온갖 소름 끼치는 행동들이 떠올랐다. 검은 군대, 즉 *black army*가 영국 길거리에서 벌인 행동, 무자비한 '처녀' 사냥, 웨스트엔드나 하포슨(Halfousn) 거리의 사창가, 애나 로젠버그나 제프리의 우아한 유곽, 모진 고문의 희생자가 된 처녀가 지르는 날카로운 비명 소리를 완화시키기 위해 바닥에서 천장까지 방음을 한 비밀스럽고 신비한 방들이…….

"멈프스, 멈프스! 혼자 있어요?"

엘레나의 목소리였다. 그녀가 가볍게 문을 노크했다.

"멈프스!"

안드레아는 흠칫했다. 온몸의 피가 얼굴로 몰려 눈앞이 뿌옜고 이마가 뜨거워졌다. 갑자기 현기증이 날 때처럼 귀에서 굉음이 들렸다. 되살아난 짐승의 성질이 그를 마구 흔들었다. 음란한 광경이 번개처럼 그의 마음속을 관통했다. 흉악한 생각이 어렴풋하게 그의 뇌리를 스쳤다. 한순간 피를 보고 싶다는 충동이 일어 잠시 그는 혼란스러웠다. 그런 책들과 인물들, 그 남자의 말 때문에 동요하는 가운데, 예전에 경마장에서 시큼한 입김을 뿜어 대던 말(馬)들 속에서 루톨로에게 승리를 거둔 뒤 느꼈던 것과 똑같은 본능적인 충동이 어딘지 알 수 없는 그의 존재 깊은 곳에서 올라왔다. 사랑을 위한 범죄, 그러니까 그 남자를 죽이고 그 여자를 강압적으로 소유하고 그래서 무시무시한 육욕을 채운 뒤 자살한다는 망상이 그를 유혹했다가 번개처럼 사라졌다.

"혼자 아니야." 히스필드 경이 문을 열지 않은 채 말했다. "스페렐리 백작하고 같이 있는데 곧 응접실로 갈 거요."

그는 다니엘 마클리시우스의 책을 장롱에 다시 넣고 프랜시스 레드그레이브의 데생 케이스를 닫은 뒤 옆방으로 가져갔다.

안드레아는 자신을 기다리고 있는 고통에서 벗어날 수 있다면 어떤 대가라도 치를 것 같았지만 그와 동시에 그 고통에 매료되기도 했다. 그는 다시 붉은 벽으로 눈을 들어, 누군가를 좇는 눈과 뭔가를 예언하는 입을 가진 엘레나의 창백한 얼굴이 환히 빛나는 어두운 그림을 바라보았다. 거만하게 자세를 취하고 있는 부동의 그 모습에서 강렬한 매력이 끊임없이 발산되었다. 독특한 창백함이 그 방 안의 붉은 기운을 비극적으로 압도했다. 그는 자신의 슬픈 정열이 치유될 수 없음을 다시 한 번 느꼈다.

절망적인 고뇌가 그를 엄습했다. '이제 두 번 다시 그 몸을 내 것으로는 할 수 없는 걸까? 그러니까 그녀는 이제 두 번 다시 내게 굴복하지 않으려는 걸까? 나는 채워지지 않는 욕망의 불꽃을 계속 마음에 품고 있어야 하나?' 히스필드 경의 장서가 불러일으킨 흥분으로 그의 고통은 격심해졌고 열정의 불길이 되살아났다. 관능적인 이미지가 머릿속에서 어지러이 뒤섞였다. 나체의 엘레나가 쿠아니가 조각한 삽화들 속의 음란한 무리 속으로 들어가, 그가 익히 아는 예전에 사랑을 나눌 때의 자세를 취하거나 새로운 자세를 보이며 남편의 짐승 같은 음탕한 욕망에 자신을 맡기는 것이었다. 끔찍했다! 정말 끔찍했다!

"저쪽으로 가시겠습니까?" 문 앞에 다시 나타난 엘레나의 남편이 다시 차분하고 조용한 분위기로 돌아가 그에게 물었다. "제르베티 책의 쇠쇠 디자인을 부탁드려도 되겠습니까?"

안드레아가 대답했다.

"해 보지요."

그는 떨리는 마음을 억누를 수 없었다. 응접실에서 엘레나는 초조한 듯 미소를 지으며 호기심 어린 눈으로 그를 보았다.

"거기서 뭘 하셨어요?" 그녀는 여전히 같은 식으로 미소 지으며 안드레아에게 물었다.

"남편분께서 유물들을 보여 주셨습니다."

"아!"

그녀의 입가에 빈정거림이, 약간의 조롱기가 맴돌았고 목소리에는 야유가 분명히 드러났다. 그녀는 적자색 부하라 천 커버가 덮인 소파에 몸을 기대고 앉아 있었다. 그 위에서 연한 색의 쿠션들은 빛을 잃었는데 윤기 없는 금실로 수놓은 종려나무 자수들이 쿠션을 장식했다. 그녀는 편안한 자세를 취하고 깨끗하면서도 한없이 부드러운 기름이 엷게 떠 있는 듯한 그 눈의 매혹적인 속눈

418

썹 사이로 안드레아를 바라보았다. 그리고 사교계에 관해 잡담을 늘어놓기 시작했지만 그 목소리는 보이지 않는 불꽃처럼 가장 깊숙한 곳에 있는 안드레아의 혈관에까지 닿을 듯했다.

안드레아는 히스필드 경이 번득이는 눈으로 아내를 뚫어지게 바라보는 것을 두어 번 알아차렸다. 조금 전 휘저어 뒤섞었던 음란함과 파렴치함이 모두 담긴 듯 보이는 눈길이었다. 엘레나는 무슨 말을 하든 이상하게 행복해하며 조롱하듯 웃었는데 그녀는 두 남자가 음란한 책들의 형상을 보며 함께 불태웠던 욕망에 동요하는 기색이 전혀 없었다. 흉악한 생각이 다시 한 번 안드레아의 마음을 번개처럼 스쳐 지나갔다. 온몸의 근육 하나하나가 떨렸다.

히스필드 경이 일어나서 나가자 안드레아는 그녀의 손목을 잡고 뜨거운 숨결이 그녀에게 닿을 정도로 얼굴을 가까이 가져가며 쉰 목소리로 말했다.

"나는 이성을 잃었어요……. 미칠 것만 같아……. 당신이 필요해, 엘레나……. 당신을 사랑해……."

그녀가 거만하게 손목을 뺐다. 그러더니 무서울 정도로 차갑게 말했다.

"남편에게 말해서 당신에게 20프랑 주도록 할게요. 여기서 나가면 그 돈으로 당신 욕정을 충족시킬 수 있을 거예요."

스페렐리가 얼굴이 납빛이 되어 벌떡 일어났다.

그때 히스필드 경이 다시 들어오면서 물었다.

"벌써 가시는 겁니까? 무슨 일 있나요?"

그러고는 젊은 친구를 보며 미소 지었다. 자신의 장서가 어떤 효과를 내는지 알고 있기 때문이었다.

스페렐리는 머리 숙여 인사했다. 엘레나는 조금도 동요하지 않고 그에게 손을 내밀었다. 히스필드 경은 문 앞까지 배웅하면서 조그맣게 말했다.

"제르베티 책 잘 부탁합니다."

안드레아가 현관 주랑으로 나오자 정원 오솔길로 마차 한 대가 다가오는 게 보였다. 금빛의 긴 수염을 기른 신사가 마차 유리창에 얼굴을 내밀고 인사했다. 갈레아초 세치나로였다.

순간 안드레아의 머릿속에 5월 바자회에서 샴페인에 젖은 자신의 수염을 엘레나 무티의 우아한 손가락으로 닦아 달라고 거액을 걸었다던 갈레아초의 일화가 떠올랐다. 그는 걸음을 재촉해 거리로 나왔다. 그의 뇌 깊은 곳에서 귀가 먹먹할 정도의 굉음이 들리기라도 하듯, 감각이 둔해지고 혼란스러웠다.

따뜻하고 습기 있는 4월 말의 오후였다. 게으르게 떠 있는 솜사탕 같은 구름들 사이로 태양이 나타났다가 사라지곤 했다. 나른한 시로코*는 로마를 떠나지 않았다.

시스티나 거리로 가는 인도에서 느릿느릿 트리니타 쪽으로 걸어가는 여인의 모습이 그의 눈에 들어왔다. 돈나 마리아 페레스라는 걸 알아차렸다. 그는 시계를 보았다. 5시가 다 되어 갔다. 그들이 늘 만나던 시간 몇 분 전이었다. 마리아가 팔라초 주카리에 갔던 게 틀림없었다.

그는 서둘러 그녀를 따라잡았다. 그녀 곁에 가자 이름을 불렀다.

"마리아!"

그녀가 흠칫했다.

"왜 여기 있죠? 당신 집까지 갔었어요. 5시잖아요."

"아직 몇 분 전입니다. 당신을 기다리려고 뛰어왔는데. 미안해요."

"무슨 일 있어요? 얼굴이 너무 창백해요, 평소와 다른 얼굴이고……. 어디 있었어요?"

그녀가 양미간을 찡그리며 베일 너머로 안드레아를 가만히 응시했다.

"마구간에요." 안드레아는 온몸에 피가 한 방울도 없는 듯, 창백한 얼굴로 마리아의 눈길을 받으며 대답했다. "내가 가장 아끼는 말이 기수(jockey) 때문에 무릎 부상을 당했습니다. 그래서 일요일 경마(Derby)에 나갈 수 없게 되었어요. 그 때문에 괴롭고 화가 나는군요. 미안해요. 시간이 이렇게 흐른 줄도 모르고 늦었어요. 하지만 5시까지 아직 몇 분 남아서……."

"괜찮아요. 잘 있어요. 전 갈래요."

두 사람은 트리니타 데이 몬티 광장으로 갔다. 그녀가 걸음을 멈추고 헤어지기 전에 그에게 손을 내밀었다. 아직도 양미간을 살짝 찡그리고 있었다. 한없이 부드러운 그녀이기는 해도 때론 인내심을 잃고 거의 심술궂을 정도로 초조해하며 거만하게 행동해서 전혀 다른 사람이 되기도 했다.

"아니에요, 마리아. 이리 와요. 마음 풀어요. 먼저 집으로 올라가서 당신을 기다리겠소. 핀치오 철책 문까지 갔다가 돌아와요. 그러겠소?"

트리니타 데이 몬티의 시계가 5시를 알렸다.

"들었죠?" 안드레아가 다시 말했다.

그녀가 잠깐 머뭇거리다가 말했다.

"갈게요."

"고마워요. 사랑하오."

"나도 사랑해요."

두 사람은 헤어졌다.

돈나 마리아는 계속 걸었다. 광장을 가로질러 가로수 길로 들어갔다. 벽을 따라 걷다 보면 이따금 그녀의 머리 위에서 초록의 나뭇잎들이 힘없는 시로코 바람에 흔들려 수런거렸다. 습기가 많고 따뜻한 공기 중에서 가끔 향기로운 냄새가 파도처럼 넘실거리다가 사라졌다. 구름들은 아주 낮게 떠 있는 것처럼 보였다. 제비들이 떼를 지어 거의 땅을 스칠 듯 날아갔다. 하지만 그렇게 무기력한 무거움 속에도 뭔가 부드러운 게 담겨 있어 사랑에 빠진 시에나 여인의 마음을 누그러뜨렸다.

안드레아의 욕망에 굴복한 뒤 마리아의 마음은 행복감으로 들떠 있었지만 불안의 골이 깊은 행복이었다. 기독교도로서 그녀의 피는 지금까지 경험해 본 적이 없는 격정적인 희열로 불타올랐다가 당혹스러운 죄책감으로 얼어붙었다. 그녀의 열정은 숭고하고 압도적이었으며 이루 헤아릴 수 없을 만큼 거대했다. 여러 시간 동안 딸을 생각하지 않을 때도 자주 있을 정도로 대담했다. 그녀는 가끔 델피나의 존재를 잊고 간과해 버리기까지 했다! 그러다가 곧 제정신으로 돌아와 자책하고 후회하고 다시 다정하게, 마치 죽은 사람의 머리에 하듯, 어리둥절해하는 딸의 머리에 입맞춤과 눈물을 쏟아 내며 절망적인 고통으로 흐느껴 울었다.

그녀의 존재 자체가 불꽃처럼 정련되어 얇아지고 뾰족해지고 놀랄 만큼 예민해졌다. 일종의 날카로운 통찰력이 담긴 명석함, 그녀를 이상하게 고문하는 신적인 능력을 획득했다고 할 수 있었다. 안드레아가 거짓말을 하고 속일 때마다 그녀는 자신의 마음에 그늘이 지는 걸 느꼈다. 말로 표현하기 힘든 불안감을 느꼈는데, 그러한 불안감은 농도가 짙어지면서 의심으로 형태를 바꾸었다. 의심은 그녀를 괴롭혔고 키스를 씁쓸하게 만들었으며 애무를 무미건조하게 만들었는데 그러다가 그러한 의심은 이해할 수 없는 연인의 격정과 열정 속에 흔적도 없이 사라졌다.

그녀는 질투심에 사로잡혀 있었다. 질투는 진정되지 않는 그녀의 발작이었다. 현재가 아니라 과거에 대한 질투였다. 질투심 강한 사람들은 스스로에게 잔인한데, 그런 잔인함 때문에 그녀는 안드레아의 기억 속에서 모든 기억들을 읽어 내고 찾아내고 싶었으며 옛 연인들이 남긴 흔적들을 모두 보고 빠짐없이 알고 싶어 했다. 안드레아가 침묵하고 있을 때 그녀의 입에 가장 많이 오르는 질문은 이런 것이었다. "무슨 생각 해요?" 그녀가 이 말을 할 때면 어쩔 수 없이 그녀의 눈과 영혼에 그늘이 졌고, 어쩔 수 없이 슬픔의 물결이 마음에서 일었다.

그날도 안드레아가 갑자기 나타났을 때 그녀의 마음속에서 본능적으로 의심이 살아나지 않았을까? 뿐만 아니라 또렷한 생각이 그녀의 머릿속에 번개처럼 떠올랐다. 안드레아가 바르베리니의 레이디 히스필드의 집에서 오는 길이라는 생각이.

안드레아가 그 여자의 연인이었다는 것을 마리아는 알고 있었다. 그 여자의 이름이 엘레나이며, 낙서에 적혀 있던 그 엘레나라는 것까지 마침내 알게 되었다. *Ich lebe*(나는 살고 있어요)! 괴테의 2행 연구가 마음속에서 크게 울렸다. 그 서정적인 외침이 그 아름다운 여성을 안드레아가 얼마나 사랑했는지를 그녀에게 알려 주었다. 그는 그녀를 한없이 사랑한 게 틀림없었다.

가로수 아래를 걸으면서 마리아는 팔라초 데이 사비니의 연주회장에 엘레나가 나타났을 때와 곤혹스러움을 제대로 감추지 못하던 안드레아의 모습을 떠올렸다. 어느 날 밤, 오스트리아 대사관 파티에서 엘레나가 지나갈 때 스타르니나 백작 부인이 그녀에게 해 준 말을 들으며 느꼈던 두려운 감정이 떠올랐다. "히스필드 마음에 들어요? 우리 친구 스페렐리의 뜨거운 사랑의 불꽃이었죠. 내가 보기엔 아직두 그런 것 같아요."

'아직도 그런 것 같아요.' 이 말이 얼마나 고통스러웠던지! 그녀는 우아한 사람들에게 에워싸여 있는 그 굉장한 경쟁자를 계속

눈으로 좇았다. 여러 번 엘레나와 눈이 마주쳤다. 그러자 그녀는 말로 표현할 수 없게 몸이 떨렸다. 그러다가 바로 그날 밤 많은 사람들 속에서 보에코르스트 남작 부인이 두 사람을 소개해 주어 간단히 목례를 주고받았다. 그 뒤 돈나 마리아 페레스 이 카프데빌라가 아주 드물게 사교계의 살롱에 들를 경우 아무 말 없이 목례만 했다.

도취의 물결 속에 잠시 잠들어 있던, 아니 사라졌던 의심이 왜 이토록 강렬하게 되살아난 것일까? 그녀는 왜 그 의심을 누르고 멀리 쫓아 버리지 못하는 걸까? 사소한 일들이 갑자기 상상될 때마다 왜 낯선 불안감이 그녀 마음속에서 요동을 치는 걸까?

가로수 아래를 걸어가면서 그녀는 불안감이 점점 커지는 기분이었다. 그녀의 마음은 충족되지 않았다. 그 신비스러운 아침, 바다와 마주한 꽃이 만발한 나무 밑에서 그녀의 마음속에서 살아났던 그 꿈은 실현되지 않았다. 그 사랑의, 가장 순수하고 아름다운 부분은 거기에, 그 인적 없는 숲에, 무한을 영원히 관조하면서 꽃이 피고 열매를 맺는 상징적인 나무들 속에 남아 있었다.

그녀는 산 세바스티아넬로 교회가 보이는 난간 앞에서 멈춰 섰다. 검은색에 가까울 정도로 짙은 녹색의 오래된 떡갈나무들이 가지를 분수 위로 뻗어 부자연스럽게 생명력 없는 지붕을 만들어 냈다. 떡갈나무 몸통에는 크게 벌어진 틈들이 있었는데 마치 갈라진 성벽처럼 그곳에 석회와 벽돌이 박혀 있었다. '아아, 햇살에 눈부시게 빛나며 살랑이던 건강한 알부투스 나무들!' 화강암으로 만든 위쪽의 수반에서 아래의 수조로 흘러내리던 물들이 일정한 간격을 두고 신음 소리를 터뜨리듯 물을 뿜어 올렸다. 마치 고뇌에 차 있던 마음이 울음을 터뜨리듯이. '아아, 월계수 길 백 개의 분수에서 들리던 멜로디!' 로마는 눈에 보이지 않는 화산재에 묻힌 것처럼 죽은 듯이 누워 있었고, 페스트로 괴멸한 거대한 무형의 도시처럼 조용하고 음울했다. 그 속에서 구름처럼 솟아 있는 베드로 성당의 돔이 도시를 지배했다. '아아, 그 바다! 아아, 평온한 바다!'

그녀는 불안감이 더욱 커지는 걸 느꼈다. 주위 사물들이 그녀를 막연하게 위협했다. 이미 그녀가 여러 번 느꼈던 두려움이 그녀를 짓눌렀다. 형벌에 대한 생각이 번개처럼 기독교도의 마음을 스쳐 지나갔다.

그러나 연인이 자신을 기다린다는 생각에 존재의 가장 깊은 곳이 떨려 왔다. 키스와 애무와 열광적인 말들을 생각하자 그녀는 피가 뜨겁게 끓어오르고 영혼이 힘을 잃는 게 느껴졌다. 정열의 전율이 신을 두려워하는 전율을 눌렀다. 그녀는 처음 밀회에 가는 양, 불안하고 혼란스러워하며 연인의 집 쪽으로 발을 옮겼다.

"오, 드디어!" 안드레아가 외치며 그녀를 품에 안고 아직 가쁜 숨을 내쉬는 그녀의 입술에서 그 숨을 빨아들였다.

그러고는 그녀의 손을 잡아 그 손으로 자신의 가슴을 눌렀다.

"심장 소리를 들어 봐요. 당신이 1분만 더 늦었다면 터져 버렸을 거요."

그녀가 자신의 손이 닿은 곳에 뺨을 댔다. 그는 그 목덜미에 키스했다.

"들립니까?"

"네, 제게 말하고 있어요."

"뭐라고 하죠?"

"나를 사랑하지 않는다고."

"뭐라고 하고 있죠?" 안드레아가 그녀가 허리를 펴지 못하도록 목덜미를 가볍게 깨물며 다시 물었다.

그녀가 웃었다.

"날 사랑한다고."

그녀는 망토와 장갑을 벗었다. 그리고 보르게세 미술관의 보티첼리의 원형화와 같은 키 큰 피렌체 화병들이 가득 꽂혀 있는 흰라일락 냄새를 맡으러 갔다. 그녀는 가볍게 카펫 위를 걸어갔다. 그리고 섬세한 꽃송이에 얼굴을 묻은 그녀의 행동은 더없이 부드럽고 우아했다.

"받아요." 그녀는 꽃잎 끝을 이로 잘라 내어 입술 밖으로 꽃잎이 나오도록 문 채 그에게 말했다.

"아니, 난 당신 입에서 다른 꽃을 받으려오. 그 꽃보다 희지는 않지만 훨씬 감미로운⋯⋯."

두 사람은 꽃향기 속에서 오래 키스를 했다.

그가 그녀를 끌어당기며 목소리를 조금 바꿔 말했다.

"자, 저쪽으로."

"안 돼요, 안드레아, 늦었어요. 오늘은 안 돼요. 여기 그냥 있어요. 차를 끓여 줄게요. 당신이 달콤한 애무를 많이 해 주면 되죠."

그녀가 그의 손을 잡아 깍지를 꼈다.

"왜 이런지 모르겠네요. 마음속에 사랑이 넘쳐서 울고 싶을 정도예요."

그녀의 말이 떨렸다. 눈가가 촉촉이 젖었다.

"당신을 떠나지 않고 저녁 내내 이곳에 머물 수 있다면!"

분명히 말하기 어려운 우울이 묻어나는 억양에서 그녀의 깊은 슬픔을 짐작할 수 있었다.

"내가 당신을 얼마나 사랑하는지 당신은 모를 거예요! 당신이 날 얼마나 사랑하는지 모르겠죠! 나를 사랑하나요? 말해 줘요, 백 번이라도, 천 번이라도, 언제까지나 지겨워하지 말고 말해 줘요. 사랑해요?"

"그걸 모르오?"

"몰라요."

그녀는 안드레아에게 제대로 들리지 않을 정도로 작은 목소리로 이런 말들을 했다.

"마리아!"

그녀는 말없이 안드레아의 가슴 쪽으로 머리를 기울이고 가슴에 이마를 댔는데, 그가 무슨 말을 하는지 들어 보려고 기다리는 듯했다.

그는 예감의 무게 때문에 기울어진 그녀의 가여운 머리를 바라보았다. 그리고 슬픔에 젖은 고귀한 이마가 거짓으로 굳어 버리고 위선에 뒤덮인 자신의 가슴을 살며시 누르는 게 느껴졌다. 고통스러운 감동이 그를 억눌렀다. 인간적인 고뇌에 대한 인간적인 연민으로 목이 멨다. 그리고 영혼의 그런 선량한 움직임은 거짓말로 녹아 나왔고, 그 거짓말에 진솔한 떨림이 담기게 했다.

"당신은 모르는군요……! 당신이 조그맣게 말했지요. 당신의 숨결이 입술 위에서 사그라졌어요. 당신의 깊은 곳에서 뭔가가 일어나 당신이 한 말에 반대했습니다. 우리 사랑의 추억들이 모두 일어나 당신이 한 말에 반대했어요. 당신은 내가 당신을 사랑한다는 걸 몰라요……!"

마리아는 고개를 숙인 채 그 이야기를 가만히 들었는데 심장이 쿵쾅거렸다. 그녀는 감정이 복받친 안드레아의 목소리에서 진정한 열정의 울림, 그녀가 흉내 낼 수 없는, 사람을 황홀하게 하는 울림을 들었다. 그는 고요한 방 안에서 그녀의 귀에 대고 속삭였고 뜨거운 그의 입김이 목덜미에 닿았으며 말보다 더 달콤한 침묵이 말 중간중간 끼어들었다.

"매 시간, 매 순간 끊임없이 한 가지 생각만 떠오른다는 걸 몰라요……. 내 존재를 향해 내뿜는 당신의 존재로 인한 초인적인 행복 이외에 다른 어떤 행복도 느끼지 못한다는 걸……. 불안해하며 미칠 것 같기도 하고 두렵기도 한 마음으로 당신을 만날 순간만 기다리며 하루를 살고 있다는 걸……. 당신이 떠나고 나면 당신의 애무를 상상 속에서 이미지로 키워 나가고 내가 만들어 내다시피 한 당신의 이미지 속에서 다시 당신을 품에 안는다는 걸……. 자면서도 당신을 느낀다는 걸, 내 가슴에 생생하게 살아 있고 맥박이 뛰며, 내 피와 뒤섞이는, 내 생명과 뒤섞이는 진짜 당신을 느낀다는 걸……. 당신만을 믿고 당신에게만 맹세하며 나의 신뢰와 내 힘과 내 자존심, 나의 모든 세계와 내가 꿈꾸는 모든 것, 내가 바라는 모든 것을 당신에게만 맡긴다는 걸……."

그녀가 눈물로 얼룩진 얼굴을 들었다. 그는 말없이 그녀의 뺨을 타고 흐르는 뜨거운 눈물방울을 입술로 가로막았다. 그녀는 눈물을 흘리며 미소를 지었고, 떨리는 손으로 그의 머리카락을 어루만지다가 어찌할 바를 몰라 하며 흐느껴 울었다.

"내 영혼, 당신은 내 영혼이에요!"

안드레아는 그녀를 앉혔다. 그녀의 눈꺼풀에 입맞춤을 계속하며 그 발치에 무릎 꿇었다. 이따금 그는 흠칫 몸을 떨었다. 불안하게 떠는 새의 날개처럼 순식간에 떨리는 그녀의 긴 속눈썹이 입술에 느껴졌다. 그것은 저항할 수 없는 쾌락을 안겨 주는 기묘한 애무였다. 예전에 엘레나가 웃으면서 몇 차례고 계속하는 바람에 안드레아의 몸이 간지럼을 타듯 약하게 경련이 일곤 하던 애무였다. 마리아는 그를 통해 애무를 알게 되었고 그는 그런 애무를 통해 다른 여인의 모습을 마음속에 불러낼 수 있었다.

그가 몸을 떨자 마리아가 미소를 지었다. 그리고 아직도 눈썹에 반짝이는 눈물을 머금은 채 말했다.

"이 눈물도 마셔 줘요!"

그러자 그가 그 눈물을 삼켰고, 그녀는 자기도 모르게 미소를 지었다.

그녀는 행복한 듯도 하고 안심이 되어 울음을 그쳤는데 그 모습은 매력이 넘쳤다.

"홍차를 준비해 줄게요." 그녀가 말했다.

"아니, 여기 그냥 앉아 있어요."

소파 쿠션 사이에 앉아 있는 그녀를 보자 머릿속에서 엘레나의 이미지가 즉시 겹쳐져서 안드레아는 뜨겁게 타올랐다.

"일어나게 해 줘요." 마리아는 상반신을 잡은 그의 손에서 벗어나며 간청했다. "내가 준비한 홍차를 마시게 하고 싶어요. 느껴 보세요. 향기가 당신의 영혼에까지 닿을 거예요."

그녀가 말한 차는 캘커타에서 온 것으로 전날 안드레아에게 선물한 차였다.

그녀는 일어나 키메라들을 돋을새김한 가죽 소파에 가서 앉았다. 오래된 달마티카로 만든 보기 좋게 빛바랜 '사프란 핑크'색 쿠션이 그 소파에 놓여 있었다. 작은 테이블에는 아직도 윤기가 있는 카스텔 두란테의 우아한 마욜리카 찻잔이 놓여 있었다.

차를 준비하는 동안 그녀는 온갖 사랑스러운 말들을 했다. 한 치의 의심도 없이 자신의 선량함과 부드러움을 발산했다. 그녀는 조용한 방 안의 세련되고 고급스러운 세간들 사이에서 사랑스럽고 은밀한 친밀감을 순진하게 즐겼다. 산드로 보티첼리의 원형화 속 성모의 뒤에 있는 꽃처럼 그녀 뒤에는 하얀 라일락 송이들이 왕관처럼 장식된 키 큰 수정 꽃병이 놓여 있었다. 천사의 손 같은 그녀의 손이 루치오 돌체의 신화 이야기와 오비디우스의 시구 사이에서 움직였다.

"무슨 생각 하세요?" 그녀가 카펫에 앉아 그녀가 앉았던 의자 팔걸이에 머리를 기댄 안드레아에게 물었다.

"당신 이야기를 듣고 있어요. 계속 말해요!"

"이제 더 할 말 없어요."

"더 말해 줘요! 많은 것을, 많은 이야기를 해 줘요……."

"어떤 걸요?"

"당신만 알고 있는 이야기를."

안드레아는 그녀의 목소리를 통해 다른 한 여인 때문에 생긴 고통을 달랬다. 그녀의 목소리를 들으면서 다른 여인의 모습을 떠올렸다.

"향기 나요?" 마리아가 홍차 잎에 뜨거운 물을 부으며 말했다.

강렬한 향기가 수증기와 함께 주변으로 퍼졌다. 안드레아는 향기를 들이마셨다. 그리고 눈을 감고 고개를 뒤로 젖히며 말했다.

"키스해 줘요."

그녀의 입술이 닿자마자 그는 마리아가 놀랄 정도로 심하게 몸을 떨었다.

그녀는 찻잔에 홍차를 따르고 묘한 미소를 지으며 찻잔을 내밀었다.

"조심해요. 여과지가 들어 있어요."

그는 잔을 받지 않았다.

"찻잔으로는 마시고 싶지 않아요."

"왜요?"

"당신이…… 마시게 해 줘요."

"어떻게?"

"이렇게. 당신이 한 모금 마시고 삼키지 말아요."

"아직 델 정도로 뜨거워요."

그녀는 변덕을 부리는 연인 때문에 웃었다. 그의 몸에 살짝 경련이 일었고 얼굴은 백지장처럼 창백했으며 눈빛이 달라졌다. 둘은 홍차가 식기를 기다렸다. 얼마나 식었는지 보려고 마리아가 가끔 찻잔 가장자리에 입술을 대 보았다. 그러다가 웃곤 했는데 그녀가 웃는다고 생각하기 다소 어려울 정도로 상쾌한 웃음이었다.

"이젠 마셔도 돼요." 그녀가 알렸다.

"당신이 한 모금 마셔요. 그렇게."

그녀가 홍차를 흘리지 않으려고 입을 꼭 다물었다. 하지만 조금 전까지 눈물로 반짝이던 커다란 두 눈은 웃고 있었다.

"이제 조금씩 부어 줘요."

그는 키스하면서 그녀의 입안에 든 차를 모두 빨아들였다. 마리아는 숨이 막힐 것 같아 느릿느릿 마시는 연인의 관자놀이를 누르며 재촉했다.

"세상에! 숨 막혀 죽게 하려는 거죠."

그녀는 힘이 다 빠지긴 했지만 행복해서 잠시 쉬기라도 하려는 듯 쿠션 위로 쓰러졌다.

"어떤 맛이었어요? 내 영혼까지 다 마셔 버렸어. 이제 난 완전히 텅 비었다니까."

그는 생각에 잠겨 그녀를 뚫어지게 바라보았다.

"무슨 생각 해요?" 마리아가 다시 급히 일어나 그의 이마 한가운데를 손가락 하나로 누르며 물었다. 눈에 보이지 않는 생각을 막아 보려는 듯.

"아무 생각도." 그가 대답했다. "생각하는 게 아니에요. 묘약의 효과를 마음속으로 느껴 봤어……."

그러자 그녀도 경험을 해 보고 싶어졌다. 그의 입에서 감미로운 차를 받아 마셨다. 그리고 가슴에 손을 대고 긴 한숨을 내쉬면서 탄성을 질렀다.

"아주 좋아요!"

안드레아는 몸을 떨었다. 엘레나가 자신에게 몸을 맡겼던 그날 밤, 그녀가 한 말과 똑같은 억양 아닌가? 엘레나가 똑같은 말을 하지 않았었나? 안드레아가 그녀의 입을 바라보았다.

"다시 말해 줘요."

"뭘요?"

"조금 전에 했던 말."

"왜요?"

"당신이 말하니까 너무 달콤해서……. 당신은 이해하지 못하겠지만……. 다시 말해 줘요."

그녀는 연인의 이상한 시선이 다소 당황스러워 무심코 수줍은 듯 웃었다.

"그럼…… 좋아요!"

"내가?"

"무슨 말이죠?"

"당신은…… 내가……."

자신이 듣고 싶은 다음 말을 기다리며, 자신의 발치에서 몸을 떠는 연인을 바라보며 마리아는 당황했다.

"그러니까 내가?"

"아아! 당신이…… 좋아요."

"그런 말, 그런 말을…… 다시 말해 줘, 다시!"

그녀는 이유도 모르는 채 그 말을 들어주었다. 그는 몸이 떨리는 걸 느꼈고 말로 다 할 수 없는 기쁨을 맛보았다.

"왜 눈을 감고 있어요?" 의심스러워서가 아니라 그가 맛보고 있는 감각을 들으려고 그녀가 물었다.

"죽으려고."

그는 그녀의 무릎에 머리를 기댄 자세로 잠시 아무 말 없이 어두운 분위기로 앉아 있었다. 그녀는 그의 머리카락과 관자놀이를, 그리고 그녀의 손길 밑에서 음란한 생각이 꿈틀거리는 이마를 천천히 어루만졌다. 그들 주변이 서서히 어둠에 잠겼다. 꽃과 차 향기가 뒤섞여 방 안에 감돌았다. 사물의 형체들이 조화롭고 풍요로운 하나의 모습으로 뒤섞여 현실감이 사라졌다.

잠시 후 마리아가 말했다.

"일어나요, 안드레아. 이제 떠나야 해요. 늦었어요."

그가 일어서면서 애원했다.

"조금만 더 있어 줘요. 아베 마리아 종이 울릴 때까지만."

그러더니 다시 그녀를 소파로 끌어 앉혔다. 엷은 어둠 속에서 소파의 쿠션들이 빛났다. 그 어둠 속에서 안드레아가 돌연 그녀를 소파에 눕히고 머리를 꽉 잡은 뒤 얼굴에 키스를 퍼부었다. 그의 열정은 거의 분노와 같았다. 그는 '다른 여인'의 머리를 움켜쥐고 있다고 상상했다. 남편의 입술로 더럽혀진 그 여인의 머리를 상상했다. 이제 몸서리치도록 싫은 게 아니라 그 어느 때보다 잔혹한 욕망을 느꼈다. 그 남자 앞에서 느꼈던 혼란스러운 느낌이 본능의 가장 깊은 밑바닥에서 의식의 표면 위로 떠올랐다. 진흙탕을 휘저어 놓은 것처럼 음란함과 추악함이 모두 되살아났다. 그 비열한 모든 게 키스를 통해 마리아의 뺨으로, 이마로, 머리카락으로, 목으로, 입으로 전해졌다.

"안 돼요, 놔줘요!" 마리아가 소리치며 있는 힘을 다해 그의 품에서 벗어났다.

그리고 찻잔이 있는 테이블로 달려가 초에 불을 붙였다.

"현명하게 행동해요." 그녀가 숨을 헐떡이며 덧붙였고 짜증 섞인 우아한 태도로 옷매무새를 가다듬었다.

그는 소파에 그대로 앉아 말없이 그녀를 바라보았다.

그녀는 벽 쪽으로, 모나 아모로시스카를 위해 만든 작은 거울이 걸린 벽난로 옆쪽으로 갔다. 녹색이 살짝 감도는 푸르스름한 물처럼 뿌연 거울 앞에서 모자와 베일을 썼다.

"오늘 밤은 당신과 헤어지는 게 얼마나 아쉬운지 몰라요! 다른 날보다 오늘은 훨씬 더……." 그녀는 이 시간쯤 찾아드는 우울에 잠겨 중얼거렸다.

보랏빛 황혼과 양초 불빛이 방 안에서 겨루고 있었다. 테이블 가장자리에 놓인 찻잔에는 두 모금 마시고 남은 차가운 차가 담겨 있었다. 날씬하고 키 큰 수정 꽃병에 꽂힌 라일락은 더 하얘 보였다. 소파 쿠션에는 그곳에 누웠던 사람의 흔적이 그대로 남아 있었다.

트리니타 데이 몬티의 종이 울리기 시작했다.

"이런, 너무 늦었어요! 망토를 입게 좀 도와줘요." 가여운 여인이 안드레아 쪽으로 다시 오면서 말했다.

그가 다시 마리아를 껴안고 소파에 눕힌 뒤 맹목적으로, 정신없이 격렬한 키스를 퍼부었다. 아무 말도 하지 않고 탐욕스럽고 뜨겁게 자신의 입술로 그녀의 입에서 나오는 신음을 누르고 엘레나의 이름을 외치고 싶은, 거의 누르기 힘든 충동을 그녀의 입술로 눌러 버렸다. 아무것도 모르는 여인의 몸을 끔찍하게 모독한 것이다.

두 사람은 그렇게 포옹한 채 잠시 가만히 있었다. 그녀가 금방 꺼져 버릴 것 같기도 하고 얼이 빠진 것도 같은 목소리로 말했다.

"당신이 내 생명을 빼앗아 갔어요."

그녀는 안드레아의 뜨거운 열정 때문에 행복했다.

그녀가 말했다.

"내 영혼, 당신의 영혼은 전부, 전부 다 내 거예요!"

그녀가 말하며 행복해했다.

"당신의 심장 박동 소리가 들려요…… 격렬하게 뛰는 그 소리가!"

잠시 후 한숨을 쉬며 말했다.

"가게 해 줘요. 이젠 가야 해요."

안드레아는 사람을 죽이기라도 한 듯 얼굴이 창백했고 망연자실했다.

"왜 그래요?" 그녀가 상냥하게 물었다.

그는 마리아를 보며 웃고 싶었다. 그는 대답했다.

"이렇게 깊이 흥분해 본 적이 없어요. 죽을 것만 같습니다."

그는 꽃병을 향해 돌아서서 꽃다발 하나를 꺼내 마리아에게 내밀며, 빨리 떠나라고 재촉하듯 문 쪽으로 그녀를 배웅하러 갔다. 그녀의 몸짓 하나, 눈길 하나, 말 한마디가 견딜 수 없이 고통스러웠기 때문이었다.

"잘 있어요, 내 사랑. 내 꿈 꿔 줘요!" 가여운 여인은 문 앞에서 이루 말할 수 없이 다정하게 말했다.

2

5월 20일 아침, 햇살이 넘치는 코르소 거리를 걸어가던 안드레아 스페렐리는 클럽 앞에서 자신을 부르는 소리를 들었다.

친구인 귀족 신사들이 인도에 모여 그 앞을 지나는 부인들을 구경하며 흥을 보는 중이었다. 줄리오 무첼라로와 루도비코 바르바리시, 그리미티 공작, 갈레아초 세치나로가 모여 있었다. 거기에 지노 봄미나코와 다른 신사들도 몇 명 더 있었다.

"어젯밤의 사건 알고 있나?" 바르바리시가 그에게 물었다.

"아니. 무슨 사건?"

"돈 마누엘 페레스, 과테말라 공사가……."

"무슨 말이야?"

"카드 게임이 한창일 때 속임수를 쓰다 들켰다네." 친구들 몇 명인가는 심술궂은 호기심이 담긴 눈으로 스페렐리를 보았지만 그는 감정을 자제했다.

"어떻게?"

"갈레아초가 현장에 있었어. 아니, 같은 테이블에서 카드를 하고 있었지."

세치나로 공작이 상세하게 말하기 시작했다.

안드레아 스페렐리는 무관심한 체하지 않았다. 아니, 오히려 심각하게 주의를 기울여 들었다. 다 듣고 나서 그가 말했다.

"안타까운 일이군."

잠시 친구들과 어울려 있다가 그들에게 인사하고 그 자리를 떠나려 했다.

"어디로 가지?" 세치나로가 물었다.

"집으로 가려고."

"그럼 잠시 내가 길동무해 주지."

두 사람은 콘도티 거리 쪽으로 걸어갔다. 베네치아 광장에서 포폴로 광장에 이르는 코르소 거리는 경쾌한 햇살이 강물처럼 넘실거렸다. 밝은 봄옷을 입은 부인들이 반짝이는 쇼윈도를 따라 산책하고 있었다. 레이스 양산을 쓴 페렌티노 공작 부인이 바르바렐라 비티와 함께 지나갔다. 비안카 돌체부오노도 지나갔다. 레오네토 란차의 젊은 아내도 보였다.

"자네 페레스 부인 알지?" 갈리아초가 입을 다물고 있는 스페렐리에게 물었다.

"응, 작년 9월에 사촌 누님의 빌라 스키파노이아에서 알게 됐네. 페레스 부인은 프란체스카의 친한 친구야. 그래서 그 사건이 매우 유감스럽군. 되도록 그 일이 알려지지 않도록 해야 할 것 같은데. 자네가 날 좀 도와주면……."

갈레아초가 친절하면서도 조심스레 제안했다.

"내 생각에는……." 그가 말했다. "클럽 대표가 공사에게 명령한 대로, 공사가 지체하지 말고 자국에 사의를 표하면 이 추문을 부분적으론 피할 수 있을 걸세. 그런데 공사가 거부하고 있어. 어젯밤에는 자기가 모욕당했다는 태도를 취하더라고. 언성을 높이고. 증거들이 거기 있었는데 말이야! 그 사람을 설득해야 할 걸세……."

두 사람은 함께 걸으면서 그 사건에 대해 이야기했다. 스페렐리는 세치나로의 친절한 배려에 감사 인사를 했다. 세치나로는 그런 친밀한 분위기 때문에 친구로서 숨김없이 이야기해 주려 했다.

콘도티 거리 모퉁이에서 두 사람은 일본 물건들을 전시한 쇼윈도를 따라 특유의 리드미컬하고 매력적인 걸음걸이로 걸어가는 마운트 에지컴 후작 부인을 발견했다.

"돈나 엘레나군." 갈레아초가 말했다.

두 사람 모두 그녀를 보았다. 두 사람 모두 그 걸음걸이가 매력적이라고 느꼈다. 하지만 안드레아의 시선은 그녀의 옷을 뚫고 들어가 자신이 익히 아는 그 몸매를, 뛰어나게 아름다운 등을 바라보았다.

두 사람은 그녀에게 가서 함께 인사했다. 그리고 그녀를 지나쳐 갔다. 이제 그들은 그녀를 볼 수 없었고, 그녀에게 보여 줄 차례였다. 갈망하는 여인 앞에서 경쟁자와 나란히 걸으며, 아마 그녀가 가혹한 눈으로 둘을 비교하며 즐거워할지도 모른다고 생각하는 게 안드레아에겐 너무나 새로운 고통이었다. 그 자신이 속으로 세치나로와 자신을 비교했다.

세치나로는 루키우스 베루스 황제처럼 금발 머리와 수염에 푸른 눈을 가진 다부진 남자였다. 숱 많은 아름다운 머리카락 사이에서 지적으로 보이지는 않으나 아름다운 입술이 붉게 빛났다. 넓은 어깨에 키가 컸으며 활력에 넘쳤고 섬세하지는 않아도 자연스러운 우아함을 갖추고 있었다.

"어때?" 안드레아가 억누를 수 없는 광기에 사로잡혀 대담하게 물었다. "연애는 잘되고 있어?"

안드레아는 그에겐 이런 식으로 말해도 괜찮다고 생각했다.

갈레아초는 놀라기도 하고 의아하기도 한 분위기로 돌아보았다. 안드레아가 그런 질문을, 게다가 그처럼 가볍게, 완전히 침착하게 하리라고는 예상하지 못했기 때문이었다. 안드레아가 미소를 지었다.

"아, 대체 포위 공격을 언제부터 하고 있는 건지!" 수염을 기른 공작이 대답했다. "기억도 나지 않을 정도로 오래전부터 다양한 방법으로 되풀이하고 있는데, 항상 운이 따르질 않는단 말이지. 늘 너무 늦게 도착하는 거야. 누군가 나보다 먼저 공략해 버리거든. 하지만 낙담하지는 않아. 조만간 내 차례가 오리라는 걸 아니까. *Attendre pour atteindre*[11] 사실⋯⋯."

"뭐?"

"레이디 히스필드가 되고부터는 셰르니 공작 부인 때보다 더 상냥하게 대해 주었어. 자네 다음 차례로 목록에 오를 수 있는 영광을 야심 차게 바라고 있는데⋯⋯."

그가 새하얀 이를 드러내며 약간 상스러운 웃음을 터뜨렸다.

"줄리오 무젤라로가 인도에서의 내 무훈담을 퍼뜨린 덕에 내 수염에 저항할 수 없는 힘을 가진 관능적인 수염 몇 가닥이 더해진 것 같더라고."

"아, 하지만 요즘 자네 수염은 추억 때문에 떨리는 게 분명해⋯⋯."

"어떤 추억 말인가?"

"바쿠스의 추억 말이지."

"무슨 말인지 모르겠군."

"뭐라고! 자네 1884년 5월, 그 유명했던 바자회를 잊어버렸단 말인가?"

"아아, 그래! 덕분에 생각났어. 이제 곧 그때부터 3주년이 될

---

11 '얻으려고 기다리지'라는 뜻의 프랑스어.

걸……. 그런데 자넨 거기 없었잖아. 누가 이야기했지?"

"자넨 알고 싶은 게 너무 많군, 친구."

"말해 주게, 부탁이야."

"그보다도 3주년에 맞게 능력껏 잘해 볼 생각이나 해. 곧 소식 전해 주게."

"언제 만나지?"

"자네 좋을 때."

"오늘 밤 8시쯤 클럽에서 함께 저녁 식사를 하세. 그러면 다른 일도 함께 생각해 볼 수 있고."

"좋아. 잘 가게, 바르바도로,* 달려!"

두 사람은 스페인 광장 계단 아래에서 헤어졌다. 엘레나는 광장을 가로질러 콰트로 폰타네 거리로 올라가기 위해 두에 마첼리 거리 쪽으로 가는 중이었는데 세치나로가 뒤따라가서 그녀와 함께 걸었다.

애써 아무렇지도 않은 척하며 계단을 올라가던 안드레아는 가슴이 참을 수 없게 답답해지는 기분이었다. 자기 몸을 이끌고 계단 위까지 올라가지 못할 것만 같았다. 하지만 그는 세치나로가 이제 자신을 완전히 신뢰하리라고 확신했다. 이는 그가 유리한 위치를 차지한 것이나 다름없어 보였다! 일종의 취기 때문에, 지나친 고통에서 오는 일종의 광기 때문에 그는 맹목적으로 새롭고 한층 잔인하고 무의미한 고뇌를 향해 걸어가서 그의 마음은 점점 더 무거워지고 수천 가지로 복잡하게 뒤얽혔으며 타락에서 타락으로, 탈선에서 탈선으로, 잔인함에서 잔인함으로 이동하며 멈추지 않고, 잠시도 쉬지 않고 어지럽게 추락했다. 인간 존재의 어두운 심연에서 자신의 열기로 온갖 비열함을 싹트게 하는, 사라지지 않는 열 같은 게 그를 집어삼켰다. 온갖 생각과 감정들이 오염되어 있었다. 그는 만신창이가 되었다.

그러나 기만 자체가 기만당한 여인과 그를 강하게 연결해 주었다. 그의 정신은 이제 다른 형태의 어떤 쾌락도, 다른 형태의 어떤 고통도 만들어 내지 못하는 기괴한 희극에 이상하게 들어맞았다. 한 여인을 다른 여인의 화신으로 생각하는 일은 이제 과장된 정열의 행위가 아니라 악습이며, 절실한 욕망이고, 꼭 필요한 일이었다. 그러니까 자신도 모르게 그런 악습의 도구가 된 그 존재가 그에게는 악습 그 자체처럼 불가결했다. 자신이 관능적으로 타락했기 때문에 엘레나를 실제로 소유해도 가상으로 소유하는 데서 느끼는 예리하고도 희귀한 기쁨을 맛볼 수 없으리라고 거의 확신하다시피 했다. 관능적 쾌락을 생각할 때면 거의 이 두 여인을 분리할 수 없는 지경에 이르렀다. 엘레나를 실제 소유할 때 쾌락이 현저히 줄어들 거라는 생각이 드는 것처럼, 상상에 지쳐 마리아의 살아 있는 실제 모습을 즉시 마주하게 되면 날카로운 신경이 모두 둔감해지는 느낌도 들었다.

그래서 그는 돈 마누엘 페레스의 파멸 때문에 마리아를 잃을지도 모른다고 생각하면 견딜 수가 없었다.

저녁 무렵 마리아가 찾아왔을 때 그는 가여운 여인이 아직 그 불행한 사건을 모르고 있다는 걸 곧바로 알아차렸다. 하지만 다음 날, 그녀는 불안해하고 혼란스러워하면서, 죽은 사람처럼 창백해진 얼굴로 찾아왔다. 그의 품에 안겨 얼굴을 가슴에 묻고 흐느꼈다.

"알고 있었죠?"

소문은 퍼져 가고 있었다. 추문은 피할 수 없었다. 파멸을 막을 길이 없었다. 절망적이고 고통스러운 나날이 이어졌다. 그사이 협잡꾼이 급히 떠나 버리는 바람에 혼자 남은 마리아는 몇 되지 않앗던 친구들에게도 절교를 당하고 남편에게 빚을 준 수많은 채권자들에게 시달렸다. 뿐만 아니라 압류를 위한 법적 절차를 처리하고 법원 직원과 고리대금업자나 다른 비열한 사람들을 상대하느라 정신없는 가운데 놀랄 만큼 대담한 모습을 보여 주었지만 최후의 몰락은 피할 수 없어서 모든 희망이 무너져 버렸다.

그래도 그녀는 연인으로부터 어떤 도움도 받으려 하지 않았다. 밀회 시간이 짧다고 불평하는 연인에게 남편 이야기는 한마디도 하지 않았다. 한탄도 하지 않았다. 아직은 그를 위해 슬픔이 많이 묻어나지 않은 미소를 지을 수 있었다. 아직은 그의 변덕들을 받아 주고 자신의 육체를 격렬하게 타락에 맡기고 사형 집행인의 머리에 자신의 영혼 속에 들어 있는 따뜻한 애정을 쏟아부을 수 있었다.

그녀 주위의 모든 게 무너져 내렸다. 예감이 진실을 말했던 것이다!

그녀는 연인에게 굴복한 것을 슬퍼하지 않았으며, 그에게 자신을 완전히 맡긴 것도 후회하지 않았고, 정절을 지키지 못한 일을 애석해하지도 않았다. 어떤 회한보다, 어떤 두려움보다, 어떤 고통보다 강렬한 고통은 단 하나뿐이었다. 바로 멀리 떠나야 하고, 그녀에게 생명의 생명과 같은 남자와 헤어져야 한다는 생각으로 인한 고통이었다.

"난 죽을 거예요, 친구. 당신에게서 멀리 떠나 혼자 죽으러 갈 거예요. 당신은 내 눈을 감겨 주지 못할 거예요……."

그녀가 깊은 미소를 지으며 말했는데 그 미소 속에는 체념 섞인 확신이 담겨 있었다. 안드레아는 희망이 있을 거라는 착각을 한순간 그녀에게 불어넣어 주었고, 그녀의 마음에 꿈의 씨앗을, 장래에 찾아올 고통의 씨앗을 뿌렸다!

"당신이 죽게 내버려 두지 않아요. 당신은 오래도록 내 여자가 될 겁니다. 우리의 사랑은 앞으로도 행복한 나날들을 맞이하게 될 테고⋯⋯."

그는 가까운 장래의 일을 그녀에게 말했다. "나는 피렌체에 정착할 겁니다. 거기서 스케치를 한다는 구실로 시에나에 자주 갈 거예요. 옛 그림들을 모사하면서, 고대 연대기들을 연구하면서 시에나에 몇 달이고 머물 수 있어요. 우리의 비밀스러운 사랑은 한적한 거리나 성벽 밖, 종탑에서, 과수원에 둘러싸여 있고 루카 델라 로비아의 마욜리카로 장식된 빌라에서 은밀한 보금자리를 찾을 겁니다. 마리아는 나를 위해 시간을 낼 수 있어요. 가끔 피렌체로 와서 행복한 한 주를 보낼 수도 있고, 4월처럼 온화한 9월에 피에솔레 언덕에 우리의 순수한 사랑을 옮겨 놓을 수 있어요. 몬투기의 사이프러스는 스키파노이아의 사이프러스처럼 온유할 겁니다."

"정말 그렇게 된다면! 정말 그렇게 된다면 얼마나 좋겠어요!" 마리아가 한숨을 쉬었다.

"내 말 안 믿습니까?"

"아니, 믿어요. 하지만 너무 달콤한 이런 모든 일이 꿈에서나 가능하다고 내 마음이 말하는군요."

그녀는 안드레아의 품에 오래 안겨 있고 싶었다. 그녀는 병든 사람처럼, 아니 위협을 받아 보호를 필요로 하는 사람 같은 태도로 몸을 떨면서 자신을 숨기기라도 하려는 듯, 아무 말 없이 몸을 움츠리며 그의 가슴에 머리를 기댄 채 가만히 있고 싶었다. 그녀는 안드레아에게 정신적인 애무를 원했다. 그녀의 은밀한 언어로 '선량한 애무'라고 부르는 애무, 그녀의 마음을 부드럽게 해 주고 그 어떤 쾌락보다 달콤한 갈망의 눈물을 흘리게 해 주는 그런 애무를. 그런 지극히 정신적인 순간에, 고통스러운 열정의 마지막 순간에, 작별의 순간에 연인은 그녀의 손에 하는 키스만으로는 만족하지 못한다는 걸 이해할 수 없었다.

그녀는 안드레아의 노골적인 욕망에 상처를 입은 듯 애원했다.

"안 돼요, 안드레아! 당신이 내 옆에 앉아서 내 손을 잡고 내 눈 속을 바라볼 때, 당신만이 할 수 있는 말을 내게 들려줄 때 당신이 한층 더 가깝고 친밀하게 느껴지고 내 존재와 하나가 되는 기분이에요. 그게 아닌 애무를 할 때는 우리 사이에 거리가 생기고, 당신과 나 사이에 뭔지 알 수 없는 그림자가 끼어드는 느낌이에요……. 내 생각을 어떻게 표현해야 할지 잘 모르겠어요……. 그런 애무를 할 때면 너무 슬퍼진답니다, 너무너무요……. 그 이유를 모르겠어요……. 그리고 피곤해지기도 해요. 불쾌할 정도로!"

그녀는 그의 기분을 상하게 할까 두려워서 차분하게 낮은 목소리로 간청했다. 그녀는 지나간 추억들이나 최근의 추억들을 아주 세세히 떠올리곤 했으며 가벼운 동작이나 스쳐 지나가던 말이나 무의미하지만 그녀에게는 의미 있던 사소한 일들을 추억했다. 그녀의 마음은 수도 없이 스키파노이아에서 보낸 초기의 나날들로 돌아가곤 했다.

"기억나요? 기억나요?"

갑자기 슬픔에 젖은 그녀의 눈에 가득 눈물이 고였다.

어느 날 밤, 안드레아는 그녀의 남편을 생각하면서 물었다.

"당신을 알게 된 뒤로 당신은 늘 완전히 내 것이었지요?"

"언제나."

"마음을 말하는 게 아니라……."

"그만해요! 항상 전부 당신의 것이었어요."

이 문제에 관해서 안드레아는 그와 불륜 관계에 있던 여인들의 말을 절대 믿지 않았지만 마리아의 말은 믿었다. 그녀는 진실을

444

말했고, 그 말에서는 의심의 그림자조차 보이지 않았다.

안드레아는 그녀를 믿었다. 끝없이 그녀를 더럽히고 기만하면서도 그는 고상하고 고귀한 마음을 가진 여인에게 사랑받는다는 것을 알고 있었고, 이제 더없이 크고 무서운 열정과 마주하고 있다는 사실을 알았기 때문이었다. 그는 자신의 비열함을 의식하듯, 그 열정의 크기를 의식했다. 그는 깊고 깊은 사랑을 받고 있음을 분명히 알았다. 그래서 이따금 상상력이 미친 듯 활개를 칠 때면 억누를 수 없게 목을 타고 올라오는 그 여인의 이름을 내뱉지 않으려고 감미로운 마리아의 입술을 깨물 지경에 이르기도 했다. 선량하면서도 고통이 어린 입술에서 피가 났지만 마리아는 아무것도 모르고 미소 지으며 말했다.

"그렇게 해도 아프지 않아요."

며칠 뒤면 이별이었다. 미스 도로시는 델피나를 시에나로 데려다주러 갔다가 다시 돌아왔다. 마리아가 마지막으로 처리할 가장 힘든 일들을 도와주고 함께 시에나로 가기 위해서였다. 시에나의 마리아 친정에서는 이번 일을 몰랐다. 델피나도 전혀 알지 못했다. 마리아는 그저 마누엘이 갑자기 정부에 소환되었다는 소식만 전했다. 그리고 떠날 준비를 서둘렀다. 사랑하는 물건들이 가득한 방들을 공인된 감정인들의 손에 맡길 준비를 했다. 감정인들은 벌써 목록을 작성했고 경매 날짜를 정했다. 6월 20일 월요일 오전 10시였다.

6월 9일 저녁, 안드레아와 헤어지려던 마리아는 자신이 잃어버렸던 장갑 한 짝을 찾았다. 장갑을 찾다 테이블 위에 놓인 퍼시 비시 셸리의 시집을 발견했다. 스키피노이아 시절에 안드레아가 빌려주었던 바로 그 시집, 그녀가 비코밀레로 소풍을 가기 전 읽었던 「추억(Recollection)」이 수록된 시집, 그녀가 손톱으로 *And forget me, for I can never Be thine*(그리고 나를 잊어 줘요, 나는 결코 그대의 사람이 될 수 없으니)!"이라고 새겼던, 친근하면서도 슬픈 책이었다.

그녀는 눈에 띄게 감동하며 책장을 넘겼다. 그리고 자신이 손톱으로 새긴 2행의 시구를 찾아냈다.

"*Never!*" 그녀가 고개를 저으면서 중얼거렸다. "기억나요? 겨우 여덟 달밖에 지나지 않았어요!"

그녀는 잠시 생각에 빠져 있었다. 책장을 다시 넘기며 다른 시 몇 구절을 읽었다.

"우리의 시인이에요." 그녀는 덧붙였다. "영국인 묘지에 데려가 주겠다고 몇 번이나 약속했는지 아세요! 기억나요? 묘지에 꽃을 가져가야 했는데……. 가지 않을래요? 내가 시에나로 떠나기 전에 데려다줘요. 마지막 산책이 되겠네요."

그가 말했다.

"내일 갑시다."

해가 이미 기울기 시작할 무렵, 둘은 묘지에 갔다. 지붕 있는 마차 안에서, 그녀는 무릎 위에 장미꽃 다발을 올려놓았다. 나무가 우거진 아벤티노 언덕 아래로 마차가 달렸다. 리파 그란데의 선착장에는 시칠리아 포도주를 가득 싣고 정박해 있는 배들이 보였다.

두 사람은 묘지 근처에서 내렸다. 철책 문 앞까지 말없이 걸어갔다. 마리아는 자신이 단지 시인의 묘지에 꽃을 바치러만 가는 게 아니라, 이제 완전히 잃어버려 되찾을 수 없는 자신의 무엇인가를 슬퍼하며 눈물 흘리기 위해 그 죽음의 장소로 가고 있다는 생각을 했다. 하얀 담 위로, 하늘 높이 우뚝 선 사이프러스를 바라보는 동안, 불면의 밤에 읽은 퍼시의 시가 그녀 마음 깊은 곳에서 다시 울려 퍼졌다.

'죽음이 여기 있다. 죽음이 저기에도 있다. 사방에서 죽음이 부지런히 일한다. 우리 주위에, 우리 안에, 우리 위에, 우리 밑에 죽음이 있다. 우리는 죽음일 뿐이다.'

'죽음은 자신의 흔적을 남기고 우리의 존재 모든 것에, 우리가 느끼는 모든 것에, 우리가 알고 두려워하는 모든 것에 흔적을 남기고 봉인한다.'

'제일 먼저 우리의 기쁨이 죽어 간다. 그리고 우리 희망이, 우리 두려움이 뒤를 잇는다. 모든 게 죽고 나면 먼지가 먼지를 부르고 우리도 죽는다.'

'우리가 사랑하고 우리 자신처럼 소중한 것들은 모두 흩어지고 사라진다. 우리의 잔인한 운명도 마찬가지. 세상 모든 것이 죽지 않는다 해도 사랑은, 사랑 그 자체는 죽을 테니…….'*

그녀는 입구를 지날 때 살짝 몸이 떨려 안드레아의 팔 밑에 자기 팔을 갖다 댔다.

묘지에는 인기척이 없었다. 정원사들 몇이 말없이 계속 같은 동작으로 물뿌리개를 흔들면서 담벼락을 따라 서 있는 수목에 물을 주고 있었다. 사이프러스는 음울하게 대기 속으로 곧게 뻗어 꼼짝하지 않았다. 햇살을 받아 금빛으로 빛나는 그 끝만 가볍게 흔들렸다. 트래버틴처럼 단단하고 초록빛을 띤 사이프러스의 몸통들 사이로 하얀 무덤들과 사각의 비석, 부러진 기둥들과 항아리, 아치들이 서 있었다. 높이 솟은 짙은 사이프러스들에서 신비한 그림자와 종교적인 평화와 거의 인간적이라고 할 부드러움이 단단한 바위에서 맑고 은혜로운 물이 흘러 내려오듯 쏟아져 내려왔다. 사이프러스의 균일하고 규칙적인 모양들과 수수한 흰색 대리석 묘지들이 깊고 부드러운 휴식의 느낌을 영혼에 불어넣어 주었다. 그런데 파이프 오르간의 관처럼 길게 늘어선 나무들 한가운데서, 묘비들 한가운데에서 갓 피어난 꽃송이들에 덮여 온통 붉게 물든 협죽도들이 우아하게 흔들렸다. 바람이 불 때마다 장미나무들에서 꽃잎이 휘날려 풀 위에 향기로운 흰 눈처럼 흩어졌다. 유칼립투스들은 때때로 은빛으로 보이는, 머리카락 같은 창백한 잎들을 아래쪽으로 숙이고 있었다. 버드나무들은 십자가와 화환들 위로 부드러운 눈물을 쏟아 냈다. 선인장들은 여기저기서 잠든 나비 떼들 같은, 아니 희귀한 깃털 뭉치 같은 하얀색의 멋진 송이들을 보여 주었다. 이따금 사방에서 들려오는 새들의 울음소리가 침묵을 깼다.

안드레아가 야트막한 언덕 위를 가리키며 말했다.

"시인의 묘는 저 위에, 왼쪽 폐허 근처 마지막 탑 아래 있어요."

마리아는 나지막한 도금양 울타리 사이로 난 좁은 오솔길로 올라가려고 그의 팔을 놓았다. 그녀가 앞장서서 걸었고 연인이 그 뒤를 따랐다. 그녀는 약간 지친 듯이 걸었다. 가끔 걸음을 멈추고 뒤를 돌아보며 연인에게 미소를 지었다. 그녀는 검은 옷을 입고 윗입술까지 닿는 검은 베일을 쓰고 있었다. 검은 베일 가장자리 아래에서 그녀의 미소가 희미하게 흔들렸다. 애도의 그늘이 드리워진 듯 미소 짓는 그 얼굴은 어두웠다. 달걀 모양의 턱은 그녀가 들고 있는 장미보다 더 하얗고 깨끗했다.

그녀가 뒤돌아볼 때 장미 한 송이에서 꽃잎이 떨어졌다. 안드레아는 그녀 발치에 몸을 숙이고 꽃잎을 주웠다. 그녀가 그를 바라보았다. 그가 바닥에 무릎을 꿇고 말했다.

"사랑해요!"

어떤 기억 하나가 눈에 보일 듯 생생하게 그녀의 마음에 떠올랐다.

"기억나요?" 그녀가 말했다. "스키파노이아에서 그날 아침, 밑에서 두 번째 테라스에서 당신이 내게 나뭇잎 한 줌을 던졌던 거? 내가 내려가는 동안 당신은 무릎을 꿇고 있었지요……. 이유는 모르지만 그날들이 아주 가깝게 느껴지기도 하고 까마득히 멀게만 생각되기도 해요! 어제 일 같기도 하고 백 년 전 일 같기도 해요. 혹시 내가 꿈을 꾼 건 아닐까요?"

두 사람은 도금양 울타리 사이를 지나 시인의 묘지와 트렐로니의 묘지가 있는 왼쪽의 마지막 탑에 도착했다. 눈높이에 이른 사이프러스들의 꼭대기가 몬테 테스타치오의 검은 십자가 뒤로 지는 태양이 마지막으로 선사하는 붉은빛을 받아 한층 생기 있게 빛나며 흔들렸다. 폐허를 따라 뻗어 나간 재스민에는 꽃이 피어 있었지만 제비꽃은 짙은 초록 잎밖에 남아 있지 않았다. 하늘 높이에서는 가장자리에 금빛 테를 두른 보랏빛 구름이 아벤티노 언덕 쪽으로 움직였다.

'여기 서로 평생 연결되어 있던 두 친구가 있다. 무덤 속에 누워 있는 지금, 그들의 추억도 함께 살아가기를. 둘의 유골이 나누어지는 일이 없기를, 평생 둘의 심장이 하나로 뛰었으니. *for their two hearts in life were single hearted!*＊

마리아는 마지막 행을 되뇌었다. 그리고 감상적인 생각으로 마음이 동요되어 안드레아에게 말했다.

"베일을 벗겨 줘요."

그녀는 안드레아에게 다가가 그가 목덜미의 매듭을 풀 수 있도록 머리를 살짝 뒤로 젖혔다. 그의 손가락이 머리카락에 닿았다. 흩어져 내린 머리카락은 숲처럼, 깊고도 달콤한 생명력으로 살아 숨 쉬는 듯했다. 그 그늘 속에서 그는 얼마나 많은 기민의 쾌락을 맛보았으며, 얼마나 많은 부정한 이미지를 떠올렸던가. 그녀가 말했다.

"고마워요."

베일을 벗자 그녀는 약간 눈이 부신 듯 안드레아를 봤다. 그녀는 아름다웠다. 눈 주위가 푹 꺼져 있고 검게 그늘져 있었지만 눈동자는 불꽃처럼 빛났고 예리했다. 관자놀이 부근에 고정시킨 숱 많은 머리는 보랏빛이 살짝 감도는 검은 히아신스 꽃다발 같았다. 시원하게 드러낸 이마 한가운데가 검은 머리와는 대조적으로 달처럼 희게 빛났다. 얼굴 윤곽이 전체적으로 야위어 보였는데 어떤 부분에서는 사랑과 고뇌로 끊임없이 타오르는 불꽃 때문에 물질성마저 상실해 버린 듯했다.

그녀가 검은 베일로 장미 줄기를 감싸더니 정성스레 양 끝을 묶었다. 그러고 나서 얼굴을 꽃다발에 묻다시피 하고 장미 향기를 맡았다. 잠시 후 시인의 이름이 새겨진 소박한 비석에 꽃다발을 내려놓았다. 그녀의 몸짓에는 안드레아가 이해할 수 없는, 말로 표현하기 힘든 감정이 담겨 있었다.

『엔디미온(*Endymion*)』의 시인 존 키츠의 묘지를 찾아 앞으로 계속 걸어갔다.

안드레아가 걸음을 멈추고 지나온 탑 쪽을 돌아보면서 마리아에게 물었다.

"그 장미, 어디에서 구한 겁니까?"

그녀는 다시 미소를 지었지만 눈물을 글썽였다.

"당신의 장미예요. 눈 내리던 날 밤, 당신이 놓고 간 장미. 어젯밤 다시 피었어요. 믿어지지 않나요?"

저녁 바람이 불어왔다. 언덕 뒤의 하늘은 금빛으로 물들었고 그 한가운데 떠 있는 구름 하나가 마치 화형으로 잿더미가 되듯 사라지려 했다. 그 빛의 들판에 질서 정연하게 늘어선 사이프러스들은 한층 장엄하고 신비해 보였다. 금빛은 사이프러스 가지 사이

사이로 스며들었고 뾰족한 나무 끝은 가볍게 흔들렸다. 묘지 중앙의 가로수 길 끝에 서 있는 프시케 상은 창백한 사람의 얼굴 같은 색이었다. 그 뒤로 협죽도들이 흔들리는 자주색 둥근 지붕처럼 서 있었다. 케스티우스의 피라미드 위쪽, 잔잔한 만(灣)의 바닷물처럼 깊고 검푸른 하늘에 초승달이 떠올랐다.

두 사람은 중앙의 가로수 길을 따라 철책 문까지 내려왔다. 정원사들은 아직도 똑같은 동작으로 계속 물뿌리개를 흔들며 말없이 담벼락의 수목들에 물을 주고 있었다. 또 다른 남자 둘이 관에 덮는 벨벳과 은색 천의 양 끝을 잡고 힘껏 털었다. 먼지가 반짝이며 흩어졌다. 아벤티노 언덕 쪽에서 종소리가 들렸다.

마리아는 더 이상 고뇌를 견딜 수 없어서, 걸음을 내디딜 때마다 바닥이 꺼지는 듯해서, 온몸의 피가 그 길에 흘러내리는 듯해서 연인의 팔을 꼭 잡았다. 마차로 돌아오자마자 그녀가 절망적인 울음을 터뜨리며 연인의 어깨에 기대 흐느꼈다.

"죽을 것 같아요."

하지만 그녀는 죽지 않았다. 차라리 죽는 것이 그녀에겐 더 나았을지도 모른다.

이틀 뒤 안드레아는 카페 디 로마에서 갈레아초 세치나로와 점심 식사를 했다. 따뜻한 오전이었다. 카페 안은 손님이 별로 없었는데 어슴푸레한 어둠과 나른한 분위기가 감돌았다. 파리가 시끄럽게 윙윙거리는 가운데 종업원들이 꾸벅꾸벅 졸고 있었다.

"그래서 말이야." 수염의 공작이 말했다. "그녀가 특이하고 희한한 분위기에서 자신을 허락한다는 걸 알고 내가……"

세치나로는 레이디 히스필드를 자기 것으로 만든 대담하기 짝이 없는 방법을 노골적으로 이야기했다. 조심성도 없이 주저하지도 않고 지극히 상세한 부분까지 빼놓지 않았고, 상대를 잘 아는 전문가에게 자신이 손에 넣은 여인의 장점을 칭찬했다. 세치나로는 이따금 말을 멈추고 김이 모락모락 나는, 육즙이 풍부하고 피도 살짝 보이는 고기를 칼로 썰거나 붉은 포도주 잔을 비웠다. 그의 동작 하나하나에서 건강함과 활력이 흘러넘쳤다.

안드레아 스페렐리는 담배에 불을 붙였다. 무리하게 삼키려 해도 음식이 넘어가지 않았고, 극심한 경련으로 위가 뒤집혀 음식을 받아들이지 않았다. 세치나로가 포도주를 따라 주었을 때 그는 포도주와 독을 함께 마신 기분이었다.

그 순간 그다지 섬세하다고 할 수 없는 공작도 수상하다는 생각이 들어 엘레나의 옛 애인을 가만히 바라보았다. 하지만 안드레아는 음식을 먹지 못하는 것 말고는 동요한 기색을 전혀 드러내지 않았다. 차분하게 담배 연기를 허공으로 뿜어 댔고 희색이 만면한 이야기꾼에게 예의 그 약간 빈정거리는 미소를 지어 보였다.

공작이 말했다.

"오늘 처음으로 우리 집에 올 거야."

"오늘, 자네 집으로?"

"그래."

"이번 달은 로마에서 사랑하기에 더없이 좋은 달이지. 오후 3시부터 6시까지 모든 *buen retiro*(멋진 은신처)에 연인들이 숨어 있을 테니까……."

"그리고 정말로……." 갈레아초가 안드레아의 말을 가로막았다. "그녀는 3시에 올 걸세."

둘 다 시계를 보았다. 안드레아가 물었다.

"이제 나갈까?"

"나가세." 갈레아초가 일어서면서 말했다. "콘도티 거리로 같이 걸어가지. 꽃을 사러 바부이노 거리로 가려고. 자네가 말해 줘. 그녀가 어떤 꽃을 좋아하는지 알지?"

안드레아가 웃음을 터뜨렸다. 잔인한 농담이 입가에 맴돌았다. 하지만 태연하게 대답했다.

"예전에는 장미였지."

두 사람은 바르카치아 분수 앞에서 헤어졌다.

그 시간, 스페인 광장은 벌써 한산한 여름 분위기였다. 몇몇 인부들이 수도관을 수리하는 중이었다. 뜨거운 바람이 불어오자 햇볕에 말라 버린 흙더미에서 흙먼지가 회오리처럼 일었다. 인적 없는 트리니타의 계단이 하얗게 빛났다.

안드레아는 무거운 짐을 끌고 가는 사람처럼 천천히 계단을 올라갔고 두세 계단 올라가서는 걸음을 멈췄다. 집으로 돌아가서 2시 45분까지 자기 방 침대에 누워 있었다. 2시 45분이 되자 집에서 다시 나갔다. 시스티나 거리로 들어서서 콰트로 폰타네로 계속 걸어갔고 팔라초 바르베리니를 지났다. 그 건물에서 조금 떨어진 고서적 가판대 앞에서 걸음을 멈추고 3시가 되길 기다렸다. 늙은 거북처럼 주름진 얼굴에 털이 많은 자그만 몸집의 책 장수가 그에게 책을 몇 권 내밀었다. 남자는 자신이 가진 제일 좋은 책들을 하나하나 골라 안드레아의 눈앞에 내밀며 참을 수 없게 단조로운 코맹맹이 소리로 말했다. 몇 분 후면 3시였다. 안드레아는 책 제목을 보며 팔라초 문을 지켜보았고 쿵쾅거리는 자신의 맥박 소리 속에서 어렴풋하게 들리는 책 장수의 말을 듣고 있었다.

한 여인이 철책 문에서 나와 인도를 따라 광장 쪽으로 내려가더니 대중 마차를 타고 트리토네 거리 쪽으로 멀어져 갔다.

안드레아는 그녀의 뒤를 따라 내려갔다가 다시 시스티나 거리로 접어들어 집으로 돌아왔다. 마리아가 오기를 기다렸다. 침대에 몸을 던지고 가만히 있었는데 이제 고통스럽지 않은 듯했다.

5시에 마리아가 왔다.

그녀가 숨을 가쁘게 내쉬며 말했다.

"알아요? 오늘 저녁 내내, 밤새도록, 내일 아침까지 당신과 함께 지낼 수 있어요."

그녀가 말했다.

"오늘은 처음이자 마지막 사랑의 밤이 될 거예요! 나, 화요일에 떠나요."

그녀는 안드레아에게 입을 맞추며 흐느껴 울었고, 몸을 덜덜 떨며 그를 꼭 껴안았다.

"내일 아침을 보지 않게 해 줘요! 날 죽여 줘요!"

초췌한 그의 얼굴을 보고 그녀가 물었다.

"괴로워요? 당신도…… 이제 만날 수 없다고 생각하는 거죠?"

그녀에게 말을 하고 대답하는 게 너무 힘들었다. 혀가 굳어서 말이 나오지 않았다. 얼굴을 감추고 그녀의 눈길을 피하고 질문에서 도망치고 싶다는 본능적인 욕구에 사로잡혔다. 그녀를 위로할 수도, 속일 수도 없었다. 제대로 나오지도 않는, 알아듣기 힘든 목소리로 말했다.

"조용히."

그는 마리아의 발치에 웅크리고 앉았다. 그녀의 무릎에 머리를 기대고 아무 말 없이 오랫동안 앉아 있었다. 마리아가 두 손을 그의 관자놀이에 댔다. 불규칙적이고 격렬하게 맥이 뛰는 게 느껴졌고 그가 몹시 괴로워한다는 걸 알아차렸다. 이제 그녀는 자신의 고통이 아니라 그의 고통 때문에 괴로웠다. 오로지 그의 고통만 느낄 뿐이었다.

그가 일어섰다. 그녀의 손을 잡고 다른 방으로 그녀를 데려갔다. 마리아는 그의 뜻을 따랐다.

침대에서 미친 사람같이 뜨겁게 달아오른 안드레아 때문에 마리아는 당황하고 놀라서 소리쳤다.

"무슨 일이에요? 대체 무슨 일이에요?"

그녀는 그의 눈을 보고 싶었고, 이런 광기의 이유를 알고 싶었다. 그런데 그는 계속 그녀의 가슴에, 목에, 머리에, 베개에 얼굴을 묻었다.

갑자기 그녀가 베개보다 더 하얗게 질린 채 온몸으로 끔찍한 공포를 드러내며 그의 팔을 뿌리쳤다. 죽음의 품 안에서 막 뛰쳐나온 여인보다 더 혼비백산한 얼굴이었다.

그 이름! 그 이름! 그녀가 그 이름을 들었다!

텅 빈 그녀의 마음속에 깊은 정적이 내려앉았다. 그녀의 마음속에 깊은 심연 하나가 열렸고 온 세상이 단 하나의 생각과 충돌하며 그 심연 속으로 사라지는 듯했다. 그녀의 귀에는 이제 아무 소리도 들리지 않았다. 아무 소리도. 안드레아가 큰 소리로 그녀를 부르고 애원했지만 아무 소용이 없었다.

그녀의 귀에 들리지 않았다. 일종의 본능이 그녀를 행동으로 이끌었다. 옷을 찾아 입었다.

안드레아는 침대에서 미친 듯이 흐느꼈다. 그녀가 방을 나가고 있다는 걸 알아차렸다.

"마리아! 마리아!"

귀를 기울였다.

"마리아!"

문 닫히는 소리가 들렸다.

3

6월 20일 월요일, 오전 10시에 과테말라 전권 공사 자택의 가구와 세간 경매가 시작되었다.

무더운 아침이었다. 벌써 여름이 로마 위에서 불타고 있었다.

해를 가리기 위해 희한한 흰색 모자 같은 것을 쓴 말들이 끄는 마차 철도(tramways)들이 끊임없이 나치오날레 거리를 오갔다. 짐을 잔뜩 실은 마차들이 길게 늘어서서 선로를 차지하고 있었다. 강렬한 태양이 내리쬐는 가운데 나병에 걸린 것처럼, 각양각색의 광고들로 지저분하게 도배된 집들 사이에서 날카로운 나팔 소리가 채찍 소리와 마부들의 고함 소리와 뒤섞였다.

안드레아는 한참 동안 정처 없이 거리를 배회하다가 그 집의 문지방을 넘기로 결심했다. 심한 피로를, 육체가 죽음을 필요로 하는 듯 보일 정도로 공허하고 절망적인 피로를 느끼고 있었다.

짐꾼 하나가 가구를 어깨에 메고 문을 나와 거리로 가는 것을 보고서 가까스로 결심했다. 그는 건물 안으로 들어가 재빨리 계단을 올랐다. 층계참에서 경매인의 목소리가 들려왔다.

"낙찰합니다!"

경매대는 가장 넓은 방, 불상이 있는 그 방이었다. 주변에 물건을 살 사람들이 몰려 있었다. 대부분 상인들과 중고 가구 판매상, 고물상 등 신분이 낮은 사람들이었다. 여름이어서 전문가들은 별로 보이지 않았고 귀중한 물건을 헐값에 챙길 수 있다고 확신한 고물상들이 몰려들었다. 그런 불결한 사람들이 내뿜는 불쾌한 냄새가 후터분한 공기 중으로 퍼져 나갔다.

"낙찰합니다!"

안드레아는 숨이 막혔다. 그는 다른 방들을 돌아보았다. 다른 가재도구들은 모두 경매장에 모아 두어 방에는 벽에 걸린 태피스트리와 커튼과 도어 커튼밖에 없었다. 두툼한 카펫 위를 걷고 있는데도 자신의 발소리가 또렷하게 울려 퍼졌다. 둥근 천장에 메아리가 가득 차 있기라도 하듯.

반원형의 방을 발견했다. 벽은 진한 빨간색이었는데 금빛이 여기저기서 반짝였다. 신전이나 무덤 같은 이미지였다. 기도나 죽음을 위해 만들어진, 슬프면서도 신비한 은신처 같은 이미지였다. 활짝 열린 창문으로 강렬한 햇빛이 그 방을 모독하듯 들어왔다. 빌라 알도브란디니의 나무들이 보였다.

안드레아는 경매장으로 돌아왔다. 다시 악취가 코를 찔렀다. 뒤를 돌아보자 한쪽 구석에 페렌티노 공작 부인이 바르바렐라 비티와 함께 있었다. 그녀들에게 다가가며 인사했다.

"그래, 두젠타, 뭘 구입했어요?"

"아무것도 구입하지 않았습니다."

"전혀요? 난 당신이 전부 다 살 거라고 생각했는데."

"왜 그런 생각을?"

"낭만적으로…… 생각했지요."

공작 부인이 웃었다. 바르바렐라도 따라 웃었다.

"우리는 가려고요. 냄새 때문에 더 있을 수가 없어요. 다음에 봐요, 두젠타. 마음을 달래 봐요."

안드레아는 경매대 가까이 갔다. 경매인이 그를 알아보고 말을
걸어왔다.

"백작님, 원하시는 물건 있습니까?"

안드레아가 대답했다.

"한번 보겠소."

경매는 빠르게 진행됐다. 안드레아는 자기 주변에 있는 고물상
들의 얼굴을 보았다. 그들의 팔꿈치와 발이 자기 몸에 닿는 게 느
껴졌다. 그들의 입김이 얼굴을 스치는 것도. 그는 구역질이 나서
숨이 막혔다.

"하나! 둘! 셋"

나무망치 소리가 그의 마음속에서 울려 퍼지다가 그의 관자놀
이를 아프게 때렸다.

그는 불상과 대형 옷장, 마욜리카 도기와 직물 몇 가지를 샀다.
갑자기 출입문 쪽에서 여자들 목소리와 웃음소리, 옷자락 스치는
소리가 들렸다. 갈레아초 세치나로와 마운트 에지컴 후작 부인이
나란히 들어오는 게 보였다. 루콜리 백작 부인과 지노 봄미나코,
조바넬라 다디도 함께였다. 그 신사들과 귀부인들은 큰 소리로 웃
고 떠들었다.

안드레아는 경매대를 둘러싼 인파들 속에 몸을 움츠리며 숨어
보려 했다. 그들 눈에 띌지도 모른다고 생각하자 몸이 떨렸다. 그
들의 목소리와 웃음소리가 숨 막히는 더위 때문에 땀에 젖은 이
마들 위를 지나 그의 귀에까지 닿았다. 다행히 그 유쾌한 일행은
몇 분 뒤 경매장을 떠났다.

그는 자신에 대한 혐오감을 누르고 정신을 잃지 않으려 애를 쓰
며 모여 있는 사람들 틈을 비집고 길을 냈다. 부패한 그의 마음에

서 올라오기라도 하듯 형언할 수 없게 씁쓸하고 구역질 나는 맛이 입안에서 느껴졌다. 그 집에서 나오자 낯선 무리들과 접촉해서 알 수 없는 불치병에 감염된 것만 같았다. 육체적인 고통과 정신적인 고통이 한데 뒤섞였다.

거리로 나가 강렬한 햇빛 아래 섰을 때는 약간 현기증이 났다. 휘청거리는 발걸음으로 마차를 찾았다. 퀴리날레 광장에서 마차를 한 대 발견하고 팔라초 주카리로 가게 했다.

하지만 저녁이 되자 아무도 없는 그 집을 다시 한 번 보고 싶다는, 주체할 수 없는 갈망에 사로잡혔다. 그래서 다시 그 계단을 올라갔다. 짐꾼들이 가구를 팔라초 주카리로 옮겼는지 물어본다는 핑계로 안으로 들어갔다.

한 남자가 대답했다.

"방금 가져갔습니다. 여기 오시다가 보셨을 텐데요, 백작님."

방에는 거의 아무것도 남아 있지 않았다. 커튼을 떼어 버린 창문에서 불그레한 석양빛이 들어왔고 아래쪽 거리의 소음이 고스란히 들렸다. 벽에서 태피스트리를 떼어 내는 남자들이 아직 있었는데, 태피스트리를 떼어 내자 싸구려 꽃무늬 벽지가 드러났고 여기저기 구멍과 찢어진 곳이 보였다. 카펫을 걷어 내서 둘둘 마는 남자들도 있었는데 거기서 올라오는 뿌연 먼지들이 햇빛을 받아 빛났다. 한 남자가 저속한 노래를 흥얼거렸다. 먼지와 파이프 담배 연기가 뒤섞여 천장까지 올라갔다.

안드레아는 도망치듯 나왔다.

왕궁 앞 퀴리날레 광장에서 군악대가 연주를 했다. 금속음의 물결이 불이 난 것처럼 시뻘건 대기 중으로 넓게 피져 나갔다. 오벨리스크와 분수, 거대한 조각상들이 붉은 대기 한가운데에서 더욱 거대해 보였고 감지할 수 없는 불길에 감싸인 듯 붉게 물들어 있었다. 전투를 벌이는 구름에 지배된 거대한 로마가 하늘을 환하게 밝히는 듯했다.

안드레아는 거의 미친 사람처럼 도망쳤다. 퀴리날레 거리로 들어서서 콰트로 폰타네로 내려갔다. 유리창들이 반짝이는 팔라초 바르베리니 철책 곁을 스치듯 지나 팔라초 주카리에 도착했다.

짐꾼들이 크게 소리치며 마차에서 가구들을 내리고 있었다. 몇몇 짐꾼들은 어느새 옷장을 지고 힘겹게 계단을 오르고 있었다.

그는 안으로 들어갔다. 옷장이 계단을 다 차지해서 그는 앞으로 나아갈 수 없었다. 집 안으로 들어갈 때까지 천천히 한 계단 한 계단 옷장을 따라갔다.

프란카빌라 알 마레에서, 1888년 7~12월

8 **파올로 베로네세** Paolo Veronese(1528~1588). 베네치아파(派)에 속하는 이탈리아 화가.

갈레아초 마리아 스포르차 Galeazzo Maria Sforza(1444~1476). 밀라노의 공작. 미술과 음악의 후원자로 유명하다.

아이아스 Aeas. 그리스 신화 속의 영웅. 충실함과 끈기를 상징한다.

9 **가이우스 발레리우스 카툴루스** Gaius Valerius Catullus(BC 84~54). 고대 로마의 서정시인.

13 **산 실베스트로** San Silvestro. 12월 31일에서 1월 1일 사이의 밤을 가리키는 이탈리아어.

팔라초 주카리 Palazzo Zuccari. 팔라초 주카리는 로마 트리니타 데이 몬티 광장의 시스타나 거리와 그레고리아나 거리 사이에 있는 건물로 마니에리슴의 화가 페데리코 주카리(1540~1609)에 의해 건축되었다. 1711년 개조되어 폴란드 왕비 마리아 카지밀라의 주거지로 사용되었고, 독일의 미학자 빙켈만도 잠시 거주했다. 팔라초는 이탈리아에서 중세에 지어진 관청이나 귀족의 저택을 지칭하며 일반적으로 큰 건물을 가리킨다. 이 소설에 나오는 팔라초는 대부분 실제로 존재하는 유명한 건물들이다.

14 **카스텔 두란테** Castel Durante. 우르비노 근교에 있는 중세 이래 도기의 산지로, 특히 16세기에는 루치오 돌체 등이 그림을 그린 도기로 널리 알려졌다.

15 **안토니오 다 코레조** Antonio da Correggio(1489~1534). 이탈리아의 화가.

16 **포르타 피아** Porta Pia. 3세기에 건축된, 로마를 에워싼 아우렐리우스 성벽에 있는 문.

18 **팔라초 파르네세** Palazzo Farnese. 로마에 있는 추기경 알레산드로 파르네세(후에 교황 바오로 3세)의 저택. 미켈란젤로가 공사 일부를 맡아 1589년 완성했다. 2층에는 아고스티노 카라치와 안니발레 카라치의 유명한 프레스코 벽화가 있다. 현재는 주이(駐伊) 프랑스 대사관.

31 **가르멜** Carmel. 가르멜 수도회의 수도복에 쓰이는, 갈색 모 원단.
앙피르 스타일 Empire style. 1800~1830년경에 프랑스에서 유행한 실내 장식·공예·건축·가구·복식(부인용) 등의 고전 양식.

32 **팔라초 키지** Palazzo Chigi. 로마 시내에 있는 건물로, 1961년부터 이탈리아 정부 청사와 총리 관저로 쓰였다.
달마티카 dalmatica. 고대 로마 말기부터 중세에 걸쳐 남녀가 함께 입었던 직선 재단의 T 자형 겉옷. 소매가 길고 폭이 넓으며 양옆이 터져 있고 길이가 무릎까지 오는 옷으로 6세기 이후에 로마 가톨릭과 성공회에서 사용하는 기독교의 전례 의상이다.

36 **넬리 오브라이언** Nelly O'Brien. 영국의 초상화가 레이놀즈(1723~1792)의 작품.

37 **From Dreamland—A stranger hither** A. 메리 F. 로빈슨(A. Mary F. Robinson)의 시 「잠자리에게(To a Dragon Fly)」의 한 구절.

43 **모나 아모로시스카인지 랄도미네** Mona Amorrosisca/Laldomine. 아뇰로 피렌추올라(Agnolo Firenzuola)의 『여인의 미에 대한 대화(*Dialogo delle bellezze delle donne*)』(1541)와 『논의들

(*Ragionamenti*)』(1548)에 등장하는 여인의 이름.

49 **시모네타 카타네오 베스푸치** Simonetta Cattaneo Vespucci(1453~ 1476). 피렌체 최고의 미녀로 칭송받았고 줄리아노 데 메디치의 연인이었다. 산드로 보티첼리의 「비너스의 탄생」의 모델로 알려져 있다.

알비우스 티불루스 Albius Tibullus(BC 48?~19?). 아우구스투스 시대 로마의 비가 시인.

50 **샤를** Charles. 1467년부터 1477년까지 부르고뉴를 통치한 공작.

얀 호사르트 Jan Gossaert(1478~1532). 플랑드르의 화가 얀 마뷔즈의 본명. 플랑드르 회화에 이탈리아 르네상스 양식을 도입한 선구자의 한 사람으로 꼽힌다.

54 **카라치 형제** Caracci. 이탈리아의 화가인 아고스티노 카라치와 안니발레 카라치.

알레산드로 알바니 Alessandro Albani. 18세기의 이탈리아 추기경. 신고전주의 회화의 후원자였다.

루니 Luni. 대리석의 산지 카라라 근교로, 특히 질 좋은 대리석을 생산한다.

테피다리움 tepidarium. 본래 고대 로마의 공중목욕탕의 뜨거운 욕실과 차가운 욕실 사이에 있는 공간으로 사람이 느긋하게 쉬며 담화를 나누거나 가벼운 운동을 하는 곳. 여기서는 트리니타 데이 몬티 성당을 가리킨다.

산 마르티노의 여름 estate di San Martino. 늦가을에서 초겨울로 넘어가기 직전에 나타나는 맑고 따듯한 날. '인디언 서머'를 가리킨다.

55 **토머스 로런스** Thomas Lawrence(1769~1830). 영국의 초상화가.
샤프츠베리 백작 영애 토머스 로런스가 그린 초상화.

57 **위베르 그라블로** Hubert Gravelot(1699~1773). 프랑스의 삽화가.

60 **다이묘** 大名. 일본에서 헤이안 시대에 등장하여 19세기 말까지 각

지방의 영토를 다스리며 권력을 행사한 유력자를 지칭하는 말.

62 **돈나** donna. '여자'라는 뜻의 이탈리아어로, 귀부인을 칭할 때 쓰이기도 한다.

무라노 Murano. 베네치아 특산품인 유리 세공품으로 유명한 섬.

63 **부라노** Burano. 베네치아 본섬에서 수상 버스로 한 시간 거리에 있는 섬으로, 특산품인 레이스가 유명하다.

튈 tulle. 베일·이브닝드레스 등에 사용하는 얇은 망 모양의 비단.

64 **메두사** Medusa. 현재 이 그림은 레오나르도가 그린 것이 아니라 카라바조의 영향을 받은 17세기의 화가가 그린 것으로 되어 있다.

65 **가쓰시카 호쿠사이** 葛飾北斎(1760~1849). 일본 에도 시대에 활약한 목판화가이자 삽화가로, 프랑스 인상파 화가들에게 영향을 미쳤다.

67 **도무스 아우레아** domus aurea. '황금의 집'(도무스 아우레아)은 고대 로마 황제 네로가 짓게 한 호화로운 궁전이지만, 여기서는 '멋진 집'과 같은 뜻.

68 **성모 수태 원주** 로마 스페인 광장에 서 있는 기념물. 대리석 원주 위에 청동의 성모 마리아 상이 놓여 있다.

주현절 1월 6일 기독교의 축일. 예수가 30회 생일에 세례 요한에게 세례를 받고 하느님의 아들로 공증(公證)받았음을 기념하는 날.

69 **루이** louis d'or. 루이 18세 때 처음 만들어진 프랑스 금화인 루이 도르.

70 **파우누스** Faunus. 로마 신화에 등장하는 전원의 신. 그리스 신화에 등장하는 판 신과 똑같이 인간의 상반신과 염소의 하반신을 갖고 머리에는 염소의 뿔과 귀가 붙어 있다. 판 신이나 사티로스와 동일시되기도 한다.

앙투안 와토 Antoine Watteau(1684~1721). 프랑스 로코코 회화의 대표적 화가.

키테라 섬 Cythera. 펠로폰네소스 남쪽에 있다는, 아프로디테를

섬기는 신전이 있는 전설상의 섬이다.

72 **루키우스 베루스** Lucius Verus. 로마의 황제. 마르쿠스 아우렐리우스와 함께 로마를 통치했다.

75 **아뇰로 피렌추올라** Agnolo Firenzuola(1493~1543). 이탈리아의 시인. '훌륭한 장인의 손으로'와 '목동 앞에 선 팔라스의 팔' 모두 그의 작품에서 인용했다.

    팔라스 Pallas Athena. 팔라스 아테나.

    제가~다나에 갈 겁니다 다나에를 연모한 제우스가 황금 구름으로 변신해서 매일 밤 다나에에게 스며들었다는 그리스 신화를 소재로 한 코레조의 그림을 가리킨다.

76 **도** Ut. 17세기까지 이탈리아에서 사용하던 음표로, 현재의 '도'에 해당한다. 다른 나라에서는 C로 불린다. 크리스티안 슈바르트가 각 음표를 설명하며 C 단조를 사랑, 병약한 사랑, 불행한 사랑과 연결시켰는데, 단눈치오가 이러한 의미를 이용한 듯하다.

78 **안키세스** Anchises. 트로이의 왕자로, 베누스는 그와의 사이에서 아이네이아스를 낳는다.

81 **루크레치아 크리벨리** Lucrezia Crivelli. 밀라노의 군주 루도비코 스포르차(루도비코 일 모로) 공작의 정부. 레오나르도 다빈치의 「페로니에르를 한 아름다운 여인」의 실제 인물로 추정된다.

82 **네쓰케** 根付. 일본 전통 의상인 기모노를 입을 때 물건을 허리춤에 차서 보관할 수 있게 만든 장식품.

85 **메타우로** Metauro. 카스텔 두란테가 있는 지역의 계곡 이름. 따라서 '메타우로의 도기'는 '카스텔 두란테의 도기'와 같은 뜻이다.

86 **크리스토포로 포파** Cristoforo Foppa(1452~1527). 통칭 카라도소(Caradosso)는 밀라노의 군주 루도비코 스포르차의 전속 금세공 장인.

    마욜리카 majolica. 중세 말기 이후에 이탈리아 각지에서 만들어진 채화 도기.

안토니오 델 폴라이우올로 Antonio del Pollaiuolo(1432~1498). 르네상스 시대의 이탈리아 화가이자 조각가, 보석 세공사.

87 **옥수** 玉髓. 석영의 일종.

89 **움브리아** Umbria. 이탈리아 중부에 있는 주.

마리 레슈친스카 Marie Leszczinska. 폴란드 왕실에서 시집간 프랑스 루이 15세의 왕비.

조토 디본도네 Giotto di Bondone(1266?~1337). 르네상스 회화의 선구자.

90 **밀라노의 장인** 카라도소 포파.

96 **안드레아 델 베로키오** Andrea del Verrocchio(1435~1488). 이탈리아의 화가, 조각가, 금세공사.

바티스트 batiste. 최고 품질의 발이 고운 면이나 마직물.

97 **파오로사** pao-rosa. 향수에 사용하는 향료로, 자단(紫檀)나무에서 채취한다.

98 **안니발레 카라치** Annibale Carracci(1560~1609). 바로크 시대의 이탈리아 화가.

99 **로런스 알마 타데마** Lawrence Alma Tadema(1836~1912). 네덜란드에서 태어난 영국의 화가. 로마와 이집트 등 고대 문명의 이상적인 면모를 정교하게 재현하는 작품을 주로 그렸다.

보디스 bodice. 코르셋 위에 입는 여성 옷의 하나.

110 **프란체스코 프리마티초** Francesco Primaticcio(1504~1570). 볼로냐 출신의 화가, 건축가, 조각가.

112 **귀도 레니** Guido Reni(1575~1642). 바로크 시대 이탈리아 화가.

116 **에오스** Eos. 그리스 신화에 나오는 새벽의 여신으로, 달의 여신 셀레네와 자매. 로마 신화의 아우로라.

헤로 Hero. 아프로디테 신전의 여사제. 아프로디테 신전과 바다를 사이에 둔 아비도스에 살던 레안드로스는 헤로에게 반해 밤마다 바다를 건너가 그녀를 만났다.

레아 실비아   Rhea Silvia. 로마 신화에 등장하는, 로물루스와 레무스의 어머니.

어떤 신   군신 마르스(그리스 신화의 아레스).

사랑하는 이여~납치를 당했지요⋯⋯   괴테, 『로마 애가』 제3장.

파우스티나   Faustina. 괴테가 이탈리아에 머물 때 사랑했던 여인으로 괴테는 『로마 애가』에서 그녀를 묘사했다.

117   **로드리고 보르자**   Rodrigo Borgia. 교황 알렉산데르 6세의 속명. 체사레 보르자와 루크레치아 보르자의 아버지이다.

갈라테이아의 방   라파엘로의 「요정 갈라테이아의 승리」가 있는 빌라 파르네시나의 방.

118   **에르마프로디테의 작은 방**   에르마프로디테(헤르마프로디토스)는 그리스 신화의 헤르메스와 아프로디테의 아들. 그를 사랑하는 님프 사르마체(살마키스)에게 사로잡힌 뒤, 그녀와 합쳐져서 이른바 양성을 가진 자가 되었다. 헬레니즘 시대에 만들어진 에르마프로디테의 조각상이 로마의 테르메 박물관의 작은 방에 있다.

로마여~로마도 로마가 아닐지니   괴테, 『로마 애가』 제1장.

122   **너의 눈앞에서~작품을 생산해 내지 않는다면**   괴테, 『연인의 독백』.

청신체파   淸新體派. 단테를 중심으로 부드럽고 새로운 시체를 추구했던 시 경향.

123   **이폴리트 텐**   Hippolyte Taine(1828~1893). 프랑스의 실증주의 철학자, 사상가, 비평가, 역사가. 과학적 방법으로 인간성을 연구했고 오귀스트 콩트의 실증주의적 방법을 응용해 과학적으로 문학을 연구했다.

헤르마프로디토스   Hermaphroditos. 그리스 신화에 나오는 헤르메스와 아프로디테 사이에서 태어난 아들. 오비디우스의 『변신 이야기』에 따르면 본래 미남자였으나 물의 요정 살마키스와 융합하여 반남반녀 양성구유의 몸이 되었다. 암수한몸을 의미하는 용어인 '헤르마프로디테(hermaphrodite)'는 헤르마프로디토스의 이름에서 유래한 것이다.

안젤로 폴리치아노 Angelo Poliziano(1454~1494). 이탈리아의 시인·인문주의자.

메조틴트 mezzotint. 이탈리아어로 '중간 색조'를 뜻하는 mezzatinta에서 유래한 용어로, 부드럽고 미묘한 색조 변화를 얻을 수 있는 판화 기법.

124 **루도비코 일 모로** Ludovico il Moro(1452~1508). 루도비코 마리아 스포르차. 밀라노의 공작. 얼굴빛과 머리가 검어서 일 모로(무어인)라는 별명으로 불림.

125 **피에르 드 부르데유 브랑톰** Pierre de Bourdeilles Brantome (1540~1614). 프랑스의 군인, 회상록 작가.

127 **뤼카스 판레이던** Lucas van Leyden(1494?~1533). 네덜란드의 판화가.

시지스몬도 말라테스타 Sigismondo Malatesta(1417~1468). 리미니의 군주.

128 **티치아노의 시간** 티치아노가 그린 것 같은 금색을 띤 황혼 무렵.

129 **베드로 성당의 돔** 산탈레시오 교회 뜰에 연결된 문의 열쇠 구멍에서 들여다보면, 테베레 강 너머 성 베드로 대성당의 큰 돔을 볼 수 있다.

133 **트래버틴** travertine. 장식재로 쓰이는 석회암.

카추차 Cachoucha. 볼레로와 비슷한 3박자의 에스파냐 춤곡.

135 **히폴리투스** Hippolytus. 그리스 신화의 영웅 테세우스의 아들. 계모인 파이도라가 그를 사랑하여 자살했다.

힐라스 Hylas. 그리스 신화에서 헤라클레스가 사랑한 미소년.

137 **돌체부오노라는 그 성** '돌체부오노'는 '부드러운(dolce)'이라는 형용사와 '선량한(buono)'이라는 형용사가 합성된 성이다.

139 **어느 곳을 보아도～그에 더해지므로** 로렌초 일 마니피코(1449~1492)의 『무도곡(*Canzoni a ballo*)』에 수록된 칸초네.

폴리필루스의 꿈 1499년 발표된 프란체스코 콜론나의 소설.

도소 도시의 키르케 보르게세 미술관에 소장된, 그리스 신화의 악녀 키르케를 주제로 한 도소 도시(Dosso Dossi, 1479~1555)의 그림.

140 **디렉투아르 스타일** Directoire style. 18세기 말에 유행한 프랑스의 건축·실내 장식·가구·복장 등의 양식.

마담 르카미에 Madame Recamier. 19세기 초반 프랑스의 정계와 예술계에 강력한 영향력을 행사했던 여인으로, 프랑수아 제라르가 그린 「마담 르카미에」가 있다.

145 **미칭 말리코** 안드레아의 말 이름으로, 셰익스피어 『햄릿』 제3막 제2장에서 햄릿이 오필리아에게 말하는 대사에 나온다. "This is miching mallecho; it means mischief〔미칭 말리코. 그러니까 은밀한 악행(장난)이란 뜻이오〕." 단눈치오는 신문 칼럼에 기고할 때 이 이름을 필명으로도 사용했다.

154 **버킹엄 공과 로잔 공** 버킹엄 공(1592~1628)은 영국의 제임스 1세와 찰스 1세 치하에서 최고의 요직에 있었지만, 반대 세력에 의해 암살당했다. 로잔 공(1632~1723)은 프랑스의 루이 14세의 신하로, 정치적·군사적으로도 수완을 발휘한 한편, 루이 13세의 조카 루이즈 도를레앙(Grande Mademoiselle Monpensier)과의 비밀 결혼이 드러나 투옥되었다.

157 **카밀로 아그리파** Camillo Agrippa. 르네상스 시대의 검객, 펜싱 이론가.

158 **카운터 패리** counter parry. 펜싱의 수비 기술.

글리세 glisser. 상대편의 칼을 눌러 미끄러지게 하면서 찌르는 펜싱 기술.

160 **디싱게이지** disengage. 자신의 칼을 상대편의 칼 아래로 지나게 해 새로운 공격 라인을 구축하는 펜싱 기술.

162 **성모성월** 聖母聖月. 성모 마리아와 관련된 5월을 가리킨다.

172 **빌라 스키파노이아** 이 빌라는 가공의 장소로, '권태로부터 달아나

다', '권태를 피하다'라는 의미다.

175 **인간은 별을 가지고 싶어 하지 않는다. 다만 그 빛을 좋아할 뿐**   괴테의
「눈물의 위로(Trost in Tränen)」의 한 구절.

눈부신 소용돌이   단테의 『신곡』 '천국' 제30곡에 등장하는 구절.
제30가 68.

183 **하르피이아**   Harpyia. '약탈하는 여자'라는 뜻으로 그리스 신화에
등장한다. 여자의 얼굴에 새의 몸을 날개와 날카로운 발톱을 가진
하르피이아는 신들의 비밀을 인간들에게 알려 준 죄로 제우스의
벌을 받은 트라케의 왕 피네우스가 식사하려 할 때마다 식탁을 더
럽히고 음식물을 게걸스레 먹어 대고 음식물을 고약한 냄새가 나
는 배설물로 만들었다.

184 **εύλάθεα**   고대 그리스어 'eulabeia'.

현대 시인   단눈치오 자신을 가리킨다. 인용된 소네트는 단눈치오
자신의 작품으로 『키메라(La Chimera)』에 '우화(Parabola)'라는
제목으로 실렸다.

185 **괴테의 시**   괴테의 「예술가의 아침의 노래」를 가리킴.

Ich trete vor dem Altar hier(나 여기 제단 앞으로 나아가)

und lese wie sichs ziemt(공손하게 예배의 한 구절)

Andacht liturgscher Lektion(읽으며 기도를 드리네)

im heiligen Homer(신성한 호메로스를 읽으며).

187 **코린트식 기둥**   코린트 기둥 양식은 그리스 건축가 칼리마코스가
무덤에 둔 바구니 밑에서 아칸서스가 무성하게 자라 바구니를 뒤
덮은 모습에서 영감을 얻어 만들었다.

사르마체   사르마체는 살마키스를 이탈리아어로 읽은 것.

188 **시는 모든 것이다**   단눈치오 자신의 시집 『이조테오(L'Isotteo)』에
수록된 「에포도(Epodo)」의 마지막 시구이다.

189 **가슴속에서 나의 생각들이/가볍게 순식간에 떠나는구나**   로렌초 일 마
니피코(로렌초 데 메디치, 1449~1492)의 칸초네.

196 **자코모 다 비뇰라** Giacomo da Vignola(1507~1573). 이탈리아의 건축가. 이탈리아 마니에리스모 건축의 거장으로 바로크 양식을 예견했다.

197 **시인** 앙드레 드 라 비뉴(André de la Vigne)를 가리킨다. 시집으로 『영광의 과수원(*Le Vergien d'honneur*)』이 있다.

퐁파두르 Pompadour. 프랑스 왕 루이 15세의 애첩.

199 **엘리사와 티루스** 엘리사는 그리스·로마 신화에 나오는 아이네이아스를 사랑한 카르타고의 전설적인 여왕으로 디도라고도 불린다. 원래 현재의 레바논인 티루스의 왕 벨로스의 딸이었으나 아버지가 죽고 왕위에 오른 오빠 피그말리온이, 엘리사 남편의 재산을 노리고 남편을 살해하자 부하들을 데리고 아프리카로 가서 카르타고를 세웠다. 티루스는 옛 페니키아의 항구 도시로, 자줏빛 피륙으로 유명했다.

201 **그렇게 그가 장미와 말씀을 나눠 주셨네** 페트라르카의 『칸초니에레(*Canzoniere*)』에 실린 소네트 245의 한 행.

몬나 monna. '돈나'처럼 귀부인을 일컫는 칭호.

202 **조반니 로렌초 베르니니** Giovanni Lorenzo Bernini(1598~1680). 바로크 시대의 조각가이자 건축가.

203 **자크 칼로** Jacques Callot(1592~1635). 프랑스의 동판화가.

204 **스톨라** stola. 여성용 긴 옷.

210 **알카이오스** Alkaeos. 기원전 7~6세기의 그리스 시인. 레스보스 섬 출신으로 시인 사포와 동향이다. '카이오스풍'이라 일컬어지는 독특한 운율로써 술과 사랑을 노래했고 신에의 찬가, 사포와의 사랑 노래 등이 있다.

212 **프리아모스** Priamos. 그리스 신화에 나오는 트로이의 마지막 왕. 여러 여인들과 결혼하여 50여 명의 자식을 두었다고 함.

214 **조반니 파이시엘로** Giovanni Paisiello(1740~1816). 이탈리아의 작곡가. 18세기 오페라 부파의 작곡가로 모차르트에게 큰 영향을

주었다. 1백 곡이 넘는 오페라와 많은 종교곡과 교향곡을 작곡했다. 오페라 「세비야의 이발사」가 있다.

215 **성 마르틴** 가을과 늦가을 사이에 비정상적으로 더운 날이 계속되는 기간. 인디언 서머라고도 칭한다.

216 **로지아** loggia. 이탈리아 건축에서, 한쪽 벽이 없이 트인 방이나 홀을 이르는 말.

캄파니아 Campania. 이탈리아 남부 지중해에 면한 지역.

마드리갈 madrigal. 14세기에 이탈리아에서 일어난 자유로운 형식의 가요. 짧은 목가(牧歌)나 연애시에 곡을 붙인 것으로 명랑하고 즐거운 기분을 나타내는 것이 많으며, 보통 반주 없이 합창으로 부른다.

236 **마그나그라이키아** Magna Graecia. 이탈리아 남부에 있던 고대 그리스의 식민 도시들.

237 **오베르망** Obermann. 에티엥 세낭쿠르(Étienne Senancour, 1770~1846)의 소설 『오베르망』의 주인공. 세상에서 의미를 찾지 못하는 영민한 청년이 염세적인 권태와 실존적 불안을 토로하는 서간체 소설로 프랑스 낭만주의의 선구적인 작품이다.

248 **코멘다토레** Commendatore. 중세 기사 계급 중 하나로, 여기선 모차르트의 오페라 『돈 조반니』에 등장하는 돈나 안나의 아버지를 가리킨다. 돈 조반니에게 살해되었다가 유령으로 등장한다.

250 **작은 꽃들** 성 프란체스코 생전의 일화를 수록한 책.

253 **타데오와 시모네** 시에나파(派)의 대표적인 화가 타데오 디 바르톨로(1362~1422)와 시모네 마르티니(1284~1344)를 가리킴.

한스 멤링 Hans Memling(1430~1494). 플랑드르파 독일 화가.

255 **뱀같이 슬기롭고 비둘기같이 양순해야 한다** 「마태오의 복음서」 10장 16절.

260 **아리엘** Ariel. 중세 전설에 등장하는 공기의 요정. 셰익스피어의 『템페스트』에 등장한다.

261 우리들 모두가 걷는 인생의 큰길에~그가 가는 곳 어디든 따라온다는 걸 알아차리는 사람은 더 적다　이 문단은 셸리의 시 「알레고리(An Allegory)」에 대한 단눈치오의 해석이다.

276 훨씬 더 완벽한 형태와 색을 지니고 있었다　이 구절은 셸리의 「제인에게: 기억(To Jane: The Recollection)」에서 인용했다.

288 and forget me~Be thine　셸리의 시, 「환자에게 매력적인 아가씨(The Magnetic Lady to Her Patient)」(1822)의 2행.

301 수기　high warp loom. 날실이 세로로 배열되는 직조기.

302 클로드 로랭　Claude Lorrain(1600~1682). 17세기 프랑스 회화를 대표하는 화가·판화가. 로마 유적을 담은 풍경화를 많이 남겼다. N. 푸생과 함께 17세기 프랑스 회화를 대표한다.

303 그레이트 데인　Great Dane. '커다란 덴마크 사람'이라는 뜻으로, 독일 원산의 초대형견.

309 아나바시스의 퇴각　고대 그리스의 군인이자 역사가인 크세노폰의 『아나바시스』에 기록된 그리스 용병들의 퇴각. 어렵고 위험한 군대의 퇴각을 가리킨다.

310 클로디옹　Clodion. 본명은 클로드 미셸(1738~1814). 프랑스의 조각가로 그리스·로마 신화에서 따온 제재로 많은 작품을 남겼다.

316 줄리아 파르네세　Giulia Farnese. 교황 알렉산데르 6세(1431~1503)의 정부.

제5실　바티칸에 있는 보르자의 방.

핀투리키오　Pinturicchio(1454~1513). 르네상스 시대 화가 베르나르도 디 베토의 다른 이름. 교황 알렉산데르 6세의 명령으로 줄리아 파르네세를 모델 삼아 아기 예수를 안은 성모 마리아로 벽화를 그렸다. 교황 알렉산데르는 마리아를 경모하는 자세로 그려졌다.

올라 포드리다　olla podrida 여러 가지 고기와 콩, 채소들을 넣고 끓인 스페인 요리.

318 아스트라한　astrakhan. 러시아 아스트라한 지방에서 자란 새끼 양

의 가죽으로 만든, 곱슬한 털이 있는 검은 모피.

마담 드 파라베르 Madame de Parabére. 섭정왕 오를레앙 공작 필리프 2세의 애인.

320 **두란티네** durantine. 16세기 이탈리아 카스텔 두란테에서 만들어진 마욜리카 식기.

치프리아노 데이 피콜파소 Cipriano dei Piccolpasso(1524~1579). 건축가, 역사학자, 도자기 공예가.

321 **퐁당** fondants. 캔디를 만들거나 케이크와 쿠키 장식의 원료로 쓰는 순백색의 설탕액 혹은 그것으로 만든 캔디나 케이크.

피크프린 Peek-Frean. 1857년에 설립된 영국의 제과 회사.

342 **초치아라** ciociaria. 로마와 나폴리 사이에 있는 지역을 일컫는 말.

그라파 Grappa. 포도주를 만들고 남은 찌꺼기를 증류해서 만든 이탈리아 술.

347 **콰트로 폰타네** Quattro Fontane. '네 개의 분수'라는 뜻. 팔라초 바르베리니는 '콰트로 폰타네' 거리에 있고, 친구들이 사냥 갈 곳은 '트레 폰타네(세 개의 분수)' 지역이다.

354 **메넬라오스** Menelaos. 그리스 신화에 나오는 스파르타의 왕. 절세의 미녀 헬레네의 남편으로 트로이의 왕자 파리스에게 아내를 빼앗겼다.

363 **프리즈** frieze. 건축물 외면이나 내면에 붙인 띠 모양의 장식물.

364 **도갈리 문제** 이탈리아는 1887년에 아프리카 에리트레아의 도갈리에서 식민지 지배를 놓고 에티오피아와 전쟁을 벌여 수많은 병사가 사망했다.

369 **탕드르** Tendre. '탕드르'는 17세기 프랑스 살롱 문화의 대표 주자이자 소설가였던 마들렌 드 스퀴데리의 소설에 나오는 가상의 나라로 사랑과 우정이 넘치는 영토이다.

375 **조반니 바티스타 피라네시** Giovanni Battista Piranesi(1720~1778). 이탈리아의 판화가.

379 **피테르 반 라에르** Pieter van Laer. 로마에 살던 화가로 별명은 '밤보치오(Bamboccio, '통통한 아이'라는 뜻의 이탈리아어)'. 유머러스한 그의 회화 스타일을 가리켜 '밤보치아테(Bambocciate, '피테르 반 라에르의 회화 스타일'을 가르키는 이탈리아어)'라고 칭한다.

바르베리니 공방 바르베리니 추기경이 1630년 로마의 팔라초 바르베리니에 만든 태피스트리 공방.

382 **코니스** cornice. 고전 건축에서 기둥머리가 받치고 있는 세 부분 중 맨 위. 프리즈 위에 있다.

386 **환상 소나타** Sonata-Fantasia. 베토벤 피아노 소나타 13번 「환상곡풍의 소나타」와 피아노 소나타 14번 「월광 소나타」(op. 27).

389 **아리오스토의 경이로운 건물** 아리오스토의 『광란의 오를란도』에 등장하는 마법사 아틀란테의 마법의 성을 가리킨다.

390 **아스포델로스** Asphodelos. 그리스 신화에서 하데스가 다스리는 지하 명부의 들판에 핀 꽃으로 영원히 지지 않는다.

392 **Symphonie en blanc majeur** 테오필 고티에의 시 제목.

394 **디오스쿠로이** Dioskouroi. '제우스의 아들'이라는 뜻으로, 제우스와 레다 사이에서 태어난 쌍둥이 형제 카스토르와 폴룩스를 가리킨다. 보통 폴리데우케스로 불린다. 제우스는 백조로 변신해 레다에게 접근했고 레다는 백조의 알을 낳았다. 그 알에서 카스토르와 폴룩스가 나왔다. 퀴리날레 광장에 거대한 대리석 상이 있다.

399 **파우시아스** Pausias. 기원전 4세기 고대 그리스의 화가.

405 **당신과** 원문은 con te로, '너와 함께'로 직역할 수 있다. 지금까지 마리아가 안드레아에게 존칭을 사용하던 것과 달리 2인칭의 친근한 말투를 처음 사용한다.

당신 원문은 'tu'로, 직역하면 '너'이다.

411 **람프시코스** Lampsakos. 가상의 출판사로, 프리아포스 신을 섬겼던 고대 그리스의 지명.

412 **람프사코스** 그리스의 람프사코스 지역에서 숭배되던 프리아포스

신을 가리킨다. 유난히 큰 성기를 가진 기형적인 모습으로 묘사되며 실체는 번식의 상징인 팔루스(phallus, 남근)이다.

413　**마르쿠스 마르티알리스**　Marcus Martialis. 고대 로마의 풍자시인.

　　프레더릭 레이턴　Frederic Leighton(1830~1896). 영국의 화가, 조각가.

420　**시로코**　sirocco. 북부 아프리카에서 지중해를 건너 지중해의 북안으로 부는 건조 열풍.

440　**바르바도로**　'황금 수염'이라는 뜻의 이탈리아어.

447　**～사랑 그 자체는 죽을 테니**　셸리의 시「죽음(Death)」.

449　for their two hearts in life were single hearted　셸리의 시「묘비명(Epitaph)」.

모방할 수 없는 삶, 예술 작품 같은 삶

이현경

1. 생애

가브리엘레 단눈치오는 아무도 "모방할 수 없는 삶"이나 "예술 작품과 같은 삶"을 인생의 슬로건으로 삼을 정도로 한평생을 독특하게 살면서 수많은 작품들을 남겼다. 그는 시인·소설가·극작가였으며 기자와 정치가로, 군인으로 활약하기도 했다. 그의 작품 속에는 현실과 문학을 노골적으로 대조함으로써 자신의 미적 이상을 확인하고자 하는 의지가 지속적으로 드러난다.

단눈치오는 놀라운 창의력과 믿기지 않을 정도의 빠른 글쓰기로 언어와 이미지들을 조합하여 뛰어난 작품을 선보였는데 그의 이러한 능력은 고갈되지 않는 상상력이나 넘치는 생명력에서 나온 게 아니라 폭넓은 독서와 다양한 경험에서 비롯되었다. 그는 독서를 통해 얻은 지식들을 자신의 글로 재탄생시킬 수 있었고 고전적 글쓰기 모델과 현대적인 모델들을 조합시킬 수 있었다. 또한 당대 유럽 문화의 흐름을 주의 깊게 관찰하던 그는 새로운 것과 독자의 요구에 부응하는 것들을 모두 자신의 것으로 만들 수 있었다. 특히 1880년부터 1900년까지 프랑스 유미주의 문학의 영향을 받은 작품들을 쓰게 된다.

단눈치오는 1863년 이탈리아 아브루초 주 페스카라의 유복한 부르주아 가정에서 5남매 중 장남으로 태어났다. 원래 성은 라파네타(Rapagnetta)이지만 귀족이었던 외삼촌 안토니오 단눈치오에게 유산을 물려받고 그의 성을 따르기로 한다. 1874년부터 1881년까지는 아버지의 뜻에 따라 프라토 지방의 치코니니 기숙 학교에서 고등학교 과정을 마친다. 이 시기에 단눈치오는 고전에 대한 풍부한 교양을 쌓고 이탈리아어를 이용해 뛰어난 형식의 글쓰기 연습을 한다.

1879년에는 아버지가 출판 비용을 지원해서 첫 시집 『이른 봄(*Primo vere*)』을 출간하여 큰 성공을 거둔다. 이 시들은 2년 전 발표된 카르두치의 『야만적 서정시(*Odi barbare*)』를 모델로 쓴 것들이다. 단눈치오는 시집이 출간되고 얼마 되지 않아 자신이 요절했다는 소식을 신문에 알리는데, 나중에 거짓이라는 게 밝혀졌지만 이 때문에 많은 관심 속에 시집 2쇄가 출간된다. 이러한 일화는 단눈치오가 명성에 대한 큰 열망을 품고 있었다는 걸 보여 주기도 한다. 어쨌든 단눈치오는 이 시집으로 문학 잡지와 신문에 기고를 하며 이탈리아 문단에 들어가게 된다. 『이른 봄』뿐만 아니라 1882년 발간된 시집 『새로운 노래(*Canto novo*)』에서도 관능성이 두드러지는데 이러한 관능성은 자연과 동일시되며 나와 여인, 자연에 관한 지속적인 은유가 사용된다.

1881년에는 로마로 이주해 로마 대학 문학부에 등록하지만 졸업하지는 않았다. 그는 시, 소설, 평론 등을 신문에 기고하며, 로마 사교계의 일화들을 다양한 가명을 사용해 기사화한다. 단눈치오는 귀족들의 살롱을 부지런히 드나들며 그 속에서 성공을 거두기 위해 시인으로서의 능력과 고상함을 이용한다. 이렇게 해서 그의 삶과 문학은 서로 떼려야 뗄 수 없는 관계가 된다. 1882년에는 단편집『처녀지(Terra vergine)』를 발표하는데 아브루초를 배경으로 한 단편들은 그 당시의 문학적 경향인 진실주의를 수용하지만 사회적·경제적 문제보다는 원초적이고 야수적인 인간의 본성을 표현하기도 한다.

1883년 사랑의 도피로 물의를 일으킨 뒤 갈레세 공작 가문의 마리아 아르두앙과 결혼하여 귀족이 되고자 하는 야심을 실현한다. 마리아 부모의 반대를 무릅쓰고 결혼했지만 단눈치오의 여성 편력 때문에 이 결혼은 1890년 파경을 맞는다. 그러나 단눈치오에게는 유일한 결혼이었고 이 결혼에서 세 자녀를 얻었다. 단눈치오는 로마에서「라 트리부나(La Tribuna)」지에 정기적으로 글을 쓰며 작가와 기자로 활동한다. 이 시기에 발표된 작품에서는 향락적이고 세기말적인 분위기의 로마가 계속 등장하며 주로 라파엘 전파와 고답파의 문체로 귀족 세계를 표현한다. 첫 장편소설『쾌락』도 이 시기의 작품이다.

1887년에 만난 바르바라 레오니와 1892년까지 고통스러운 사랑을 나누게 되는데, 바르바라는『쾌락』과『죽음의 승리(Il trionfo della morte)』,『로마 애가(Le elegie romane)』,『천국의 시(Il poema paradisiaco)』에 계속 등장한다. 1891년에는 방탕한 생활로 인한 빚을 감당하지 못하고 로마를 떠나 친구인 화가 프란체스코 파올로 미케티와 함께 나폴리로 간다. 2년 동안 나폴리에 머물며「코리에레 디 나폴리」와「일 마티노」지에 기고하며 '가난하지만 눈부신' 시간을 보낸다. 나폴리에서 새로운 여인 마리아 그라비나와 사랑에 빠져 딸과 아들을 낳지만 여전히 경제적으로 어려운 상황을 벗어나지는 못한다.

1894년에는 베네치아에서 여배우 엘레오노라 두세를 만나고 두 사람은 피렌체로 옮겨 가게 된다. 두 사람은 각기 다른 저택에 살았는데 단눈치오는 여기서 르네상스 시대의 귀족 같은 삶을 살았다. 엘레오노라는 단눈치오에게 많은 영감을 주는데, 그녀와 사랑을 나누던 시기에 가장 왕성하게 작품을 쓰며 특히 희곡을 쓰기 시작한다. 연극이 자신의 미학적 이상과 정치적 이상을 전달하기에 가장 적합한 도구라고 생각하여 10여 년 이상 『죽은 도시(*La città morta*)』, 『프란체스카 다 리미니(*Francesca da Rimini*)』, 『요리오의 딸(*La figlia di Iorio*)』 등의 희곡을 발표하는데 엘레오노라 두세가 거의 이 작품들을 직접 연기한다. 이때의 경험은 『불(*Il Fuoco*)』에 담겨 있다. 엘레오노라와의 사적인 관계까지 모두 담아내어 물의를 일으킨 이 작품에서 주인공은 연극이 군중을 지배할 수 있는 수단이라는 것을 발견한다. 이러한 주인공의 생각은 단눈치오의 초인(超人) 시학과도 맞물려 있다.

단눈치오는 니체와 바그너의 영향을 받아 초인 시학을 완성한다. 그의 작품 전반에서 초인 사상을 발견할 수 있기는 하지만 처음으로 분명하게 표현된 작품은 1895년에 발표된 『바위 위의 처녀들(*Le vergini delle rocce*)』이다. 여기서 주인공 클라우디오 칸텔모는 모든 것을 파괴하는 '거대한 괴물'인 군중들을 복종시키기 위해선 귀족 계급을 부활시켜야 한다는 해결책을 제시한다. 그는 이 세계를 극소수의 뛰어난 사람들의 감수성과 사고가 표현된 것으로 보며, 이 소수의 사람들이 이 세상을 창조하고 확장시키고 아름답게 장식했다고 말한다. 주인공을 통해 단눈치오는 이 세상이 선택받은 소수의 뛰어난 사람들이 평범한 다수에게 힘을 행사한다는 생각을 보여 주고 있다. 그러니까 초인은 다수의 미개한 군중 위에 군림하는 인간, 엘리트 의식을 지닌 인간으로 나타나는데 주인공(단눈치오 자신)은 바로 이런 소수의 집단에 속한다는 자각을 하게 되고 이것은 인종 우월주의로 이어진다.

이 시기에 『하늘과 바다와 땅과 영웅들의 찬가(*Laudi del cielo, del mare, della terra, degli eroi*)』 중 세 권, 『마이아(*Maia*)』, 『엘레트라(*Elettra*)』, 『알키오네(*Alcyone*)』를 쓴다. 이 시에서 그는 이탈리아의 영광스러운 역사와 자연을 찬미한다. 『마이아』와 『엘레트라』의 시들은 초인주의 사상과 국수적이고 반민주적인 애국주의에 연결되어 있다. 반면 『알키오네』는 디오니소스적이고 밝은 묘사에서부터 데카당스적인 우울에 이르기까지 다양한 어조로 여름을 묘사하는데 음악적인 세련된 언어로 독특하게 표현한다.

『바위 위의 처녀들』을 발표한 뒤 국회 의원으로 출마해서 당선되기도 했는데 극우파였던 그는 1900년 펠룩스(Pelloux)법이 논의될 때 극좌파가 되어 다음 선거에서는 사회주의당 후보로 출마하지만 낙선한다. 1904년에는 엘레오노라와의 사랑에 종지부를 찍고 그 뒤로도 많은 여인들과 만나고 헤어지는데 그런 여인들은 대개가 불행한 생을 살게 된다. 1910년 그간의 호화로운 생활로 다시 경제적 위기에 빠진 단눈치오는 프랑스로 떠난다. 스스로 '자발적인 유랑'이라고 칭한 프랑스에서의 5년 동안 프랑스 사교계를 드나들며, 이탈리아 신문에 기고하거나 『성 세바스티앙의 순교(*Martyre de Saint Sébastien*)』 같은 작품을 프랑스어로 쓴다. 드뷔시가 이 작품에 곡을 붙였다.

제1차 세계 대전이 발발하자 1915년 이탈리아로 돌아온 단눈치오는 국수주의자들과 함께 연설가로 활동하며 군중들을 선동했다. 시인에서 군인으로 변신해서 52세의 나이에도 군에 입대한다. 예언자적 시인, 영웅적 초인으로 추앙될 정도로 그의 인기는 절정에 올랐다. 1916년 비행기 사고로 한쪽 눈의 시력을 잃고, 치료를 위해 몇 달 동안 베네치아에 머물게 된다. 이때 마리아 그라비나에게서 낳은 딸의 보살핌을 받으며 기억과 성찰을 담은 자전적 성격의 『야상곡』을 쓴다. 또 그동안 쓴 단편들과 잡문들을 정리한다.

그러나 여전히 군인으로서 도발적인 일련의 모험을 계획하고 실행에 옮겼는데, 예를 들어 1918년에는 오스트리아 함대에 어뢰를 투척하기도 하고 비행기 몇 대로 빈(Wien) 상공에서 유인물을 살포하기도 했다. 이러한 그의 모험은 당시 연합군이 주둔해 있던 유고슬라비아의 항구 도시 피우메(현재의 리예카)를 점령하는 데서 절정을 이룬다. 제1차 세계 대전이 끝나자 단눈치오는 이 전쟁을 '불완전한 승리'로 정의하며 국제 연맹의 결정에 반대해 1919년 무력으로 피우메를 점령해 버린다. 사령관으로 15개월 동안 도시를 지배하며 유토피아적 사회주의와 협동조합주의가 결부된 헌법까지 만들지만 그의 자유사상으로 피우메는 규제와 도덕이 무너진 도시가 되고 이탈리아 군대의 개입으로 모험은 끝나고 만다.

1921년부터 단눈치오는 가르도네 리비에라에 있는 가르다 호수의 별장에 칩거하다가 1938년 사망한다. 무솔리니는 몬테네보소 공작 작위를 수여하지만 그를 정치적으로 무력하게 만들려 애썼고, 단눈치오는 무솔리니를 모방자로 간주하며 거리를 유지했다. 1924년부터 1928년까지 「해머의 불꽃」을 쓴다. 과거를 그리는 향수 어린 글로, 자신이 특별한 인물이자 예술가라는 인식이 담겨 있다. 아무도 '흉내 낼 수 없는 삶'을 살았으나 그의 말년의 글들은 삶의 허망함에 대한 쓸쓸한 인식을 드러낸다. 단눈치오의 작품들은 많은 논쟁을 불러일으키며 비판을 받았지만 현대 이탈리아 문학뿐만 아니라 토마스 만이나 제임스 조이스 같은 작가들에게도 큰 영향을 미쳤다.

2. 작품 해설

『쾌락』은 1888년 7월부터 12월까지 '수도원'이라 불리던 아브루 초의 프란카빌라에서 쓰였고, 1889년 출판되었다. 이 시기의 이 탈리아 문학계는 프랑스 자연주의의 영향을 받은 진실주의가 주 도적인 흐름으로 자리 잡고 있었고, 『쾌락』이 발표된 해엔 진실 주의를 대표하는 베르가의 『마스트로 돈 제수알도(*Mastro Don Gesualdo*)』가 출판되기도 했다. 『쾌락』 역시 서사 구조나 표현 방 식에서는 자연주의와 진실주의적인 방법을 택하고 있지만 미세한 심리 분석과 비밀스러운 감각들, 지식인의 복잡한 삶을 심도 있게 파헤치면서 자연주의의 경계를 벗어나, 오히려 데카당스하고 유미 주의적인 분위기를 만들어 낸다. 단눈치오로 인해 이탈리아 문학 계에 처음으로 안드레아 스페렐리라는 데카당스한 인물이 등장한 다. 베네데토 크로체는 "이탈리아 문학사에서 지금까지도 (단눈치 오의) 이질적이고 관능적이고 야수적이고 데카당스한 음악이 울 려 퍼진다"고 말하며, 마리오 프라츠는 이 작품을 "데카당스의 기 념비적인 백과사전"이라고 평가한다.

1895년 단눈치오는 이 소설과 『죄 없는 자(*L'innocente*)』, 『죽음 의 승리』세 작품에 '장미 소설'이라는 이름을 붙여 세 소설이 일 종의 3부작임을 밝힌다. 『쾌락』에는 단눈치오가 경험한 로마 사교 계의 모습이 그대로 담겨 있다. 특히 「라 트리부나」에 발표했던 글 들을 소설에 직접 삽입하기도 했다. 단눈치오는 안드레아 스페렐 리라는 '또 다른 자아(alter ego)'를 통해 자신의 야망과 모순, 이 상과 예술적 취향을 묘사한다. 단눈치오는 *소설*이 출판되었을 때 안드레아 스페렐리라는 서명이 들어간 판화를 판매하기도 했는데 이를 통해 실생활과 예술을 완전히 하나로 만들고 사교계와 출판

시장에 작품을 선전하기도 했다. 어쨌든 『쾌락』은 놀라운 성공을 거두어 1918년에는 영화로 제작되기도 했다.

소설의 시대적 배경은 1885~1887년의 로마다. 1861년 이탈리아 통일 이후 로마가 수도로 결정되어 새로운 저널리즘과 출판의 중심지가 되어 가고 있던 시기이다. 그러나 경제적으로 위기에 처해 있었고 1887년에는 아프리카 에리트레아의 도갈리에서 식민지 지배를 놓고 에티오피아와 전쟁을 벌여 수많은 군인들이 전사하는 바람에 사회적으로는 혼란스러운 시기였다. 단눈치오는 이러한 사회 분위기를 작품에서 언급하기는 하지만("하원은 팔라초 몬테치토리오에서 도갈리 문제를 논의했다. 인근의 거리와 광장은 민중이나 병사들로 만원이었다"), 사회적인 배경들에는 거의 주목하지 않는다. 다만 로마의 유적들과 예술 작품들을 상세히 묘사하며 안드레아의 로마 사랑을 보여 준다. 안드레아는 '로마의 군주'가 되는 게 꿈일 정도로 로마를 사랑한다. 하지만 그가 사랑하는 로마는 "황제들의 로마가 아니라 교황들의 로마였고, 아치들과 고대 대중목욕탕이나 포로 로마노의 로마가 아니라 빌라와 분수와 교회"로 이루어진 후기 르네상스와 바로크 시대의 화려한 로마다. 그래서 『쾌락』은 지나칠 정도로 세련되고 화려한 로마의 소설이라고도 칭한다. 그러나 "남쪽 바다에 반사된 하늘처럼 청명한 하늘 아래에서 극동의 어느 도시처럼 금빛으로 물든" 화려한 로마에서 데카당스와 파멸의 기운이 흘러나온다.

단눈치오는 주인공 안드레아 스페렐리가 겪는 연애 사건들을 통해 기존 가치의 공허함과 쾌락주의에 병들어 위기에 빠진 귀족 세계와 파멸로 치닫는 현실 세계를 보여 준다. 다른 대부분의 소설 주인공들처럼 안드레아 스페렐리는 귀족이며 유미주의자이다. 단눈치오는 안드레아와 자신을 동일시하는 동시에 비판하고 극복

484

하려는 의지를 보이기도 한다. 안드레아는 단눈치오이자 단눈치오가 꿈꾸는 존재이다. 단눈치오도 안드레아처럼 젊고 우아하고 매력적이지만, 안드레아처럼 귀족도 아니고 부유하지도 않으며 키도 크지 않다. 두 사람 모두 지식인이기는 하나 안드레아는 시인이자 조각가이다.

안드레아는 "19세기 이탈리아의 이상적인 청년 귀족이었고 신사들과 우아한 예술가들의 혈통을 지키는 정당한 수호자였으며 지적인 인종의 마지막 후예였다". "아름답고 희귀한 수많은 것들을 안타깝게도 익사시키는 민주주의라는 현대의 잿빛 물결" 속에서 몰락하는 귀족 계급인 그는 "예술품에 대한 취향, 아름다움을 향한 열정적인 숭배, 편견에 대한 냉소적인 경멸과 쾌락에 대한 탐욕"을 지닌 인물이다. 유미주의 예술가로서 단 하나밖에 없는 완벽한 작품을 계획하기도 하지만 기교와 허위의식에 사로잡혀 여자들을 포함한 모든 것들과 거리를 두며 모호한 관계를 유지한다.

안드레아의 부모는 어린 시절 이혼했는데 어머니가 안드레아 대신 애인을 택해 떠났기 때문에 그는 아버지 손에 자란다. 아버지에게서 아름다움과 예술에 대한 사랑만이 아니라 여자들과의 사랑이나 정사를 가볍게 생각하는 것도 물려받았다. 아버지는 그에게 "예술 작품을 만들듯 자신의 인생을 만들어 가야 한다. 지적인 인간은 자신의 인생을 스스로 만들어야 한다. 진정한 우월함은 모두 여기 있다"고 가르쳤다. 아름다운 청년으로 성장한 그는 쾌락을 좇아 미혼이나 유부녀를 가리지 않고 수많은 여자들을 만나지만 양심의 가책을 느끼지 않는다. 여자들에게 냉소적인 그가 여자들을 유혹하고 정복하는 건 자신이 여지에게 원하는 바를 손에 넣기 위해서일 뿐이다. 그러나 엘레나 무티는 달랐다. 그녀와의 만남은 지금까지 한 번도 경험하지 못한 쾌락을 약속한다.

공작 부인의 손 안에서 그러한 귀중한 물건들은 한층 값어치를 띠는 듯했다. 원하는 물건에 닿으면 그 작은 손은 살짝 떨렸다. 안드레아는 관심을 가지고 주의 깊게 바라보았다. 그러자 그의 상상 속에서 그 손의 움직임 하나하나가 애무로 변해 버렸다. (…) 그것은 분명 자력을 지닌 감각적인 기쁨, 사랑이 시작될 때에만 맛볼 수 있는 날카롭고도 깊은 그런 감각 중의 하나였다.

엘레나는 로마 사교계의 유명한 팜 파탈이다. 젊은 미망인인 그녀는 관능적이고 도발적이며 화려하다. 그녀는 안드레아와의 사랑에서 괴테의 시를 즐겨 인용한다. 하지만 그녀의 교양이나 예술에 대한 관심은 표면적일 뿐이다. 그녀는 돌연 안드레아를 떠나 영국 귀족과 결혼을 해 버린다. 마리아 페레스는 엘레나와 모든 면에서 반대인 여인이다. 마리아는 음악과 예술에 조예가 깊고, 지적이고 정신적인 여인이고, 우울함이 묻어나는 셀리의 시를 좋아한다. 그리고 델피나라는 어린 딸에 대한 지극한 모성을 지니고 있다. 이렇게 판이한 두 여인의 유일한 공통점은 바로 목소리이다. 마리아 페레스와 처음 만났을 때 안드레아는 그녀의 목소리에서 엘레나를 느낀다.

"저 목소리! 돈나 마리아의 목소리에서 엘레나의 억양이 들리니 정말 이상한 일이야!" 터무니없는 생각이 번개처럼 떠올랐다. "저 목소리가 상상력의 한 요소가 될 수 있어. 저렇게 비슷하니 두 가지 미를 섞어 세 번째의 미, 한층 복잡하고 완벽하고 이상적이어서 한층 진실한 상상의 미를 소유할 수 있을 거야……."

두 여인의 성격은 소설이 진행되면서 더욱 극단으로 치달아 엘레나는 점점 사악해지고, 마리아는 더 연약한 모습을 드러낸다. 결국 안드레아는 두 여인의 사랑이 결합된 제3의 새로운 사랑을 꿈꾸다가 두 여인 사이에서 분열된 모습을 보여 주면서 소설은 비극으로 막을 내린다.

소설은 제4권으로 나뉘어 있다. 제1권은 안드레아가 로마에 있는 자신의 저택 팔라초 주카리에서 옛 애인 엘레나 무티와 재회하는 장면에서 시작된다. 2년 전에 아무 이유 없이 그를 떠났던 엘레나 무티는 부유한 영국 귀족과 결혼을 했다. 그녀와 함께했던 시간들이 플래시백으로 안드레아의 머릿속에 떠오르며 그러한 기억을 따라가는 안드레아의 심리가 자세히 묘사된다. 그녀가 떠나간 뒤 안드레아는 로마 사교계에서 이 여자 저 여자를 만나고 그러다가 연적과 결투까지 한다.

제2권은 사촌 누나 프란체스카의 별장인 스키파노이아에서 펼쳐진다. 결투에서 부상을 당한 안드레아는 아브루초의 프란카빌라 바닷가의 별장에서 건강을 되찾아 가고 있다. 그는 예술과 자연이 하나가 되는 신비한 경험을 하며 예술에 대한 열정을 느낀다. 그러다가 누나의 친구로 별장을 찾은, 과테말라 전권 공사의 아내 마리아 페레스를 알게 되고 그녀를 사랑하게 된다. 관능적이고 공격적인 엘레나 무티와는 정반대로 마리아 페레스는 교양 있고 지적 호기심이 강하며 종교적인 여인이다. 안드레아는 그녀에게서 정신적인 사랑을 원한다. 마리아 역시 안드레아에 대한 사랑으로 흔들리지만 딸의 존재가 그녀를 지켜 준다. 마리아는 서둘러 고향인 시에나로 떠난다.

제3권에서 안드레아는 로마로 돌아와 다시 사교계에서 방탕한 생활에 빠진다. 그리고 엘레나와 재회하는데, 그 무렵 마리아 페레스도 가족과 함께 로마로 오게 되어 안드레아는 마리아와도 만나게 된다. 안드레아는 제3의 사랑, 그러니까 순수하고 정신적인 마리아를 향한 사랑과 관능적인 엘레나를 향한 사랑이 결합된 새로운 사랑을 꿈꾼다. 그러나 마리아와의 관계를 알게 된 엘레나에게 강하게 거부당한 뒤, 마리아의 사랑을 확인한다.

제4권에서 마리아 페레스는 남편의 도박 빚으로 파산하여 시에나로 돌아가게 된다. 안드레아는 마리아와 함께 있으면서도 엘레나의 모습과 그녀에 대한 욕망을 떨쳐 버리지 못한다. 결국 마리아가 시에나로 떠나기 전날, 그녀와 사랑을 나누다가 엘레나의 이름을 부르는 바람에 마리아와의 관계도 끝이 난다. 복잡한 사랑과 관능적인 모험이 공허하게 끝나 버리는 소설의 마지막 장면에서 안드레아는 경매장으로 변한 마리아 페레스 저택의 텅 빈 계단을 내려온다. 값비싼 물건들은 상인과 골동품상에게 다 팔려 나간 뒤다. 그는 자신이 살았던 세상의 몰락과 귀족 계급이 수호해야 했던 이상적인 미(美)의 죽음을 무기력하게 바라볼 뿐이다.

이 소설은 3인칭 화자에 의해 진행된다. 전지적 화자인 그는 이미 일어난 일이나 앞으로 일어날 일을 모두 알고 있고, 각 등장인물의 시각에서 사건을 바라보며 모든 사건을 세세히 묘사하고 설명한다. 화자는 안드레아의 냉소주의와 타락뿐만 아니라 '빈곤한 도덕성'을 예리하게 지적하며 데카당스한 유미주의자의 탈선과 모순을 비판적으로 분석하기도 한다. 온갖 모순된 성향들 속에서 그는 의지와 도덕성을 모두 상실했고 의지의 자리를 본능이, 윤리적 감각의 자리를 미적 감각이 차지해 버렸다고 지적한다. 모순되고 부도덕하며 본능에 굴복하는 안드레아에게서 진실성과 도덕성은 그림자조차 찾아볼 수 없다. 그에게 중요한 것은 아름다움의 추구와 숭배, 관능적인 쾌락과 모험으로 가득 찬 사랑뿐이다. 이중적이고 나약할 뿐만 아니라 그의 인생 자체가 이중적이고 허위로 가득 차 있으며 거짓말과 속임수로 이루어졌다는 것도 빼놓지 않고 지적한다.

그날과 똑같은 고통을, 아니 심한 고통을 느끼며, 더 잔인한 거짓말을 되풀이하며 일상생활을 계속했다. 도덕적으로 타락한 지적인 남자들에게서 나타나는 드물지 않은 현상 중의 하나로, 안드레아의 의식은 지금 소름이 끼칠 정도로 맑았다. 그늘도, 일그러짐도 없이 또렷하고 맑았다. (…) 그의 내면에서 스스로에 대한 경멸과 게으른 의지가 거의 비슷한 수준이 되었다.

그러나 이러한 비판도 표면적인 것에 머물 뿐이고, 이 역시 특이한 삶이나 '예술 같은 삶'을 부각시키기 위한 것일 뿐이다. 마지막 장면에서 안드레아는 자신의 인생이 실패했다는 것을 절감한다. 엘레나 무티와의 사랑이 경매장에서 시작되었다면 경매장으로 변한 마리아의 집에서 두 여인과의 사랑은 완전히 끝이 나 버린다. "그는 자신에 대한 혐오감을 누르고 정신을 잃지 않으려 애를 쓰며" 경매가 끝난 집을 나서며 "형언할 수 없게 씁쓸하고 구역질나는 맛"을 느낀다. 그러나 안드레아가 느끼는 감정의 이면에는 막연한 슬픔과 피로감이 담겨 있다.

소설에서는 대화 장면보다는 주변 환경과 상황, 주인공의 심리 상태가 자세히 묘사된다. 이것은 결정을 내려 직접적인 행동을 하지 못하고 내적인 갈등에 자주 빠지는 우유부단한 안드레아의 성격 때문이기도 하다. 단눈치오는 그러한 묘사에서 귀족적인 분위기에 어울리는 세련되고도 섬세한 언어들을 사용한다. 특히 안드레아를 둘러싼 르네상스 시기의 예술 작품들을 묘사할 때 유미주의는 절정에 이른다. 뿐만 아니라 다양한 문학 작품을 인용하고 라틴어, 프랑스어, 영어를 함께 사용함으로써 소설의 분위기를 한층 세련되게 만들어 19세기 말부터 많은 독자들을 매료시켰다. 그리고 수많은 비유와 은유로 안드레아의 심리를 한층 깊이 있게 표현하여 비난받아 마땅할 부도덕한 행위들을 오히려 공감할 수 있게 만든다.

판본 소개

『쾌락』은 1889년 밀라노의 트레베스(Treves) 출판사에서 출간되었다. 번역 대본은 Gabriele D'Annunzio, *Il piacere*, Arnaldo Mondadori Editore S.p.A., Milano(2010)이다. 초판은 1965년에 발행되었고 번역 대본으로 사용한 2010년판은 30쇄로 출간된 것이다.

1863 3월 12일 아브루초 주 페스카라의 유복한 가정에서 5남매 중 장남으로 태어남. 외삼촌 안토니오 단눈치오로부터 많은 유산을 물려받고 그의 성을 따르기로 함. 프라토의 치코니니 기숙 학교에서 고등학교 과정을 마침.

1879 아버지의 후원으로 첫 시집 『이른 봄(*Primo vere*)』을 출간하여 성공을 거둠. 이때부터 신문과 잡지에 기고.

1881 로마로 이주해 문학부에 등록함. 신문과 잡지에 계속 글을 쓰며 로마 사교계에서 부각되기 시작함.

1882 시집 『새로운 노래(*Canto novo*)』와 단편집 『처녀지(*Terra vergine*)』 발표.

1883 갈레세 공작 가문의 마리아 아르두앙(Maria Hardouin)과 결혼. 세 자녀가 태어나지만 단눈치오의 계속되는 외도로 결혼 생활은 1890년에 파경을 맞음. 시집 『시적 간주곡(*Intermezzo di rime*)』 발표.

1886 『이사오타 구타다우로(*Isaotta Guttadàuro*)』 발표. 이 시집은 1890년 『이소테오(*L'Isottèo*)』와 『키메라(*La Chimera*)』로 나뉘어 출간됨.

1887 바르바리 레오니(Barbara Leoni)와 만남.

1889 바르바라 레오니와의 만남을 소재로 한 자전적 성격의 첫 소설 『쾌락(*Il piacere*)』 발표.

1891 소설 『조반니 에피스코포(*Giovanni Episcopo*)』 발표.

1892   채권자들 때문에 로마를 떠나 친구인 화가 프란체스코 파올로 미케티(Francesco Paolo Michetti)와 함께 나폴리로 이주함. 지역 신문에 기고하며 빈곤하지만 아름다운 시간을 보냄. 공작 부인 마리아 그라비나 크루일라스(Maria Gravina Cruyllas)가 남편과 헤어져 단눈치오와 동거함. 딸이 태어남(후에 아들도 얻음). 시집 『로마 애가(*Le elegie romane*)』와 소설 『죄 없는 자(*L'innocente*)』 발표.

1893   아버지가 사망하며 남긴 빚을 포함한 경제적인 어려움으로 나폴리를 떠남. 그라비나와 딸과 함께 아브루초로 돌아와 미케티에게 다시 신세를 짐. 시집 『천국의 시(*Il poema paradisiaco*)』 발표. 프랑스인 조르주 에렐(Georges Hérelle)의 번역으로 국외에서도 이름을 알리게 됨

1894   소설 『죽음의 승리(*Il trionfo della morte*)』 발표.

1895   초인 사상을 다룬 『바위 위의 처녀들(*Le vergini delle rocce*)』 발표. 여배우 엘레오노라 두세(Eleonora Duse)와 관계를 시작함. 베네치아에서 쓴 소설 『불(*Il Fuoco*)』에서 그녀와의 사랑을 자세히 묘사함. 희곡 작품들을 쓰기 시작.

1897   희곡 『어느 봄날 아침의 꿈(*Sogno d'un mattino di primavera*)』 발표. 국회 의원에 선출됨.

1898   그라비나와의 관계를 끝냄. 피렌체 근교의 세티냐노에 정착. 처음에는 엘레오노라와, 그 후에는 새로운 애인 알레산드라 디 루디니(Alessandra di Rudinì)와 호화로운 생활을 함. 희곡 『어느 가을 해질 녘의 꿈(*Sogno d'un tramonto d'autunno*)』과 『죽은 도시(*La città morta*)』 발표.

1899   희곡 『라 조콘다(*La Gioconda*)』 발표.

1900   소설 『불』 발표.

1901   희곡 『프란체스코 다 리미니(*Francesca da Rimini*)』 발표.

1902   단편집 『페스카라 이야기들(*Le novelle della Pescara*)』 발표

1903   희곡 『요리오의 딸(*La figlia di Iorio*)』과 『하늘과 바다와 땅과 영웅들의 찬가(*Laudi del cielo, del mare, della terra, degli eroi*)』 발표.

1906 주세피나 만치니(Giuseppina Mancini) 백작 부인과 사랑에 빠짐.

1910 소설『그럴 수도 있고 아닐 수도 있고(*Forse che sì, forse che no*)』발표. 채권자들을 피해, 새 애인 나탈리 드 골루베프(Nathalie de Goloubeff)의 설득으로 프랑스로 도피함. 파리 사교계에 드나듦. 『성 세바스티앙의 순교(*Martyre de Saint Sébastien*)』를 프랑스어로 씀(나중에 드뷔시가 곡을 붙임). 그중 「코리에레 델라 세라(Corriere della Sera)」지에 산문 「해머의 불꽃(Le faville del maglio)」기고. 서정적 비극『라 파리시나(*La Parisina*)』를 씀(마스카니가 곡을 붙여 무대에 올림). 영화 대본을 쓰기도 함.

1912 리비아 전쟁을 찬양하기 위해『찬가』제4권을 발표.

1915 제1차 세계 대전이 발발하자 이탈리아로 돌아옴. 선동가로 중요한 역할을 다시 하게 되어 참전 논쟁을 이끌어 내며(뜨거운 참전 논쟁에 참여하며) 모방할 수 없는 삶이라는 문학적 신화를 현실로 번역하려 함. 호전적인 다양한 활동에 참여. 비행기 사고로 한쪽 눈을 실명함. 회복을 위해 베네치아에 오래 머묾. 오른쪽 눈을 실명했지만 여러 가지 행사에 참가해서 국가적 영웅이 됨.

1919 피우메 점령.

1921 『야상곡(*Notturno*)』발표.

1924 무솔리니의 추천으로 국왕으로부터 몬테네보소 공작 작위를 받음. 그러나 파시즘 시기에 무솔리니와 파시스트당을 불신하여, 국가 영웅으로 추대된 뒤 가르도네 리비에라의 가르다 호수에 있는 카르냐코(Cargnacco) 저택에 칩거함. 이 저택은 단눈치오 사후 '비토리알레 델리 이탈리아니(Vittoriale degli Italiani)'라고 불리게 되고 일반인들에게 개방됨.

1938 3월 1일 사망.

새롭게 을유세계문학전집을 펴내며

을유문화사는 이미 지난 1959년부터 국내 최초로 세계문학전집을 출간한 바 있습니다. 이번에 을유세계문학전집을 완전히 새롭게 마련하게 된 것은 우리가 직면한 문화적 상황에 적극적으로 대응하기 위해서입니다. 새로운 을유세계문학전집은 세계문학의 역할이 그 어느 때보다 중요해졌다는 인식에서 출발했습니다. 오늘날 세계에서 타자에 대한 이해는 우리의 안전과 행복에 직결되고 있습니다. 세계문학은 지구상의 다양한 문화들이 평등하게 소통하고, 이질적인 구성원들이 평화롭게 공존할 수 있는 문화적인 힘을 길러 줍니다.

을유세계문학전집은 세계문학을 통해 우리가 이런 힘을 길러 나가야 한다는 믿음으로 만들어졌습니다. 지난 5년간 이를 준비하기 위해 많은 노력을 기울였습니다. 세계 각국의 다양한 삶의 방식과 문화적 성취가 살아 있는 작품들, 새로운 번역이 필요한 고전들과 새롭게 소개해야 할 우리 시대의 작품들을 선정했습니다. 우리나라 최고의 역자들이 이들 작품 속 한 문장 한 문장의 숨결을 생생히 전하기 위해 심혈을 기울였습니다. 또한 역자들은 단순히 번역만 한 것이 아니라 다른 작품의 번역을 꼼꼼히 검토해 주었습니다. 을유세계문학전집은 번역된 작품 하나하나가 정본(定本)으로 인정받고 대우받을 수 있도록 최선을 다 했습니다. 세계문학이 여러 경계를 넘어 우리 사회 안에서 주어진 소임을 하게되기를 바라며 을유세계문학전집을 내놓습니다.

을유세계문학전집 편집위원단

김월회(서울대 중문과 교수)
손영주(서울대 영문과 교수)
신정환(한국외대 스페인어통번역학과 교수)
최윤영(서울대 독문과 교수)
박종소(서울대 노문과 교수)
정지용(성균관대 프랑스어문학과 교수)

을유세계문학전집은 계속 출간됩니다.

을유세계문학전집 연표